H. P. LOVECRAFT
러브크래프트 전집 ❶

- 크툴루 신화 -

H. P. LOVECRAFT

러브크래프트 전집 1

H. P. 러브크래프트 | 정진영 옮김

황금가지

| 러브크래프트 전집 1권 - 크툴루 신화 - |

러브크래프트 전집에 대하여

　러브크래프트는 60여 편의 단편과 세 편의 중장편을 비롯한 소설 외에도 시와 문학론 등을 남겼다. 물론 러브크래프트의 삶과 문학을 조명하는 주춧돌이자, 당대 문학을 연구하는 데 귀중한 자료가 되는 서신도 빼놓을 수 없다. 실제로 러브크래프트는 역사상 유례 없이 편지를 많이 쓴 작가일 것이다. 무려 10만 통으로 추산되는 그의 방대한 서한들은 간단한 우편엽서부터 수십 페이지에 달하는 장문에 이르기까지 다양하다. 이중에서 최소 2만 통만 보존되어 있다고 해도 지금까지 출간된 서한집은 그중에서 극히 미미한 수준이다. 미국과 영국을 비롯해 세계 10여 개국에서 러브크래프트의 작품들 — 소설, 시, 문학론을 망라해 — 은 해마다 지속적으로 출간이 되고 있으며, 나머지 서한에 대해서는 발굴과 출판 작업이 동시에 진행되고 있다.

　러브크래프트가 공포와 환상 소설에 남긴 유산을 한마디로 단언하기는 어렵다. 그러나 지금 이 시간에도 유명, 무명의 작가들이 러브크래프트의 상상력을 기반으로 창작에 몰두하고 있는 것만은 틀림없는 사실이다. '우주적 공포'로 대변되는 독특한 주제 의식, 이미지와 분위기를 통해 구축한 SF 코드에 이르기까지 적어도 수십 년을 앞서 갔다는 러브크래프트의 상상력은 문화 전반에서 끊임없이 재생산되고 있다. 그 일례가 문학, 영화, 만화, 게임, 음악, 캐릭터 산업에 이르기까지 광범위하게 재생산되는 크툴루 신화이다. 물론 '크툴루 신화'라는 말 자체는 러브크래프트 사후 오거스트 덜레스가 한 말에서 유래했고, 작품 내에서 실제로 신화가 차지하는 비중이나 역할에 대해서는 계속적인 논란이 있다. 그러나 피상적인 작품 평가나 편견에서 벗어나, 에드거 앨런 포와 더불어 정통 문단에서도 가장 많이 거론되는 공포 문학 작가라는 사실에는 별다른 이견이 없어 보인다.

러브크래프트의 작품은 크게 공포와 판타지를 큰 축으로 한다. 그러나 여러 가지 요소가 혼합된 러브크래프트의 작품 성격을 명쾌하게 재단하기란 쉬운 일이 아니다. 공포는 전통적인 고딕 소설, 공포와 SF를 결합한 독특한 작품 세계로 나눌 수 있으며, 여기에는 크툴루 신화와 코스믹 호러의 작품들이 속한다. 러브크래프트의 판타지는 로드 던새니 풍의 초기 소설과 '드림랜드'를 중심으로 한 작가 특유의 환상과 꿈을 주제로 한 작품이 있다.

이번 전집 구성에 있어서 제1권 『러브크래프트 전집1: 크툴루 신화』에 수록할 작품으로 대표성과 작품성을 기준으로 삼되, 러브크래프트를 처음 접하는 독자에게 안내 역할을 할 만한 소설을 택했다. 1권에 수록된 단편들은 크툴루 신화의 서막을 알리는 「크툴루의 부름」, 가상의 책 『네크로노미콘』이 가장 많이 인용된 「더니치 호러」, 러브크래프트를 시작하는 데 최고의 작품으로 꼽히는 「인스머스의 그림자」, 문학적 완숙미를 느낄 수 있는 「누가 블레이크를 죽였는가」에 이르기까지 크툴루 신화의 작품들이 중심을 이룬다. 2권 『러브크래프트 전집2: 우주적 공포』는 공포와 SF를 결합하는 러브크래프트의 후기 대표작들을 망라하며, 러브크래프트를 심화해서 읽을 수 있는 대표작과 작가 자신의 야심작들을 수록했다. 「우주에서 온 색채」, 「광기의 산맥」, 「시간의 그림자」, 「어둠 속에서 속삭이는 자」 등 러브크래프트 SF의 백미로 꼽히는 작품들이 수록됐다. 3권 『러브크래프트 전집3: 드림랜드』는 러브크래프트 문학의 양대 축이라고 할 수 있는 환상 소설이 중심을 차지한다. 「랜돌프 카터의 진술」에서 「미지의 카다스를 향한 몽환의 추적」에 이르기까지 '랜돌프 카터 연작'의 환상 소설과 주제 면에서 여러 가지 특징이 혼합된 「찰스 덱스터 워드의 사례」가 여기에 포함된다. 4권 『러브크래프트 전집4: 아웃사이더』는 고딕 계열의 공포 환상 소설에서 풍자 소설에 이르기까지 딱히 분류하기 어려운 반면 다양하고 색다른 작가의 문학 세계를 접할 수 있는 작품들로 구성되었다. 이들 작품은 작가가 스스로를 '아웃사이더'라고 즐겨 칭했듯이 문단의 소외와 일상의 고단함 속에서 성취한 문학적 실험과 열정이 녹아있다.

황금가지의 이번 전집은 일차적으로 공동 저작과 유년 시절의 습작을 제외한 러브크래프트의 작품(미완성작 포함)을 모두 실었다. 러브크래프트가 다른 작가와 공동 집필한 작품들의 경우, 그 형태가 단순한 교정에서 대필에 이르기까지 다양한데, 러브크래프트가 어느 정도까지 참여했는지 분명하지 않다. 그래서 4권의 구성으로도 명실상부한 러브크래프트 전집이라고 해도 좋을 것이다.

DAGON

데이곤

작품 노트 | 데이곤 Dagon

「데이곤」은 1917년 7월에 쓰여져, 《베이그런트Vagrant》(1919) 지에 실렸고, 나중에 《위어드 테일즈Weird Tales》(1923)에 재수록 되었다.

꿈에서 영감을 받고 집필한 이 작품은 「크툴루의 부름」과 「인스머스의 그림자」로 이어지는 출발점이다. 러브크래프트는 이 작품을 집필한 직후, 라인하르트 클라이너 (Rheinhart Kleiner)에게 쓴 편지에서 "이 두 작품(「무덤」과 「데이곤」)은 가장 끔찍한 종류의 망상을 포함하는, 기이한 편집증에 대한 분석입니다."라고 썼다. 물고기를 닮은 인간의 이미지는 어빈 코브(Irvin S. Cobb)의 「피시헤드Fishhead」라는 작품에서 영향을 받은 것으로 보인다.

이 작품과 관련해서 흥미로운 의문이 제기되기도 했다. 화자가 진흙 수렁에서 빠진 상태에서 난파선까지 갈 수 있느냐는 것인데, 러브크래프트는 「데이곤을 옹호하며In Defence of Dagon」라는 에세이를 통해서 이렇게 답변하고 있다. "화자는 진흙 속에 반쯤 몸이 잠겨 있지만, 기어서 갈 수 있습니다! 온몸에 진흙이 달라붙지만, 그 역겨운 수렁을 헤치며 안간힘을 쓰는 것이지요. 기어가는 끔찍한 과정이 전부 생생한 꿈으로 남아 있어서 잘 압니다. 아직도 그 끈적끈적한 진흙이 나를 빨아들이는 것 같은 걸요!"

「데이곤을 옹호하며」는 러브크래프트 작품들에 대한 비판과 의문에 대한 작가 자신의 변론을 담고 있다. 주인공의 행동과 관련한 의문은 「누가 블레이크를 죽였는가 The Haunter of the Dark」, 윌리엄 럼리(William Lumley)와 공동집필한 「알론조 타이퍼의 일기The Diary of Alonzo Typer」(1935)의 마지막 장면에서 비슷하게 제기되기도 한다.

「데이곤」은 스튜어트 고든(Stuart Gordon)에 의해 2001년 동명의 영화로 만들어졌으나, 배경과 스토리는 「인스머스의 그림자」에 훨씬 가깝다.

오늘 밤이 지나면 나라는 사람은 존재하지 않을 것이기에 나는 정신적으로 꽤 긴장한 상태에서 이 글을 쓰고 있다. 무일푼에다가 내 삶을 유일하게 지탱해 준 약마저 다 떨어져가는 상태라 더는 고통을 견딜 수가 없다. 그래서 이 다락방 창문에서 저 아래 지저분한 거리로 몸을 던질 생각이다. 모르핀의 노예라고 해서 나를 나약하거나 타락한 사람이라고 생각지 않았으면 한다. 급하게 휘갈겨 쓴 이 글을 누군가 읽게 된다면, 전부는 아니더라도 내가 왜 망각 혹은 죽음을 선택했는지 짐작할 수 있으리라.

　내가 화물 관리인으로 일하던 정기선이 독일 경비선에 나포되었는데, 그것은 태평양의 망망대해에서 공공연히 벌어지는 일이었다. 비록 나중엔 몰락했을지라도, 세계대전이 막 발발한 그 당시는 독일의 해군력이 건재하던 때였다. 우리의 배는 합법적인 전리품이 되었고, 승무원인 우리는 해군 포로로서 지극히 공평하고 정중한 대접을 받았다. 나포자들의 감시가 얼마나 느슨했던지, 나는 포로가 된 지 닷새 만에 장기간 쓸 수 있는 물과 식량을 실은 작은 보트로 혼자서 탈출에 성공할 수 있었다.

마침내 정처 없이 표류하고 있다는 것을 깨달았을 때, 그곳이 어디인지 짐작조차 가지 않았다. 나는 유능한 항해자가 아니었으나, 그나마 해와 별을 보고 그곳이 적도 남단 부근이라는 정도를 막연히 추측할 수 있었다. 경도에 대해서는 알 수 없었고, 육안으로 보이는 섬이나 해안선도 없었다. 화창한 날씨가 지속되는 가운데, 이글거리는 태양 아래서 몇날 며칠을 표류하는 동안 지나가는 선박이라도 있을까, 아니면 사람이 사는 육지에 닿지나 않을까 기다렸다. 그러나 배와 육지 어느 것도 나타나지 않았고, 나는 망망대해에 홀로 있다는 절망감을 느끼기 시작했다.

내가 잠든 동안에 변화가 생겼다. 어쩌다가 그렇게 되었는지 도저히 알 길이 없다. 괴로운 꿈에 시달리면서도 줄곧 잠들어 있었기 때문이다. 이윽고 잠에서 깨어 보니 나는 사방으로 끝없이 펼쳐져 있는 진흙 속에 반쯤 잠겨 있었다. 흉측하리만큼 검고 끈적끈적한 진흙. 보트는 멀리 놓여 있었다.

그렇게 느닷없이 크게 바뀐 주변을 보고 내가 놀랐을 거라 예상하겠지만, 사실은 놀라움보다 두려움이 앞섰다. 썩어가는 흙과 공기 속에 간담이 서늘해지는, 불길한 무엇인가가 있었기 때문이다. 끝없는 평원처럼 펼쳐져 있는 역겨운 진흙 속엔 썩은 물고기를 비롯해 정체 모를 생물의 시체가 널려 있어 주위에 악취가 가득했다. 그 완전한 침묵과 광대한 불모지에 살고 있을 극도로 끔찍한 존재에 대해 차마 묘사할 수 있을 것 같지가 않다. 그저 검은 진흙이 펼쳐져 있을 뿐 들리는 것도 보이는 것도 없었다. 그러나 완전한 침묵과 한결같은 풍경은 역겨운 공포가 되어 나를 짓눌렀다.

섬뜩하리만큼 구름이 한 점도 없어 거의 검은 색처럼 보이는 하늘에서 태양이 이글거리고 있었다. 내 발밑의 새카만 늪이 하늘에 반사된 것 같았다. 좌초된 보트 안으로 기어들어 가면서, 내가 처한 상황을 설명할 수 있는 이론은 딱 하나라는 생각이 들었다. 전대미문의 화산 폭발로 해저면의 일부가 수면으로 솟구침으로써 무수한 세월 동안 심해에 숨겨져 있던 지역이 드러난 것이 틀림없었다. 내 발밑으로 솟구쳐있는 새로운 육지는 워낙 넓어서 아무리 귀를 기울여 봐도 희미한 파도소리조차 들리지 않았다. 그곳에는 죽은 생물을 먹고 사는 바닷새 한 마리도 없었다.

나는 몇 시간 동안 보트에 앉아 생각에 골몰했다. 한쪽으로 기울어져 있는 보트는 태양의 움직임에 따라 희미한 그늘을 드리웠다. 시간이 흐르면서 땅의 끈적거림이 어느 정도 사라졌고, 곧 얼마간 돌아다니기에 충분할 정도로 땅이 마를 것 같았다. 그날 밤 나는 거의 잠을 이루지 못했다. 이튿날 나는 바다가 사라진 이유와 구조될 가능성을 알아보기 위해 물과 식량을 챙기는 등 육지 탐사를 준비했다.

사흘째 아침, 걷기에 좋을 정도로 마른 땅을 발견했다. 물고기의 악취로 인해 미칠 지경이었다. 그러나 나는 보다 중요한 문제에 신경을 쓰고자 악취 따위는 하찮게 넘기고 대담하게 미지의 목적지를 향해 출발했다. 하루 종일 꾸준히 서쪽으로 걸어갔다. 멀리에 완만한 불모지대보다 높이 솟아 있는 언덕을 길잡이로 삼았다. 그날 밤은 야영을 했고, 다음 날에도 언덕을 향해 걸었다. 그러나 언덕은 처음에 봤을 때보다 좀처럼 가까워지는 느낌이 들지 않았다. 나흘째 저녁 무렵 언덕의 기슭에 도착했다. 언덕은 멀리서 봤을 때보다 훨씬 높았고, 중간에 끼어든 골짜기로 인해 지세가 더 가파르게 보였다. 너무 지쳐서 언덕을 오르지 못한 채 기슭에서 잠이 들었다.

그날 밤 꿈자리가 왜 그리도 사나웠는지 모르겠다. 왼쪽 부분이 기괴하게 볼록해진 달이 동쪽 평원에서 높이 솟아오르기 전, 나는 식은땀을 흘리며 잠에서 깨어나서 다시는 잠들지 않겠다고 결심했다. 꿈에서 본 환상들을 또 한 번 감당하는 건 무리였다. 달빛 속에서 보니, 한낮 시간에 이동한 것이 얼마나 미련한 짓이었는지 깨달았다. 타는 듯한 뙤약볕이 없다면 이동이 훨씬 수월해질 터였다. 해질녘에 포기했던 등정도 얼마든지 해낼 수 있다는 기분이 들었다. 짐을 집어든 나는 언덕의 정상을 향해 출발했다.

완만한 평지의 변화 없는 단조로움이 내 모호한 공포의 원천이었다고 앞서 말했다. 그러나 정상을 향해 올라가면서, 구덩이인지 협곡인지 모를―아직은 높이 솟지 않은 달빛이 닿지 않고 있는―반대편의 까마득한 심연을 바라보는 것은 더 커다란 공포였다. 세상의 끝에 서서 영원한 어둠의 가늠할 수 없는 혼돈을 엿보는 기분이 들었다. 묘하게도 그때의 공포는 『실낙원』과, 형체 없는 암흑의 세계를 지나 솟구치는 사탄의 오싹한 모습을 떠올리게 만들었다.

달이 점점 높아지자, 계곡의 비탈이 생각만큼 가파르지 않다는 것을 확인하게 되었다. 암붕(岩棚)과 바위의 돌출부는 내려가기에 좋은 발판이었고, 수십 미터쯤 내려간 뒤부터 내리막길이 아주 완만해졌다. 까닭모를 충동에 이끌려서 힘겹게 바위를 타고 내려간 나는 좀 평평한 비탈면에 선 채 여전히 빛이 닿지 않는 암흑의 심연을 내려다보았다.

난데없이 맞은편 비탈에서 거대하고 독특한 물체가 내 주의를 끌었다. 그것은 백 미터쯤 떨어진 맞은편에 위태롭게 서서 떠오르는 달빛에 하얗게 빛나고 있었다. 기껏해야 커다란 바위의 일부일 것이라고 나는 스스로를 설득시키려 했다. 그러나 그 생김새와 위치는 천연적인 것이 아님이 분명했다. 가까이서 살펴보자 형언할 수 없는 감정이 북받쳤다. 크기가 어마어마하다는 점 게다가 그것이 있던 장소가 지구 태동기의 깊디깊은 해저라는 점에도 불구하고, 그 이상한 물체는 장인의 손길에서 빚어진 훌륭한 석조물이며 어쩌면 사고력을 지닌 생명체들에게 숭배의 대상이었을 거라는 확신이 들었다.

어리둥절했고 겁도 났지만, 과학자나 고고학자의 희열 같은 것이 없지 않아서 주변을 좀 더 자세히 살펴보았다. 천정 가까이 떠오른 달이 협곡을 따라 솟은 절벽 위로 기이하면서도 환한 빛을 던지고 있었다. 협곡 바닥으로 드넓게 펼쳐진 수면이 달빛에 드러났는데, 시야의 양쪽으로 굽이쳐 흘러온 물결이 발치에 닿을 듯 했다. 계곡을 가로지르는 잔물결이 거석의 밑단을 씻어 내렸고, 그 표면에서 비문과 조악한 조각들이 눈에 띄었다. 비문들은 어느 책에서도 본 적이 없는 생경한 상형 문자로, 대부분이 물고기, 뱀장어, 문어, 갑각류, 연체동물, 고래 따위의 해양 생물을 상징화한 것이었다. 그중엔 현대에 존재하지 않는 해양 생물을 표현한 문자도 있었지만, 나는 이미 해저면의 융기로 생긴 평원에서 그런 변이된 생물체를 본 적이 있다.

단지 그림 조각에 불과했음에도 그건 내게 더없이 매혹적이었다. 도레[1]가 질투할 만한 주제를 얕은 돋을새김으로 배열한 어마어마한 크기 때문에 물 건너편에서도 또렷하게 보였다. 내 생각에는 그림의 형체들이 인간, 적어도 인간과 비슷한 종족을 묘사한 것으로 보였다. 그 형체들은 고기떼처럼 해저 동굴 같은 곳에서 노닐거나 바닷속의 암석 신전에서 제식을 치르는 것처럼 보이긴 했지만 말이다. 내가 감히 그 얼굴과 생김새를 자세히 말하지 못하는 이유는 단순히 그 기억을 떠올리는 것만으로도 현기증을 느끼기 때문이다. 물갈퀴가 달린 손과 발, 놀라울 정도로 크고 흐물흐물한 입술, 유리알처럼 튀어나온 눈, 그밖에 기억하기조차 불쾌한 특징에도 불구하고 전체적인 생김새는 흉측한 사람이었는데, 가히 포나 불워[2]의 상상력을 뛰어넘을 정도로 기괴한 모습이었다. 퍽 이상한 점은, 형체들의 모습이 배경과는 균형이 맞지 않게 새겨져 있다는 것이었다. 그림 중에서 한 형체가 자기와 거의 비슷한 크기의 고래를 죽이는 모습이 있었기 때문이다. 다시 말하지만, 그들의 기괴한 모습과 놀라운 크기가 인상적이었다. 그러나 이내 나는 그 형체들이 단지 고기를 잡거나 해양 생활을 하던 원시 부족의 상상력이 만들어낸 신들에 불과하다고 결론지었다. 필트다운인[3]이나 네안데르탈인의 첫 선조들이 태어나기 이전에 사라진 부족들 말이다. 내가 가장 대담한 인류학자의 이론을 뛰어넘는 과거를 떠올리며 경외감에 젖어 서 있는 동안, 눈앞의 고요한 협곡에 달빛이 기괴하게 비추고 있었다.

그때 불현듯 그것을 보았다. 잔물결을 일으키며 수면으로 떠오른 그것이 어두운 물 위로 미끄러지듯 시야에 들어왔다. 그것은 폴리페모스[4]처럼 크고 흉한 모습으로, 악몽 속의 거대한 괴물처럼 거석을 향해 돌진했다. 비늘이 달린 커다란 팔을 휘젓는 동안, 무시무시한 머리를 웅크린 채 일정한 소리를 내고 있었다. 그때 나는 제정신이 아니었던 것 같다.

비탈과 절벽을 어떻게 기어올랐는지, 좌초된 보트까지 어떻게 돌아왔는지 기억나는 것이 거의 없다. 나는 노래를 많이 불렀고, 노래를 부를 수 없을 때 이상하게 웃어댄 것 같다. 보트에 도착하고 얼마 지나지 않아서 거대한 폭풍이 온 것을 어렴풋이 기억한다. 어쨌든, 천둥소리와 함께 극도로 난폭해진 자연의 음향이 들려 왔다.

그 혼란한 어둠에서 벗어나고 보니, 샌프란시스코 병원이었다. 미국 선박의 선장이 바다 한복판에서 내가 탄 보트를 구조하여 나를 그 병원에 데려온 것이었다. 정신착란 상태에서 나는 많은 말을 했지만, 거의 귀담아 듣는 사람이 없었다는 사실을 알게 되었다. 나를 구조한 사람들은 태평양에 떠오른 육지에 대해 전혀 알지 못했다. 나도 사람들이 믿지 않는 것을 계속 말할 필요는 없다고 생각했다. 한번은 저명한 민속학자를 찾아가, 고대 필리스틴의 전설이라는 물고기 신 데이곤5)에 대해 독특한 질문을 함으로써 그를 즐겁게 만든 적이 있다. 그러나 곧 그가 지독히도 보수적인 사람임을 깨닫고, 억지로 질문을 계속하지는 않았다.

왼쪽 부분이 볼록해진 달이 뜨는 밤이면 더더욱 그것이 보인다. 나는 모르핀을 주입한다. 그러나 약효는 일시적이었고, 나는 무력한 노예처럼 마약에 빠져들어 갔다. 그래서 지금 모든 것을 끝내려고 한다. 그때의 사건을 알리기 위해, 혹은 사람들의 경멸적인 즐거움을 위해 모든 것을 글로 설명함으로써 말이다. 가끔씩 그 모든 것이 철저한 환영은 아니었을까, 독일 군함에서 탈출한 이후 폭염과 요동치는 보트 속에서 시달린 열병의 장난은 아니었을까 자문하곤 한다. 그런 자문에 돌아오는 대답은 언제나 끔찍하리만큼 생생한 장면이다. 깊은 바다를 볼 때마다 나는 그 정체모를 존재 때문에 몸서리친다. 이 순간에도 자신의 끈적끈적한 서식지에서 기거나 허우적거리며, 고대의 석신을 숭배하고 물기 머금은 해저의 화강암 첨탑에 역겨운 자신들의 모습을 새겨 넣고 있을 존재들 말이다. 그것들이 물결 위로 솟구쳐서 전쟁에 지친 보잘 것 없는 인류를 모조리 악취 나는 발톱으로 잡아끄는 날이 꿈에 나타난다. 육지가 가라앉고, 검은 해저면이 대혼란에 빠진 세상의 한복판으로 부상하는 날.

곧 끝을 낼 시간이다. 미끈거리는 거대한 몸뚱이가 육중하게 바닥을 밟고 오는 굉음이 들려온다. 나를 찾지 못할 것이다. 이럴 수가, 저 손! 저 창문! 창문!

....

1) 도레(Dore, 1823~1883): 기이하고 환상적인 장면에 뛰어난 프랑스의 삽화가.

2) 에드거 앨런 포(Edgar Allan Poe)는 미국의 단편 문학을 확립한 공포 문학의 대가. 조지 불워 리턴(Edward George Earle Bulwer-Lytton)은 영국의 정치가 겸 작가로 대표작에 『폼페이 최후의 날 The Last Days of Pompeii』이 있다.

3) 필트다운 인(Piltdown man): 1911~1915년 영국 남부의 필트다운에서 발견되었다는 화석 인류로 인간과 원숭이의 중간 단계를 규명하는 획기적인 발견으로 알려졌다. 그러나 화석이 가짜로 판명됨으로써 희대의 과학 사기극이 되었다.

4) 폴리페모스(Polyphemos): 그리스 신화에 등장하는 외눈박이 거인족 키클롭스 중의 하나. 바다의 신 포세이돈과 요정 토오사 사이에서 태어났다.

5) 데이곤(Dagon): 다곤, 다간(Dagan)이라고도 불리며 고대 메소포타미아에서 널리 숭배되었던 신으로 알려져 있다. 물고기보다는 날씨 혹은 곡식의 신에 가깝다고 한다. 구약 성서의 판관기(Judges)에도 데이곤이 언급된다. 러브크래프트는 이 작품 외에도 「인스머스의 그림자」에서 '데이곤 밀교'의 숭배 대상에 히드라와 위대한 크툴루 그리고 데이곤을 포함하고 있다. 인간의 생김새와 비슷하나 손과 발에는 물갈퀴가 있고, 입술은 축 처져 있으며, 불룩 튀어나온 눈알은 깜박임이 전혀 없다.

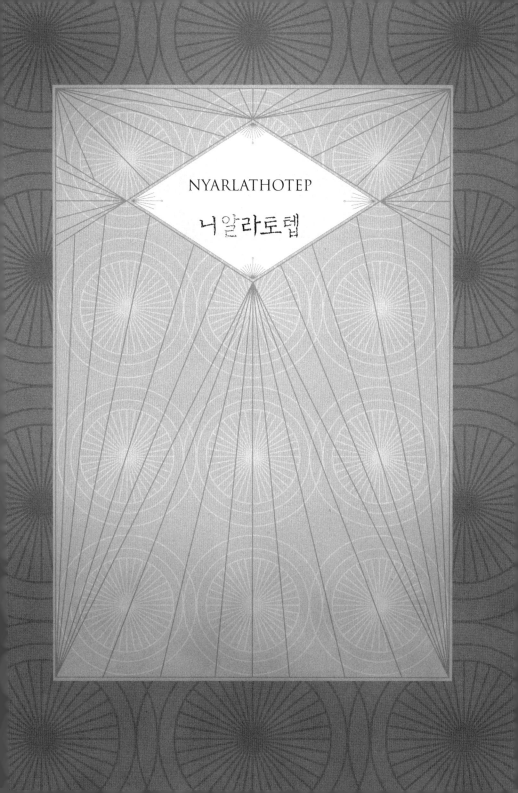

NYARLATHOTEP

너알라토텝

작품 노트 │ 니알라토텝 Nyalarthotep

「니알라토텝」은 1920년 씌어져 같은 해《유나이티드 아마추어United Amateur》지에 실린 것으로 추정되지만, 당시 이 잡지가 늦게 출간된 점을 미루어 정확한 발표 시기는 1920년 이후로 보고 있다.

니알라토텝은 러브크래프트의 창조물 중에서 중요한 신의 형상에 속하지만, 그 모습에 대한 정확한 기술은 찾아보기 어렵다. 작품마다 다양한 형태로 등장하는 데다, 모습을 자유자재로 바꾸기 때문이다. 마법사, 사자(使者)의 이미지로도 나타난다. 이런 면에서 이 작품은 니알라토텝을 설명하는 중요한 단서이자, 작품 자체로 러브크래프트의 특징이 나타나는 산문시의 형태로 볼 수 있다.

러브크래프트 자신은 꿈속에서 니알라토텝이라는 이름을 착안했다고 밝히고 있다. 환상 문학의 거장 로드 던새니(Lord Dunsany)의 작품에서 부분적으로 차용했다는 의견도 있다. SF 소설 작가 브루스 스털링(Bruce Sterling)은 이 소설을 가상현실을 다룬 최초의 작품으로 평가한다.

니알라토텝이 등장하는 주요 작품으로 「어둠 속에서 속삭이는 자」와 「누가 블레이크를 죽였는가」를 비롯해, 「미지의 카다스를 향한 몽환의 추적」 등이 있다.

니알라토텝[6]……. 기어드는 혼돈……. 내가 마지막 인간이다…….
이제 들어줄 이 없는 말을 해야겠다…….

그 시작이 언제였는지, 정확하게 기억할 수는 없으나 아마도 몇 달
전이었으리라. 당시 사회 전반에 팽배해 있던 긴장감은 오싹한 것이었
다. 정치, 사회적으로 격변의 시기였으며, 기이하고 음산한 물리적 위
기감까지 덧씌워져 있었다. 그 위기감은 너무도 광범위하고 포괄적이
어서 한밤의 가장 섬뜩한 환영에서만 상상할 수 있는 것이었다. 사람들
은 겁에 질린 창백한 얼굴로 혼자서는 입에 올리거나 인정하지 못할 경
고와 예언을 속삭였다. 터무니없는 죄의식이 이 땅을 휩쓸었고, 행성
간 심연에서 솟구친 냉기로 인해 사람들은 어둡고 외딴 곳에서 몸서리
쳤다. 계절의 변화에도 사악한 변화가 깃들어, 그 해 가을은 소름이 끼
치도록 무더웠다. 사람들은 누구나, 지구뿐 아니라 우주의 통제력이 지
금까지와는 다른 미지의 신과 세력에게 넘어갔다고 생각하였다.

이집트에서 니알라토텝이 출현한 것은 그 무렵이었다. 그가 누구인
지 아는 사람은 아무도 없었으며, 다만 파라오를 닮은 모습과 영겁의

피를 지녔다고 알려졌다. 이집트 농부들은 그를 볼 때마다 황망히 무릎을 꿇었으나, 그들 스스로도 그 이유를 알지 못하였다. 니알라토텝은 자신이 2700년간의 암흑에서 깨어났으며, 지구 밖에서 전해진 메시지를 들었노라 말하였다. 까무잡잡한 피부에 호리호리한 체구, 불길하고 음산한 모습을 이끌고 문명 세계 도처에 나타난 니알라토텝은 유리와 금속 같은 물건들을 사들여서는 그것들을 결합하여 이상한 기구들을 만들기 시작하였다. 그는 과학, 특히 전기학과 심리학을 자주 입에 올렸으며, 그 힘을 몸소 시연함으로써 군중들을 경악에 빠뜨렸으나, 그럴수록 그의 명성은 드높아졌다. 사람들은 서로에게 니알라토텝을 보라고 권하면서 몸서리쳤다. 니알라토텝이 가는 곳에 휴식은 사라졌다. 그가 잠시 머무는 시간마저 악몽의 비명으로 가득했기 때문이다. 악몽의 비명이 그처럼 공공의 문제가 된 적이 일찍이 없었다. 현자들도 잠시나마 잠들기를 두려워하였다. 다리 아래 푸른 수면에 비추는 창백하고 가여운 달빛과 병적인 하늘을 배경으로 부서진 옛 첨탑들을 바라보면서 도시의 비명을 듣는 편이 더 낫다고 여겼기에.

내가 사는 곳, 거대한 범죄의 온상이자 끔찍한 이 옛 도시에 니알라토텝이 나타났을 때를 기억한다. 친구 한 명이 니알라토텝을 보고 느낀 매혹과 황홀경을 내게 알려 왔을 때, 나는 그 절대적인 신비를 파헤쳐 보려는 열망에 사로잡혔다. 친구는 나의 거친 상상력도 미치지 못할 만큼 끔찍하고 강렬했노라 단언했다. 그 시커먼 휘장에 뛰놀던 형상은 니알라토텝이기에 가능한 예언이며, 그가 일으킨 전기 불꽃을 목격한 군중들은 자기도 모르게 전대미문의 언어를 토해낸다고 말이다. 게다가 니알라토텝을 믿는 사람들은 남들이 볼 수 없는 것을 보게 된다는 소문도 있었다.

내가 니알라토텝을 보기 위하여 불안한 군중 틈에 끼어 든 것은 어느 뜨거운 가을밤이었다. 숨 막히는 밤, 밀실까지 끝없이 이어진 계단. 그림자가 진 휘장, 나는 보았다. 폐허 속에서 두건 쓴 형체들과 쓰러진 묘비 너머로 스치는 노르스름한 악마의 얼굴을. 나는 또 보았다. 이 세계가 암흑에 맞서, 절대적 공간에서 밀려드는 파괴의 물결에 맞서 싸우는 것을, 소용돌이와 격동 속에서 희미해지고 싸늘해지는 태양 주위를 돌며 몸부림치는 것을. 그때 놀랍게도 군중의 머리 위로 불꽃이 일었고, 머리칼이 곤두섰다. 형언할 수 없는 기괴한 그림자들이 나타나 사람들의 머리에 웅크리고 앉았다. 누구보다 냉철하고 과학적이었던 나는 온몸을 떨면서 억눌린 목소리로 그의 '사기 행각'과 '정전기'에 대한 의혹을 제기하였다. 니알라토텝은 우리를 이끌고 아찔한 계단을 내려와 음습하고 뜨거운 한밤의 거리로 나갔다. 나는 두렵지 않다고, 그럴 이유가 없다고 소리쳤다. 사람들은 그런 나를 위로하려고 함께 소리쳤다. 도시는 예전의 모습 그대로일 거라고, 아직은 살아 있을 거라고 우리는 서로에게 다짐하고 다짐받았다. 불빛이 희미해지기 시작하자, 우리는 전력 회사를 연거푸 욕했고, 서로의 기묘한 얼굴 표정에 웃음을 터뜨렸다.

우리가 달빛에 의지한 채 상상할 수 없는 운명을 예감하듯 무의식적으로 행렬을 이루어 가는 동안, 나는 녹색의 달에서 떨어지는 무엇인가를 보았다. 그런데 거리에 들어서자, 파헤쳐진 보도를 대신해 잡초가 가득했고, 시가(市街) 전차의 철로는 녹슨 흔적밖에는 남아 있지 않았다. 곧이어 창문 없는 시가 전차 한대가 옆으로 기우뚱하게 쓰러져 있는 것이 보였다. 지평선을 바라보자, 강변에 있던 세 번째 탑이 사라지고 없었고 두 번째 탑의 음침한 그림자 위 부분도 붕괴되어 있었다. 그때부터 행렬의 대오가 여러 줄로 나뉘어져 각각 다른 방향으로 이끌려 가기 시작하였다. 그중에서 한 무리는 왼쪽의 비좁은 오솔길로 들어섰는데, 그들이 사라진 뒤로 소름끼치는 신음만이 메아리쳤다. 잡초가 무성한 지하철 입구를 따라 내려간 또 다른 행렬, 그들 사이에서 광기 어린 웃음소리가 들려 왔다. 내가 속한 행렬은 교외 쪽으로 휩쓸려갔고, 문득 후덥지근한 가을밤에 어울리지 않는 오싹한 냉기가 느껴지기 시작했다. 어두운 황야를 지나갈 때, 오싹한 달빛에 반짝이는 것은 눈(雪)이었다. 자취 없는 불가사의한 눈발이 한쪽에만 흩날렸고, 반짝이는 눈의 장막 사이에 더없이 어두운 심연이 자리 잡고 있었다. 그 어둠의 심연 속으로 꿈결처럼 들어가는 행렬의 모습이 뿌옇게 흐려졌다. 나는 뒤에서 서성였다. 녹색으로 물든 눈송이와 그 틈에 숨겨진 암흑이 두려웠고, 총총히 사라지는 사람들 뒤로 불안한 통곡의 메아리가 들리는 것 같았다. 그러나 행렬에서 벗어나 뒤에 남아 있고픈 나의 의지는 오래 가지 않았다. 앞서 간 사람들의 손짓에 이끌리듯 나는 반쯤 공중에 떠서 거대한 눈더미 사이를 지났고, 공포에 전율하면서 상상할 수 없는 무형의 소용돌이 속으로 들어 갔다.

울부짖는 정신, 침묵의 착란, 그것을 신만이 알리라. 손이 아닌 손에 붙잡혀 몸부림치는 메스껍고 예민한 그림자가 있었다. 부패하는 피조물의 밤을 세차게 소용돌이쳐서, 한때 도시였으나 지금은 죽어서 곪은 세상의 시체들을 스쳐서, 희미한 별빛을 어루만져 떨게 만드는 납골당의 바람이 있었다. 세상 저 너머 괴물체의 어렴풋한 유령. 지하의 이름 모를 암반에서 시작돼 빛과 어둠의 영역 너머 아찔한 진공까지 치솟은 불경한 사원들의 희미한 기둥. 그 역겨운 우주의 공동묘지를 가로질러 억눌린 광기의 북소리가 들려 왔다. 시간 너머의 불 꺼진 방에서 불경한 피리 연주의 희미하고 단조로운 선율도 들렸다. 고약한 북과 피리 소리에 맞춰 천천히, 서툴고 우스꽝스럽게 춤을 추는 거대하고 음산한 신들. 눈도, 목소리도, 영혼도 없는 그 괴물들의 중심에 니알라토텝이 있었다.

....

6) 니알라토텝(Nyalarthotep): 니알라토텝은 리브크래프트의 창조물 중에서 여러 작품에 다양한 모습으로 등장한다. '까무잡잡하고 호리호리한 체구'와 이집트에서 왔다는 것 외에 생김새와 관련된 묘사는 없는 편이다. '기어드는 혼돈'이라는 수식어가 많이 사용되기도 하고, 뚜렷한 실체에 가까운 것은 사자(使者)이자 외계의 신이다. '위대한 올드 원'과 '아자토스'의 사자로서 인간의 신체를 빌어 나타나거나 인간과 대화를 나누는 등 러브크래프트의 창조물 중에서도 독특한 위치를 차지한다. 냉혹함, 거대함, 절대적 혼돈, 어둠의 중심 등의 수식어를 달고 다니듯, 매우 음산한 이미지다.

THE PICTURE IN THE HOUSE

그 집에 있는 그림

작품노트 | 그 집에 있는 그림 The Picture in the House

1920년 12월에 쓰여져, 1921년 《내셔널 아마추어》지에 실렸다.

러브크래프트가 창조한 주요 가상공간인 '미스캐토닉Miskatonic'과 '아컴'이 처음으로 등장한 작품이다.

공포를 쫓는 추적자들은 낯설고 먼 곳을 헤맨다. 그곳이 프톨레마이스[7]의 지하묘지이자, 무서운 지역의 능이기 때문이다. 그들은 폐허가 된 라인 강변의 달빛 비치는 성탑을 오르고, 흩어진 돌로 남은 아시아의 망각된 도시 아래 거미줄이 얽힌 어두운 계단을 비틀거리며 내려간다. 으스스한 숲과 적막한 산은 그들의 성지다. 그들은 무인도의 음산한 거석 주변을 서성인다. 그러나 가장 무시무시한 전율을 생의 중요 목표와 존재 이유로 여기는, 공포의 진정한 향락주의자들은 뉴잉글랜드 벽지의 오래고 쓸쓸한 농가들을 높이 평가한다. 거기야말로 깊이와 고독, 기괴함과 무지라는 어둠의 요소들이 결합되어 완벽한 공포를 이루는 곳이기 때문이다.

무엇보다 오싹함을 자아내는 광경은 길에서 멀리 떨어져 있고 칠이 벗겨진 작은 나무집으로, 대개는 음습하고 수풀이 무성한 비탈에 옹그리고 있거나 거대한 암벽에 기대어 있다. 200년도 넘게 나무집들이 그곳에 기대거나 옹그리고 있는 동안, 덩굴이 기어오르고 나무들이 사방에서 솟아올랐다. 집들은 지금 제멋대로 무성해진 초목과 수호자처럼 펼쳐진 어둠의 장막에 거의 가려져 있다. 그러나 빤히 바라보는 듯한 작은 유리창들은 여전히 보는 이의 간담을 서늘하게 만든다. 마치 형언할 수 없는 존재에 대한 기억을 무디게 함으로써 광기를 차단해온, 치명적인 무감각을 꿰뚫고 번뜩이는 무엇처럼.

그런 집에 기이한 사람들이 대대로 살아오고 있다. 동족에게서 추방당한 선조들이 자유를 위해 그런 오지를 찾아들었다는 음울하고 광적인 믿음이 그들을 사로잡고 있다. 그들은 인류의 속박에서 벗어나서 진정한 자유를 만끽했던 정복민의 후예들이건만, 자기들 마음속에 있는 환영의 비참한 노예가 되어 움츠러들어 있다. 문명의 빛과 결별한 이들 청교도 무리는 독특한 방면에서 능력을 발휘했다. 고립된 생활, 병적인 자기 억제, 그리고 냉혹한 자연과 투쟁하는 과정에서 선사시대부터 차가운 북부지방에 유전되어 깊숙이 잠재해 있던 그들의 어둡고 은밀한 특징들이 드러났다. 현실적인 요구와 철학적인 엄격함으로 인해, 그들은 스스로의 죄악을 미화하지 않았다. 인간이라면 피할 수 없는 원죄의식 때문에 그들은 혹독한 신조 아래 맹목적으로 은둔에 집착했다. 그 결과, 그들 본연의 취향은 점점 더 억눌려졌다. 오지의 산간 속 침묵과 졸음에 잠긴 나무집만이 초창기부터 숨겨져 온 비밀을 말해 주고 있다. 망각에 이로운 졸음에서 깨어날까 봐 두려운 것인지, 집들은 많은 말을 전해 주려 하진 않는다.

1896년 11월의 어느 오후, 내가 찾아든 곳은 위에서 말한 것처럼 세월의 풍파에 찌든 목조 건물이었다. 몹시 차가운 빗줄기 속에서 마땅히 피할 곳을 찾지 못하던 차였다. 나는 당시 계보학 자료를 수집하기 위해 미스캐토닉 계곡[8]의 주민들을 상당 기간 탐문하고 있었다. 길이 외떨어지고 험한데다 잘못 찾아갈 때가 많았는데, 조사 막바지에 이르러

서야 자전거의 덕을 보고 있었다. 아컴[9]으로 가는 지름길이라고 판단했다가 막상 길을 잃었고, 폭우 속에서 낡고 오싹한 목조 건물 외에 비를 피할 만한 마을이 멀리에도 눈에 띄지 않았다. 그 집은 험준한 산자락 가까이, 헐벗은 두 그루의 커다란 느릅나무 사이에서 뿌연 창문을 드러내고 있었다. 길에서 멀리 떨어져 있음에도 그 집을 보는 즉시 불쾌한 느낌이 들었다. 솔직히 건전한 건물이라면 그토록 음흉하고 으스스하게 길손을 노려보진 않을 것이다. 계보학 연구 과정에서 접한 백년 전의 전설들까지 그와 비슷한 집에 반감을 품게 했다. 그러나 폭우에 쫓긴 나는 망설임은 잠시 접어둔 채, 잡초 우거진 언덕에서 도발적이고도 은밀해 보이는 집까지 자전거를 몰았다.

당연히 버려진 집이라고 생각했지만, 막상 가까이 다가갈수록 확신이 서지 않았다. 길에 잡초가 우거져있음에도, 완전히 버려진 길이라고 하기엔 묘한 자취가 느껴졌기 때문이다. 그래서 문을 두드린 것인데, 그 순간 까닭모를 두려움이 느껴졌다. 현관의 계단 역할을 하는 이끼 낀 바위에서 기다리는 동안, 주변의 창문과 머리 위의 채광창을 훑어보았다. 창들이 낡고 거의 먼지에 뒤덮여 덜컥거리고 있지만 깨져 있지는 않다는 사실을 알아챘다. 그렇다면, 외지고 버려졌다는 전반적인 분위기와는 달리 아직 사람이 살고 있음이 분명했다. 그러나 문을 두드려도 아무 응답이 없는데다, 몇 차례 주인을 불러 봐도 마찬가지여서 녹슨 문손잡이를 건드려 보았다. 문은 잠겨 있지 않았다. 아담한 현관 복도는 벽에서 회반죽이 벗겨져 있었고, 안쪽에서 희미하면서도 역겨운 냄새가 풍기고 있었다. 자전거를 가지고 안으로 들어간 뒤 문을 닫았다. 앞쪽에 지하실로 연결된 듯한 좁은 계단실과 작은 문이 보였다. 왼쪽과 오른쪽의 닫힌 문들은 1층의 방으로 연결된 것이었다.

자전거를 벽에 기대어놓고 왼쪽의 문을 열자, 천장이 낮고 아담한 방이 나타났다. 먼지 낀 두 개의 창문 가까이서 희미한 빛이 비출 뿐, 몹시 소박하고 예스러운 방이었다. 탁자와 몇 개의 의자, 커다란 벽난로와 째깍거리는 괘종시계로 봐서 거실 같았다. 얼마 되지 않는 책과 종이가 있었으나, 짙은 어둠 때문에 제목을 알아보기 어려웠다. 눈에 띄는 것은 하나같이 고어(古語)의 오래된 느낌이 들어서 흥미로웠다. 인근 지역에 있는 집 대부분은 지난 시절의 흔적이 많았는데, 그곳은 유난히 예스러운 분위기가 완연했다. 어느 방에서도 독립전쟁 이후에 만들어진 물건은 아예 눈에 띄지 않았기 때문이다. 가구가 조금만 덜 초라했더라면, 수집가의 천국이나 다름없었을 터이다.

그 기묘한 집을 살펴보는 동안, 맨 처음 집의 황량한 외관을 접하고 느꼈던 혐오감이 점점 강해졌다. 무엇이 두렵고 싫은지 딱히 말하기는 어려웠다. 그러나 전반적인 분위기에 신성모독의 암시, 불쾌한 야성, 묻어두어야 할 비밀의 기운이 팽배했다. 자리에 앉아 있기가 찜찜해서 눈에 띄는 물건을 살펴보면서 이리저리 돌아다녔다. 제일 먼저 호기심을 끈 것은 탁자에 놓여 있는 보통 크기의 책 한권이었다. 일반적인 박물관이나 도서관에서는 접하기 힘든 고서인지라 내심 크게 놀랐다. 금속 장식이 붙은 가죽 양장본으로, 보존 상태가 아주 좋았다. 아무튼, 그토록 누추한 집에 진귀한 책이 있다니 뜻밖이었다. 표제지를 들추는 순간, 놀라움은 더 커졌다. 선원 로페즈의 노트를 바탕으로 집필되어 1598년 프랑크푸르트에서 출간되었다는 『피가페타의 콩고 지역 보고서』[10] 라틴어판 희귀도서였다. 그 책에 실린 드 브라이 형제의 삽화가 독특하다는 말을 많이 들어온 터라, 책을 읽고픈 생각에 꺼림칙했던 기분도 잊어버렸다. 상상력과 자유분방한 화법으로 그려진 삽화 속에 흰 피부와 코카서스 인의 특징을 지닌 흑인종이 묘사되어 있었는데, 정말로 흥미로웠다. 만약 지극히 사소한 상황 때문에 지친 신경이 거슬리고 불편함이 되살아나지 않았더라면 쉽게 책장을 덮지 않았을 것이다. 신경을 자극한 상황이란 별 게 아니라, 삽화 12가 있는 페이지가 저절로, 그것도 자꾸만 펼쳐졌다는 것이다. 식인종 안지쿠[11] 부족의 푸줏간을 오싹하리만큼 자세히 묘사한 삽화였다. 그까짓 일에 예민해진 나 자신이 창피했으나, 특히 식도락가인 안지쿠에 관한 이런저런 생각을 떠올리게 만드는 그림이 꺼림칙했다.

나는 옆 선반으로 눈길을 돌리고 빈약한 서가를 살펴보았다. 18세기 성경과 그 비슷한 시기에 인쇄업자 이사야 토머스가 출간한 것으로 기괴한 목판 삽화가 있는 『천로역정』,[12] 곰팡이가 핀 코튼 매더의 『미국에서의 그리스도의 위업』, 그 밖에도 비슷한 시기에 나온 몇 권의 책이 있었다. 그때, 갑자기 방 안에서 발소리가 들려 왔다. 처음에는 깜짝 놀라서 경황이 없었으나, 노크 소리에 응답이 없었던 것을 떠올리면서 집주인이 곤한 잠에서 방금 깨어난 것이라고 생각했다. 그래서 놀란 가슴을 진정시킨 뒤, 삐거덕거리는 계단에서 들려오는 발소리에 귀를 기울였다. 묵직한 발소리에서 경계를 하는 듯한 묘한 느낌이 전해졌다. 그러나 묵직하게 느껴지는 발소리가 무엇보다 싫었다. 나는 방으로 들어올 때 문을 닫아두었다. 누군가 내가 타고 온 자전거를 현관에서 살펴보는지 잠시 침묵이 흐른 뒤, 방문 손잡이를 더듬는 소리에 이어 문이 활짝 열렸다.

문간에 서 있는 사람의 외모는 실로 괴상했다. 내게 강한 자제력이 없었더라면 아마 소리를 질렀을지 모른다. 지긋한 나이에 흰 수염이 텁수룩한 주인은 기묘하면서도 고결한 용모와 체격의 소유자였다. 180센티미터 남짓의 키, 나이와 가난의 흔적이 역력한 가운데서도 체격이 탄탄하고 힘이 넘쳤다. 뺨에서부터 자란 기다란 수염에 거의 가려진 얼굴은 유난히 붉었고 뜻밖에 주름살이 적었다. 훤한 이마에 내려온 백발의 머릿결도 나이에 비해 숱이 많았다. 약간 핏발이 선 파란 눈은 몹시 예리하게 이글거렸다. 지독히도 텁수룩한 분위기만 아니었다면, 깊은 인상을 줄 만큼 고귀한 풍모였을 것이다. 그러나 얼굴과 풍채에도 불구하고 텁수룩하고 누추한 차림이 불쾌한 느낌을 주었다. 묵직한 부츠 위로 온통 누더기만 보일 뿐, 대체 무슨 옷을 입고 있는지조차 말하기 어려웠다. 게다가 지독히도 지저분했다.

"비를 만나셨구면, 그렇죠?" 그가 말했다. "그래도 가까이 집이 있어서 제대로 찾아왔으니 다행이오. 잠을 자느라 댁이 오는 소리를 못 들었나 봐요. 댁처럼 젊은 나이가 아닌데다 요즘엔 잠이 쏟아지거든. 멀리 가는 길인가요? 인근 사람들이 아컴으로 떠난 뒤로 이 길목에서 사람을 못 본지 오래요."

나는 아컴에 가는 길이라고 말한 뒤, 가정집에 함부로 들어온 무례를 사과했다. 그가 말을 이었다.

"만나서 반갑소, 선생. 주변에서 낯선 사람을 보기 힘들어요. 요즘에는 흥겨운 일도 없다오. 보스턴에서 온 것 같은데, 아니오? 비록 그곳에 한 번도 가본 적은 없지만 한때, 84년도인가 이 지역에 보스턴 출신의 교사 한 분이 있었다오. 그런데 갑자기 그만둔 후로는 통 소식을 못 들었거든. 그러니까……."

여기서 갑자기 노인이 킬킬 웃음을 터뜨렸고, 내가 그 이유를 물어도 대답이 없었다. 기분이 무척 좋아보였으나, 행색에서 느껴지는 괴팍함은 여전했다. 한동안 노인은 아주 살갑게 말을 쏟아냈고, 나는 문득 피가페타의 콩고 왕국 같은 희귀도서를 어디서 구했는지 물어볼 생각이 들었다. 아직 책에서 받은 꺼림칙한 기분을 떨쳐버리지 못해서 말을 꺼내기가 퍽 망설여졌지만, 집을 처음 보는 순간부터 쌓인 모호한 공포심도 호기심보다 강하진 못했다. 다행히 내 질문이 어색하게 들리지 않았는지 노인은 스스럼없이 상세한 대답을 해 주었다.

"아, 그 아프리카 책? 68년에 에베네저 홀트 선장이 나한테 판 거지. 그해에 전쟁에서 죽었지만."

에베네저 홀트라는 이름은 내가 노인을 빤히 쳐다보게 만들었다. 계보학 연구 과정에서 접한 이름이지만, 독립전쟁 이후에 아무 기록이 남아 있지 않았다. 마침 그 부분에서 곤란을 겪던 터라 혹시 노인에게 도움을 청할 수 있을지 나중에 알아볼 생각이었다. 그는 말을 이었다.

"에베네저가 몇 해 동안 세일럼에서 상선을 탈 때, 항구에서 구한 진기한 물건들을 가져왔지. 이 책은 영국에서 가져왔을 거야. 상점에서 물건을 사기도 했거든. 언덕에 있는 그 사람의 집에 한번 들른 적이 있는데, 그때 이 책을 봤어. 나는 이 책의 그림들이 마음에 들어서 그 사람과 물물교환을 했지. 계속 안경을 쓰게 만든 요상한 책이지."

노인이 남루한 옷에서 꺼내든 안경은 작은 팔각형의 렌즈와 철 테로 이루어진, 아주 낡고 지저분한 것이었다. 노인은 안경을 쓰더니 탁자에서 책을 집어 들고 정겹게 책장을 넘겼다.

"에베네저는 이 책의 라틴어를 약간 읽을 수 있었지만, 나는 아니야. 학교 선생 두세 명, 그리고 연못에 빠져 죽었다는 클라크 목사가 조금 읽어준 적이 있지. 혹시 댁도 좀 읽을 수 있소?"

나는 그렇다고 말한 뒤, 시작 부분을 조금 번역해 주었다. 내가 실수를 했더라도, 노인은 틀린 부분을 바로잡을 만큼 라틴어를 알진 못했다. 내가 영어로 번역해 주는 것을 노인은 아이처럼 좋아했다. 노인이 너무 가까운 거리에 있어서 점점 비위가 상했으나, 그의 마음이 상하지 않게 떨어져 앉을 방도가 없었다. 무지한 노인이 읽지도 못하는 책 속의 그림들을 보고 천진하게 좋아하는 모습을 보니 기분이 좋았다. 그래서 방 안에 있는 몇 권의 영어 책은 읽을 수 있는지 궁금해졌다. 아무튼, 그의 순박함을 대하고보니 그동안의 어렴풋한 근심도 많이 누그러져서 웃는 얼굴로 그의 두서없는 이야기에 귀를 기울였다.

"생각할수록 그림들이 정말 희한해. 앞쪽에 있는 이 그림을 좀 보게. 이렇게 큰 이파리를 늘어뜨린 나무를 본 적 있나? 그리고 이 사람들, 흑인일 리가 없어. 내 생각에는 아프리카에 살긴 해도 아메리카 인디언과 비슷한 부족일 것 같네. 이쪽에 원숭이처럼 생긴 사람도 있잖아. 반은 원숭이고 반은 사람인지 모르겠지만, 이런 사람들이 있다는 얘기는 한 번도 듣지 못했어."

그쯤에서 노인은 예술가의 상상에서 나온 괴물체 하나를 가리켰다. 그것은 용의 몸에 악어의 머리를 하고 있었다.

"이제, 중간쯤에 있는 가장 멋진 그림을 보여주지."

노인의 목소리가 약간 굵어지고 눈빛이 반짝이는 것 같았다. 그의 손길은 전보다 더 어설퍼보였으나, 어렵잖게 문제의 그림을 찾아냈다. 자주 본 부분인지, 거의 저절로 펼쳐지듯 드러난 열두 번째 삽화는 안지쿠의 살육행각이 한창인 푸줏간의 풍경이었다. 내색은 안했지만 내심 불안감이 되살아났다. 특히나 예술가가 아프리카인을 백인처럼 그려놓았다는 것이 해괴망측했다. 푸줏간 벽에 걸려있는 사지와 장기들이 소름끼쳤고, 도끼를 든 도살자도 터무니없어 보였다. 그러나 내가 질색하는 것만큼 노인은 그 장면을 좋아하는 눈치였다.

"어때, 이런 그림은 처음일 걸, 그렇지? 내가 이 그림을 보고 홀트한 테 이렇게 말했지. '이걸 보고 있으면 어딘지 피가 달아오르는 걸.' 성경에 나오는 학살, 그러니까 미디안 족[13]이 살해당한 이야기 같은 걸 읽었을 때 상상을 해본 적 있는데, 그림으로 나와 있는 건 없더라고. 그런데 이게 바로 그런 그림이지. 사악한 그림이네만, 솔직히 우리 모두 죄악 속에서 살고 있잖나? 저기 위쪽에 잘려진 친구를 보고 있으면 온몸이 근질근질해지는 느낌이야. 눈을 뗄 수가 없거든. 봐, 살육자가 발을 어떻게 잘라 놓았는지. 의자에 놓인 건 저 친구 머리통이고, 그 옆에 있는 건 팔 한쪽이지. 다른 쪽 팔은 살덩어리 반대편에 있잖아."

고약한 황홀경에 취해 중얼거리는 그의 안경 낀 얼굴에 차마 표현하기 어려운 표정이 떠올랐다. 하지만 목소리는 오히려 작아졌는데, 그때의 내 기분을 표현할 길이 없다. 모호하게만 느껴지던 두려움이 순식간에 생생하고 강렬해졌고, 내 곁에 바싹 다가와 있는 그 늙은이에 진저리가 쳐졌다. 노인의 광기는 적어도 편집증에 가까운 것이라는데 의심의 여지가 없어보였다. 거의 속삭이는 듯한 그의 쉰 목소리는 비명소리보다 더 섬뜩했다. 나는 몸서리를 치며 그의 이야기를 들었다.

"생각할수록 희한한 그림이야. 젊은 선생, 내 생각이 틀림없어. 홀트에게서 그림을 가져온 뒤로 자주 들여다보곤 했어. 특히 클라크 목사가 주일에 커다란 가발[14]을 쓰고 열띤 설교를 할 때는 더 그랬지. 또 심심하다 싶을 때도 그림을 봤더랬지. 젊은 선생, 딴청 부리지 말게. 시장에 내다 팔려고 양을 잡기 전에도 이 그림을 봤어. 양은 그냥 보고 있을 때보다 죽일 때가 더 흥이 나거든."

착 가라앉은 노인의 말은 이따금씩 거의 들리지 않을 정도로 작아졌다. 나는 빗소리와 황량하고 작은 유리창이 덜컥거리는 소리 그리고 계절에 어울리지 않는 천둥소리에 귀를 기울였다. 무시무시한 섬광과 천둥소리에 허름한 집의 토대까지 흔들렸으나, 노인은 모르는 눈치였다.

"양을 죽이는 건 정말 신나는 일이라고. 자네는 모르겠지만, 스무 배는 재밌단 말씀이야. 정말 희한한 그림이지. 젊은이, 신을 믿는다면 다른데 가서 이런 말 하지 말게. 하지만 솔직히 말하는데, 이 그림을 보고 있으면 기르거나 사거나 할 수 없는, 그런 게 먹고 싶어져. 왜, 어디가 불편한가? 난 아무 짓도 안했어. 그냥 실제로 해보면 어떨까 궁금해 할 뿐이지. 고기를 먹으면 피가 되고 살이 된다고들 하잖아. 그리고 힘을 북돋워 주지. 그래서 말인데, 이런 의문이 들어. 고기나 음식을 먹는다고 사람이 영원히 살 수 있는 건 아니잖아. 하지만 무엇을 먹느냐에 따라……."

노인은 말을 멈추었다. 그가 말을 멈춘 것은 겁에 질린 내 얼굴 때문도 아니고, 어둠침침한 사위에서 급속도로 격렬해지는 폭풍 때문도 아니었다. 그것은 아주 단순하면서도 기묘한 사건 때문이었다.

우리 사이에 펼쳐진 책에 역겨운 그림이 드러나 있었다. 노인이 "무엇을 먹느냐에 따라"라는 말을 속삭이는 순간, 물방울이 튀기는 듯한 소리가 들려 왔다. 그리고 펼쳐진 책의 누런 종이에 뭔가 변화가 생기기 시작했다. 지붕에서 비가 샌 거라고 생각했으나, 빗방울은 붉은 색이 아니다. 안지쿠의 푸줏간에 떨어진 붉은색 액체 한 방울은 그림의 오싹함을 더 생생하게 만들었다. 그것을 본 노인이, 겁에 질린 내가 미처 중단시키기에 앞서 스스로 말을 멈춘 것이었다. 그는 그림에 떨어진 붉은색 액체와 한 시간 전에 자신이 나온 방 쪽을 재빨리 올려다보았다. 내가 그의 시선을 따라갔을 때, 머리 위의 낡은 천장은 핏빛으로 젖어 있었다. 내가 지켜보는 동안에도 그것은 점점 번져가고 있었다. 비명을 지르지도 움직이지도 못한 채, 나는 눈을 감았을 뿐이다. 잠시 후, 무시무시한 벼락이 떨어졌다. 입에 담을 수 없는 비밀이 간직된 그 저주스러운 집은 그렇게 무너져서, 내 마음 속 한 자리를 제외하고는 잊혀져 버렸다.

---

7) 프톨레마이스(Ptolemais): 현재 리비아의 일부인 고대 키레나이카의 해안 도시로, 프톨레마이오스 왕조 혹은 그 개인의 이름을 따서 명칭이 붙여졌다.

8) 미스캐토닉 계곡(Miskatonic Valley): 앞으로 러브크래프트 소설에 등장하게 될 주요 배경 중의 하나로 이 작품에서 처음으로 언급되었다.

9) 아컴(Arkham): 아컴은 러브크래프트 소설에 등장하는 가상공간 중에서 핵심적인 배경이라고 할 수 있다. 미스캐토닉 계곡과 함께 이 작품에서 처음으로 언급되고 있다. 현재 매사추세츠의 댄버스 지역인 세일럼을 모델로 삼았다고 알려져 있다. 아컴은 이후 오거스트 덜레스와 윈드레이가 러브크래프트 작품을 전문적으로 출간하기 위해 세운 출판사 이름이 되기도 한다.

10) 피가페타의 콩고 지역 보고서: 필리포 피가페타(Filippo Pigafetta, 1533~1604)가 쓴 실존 도서. 1591년 이탈리아에서 초판본이 출간된 이후, 영국(1597)과 독일(1597)에서 출간이 잇따랐다. 라틴어 번역본은 1598년에 출간되었는데, 러브크래프트는 이 책의 출간본과 출간 순서를 다소 헷갈린 것으로 보인다.

11) 안지쿠(Anziku): 콩고 강에 인접한 아프리카의 옛 왕국. 현재는 콩고 인민공화국의 중부지역에 속한다.

12) 『천로역정』은 존 번연(John Bunyan)이 쓴 작품. 코튼 매더의 책은 「픽맨의 모델」 주석 참고.

13) 미디안 족(Midianites): 고대 아라비아 사막 북부의 유목 민족으로, 구약 성서에 자주 언급되어 있다. 유대인의 숙적이었다가 나중에 패망한다. 「판관기 Judges」에서 이스라엘의 장군 기드온에 의해 팔레스타인 서부로 쫓긴 뒤로 성서에서도 점차 사라진다.

14) 가발은 18세기 상류층에서 유행했다고 한다. 프랑스 혁명 때 단두대에서 귀족들이 참수를 당하면서 가발 유행은 수그러들었다.

THE MUSIC OF ERICH ZANN
에리히 잔의 선율

작품 노트 | 에리히 잔의 선율 The Music of Erich Zann

1921년에 쓰여져 1922년 《내셔널 아마추어The National Amateur》에 실렸다. 이 작품은 러브크래프트가 「우주에서 온 색채」와 함께 가장 만족스러운 작품으로 자평하고 있다. 그는 서한에서 "내가 생각하기에 가장 뛰어난 작품은 「우주에서 온 색채」입니다. 그 다음으로 꼽을 수 있는 작품이 「에리히 잔의 선율」이며……."(1931년 6월 19일)라고 밝히고 있다. 또 다른 편지에서는 "제 작품 중에서 읽을 만한 가치가 있는 것은 「우주에서 온 색채」와 「에리히 잔의 선율」 둘 뿐입니다."(1936년 11월 2일)라고 적고 있다. 자신의 작품을 평가하는데 인색했던 그였지만, 이 작품에 대해서는 미지의 공포를 전달하기 위한 분위기와 음악이라는 매개체가 효과적으로 사용됐다고 자평했다는 점이 흥미롭다.

작품의 화자는 시각보다는 청각, 즉 소리로써 지나간 기억과 현실을 전달한다. 화자의 기억은 너무 생생해서 쉽게 잊히지 않고, 너무 생경해서 공허하게 느껴진다. 기억과 공포에 관한 주제는 러브크래프트가 즐겨 다루는 내용 중 하나이다. 배경으로 등장하는 오제이유 가는 러브크래프트 본인이 편지를 통해서 파리라고 밝혔지만, 가상적 공간에 작가 특유의 뉴잉글랜드 분위기를 사용했다는 관점에서 작품을 대하면 좋을 것이다.

러브크래프트의 작품을 원작으로 한 영화가 적지 않지만, 원작에 충실한 영화는 아직까지 찾아보기 어렵다. 그런 점에서 이 작품을 원작으로한 동명의 단편 영화(1980)는 원작에 가장 충실하다는 평가를 받는다.

나는 주의 깊게 그 도시의 지도를 살펴보았지만, 어디에서도 오제이유 가라는 지명을 찾을 수 없었다. 지명이 몇 군데 바뀐 것으로 보아 지도 자체가 오래 전에 만들어진 것 같았다. 나는 직접 찾아보기로 마음 먹고 옛 마을을 샅샅이 뒤지기 시작했지만, 딱히 내가 알고 있는 오제이유 가라고 할 만한 곳은 나타나지 않았다. 철학을 전공했던 가난한 대학생 시절을 몇 달간 그곳에서 보냈고, 여전히 에리히 잔의 선율이 귓가에 또렷하건만, 그 집도 거리도 마을까지 찾을 수 없다니 난감한 일이었다.

　어쩌면 내 기억력에 문제가 있는 것인지도 모른다. 오제이유 가에서 하숙할 당시 나는 줄곧 심신이 매우 불안정한 상태였고, 당시 알고 지내던 몇몇의 얼굴도 막상 떠오르지 않는 걸 보면 그럴 만도 했다. 그래도 그곳을 다시 찾을 수 없다는 것은 기이하고도 당혹스러운 일이었다. 대학교에서 걸어서 30분도 채 걸리지 않던 거리인데다, 무엇보다 그곳에서 생활한 사람이라면 좀처럼 잊을 수 없을 만큼 인상적인 곳이었기 때문이다. 그러나 아무리 수소문해도 오제이유 가를 안다는 사람이 단한 명도 없었다.

침침한 창고 건물들을 따라 흐르던 탁한 강물 위로 검은색의 육중한 돌다리를 건너면 오제이유 가가 나타났다. 인근 공장에서 뿜어내는 매연 때문에 햇빛이 거의 들지 않았다. 그 탓에 거리는 음침한 강물처럼 늘 어두웠다. 게다가 강물에서 지독한 악취가 풍겼는데, 그 냄새만 맡아도 단번에 오제이유 가를 찾을 수 있다는 생각이 들 정도였다. 다리를 건너면 철제 난간과 함께 비좁은 자갈 도로가 오르막길로 이어져 있으며, 처음에는 완만한 경사를 이루다가 오제이유 가에 접어드는 순간 깎아지르듯 가팔라졌다.

지금까지 나는 오제이유 가처럼 비좁고 가파른 거리를 보지 못했다. 거의 절벽이나 다름없어서 웬만한 운송 수단은 접근이 불가능했다. 계단들이 많고, 거리 끝에는 담쟁이덩굴이 무성한 돌벽이 버티고 있었다. 구불구불한 길에 석판이 깔려 있는 곳도 있고, 자갈길이나 잡초가 우거진 비포장도로도 많았다. 집들은 하나같이 높은 건물에 뾰족 지붕을 하고 있는데, 아주 노후한 상태라 금방이라도 무너질 것처럼 사방으로 기울어진 모습이었다. 심지어 도로를 사이에 두고 양쪽 건물이 앞쪽으로 기울어져 둥근 천장처럼 서로 맞닿아 있어서 그 아래를 지날 때면 터널처럼 어둑침침했다. 이따금 거리를 가로질러 집과 집을 연결하는 다리도 눈에 띌 정도였다.

그곳 주민들도 내게는 아주 독특해 보였다. 처음에는 사람들이 너무 조용하고 말이 없어서 이상하게 여겼는데, 시간이 지날수록 주민 대부분이 노인이라는 사실을 깨달았다. 솔직히 내가 원해서 그곳으로 이주한 것이 아니었고, 첫눈에 그런 곳에서 생활할 수 있을지 의문이었다. 나는 늘 돈에 쪼들려 빈민가를 전전하다 결국에는 오제이유 가까지 오게 된 것이었다. 내가 세든 곳은 중풍에 걸린 블랑이라는 주인 노인을 닮아 다 쓰러져 가는 낡은 집이었다. 거리 끝에서 세 번째, 어느 집보다 높은 건물이었다.

주택 전체가 거의 비어 있는 상황이라 내가 묵은 5층엔 나 말고는 세 든 사람이 없었다. 그런데 이사한 첫날 밤 바로 위층에서 기이한 음악 소리가 들려오기에 다음 날 블랑에게 자초지종을 물어 보았다. 블랑이 들려준 바에 따르면, 위층에 독일 출신의 늙은 비올(바이올린의 전신) 연주자가 세들어 있으며, 말이 워낙 없어서 에리히 잔이라는 이름과 저녁마다 싸구려 극장에서 연주를 한다는 정도만 알고 있다는 것이었다. 그가 지붕 밑 외딴방을 선택한 이유도 극장에서 돌아온 후 비올 연주를 하기 위해서라고 했다. 이어서 주인은 박공창 하나만 나 있는 방이지만, 그곳에서 보면 오제이유 가 끝에 버티고 있는 돌벽 너머까지 훤히 내려다보인다는 말도 덧붙였다.

그 후로 나는 밤마다 잔의 비올 선율을 듣게 되었고, 줄곧 음악이 기이하다는 생각을 떨치지 못했다. 음악에는 문외한이었지만, 그가 연주하는 음악이 몹시 생소하다는 생각이 들었던 것이다. 시간이 지나면서 그 노인이 천재적인 작곡가라고 확신하게 되었다. 나는 점점 그 선율에 빠져들었고, 마침내 그 노인을 한번 만나볼 작정을 하게 되었다.

어느 밤, 나는 복도에서 기다리고 있다가 극장에서 돌아오는 잔을 막아선 채, 새로 세든 사람인데 그의 방에서 비올 연주를 직접 들어보고 싶다고 말했다. 작고 깡마른 체구에 구부정한 모습, 초라한 옷차림과 푸른 눈동자, 완전히 벗겨진 머리, 무엇보다 사티로스[15]를 연상시키는 얼굴이 섬뜩한 인물이었다. 그는 내 말에 불쾌해 하면서도 두려운 표정을 지었다. 그러나 간청하는 나의 진심과 우호적인 태도를 좋게 보았는지, 얼마 후 고개를 끄덕이는 것이었다. 그는 퉁명스럽게 따라오라고 말한 후 삐거덕거리는 다락방 계단을 올라가기 시작했다. 그는 맨 위층에 있는 두 개의 다락방 중에서 서쪽 방을 사용하고 있었다. 오제이유가 끝에 버티고 있는 높은 돌벽을 마주보고 있는 위치였다. 생각보다 방이 퍽 넓었고, 가구가 거의 없어서인지 횅한 느낌마저 들었다. 비좁은 철제 침대와 때 묻은 세면대, 작은 탁자 하나와 커다란 책장 하나, 철제 보면대 그리고 낡은 의자 세 개가 그 방에 있는 가구의 전부였다. 바닥에는 악보들이 아무렇게나 쌓여 있었다. 횅한 벽면은 먼지와 거미줄로 채워져서 사람이 살지 않는 곳처럼 느껴졌다. 에리히 잔이 추구하는 아름다움의 세계는 훨씬 더 강렬한 상상력의 공간에서 나오는 것 같았다.

그는 내게 앉으라는 손짓을 해 보인 후, 묵묵히 방문을 닫고는 큼지막한 빗장까지 채웠다. 곧이어 양초 두 개에 불을 붙이고는 낡은 케이스에서 비올을 꺼내면서 그나마 가장 편해 보이는 의자에 앉았다. 그는 내게 신청곡 따위는 묻지 않고 곧바로 악보도 없이 연주를 시작했다. 나는 한 번도 들어보지 못한 그 매력적인 선율에 빠져 한 시간 동안이나 황홀경에 취해 있었다. 그가 직접 작곡한 곡임에 틀림없었다. 음악에 밝지 못한 나로서는 그 선율을 정확히 설명하기란 녹록치 않다. 푸가의 일종으로 매력적인 선율이 반복되는데, 그동안 내 방에서 들어왔던 그 기이한 음색이 전혀 없는 것이 이상했다.

나는 이미 익숙해져서 대충 흥얼대기도 하던 곡조를 떠올리다, 노인이 연주를 마치고 비올을 내려놓는 것을 기다려 그 곡도 들려달라고 부탁했다. 그런데 내가 부탁을 하자 연주 내내 차분하고 평온했던, 그 사티로스처럼 주름진 얼굴이 단번에 분노와 두려움이 뒤엉킨 묘한 표정으로 돌변하는 것이었다. 방금 전 내가 노인에게 처음으로 말을 걸었을 때와 똑같은 표정. 나는 괴팍한 노인의 변덕쯤으로 가볍게 생각하고, 휘파람으로 그 선율을 불면서 노인을 다시 재촉해 보았다. 그러나 휘파람 소리는 그리 오래가지 않았다. 노인의 얼굴이 돌연 일그러져 앙상하고 차디찬 오른손으로 내 입을 막아 버렸던 것이다. 게다가 겁에 질린 눈으로 커튼이 쳐져 있는 창가를 흘깃거렸다. 마치 무시무시한 침입자를 경계하는 눈초리였는데, 전에 말했듯 그 다락방은 주변 건물보다 훨씬 높아 언덕 정상에 있는 돌벽 너머까지 보일정도여서 노인의 행동이 이상하게 느껴졌다.

나는 노인의 눈초리에서 문득 블랑의 말이 떠올랐고, 창가에 서서 마을 지붕마다 너울대는 달빛 파노라마와 언덕 너머 도시의 야경을 바라보고 싶다는 욕구가 치밀었다. 블랑의 말대로라면, 그 같은 광경을 볼 수 있는 사람은 오제이유 가에서 그 노인뿐이었다. 그런데 내가 창가로 다가가 커튼을 잡아당겼을 때였다. 그 벙어리 노인이 공포와 분노에 새파랗게 질린 얼굴로 나를 막아서는 것이었다. 이번에는 양손으로 나를 거칠게 잡아끌면서 머리로는 연신 문가를 가리키기 시작했다. 그쯤엔 나도 노인의 행동에 넌덜머리가 나서, 내 발로 걸어나갈 테니 손을 놓으라고 말했다. 그는 손아귀에서 힘을 빼면서 내 얼굴에 드러난 혐오감과 불쾌감을 느꼈는지 기세가 약간 누그러지는 듯 했다. 다시 내 옷깃을 잡는 노인의 손에서 힘이 느껴졌지만, 이번에는 상냥한 얼굴로 자리에 앉으라며 의자를 권하는 것이었다. 그러고는 뭔가 생각에 잠기는 표정으로 책상에 앉아 서툰 불어로 글을 쓰기 시작했다.

종이에는 미안하다며 용서를 구하는 내용이 적혀 있었다. 늙고 외로운 처지라 음악과 여러 가지 일들에 신경이 예민해져서 까닭 모를 두려움에 사로잡힌다고 말이다. 그리고 자신의 음악을 들어줘서 기쁘다고, 괴팍한 행동을 마음에 두지 말고 다시 놀러와 주기를 바란다는 말도 있었다. 다만 다른 사람에게는 그 기이한 곡을 들려줄 수 없을 뿐더러 그런 얘기조차 참을 수 없으니, 아무도 자신의 방에서 털끝 하나라도 손대지 않았으면 좋겠다는 것이었다. 나를 만나기 전까지는 다른 사람이 자신의 연주를 듣고 있으리라 생각지 못했다고, 말이 나온 참에 집주인에게 부탁해서 음악 소리가 들리지 않는 아래층으로 내 방을 옮겼으면 좋겠다고 했다. 아래층 방 값이 더 비싸다면 자신이 차액을 물어주겠다는 말까지 들어 있었다.

나는 형편없는 불어를 가까스로 해독하면서 점점 노인에게 연민을 느끼기 시작했다. 나처럼 그 노인도 육체적 정신적 고통에 시달리고 있다는 생각이 들었다. 게다가 형이상학을 전공하는 학생으로서 나는 폭넓은 인간애까지 떠올리고 있었다. 밤바람에 창틀이 덜커덕거리는지, 창가에서 나는 희미한 소리만이 유일하게 그 방의 침묵을 깨고 있었다. 에리히 잔의 삐뚤삐뚤한 글씨로 인해 나는 점차 격렬한 감상에 사로잡혔다. 그래서 글을 다 읽었을 때, 노인의 손을 맞잡고 진정한 친구로서 그날의 작별을 고했던 것이다.

다음 날, 블랑은 3층의 값비싼 방으로 나를 안내했다. 그 방을 사이로 양쪽에 늙은 고리대금업자와 점잖은 가구업자가 묵고 있었다. 이제 4층에 세든 사람이 아무도 없는 셈이었다.

그러나 얼마 후 나는 잔이 애절한 사연으로 내게 방을 옮기도록 한 것이 다른 이유 때문임을 간파했다. 그 후로 그는 나를 부르지 않았고, 내가 찾아가더라도 대단히 불편해 했다. 그러고는 탐탁지 않은 기색으로 비올을 억지로 연주하곤 하는 것이었다. 밤에는 늘 그런 식이었

50

고, 낮에는 잠을 자느라 아무도 방에 들이지 않았다. 다락방과 기이한 선율이 여전히 내 마음 한편을 사로잡았지만, 노인에게 느꼈던 연민은 많이 사그라졌다. 무엇보다 그 다락방 창가에서 햇살에 반짝이는 지붕과 멀리 펼쳐진 풍경을 바라보고 싶다는 욕구가 기이할 정도로 강해졌다. 그러나 노인이 일을 나간 시간에 다락방에 올라가 보아도 방문은 굳게 잠겨 있었다.

그래서 나는 방을 옮긴 후에도 밤마다 계속되는 노인의 연주를 엿듣기로 마음먹었다. 처음에는 예전의 5층까지 까치발로 오가는 것이 전부였지만, 나중에는 삐거덕거리는 계단 끝까지 올라가 바로 문 앞에서 노인의 연주를 듣게 되었다. 비좁은 문간에서 굳게 잠긴 손잡이 열쇠 구멍에 귀를 대고 있노라면 형언할 수 없으리만큼 경이롭고 신비한 선율이 귓가를 채우곤 하는 것이었다. 결코 무시무시한 선율이 아니었다. 지상에 존재하지 않는 음감이 전해 왔고, 한 사람 이상이 연주하는 교향악의 느낌마저 들 때가 있었다. 에리히 잔은 마성을 창조해내는 천재였다. 시간이 흐를수록 선율은 점점 격렬해져 갔고, 이따금 마주칠 때마다 노인은 비참할 정도로 수척해져 있었다. 언제부터는 밤에도 내게 방문을 열어 주지 않았고, 행여 계단에서 마주칠세라 황급히 피하기 시작했다.

그러던 어느 날 밤, 여느 때처럼 나는 문가에서 음악을 듣고 있는데 갑자기 비올 소리가 찢어질 듯한 비명과 소음으로 돌변했다. 극도의 혼란 속에서 나는 가뜩이나 쇠약한 내 정신 상태를 의심했지만, 내가 잘못된 게 아니라면 분명 그 아비규환과도 같았던 소란은 굳게 잠긴 방문 너머에서 오는 것이었다. 말 못하는 사람이 지르는 소름끼치는 비명 소리가 이어졌고, 예의 공포와 분노가 뒤엉켜 심장을 쥐어짜는 듯

했다. 나는 미친 듯이 방문을 두드렸지만, 아무런 응답이 없었다. 섬뜩한 냉기와 공포에 떨며 문가에서 우두커니 기다리기를 얼마쯤 계속했을까, 가엾은 노인이 의자를 짚고 바닥에서 일어서려고 안간힘을 쓰는 소리가 들려오기 시작했다. 얼마 전까지 의식을 잃었던 모양인데, 나는 다시 문을 두드리며 계속해서 내가 왔음을 알렸다. 이윽고 노인이 비틀거리며 창가로 다가가 덧문과 창문을 닫고는 방문 쪽으로 걸어오는 소리가 들려 왔다. 그는 고꾸라지듯 모습을 드러냈다. 이번에는 진심으로 나를 반기는 기색이었다. 엄마의 치맛자락을 붙잡는 아이처럼 나의 외투를 움켜쥐는 그의 표정에 안도감이 떠올랐다.

노인은 가련할 정도로 몸을 떨면서 내게 의자를 가리켰고, 그 자신도 무너지듯 의자에 앉았다. 주변 바닥에는 비올과 활이 아무렇게나 놓여 있었다. 그는 한동안 꼼짝없이 고개만 기묘하게 끄덕이면서 무슨 소리라도 들려오는지 신경을 곤두세웠다. 얼마 후 겨우 안도한 표정으로 책상에 앉아 간단히 몇 자를 적어 내게 건네주더니, 그러고는 다시 쉬지 않고 종이에 펜을 놀리기 시작했다. 그가 건넨 간단한 메모에는 조금만 너그럽게 기다려 달라는 말이 적혀 있었다. 노인이 자신에게 찾아온 경악과 공포의 순간을 남김없이 독일어로 적고 있는 동안, 나는 묵묵히 기다렸다.

한 시간쯤 지났을 때 책상에는 꽤 많은 양의 종이가 쌓여 있었지만, 노음악가의 손은 좀처럼 멈출 기미가 없었다. 문득 나는 그의 얼굴에 발작적으로 스쳐 가는 공포의 그림자를 보았다. 창가를 노려보는 그의 온몸에 경련이 일기 시작했다. 내 귓가에도 무슨 소리가 들려오는 것 같았다. 그러나 그건 공포를 떠올릴 만한 소리는 아니어서, 아주 희미하게 들려오는 선율 같은 그것은 인근 이웃집 아니면 내가 한 번도 본

적 없는 돌벽 너머 어딘가에서 누군가 악기를 연주하는 소리 같았다. 그러나 잔 노인은 무슨 끔찍한 기억이 되살아났는지 어느새 펜을 떨어뜨리고 벌떡 자리에서 일어나 비올을 움켜쥐는 것이었다. 곧이어 지금까지 내가 들어본 음악 중에서 가장 거칠고 날카로운 선율이 밤의 정적을 찢기 시작했다.

그날 밤 에리히 잔의 연주를 뭐라 표현할 길이 없다. 음악 자체보다 더 끔찍한 것은 공포에 마비된 노인의 표정이었다. 그는 뭔가 끔찍한 소리를 잠재우기 위해 필사적으로 시끄러운 굉음을 만들어내는 것 같았다. 점점 광란으로 치닫는 선율 속에는 여전히 그 기이한 노인의 천재성이 번뜩이고 있었다. 나는 그제야 그것이 극장에서 자주 연주되는 헝가리 무곡을 거칠게 변주한 곡임을 깨달았다. 잔이 다른 작곡가의 음악을 연주한 것은 아마 그때가 처음이었으리라.

점점 거칠어지는 고음의 변주는 어느덧 비명과 흐느낌처럼 들려 왔다. 노인은 비오듯 땀을 흘리며 원숭이처럼 일그러진 몰골로 변했지만, 커튼 친 창가를 향한 핏발 선 눈길만은 거두지 않았다. 나는 극도의 긴장감 속에서 구름과 연기와 번개가 소용돌이치는 심연을 뚫고 사티로스의 음침한 얼굴과 바커스의 신명난 춤판이 한데 뒤엉키는 환상을 보았다. 그러나 어느 순간부터 전과는 달리 이질적이고, 보다 날카로운 음악 소리가 들려오기 시작했다. 그것은 비올의 선율이 아니었다. 침착하면서도 섬세하며 의도적이고 냉소적인 그 소리는 멀리 서쪽 방향에서 들려오고 있었다.

그때였다. 광란의 선율에 답하듯 한층 격렬해진 밤바람에 창문이 덜커덕거리기 시작했다. 비올이 만들어낼 수 없는 끔찍한 소리가 비명처럼 방 안을 채우고 있었다. 점점 세차게 흔들리던 창문에서 날카로운 소리와 함께 유리창이 깨지고 말았다. 찬바람이 밀려들었고, 촛불이 꺼지고, 잔 노인의 비밀이 담긴 종이들이 흩날리기 시작했다. 나는 잔 노인을 바라보았다. 그는 제정신이 아닌 듯 했다. 생기 잃은 파란 동공이 부풀어 올랐고, 기계적이고 맹목적인 주신제처럼 걷잡을 수 없는 광란 상태가 이어졌다.

또 한 차례 돌풍이 쏟아져 들어오자, 노인이 쓴 종이들이 창가로 휘날리기 시작했다. 흩날리는 종이를 잡으려고 달려갔지만, 그것들은 순식간에 창문 밖으로 사라져 버렸다. 문득 예전부터 나는 그 창가에서 마을의 정경과 돌벽 너머를 보고 싶었다는 사실이 떠올랐다. 칠흑같이 어둡고 비바람이 몰아치고 있지만, 희미하게나마 도시의 불빛들이 넘실대고 있을 것 같았다. 촛불도 꺼져버린 어둠, 돌풍과 광기의 선율이 가득한 방 안. 마을에서 가장 높은 박공창에서 나는 그렇게 밖을 내다보았다. 어둠 속에 고요히 누워 있을 것 같았던 도시의 모습은 어디에도 없었다. 내가 기억하는 거리의 불빛도 없었다. 끝없는 어둠만이 시야를 채우고 있었다. 지상의 것이라고 할 수 없는 움직임과 선율이 충만한, 실로 상상을 초월하는 공간이었다. 내가 완전히 겁에 질려 창밖을 보는 동안, 돌풍은 계속해서 몰아쳤고 나는 혼돈과 지옥 한복판에 홀로 남은 기분이었다. 어둠의 장막은 너무도 견고하고 무감각했다. 그리고 등 뒤에서 비올의 미친 선율이 달려들었다.

나는 돌아서서 비틀거리며 어둠을 더듬었다. 책상에 부딪히고 걸상이 쓰러지는 소리에 이어, 간신히 신음을 토하며 비올 가까이 다가갈 수 있었다. 나 자신과 에리히 잔의 목숨을 구하기 위해서 무슨 짓이든 해야 할 순간이었다. 묘한 냉기가 내 온몸을 훑고 지나가는 순간, 내 입에서는 단말마의 비명이 터져 나왔다. 그러나 비명 소리는 이내 비올의 광음 속에 묻혀 버렸다. 미친 듯이 허공을 가르는 노인의 팔이 느껴졌다. 나는 더듬거린 끝에 가까스로 그의 어깨를 붙잡고 마구 흔들었다.

그에겐 아무런 반응도 느껴지지 않았고, 비올 소리는 조금도 누그러지지 않았다. 나는 다시 그의 머리 부근을 더듬어 귓가에다 어둠 속에 뭔가 있는 것 같으니 어서 방에서 빠져나가자고 소리쳤다. 그러나 변한 것은 없었다. 방 안을 휘도는 바람을 타고 어둠과 혼란의 질펀한 춤판이 벌어지는 느낌이었다. 노인의 귀를 만지는 순간 심장이 얼어붙는 것 같았다. 얼음장 같이 차갑게 굳은 그의 얼굴에서 숨결이 느껴지지 않던 것이다. 허공을 향해 흐릿한 동공이 휑하니 열려져 있을 뿐이었다. 나는 다급히 출입구를 찾다가, 커다란 나무 빗장이 손에 잡히는 순간 문을 열고 무작정 뛰쳐나왔다. 그 순간에도 저주받은 비올의 선율은 더욱 더 싸늘한 광기를 전하고 있었다.

나는 거의 허공을 날다시피 무수한 계단을 내려왔다. 무턱대고 달렸다. 비좁고 가파른 길과 낡은 계단과 허물어져 가는 주택들이 스쳐갔다. 다시 계단을 뛰어내리고 자갈길을 건너 악취가 진동하는 다리 위를 질주해야했다. 이윽고 누구나 안전하다고 여길만한 넓은 대로변이 나타났을 때까지도 그 끔찍한 광경은 내 머리 속을 떠나지 않았다. 나는 머리를 들어 바람 한 점 없는 대기의 숨결과 달빛 비추는 거리를 바라보았고, 도시의 불빛이 반짝이고 있음을 깨달았다.

애타게 찾아보았지만, 결국 오제이유 가를 다시 찾지 못했다. 그렇다고 실망이 크지는 않았다. 그 거리가 종적을 감추었다고 해도, 에리히 잔이라는 음악가만이 설명할 수 있을 그 광기의 원고들이 영영 사라졌다고 해도 말이다.

15) 사티로스(Satyr): 주신 디오니소스를 섬기는 반인반수의 괴물.

HERBERT WEST - REANIMATOR

허버트 웨스트 - 리애니메이터

작품 노트 | 허버트 웨스트-리애니메이터 Herbert West-Reanimator

1921년《홈 브류Home Brew》지에 연작으로 발표를 시작해서 총 6편이 실렸다. 러브크래프트 사후 1942년《위어드 테일즈》에 다시 게재됐다.

옴니버스 형태로 여섯 개의 작품이 독립적인 이야기를 다루고 있지만, 주인공과 배경, 시체를 살려내는 의사 등의 기본 구성이 비슷하다. 러브크래프트 자신은 이 작품을 '쓰레기(dead dog)'라고 평가했다. 하지만 공포 영화를 좋아하는 사람들에게 이 작품은 영화 「좀비오(영어 원제는 리애니메이터Re-Animator)」의 원작으로 잘 알려져 있는 만큼 작가 자신의 평가는 다소 과격해 보인다. 사실 러브크래프트는 「크툴루의 부름」도 그저 그런 수준이라며 자신의 작품에 혹독한 편이었다. 다만 구성이 반복적이라는 아쉬움이 있으며, 러브크래프트가 마음에 들어 하지 않는 이유도 이 때문으로 보인다. 하지만 연작 형태로 잡지에 기고를 해야 하는 상황에다 매 이야기마다 전(前)편을 소개하는 형태를 취해야 했기 때문에 이야기가 중첩될 수밖에 없었다고 한다. 물론 따로 전편 줄거리를 독립적인 공간에 실을 수도 있었지만(러브크래프트 자신이 홈 브류 편집장에게 실제로 부탁하기도 했다) 그 의견은 받아들여지지 않았다. 그런 당시 출간 상황을 염두에 두고 읽어야 할 듯하다. 주제 면에서는 신의 영역을 침범한 과학자의 이야기를 다룬 『프랑켄슈타인』과 일맥상통하지만, 러브크래프트 본인은 좀 더 주제를 발전시키고 싶었던 것으로 알려져 있다.

이 작품을 영화화한 「좀비오」(1985)는 스튜어트 고든이 B급 영화에서 공포 영화의 대가로 자리매김하는 출세작이었다. 그 후에는 브라이언 유즈나가 「좀비오2Bride of Re-Animator」(1990)와 2003년 「돌아온 좀비오Beyond Re-Animator」(2003)를 연출했다.

I. 어둠 속에서

대학 동기생이자 오랜 친구인 허버트 웨스트를 떠올릴 때마다 나는 극도의 두려움만을 느낀다. 그것은 최근 그가 불길한 형태로 실종됐다는 사실뿐 아니라 그가 몰두했던 일의 성격 때문이다. 17여 년 전 우리가 아컴 소재 미스캐토닉 대학[16] 의학부 3학년 학생일 무렵, 내가 처음으로 그 일을 접했을 때도 섬뜩하기는 마찬가지였다. 가장 절친한 친구로서 함께 생활하는 동안 나는 그가 몰두한 실험의 경이로움과 악마적 성향에 완전히 매료된 바 있었다. 이제 그가 종적을 감추고 마법의 주문도 끝나버린 지금, 나는 더욱 더 실제적인 공포감에 사로잡혀 있다. 기억과 가능성, 그것은 현실보다 더 끔찍한 공포이다.

내가 난생 처음으로 맞닥뜨렸던 그 끔찍한 사건은 두 번 다시 입에 올리고 싶지 않을 정도로 충격적이었다. 앞서 말했듯 그 사건은 내가 의과 대학생이었던 시절에 일어났다. 웨스트는 당시 죽음의 본질과 그것을 인위적으로 극복하는 문제에 대해 과격한 이론을 펼치며 이미 악명을 떨치고 있었다. 교수들과 동기생들의 비웃음을 받았던 그 이론이란 생명의 기계론적 입장을 바탕으로 생명 과정이 멈춘 이후 나타나는 화학적 활동을 예측함으로써 인간의 유기 조직을 소생시킬 수 있다는 것이었다.

웨스트는 소생 시약을 개발하기 위해 다양한 실험을 하는 과정에서 토끼와 기니피그, 고양이와 개, 원숭이 등 숱한 동물을 죽였고, 학내에서도 가장 혐오스러운 기피 인물로 낙인찍혔다. 몇 차례 죽은 동물의 사체에서 생명력이 포착되기도 했지만, 정확한 판단은 어려웠다. 그래서 그는 실험의 완벽한 성공을 위해서 평생을 바쳐 연구하겠다는 각오까지 굳혔다. 무엇보다 동물의 종류에 따라 결과가 일관적이지 못하다는 게 문제였는데, 좀 더 구체적이고 전문적인 연구를 위해 인간을 대상으로 실험해야 한다는 주장도 서슴지 않았다. 이 때문에 대학 당국과 처음으로 마찰을 겪게 되고, 의과대학 학장에게서 몇 단계 복잡한 승인 절차를 밟지 않는 한 더 이상의 실험을 금지한다는 경고를 받았다. 당시 의과대학 학장이던 앨런 헬세이 박사는 학식이 깊고 너그러운 성품의 소유자였다. 그가 불쌍한 사람들을 위해 헌신해 왔다는 사실은 아컴의 주민이라면 누구나 다 알고 있었다.

나는 웨스트의 연구를 꾸준히 묵인해 준 유일한 사람이었고, 꽤나 지엽적이고 복잡한 그의 이론을 함께 토론하는 일도 잦았다. 웨스트는 모든 생명은 화학적이고 물리적인 과정이며 '영혼'은 가상적인 신화에 불과하다는 헤켈[17] 이론의 신봉자였다. 사체에 부패와 손상이 없고, 장기가 온전한 상태일 경우 적절한 방법을 통해 인위적으로 생명을 주입할 수 있다는 게 그 요지이다. 그는 유기 조직의 조건만 맞는다면 망자(亡者)를 다시 살릴 수 있다고 확신했다. 물론 정신 혹은 지능이 있는 생물

60

의 경우, 뇌 세포는 경미한 변화로도 쉽게 파괴될 수 있으며 사망 직후 그런 손상이 매우 빠르게 일어난다는 사실을 그가 모를 리 없었다.

연구 초기에 웨스트는 유기체가 완전한 사망에 이르기 전에 살려내는 시약을 발견코자 했다. 하지만 동물 실험에서 여러 차례 실패를 거듭한 후에는 자연적인 생명 활동과 인위적인 재생 시도가 도저히 양립할 수 없다는 결론에 도달했다. 그때부터 그는 사망한 직후의 신선한 사체를 물색하여 사망 상태에서 소생 시약을 주입하는 쪽으로 방향을 수정했다. 그 때문에 교수들은 웨스트의 의견에 더욱 회의적인 태도를 취하게 되었다. 그들은 무엇보다 '완전 사망'이라는 출발 조건에 고개를 돌려버렸다. 교수들이 그의 주장을 논리적으로 면밀하게 검토할 만한 가치가 있다고 여긴 적은 단 한 번도 없었다.

교수들이 웨스트의 연구를 중단시킨 지 얼마 지나지 않아, 그는 다른 방법으로 인간의 사체를 구해 비밀리에 실험을 계속하겠다고 내게 알려왔다. 대학에서 학생이 개인적으로 해부용 시신을 구입하는 일은 불가능했기에, 그의 계획은 어딘지 섬뜩하게 느껴졌다. 시체 공시소에서 번번이 거절당한 후 웨스트는 마을에 사는 두 명의 흑인을 끌어들였다. 그들에 대해서는 거의 알려진 사실이 없었다.

당시 웨스트는 마르고 왜소한 체구에 안경을 썼고, 금발과 파란 눈동자, 부드러운 목소리 때문에 섬세한 분위기를 풍겼다. 그런 그의 입에서 교회 묘지와 빈민 묘지[18]라는 말들이 튀어나오자, 나는 무척이나 놀라고 당황했다. 교회 묘지에 묻히는 시신들은 모두 방부제 처리를 하기 때문에 웨스트의 실험 대상으로 적절치 않았다. 결국 우리는 가난한 사람들이 주로 묻히는 빈민 묘지를 택하게 되었다.

나는 그때부터 웨스트를 열심히 지원하고 조수 역할을 자청하면서,

시체를 입수하는 일부터 적당한 실험 장소를 물색하는 문제까지 협력했다. 메도우 언덕[19] 뒤편에 버려진 채프먼 농가를 생각해낸 것도 바로 나였다. 우리는 그 건물 1층에 수술실과 실험실을 마련하고 각각 짙은 커튼을 쳐서 한밤의 그 은밀한 행각이 밖으로 새지 않도록 만전을 기했다. 도로에서 멀리 떨어져 있는 데다 인근에 다른 저택도 없었지만 매사 신중에 신중을 기할 필요가 있었다. 혹시 우연히라도 밤중에 주위를 지나던 사람의 입에서 이상한 불빛을 발견했다는 말이라도 나오는 날엔 계획이 모두 수포로 돌아갈 것이기 때문이었다. 만일 사람들의 의심을 받는 경우엔 화학 실험실이라고 둘러대기로 했다.

우리는 보스턴에서 구입하거나 대학에서 몰래 가져온 각종 실험 재료와 도구로 (전문가가 아니라면 눈치 채지 못하게 잘 포장해서) 불온한 과학자의 실험실을 채워갔다. 실험에 사용한 시체들을 지하에 묻기 위해 삽과 곡괭이까지 마련해 두었다. 대학에서는 소각로를 이용하곤 했지만, 불법적인 실험실에서 사용하기엔 너무 비싸서였다. 시체를 처리하는 일은 늘 성가시고 힘겨웠다. 웨스트의 하숙방에서 기니피그를 대상으로 실험을 할 때는 그나마 눈치가 덜했지만, 그 조그마한 사체마저 아무렇게나 내다버릴 수는 없었다.

우리는 구울[20]처럼 인근에서 누가 죽었다는 소식이나 지역 신문의 부고 기사에 온 신경을 곤두세웠다. 실험 대상이 특정 조건을 만족시키는지가 중요했기 때문이다. 우선 사망한 직후에 매장돼야 하고, 인위적인 방부제 처리를 하지 않아야 했다. 신체가 손상될 만한 질병으로 사망한 경우도 탈락, 모든 장기가 온전히 남아 있어야 했다. 그러니 급사한 경우가 실험 대상으로 최상이었다. 우리는 몇 주 동안 적절한 시체를 찾지 못했다. 의심을 피하기 위해 대학에서 나온 사람인 척 시체 공시소와 병원을 돌아 다녔으나 헛수고였다. 대학교 실험 연구원으로 가장한 우리들은 여름 방학 때까지도 별다른 진전이 없을 경우 여름 학기에 수업이 거의 없더라도 아컴에 남아 있기로 계획을 세우기도 했다. 그러나 우리에게 행운이 찾아왔다. 어느 날 빈민 묘지에 실험 대상으로 적합한 시체 한 구가 매장됐다는 소문을 듣게 된 것이다. 젊고 건장한 노동자가 바로 전날 섬너 연못에서 익사했는데, 방부 처리를 하지 않고 서둘러 매장했다는 정보였다. 우리는 그날 오후 무덤을 확인한 후, 자정이 지나면 시체를 발굴할 생각이었다.

나중에 나는 혹독한 대가를 치렀으나, 당시만 해도 묘지에서 그다지 공포를 느끼지 않았다. 그래도 칠흑 같은 어둠 속에서 몇 시간에 걸쳐 시체를 파내자니 꽤 섬뜩하고 불쾌했다. 우리는 삽과 각등을 가져갔다. 물론 당시에도 손전등은 개발돼 있었지만 지금처럼 텅스텐을 이용한 제품이 아니었다. 더디고 역겨운 도굴 과정(우리가 과학자가 아니라 예술가였다면 음산한 영감을 느꼈을지 모르지만)이 지나고 마침내 삽끝에 목재가 닿는 순간이 얼마나 반가웠는지 모른다. 소나무 관이 완전히 모습을 드러내자, 웨스트는 한층 빨라진 손길로 뚜껑을 열고 시체를 꺼내 옆에 기대어 놓았다. 우리는 시체를 끌어올린 후, 무덤을 다시 예전 모습대로 돌려놓기 위해 또 한 차례 고단한 노동에 시달려야 했다. 게다가 첫 번째 전리품으로 입수한 시체가 바로 옆에서 공허하고 굳은 표정으로 지켜보고 있다는 생각에 점점 조바심이 났다. 어쨌든 우리는 가까스로 도굴 흔적을 없앴다. 우리는 헝겊 자루에 시체를 넣고 메도우 언덕 너머의 채프먼 농가를 향해 출발했다.

고성능 아세틸렌 가스 램프의 불빛 아래, 간이 해부대에 누워 있는 시체는 그리 흉하지 않았다. 건장한 체구에 잿빛 눈동자, 갈색 머리를 지닌 그 젊은이는 죽기 전까지 건강하고 평범하게, 두뇌를 쓰는 복잡한 삶보다는 활력이 넘치는 단순한 삶을 산 것이 틀림없었다. 웨스트가 전문적인 방법으로 사망을 재차 확인했지만, 시체는 죽었다기보다 잠든 것처럼 평화로이 두 눈을 감고 있었다. 마침내 웨스트가 그토록 갈망해 온 실험 대상을 손에 넣은 셈이었다. 그날을 위해 철저히 준비해 온 이론과 계산에 의거, 새로운 약을 개발하는데 결정적인 역할을 할 이상적인 사체 말이다.

한편 우리 둘 사이에는 긴장감이 고조되고 있었다. 처음부터 완벽한 성공을 기대하기는 무리였으므로, 우리는 생명의 불완전한 소생 과정이 가져올 소름끼치는 결과에 대비해 마음을 다잡아야 했다. 특히 소생된 피실험자가 어떤 반응을 보일지가 가장 염려스러운 부분이었다. 그 이유는 사망 직후 섬세한 뇌 세포에 어느 정도 손상이 일어났을 가능성이 컸기 때문이다. 게다가 나는 당시까지 인간에게 '영혼'이 있다는 전통적인 개념을 버리지 않았으므로 다시 살아난 인간이 들려주게 될 사후 세계의 비밀이 두려웠던 게 사실이다. 그 평범한 젊은이가 미지의 영역에서 과연 무엇을 보았을지, 생명을 되찾는다면 과연 어떤 말을 들려줄지 의혹이 일었다. 하지만 웨스트의 물질론적 견해에 대체로 동조하는 사람으로서 의혹이 그리 크지는 않았다. 웨스트는 나보다 훨씬 침착한 모습으로 시신의 팔 정맥에 다량의 약을 주사한 후, 곧바로 절개 부위를 신중하게 봉합하기 시작했다.

나는 침묵의 기다림이 오싹했지만, 웨스트는 일말의 망설임도 없었다. 그는 간헐적으로 시체의 가슴에 청진기를 갖다 대면서 좋지 않은 예후에도 냉정함을 잃지 않았다. 결국 45분이 지난 후에도 전혀 반응이 없자, 그는 낙담한 표정으로 시약에 문제가 있다고 말하고 말았다. 그러면서도 그 으스스한 전리품은 처분하기 전까진 최대한 연구에 활용하겠다고 했다. 우리는 그날 오후 지하실에 구덩이를 팠고, 시신은 바로 다음 날 새벽에 묻기로 했다. 문단속을 철저히 해 놓기는 했어도 혹시 모를 사소한 위험까지 고려해야 했기 때문이다. 물론 밤이 되어서도 시신에서 소생의 징후는 보이지 않았다. 그래서 하나뿐인 아세틸렌 가스 램프를 옆방의 실험실로 옮기고 어두워진 수술실 해부대에 시신을 그대로 놓아둔 채, 우리는 새로운 시약의 배합 공식을 찾아내는데 몰두하기 시작했다. 웨스트는 광적인 집중력을 발휘하면서 끝없이 약품의 무게와 부피를 측정하고 있었다.

끔찍한 사건은 그 후에, 순식간에 벌어졌다. 전혀 예상치 못한 일이었다. 내가 어떤 약품을 한쪽 시험관에서 다른 쪽으로 옮기고, 웨스트는 가스 공급이 안 되는 건물 사정상 분젠 버너 대신 알코올램프로 모종의 실험을 하고 있던 때였다. 바로 그때, 옆방 수술실에서 소름끼치는 비명 소리가 들려 왔다. 지옥의 문이 활짝 열려서 저주받은 고통의 울부짖음이 쏟아져 나왔다고 밖에는 그 혼란을 설명할 길이 없다. 그 상상할 수 없는 불협화음은 살아 있는 생물체에서 나오는 극한의 공포와 절망을 담고 있었다. 그것은 도저히 인간의 목소리라고 할 수 없었다. 인간이라면 그런 소리를 낼 수 없다. 해부대에 시신이 놓여 있다는 생각도 잊은 채, 나와 웨스트는 겁에 질린 짐승처럼 시험관과 램프와 증류관 따위를 내동댕이치고는 밖으로 뛰쳐나가 정신없이 어두운 시골길을 질주했다. 마을이 가까워지면서 우리는 밤새 술을 마시다가 그제야 귀가하는 술꾼 행세를 했지만, 그럼에도 매순간 입 밖으로 부서지는 비명을 완전히 억누를 수는 없었다.

우리는 부둥켜안듯 서로 달라붙어서 간신히 웨스트의 하숙방에 도착했다. 밤새도록 불을 켜놓고 무슨 말이든 속삭이지 않고서는 두려움을 감당할 수 없을 정도였다. 서로 그럴 듯한 설명을 주고받으면서 날이 밝는 대로 자세히 조사하기로 약속하고 나니 조금은 안심이 되었다. 곧 잠자리에 든 우리는 다음 날의 수업도 잊은 채 한낮까지 곯아떨어졌다. 그러나 이튿날 석간 신문에 난 두 개의 기사, 전혀 관련이 없어 보이는 그 기사를 보는 순간 우리는 큰 충격을 받았다. 오래 전에 버려진 채 프면 농가가 원인 모를 방화에 의해 잿더미로 변했다는 기사에 대해서라면, 우리가 집밖으로 뛰쳐나올 때 램프를 떨어뜨렸으니 납득할 수도 있었다. 그러나 최근에 빈민 묘지에 안치된 무덤 하나에서 밤새 짐승의 발톱 따위로 파헤친 흔적이 발견됐다는 기사를 설명하기란 불가능했다. 우리는 신중하게 흙을 다시 덮어서 다져놓았기 때문이다.

그로부터 17년이 지난 지금, 아마도 웨스트는 이따금씩 뒤를 돌아보면서 쫓아오는 발소리가 들린다고 말할지 모르겠다. 그러나 그는 지금 실종된 상태다.

II. 재앙을 부르는 악마

나는 16년 전의 그 무시무시했던 여름을 도저히 잊을 수 없다. 마치 에블리스의 궁전에서 나온 불온한 애프리트처럼 장티푸스가 아컴 전역을 휩쓸었던 그해 여름 말이다.[21] 대부분의 사람들에게 그때를 떠올리게 하는 것은 일종의 재앙일 것이다. 교회 묘지에 산처럼 쌓인 관 위로 박쥐의 날개처럼 공포가 새카맣게 내려앉던 시기였다. 그러나 나는 당시를 더 큰 공포로 기억하고 있다. 내게만 특별한 그 공포의 근원은 허버트 웨스트의 실종에서 비롯되었다.

　당시 웨스트와 나는 미스캐토닉 대학의 의과 대학에서 공부 중이었고, 웨스트는 시체를 소생시키는 괴팍한 연구로 이미 악명이 자자했다. 과학적 명분 아래 숱한 실험 동물들을 죽인 이후, 그의 기이한 연구 활동은 학장인 앨런 헬세이 박사에 의해 대외적으로 금지되었다. 그러나 침침한 하숙방에서 비밀리에 실험을 계속하던 웨스트는 급기야 빈민 묘지에서 파낸 인간의 시체를 메도우 언덕 뒤편에 버려진 농가로 가져가 오싹한 실험을 하기에 이른다.

　나는 그 불쾌한 실험 현장에서 화학적, 물리적 소생을 주장하는 웨스트가 불사의 영약을 시체의 정맥에 주사하는 과정을 지켜보았다. 실험은 끔찍한 결말로 끝났고 ― 그 광란의 공포를 나중에는 예민해진 우리의 신경 탓으로 돌리기는 했지만 ― 웨스트는 이후 끊임없이 무엇인가가 뒤쫓아 온다는 강박관념을 좀처럼 떨치지 못했다. 당시의 시체는 그리 신선한 편이 아니었다. 완벽한 소생을 위해서는 실험 대상을 사망한 직후에 입수해야 했다. 게다가 그 농가가 불타는 바람에 실험이 끝난 시체를 다시 파묻지도 못했다. 화재와 함께 시체가 땅속 어딘가에 묻혔다는 사실만 확인할 수 있었어도 우리의 마음이 한결 가벼웠을지 모른다.

　그 실험 이후 웨스트는 한동안 연구를 포기했다. 그러나 타고난 과학자의 천성이 슬금슬금 되살아나기 시작했고, 연구를 위해 해부학실과 해부용 시체를 이용하게 해 달라고 대학 당국에 요청함으로써 다시금 학내의 문제아로 낙인찍히고 말았다. 물론 그의 요청은 묵살되었다. 헬세이 박사는 단호했고, 다른 교수들도 학장의 결정을 지지했다. 금발과 안경에 가려진 파란 눈, 부드러운 음성과 왜소한 체구에 이르기까지 그

저 평범할 뿐인 웨스트의 외모에서 사악하리만큼 냉철한 지성을 알아 채기는 어려웠다. 시체의 부활이라는 급진적인 이론은 애송이 광신자 라는 소문만 부각시키는 결과를 가져왔다. 줄곧 웨스트를 지켜봐온 나 조차도 시간이 흐를수록 그에게서 섬뜩한 인상을 받고는 했다. 그의 얼 굴은 점점 고집스럽게 변해 갔지만, 놀랍게도 세월의 흔적이나 연륜 같 은 것은 전혀 느껴지지 않았다. 그런 와중에 세프턴 정신병원의 참사가 발생했고, 웨스트는 종적을 감추고 말았다.

마지막 학기에 접어들면서 웨스트는 점잖은 헬세이 박사와 사사건 건 마찰을 빚었다. 웨스트는 자신의 중요한 연구가 지나치게 부당한 대 우를 받는다고 생각했다. 그는 몇 년 후 자기 스스로의 신체까지 실험 대상으로 삼을 계획이었지만, 일단은 대학교의 더 우수한 시설을 이용 하자는 심산이었다. 그러나 전통에 얽매인 교수 집단은 동물을 대상으 로 한 웨스트의 독특한 실험 결과를 무시했고 소생 이론을 전면 부인 했으니, 웨스트의 젊은 혈기는 점점 극도의 반감과 혐오로 채워져 갔 다. '교수 겸 의사'라는 신분이 어쩔 수 없이 정신적 한계를 지닌다 는—뿌리 깊은 청교도 정서로 인해 온화하고 양심적이며 때때로 점잖 고 상냥하지만, 언제나 편협하고 옹졸하며 관습에 얽매여 통찰력이 부 족하다는—사실을 이해하기에는 웨스트 역시 미숙한 상태였다. 불완 전하지만 지능이 탁월한 사람들, 소심한 성격이 최대의 약점이자 정신 적 원죄 의식에 사로잡힌 권위자들에게 조롱을 받고 배척당해야 하는 사람들에게는 시간과 함께 성숙해지는 것만이 좋은 약이 되는 법이다. 천동설과 칼뱅주의, 반(反)다윈주의, 반 니체주의 뿐 아니라 유형, 무형 의 안식일 엄수주의와 청렴한 생활을 강요하는 제도 따위가 모두 원죄 의식을 대변하고 있는 셈이다. 나이에 비해 놀라운 과학적 재능을 갖추었던 웨스트였지만, 헬세이 박사와 동료 경쟁자들을 넉넉히 포용할 만한 성숙함이 모자랐다. 혁신적인 방법으로 자신의 이론을 증명해 보이고자 하는 열망이 강해질수록 그의 마음속의 분노는 점점 깊어져 갔다. 대부분의 젊은이들처럼 그도 복수와 영광을 곱씹으며 최후의 순간에야 관대한 아량을 보일 인물이었다.

얼마 후, 타르타로스[22]가 활짝 열린 듯 무시무시한 대재앙이 엄습했다. 재앙이 시작될 즈음, 우리 두 사람은 갓 졸업한 상태였지만, 몇 가지 연구를 위해 여름 학기 동안 대학에 머물고 있었다. 악마의 분노에 철저히 유린된 아컴 한복판에 남게 된 셈이었다. 학위만 받았을 뿐 의사 면허를 취득하기 전이었지만, 전염병 사망자들이 늘어가는 상황에서 공공 보건 업무에 투입된지라 눈코 뜰 새가 없었다. 그러나 상황은 통제 불능 상태로 빠져들었고, 장의사들은 속출하는 사망자를 처리하기에도 벅찼다. 얼마 후부터는 방부 처리를 하지 않고 그대로 사망자를 매장하게 되었다. 교회 묘지에도 관들이 즐비하게 쌓여 갔다. 웨스트가 그토록 원하던 사체들이 지천에 깔려 있는 상황이었지만, 금지된 연구인 만큼 마음 놓고 실험을 재개하기도 어려워 착잡한 심정이었다. 우리 둘 다 극도의 과로에 시달렸지만 그 정신적, 육체적 긴장과 피로는 특히 웨스트에게 더욱 병적인 영향을 미친 것 같았다.

다만 웨스트의 반대자들도 힘겨운 병마와의 전쟁에서 고통 받기는 마찬가지였다. 대학은 휴교 상태나 다름없었고, 의학부 교수 전원이 의료 활동에 투입되었다. 특히 헬세이 박사는 대부분이 기피하는 현장 곳곳을 누비면서 헌신적으로 의술을 펼쳐 희생 정신의 귀감이 되었다. 한 달도 채 지나지 않아 그 용감한 의과 대학장은 영웅으로 칭송받았는데, 정작 본인은 육체의 피로와 정신의 소모를 이겨내려 노력할 뿐, 주위의 찬사나 명성에는 조금도 관심이 없어 보였다. 서로 불편한 관계이긴 했지만 웨스트도 헬세이 박사가 보여준 고귀한 정신에 감탄하고 있었다. 그래서인지 더더욱 자신의 이론을 그에게 입증해 보이고자 하는 욕망도 깊어졌다.

대학과 도시의 행정이 혼란에 빠진 틈을 이용해 웨스트는 어느 날 밤 사망한 직후의 시신 한 구를 대학 해부학실로 몰래 들여왔다. 그는 내가 지켜보는 가운데 새로운 시약을 주사했다. 시체가 돌연 눈을 뜨기는 했지만, 그저 무시무시한 표정으로 천장을 응시할 뿐 사망 상태와 구별될 만한 징후는 보이지 않았다. 그런데 실험이 끝나고 시체를 소각하기 직전에 발각될 뻔한 상황에 접하자, 웨스트는 다시 그 해부학실을 사용해야 할지 고민에 빠졌다.

전염병은 8월에 이르러 가장 포악한 기세로 날뛰기 시작했다. 웨스트와 나는 거의 초주검 상태였고, 헬세이 박사도 결국 14일에 목숨을 잃고 말았다. 다음 날 서둘러 마련된 장례식에는 학생 전원이 참석했고, 식장은 아컴의 부유층과 관청을 비롯해 각계각층에서 보낸 조화들로 발 디딜 틈이 없었다. 진정한 성인의 모습으로 장렬한 최후를 맞이한 헬세이 박사를 추모하는 열기는 국상(國喪)을 방불케 했다. 장례식이 끝난 후, 모두들 의기소침한 가운데 마을 술집에서 남은 오후를 보내게 되었다. 그런데 그 자리에서 최고의 강적을 잃고 동요하던 웨스트가 난데없이 예의 그 악명 높은 이론을 거론하며 좌중의 분위기에 찬물을 끼얹고 말았다. 저녁이 가까워 오면서 대부분의 학생들은 집으로 돌아가거나 신성한 의무를 다하기 위해 다시 아비규환의 현장으로 떠났지만, 웨스트가 불쑥 내게 '오늘밤의 거사'를 도와 달라고 청하는 것이었다.

우리가 축 늘어진 한 남자를 힘겹게 부축해서 웨스트의 하숙방에 도착했을 때는 새벽 2시경, 마침 하숙집 주인 아주머니가 우리를 보고는 술이 과하다며 남편에게 투덜댄 모양이었다.

얼마 후, 괄괄한 하숙집 주인 여자의 볼멘소리가 괜한 잔소리가 아니었음이 입증되고 말았다. 새벽 3시쯤 웨스트의 방에서 터진 비명 소리로 인해 하숙집 전체에 소동이 일었다. 사람들이 문을 부수고 들어왔을 때, 우리 두 사람은 피범벅이 된 채 정신을 잃고 바닥에 널브러져 있었다. 웨스트의 실험 집기들도 산산조각이 난 채 사방에 뒹굴었다. 열려진 창문만이 우리를 습격한 범인의 흔적을 말해 줄 뿐, 2층 높이에서 사람이 어떻게 뛰어내릴 수 있는지 의혹만 무성했다. 방 안에는 이상한 옷가지도 놓여 있었지만, 의식을 차린 웨스트는 그 옷이 하숙방에 함께 온 남자의 것이 아니라 장티푸스의 전염 경로를 조사하는 과정에서 박테리아를 분석할 목적으로 사망자들에게서 수집해 온 것이라고 설명했다. 그는 속히 그 옷가지들을 불태우라고 사람들에게 일렀다. 우리는 경찰서로 불려가 심야에 함께 어울린 사람의 신원을 모른다고 진술했다. 웨스트도 그저 초조한 기색으로 시내 술집에서 그 사내와 마음이 맞아 어울렸을 뿐이라고 덧붙였다. 줄곧 유쾌한 분위기에서 함께 어울렸으므로, 술버릇이 고약하다는 이유로 굳이 그 친구를 찾아 처벌하는 건 원치 않는다는 말도 빼놓지 않았다.

그날 밤 아컴에서 시작된 두 번째 공포는 내게 전염병을 압도할 만한 위협으로 느껴졌다. 교회 묘지에서 끔찍한 살인 사건이 벌어진 것이다. 희생자는 무참하게 난자당하여 사람의 짓이라고는 믿겨지지 않을만큼 처참했다. 자정이 훨씬 넘어서 희생자가 살아 있는 걸 보았다는 목격담이 나왔지만, 적어도 새벽에 그는 형체를 알아보기 어려운 시체로 변해 있었다. 볼튼이라는 인근 도시의 곡마단 관리인이 심문을 받았지만, 그의 말로는 그때까지 야생 동물이 우리를 빠져나간 일은 단 한 번도 없다고 했다. 시체가 발견된 지점에서 묘지 출입구 쪽으로 핏자국이 이어졌고, 출입문 밖 콘크리트 바닥에 핏물이 흥건히 고여 있었다. 거기서부터 희미해진 혈흔은 풀숲까지 이어지다가, 이내 흔적도 없이 사라졌다.

다음 날 밤, 아컴의 집집마다 지붕에서 악마들이 춤을 추었고, 기이한 광기가 바람결에 메아리쳤다. 열기에 휩싸인 마을 곳곳에 저주의 손길이 스쳐 갔다. 어떤 이는 병마보다도 더 무서운 위험이라고 말했고, 또 어떤 이는 전염병 자체가 악마의 영혼으로 변한 것이라고 말하는 등 민심이 흉흉했다. 정체불명의 괴한이 여덟 집을 침입했고, 그 뒤를 이어 병마의 발길에 짓밟히듯 갈가리 찢겨진 17구의 시신만이 소리 없는 괴물의 출현을 묵묵히 암시하고 있었다. 어둠 속에서 그 괴물을 목격했다는 여섯 명의 증언에 따르면, 괴물은 흰색 피부에 기형적인 원숭이 혹은 사람과 흡사한 악마의 모습이었다. 때로는 굶주려 있었는지 시체의 살점이 거의 남아 있지 않은 경우도 있었다. 결국 괴물에게 죽은 사망자 수는 14명, 그 외 3구의 시신은 외딴 집에 싸늘하게 방치돼 있었다.

사흘째 밤, 경찰과 일단의 수색대가 마침내 미스캐토닉 대학이 자리한 크레인 가의 한 저택에서 괴물의 흔적을 찾아내는 데 성공했다. 서로 긴밀히 연락을 주고받으며 조직적이고 신중하게 수색 작업을 펼치던 가운데, 대학가 어느 저택에서 뭔가 긁어대는 소리가 들린다는 제보가 들어온 것이다. 곧바로 포위망이 저택을 좁혀 들어갔다. 사건의 잔학성이 알려지면서 모두 조심한 덕분에 추가적인 희생자는 두 명 늘어나는 것에 그치는 등 커다란 불상사 없이 체포 작전이 끝났다. 괴물도 치명상은 아니지만 총상을 입고, 군중의 흥분과 분노를 피해 곧장 인근

병원으로 옮겨졌다.

그것은 사람이었다. 역겨운 눈동자, 인간의 음성이 거세된 유인원의 형태. 포악한 야수성에도 불구하고 그가 사람이라는 것은 분명했다. 경찰은 범인의 상처를 치료하고 세프턴 정신병원으로 이송했다. 그곳에서 범인은 무려 16년 동안 벽면에 머리를 찧어대다가 바로 최근에 탈출했다는 끔찍한 소식을 들은 바 있다. 현재 병원 관계자들은 탈출 경위에 대해 쉬쉬하는 분위기가 역력하다. 무엇보다 16년 전 체포 당시 경찰과 수색대가 괴물의 얼굴을 대했을 때, 만인의 은인이자 미스캐토닉 의과대학의 학장이었던 ― 뛰어난 학식과 거룩한 희생 정신으로 바로 사흘 전 묘지에 안장된 ― 고(故) 앨런 헬세이 박사와 너무도 닮은 모습에 경악했다는 후문을 떠올리면 지금 더더욱 오싹하다.

얼마 전 자취를 감춘 허버트 웨스트와 내게 그때의 혐오와 공포는 누구보다도 끔찍한 것이었다. 오늘밤 그때의 일을 떠올리자니, 웨스트가 붕대를 감고 중얼거리던 그날 아침보다 훨씬 더 소름이 끼친다.

"빌어먹을, 시체가 생각만큼 신선하지가 않았어!"

III. 달빛 아래 여섯 발의 총성

아무리 그럴 만한 상황이었다고 해도, 순식간에 여섯 발의 탄환을 모두 발사한다면 범상치 않은 일일 것이다. 그러나 허버트 웨스트의 삶에서 범상치 않은 순간은 적지 않았다. 예를 들어 대학을 갓 졸업한 신출내기 의사가 은밀하게 집과 직장을 선택하는 경우는 흔치 않은데, 허버트 웨스트가 바로 그런 인물이었다. 웨스트와 나는 미스캐토닉 의대를 졸업한 후 생계를 위해 일반 개업의 생활을 시작했다. 인적이 뜸하고 빈민 묘지에서 가능한 한 가까울 것이 우리가 병원을 고르는 조건이었다.

사람이 신중하게 뭔가를 고를 때는 대체로 특별한 이유가 있기 마련이고, 우리도 마찬가지였다. 우리에겐 좋은 평판을 받기 어려운 필생의 연구가 있었고, 그를 위해 적절한 환경이 필요했다. 우리는 겉보기엔 의사였지만, 그 밑에 훨씬 거대하고 끔찍한 목표를 감추고 있었으니, 그것은 금지된 미지의 세계를 탐구하고 생명의 비밀을 밝혀냄으로써 무덤 속의 차디찬 시체를 되살려내겠다는 열정이었다. 웨스트의 연구 활동에는 무엇보다 기이한 실험 재료가 필요했고, 그중에서도 인간의 신선한 시체가 가장 중요했다. 조용한 삶을 살다가 쓸쓸히 죽은 자의 시체나 특별한 보존 약품을 가하지 않고 매장하는 묘지가 가장 이상적이었다.

웨스트와 나는 대학에서 만났다. 악명 높은 웨스트의 실험을 지지한 사람은 내가 유일했다. 시간이 지나면서 나는 웨스트에게 꼭 필요한 동료가 되었고, 대학을 졸업한 후에도 행동을 같이했다. 두 명의 의사가 함께 근무할 만한 조건 좋은 직장을 찾기란 쉽지 않았지만, 결국 대학의 명성과 영향력에 힘입어 아컴 인근의 공업 도시 볼튼에서 개업의로 무난한 출발을 할 수 있었다. 볼튼의 직물 공장은 인근에서도 규모가 가장 컸는데, 민족 출신이 다양한 그 지역 근로자들은 의사들에겐 썩 탐탁지 않은 고객이었다. 우리는 신중에 신중을 기해 거주지를 물색하다 폰드 가의 막다른 곳에 위치한 낡은 저택을 발견했다. 이웃집이 다섯 채 밖에 없는 데다 북쪽으로 울창한 숲길을 건너 목초지만 지나면 빈민 묘지가 나오는 곳이었다. 예상한 것보다는 꽤 멀었지만, 공장 지대에서 완전히 벗어나 빈민 묘지 반대편으로 가지 않는 한 그 정도의 조건을 갖춘 집을 구하기도 어려웠다. 게다가 남에게 들키지 않고 신성모독의 실험 재료를 얻으러 갈 수 있으니 그다지 실망스럽지는 않았다. 다소 먼 길을 걷기만 하면 아무런 방해도 받지 않고 말없는 표본을 운반할 수 있었다.

우리는 뜻밖에도 처음부터 주변에서 상당한 주목을 받았다. 대부분의 젊은 의사들은 호감을 보여주었지만, 시답잖은 호기심 때문에 접근하던 의대생들은 우리에게 곧 싫증을 내거나 부담스러워했다. 반면 공장 근로자들은 유난히 우리를 반겼다. 그들의 직장에서는 사고가 빈번했을 뿐 아니라 사소한 충돌과 싸움이 잦았기에 환자가 없을까 걱정할 필요는 없었다. 그러나 우리가 무엇보다 신경을 쓴 곳은 지하실에 마련한 비밀 실험실이었다. 실험실에는 전등이 달린 긴 탁자가 준비돼 있었는데, 우리는 빈민 묘지에서 파낸 시체들을 그 위에 올려놓고 새벽마다 다양한 시약을 주입하는 실험을 계속했다. 웨스트는 사체를 소생시키는 약을 찾고자 혈안이 된 상태였지만, 예기치 못한 상황에 직면할 때가 많았다. 기니피그와 인간을 대상으로 한 실험 결과가 달라서 경우에 따라 성분이 다른 시약이 필요했다. 게다가 인간의 사체를 실험할 때마다 역시 많은 수정을 거쳐야했다.

시체는 매장된 직후에 확보해야 했고, 뇌 세포에 경미한 손상만 있어도 완벽한 소생은 불가능했다. 신선한 시체의 확보가 가장 어려운 문제였다. 웨스트는 대학 시절부터 자신의 은밀한 연구를 통해 부적절한 실험체가 얼마나 끔찍한 결과를 가져오는지 충분히 경험했다. 부분적이거나 불완전한 성공보다는 완전한 실패가 나았다. 그런 면에서 우리는 이미 악몽과도 같은 절반의 성공을 기억하고 있었다. 아컴의 메도우 언덕 위 버려진 농가에서 처음으로 흉흉한 일을 경험한 이후 우리는 좀처럼 불안감을 떨치지 못했다. 금발에 파란 눈동자, 침착한 성격의 웨스트는 모든 면에서 냉철한 과학자였지만, 그런 그마저도 비밀 연구의 두려움을 토로하는 일이 잦았다. 특히 그는 자기도 모르게 — 실험 대상 중에서 적어도 하나가 아직 살아 있다는 괴로움에 짓눌리고 예민해져 심리적 착란 상태에 빠진 것일 수도 있지만 — 세프턴 정신병원에 감금되어 있는 식인 괴물의 전례를 밟지 않을까 조바심을 냈다. 게다가 잿더미로 변한 농가에서 종적을 감춘 최초의 실험 대상에 대해서도 우리는 아는 바가 없었다.

아컴 시절과는 달리, 볼튼에서는 실험 대상을 쉽게 확보할 수 있었다. 볼튼에 정착한 지 일주일 만에 사고로 죽은 시체를 무덤에서 입수했고, 실험이 실패하기 직전에 시체는 굉장히 생생한 표정으로 눈을 떴다. 시체에 팔 하나가 없다는 점이 아쉬웠는데, 만약 그런 손상이 없었더라면 성공 확률은 좀 더 높았을 것이다. 그 시점부터 다음달 1월까지 우리는 세 구의 시체를 더 확보했다. 그중에서 하나는 완전히 실패했으며, 하나는 가시적인 근육 움직임을 보여주었고, 나머지 다소 오싹한 시체 한 구는 스스로 몸을 일으킨 다음 한마디 말까지 뱉었다. 그러나 이후 한동안은 운이 썩 좋지 않았다. 사망자가 많지 않은데다, 그나마 중병에 걸렸거나 손상이 심해서 실험 대상으로는 적합하지 않았다. 우리는 주도면밀하게 인근의 사망자와 사망 당시의 상황들을 빠짐없이 추적해 나갔다.

그러던 3월의 어느 밤, 우리는 뜻밖에도 빈민 묘지가 아닌 곳에서 실험 대상을 얻게 되었다. 볼튼에도 청교도 정서가 뿌리 깊은 탓에 권투 같은 운동 경기는 법으로 금지돼 있었다. 그러나 공장 근로자들 사이에 은밀하게 권투 시합이 열리는 일이 많았고, 외지에서 전문적인 프로 선수를 초빙하는 경우도 있었다. 늦겨울의 그날 밤에도 시합이 벌어졌다. 그날 밤, 겁에 질린 두 명의 폴란드 인이 우리를 찾아와서 다급한 말투로 아주 중요한 일이 있으니 은밀히 도와 달라고 사정했다. 그들을 따라 버려진 창고로 달려가 보니, 겁에 질린 외국인 노동자들이 바닥에 쓰러져 있는 흑인 한 명을 둘러싸고 있었다.

시합은 키드 오브라이언 ─ 아일랜드 인답지 않은 매부리코에 저돌적인 성격으로 당시 사고 현장에서 벌벌 떨고 있었다 ─ 과 '할렘 가의 검은 안개'로 통하는 벅 로빈슨과의 일전이었다. 널브러져 있는 이는 벅 로빈슨으로, 검진을 한 결과 사망한 것으로 보였다. 팔이라고 하기엔 너무 길어서 네 발 가진 고릴라처럼 기괴한 생김새였다. 그의 얼굴을 보고 있자니, 콩고의 비밀과 오싹한 달빛 아래 둥둥 울리는 북소리가 들려오는 것 같았다. 살아 있었더라면 더욱 섬뜩한 모습이었겠지만, 세상에는 흉한 것들이 많은 법이다. 그 일이 발각된다면 처벌을 받을 거라는 생각에 사람들은 겁에 질려 있었다. 그래서 나의 반대에도 불구하고 그곳을 찾은 웨스트가 시체를 조용히 처리해 주겠다고 하자, 사람들은 무척 고마워했다. 물론 웨스트의 속셈을 내가 모를 리 없었다.

눈 녹은 대지 위로 달빛이 밝게 비추는 가운데, 우리는 천으로 싼 시체를 들고 인적 없는 거리와 목초지를 지났다. 문득 아컴에서 경험했던 비슷한 밤이 떠올랐다. 우리는 뒷문으로 조심스럽게 집에 들어간 후, 시체를 지하실 계단에 올려놓고 평소처럼 곧바로 실험 준비를 서둘렀다. 경찰의 눈을 피하느라 신중을 기했지만, 여전히 발각될지 모른다는 두려움이 사라지지 않았다.

실험 결과를 지켜보다가 우리는 점점 지쳐갔다. 새카만 팔뚝에 각종 시약을 주사했건만, 아무런 반응이 없었다. 그때까지는 백인 시체를 대상으로 실험을 했을 뿐이었다. 시시각각 불길한 새벽이 가까워졌을 때, 우리는 여느 때와 마찬가지로 그 시체를 끌고 서둘러 목초지를 지나 빈민 묘지의 얼어붙은 땅에 묻었다. 구덩이는 깊지 않았지만, 최근 실험에서 상체를 일으키고 말소리를 냈던 시체를 그랬듯 땅에 묻고 은폐하기에는 충분했다. 희미한 손전등에 의지한 채, 우리는 낙엽과 삭정이 따위로 구덩이를 메우고, 울창한 숲속에서 경찰의 눈에 띄지 않도록 만전을 기했다.

다음 날, 권투 시합 중 사람이 죽었다는 소문이 자자하다는 말을 환자에게 들었다. 경찰이 알아채지는 않을까 조바심이 난 것은 물론이다. 한편 그날 저녁 어느 고약한 환자를 왕진하고 온 웨스트도 불안한 기색이 역력했다. 한 이탈리아 여자가 아들이 없어져서 히스테리 증상을 보이다가―그날 아침까지만 해도 집 주변에서 뛰놀던 다섯 살짜리 아들이 저녁때까지 나타나지 않았다고 한다―심장 발작이 일어날 만큼 증세가 심각해졌다는 것이다. 종종 밤늦게까지 놀다가 들어온 아이였기 때문에 아이 엄마의 반응은 다소 지나친 것이었다. 그러나 그 이탈리아인 가족은 미신적인 성향이 매우 강했으며, 아이 엄마는 여러 가지 불길한 징조를 주워섬기며 고통을 호소했다. 결국 그녀는 저녁 7시경 숨을 거두었다. 광분한 남편은 적절한 진료를 하지 않았다며 웨스트를 죽이겠다고 난동을 부리기 시작했다. 칼을 집어든 그 남자를 친구들이 뜯어말렸고, 그 틈을 타 웨스트는 쫓기듯 집을 빠져 나왔다. 그러나 복수하겠다며 욕설을 퍼붓는 남자의 울부짖음은 꽤 멀리까지 메아리쳤다. 농부는 아내의 죽음으로 충격에 빠져 밤이 되도록 돌아오지 않는 아들을 까맣게 잊고 있었던 모양이다. 그동안 몇몇 사람이 숲가를 뒤졌지만, 이웃들 대부분은 여자의 장례식 준비와 울부짖는 남편을 진정시키는데 매달려 있어야 했다. 일련의 사건들은 웨스트에게 정신적으로 엄청난 압박이 되었을 터이다. 경찰과 미친 이탈리아인에 대한 생각만으로 중압감을 느꼈을 테니까.

우리는 11시쯤 잠자리에 들었지만, 나는 숙면을 취하지 못했다. 볼튼은 작은 규모에 비해 예상외로 경찰력이 우수한 곳으로, 전날 일어난 사건이 꼬리를 잡힐 경우 어떤 일이 벌어질지 두려웠다. 그곳에서 더 이상 의료 행위를 할 수 없는 것은 물론, 우리 둘 다 철창 신세를 질지 모르니까. 새벽 3시를 알리는 벽시계의 묵직한 소리와 창가에 드리워진 달빛 속에서 나는 여전히 몸을 뒤척였다. 뒷문에서 연이어 덜커덕거리는 소리가 들려온 것은 그때였다.

나는 약간 몽롱한 가운데 방문을 두드리는 웨스트의 다급한 목소리를 들었다. 그는 잠옷과 슬리퍼 차림이었지만, 권총과 손전등을 움켜쥐고 있었다. 권총을 꺼내온 것을 보니 그는 뒷문에서 들려오는 소리가 경찰보다는 실성한 이탈리아인이라고 생각한 모양이다.

"함께 내려가 보는 게 좋겠어." 그가 속삭였다. "누구냐고 물어도 대답할 것 같지가 않거든. 환자일지도 모르지만, 뒷문을 두드리다니 멍청한 놈이겠지."

그래서 우리는 두려움과 지난 몇 시간 동안의 불안감을 억누르며 살금살금 계단을 내려갔다. 뒷문의 소음은 점점 더 요란해져 갔다. 나는 문가로 다가가 조심스럽게 빗장을 풀고 문을 확 열어젖혔다. 순간 달빛에 시커먼 형체가 드러났고, 웨스트는 곧바로 총을 난사하기 시작했다. 주위의 시선을 끌고 경찰까지 달려올지 모르는 위험한 상황임에도—다행히 집이 외딴 곳이어서 그런 최악의 상황만은 피할 수 있었다—웨스트는 극도의 흥분 속에서 한밤의 방문자를 향해 권총에 든 여섯 발의 총알을 모두 발사했다.

그 방문자는 이탈리아인도, 경찰도 아니었다. 괴괴한 달빛 아래 서성이던 그 일그러진 거대한 형체는 악몽이 아니라면 도저히 상상조차 할수 없는 괴물이었다. 흐릿한 눈동자에 네 발로 웅크린 듯한 검은 형체, 그것은 온몸에 흙이며 낙엽, 나뭇가지와 끈끈한 피까지 뒤집어 쓴 채번뜩이는 이빨 사이에 눈처럼 희디흰 자그마한 손을 물고 있었다.

IV. 죽은 자의 비명

나는 죽은 자의 비명 소리를 떠올릴 때마다 허버트 웨스트 박사에 대한 공포가 통렬하게 더해짐을 느낀다. 죽은 자의 비명을 듣는 것처럼 불쾌하고 희귀한 체험 앞에선 누구나 소름이 끼칠 것이다. 그러나 그런 일에 익숙했던 나로서도 이번 일은 아주 특별한 상황에서 벌어졌다. 그렇다면 당신들은 내가 두려워하는 것이 망자의 시신 자체가 아님을 짐작할 수 있으리라.

허버트 웨스트의 동료이자 조수로서 나는 평범한 의사들의 관심사를 뛰어넘는 과학적인 연구에 몰두해왔다. 빈민 묘지에서 가까운 외딴 건물을 선택한 것도 그런 이유였다. 뭉뚱그려 말하자면 웨스트가 몰두한 관심사는 생명 활동과 생명 정지 상태에 대한 은밀한 연구, 그중에서도 특별한 약을 주입하여 시체를 소생시키는 연구가 중심이었다. 그실험을 위해서는 지속적으로 인간의 신선한 시체가 필요했다. 약간의 충격만으로도 두뇌는 치명적인 손상을 입기 때문이었다. 게다가 실험체의 조직 부위마다 각기 다른 시약이 필요했다. 수십 마리의 토끼와 기니피그가 실험 대상으로 사용됐지만, 여전히 연구는 답보 상태에서 벗어나지 못했다. 무엇보다 실험 조건에 일치하는 시체를 구하지 못한 것이 실패의 원인이었다. 웨스트가 원한 것은 사망한 직후의 시체였으며, 모든 세포에 문제가 없고 소생 과정에서 가해지는 일정한 충격을 견딜 수 있어야 했다. 그 '인공 생명력'은 시약을 반복적으로 주입함으로써 가능해지지만, 보통의 살아 있는 생명체에게는 효과가 없었다. 인위적인 부활을 위해서는 시체가 사망 상태에 있어야 하며, 그러면서도 실험 대상의 생명이 정지된 후 시간이 가급적 오래 지나지 않아야 했다.

그 끔찍한 연구는 우리 두 사람이 아컴 소재 미스캐토닉 의과대학의 학생일 때부터 시작되었다. 생명의 기계론적인 성격을 철저히 규명하고자 하는 노력의 일환이었다. 이미 7년 전의 이야기지만, 웨스트는 그때에 비해 조금도 나이가 들어 보이지 않았다. 아담한 체구에 금발, 항상 깨끗하게 면도한 얼굴과 나지막한 목소리도 그대로였고, 안경 너머로 이따금씩 번뜩이는 차가운 파란색 눈동자는 고된 연구의 중압감 때문에 더욱 완고해지고 광적인 열정을 드러냈다. 우리는 극도로 끔찍한 일을 겪기도 했다. 여러 방식으로 조절한 생명 시약을 주입받은 시체가 역겹고 부자연스러운, 지능이 없는 동작을 보이는 실패 사례를 여럿 경험한 것이다.

어떤 시체는 신경을 쥐어짜는 듯한 비명을 토하기도 했다. 또 어떤 것은 벌떡 일어나 우리 두 사람을 일격에 기절시킨 후 정신병원에 갇히기까지 온갖 만행을 일삼았다. 뿐만 아니라, 역겨운 아프리카 괴물이 무덤 속에서 빠져 나오는 바람에 웨스트가 총까지 동원한 일도 있었다. 우리를 성공으로 이끌 신선한 시체를 확보하지 못한 결과 정체모를 괴물이 태어나 버린 것이다. 괴물들 중에서 아직 한두 마리가 살아 있을

지 모른다는 불안감이 집요하게 공포의 이면을 서성였다. 결국 웨스트는 기괴한 상황에서 자취를 감추고 말았다. 그러나 볼튼에 있는 한 외딴 저택의 지하 실험실에서 비명 소리가 솟구쳤을 때, 우리는 신선한 시체를 구해야 한다는 절박감에 쫓겨 공포의 기억을 조금은 잊고 있었다. 애태움의 정도는 나보다 웨스트가 훨씬 더했고, 언제부터인가 웨스트의 눈빛에서는 시체가 아니라 건강한 사람들을 볼 때조차 탐욕의 그림자가 스치곤 했다.

실험 대상과 관련된 불운이 다시 시작된 것은 1910년 7월이었다. 내가 일리노이 주에 있는 부모님을 찾았다가 오랜만에 돌아와 보니, 전에 없이 웨스트가 의기양양해 있었다. 그는 흥분한 말투로 지금까지와는 전혀 다른 방식, 즉 인공 보존제로 시체의 신선도 문제를 해결했다고 말했다. 나는 전부터 웨스트가 아주 새롭고 독특한 방부제를 개발해 왔음을 알기에 그 소식을 듣고 그리 놀라지 않았다. 그러나 신선도에서 문제가 일어나는 이유는 우리가 사망 직후의 시체를 확보하지 못했기 때문이었으므로, 나는 보존제만으로 어떤 효과를 볼 수 있을지 반신반의할 수밖에 없었다. 웨스트도 그것을 잘 알았다. 그는 보존제는 당장 사용하려는 게 아니라 장기적인 목적으로 만든 것이라고, 아직까지는 수년 전 볼튼의 불법 권투 시합에서 흑인 시체를 얻은 것처럼 우연히 사망 직후의 시신을 손에 넣는 행운에 의지할 수밖에 없다고 말했다. 마침내 그 행운이 찾아왔고, 이번에는 전혀 부패하지 않은 시체가 지하의 비밀 실험실에 누워 있었던 것이다. 육체뿐 아니라 정신의 부활까지 기대할 만한 기회였지만, 웨스트는 실험 결과에 대해 지극히 신중한 자세를 보였다. 그 실험은 우리의 연구에 일대 전환점이 될지 몰랐다. 그래서 웨스트는 내가 돌아올 때까지 시체를 보관만 하고 있었다. 곧 우리는 익숙한 방식으로 시체를 살펴보았다.

웨스트는 시체를 입수하게 된 과정을 설명해 주었다. 시체는 건장한 체구에 잘 차려입은 외지인으로, 볼튼에 있는 직물 공장과의 사업 문제로 이곳에 들렀다고 한다. 기차역에서 마을까지는 꽤 먼 거리였지만 이 남자는 우리 둘이 사는 집에 들러서 숨을 헐떡이며 공장으로 가는 길을 물었다. 남자는 잠깐 쉬면서 음료수라도 들고 가라는 웨스트의 청을 거절했지만, 얼마 후 그대로 고꾸라져 즉사하고 말았다. 당연히 웨스트에게 그 시체는 하늘이 내려준 뜻밖의 선물일 수밖에 없었다. 망자와 나눈 몇 마디 대화를 통해 그는 볼튼에 아무런 연고도 없음이 분명했다. 호주머니에서 나온 신분증과 기타 서류에 따르면 그는 세인트루이스에 사는 로버트 레빗이라는 독신 남성으로, 그의 행방을 찾아 나설 가족이나 친지도 없는 것으로 보였다. 설령 그가 다시 살아날 수 없다고 해도 우리의 실험을 눈치챌 사람이 없는 셈이었다. 실험이 끝난 후 집과 빈민 묘지 사이의 울창한 숲에 시체를 파묻으면 그만일 테니까. 반대로 그가 소생한다면, 우리는 찬란한 명성을 누리며 역사에 길이 남을 터였다. 그래서 웨스트는 거침없이 시체의 팔목에 특수 방부제를 주입한 후 내가 돌아올 때까지 기다렸던 것이다. 나도 어느 때보다 실험의 성패에 조바심이 났다. 시체의 허약한 심장이 마음에 걸렸지만 웨스트는 대수롭게 생각하는 눈치가 아니었다. 그는 지금까지 얻지 못한 것—이성의 불꽃으로 소생한, 최초의 정상적인 생명체—을 드디어 얻을 수 있다는데 희망적이었다.

1910년 7월 18일 밤, 허버트 웨스트와 나는 지하 실험실의 눈부신 아크등 아래 말없이 누워 있는 백인 시체를 응시하고 있었다. 보존제 처리는 더없이 효과적이어서, 우리는 조금도 경직되지 않은 채 2주간

보관돼 온 시체를 황홀하게 바라보았다. 나는 그게 정말 죽은 것이 맞는지 웨스트에게 확인까지 받았다. 그는 분명히 그렇다고 대답했다. 신중한 관찰을 거치지 않은 상태에서는 단 한 번도 시약을 사용한 적이 없고, 생명이 남아 있는 경우에는 아무런 효과를 볼 수 없다는 것을 재차 강조하면서 말이다. 웨스트가 예비 작업을 실시하는 동안 나는 이번 실험이 전에 없이 복잡한 과정으로 이루어진다는 사실에 약간 놀라고 있었다. 따라서 웨스트는 모든 과정을 자신의 섬세한 손으로 직접 집도할 생각이었다. 그는 내가 시체를 만지는 것조차 금했으며, 팔목에 남아 있는 방부제 주사 자국 바로 옆에 자신이 직접 약물을 주입했다. 웨스트에 따르면 그 약물은 방부제를 희석시킨 것으로, 신체 조직을 통상의 이완 상태로 복원하기 때문에 나중에 소생 시약을 주입했을 때 도움을 준다고 했다.

　잠시 후 시체의 팔다리에서 미세한 경련이 일어났다. 웨스트는 베개처럼 생긴 물체로 시체의 일그러진 얼굴을 짓누르더니, 경련이 멈추어서 소생 시술의 준비가 끝났을 때에야 베개를 거두었다. 그 창백한 광신자는 몇 가지 형식적인 실험을 통해서 시체의 완전한 사망 상태를 확인한 후, 흡족한 듯 뒤로 물러섰다. 그가 오후 내내 만든 시약은 그 어느 때보다도 더, 우리가 아직 초행길에서 방법을 모색하던 대학 시절 이후로 가장 신중하게 준비된 것이었다. 가장 완벽한 조건 아래서 이루어진 실험 결과를 기다리는 동안 우리를 뒤덮은 그 숨 막히는 긴장감을 뭐라 표현할 길이 없다. 처음으로 시체가 이성적으로 말을 하거나, 어쩌면 최근 2주 동안 홀로 경험한 사후의 세계까지 알려줄지도 모르는 상황이었다.

　영혼의 존재를 믿지 않는 철저한 유물론자로서 웨스트는 의식의 모든 작용을 물리적 현상으로 이해했다. 그래서 죽음의 경계 너머 심연의 골짜기에 숨겨져 있을 끔찍한 비밀에는 아무런 관심이 없었다. 나 또한 웨스트와 거의 사상이 일치했지만, 그래도 선조에게 물려받은 원시 신앙의 본능적인 잔흔을 어렴풋이나마 간직하고 있었다. 그래서 더더욱 경외감과 섬뜩한 기대감으로 시체에서 눈을 뗄 수 없었다. 아컴의 버려진 농가에서 벌였던 최초의 실험 당시 들었던 무시무시하고 비인간적인 비명 소리가 기억에 선했다.

시약을 주입한 지 얼마 지나지 않아 나는 이미 실험의 성공을 예감하고 있었다. 백묵처럼 하얗던 얼굴과 깔깔한 수염 밑으로 핏기가 돌아왔다. 시체의 왼쪽 손목을 잡고 맥박을 확인하던 웨스트도 갑자기 의미심장한 표정으로 고개를 끄덕였다. 그와 동시에 시체의 입가로 기울어져 있던 거울 위에 김이 서리기 시작했다. 이어 근육의 발작적인 경련이 육안으로 확인됐고, 귀에 들릴 만한 숨소리와 가슴의 움직임도 있었다. 나는 시체의 감긴 눈꺼풀이 떨리는 모습까지 본 것 같았다. 이윽고 눈꺼풀이 열리고 살아 있는 회색의 동공이 나타났지만, 아직까지는 그 속에서 지력이나 호기심의 흔적은 보이지 않았다.

나는 무엇에 홀린 듯이 충동을 참지 못하고, 시체의 발그스름한 귓가에 대고 속삭이듯 물어 보았다. 저승을 기억할 수 있느냐고. 곧이어 격렬한 공포에 사로잡혔지만, 나는 내가 되뇐 마지막 말만은 지금도 기억하고 있다. "그동안 어디에 있었습니까?" 그러나 내가 그 질문에 대한 답을 들었는지는 지금도 모르겠다. 시체의 잘생긴 입술에서 아무 소리도 나오지 않았기 때문이다. 다만 엷은 입술이 소리 없이 움직인 것만은 분명했는데, 입술 모양은 "지금 막"이라고 말하는 것 같았다. 그 순간 나는 거대한 목적이 달성됐다고 확신했다. 소생한 시체가 사상 처음으로 분명한 이성에 따라 말을 했다는 사실 말이다. 그 후 얼마 동안 실험의 성공을 의심할 만한 징후는 보이지 않았다. 드디어 시약이 완성된 것이다. 일시적이기는 했지만 시체가 이성적으로 말을 했다는 사실만으로 시약의 효능은 충분히 입증된 것으로 보였다. 그러나 승리의 도취감은 이내 극한의 공포로 바뀌고 말았다. 시체 때문이 아니라, 나의 장래를 걸고 함께 해 온 웨스트의 행동 때문이었다.

시체는 몸부림을 치기 시작했다. 죽기 직전의 끔찍한 악몽이 되살아났는지 눈을 크게 치켜뜬 채, 미친 듯이 두 손으로 허공을 움켜잡았다. 그렇게 생사의 갈림길을 뛰어넘으려고 몸부림치다가 돌연 마지막 힘을 쥐어짜듯 고함을 질렀다. 그 고함 소리는 후벼 파는 고통과 함께 영원히 내 머릿속을 떠돌고 있다.

"살려줘! 저리 꺼져! 이 파란 머리 꼬마 괴물아, 그 주사기를 저리 치우란 말이야!"

V. 그림자 공포

꼭 활자의 형태가 아니라도, 제1차 세계 대전의 전쟁터에서 벌어진 끔찍한 공포에 대한 기록은 많다. 그때 벌어진 일들 중에서 일부는 내 의식을 송두리째 앗아가고, 또 어떤 것은 역겨운 혐오감을 불러 세우며, 늘 두려움에 떨며 어둠 속에서 뒤를 힐끔거리게 만든다. 하지만 그런 끔찍함에도 불구하고, 나는 충격적이고 기괴하며 경악을 금치 못할 공포의 그림자에 대해 말하고자 한다.

1915년, 군의관으로 소위 계급장을 달고 플랑드르[23]의 캐나다 부대에 소속된 나는 정부군보다 앞서 전장에 뛰어든 숱한 미국인들 중에 한 사람이었다. 사실 군에 입대한 것은 나 자신의 의지가 아니라, 내가 조수로 일하던 어떤 남자 때문이었다. 그는 보스턴의 저명한 외과 전문의 허버트 웨스트 박사로서 군의관으로 참전할 기회를 열망해 오다 기회가 오자마자 내 의사를 무시한 채 우리 둘의 동반 입대를 결정한 것이다. 나는 전쟁터에서 그와 떨어져 근무할 수 있기만 해도 다행이라고 생각했다. 솔직히 웨스트가 행한 의료 행위 때문에 그와의 동반자 관계에 불화가 심화되던 시기였다. 그는 아는 사람의 입김으로 소령 계급장을 달고 오타와로 배속을 받았다. 그리고 나는 함께 가자는 그의 간절한 설득을 결국 물리칠 수 없었다.

웨스트 박사가 전쟁터에 나가기를 열망한 것은 그가 천성적으로 호전적이거나 시민의 안전을 염려해서가 아니었다. 그는 호리호리한 체구에 금발이었고, 안경 너머의 파란색 눈동자에 늘 얼음장처럼 냉정한 지성을 지닌 인물이었다. 이따금 내가 군사 행동에 열광하며 무기력한 중도주의자들을 비난할 때마다 그는 드러나지 않게 냉소적인 눈빛을 보내곤 했다. 플랑드르 전장에서 그가 노린 바는 따로 있었고, 참전의 명분은 그 속내를 감추기 위한 수단에 불과했다. 그가 원한 것은 다른 많은 사람들이 원하는 것과 달랐다. 바로 비밀리에 진행됐던 그의 실험, 간혹 놀랍고 끔찍한 결과를 가져왔던 의학 연구와 관련된 것이었다. 솔직히 털어놓자면, 신선한 시체를 풍부하게 얻으려는 속셈이 전부였다.

허버트 웨스트가 신선한 시체를 얻으려는 이유는 시체의 소생을 자신의 평생 과업으로 정했기 때문이었다. 물론 보스턴으로 병원을 옮기자마자 그의 명성을 듣고 몰려든 환자들은 그 비밀 실험에 대해 알지 못했다. 그러나 미스캐토닉 대학교 의대생 시절부터 웨스트의 가장 절친한 친구이자 유일한 조수 역할을 해온 나는 모든 사실을 알고 있었다. 그가 오싹한 실험을 시작한 것도 의대생 시절부터였다. 처음에는 작은 짐승을 실험 대상으로 삼았다가 뜻밖에 인간의 시신을 입수하게 되었다. 그는 독자적으로 개발한 시약을 사체의 혈관에 주입했고, 사체에서 기이한 반응이 나타났다. 하지만 생물체의 종류마다 반응하는 시약이 달라서 올바른 공식을 얻는데 어려움이 많았다. 그리고 실패가 계속될 때마다 그는 점점 더 공포에 쫓기게 되었다. 시약의 오류나 시체의 불완전한 보존 상태 때문에 정체불명의 괴물이 탄생한 걸 지켜봐야 할 때는 나도 참담한 심정이었다. 그 괴물 중에서 일부 — 하나는 정신병원에 격리 수용되어 있고, 나머지는 모두 종적을 감춘 상태 — 는 아직 살아 있기까지 하다. 그래서 웨스트는 최악의 상황을 상상하며 평소의 냉정함을 잃고 겁에 질려 전율할 때가 많아졌다.

웨스트는 사망 직후의 신선한 시체를 입수하는 것이 성공의 관건임을 깨달았고, 그 결과 살인이라는 끔찍한 방법까지 감행하고 말았다. 대학 시절을 함께 보내고 볼튼의 공단 지역에 함께 개업을 할 때까지만 해도 웨스트에게 무한한 신뢰와 존경을 품었던 나였으나, 웨스트가 대담해질수록 차츰 가슴을 갉아 대는 공포를 느끼게 되었다. 무엇보다 살아 있는 사람들을 바라보는 웨스트의 눈빛을 견딜 수 없었고, 지하 실험실에서 은밀히 입수했다는 시체가 산 사람을 죽인 결과임을 깨달았을 때는 악몽을 꾸는 듯했다. 그가 시체로부터 이성적인 사고와 비슷한 결과를 이끌어낸 것은 그때가 처음이었다. 너무도 오싹한 대가를 치르고 얻은 그때의 성공으로 인해 그는 더욱 더 잔인해지고 집요해졌다.

이후 5년 동안 그가 어떤 식으로 실험 대상을 입수했는지에 대해서 더는 말하고 싶지 않다. 그와 함께 한 시간은 극도의 공포로 얼룩져 있으며, 그때 목격한 광경들은 사람으로서 차마 입에 올릴 수 없는 것이었다. 나는 점점 웨스트의 실험보다 그라는 인간 자체에 공포를 느끼기 시작했다. 수명을 연장시키고자 하는 젊은 과학자의 열망이 병적이고 끔찍한 호기심과 납골당의 비밀로 변질되면서 나의 공포는 시작되었다. 웨스트의 관심은 더욱 혐오스럽고 극악한 형태로 바뀌었고, 성격 또한 점점 괴팍해졌다. 점차 그는 보통 사람이라면 공포와 역겨움 속에서 정신을 잃을 만한 상황을 흡족하게 바라보곤 했다. 그는 냉혹한 지성으로 육체를 실험하는 괴팍한 보들레르[24]이자 묘지를 헤매는 나른한 엘라가발루스[25]였다.

그는 어떤 위험에도 굴하지 않으며 스스럼없이 범죄를 저질렀다. 시체에서 이성적인 능력을 되살릴 수 있다고 장담하는 그는 육체의 소생 실험을 통해 신세계를 정복할 수 있다는 신념에 가득 차 있었다. 또한 조직 세포와 신경 섬유는 생리학적 체계와 분리된 생명력을 갖고 있다는 난폭한 이론을 믿었다. 실험 초기에는 정체 모를 열대 파충류의 알에서 인공 피부 조직을 만들기도 했다. 그가 광적으로 매달린 생물학적 난제는 두 가지인데, 그중 하나는 두뇌 활동이 없는 상황에서 척수와 중추 신경의 영향마저 배제한 채 어느 정도까지 이성적인 활동이 가능한가였다. 한편 다른 하나는 사망하기 직전까지 하나의 완전한 유기체였던 시체에서 일부를 분리한 후, 그것에 연결할 수 있는 미묘하고도 불가해한 신경 물질이 존재하는지의 여부였다. 이 같은 실험을 하기 위해서는 엄청난 양의 시체가 필요했다. 그것이 바로 허버트 웨스트가 세계대전에 참전한 이유였다.

그리고 1915년 3월의 어느 날 밤, 성 엘로이 야전 병원에서 차마 입에 담고 싶지 않은 유령이 나타나게 된다. 나는 지금까지도 그때 일이 착란 상태에서 꾼 악몽은 아니었을까 의심하곤 한다. 당시 웨스트는 헛간을 개조한 병원 건물의 동쪽 방 하나를 개인 연구실로 사용했다. 사지가 잘린 부상병들을 위한 혁신적인 치료 방법을 개발하겠다는 명목으로 상부에 연구실을 따로 마련해 달라고 간청한 결과였다. 그 피비린내 나는 공간에서 그는 영락없는 도살자였다. 나는 그가 실험 재료를 그렇게 함부로 다루는 모습은 그때 처음 보았다. 그는 간간이 부상병들을 상대로 걸출한 외과 전문의로서의 능력을 입증해 보이기도 했다. 그러나 그는 박애주의자라는 대외적인 찬사를 별로 만족스러워하지 않는 반면, 저주받은 바벨탑의 한복판처럼 온갖 신음과 비명이 터져 나오는 연구실에서 유일하게 즐거움을 맛보는 것 같았다. 간혹 권총 소리도 들리곤 했는데, 전쟁터도 아니고 병원에서 들려오는 총성은 어딘지 괴이할 수밖에 없었다. 웨스트 박사의 손에서 소생한 실험 대상들은 오래 존재해서도, 다른 사람들의 눈에 띄어서도 안 되는 존재였다. 게다가 파충류의 배아에서 성장시킨 피부 조직은 아주 독특한 결과를 가져왔다. 육체의 일부만을 소생시킬 경우 파충류의 조직이 훨씬 효과적이라고 판단한 때문인지, 그는 많은 시간을 세포 배양에 몰두했다. 파충류 세포로 가득한 기묘한 인큐베이터는 연구실 한쪽 어두운 구석에서 항상 커다란 통으로 가려져 있었다. 그 속에서는 세포들이 무섭게 번식하여 끔찍하게 성장해 나갔다.

어쨌든 그 흉포한 사건이 벌어진 날 밤, 우리는 뜻밖에도 최적의 실험 대상을 확보했다. 사망 직전까지 누구보다 건강했고 지능이 뛰어났던 인물이었다. 흥미로운 점은 그 사람 역시 과거 웨스트의 실험에 견줄 만한 소생 실험을 은밀히 연구한 이력이 있다고 했다. 그러므로 그가 웨스트와 나를 돕기 위해 이곳으로 전출됐다는 사실은 아이러니가 아닐 수 없었다. 이름은 에릭 몰랜드 크래팸리 소령, 가장 뛰어난 외과 전문의 중 한 명으로 꼽히는 그가 대규모 전투를 앞두고 성 엘로이 전선으로 급파되었다고 했다. 소령은 로널드 힐이라는 용감한 비행 중위와 이곳으로 오는 중이었지만, 목적지 상공에서 비행기가 격추당하고 말았다. 비행기의 추락 광경은 극적이고 처참했다. 힐 중위는 의식 불명인 반면, 걸출한 의사는 완전히 찢겨지고 심장 박동도 멈춘 상태였다. 웨스트는 한때 동료 학자였던 시체에 탐욕스럽게 매달렸고, 그가 시체의 머리를 절단한 뒤에 끈적끈적한 파충류 조직이 담긴 통속에 집어넣고 실험 준비를 하는 모습에 나는 몸서리를 쳐야했다. 그는 곧이어 찢겨진 시체를 수술대에 올려놓고 수술을 집도하기 시작했다. 수혈을 하고, 정맥과 동맥을 잇고, 머리 없는 목 부위에 신경을 연결하고는 신원 미상의 다른 시체에서 피부를 이식하는 것이었다. 물론 나는 그가 원하는 바를 잘 알고 있었다. 뛰어난 지력의 소유자였던 에릭 몰랜드 크래팸리의 시체가 머리를 떼어낸 상태에서도 부활할 수 있는지, 정신 활동의 징후를 보이는지 알아내고 싶었던 것이다. 소생 이론의 연구가 한 사람이 지금은 말없는 통나무가 되어 피실험자로 전락해 버린 셈이었다.

나는 지금도 괴괴한 조명 아래서 머리 없는 시신의 팔에 소생 시약을 주입하던 허버트 웨스트의 모습을 똑똑히 기억하고 있다. 실험용 시체들이 가득 찬 연구실, 발목 높이까지 축축하게 쌓인 피, 인간이라고 하기도 힘든 고깃덩어리들, 어두운 구석의 희미한 불빛 아래서 부화하여 부글부글 끓어대는 파충류의 끔찍한 변종들, 그때의 광기 어린 광경을 떠올리는 것만으로도 나는 정신을 잃을 것 같다.

웨스트가 몇 번씩 확인한 결과가 입증하듯, 실험 대상의 신경 체계는 매우 탁월한 것이었다. 시체에서 발작적인 경련이 일었다. 숨죽이며 기대한 결과가 찾아오자 웨스트의 얼굴에는 광적인 열의가 번뜩이기 시작했다. 드디어 의식과 이성, 인성은 두뇌와 별개로 존재할 수 있으며, 영혼 없는 인간은 단순히 신경 조직으로 이루어진 기계 장치로서 그저 부위별로 복잡성에서 다소 차이가 있을 뿐이라는 그의 집요한 신념을 입증하기 직전이었다. 그는 놀라운 성공을 통해 생명의 신비를 미신의 범주로 격하시킬 준비도 끝낸 상태였다.

시체의 경련은 점점 눈에 띄게 강해졌고, 핏발선 우리들의 시선 아래서 점점 격렬하게 들썩이기 시작했다. 두 팔이 불안하게 요동쳤고, 두 발은 위로 치켜 올라갔다. 몸부림치듯이 여러 부위의 근육들이 수축했다. 이윽고 머리 없는 시체가 무엇인가를 붙잡으려는 절박한 동작으로 팔을 쭉 뻗었다. 그 정도로도 허버트 웨스트의 이론을 완전히 입증하기에 충분한 것이었다. 시체는 죽기 직전의 마지막 행동을 기억해 내고, 추락하는 비행기에서 탈출하려고 몸부림을 치기 시작했다.

그 다음에 무슨 일이 벌어졌는지 나는 자신 있게 말할 수 없다. 독일군의 포탄 공격에 건물이 순식간에 붕괴되면서 충격과 함께 내 눈에 환영이 보인 거라는 설명이 더 설득력 있기 때문이다. 허버트 웨스트 역시 최근에 종적을 감추기 전까지 모든 것을 환영으로 치부했다. 나와 웨스트가 그 건물에서 살아남은 유일한 생존자였으므로 반론을 제기할 사람도 없었다. 그러나 우리 두 사람이 어떻게 동시에 환영을 봤는지는 웨스트도 제대로 설명한 적이 없다. 그것이 암시하는 것만 놓고 본다면, 그때의 끔찍한 사건은 지극히 단순하고 분명한 것이었다.

시체가 수술대에서 벌떡 일어나더니 미친 듯이 주위를 더듬거렸고,

우리는 어떤 소리를 들었다. 물론 그런 괴성을 인간의 목소리라고 할 수는 없을 것이다. 하지만 가장 오싹한 것은 그 음성이 아니었다. 목소리가 전하려는 내용 자체도 특별히 무서울 것은 없었다. 그 소리는 이렇게 울부짖었을 뿐이니까.

"로널드, 뛰어, 제발, 뛰어 내리라니까!"

끔찍했던 것은 그 목소리의 출처였다. 그 목소리가 들려온 곳은, 검은 그림자들이 득시글거리는 그 오싹한 구석자리, 가려져 있는 커다란 용기 속이었다.

VI. 사자(死者)의 무리

일 년 전 허버트 웨스트 박사가 실종됐을 때, 보스턴 경찰은 나를 집요하게 추궁했다. 나는 뭔가를, 그것도 아주 두려운 것을 숨기고 있다는 혐의를 받았다. 그러나 진실을 말한다 해도 어차피 그들이 믿지 않을 것이기에 나는 끝내 입을 열지 않았다. 경찰도 웨스트 박사가 일반인의 믿음을 뛰어넘는 모종의 연구를 했음을 모르지 않았다. 결국 웨스트의 시체 소생 실험이 너무 오랜 기간 지속된 것이 문제의 발단이었다. 하지만 솔직히 말해 나는 최후의 파국에서 목격한 무시무시한 광경이 과연 실제 벌어진 일인지 장담할 수가 없다.

나는 웨스트의 절친한 친구이자 비밀을 공유한 유일한 동료였다. 수년 전 처음 만났던 의과대학 시절부터 나는 그의 무시무시한 연구 활동에 관여해 왔다. 그는 혈관에 주사하여 시체의 생명을 되살리는 약품 개발에 몰두하기 시작했다. 그러기 위해서는 무엇보다 신선한 시체를 많이 확보해야 했고, 그 결과 아주 괴이한 행동까지 서슴지 않게 되었다. 그러나 가장 충격적인 일은 일련의 실험이 거둔 결과로서, 생명이 없는 고깃덩어리가 웨스트에 의해 맹목적이고 역겨운 생명력을 얻게 된 사실이었다. 물론 죽은 생명을 되살리는 과정에서 사망 직후의 신선한 시체를 이용해야 섬세한 뇌 세포의 손상을 막을 수 있다는 전제 조건을 생각하면 이런 오싹한 실패도 당연한 것이었을지 모른다.

가장 신선한 시체가 필요하다는 조건 때문에 웨스트는 도덕적인 타락을 감수해야 했다. 시체를 입수하는 일이 매우 어려운 나머지 어느 끔찍한 날에 가서는 급기야 살아 있는 사람을 실험 대상으로 삼는 일까지 벌어지고 말았다. 웨스트는 약물과 강력한 알칼로이드를 사용해 아주 신선한 시체를 만들었고, 실험 결과는 짧은 순간이나마 획기적인 성공을 가져왔다. 그러나 이후 더욱 냉혹하고 무감각해진 웨스트는 살아 있는 사람들을 향해서도 오싹하고 계산적인 눈빛을 번득이며 건강한 신체를 탐하는 것이었다. 점점 파국이 가까워지던 시기, 나는 나를 바라보는 웨스트의 눈빛 때문에 그에게 크나큰 두려움을 품게 되었다. 사람들은 그의 시선에 담긴 의미를 눈치채지 못했지만, 내가 보인 두려움만은 간파했다. 그 때문에 그가 실종된 이후 억측이 떠돌게 되었다.

웨스트는 사실 나보다 더 두려워했다. 은밀하고 비정상적인 실험을 지속하느라 항상 쫓기는 듯했고, 그림자만 스쳐도 놀라는 일이 잦아졌다. 경찰에 대한 두려움도 여전했지만, 그보다는 그 자신이 되살려 낸 병적인 생명과 그 일부가 흔적도 없이 사라진 사실에 더 깊고 막막한 공포감을 느끼는 것 같았다. 그는 대부분의 실험을 권총으로 마무리하곤 했지만, 몇 차례 기회를 놓친 일도 있었다.

첫 번째 실험 대상은 무덤을 파헤치려고 발버둥친 흔적만 남겨 놓고 종적을 감추었다. 또 다른 예로서 아컴 대학 교수의 신체에서 태어나 온갖 잔인한 만행을 일삼다가 체포되어 신원미상자로 16년 동안 세프턴 정신병원에 수감된 실험 대상도 있었다. 그밖에 실험실에서 사라진 이후 여전히 생존해 있을 것으로 추정되는 실험 대상이 얼마나 있는지는 단정하기가 어렵다. 지난 수 년 동안 웨스트의 과학적 열망은 점점 더 불온하고 광적인 집착으로 변질되어 왔다. 최근 들어 그는 인간이 아니라 일부 신체 조직, 혹은 인간 이외의 생물 일부만을 단독으로 소생시키는 기술에 집중해왔다. 그리고 그가 실종되었을 때는 상황이 최악이었다.

실험 중에는 활자로 묘사조차 할 수 없는 것도 상당수였다. 우리 두 사람이 군의관으로 참전했던 제1차 세계대전을 통해 웨스트의 기괴한 성향이 더욱 굳어졌다.

실험 대상에 품었던 웨스트의 두려움이 애매한 것임을 말하는 내 마음은 유달리 복잡하고 착잡하다. 그가 느낀 공포의 일부분은 자신의 손에서 태어난 정체불명의 괴물이 어딘가 살아 있다는 데서 비롯되었고, 또 다른 일부는 그 괴물이 언제고 자신을 해칠지 모른다는 불안감에서 온 것이었다. 실험 대상들의 실종과 더불어 공포는 더해졌지만, 그중에서 웨스트가 행방을 알고 있는 것은 정신병원에 갇혀 있는 가엾은 괴물뿐이었다. 게다가 1915년 캐나다 주둔 부대에서 행해진 실험에서 아주 기이한 일을 경험한 이후로 웨스트의 공포는 더욱 미묘하고 막연한 수준으로 심화되었다. 치열한 전장 한복판에서 웨스트는 동료 외과 의사이자 그의 소생 실험에 대해 잘 알고 비슷한 연구를 해온 에릭 몰랜드 크래팸리 소령의 시신을 대상으로 실험한 일이 있다. 머리가 잘린 시체의 몸통에서 유사 지능에 가까운 활동이 가능한지 알아보기 위함이었다. 독일군 포탄에 의해 건물이 완전히 파괴되는 바로 그 순간, 실험이 성공했다. 시체에서 지적 움직임이 나타났다. 믿을 사람이 없겠지만, 실험실 구석에 따로 분리된 시체의 머리에서 역겹지만 분명히 인간의 발성이라고 판단되는 목소리가 흘러나왔다. 어떤 면에서 독일군의 포격은 다행스러운 일이었다. 비록 그러기를 간절히 빌었지만, 웨스트는 당시의 생존자가 우리 둘뿐이라고 확신하지 못했다. 냉혹한 그조차 소생술을 알고 있는 동료 군의관의 목 없는 시체가 앞으로 무슨 짓을 저지를지 모른다는 생각에 진저리를 치곤했다.

웨스트가 실종되기 직전에 거주한 저택은 고풍스럽고 우아한 건물로, 보스턴에서 가장 오래된 묘지를 굽어보는 곳에 있었다. 그는 순전히 상징적이고 미학적인 이유에서 그 집을 선택했다. 실제로 그곳의 묘지는 대부분이 식민지 시대에 매장된 것이어서 신선한 시체를 얻는 데는 도움이 될 리가 없었다. 웨스트는 외지의 인부들을 불러 은밀히 지하 2층에 실험실을 마련했는데, 소음이 거의 없는 고성능의 소각로까지 구비함으로써 혹시 집주인이 질겁할지 모를 시체나 각종 장기들을 처리하는 문제도 미리 해결해 놓았다. 그런데 실험실을 위해 지하를 파내려 가는 도중, 인부들이 고대 석조물을 발견하고 깜짝 놀란 일이 있었다. 언뜻 보기에도 지하 묘지로 연결되는 건축물임이 확실했다. 오랜 생각 끝에 웨스트는 그 석조물이 에이버릴 가문의 묘지 지하에 만들어 놓은 밀실로, 그 무덤은 1768년경 가장 마지막에 만들어졌을 거라는 결론을 내렸다. 인부들이 삽과 곡괭이로 석조물 주변을 파헤치는 동안 나는 연대 추정 작업을 하던 웨스트를 도왔고, 수백 년 동안 침묵해온 고묘(古墓)의 비밀을 파헤친다는 오싹한 전율을 맛보았다. 그러나 점점 심한 공포에 시달리던 웨스트는 타고난 호기심과 그간의 타락한 성격에 어울리지 않게, 석조물을 그대로 놔두고 회반죽을 바르라는 지시를 내렸다. 그래서 석조물은 비밀 연구실의 벽면을 차지했을 뿐, 최후의 밤이 찾아올 때까지 그대로 보존되었다.

웨스트의 타락을 언급했지만, 그것은 전적으로 정신적이어서 겉으로 드러나지 않았음을 덧붙여야 할 것 같다. 그의 성격은 늘 겉으로는 침착하고 냉정했다. 금발과 안경 너머의 파란 눈동자를 비롯해 그간의 세월과 공포에도 불구하고 마지막 순간까지 외모만큼은 젊은 시절에 비해 크게 변하지 않았다. 무덤을 갉아대는 손톱을 떠올리고 뒤를 힐끔거리는 순간에도 그는 여전히 침착했다. 심지어 세프턴 정신병원에 갇혀 있는 살인마를 두려워하는 표정에서도 냉정함은 사라지지 않았다.

허버트 웨스트의 종말은 공동 서재에서 그가 이상한 눈초리로 신문과 나를 번갈아 흘끔거리던 어느 저녁부터 시작되었다. 구겨진 신문의 기묘한 헤드라인 기사가 그의 눈길을 사로잡은 것이다. 80킬로미터쯤 떨어진 세프턴 정신병원에서 무시무시한 사건이 벌어짐으로써 인근 주민들이 크게 동요하고 경찰들은 당혹감에 빠져있다는 기사였다. 정체불명의 거대한 손이 16년의 세월을 지나 우리 가까이 다가오는 느낌이었다. 내용은 다음과 같았다. 그날 이른 아침 한 무리의 사람들이 정신병원에 찾아와 우두머리 격으로 보이는 인물이 병원 관계자를 찾았다. 위압적인 군인의 모습을 한 우두머리는 입술을 움직이지 않은 상태에서 말을 했고, 그의 목소리는 복화술처럼 손에 든 커다란 상자에서 들려오는 것 같았다. 무표정한 얼굴은 광채가 날 정도로 수려했지만, 얼굴에 실내 조명등이 비추었을 때 병원 책임자는 질겁하고 말았다. 밀랍 인형의 얼굴과 색칠한 유리구슬의 눈동자! 엄청난 사고라도 당한 사람 같았다. 좀 더 덩치가 큰 남자가 그를 부축하고 있었다. 파충류처럼 부풀고 푸르스름한 이 남자는 커다란 몸집에서 혐오감을 풍겼고, 반쯤 썩어 문드러진 상태였다. 밀랍 얼굴의 사내는 16년 동안 그 정신병원에 수감돼 있는 살인마를 인도해 달라고 요구했다. 그 요구가 일거에 거절 당하자, 그는 돌연 동행자들에게 난동을 지시했다. 괴한들은 미처 도망 치지 못한 직원들을 보이는 대로 구타하고 짓밟고 물어뜯었다. 그 결과 4명이 숨지고, 살인마는 그들의 손에 넘겨졌다. 히스테리를 일으키지 않는 사람들에게 겨우 증언을 모아 보니, 괴한들은 사람이라기보다는 밀랍 사내의 지시에 따라 움직이는 로봇 같았다고 한다. 구조를 요청했 을 때는 이미 괴한들과 살인마가 흔적도 없이 종적을 감춘 뒤였다.

웨스트는 그 자리에 얼어붙은 사람처럼 앉아 신문 기사를 자정까지 되풀이해 읽었다. 자정 무렵에 초인종 소리가 들려오자, 그는 화들짝 놀랐다. 하인들도 모두 잠든 시간이어서 내가 직접 문을 열어 주었다. 내가 경찰에 진술한 대로, 거리에는 마차가 보이지 않았다. 다만 이상 하게 생긴 사람들이 커다란 상자를 문간에 내려놓았고, 그중 하나가 아 주 거북스러운 목소리로 이렇게 말했다. "발신자 부담, 속달." 그들은 곧 발길을 돌렸다. 나는 그들의 뒷모습을 바라보다가, 문득 혹시 집 뒤 쪽의 옛 묘지로 가는 건 아닐까 하는 이상한 생각이 들었다. 내가 문을 닫자 웨스트가 다가와 상자를 살펴보았다. 높이와 폭이 60센티미터 정 도의 정방형 상자로, 겉에 웨스트의 이름과 주소가 정확히 적혀 있었 다. 뿐만 아니라 '에릭 몰랜드 크래팸리, 성 엘로이, 플랑드르.'라는 문 구도 눈에 띄었다. 에릭 몰랜드 크래팸리는 6년 전 폭격을 맞은 병원에 서 웨스트의 실험 대상이었던 머리 없는 시체, 바로 그였다.

웨스트는 조금도 동요하지 않았지만 안색이 더 창백해져 있었다. 그 가 서둘러 말했다.

"드디어 끝을 보는군. 하지만 이걸 소각로에 넣어버려야겠어."

우리는 지하 2층 실험실로 상자를 옮겼다. 그동안 무슨 특별한 소리가 났는지 기억나는 부분은 없지만―당시 내가 처한 심리적 상황을 염두에 둘 필요가 있을 것이다―내가 허버트 웨스트를 소각로에 집어넣었다는 소문은 정말이지 악의적인 모략에 불과하다. 우리는 그 나무상자를 열어보지도 않고 그대로 소각로에 넣은 뒤 스위치를 눌렀다. 어쨌든 상자에선 아무런 소리도 들리지 않았다.

고묘(古墓)의 한쪽 벽에서 회반죽이 떨어지는 것을 먼저 발견한 이는 웨스트였다. 나는 도망치려고 했지만, 웨스트가 그런 나를 붙잡았다. 벽면에 검은 틈이 벌어지더니 소름이 끼치는 냉기와 썩은 토분의 납골당 냄새가 확 끼쳤다. 아무 소리 없이 갑자기 전기가 나갔다. 나는 지하의 인광을 배경으로 묵묵히, 쉴 새 없이 벽을 허무는 일단의 무리들을 보았다. 그런 광경은 정신이상자 아니면 그보다 더 심각한 상태에서나 상상할 수 있을 것이다. 그들은 사람이거나, 반만 사람이거나, 부분적으로 사람을 닮거나, 아예 사람이 아닌 것 등등 괴기하리만큼 이질적인 집단이었다. 그들은 조용히 수백 년 된 벽면에서 하나씩 돌을 치웠다. 틈이 충분히 넓어지자 그들은 한꺼번에 석벽에서 빠져나와 실험실로 몰려들었다. 무리의 선두에 선 거만한 인물은 밀랍으로 만든 아름다운 얼굴을 하고 있었다. 그 뒤에서는 무시무시한 광기의 눈동자들이 허버트 웨스트를 노려보고 있었다. 웨스트는 아무런 저항도 하지 않았고, 한마디 말도 하지 않았다. 그들은 내가 지켜보는 가운데 한꺼번에 우르르 그에게 몰려들어 그의 온몸을 갈기갈기 찢고는 다시 그 고약한 지하의 어둠 속으로 토막 난 살덩이를 들고 사라졌다. 웨스트의 머리는 캐나다군 장교복을 입은 밀랍 얼굴의 우두머리가 가져갔다. 그가 사라지는 순간, 나는 웨스트의 머리에서 안경 너머 푸른 눈동자가 광기에 어려 섬뜩하게 번뜩이는 것을 보았다.

나는 의식을 잃은 상태로 아침에 하인들에게 발견되었다. 웨스트는 사라지고 없었다. 소각로엔 정체불명의 잿더미뿐이었다. 경찰들이 여러 가지 질문을 했지만, 내가 무슨 말을 할 수 있었겠는가? 그들은 세프턴 정신병원의 참사를 웨스트와 관련시키려고 하지 않았다. 뿐만 아니라 상자를 가져온 자들에 대해서는 아예 내 말을 믿으려 하지 않았다. 나는 지하 묘지에 대해 말했지만, 그들은 그대로인 석벽을 가리키며 웃어댔다. 그래서 나는 더 말하지 않았다. 그들은 나를 미치광이나 살인자 둘 중 하나로 간주했다. 아마 나는 미쳤는지도 모른다. 그러나 그 사자의 무리가 그렇게 소리 없이 움직이지만 않았어도 난 미치지는 않았을 것이다.

---

16) 미스캐토닉 대학(Miskatonic University): 미스캐토닉이라는 지명은 아컴과 함께 「그 집에 있는 그림」에 처음으로 언급됐지만, 미스캐토닉 대학이라는 가상의 대학은 이 작품에서 처음으로 등장하고, 이후 많은 작품에 나온다.

17) 헤켈(Ernst Haeckel 1834~1919): 독일의 생물학자, 계통발생설과 생태학의 창시자.

18) 빈민 묘지: 원문의 'potter's field'는 '옹기장이의 밭'이라는 의미이며, 가난한 자의 묘지라는 마태복음의 구절에서 착안한 것으로 보인다.

19) 메도우 언덕(Meadow Hill): 가상적인 지명, 「우주에서 온 색채」를 비롯해 수 편의 작품에 등장한다.

20) 구울(Ghoul): 무덤이나 버려진 장소에 산다는 귀신으로, 고대 아라비아 민담에서는 악령이자 어둠의 왕자 이블리스의 자손으로 전해진다. 러브크래프트는 구울을 인간과 개를 섞어놓은 모습으로 묘사하고 있다. 가상의 공간 드림랜드와 현세를 떠도는 존재로, 「아웃사이더」, 「픽맨의 모델」, 「미지의 카다스를 향한 몽환의 추적」을 비롯해 러브

크래프트 작품 전반에서 자주 등장하는 괴물이다.

21) 에블리스(Eblis)와 애프리트(afrite)는 이슬람교에 등장하는 악마.

22) 타르타로스(Tartaros): 그리스 신화에 나오는 지하 세계.

23) 플랑드르(Flanders): 플랜더스라고도 하며 벨기에 동(東)플랑드르와 서(西)플랑드르를 중심으로 하는 북해(北海) 연안의 저지대로 1차 대전과 2차 대전 때 독일군에게 점령되는 등 격전이 일어난 지역이다.

24) 보들레르(Baudelaire): 「악의 꽃」, 「파리의 우울」로 잘 알려진 프랑스의 시인.

25) 엘라가발루스(Elagabalus): 고대 로마의 황제로 문란한 생활을 하다 어머니와 함께 암살당했다.

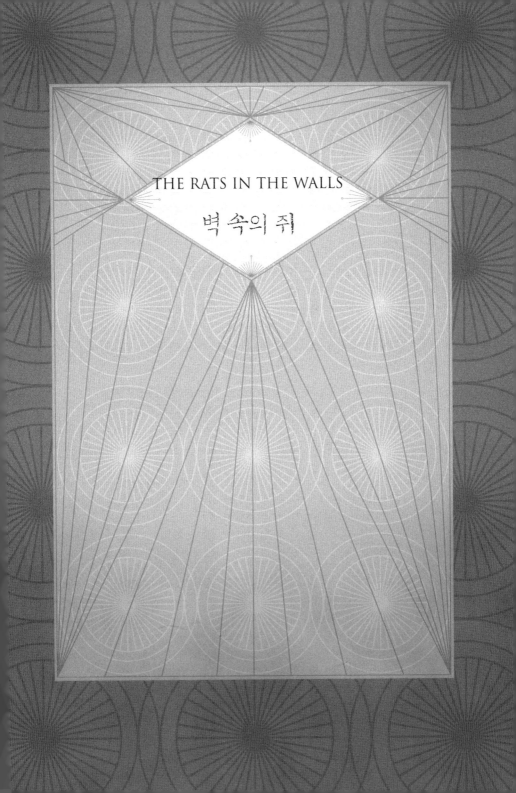

THE RATS IN THE WALLS

벽 속의 쥐

작품 노트 | 벽 속의 쥐 The Rats in the Walls

1923년 9월경에 쓰여졌으며, 1924년 3월《위어드 테일즈》에 처음으로 수록됐다. 그러나 제일 먼저 기고한《아거시-올스토리 위클리Argosy-Allstory Weekly》지에서 거절을 당했는데, 러브크래프트에 따르면 '너무 끔찍해 일반 독자의 부드러운 감수성에 도저히 맞지 않는다'는 편집장의 설명이 있었다고 한다.

러브크래프트는 말년에 이 작품을 '아주 평범한 사건, 즉 한밤에 찢어진 벽지를 보고 잇따라 상상이 떠올라서 썼다'고 밝히고 있다.

주인공의 이름 델라포어(Delapore)에서부터 에드거 앨런 포의 영향이 짙은 작품이며, 포의 「검은 고양이The Black Cat」에서와 같은 반전을 노리고 있다. 아서 매컨(Arthur Machen)의 작품을 접한 지 얼마 후에 쓰여졌으며, 포의 영향력이 주조를 이루는 고딕 계열에서 뛰어난 작품으로 평가받는다. 주인공 델라포어는 러브크래프트의 이전 소설에 등장하는 인물들이 수동적인 관찰자로 묘사된 것에 비해 단호하고 적극적인 면을 보인다. 신화적 과거가 곧 미래라는 러브크래프트 특유의 주제 의식이 잘 나타난 소설이며, 주인공 델라포어가 인간 이외의 혈통을 지니고 있다는 메시지를 통해 이후 소설에서 좀 더 적극적이면서도 현실 세계와 유리된 인물들이 대거 등장하는 계기가 된다.

이 소설은 옴니버스 형태의 「네크로노미콘Necronomicon」(1994)으로 영화화 됐다.

1923년 7월 16일, 인부들의 마무리 작업이 끝나자 나는 영국의 엑섬으로 이주했다. 건물의 뼈대만 간신히 남은 상태라 저택을 복원하는 일은 대공사였다. 하지만 선조의 영지였던 만큼 나는 막대한 비용을 마다하지 않았다. 엑섬은 제임스 1세의 통치가 지나가던 시기, 상당 부분 베일에 가려진 일대 참사로 저택 주인과 다섯 자녀 및 하인들이 죽은 후로 아무도 살지 않은 곳이다. 당시 가족 중 유일한 생존자이자 내 직계 조상인 셋째 아들은 의혹의 눈길 속에서 공포에 뒤덮인 삶을 살았다. 가문의 유일한 상속인이 살인자로 낙인찍힌 후 그 저택은 왕가의 소유로 귀속됐다고 한다. 그러나 그는 자신의 무죄를 입증하거나 재산을 되찾기 위한 어떤 노력도 기울이지 않았다. 양심의 가책이나 법의 심판보다 더 무서운 어떤 공포에 짓눌린 채 기억과 시야에서 옛 저택을 없애고자 하는 광적인 희망만을 품었던 것이다. 그렇게 엑섬의 11대 남작 월터 드 라 푀르는 미국의 버지니아로 도주하여 다음 세기 '델라포어' 가로 알려지게 될 새로운 가계를 세웠다.

나중에 노리스라는 가문에 하사된 엑섬 영지는 그 독특한 건축 양식 때문에 많은 주목을 받았지만, 끝내 사람이 살지는 않았다. 전해오는 대로라면 건물은 색슨 혹은 로마네스크 양식[26]을 바탕으로 고딕 풍이 섞인 형태로, 그 지대 부분은 아주 오래 전의 로마와 켈트, 웨일즈 풍이 뒤섞인 것이었다. 지대의 형태가 매우 특이해서, 한쪽 면이 저택 너머 황량한 계곡에서 갈라져 나온 화강암 절벽에 접해 있었다. 계곡의 위치는 앤체스터 마을에서 볼 때 서쪽으로 5킬로미터 남짓 떨어진 거리였다. 수 세기 동안 버림 받은 그 기이한 유적엔 건축가와 골동품 수집가들이 즐겨 찾아 왔지만, 마을 사람들은 그 저택을 싫어했다. 저택에 대한 마을 주민들의 혐오감은 오래 전 내 선조가 그곳에 살 때부터 폐허와 무성한 이끼로 버려진 지금까지 줄곧 변함이 없었다. 사실 나는 그 저주받은 저택을 구입할 수 있다는 소식을 듣고 직접 찾아갈 때까지 앤체스터에서 단 하루도 묵은 적이 없었다. 나는 인부들을 불러 모아 그 건물에 남은 옛 흔적을 지우는 데 총력을 기울였다.

묘한 의혹 속에서 선조가 미국으로 이주했다는 사실 외에 내가 조상에 대해 아는 것은 거의 없었다. 델라포어 가문이 유지해온 과묵과 신중함 때문이었다. 여느 이주민들과는 달리 우리 가족에겐 조상이 십자군에 참가했다거나 중세, 르네상스 시대의 영웅을 배출했다는 자랑거리가 없었다. 게다가 사후에 읽어보라며 장남에게 봉서(封書)를 남기는 시골 지주들의 관행에 따라 남북 전쟁 이전에 봉인되어 남겨진 기록 외에는 조상 대대로 내려오는 가문의 전통 따위도 없었다. 우리는 퍽 과묵하고 비사교적인 버지니아 가계로서 미국 이주 후에 성취한 영광만을 소중히 끌어안았다.

하지만 전시(戰時)에 모든 재산을 잃고, 제임스 강변에 위치한 카팩스 저택이 화염에 휩싸이면서 모든 것이 변하고 말았다. 연로한 조부께서도 당시의 방화로 돌아가셨는데, 우리 가문의 내력이 담긴 봉서가 사라진 것도 그때였다. 지금도 일곱 살 때 본 그 화재가 북부 연방군의 총성과 아낙들의 비명 소리, 흑인들의 울부짖음과 애원과 더불어 생생하게 떠오른다. 당시 아버지는 리치몬드 방위군에 징집된 상태였고, 나와 어머니는 복잡한 절차를 거쳐 가까스로 아버지가 계신 곳에 도착할 수 있었다. 전쟁이 끝나자 우리는 모두 어머니의 고향인 북부로 이주했다. 그곳에서 자라 성인이 되었고, 중년이 되었으며, 무감각한 미국인으로서 큰 재산을 모았다. 아버지와 나는 가문의 봉서에 어떤 내용이 들어 있었는지 전혀 알지 못했고, 나는 매사추세츠의 무미건조한 사업 생활에 익숙해지면서 아주 오래 전 우리 가문에 잠재해 있었던 미스터리에 대해서는 아예 관심을 잃고 말았다. 만약 그 내막을 조금이라도 알았더라면 나는 기꺼이 엑섬 영지를 이끼와 박쥐와 거미줄 속에 방치했을 것이다.

아버지는 1904년에 돌아가셨으나 나뿐 아니라 어미 없이 자란 열 살짜리 외손자 알프레드에게도 아무런 유언을 남기시지 않았다. 알프레드는 가문의 내력을 거슬러 올라간 장본인이었다. 나는 그저 지나가는 농담처럼 어림짐작한 내력을 알려줬을 뿐인데, 그 아이는 세계대전이 종반에 들어선 1917년 비행사로 영국에 파병된 직후 우리 조상에 관한 아주 흥미로운 사실을 편지로 보내 왔다. 아무래도 델라포어 가문은 파란만장하고 불길한 내력의 집안이었던 것 같다. 앤체스터 인근에 거주하는 영국 비행단 소속 에드워드 노리스 대위라는 사람이 내 아들의 친구였는데, 그가 극소수의 소설가만이 상상할 수 있을 흉흉하고 터무니없는 농촌의 미신을 내 아들에게 말해 주었다니 말이다. 물론 노리스 본인은 그 미신의 내용을 심각하게 여기지는 않았지만, 그 이야기에 관심이 동했던 내 아들에게는 편지에 쓰기 좋은 이야깃거리가 되었다. 그리고 그것이 내가 미국 이주 전 우리 가문의 운명에 관심을 갖고, 문중의 소유지를 매입해 복원하겠다고 결심한 계기였다. 편지에는 노리스가 알프레드에게 그곳의 황폐함을 생생히 전해 주면서, 바로 그의 삼촌이 소유주이니 헐값에 팔도록 주선하겠다고 했다는 제안도 들어 있었다.

나는 1918년에 엑섬 영지를 사들였으나, 내 아들이 전쟁터에서 불구의 몸으로 돌아오는 바람에 저택을 복원하려는 계획은 순식간에 수포로 돌아갔다. 그 후 2년 동안 나는 사업도 동업자에게 맡긴 채 오로지 알프레드를 돌보는 일에만 매달렸다. 1921년에 아들마저 먼저 떠나자, 나이 들어 퇴직한 제조업자인 나는 아무런 희망이나 삶의 목적이 없었다. 그래서 여생을 새로 구입한 땅에서 보내겠다고 결심한 것이다. 그해 12월, 앤체스터에 도착한 나는 노리스 대위의 환대를 받았다. 노리스는 보기 좋게 살이 찌고 마음이 상냥한 젊은이였으며 아들과의 추억이 많았다. 그는 차후의 복원 공사를 위해 필요한 설계도와 저택에 얽힌 비화를 수집해 주겠다고 약속했다. 내가 무감각하게 바라본 엑섬의 풍경은 이끼로 뒤덮이고 까마귀 둥지로 뒤엉켜 있는 중세의 폐허 더미였다. 위태롭게 절벽에 얹힌 상태에서 건물의 석벽을 제외하곤 바닥과 내부는 휑하니 비어 있었다.

300여 년 전 선조가 살았을 당시의 윤곽을 상상하면서 나는 인부들을 외지에서 불러들여야 했다. 앤체스터 주민들이 그 저택에 품고 있는 공포와 증오심이 거의 상상을 초월했기 때문이다. 그 감정이 얼마나 강했는지, 타지 출신 인부들조차 그런 분위기를 감지하고 줄행랑을 치는 경우가 속출했다. 저택과 옛 가문이 둘 다 공포와 증오를 가져오는 것 같았다.

알프레드는 이곳을 방문했을 때 드 라 푀르 가문의 사람이라는 이유로 사람들이 자신을 기피하더라고 말한 적이 있다. 나 역시 가문에 대해 아는 것이 거의 없다고 농부들을 납득시키기 전까지 교묘히 배척을 당했다. 그래도 주민들의 부루퉁한 반감은 여전했기에 나는 노리스의 중재를 통해서 마을의 전설을 수집해야 했다. 마을에서 혐오의 상징인 건물을 복원하기 위해 내가 그곳에 왔다는 사실을 용납할 수 없는 모양이었다. 이성적인 판단인지는 논외로 하고, 주민들은 엑섬 영지를 악마와 늑대인간의 소굴로 보고 있었다.

노리스가 수소문한 이야기들을 종합하고, 그 건물을 연구해 왔다는 몇몇 학자들의 설명을 참고함으로써 나는 엑섬이 선사 시대의 사원 자리에 세워졌을 것이라고 추측했다. 당시의 사원은 드루이드[27] 혹은 드루이드 시기 전의 구조물로, 스톤헨지[28]와 같은 시대였음이 틀림없다. 정확히 설명할 수 없는 모종의 의식들이 그곳에서 행해졌고, 그런 의식들이 로마인의 키벨레[29] 숭배로 변모되는 과정에서 음침한 이야기들이 생겨났을 것이다. 지하실 밑에서 발견된 비문, '디브[30]……. 오프스…… . 마그나. 마테…….' 등의 글자는 아직도 선명했는데, 한때 로마인들 사이에서 금지됐지만 쉽게 누그러지지 않았던 마그나 마테르의 숭배 의식을 암시하고 있었다. 많은 유적들이 말해 주듯, 앤체스터는 로마 황제 아우구스투스의 군단이 주둔한 곳이기도 했다. 당시에 수많은 사람들이 으리으리한 규모의 키벨레 사원에서 프리기아 주술사의 인도 아래 수수께끼의 의식을 치렀다는 말이 전해지고 있다. 또한 그 고대 종교가 몰락한 후에도 주술사들은 겉으로만 개종한 척 가장했고, 사원의 떠들썩한 의식도 계속되었다고 한다. 로마군이 물러난 뒤에도 사라지지 않았던 그 의식은 색슨 족에 의해 몇몇 요소들이 추가되어 후세에 전해졌다. 그래서 옛 영국의 7왕국 중 반 이상을 공포에 떨게 했던 이교 문화의 중심을 형성했다는 말도 있었다.

서기 1000년 경, 마침내 이곳은 견고한 석조 수도원으로서 역사 기록에 등장한다. 강력한 계율의 지배를 받는 이 기이한 수도원은 광대한 정원으로 둘러싸인 채 사람들을 겁에 질리게 했다. 사람의 접근을 막기 위해 굳이 벽을 세울 필요도 없었다. 노르만 정복 이후 건물의 상당 부분이 훼손되긴 했으나 데인 족의 침공에도 끄떡하지 않은 곳이다. 1261년 내 조상이었던 길버트 드 라 푀르가 헨리 3세로부터 1대 엑섬 남작이라는 칭호와 함께 그 건물을 하사받을 때까지 건물엔 별다른 문제가 없었다.

그곳으로 이주하기 전에는 우리 가문을 악마와 관련시키는 말이 없었으나, 이주 후에 뭔가 기이한 일이 벌어졌음이 분명했다. 드 라 푀르 가문에 '1307년 신이 저주를 내렸다'고 언급한 기록이 있다고 하며, 고대의 사원이자 수도원이었던 과거를 가진 그 저택을 말할 때 사람들이 광적인 두려움에 사로잡혔다는 구전도 전해온다. 난롯가에 모여 앉아 서로 겁에 질려 말을 아끼고 애매하게 회피하는 분위기였다고 한다. 사람들은 우리 조상을 악마의 자손이라고 묘사했다. 우리 조상에 비하면 질 드레[31]와 마르키 드 사드[32]는 애송이에 불과할 뿐 아니라, 오래 전부터 마을에서 생긴 실종 사건들도 우리 조상의 소행이라는 모함까지 돌았다.

그중에서도 최악의 인물로 꼽히는 이는 남작과 그 직계 가족이었다. 마을 사람 대부분이 남작 가족에 대한 괴소문을 알고 있었다. 가족 중에 그나마 건전한 성향의 인물이 태어나기라도 하면, 그들은 다 어린 나이에 의문의 죽음을 당함으로써 가문 특유의 사악한 기질이 보존되었다고 말이다. 가족 내부에서 가장의 주재 하에 모종의 의식이 행해졌다고도 했다. 결혼을 통해 가문의 일원이 된 사람들 일부도 의식에 참가한 것으로 미루어 의식은 혈통보다는 기질을 중시한 것으로 보인다. 콘월 출신의 마거릿 트레보 부인은 5대 남작의 차남인 갓프레이의 아내가 된 이후 동네 아이들이 가장 좋아하는 악역이 되었고, 당시만 해도 웨일스 국경 부근에 남아 있던 옛 민요의 악마적인 여주인공이 되었다. 민요집에는 마리 드 라 푀르 부인이 등장하는 무시무시한 이야기도 있다. 그녀는 슈루스필드 백작과 결혼한 직후에 남편과 시어머니에 의해 살해되는데, 두 살인자는 감히 세상에 밝힐 수도 없는 자신들의 소행을 목사에게 고백한 뒤에 사면과 축복을 받는다는 내용이다.

솔직히 나는 조악한 미신에 불과한 전설과 민요에 큰 반감을 느꼈다. 사람들이 그토록 오랫동안 내 가문에 집요한 음해를 일삼았다는 것이 무엇보다 분했다. 게다가 이런 터무니없는 비방들을 대하고 보니, 가까운 일가에서 있었던 추문이 떠올라 꺼림칙했다. 카팩스에 살던 랜돌프 델라포어라는 내 사촌이 멕시코 전쟁에서 돌아온 뒤에 흑인들과 어울리다가 부두교 주술사가 되었다는 말이 있었기 때문이다.

나는 그런 소문들에 크게 동요하지는 않았다. 소문들은 바람이 휘몰아치는 불모의 석회암 계곡을 그저 떠돌 뿐이다. 봄비가 내린 후에 무덤의 악취가 진동한다느니, 어느 밤에 고즈넉한 들판에서 존 클레이브 경의 말에 밟힌 하얀 물체가 몸부림치며 울부짖었다느니, 백주대낮에 한 하인이 엑섬 영지에서 뭔가를 보고 미쳐버렸다느니……. 그런 것들은 진부한 유령 괴담이었던 데다 나는 당시 심각한 회의주의자였다. 다만 중세적 관습에서 보면 대수롭지 않은 일이긴 해도, 실종된 농부들에 얽힌 이야기가 은근히 신경이 쓰였다. 호기심은 곧 죽음을 뜻했고, 농부의 잘려진 머리가 공공연히 보루―지금은 사라지고 없지만―에 매달린 것이 한두 번이 아니었다고 했다.

진작 비교 신화학을 공부해둘 걸 하는 후회가 들 정도로 개중에는 아주 인상적인 이야기들도 있었다. 예를 들면, 박쥐 날개를 한 한 떼의 악마들이 매일 밤 엑섬 영지에서 연회를 벌였고, 자기들끼리 먹기 위해 드넓은 밭에서 거친 채소들을 엄청나게 수확해 놓았다는 일화가 그것이다. 무엇보다 실감 나는 이야기는 쥐떼에 관한 것이었다. 엑섬을 폐가로 만든 참사가 있은 3개월 후부터 저택에서 쥐떼가 쏟아져 나왔다고 한다. 그 역겨운 쥐떼는 굶주리고 불결하고 탐욕스러운 군대처럼 닭과 고양이, 개와 돼지, 양 등을 닥치는 대로 잡아먹었으며 심지어 사람도 두 명이나 희생되었다고 한다. 잊지 못할 쥐떼 사건은 그 자체로 전설이 되었고, 마을 집집마다 회자되면서 원한과 공포를 가져왔다.

내가 완고하리만큼 저택의 복원 공사를 밀어붙이는 동안, 마을에 전해지는 민담과 전설들이 나를 옥죄어 왔다. 예상 못한 사이 내 마음 한복판에까지 그 이야기들이 자리잡은 것이다. 그러나 노리스 대위와 골동품 수집가들이 공사 내내 내게 격려와 도움을 아끼지 않았다. 마침내 2년 만에 복원 공사가 끝났다. 커다란 방들, 징두리 벽판, 둥근 아치형의 천장, 창살을 댄 창문들, 널찍한 계단 등등 공사에 들어간 막대한 비용을 보상하고도 남을 만큼의 보람이 느껴졌다. 중세의 특징을 교묘히 되살렸으며 기존의 벽과 지대에 새롭게 지은 부분이 완벽하게 녹아들어 있었다. 조상의 근원은 완벽하게 복원되었다. 나는 이것이 내게서 끊길 가문에 대한 세인의 평판이 달라지는 계기가 되기를 바랐다. 나는 여기에 정착할 것이고, 드 라 퓌르(나는 가문의 원래 이름을 철자 그대로 사용하기로 결심했다) 가문이 악마와 관련이 없음을 증명할 것이다. 엑섬이 본래 중세적 분위기를 가진 곳이긴 하지만 내부 구조와 시설만은 쥐떼와 오랜 망령을 떨칠 정도로 완전히 탈바꿈했다는 사실에 나는 큰 위안을 얻었다.

이미 설명했듯 내가 저택으로 이주한 건 1923년 7월 16일이었다. 하인 일곱 명과 내가 애지중지하는 아홉 마리 고양이가 함께였다. 일곱 살로 가장 나이가 많은 고양이 '깜씨'[33]는 매사추세츠 볼튼에서 데려온 것이고, 나머지는 복원 공사가 진행되는 동안 노리스 가족의 집에서 신세를 질 때 사들인 것들이었다. 그 저택에서 보낸 처음 닷새간은 더없이 평온했고, 나는 가문의 자료들을 정리하면서 주로 시간을 보냈다. 그 결과 우리 가문에 비극이 찾아든 결정적 계기와 월터 드 라 푀르가 망명한 정황에 대한 단서를 찾았다. 카팩스의 화재 때 유실된 봉서 기록도 같은 내용을 담고 있었을지도 모를 일이다. 내 선조는 뭔가 충격적인 사실을 발견한 후 완전히 다른 사람으로 변했고, 그로부터 2주 정도 지난 뒤 잠든 식구들을 모조리 살해한 혐의를 받았다. 당시 선조를 도운 공범으로 알려진 네 명의 하인들만 살아남았고, 그 '충격적인 사실'에 대해서는 막연한 암시만 있었다. 나의 선조는 공범인 하인들 외에는 아무에게도 알리지 않고 멀리 도주해 버렸다.

마을 사람들은 아버지와 세 명의 남자 형제, 두 명의 누이가 희생된 그 계획적인 만행을 모른 척했다. 게다가 허술한 법망 때문에 살인자는 신분 위장 없이도 버젓이 버지니아로 피신해 버렸다. 하지만 사람들은 오히려 그 살육을 통해 태고의 저주가 씌인 땅이 깨끗해졌다고 믿는 분위기였다. 그러나 선조가 무엇을 발견했기에 그처럼 극악무도한 짓을 저질렀는지, 나는 짐작조차 할 수 없었다. 가문에 얽힌 불길한 얘기들에 진작부터 익숙했을 월터 드 라 푀르에게 특별히 새로운 비밀이 있었다고 믿기는 힘들었다. 혹시 새롭게 끔찍한 고대 의식을 목격했거나 건물 주변에서 무시무시한 상징 따위를 발견했던 것은 아닐까? 그는 영국에 체류했을 동안은 수줍음을 타는 얌전한 청년으로 알려져 있었다. 버지니아로 건너간 후에도 특별히 근심에 시달리거나 고통스러워하는 기색이 없었다. 게다가 프랜시스 할리라는 여행가는 자신의 일기에서 그가 보기 드물게 올곧고 섬세한 남자라고 묘사했다.

이후 몇 가지 사건들로 이어질 불가사의한 일 하나가 7월 22일에 발생했다. 당시에 나는 그 최초의 징후를 대수롭지 않게 생각했다. 그때의 상황에서는 그리 주목할 만한 일은 아니었다. 벽을 제외하곤 완전히 새롭게 탈바꿈한 건물과 숙련된 하인들에 둘러싸여 있었던지라 나는 과거 참사가 일어났던 현장에 있음에도 걱정이 되지 않았다. 내가 기억하는 것이라고는 나이든 검은 고양이가 평소와 딴판으로 경계심과 조바심을 보였다는 정도다. 고양이는 불안한 기색으로 이 방 저 방을 돌아다니면서 고딕 풍의 건물 벽면에 연신 코를 킁킁댔다. 내가 하는 말이 얼마나 진부한 것인지는 안다. 주인이 유령을 발견하기에 앞서 개가 먼저 으르렁댔다는 식의 이야기처럼 말이다. 하지만 고양이의 행동을 계속해서 모른 척 할 수는 없었다.

다음 날, 하인 한 명이 서재에 들러 내게 투덜거렸다. 집 안에 있는 고양이들이 죄다 가만있지를 않는다는 것이었다. 2층 서쪽 벽에 면해 있는 서재는 둥근 천장에 검은색 참나무로 벽을 두르고, 고딕식 삼중 창문이 석회암 절벽과 황량한 계곡을 마주보고 있었다. 하인이 고양이 얘기를 하는 동안에도 나는 서쪽 외벽에 새로 댄 참나무 목재를 긁어대는 '깜씨'를 바라보았다. 나는 하인에게 석벽에서 뭔가 이상한 냄새가 나는가 보다고 말했다. 새로이 덧댄 나무벽이지만 고양이들만 알 수 있는 냄새가 있을 거라고 말이다. 하인은 내 말을 듣더니 쥐가 있을지도 모르겠다고 말했다. 나는 여기선 근 삼백 년 동안 쥐가 없었고, 인근의 들쥐조차 건물의 높은 장벽을 넘기는 불가능할 거라고 말했다. 그날 오후 내 전갈을 받고 찾아온 노리스 대령 역시 지금껏 없던 들쥐들이 갑자기 생겼을 리 없다면서 나를 안심시켰다.

그날 밤, 나는 평소대로 고양이를 데리고 나만의 공간으로 점찍어 둔 서쪽 탑실로 향했다. 돌계단 하나와 작은 회랑을 사이에 두고 서제와 면한 곳이었는데, 돌계단은 손대지 않고 회랑만 새로 복원하였다. 내부 공간은 원형으로 이루어져 천장이 아주 높았으며, 징두리 벽 대신에 내가 런던에서 직접 사 온 아라스 천 벽걸이가 둘러져 있었다. 깜씨가 곁에 있는 것을 확인한 뒤 나는 육중한 고딕 풍의 문을 닫았다. 내가 양초를 본떠 만든 전구 스위치를 끄고 가림막이 있는 사주(四柱)식 침대로 들어가는 내내 깜씨는 평소처럼 내 발치에 자리를 잡았다. 나는 침대의 커튼 너머로 정면의 좁다란 북쪽 창문을 응시했다. 하늘에 오로라의 흔적이 있었고, 창문의 장식 격자에 은은한 음영이 비추었다.

한동안 곤히 잠들어 있었나 보다. 고양이가 펄쩍 뛰어올랐을 때, 이상한 꿈에서 막 벗어난 기억이 있기 때문이다. 어스름한 빛 속에서 고양이는 내 발목에 앞발을 올려놓고 뒷발을 쭉 편 상태로 머리를 바짝 치켜든 모습이었다. 고양이가 뚫어지게 바라보는 서쪽 벽면을 살펴보았지만, 내 눈에는 아무 것도 보이지 않았다. 그런데 벽면을 계속해서 살피는 동안 깜씨가 괜히 흥분한 것이 아님을 깨달았다. 솔직히 아라스 천이 실제로 움직였는지는 자신할 수 없다. 아무튼 천이 슬며시 움직인 것 같긴 했다. 하지만 벽 뒤에서 쥐 같은 것이 종종거리는 소리가 들려온 것은 장담할 수 있다. 고양이는 순식간에 아라스 천으로 몸을 던졌다. 고양이의 무게에 아라스 천의 일부분이 바닥으로 흘러내리자 축축하고 눅진 돌벽이 모습을 드러냈다. 복원 공사로 인해 여기저기 보수된 흔적이 있었지만, 당연히 쥐 따위는 보이지 않았다. 천이 벗겨진 벽면 앞에서 연신 뛰어오르던 깜씨는 아라스 천을 할퀴다가 벽과 참나무 바닥 틈새에 발톱을 집어넣으려고 기를 썼다. 그러나 아무 것도 발견하지 못한 녀석은 힘없이 내 발치로 돌아왔다. 나는 그대로 누워 있었으나 다시 잠들지는 못했다.

나는 다음 날 아침 하인들을 전부 불러놓고 물었다. 요리사 한 명만이 창턱에 올려놓은 고양이의 묘한 행동을 보았다고 했다. 몇 시인지도 모를 한밤중에 고양이 울음소리를 듣고 잠을 깨 보니, 고양이가 열려진 방문을 뛰쳐나가 계단으로 갔다는 말이었다. 나는 정오까지 꾸벅꾸벅 졸다가 오후에 노리스 대위를 다시 불렀다. 그는 내 이야기에 대단한 관심을 나타냈다. 간밤의 사소하지만 이상한 일이 노리스의 민감한 감성에 자극을 주었는지, 그는 마을에 떠도는 무수한 괴담들을 들려주었다. 우리는 당황하고 있었다. 노리스는 내게 쥐덫과 살충제를 빌려주었고, 나는 하인들을 시켜 적당한 곳에 그것들을 갖다놓으라고 일렀다.

나는 몹시 졸려서 일찍 잠자리에 들었지만, 아주 끔찍한 악몽에 시달려야 했다. 까마득히 높은 곳에서 희미한 빛 속의 동굴을 내려다보고 있는 것 같았다. 동굴 주위는 온통 무릎 높이까지 오물이 차 있었고 흰 수염을 기른 악마가 지팡이로 한 무리의 짐승들을 부리고 있는데, 온몸이 균사로 뒤덮인 채 흐느적거리는 그 짐승들을 보고 있자니 구역질이 났다. 그 악마가 동작을 멈추고 고개를 끄덕이자, 무수한 쥐들이 구역질나는 구덩이로 몰려 내려오더니 짐승과 사람을 닥치는 대로 먹어치웠다.

그 오싹한 광경을 보던 중 나는 평소대로 발치에서 잠들어 있던 깜씨의 움직임을 느끼고 화들짝 잠을 깼다. 이번에는 왜 고양이가 겁에 질려 날카롭게 울면서 내 발목에 발톱을 박고 있는지 궁금해 할 필요가 없었다. 방 안의 벽 전체가 굶주린 쥐떼가 무수히 미끄러져 내려가는 역겨운 소리로 가득했기 때문이다. 오로라의 자취도 사라진 시간이라 고양이가 어제 잡아챈 아라스 천에 어떤 일이 벌어지고 있는지 확인할 수 없었다. 그러나 나는 너무도 무서워서 전기 스위치조차 켜지 못했다.

마침내 전등에서 불빛이 쏟아지는 순간, 나는 아라스 천 전체가 기묘한 죽음의 춤을 추듯 무섭게 흔들리는 것을 보았다. 그러나 천의 흔들림은 소음과 함께 순식간에 사라져 버렸다. 침대에서 뛰쳐나온 나는 길다란 탕파[34]를 들어 아라스 천을 여기저기 찔러 보다가, 천의 한쪽을 들추고 안쪽을 살펴보았다. 보수 흔적이 있는 돌벽 외에는 아무 것도 없었다. 고양이마저 방금 전의 이상한 낌새를 잊어버린 것 같았다. 방 안에 설치한 쥐덫을 살펴보았으나, 스프링은 벌려진 그대로였으며 뭔가가 잡히거나 도망친 흔적은 없었다.

다시 잠들기는 틀렸다는 생각에 촛대를 들고 회랑을 지나 서재로 향하는 계단 쪽으로 향했고, 깜씨는 내 뒤를 졸졸 따랐다. 그러나 돌계단에 미처 다다르기 전에 고양이가 맹렬한 기세로 내 앞으로 달려가더니 이내 계단 저편으로 사라져 버렸다. 나도 모르게 계단을 내려가는데, 아래의 큰방에서 느닷없이 소리가 들려 왔다. 착각이라고 하기에는 너무도 분명한 소리였다. 참나무 판벽은 정신없이 날뛰는 쥐떼의 소리로 가득했고, 깜씨는 당황한 사냥꾼처럼 격분하여 뛰어다니고 있었다. 계단을 다 내려가서 전등 스위치를 켜자, 이번에는 불이 들어와도 소리가 멈추지 않았다. 쥐떼의 계속되는 소동이 얼마나 요란하고 분명했는지,

마침내 놈들이 어디로 움직이는지 알게 되었다. 셀 수 없이 무수한 쥐들은 거대한 이주 행렬을 이루어 알 수 없는 높이에서 역시 알 수 없는 구덩이, 즉 아래쪽으로 움직이고 있었다.

복도에서 발소리가 들려 왔다. 곧이어 하인 두 명이 육중한 문을 밀어젖혔다. 그들은 정체모를 소동의 진원지를 찾아 저택을 수색하고 있었다. 고양이들이 하나같이 겁에 질려 으르렁거리다가 곤두박질치듯이 계단을 한꺼번에 뛰어내려와 지하 2층의 문 앞에 웅크린 채 구슬피 운다는 이야기였다. 나는 혹시 쥐떼의 소리를 들었냐고 물었지만, 하인들은 아니라고 대답했다. 내가 그들에게 참나무 판벽에 귀를 기울여보라고 하는 순간 소음은 어느새 멈춰버린 후였던 것이다. 하인들을 데리고 지하 2층까지 내려갔지만 고양이들도 이미 뿔뿔이 흩어지고 없었다. 나중에 그 지하 2층 내부를 살펴볼 요량으로, 놓아둔 쥐덫만 확인해 보았다. 쥐덫마다 용수철이 튀어 올라 있었지만, 잡힌 것은 하나도 없었다. 나와 고양이를 제외하고 아무도 쥐떼의 소리를 듣지 못했음을 확인하고, 나는 아침까지 서재에 앉아 있었다. 곰곰이 생각에 잠긴 채 나는 건물과 관련된 전설들을 하나하나 떠올려 보았다.

아침 나절, 나는 중세 분위기로 가구를 바꾼다는 계획과 달리 그대로 놔둔 안락의자에 기대 잠시 눈을 붙였다. 나중에 노리스 대령에게 전화를 하자, 그는 지하 2층을 함께 조사해 보자고 말했다. 우리는 그 지하실이 로마인의 손에 의해 지어졌다는 사실을 알고 흥분을 감추지 못했으나, 딱히 이상한 점은 발견하지 못했다. 아치형의 낮은 천장과 거대한 기둥, 그것은 색슨족의 타락한 로마네스크 양식이 아니라 로마인에 의해, 그것도 시저 시대의 장중하고 조화로운 고전주의 양식에 따라 건축된 것이 분명했다. 실제로 벽면에 가득 새겨진 비문들은 그곳을 여러 차례 조사한 골동품 연구가들에겐 익히 알려져 있는 내용이었다. 'P. 게테. 소유지……. 신전……. 제물…….' 혹은 'L. 프렉……. 사제 ……. 아티스…….' 따위의 비문이었다.

나는 아티스[35]라는 말에 진저리를 쳤다. 카툴루스에 대해 읽은 적이 있고, 키벨레 의식이 뒤섞여 있다는 그 끔찍한 동양 신의 숭배 의식에 대해서도 어느 정도 알고 있었기 때문이었다. 노리스와 나는 각등에 의지한 채 제단으로 사용된 듯한 직사각형 돌에 새겨진 희미한 도안들을 해독하려고 애썼지만 헛수고였다. 우리는 이글거리는 태양 따위의 그림에서 그것이 비(非) 로마인의 작품임을 짐작하고, 로마 사제들이 이 제단을 건축한 게 아니라 훨씬 이전부터 존재한 고대의 유적을 그대로 사용했으리라 추정했다. 그런데 내 눈에 직사각형 제단 중 하나에 남아 있는 갈색 자국이 들어왔다. 방 한가운데 놓여 있는, 크기가 가장 큰 제단이었다. 그 표면에는 제물로 보이는 뭔가가 불에 타고 있는 그림이 있었다.

문가에서 울부짖는 고양이들을 뒤로 한 채 노리스와 나는 지하에서 밤을 지새우기로 결심했다. 하인들이 폭신한 침상을 날라 왔을 때, 나는 그들에게 밤중에 고양이들이 울더라도 신경 쓰지 말라고 말해 두었다. 깜씨는 도움이 될 듯하여 우리와 함께 밤을 새울 동료로 선택되었다. 우리는 참나무로 만든 거대한 지하실 문 — 통풍구를 대신해 홈이 파진 — 을 꽉 잠가 두기로 했다. 각등의 불빛이 금방이라도 일어날 사건을 예고하듯 고요히 타오르는 가운데 우리는 밤샘 준비를 끝냈다.

지하실은 건물의 지대 깊숙이 자리 잡고 있어서 황량한 계곡을 굽어보는 석회암 절벽의 어딘가와 닿아 있음이 분명했다. 그곳이 바로 저 정체모를 쥐떼가 질주해가는 목적지였는데, 내가 왜 그렇게 생각했는지는 딱히 설명할 길이 없다. 뭔가 일이 벌어지기를 기다리며 누워 있는 동안, 나는 비몽사몽간에 불분명한 꿈을 꾸는 동시에 발치에서 고양이의 불편한 움직임을 느끼고 있었다. 꿈은 유쾌하지 않았고, 간밤의 그것처럼 소름이 끼쳤다. 나는 또다시 황혼의 동굴과 악마, 군사로 뒤덮인 채 오물 구덩이를 흐느적거리는 짐승들을 보았다. 내가 쳐다보고 있는 사이, 짐승들이 점점 더 가까이 다가와서 그 생김새를 거의 알아볼 정도가 되었다. 흐느적거리는 짐승 중에서 하나가 또렷하게 시야에 들어오는 순간, 나는 비명을 지르면서 깨어났다. 그 때문에 깜씨는 화들짝 놀랐지만, 줄곧 깨어 있던 노리스 대위는 큰 소리로 웃는 것이었다. 내가 소릴 지르게 했던 꿈 이야기를 했더라면, 노리스가 더욱 웃었을지 아니면 심각해졌을지는 모를 일이다. 그러나 나는 한참이 지날 때까지 꿈을 기억하지 못했다. 다행히도 절대적인 공포는 기억력을 마비시킬 때가 종종 있다.

그 일이 시작되는 순간 노리스가 나를 흔들어 깨웠다. 똑같은 악몽에서 깨어난 나는, 노리스가 시키는 대로 고양이 소리에 귀를 기울였다. 과연 돌계단 정면의 잠긴 문 뒤에서 고양이들이 울부짖으며 긁어대는 소리가 떠들썩했다. 그런데 깜씨는 문밖에 있는 동료들은 아랑곳없이 석벽 주변을 거칠게 뛰어다녔고, 나는 지난밤처럼 날뛰는 쥐떼의 소음을 들었다.

내 안에서 섬뜩한 공포가 일었다. 지하실에 정상적으로는 도저히 설명할 수 없는 비정상적인 뭔가가 있었기 때문이다. 만약 나와 고양이만이 알고 있는 그 광란의 쥐떼가 진짜라면, 필시 그놈들은 지금 견고한 석회암 석조물 속에서 날뛰고 있다는 얘기인데……. 1700년을 넘게 물이 석회암을 침식했다면, 앙상한 쥐들이 들어갈 정도의 통로가 만들어졌을 법 하고…….. 그러나 그렇다고 해도, 그 실체 없는 공포가 덜해진 것은 아니었다. 만약 쥐떼가 살아 있는 실체라면, 노리스는 어찌해서 그 끔찍한 소란을 듣지 못했겠는가? 왜 그는 깜씨와 문밖의 고양이들이 내지르는 소리에만 주의를 기울이고, 왜 고양이들이 소동을 일으키는지 대충 짐작만 하는 것인가?

이윽고 나는 가능한 이성적으로 내가 어떤 소리를 들었는데, 지금은 희미해져 가는 쥐떼의 마지막 움직임이 들려온다고, 쥐들이 건물에서 가장 깊숙한 지하실보다 훨씬 아래쪽을 향해, 그러니까 절벽 밑 부분에 쥐떼가 득시글거리는 것 같다고 노리스에게 말했다. 노리스도 그리 냉정한 편은 아니었는지, 깊은 동요를 느끼는 것 같았다. 곧이어 그는 손짓을 해 보이며 문가에 있는 고양이들이 쥐떼를 포기한 것처럼 잠잠해졌다고 말했다. 그러나 깜씨만은 더욱 불안한 기색으로 지하실 한복판에 놓여 있던 거대한 돌 제단의 밑동을 미친 듯이 긁어대었다. 제단은 노리스의 침상 가까이 있었다.

그 순간 내 안의 정체모를 공포가 극심해졌다. 무엇인가 깜짝 놀랄만한 일이 벌어지고 있었다. 나보다 젊고 용감하며 천성적으로 더 현실적인 노리스도 나처럼 공포에 질린 듯했다. 아마도 자신이 알고 있는 오싹한 마을 민담들을 떠올리고 있었을지도 모르겠다. 우리는 한동안 나이든 검은 고양이가 제단 밑을 파헤치다 조금씩 지쳐 가는 모습을 지켜보았을 뿐 달리 어쩔 도리가 없었다. 고양이는 이따금씩 나를 올려다보며 야옹, 야옹 애원하듯 울었다. 그건 내게 원하는 것이 있을 때 하는 행동이었다.

노리스는 각등을 제단 쪽으로 가까이 가져가 깜씨가 긁어대는 부분을 들여다보았다. 곧 그는 말없이 무릎을 꿇고서 로마 시대 이전의 거대한 돌 제단과 바둑판 모양의 바닥에 끼어있는 이끼들을 긁어내기 시작했다. 그러나 별다른 것을 발견하지 못한 그가 손놀림을 멈추려는 순간, 나는 이미 예상하고 있던 사소한 상황을 접하고는 그만 전율을 느꼈다. 나는 그 사실을 노리스에게 알렸고, 우리는 그 미세하고 매혹적인 움직임을 홀린 듯 바라보았다. 그것은 단지 각등의 불꽃이었다. 제단 가까이 내려놓은 각등의 불꽃이 바람에 미세하게 흔들리고 있었다. 그것은 분명 노리스가 이끼를 긁어낸 바닥과 제단 사이의 틈에서 나오는 바람이었다.

우리는 환히 불이 밝혀진 서재에서 남은 밤 시간을 보내면서 차후의 계획에 대해 열을 올렸다. 이 저주받은 영지에서 가장 깊은 곳인 줄 알았던 로마의 석조물 밑으로 지하 공간이 또 있다는—지난 삼백 년 동안 그곳을 연구한 골동품 수집가들도 미처 발견 못한—사실은 그 불길한 느낌에도 아랑곳없이 우리를 흥분시키기에 충분했다. 그 매혹은 결국 두 가지 선택지를 가지고 있었다. 즉, 수색을 포기하여 그곳을 미신의 진원지로 영원히 방치해둘 것인지, 아니면 미지의 지하 세계에서 어떤 공포와 맞닥뜨린다 해도 모험심을 발휘할 것인지 우리는 고민했다. 아침 무렵에 합의점을 찾은 우리는 수수께끼를 해결하는데 적합한 고고학자와 과학자들을 수소문하기 위해 런던으로 가기로 결정했다. 미리 밝혀둘 것은, 우리가 지하실을 나오기 전에 미지의 지하 세계로 통하는 관문인 그 돌 제단을 옮겨보려다가 실패했다는 점이다. 그 관문을 여는 비밀은 보다 현명한 사람들이 찾아줄 몫이었다.

나와 노리스 대령은 런던에서 꽤 많은 날을 보내면서 다섯 명의 저명한 학자들을 상대로 우리가 발견한 사실과 관련 자료, 민담 등을 제시했다. 그들은 앞으로 탐사를 통해 밝혀질 우리 가문의 비밀을 믿고 맡길 수 있는 인물들이었다. 그들은 우리의 말을 비웃거나 무시하지 않았으며 진심 어린 공감과 관심을 보여주었다. 그들의 이름을 모두 거론할 필요는 없겠지만, 당시 트로드[36] 발굴로 전 세계를 흥분시킨 윌리엄 브린튼 경이 포함돼 있다는 사실만큼은 밝혀도 좋을 것 같다. 일행이 모두 앤체스터 행 기차에 몸을 실었을 때, 나는 끔찍한 폭로의 순간을 앞두고 있는 기분이 들었다. 바로 그 시간, 지구 반대편에서 한 대통령의 예기치 못한 서거로 인해 많은 미국인들이 슬픔에 잠긴 분위기도 한몫했는지 모른다.[37]

8월 7일 저녁 우리 일행이 엑섬에 도착했을 때, 하인들은 내가 자리를 비운 동안 별일이 없었음을 알려 왔다. 늙은 깜씨조차 아주 얌전하게 지낸 데다 집에 설치해둔 쥐덫도 그대로였다. 우리는 다음 날부터 탐사를 하기로 계획했고, 나는 일행이 편히 묵을 수 있도록 방을 마련했다. 나는 깜씨와 함께 탑실로 향했다. 곧바로 잠든 내게 그 무시무시한 악몽이 엄습했다. 꿈속에 등장한 로마인의 향연은 트리말키오니스[38]를 연상시킬 만큼 소름끼치는 장면이었다. 역겨운 악마와 어스레한 동굴의 오물 구덩이를 오가는 짐승의 무리도 나타났다. 그러나 내가 잠에서 깨어났을 때는 환히 밝아 있었고, 저택에서 평소와 다른 낌새는 느껴지지 않았다. 유령인지 진짜인지 모를 쥐떼도 나를 괴롭히지 않은 셈이다. 깜씨도 곤히 잠들어 있었다. 아래층으로 내려가자 집 안 구석구석 평화로움이 느껴졌다. 다만, 학자 중에서 손튼이라는 심리학 전공자가 말하길 지금까지 내가 겪은 일은 내게 자신의 뜻을 보여주려는 어떤 존재의 의지를 상징한다고 다소 엉뚱한 설명을 하기도 했다.

만반의 준비가 끝난 오전 11시, 일곱 명으로 구성된 조사단이 고성능 손전등과 발굴 장비를 들고 지하 2층으로 내려가 안에서 문을 잠갔다.

깜씨도 우리와 함께 지하실에 들어왔다. 고양이가 흥분했다는 말을 들은 전문가들이 의외의 설치류가 나타날 때를 대비해 깜씨를 데려가자고 했기 때문이다. 우리는 로마 비문과 제단의 이상한 도안에 대해 간단히 살펴봤다. 학자들 중 세 명에겐 사전 조사를 통해 이미 알고 있는 내용이기도 했다. 우리의 주된 관심은 중앙 제단이었다. 한 시간 만에 윌리엄 브린튼 경이 평행추 같은 도구를 사용해 그 제단을 뒤쪽으로 기울어뜨리는데 성공했다.

우리가 마음의 준비를 하지 않았더라면, 제단 밑에서 드러난 섬뜩한 광경에 압도되고 말았을 것이다. 타일이 깔린 제단 바닥에서 거의 정방형에 가까운 공간이 나타났고, 약간 경사져 밑으로 기운 돌계단 위에 인간인지 유인원인지 모를 뼈가 흉측하게 놓여 있었다. 해골이 배열된 상태로 미루어 돌연한 공포에 사로잡힌 자세였고, 곳곳에 설치류가 갉은 흔적이 있었다. 유골의 주인은 크렌틴 병에 걸린 백치이거나 원시 유인원으로 보였다.

지독하게 어지럽혀진 돌계단은 암석을 파낸 듯한 지하 통로를 향해 구부러져 있었고, 공기가 통하고 있었다. 그런데 공기는 밀폐된 지하공간에서 분출되는 유독한 것이 아니라, 어딘지 신선하고 청량한 산들바람 같았다. 잠시 후 우리는 몸서리를 치면서 돌계단을 따라 내려가기 시작했다. 벽면을 살피던 윌리엄 경은 파여진 방향으로 미루어 통로는 밑에서부터 파 올라온 것이라고 말했다.

지금부터는 아주 신중하게 말을 해야 할 것 같다. 갉아 먹힌 유골을 헤치고 조금 내려갔을 때, 앞쪽에서 불빛이 나타났다. 그것은 으스스한 인광이 아니라, 서쪽 계곡을 굽어보는 절벽의 보이지 않는 틈으로 들어온 햇빛일 가능성이 컸다. 외부에서 그런 틈을 찾아내기란 거의 불가능했다. 계곡에는 사람이 전혀 살지 않을뿐더러, 절벽 자체가 워낙 높이 돌출해 있어서 비행기를 이용해야만 자세히 살필 수 있기 때문이다. 몇 계단을 더 내려가자, 그야말로 숨 막히는 광경이 나타났다. 심리학자 손튼은 자기 뒤에서 역시나 어리둥절해 있는 누군가의 품 안으로 쓰러져 기절했을 정도였다. 통통한 얼굴이 창백해진 노리스는 무슨 말인지 모를 소리를 마구 질러댔다. 나는 가쁜 숨을 씨근거리며 눈을 감아버렸다. 내 뒤에 있던, 일행 중에서 유일하게 나보다 나이가 많은 사람이 쉰 목소리로 "이럴 수가!"하고 소리쳤다. 내 평생 그렇게 잠기고 쉰 목소리는 처음이었다. 일곱 명의 문명인 중에서 윌리엄 브린튼 경만이 평정을 잃지 않았다. 그것도 앞에서 일행을 이끌다가 제일 먼저 그 광경을 목격한 상태였으니 대단한 인물이었다.

그것은 바로 시야가 닿는 곳까지 어마어마한 높이로 펼쳐져 있는 황혼의 동굴이었다. 무한한 신비와 오싹한 암시로 이루어진 지하 세계, 건물과 또 다른 구조물의 잔해도 있었다. 겁에 질려 흘끔거리는 내 눈에 들어온 풍경은 기이한 형태의 봉분, 원형으로 에워싼 야만적인 돌기둥, 둥근 지붕을 낮게 만든 로마의 건물 폐허, 불규칙한 형태로 쌓여 있는 색슨족의 잔존물, 영국 초기의 목재 건축물 따위였다. 그러나 그 어떤 것도 바닥에서 보이는 잔혹한 풍경에 비할 바는 아니었다. 돌계단에서 반경 수십 미터에 걸쳐 인간 혹은 유인원의 것으로 보이는 해골들이 광란의 현장처럼 뒤엉켜 널려 있었다. 포말이 이는 바다처럼 퍼져 있는 유골 중에서 어떤 것은 완전히 해체되고, 또 어떤 것은 전체 혹은 부분적으로 일정한 형태를 유지하고 있었다. 이런 일정한 형태의 유골들은 어떤 위협에 저항하거나 뭔가를 잡아먹기 위해 움켜잡은 자세를 취하고 있는데, 가히 악마적 광기가 느껴졌다.

두개골을 분류하던 고고학자 트래스크 박사는 그 속에 원시종이 섞여 있는 것을 발견하고는 어안이 벙벙해졌다. 대부분이 필트다운인보다도 오래된 연대의 유골 같았지만, 의심할 여지 없는 인간의 뼈였다. 상당수가 꽤 진화된 형태였고, 극소수는 지능이 고도로 발달된 종의 두개골이었다. 유골엔 예외 없이 갉아 먹힌 흔적이 있었는데, 대개 쥐떼의 습격을 받은 것으로 보이지만 일부는 인간과 유사한 종족에게 당한 것 같았다. 유골 속에 간혹 쥐의 작은 뼈가 섞여 있는 것으로 미루어, 고대 전설에 등장하는 그 죽음의 무리에서 낙오된 쥐들로 보였다.

나는 그 끔찍한 광경을 발견한 이후, 우리 중에서 제정신으로 살아갈 수 있는 사람이 있을까 의구심이 들었다. 호프만도, 위스망[39]도 우리 일곱 사람이 비틀거리던 그 황혼의 동굴보다 더 난폭하고 더 혐오스럽고 더 그로테스크한 고딕 풍 장면을 창조하지는 못할 것이다. 우리는 새로운 광경이 드러날 때마다 휘청거리며, 300년 혹은 1000년, 혹은 2000년 아니 1만 년 전에 그곳에서 일어났을 사건들을 떠올리지 않으려고 애썼다. 그곳은 지옥으로 통하는 대기실이었다. 가엾은 손튼은 두개골의 일부가 2000년도 더 이전에 포유류에서 진화된 것이 분명하다는 트래스크의 말을 듣고 또 정신을 잃고 말았다.

건축물의 잔해를 해독하는 과정에서 우리들의 공포는 겹겹이 덧씌워지고 있었다. 그 포유동물들은 ― 그중에는 2족류 동물의 해골도 눈에 띄었다 ― 아마 돌담 안에 갇혀 있다가 굶주림이나 쥐떼에 대한 공포가 절정에 달하는 순간 밖으로 탈출했던 모양이다. 그 수가 엄청나게 많았을 것으로 추정되며, 로마 시대 이전으로 보이는 거대한 석조 저장소에 독초의 일종으로 보이는 목초의 흔적이 남아 있는 것으로 보아 그것을 포유류에게 먹여 살을 찌운 것이 틀림없었다. 나는 그제야 내 조상들이 왜 그토록 광활한 밭을 소유했는지 알게 되었다. 이 사실을 제발 잊을 수만 있다면! 그 포유동물의 목적이 무엇이었는지 물어볼 필요도 없었다.

로마 건축물의 폐허에 손전등을 비추던 윌리엄 경이, 내가 익히 알고 있는 가장 충격적인 제식의 한 부분을 번역하여 큰 소리로 읽어주었다. 그리고 나중에 키벨레 사제들이 그들의 의식에 차용했을 태곳적 의식에 등장하는 음식물에 대해서도 알려주었다. 전장에 익숙한 노리스 대령이건만 영국식 건물에서 나올 때는 똑바로 걷지도 못했다. 그의 예상대로 그 건물은 푸줏간과 부엌이 맞았지만, 그런 곳에서 눈에 익은 영국식 가재도구들이 널려 있고 1610년경에 쓴 것으로 보이는 낙서까지 발견할 줄은 미처 몰랐던 것이다. 나는 그 건물에 들어갈 수 없었다. 그곳에서 자행되던 악마적 행위들이 간신히 중단된 것은 나의 조상 월터 드 라 푀르의 단검 때문이었다.

용기를 내어 발을 앞으로 향하니 참나무 문이 부서져 있는 야트막한 색슨족 건물이 나타났다. 그 안에는 썩은 빗장으로 가로막힌 열 개의 흉흉한 석실들이 줄지어 있었다. 그곳에서 발견한 유골 세 개는 상당히 진화된 형태였고, 그중 하나는 집게손가락 부위에 우리 가문의 문장(紋章)이 새겨진 반지를 끼고 있었다. 윌리엄 경은 로마식 예배당 밑에서 아주 오래된 지하 납골당을 발견했지만 그곳은 텅 비어 있었다. 납골당 아래의 낮은 토굴에는 뼈가 담긴 상자들이 있는데, 상자 일부에는 라틴어, 그리스어, 프리기아 어로 섬뜩한 비문이 새겨져 있었다. 한편 트래스크 박사는 선사시대의 봉분 하나를 열어 고릴라보다는 인간에 가까운 해골들을 가져왔다. 해골마다 뭐라 표현하기 힘든 표의 문자가 새겨져 있었다. 단, 그처럼 소름끼치는 분위기에서 깜씨만은 느긋하게 돌아다니고 있었다. 한번은 고양이가 거대한 뼈 무덤 위에 올라갔을 때, 나는 그 녀석의 누런 눈동자 속에 뭔가 비밀이 담겨 있는 게 아닐까 궁금했다.

그 음침한 지역—되풀이되는 내 꿈에서 이미 불길하게 암시되어 왔던 공간—에서 드러나는 오싹한 광경에 숨을 죽인 채, 우리는 끝없는 심연처럼 펼쳐진 어둠의 동굴 속으로 향했다. 동굴에는 절벽의 틈으로 들어오는 햇빛조차 닿지 않았다. 몇 발자국 들어갔을 뿐인 그 스틱스[40] 강 안쪽에 과연 무엇이 존재하는지는 영원히 알지 못할 것이다. 그런 비밀은 인류에게 이로울 것이 없다. 그러나 바로 주변만 둘러 봐도 주목을 끄는 것들이 많았다. 우리는 손전등의 불빛이 닿는 반경 안에서만 움직였다. 불빛 속에서 쥐떼가 향연을 벌였던 저주스러운 구덩이들이 무수히 나타났다. 굶주린 쥐떼는 먹이가 갑자기 부족해지자 살아 있는 포유동물을 습격했고, 급기야 엑섬 영지 밖으로 몰려나감으로써 농부들이 도저히 잊지 못할 역사적인 약탈의 축제를 벌인 것이다.

아! 갉히고 뜯긴 뼈와 휑한 두개골로 가득한 부패의 검은 구덩이여! 영겁의 세월 동안 유골이 되어 악몽의 구덩이를 채웠던 피테칸트로포이드,[41] 켈트족, 로마인, 영국인이여! 구덩이의 일부는 지금도 꽉 채워져 있지만, 그 깊이가 얼마나 되는지 아무도 모를 것이다. 불빛이 닿지 않는 심연 어딘가에서 숱한 해골들이 이루 말할 수 없는 상상을 간직하고 있을지 몰랐다. 그렇다면 저 가여운 쥐들이 여기 소름끼치는 타르타로스에서 암흑의 구덩이를 헤치고 질주하는 이유는 무엇인가?

나는 어느 구덩이의 가장자리에서 미끄러질 뻔하다가 황홀한 공포의 순간을 맛보기도 했다. 생각보다 오랫동안 생각에 잠겨 있었던 탓인지 통통한 노리스 대위 말고는 다른 일행이 보이지 않았다. 끝 모를 칠흑 같은 어둠 저 멀리서 귀에 익은 소리가 들려온 것은 그때였다. 그리고 곧 검은 고양이가 날개 달린 이집트 신처럼 쏜살처럼 나를 지나, 미지의 광활한 심연 속으로 사라져 버렸다. 다음 순간 또 다시 소리가 들려온 것으로 봐서, 내가 멀리 뒤쳐져 있는 건 아닌 것 같았다. 소리의 정체는 사악한 쥐떼가 질주하는 섬뜩한 소음이었다. 언제나 새로운 공포를 찾아다니는 쥐들이 나를 이끌어 가려는 곳, 그곳은 지구의 중심에 뚫린 동굴이었다. 그곳에서 얼굴 없는 광기의 신 니알라토텝이 모습을 알 수 없는 두 백치 연주자의 피리 소리에 맞춰 미친 듯이 웃어대고 있었다.

손전등의 불빛이 꺼졌지만 나는 계속해서 달렸다. 누군가의 외치는 목소리와 메아리가 들려왔고, 무엇보다 쥐떼가 움직이는 사악하고 음흉한 소리가 서서히 커지고 있었다. 서서히 서서히, 끝없이 이어진 시커먼 다리 밑에서 부패한 암흑의 바다로 향하는 강물 위로 퉁퉁 부은 시체가 천천히 떠오르듯이 말이다. 순간 갑자기 물컹하고 퉁퉁한 뭔가가 몸에 부딪혔다. 쥐떼가 분명했다. 산자와 망자를 가리지 않는 집요하고 탐욕스러운 무리들. 드 라 푀르 가문의 한 사람이 금지된 것을 먹었듯이, 쥐떼가 또 하나의 드 라 푀르 사람인 나를 먹지 못할 이유가 어디 있는가? ……전쟁은 내 아들을 먹었다. 빌어먹을……. 미국놈들은 불을 질러 카팩스 저택을 집어삼켰고, 내 조상 델라포어 가문의 비밀을 불태웠다……. 아니, 아니야! 분명히 말하는데, 나는 황혼의 동굴에서 짐승을 부리는 악마가 아니란 말이야! 여기 균사로 뒤덮여 흐느적거리는 짐승의 얼굴은 에드워드 노리스의 퉁퉁한 얼굴이 아니라고! 내가 드라 푀르의 자손이라고 누가 장담할 수 있을까? 노리스는 살아남았고, 내 아들은 죽었다! ……그래서 노리스가 드 라 푀르의 영지를 차지해야 하나? 부두교, 얼룩무늬 뱀…… 손튼, 이 빌어먹을 놈, 내 가족이 무슨 짓을 저질렀는지 말해서 기절시켜 주마! ……이 더러운 놈, 내가 알려 주마……. 네놈 생각에는 내가…… 마그나 마이테르! 마그나 마이테르! 아티스…… 신이 너를 벌하고 너의 면전에서…… 처참한 죽음은 너의 것! 불행과 슬픔은 너의 것!……. 운글…… 운글…… 르르르…… 치치치…….[42]

그로부터 세 시간 뒤, 나는 이런 말을 횡설수설하는 모습으로 어둠 속에서 일행에게 발견되었다고 한다. 반쯤 뜯어 먹힌 통통한 노리스 대령의 시체 가까이서 웅크린 상태로 말이다. 그리고 내 고양이는 펄쩍 펄쩍 뛰면서 내 목을 할퀴고 있었다고 한다. 그들은 엑섬을 폭파해 버렸고, 내 고양이를 빼앗았으며, 내 가문의 유전병과 비화들이 음산하게 떠도는 한웰 정신병원의 폐쇄 병동에 나를 가두었다. 옆방에 손튼이 입원해 있지만, 내가 그에게 말을 거는 것은 금지돼 있다. 그들은 또한 엑섬과 관련된 대부분의 사실들을 은폐하려고 애쓰고 있다. 내가 가엾은 노리스에 대해 말을 꺼낼 때마다 그들은 저 무시무시한 사건이 내 탓이라고 말했다. 하지만 그건 절대 내가 한 짓이 아니다! 노리스를 죽인 것은 쥐떼였다. 쥐떼가 뛰어다니는 교활하고 사악한 소리 때문에 도저히 잠들 수가 없다. 이 방의 벽 속에서 악마의 쥐들이 뛰어다니며 내가 모르는 더 거대한 공포 속으로 나를 유혹하고 있다. 사람들은 쥐떼의 소리를 듣지 못한다. 저 벽 속에 쥐, 쥐들이 있는데도 말이다.

26) 로마네스크(Romanesque): 11, 12세기의 유럽 양식으로 건축의 경우 둥근 천장과 함께 창, 입구 따위에 반원 아치를 많이 사용한 것이 특징.

27) 드루이드(Druids): 고대 켈트족의 종교로 영혼 불멸, 윤회, 전생을 믿고 죽음의 신을 섬겼다.

28) 스톤헨지(Stonehenge): 영국의 솔즈베리 평원에 원형으로 배치된 거대한 선돌 구조물로 켈트 족이 기원전 1500년경에 세웠고 드루이드 의식과 관련이 있는 것으로 추정된다.

29) 키벨레(Cybele): 키벨레는 프리기아의 위대한 여신을 뜻하고, 키벨레 숭배는 소아시아의 산악 지역에서 시작되어 그리스 전역으로 확대되었다. 기원전 204년에 로마에 유입되었다.

30) 디브(div)는 '신성한'의 의미를 지닌 라틴어 디비넘(divinum) 혹은 '풍요로운'의 디베스(dives), 오프스(ops)는 풍요의 여신을 뜻하는 것으로 보인다. 마그나 마테르(Magna Mater)는 '위대한 어머니'라는 뜻으로 키벨레를 지칭한다.

31) 질 드레(Gilles de Retz): 잔다르크와도 동맹을 맺은 장군이었는데, 노년에 140명의 아이를 살해한 혐의를 받았다.

32) 마르키 드 사드(Marquis de Sade): 도착성욕을 묘사하여 외설, 부도덕 논란을 불러일으킨 프랑스의 작가. '사디즘'의 어원이 된 인물.

33) 고양이의 이름을 검둥이를 뜻하는 'Nigger-Man'으로 묘사한 부분은 러브크래프트를 인종차별주의자로 보는 단적인 예에 속한다. 로버트 블록(Robert Bloch)은 당시 애완동물을 '검둥이' 등으로 지칭하는 것은 일반적이었으므로, 인종차별과는 거리가 멀다고 러브크래프트를 옹호했다. 「찰스 덱스터 워드의 사례 The Case of Charles Dexter Ward」에서도 고양이 이름이 이와 유사한 '닉(Nig)'으로 표현되지만, 「율사르의 고양이 The Cats of Ulthar」에서처럼 러브크래프트는 고양이를 무척 아낀 것으로 알려져 있다. 그러나 이름과 관련한 것 외에 러브크래프트는 혼혈인과 흑인을 묘사하는데 있어 로버트 블록의 옹호를 전적으로 받아들이기 힘든 요소들을 보여주고 있는 게 사실이다. 다만 인종차별과 관련된 문제는 작품 내에서 평가될 필요가 있으며, 러브크래프트가 타인을 모욕하거나 공격하기 위한 의도가 없다는 점은 설득력이 있다. 유년 시절부터 가족의 죽음을 지켜보는 과정에서 가계의 유전적 혈통에 대해 느낀 작가의 잠재적인 불안감이 작품 전반에서 유전적 변이나 퇴행의 묘사로 이어지는 맥락과 유사하게 볼 수 있다.

34) 탕파(湯婆): 잠자리를 따뜻하게 하는 그릇.

35) 아티스(Atys): 'Attis'라고도 표기한다. 프리지아의 전설에서 아티스는 상가리우스 강의
   딸인 나나와 양성신(兩性神) 아그디스티스(Agdistis) 사이에서 태어난 아름다운 젊은이
   였다. 아그디스티스는 결혼을 앞둔 아티스를 사랑하다가 결국 그를 미치게 만든다. 아
   티스는 스스로 거세하고 자살한다. 아티스는 대모신(大母神) 키벨레와 함께 숭배되었
   는데, 그 제식이 광적이고 신비한 것이었다고 알려져 있다.

36) 트로드(Troad): 지금의 터키 서쪽에 있는 고대 유적지인 트로이 인근 지역.

37) 여기서 대통령은 미국의 29대 대통령을 지낸 워렌 하딩(Warren Gamaliel Harding)을
   말하며 1923년 8월 2일 급사했다.

38) 트리말키오니스: 로마의 작가 페트로니우스가 쓴 『사티리콘』에 나오는 등장인물.

39) 호프만(Ernst Theodor Amadeus Hoffmann, 1776~1822)은 독일의 작가로 기괴하고
   초자연적인 소설로 에드거 앨런 포에게 영향을 주었다. 위스망(Joris-Karl Huysmans,
   1848~1907)은 프랑스의 작가로 『저승에서 La-Bas』 등의 작품은 러브크래프트에게 일
   정한 영향을 미쳤다.

40) 스틱스(Styx): 그리스 신화에서 지하 세계에 있다는 다섯 개의 강 중의 하나. 저승을
   일곱 바퀴 돌아 흐른다.

41) 피테칸트로포이드(Pithecanthropoid): 피테칸트로푸스(Pithecanthrope)는 독일의 과학
   자 에른스트 헤켈이 인간과 원숭이의 중간 단계를 밝히기 위해 사용한 말이다. 자바
   원인이라고 하는데, 현재는 호모 에렉투스로 통칭한다.

42) 이 문장에는 고대 영어, 중세 영어, 라틴어, 게일어가 혼합되어 있다. 화자의 정신 착란
   상태를 통해서 가문의 오래 전 비밀을 암시하는 것으로 보인다.

THE CALL OF CTHULHU

크툴루의 부름

작품 노트 | 크툴루의 부름 The Call of Cthulhu

1926년에 쓰여져 1928년 《위어드 테일즈》에 실렸다. 1920년 초에 꾼 꿈을 소재로 몇 년 간의 구상을 통해 집필되었으며, 전작 「데이곤Dagon」이 구체화된 모습도 보여 준다. 러브크래프트는 《문학에서의 초자연적인 공포》에서 눈에 보이지 않는 괴이한 존재를 다룬 기 드 모파상의 「오를라Horla」를 읽고 크툴루의 구상에 활용했다고 밝히고 있다. 블라바츠키(Helena Petrovna Blavastky)에서 비롯된 신지학의 영향과 관련해서 말하는 의견도 있지만(로버트 프라이스Robert M. Price), 러브크래프트 본인은 신지학 자체에는 특별한 관심이 없었다고 한다.

러브크래프트의 창조물 중에서도 크툴루는 문학, 음악, 영화, 게임, 캐릭터 산업에 이르기까지 단연 영향력이 크다. 「크툴루의 부름」은 러브크래프트 사후에 끼친 영향력뿐 아니라 작가의 개인으로서도 전기를 마련한 작품이다. 일련의 후기 작품들이 공포와 SF를 결합하는 일관적인 특징을 드러내는 계기가 되었기 때문이다. 즉 이 단편은 크툴루 신화의 서막을 알리는 작품이자, 냉혹하고 거대한 우주와 초라하고 무가치한 인간을 보여주는 작가 특유의 코스모시즘(Cosmocism)이 주제와 기법 면에서 완성을 갖추는 출발점이기도 하다.

상상컨대, 위대한 권능과 존재 중에서 끝까지 생존하는 것이 있으니⋯⋯. 까마 득히 먼 시대의 생존자로서⋯⋯. 진화된 인류가 도래하기 전에 형태와 모습을 감춘 이후로, 그 심상만은 분명하게⋯⋯. 시와 전설이라는 매체를 통해서 표현 되어서, 찰나의 기억으로 스치는 그 존재는 신과 괴물, 신화적 존재에 이르기까 지 무수한 이름으로 불리어 왔다⋯⋯.

— 엘저넌 블랙우드[43]

I. 진흙 속의 공포

세상에서 가장 다행한 일이 있다면, 인간이 스스로의 정신 세계를 완 전히 알 수 없다는 것인지 모른다. 끝없는 암흑의 바다 한복판, 우리는 그중에서도 무지라는 평온한 외딴섬에서 살아가고 있다. 다만 우리가 무지에서 벗어나기 위해 더 멀리 항해해야 한다는 의미는 아니다. 과학 이라는 전문 영역은 지금까지 온갖 왜곡과 남용을 일삼아 왔으나 아직 까지 인류에게 오싹한 위험을 알린 적이 없다. 그러나 언젠가는 제각각이었던 지식이 통합될 것이고, 그때라면 끔찍한 전망과 더불어 소름끼치는 현실이 그대로 드러날 것이다. 아마 우리는 그 현실에 미쳐버리거나, 진실을 외면한 채 또 다른 암흑 속에서 평화와 안정을 구할지 모른다.

신지론자들은 경이롭고 장엄한 우주의 순환이 있으며, 그 속에서 우리의 세계와 인류가 불완전한 사건의 일부로서 존재한다고 추정해 왔다. 또한 맹목적인 낙관주의를 버리고 피가 거꾸로 설 만큼 기이한 생물체의 존재를 인정해야 한다고도 주장한다. 그러나 그들 역시 금지된 영역, 즉 생각할 때마다 소름이 끼치고 꿈을 꿀 때마다 광기에 휩싸이게 만드는 영겁의 존재를 직접 확인하고 그런 추측을 한 것은 아니다.

나는 별개의 자료 — 낡은 신문 기사와 고인이 된 어느 교수가 남겨놓은 노트 — 를 우연히 종합하는 과정에서 그 영겁의 존재를 깨달았다. 자기도 모르는 새 섬뜩한 진실을 어렴풋이 감지하는 순간이라는 게 보통 그렇다. 그러나 나는 다른 사람이 내가 했던 일을 이어받기를 원치 않기에, 내 목숨이 운 좋게 붙어 있는 한은 이 끔찍한 단면들의 실마리를 제공하지 않을 것이다. 그 교수 역시 자신이 알아낸 사실을 은폐하려고 했던 것 같지만 노트를 미처 폐기하기 전에 돌연한 죽음을 맞았다.

1926년 말에서 이듬해 겨울, 내 종조부 조지 갬멀 에인절이 세상을 떠나면서 나는 그 존재를 처음 깨달았다. 종조부는 로드아일랜드 소재 브라운 대학에서 셈 어를 가르치다가 명예 퇴직했다. 고대 비문의 권위자이기도 했던 종조부는 유명 박물관에서 자문을 요청해 오는 일이 많아 임종의 순간까지 바쁜 나날을 보냈다. 그래서 그가 보낸 아흔두 해의 생애를 기억하는 사람들이 적지 않았고, 그의 돌연한 죽음이 관심을 모았는지도 모른다. 종조부는 뉴포트 부두에서 돌아오는 길에 세상을 떠났다. 목격자에 따르면 가파른 언덕가의 음침한 골목에서 선원 행색의 흑인이 나타나 종조부를 떠밀었다고 했다. 부두에서 출발해 윌리엄스 가에 있는 조부의 집까지 가는 지름길이었다. 의사들은 시체에서 특별한 외상을 발견하지 못했고, 의견이 분분했지만 고령의 노인이 가파른 언덕을 오르던 중 심장마비를 일으켰다는 다소 모호한 결론이 나왔다. 당시엔 나 또한 의사들의 의견을 반박할 이유를 찾을 수 없었으나, 나중에는 의혹이 생기기 시작했다. 아니, 의혹 그 이상이었다.

종조부는 부인과 사별한지 오래였고 슬하에 자식도 없어서 내가 고인의 유일한 상속인이자 유언 집행인이었다. 그가 남긴 서류와 유품을 정리하는 그 과정에서 나는 여러 서류 뭉치와 유품 상자들을 보스턴의 내 집으로 모두 가져왔다. 유품의 대부분은 미국 고고학 학회에서 출간하기로 한 자료들이었다. 그런데 그중에서 이상한 상자 하나가 눈에 띄어 일단 사람들의 시선이 닿지 않는 곳에 보관해 두었다. 상자는 굳게 잠겨 있었는데, 종조부가 양복 호주머니에 넣고 다니던 열쇠꾸러미를 나중에 떠올리고 나서야 상자의 열쇠를 찾을 수 있었다. 얼마 후 겨우 상자를 열어 보았으나, 그 안에는 더욱 묘한 수수께끼만이 담겨 있었다. 기묘한 점토 부조상과 낱장으로 흩어져 있는 노트, 그밖에 아무렇게나 널려있는 잡동사니에 무슨 의미가 있다는 말인가? 말년에 이르러 종조부가 천박한 속임수 따위를 믿으셨던 것일까? 나는 늙은 종조부의 안식을 방해했을 그 괴팍한 조각가를 찾아내기로 마음먹었다.

그 부조상은 직사각형 모양에 얕게 돋을새김한 형태로 두께 2.5센티미터 남짓, 가로 13센티미터 세로 15센티미터 정도의 크기였다. 고대 유물로 보기엔 무리가 있었으나 디자인이 현대의 것과는 거리가 멀어 보였다. 현대 입체파와 미래파 미술이 아무리 기발하다고 해도 그 정도로 선사시대 풍의 비의적 느낌을 주는 일은 흔치 않았기 때문이다. 종조부의 서류와 소장품엔 이미 익숙했지만, 아무리 기억을 더듬어보아도 그 부조상의 정체는커녕 일말의 연관성조차 떠오르는 것이 없었다.

상형문자로 보이는 글자와 덧그려진 그림은 분명히 어떤 의미를 전하고 있었으나, 너무도 독특한 인상이 오히려 실체에 대한 접근을 막고 있었다. 괴물 아니면 괴물을 표현하는 상징처럼 보였는데, 그런 형체를 만들어낼 수 있는 것은 병적인 상상력뿐이라는 생각이 들었다. 다소 상상을 곁들여 묘사하자면 문어와 용과 인간의 모습이 뒤섞여 있다고 할 수 있겠는데, 그리 부정확한 묘사는 아니리라. 비늘과 퇴화된 날개가 달려 있는 몸통은 기괴했으며, 그 위의 머리에서는 끈적거리는 촉수가 뻗어 나와 있었다. 그러나 무엇보다 충격적인 공포를 주는 것은 그 형체의 전반적인 윤곽이었다. 형체 뒷부분에 거석으로 쌓은 건축물을 암시하는 배경도 눈에 띄었다.

그 기괴한 부조상과 함께 들어있는 것은 스크랩한 신문 기사들 외에 에인절 교수가 죽기 직전까지 쓴 원고였다. 문학적 기교나 꾸밈이 없는 글이었다. 그중엔 낯선 단어를 제대로 전달하기 위해 또박또박 적어놓은 '크툴루[44] 의식'이라는 제목의 문서가 있었다. 그 원고는 두 부분으로 나뉘어져 있어서, 첫 부분의 제목은 「1925년 로드아일랜드 토머스 7번 가, H. A. 윌콕스의 꿈과 몽환적인 작품」이었다. 두 번째 부분은 「1908년 미국 고고학회 세미나에 참석한 루이지애나 주 뉴올리언스, 비엔빌 121번 가의 존 R. 레그라스 경위의 설명 및 동일 내용에 대한 웹 교수의 설명」이라는 제목이 붙어 있었다.

그 밖의 원고들은 간단한 메모 형태였으며, 일부는 여러 사람들이 꾸었다는 기이한 꿈 이야기, 다른 일부는 신지학 관련 책과 잡지(특히 W.

스콧 엘리엇의 『아틀란티스와 사라진 레무리아[45]』 같은 책)에서 인용한 내용도 있었다. 또 어떤 문서에는 신비한 원시 공동체와 비밀 의식에 대한 논평이 적혀 있는가 하면, 프레이저의 『황금가지』와 마거릿 머레이의 『서부 유럽에서의 악마 숭배』와 같은 신화 및 인류학 관련 도서를 언급한 내용도 있었다. 그리고 1925년 봄에 발생했다는 기묘한 정신병과 집단 발작, 착란 상태를 다룬 신문 기사들도 눈에 띄었다.

육필 원고의 전반부는 아주 독특한 내용이 담겨 있었다. 1925년 3월 1일, 신경질적이고 들떠 보이는 용모에 마른 체구의 음울한 청년이 에인절 교수를 방문했다. 그 청년의 손에는 독특한 점토 부조상이 들려 있었는데, 당시에는 갓 만들어져서 아주 축축했다고 한다. 그가 건네준 명함에는 헨리 앤서니 윌콕스라는 이름이 적혀 있었고, 에인절 교수는 그 이름의 주인공이 당대 명문가의 막내아들이라는 사실을 알아보았다. 그 청년은 로드아일랜드 디자인 학교[46]에서 조각을 공부하며 학교 주변의 플뢰르 드 리스 건물에 혼자 생활하고 있었다. 윌콕스는 천재적 재능을 지녔지만 아주 괴팍하고 조숙한 젊은이여서, 어렸을 때부터 생경한 이야기와 기묘한 꿈을 즐겨 말했다고 한다. 그 스스로도 신경과민임을 인정했다는데, 로드아일랜드 사람들은 그 젊은이를 그저 '괴짜'로 생각한 모양이었다. 점점 사람들과의 접촉을 피하던 그는 에인절 교수를 방문할 시기엔 외지에서 온 소수의 탐미주의자들하고만 알고 지내는 정도였다. 보수적이기 이를 데 없는 프로비던스 예술회에서도 그를 구제불능으로 여기고 있었다.

나는 종조부의 기록을 계속 보았다. 그 젊은 예술가는 종조부에게 부조상의 상형 문자를 해독하는데 고고학적인 조언을 해달라고 다짜고짜 요구해 왔다고 했다. 꾸민 듯한 태도와 학자연하는 말투가 어딘지

몽롱하고 과장돼 있었다. 유물을 흉내내서 방금 만들어 가져온 듯한 점
토판 역시 고고학과는 아무 관련이 없어 보여서 종조부의 태도는 냉랭
했다. 그러나 바로 그 다음 이어진 윌콕스의 행동이 뜻밖에도 종조부에
게 깊은 인상을 준 것 같다. 윌콕스는 기막힌 시적 표현을 통해 거듭 부
탁을 청했고, 종조부는 당시의 대화를 역시 시처럼 기록해 놓았다. 나
는 종조부의 기록을 통해 윌콕스가 아주 독특한 인물임을 확인할 수 있
었다. 그는 이렇게 말했다.

"얼마 전에 만든 것이 맞습니다. 지난밤, 꿈속의 기이한 도시에서 이
것을 만들었으니까요. 그 꿈은 깊은 시름에 잠긴 티루스[47]보다, 저 사색
에 빠져있는 스핑크스보다, 정원으로 둘러싸인 바빌론보다도 더 오래
된 것입니다."

곧이어 윌콕스가 시작한 꿈 이야기에 종조부는 상당한 흥미를 느꼈
다. 전날 밤 약한 지진이 있었는데, 뉴잉글랜드에서는 수 년 만에 찾아
올까 말까한 진동이었다. 아마 간밤의 지진이 윌콕스의 상상력에 어떤
영향을 준 듯 했다. 그는 꿈속에서 거석과 하늘을 찌를 듯한 돌기둥으
로 이루어진 광대한 도시를 보았다고 했다. 어디에나 녹색 천지였고,
까닭 모를 공포로 으스스한 분위기였다. 상형 문자로 뒤덮인 벽과 기둥
이 즐비했으며 알 수 없는 곳에서부터 목소리 아닌 목소리가 들려 왔
다. 상상 속에서만 일정한 소리로 전해지는 그 혼돈의 감정. 그러나 윌
콕스는 간신히 발음하기도 힘든 몇 개의 글자를 기억해 냈다. '크툴루
프타근.'

윌콕스가 뱉어낸 불분명한 음절이야말로 종조부에게 전율과 당혹감
을 안겨준 그 꿈의 비밀을 푸는 열쇠였다. 종조부는 과학적으로 세세하
게 질문을 던지면서 윌콕스의 손에 들려있는 부조상을 광적이리만큼

열심히 살펴보았다. 윌콕스는 문득 꿈에서 깨어나 보니, 자기 자신이 잠옷 바람으로 냉기를 느끼며 그 부조상을 만들고 있더라고 했다. 이후 윌콕스가 고백한 대로라면, 당시 종조부는 곧바로 상형 문자와 그림을 알아보지 못한 것을 두고 당신 스스로를 책망하셨다고 한다. 다만 윌콕스는 종조부의 질문에 제대로 답변을 내놓지 못했으며, 특히 비밀 집단이나 의식 등 지식이 필요한 질문에는 그저 어리둥절해 했다. 그래서 혹시 이교 집단에 가입하여 침묵을 지키기로 서약했느냐는 질문 자체도 이해하지 못했다.

종조부는 일단 윌콕스가 제식이나 밀교에 문외한이라고 확신하게 되었다. 그는 윌콕스에게 꿈속에서 본 미래의 모습을 떠올려 보라고 말했다. 그 질문에 윌콕스는 그때까지와 달리 일정한 반응을 보이기 시작했다. 그래서 첫 만남 이후 종조부는 매일 윌콕스를 불러들여 그 과정을 기록해 두었다. 한밤의 상상력이 남겨놓은 경이로운 기억의 단편 속으로 음울한 거대 도시의 풍경과 음습한 바위가 나타났고, 불가사의한 감응을 통한 뜻 모를 포효, 기이한 지하의 목소리, 미지의 지적 생물체의 외침도 등장했다. 윌콕스의 입에 자주 오르내리는 말은 '크툴루'와 '리예'[48]라는 두 단어였다.

이어지는 종조부의 원고에서 3월 23일자에는 윌콕스가 나타나지 않았다. 그가 사는 곳을 수소문 해본 결과, 그는 갑자기 원인 모를 열병에 걸려 워터맨 가에 있는 가족에게 옮겨졌다고 했다. 그 직전까지 한밤에 비명을 지르며 같은 건물에 사는 예술가들의 잠을 깨웠지만, 정작 본인은 혼수상태와 광란 사이를 오갈 뿐이었다. 종조부는 곧바로 윌콕스의 집에 전화를 걸었고 이후 환자를 가까이서 살펴보았다. 그리고 데이어 가에 있는 윌콕스의 주치의 토비 박사에게도 자주 연락을 취했다. 윌콕스는 계속해서 기이한 환상을 말했으나 열병은 좀처럼 차도를 보이지 않았다. 의사는 윌콕스의 환영을 종조부에게 전하면서 종종 몸서리를 치곤했다. 전에 말한 꿈 이야기 외에도, 그는 수 킬로미터나 되는 거대한 물체가 주변을 배회하고 있다는 생각에 사로잡혀 있었다.

윌콕스는 결국 그 물체를 정확히 묘사하진 못했지만, 시종 극도로 흥분된 말들을 토해냈다. 종조부는 그것이 그가 부조상을 설명하면서 입에 올리던 그 정체 모를 괴물일 거라고 추측했다. 또한 의사의 설명에 따르면 윌콕스는 그 괴물에 대해 말한 직후 어김없이 혼수상태에 빠져든다는 것이었다. 체온이 높긴 해도 고열이라고 할 정도는 아니었지만, 토비 박사는 모든 증세를 종합해 볼 때 정신병보다는 열병에 가깝다는 진단을 내렸다.

4월 2일 오후 3시경, 윌콕스를 괴롭히던 병마의 흔적이 홀연히 사라져 버렸다. 그는 침대에서 일어나 자신이 부모님 집에 와 있다는 사실을 알고 깜짝 놀랐다. 게다가 3월 22일 밤 이후에 벌어진 꿈과 현실을 전혀 기억하지 못했다. 그로부터 3일 뒤, 토비 박사는 그가 건강을 회복했다는 진단을 내렸고, 윌콕스는 자신의 하숙방으로 돌아왔다. 그러나 종조부에게는 안 좋은 소식이었다. 병마와 함께 그 기이한 꿈의 자취는 윌콕스에게서 모두 사라져 버렸고, 종조부도 무의미하게 일주일을 보내고 기록을 중단하기에 이르렀다.

이 부분에서 원고의 전반부는 끝났다. 하지만 따로 뿔뿔이 흩어져 있는 노트가 상당한 양이어서 검토할 만한 가치가 있어 보였다. 나는 여전히 그 윌콕스라는 예술가에 대해 의심을 버리기 힘들었는데, 당시 내가 깊이 빠져든 회의주의 때문일지도 모르겠다.

다른 노트에는 종조부가 윌콕스의 기이한 방문을 받은 시기 여러 사람들의 꿈을 기록한 내용이 실려 있었다. 당시 종조부는 주변 사람들에게 꿈의 내용이나 꿈에서 본 특이한 형상, 그리고 그 날짜를 조사하는 설문지를 보낸 것으로 보인다. 종조부의 설문지를 받은 사람들의 태도는 각양각색이었던 모양이다. 그러나 종조부는 광범위한 인맥을 통해서 보통 사람이라면 따로 비서를 두지 않고는 불가능했을 다양한 자료와 반응을 끌어냈다. 입수된 자료의 초기 원본들은 남아 있지 않지만, 노트에 완벽하게 정리된 상태였다. 각계각층의 보통 사람들 — '세상의 소금'으로 대변되는 뉴잉글랜드의 전통적이고 건전한 계층 — 은 종조부의 관심을 부담스러워 했지만 한밤에 형체 모를 불쾌한 형상들을 보았다는 보고가 속속 종조부에게 전달되었다. 그런데 대부분의 사건들이 윌콕스가 착란 상태에 빠진 3월 23일부터 4월 2일까지 집중된 것으로 밝혀졌다. 과학적 사고방식을 가진 사람들은 별다른 영향을 받지 않았지만, 4건의 사건에서 기이한 광경들이 대략적으로나마 묘사됐고, 특히 한 사건의 경우에는 꽤 구체적으로 그 비정상적이고 끔찍한 형체가 언급되었다.

종조부의 설문지에 의미심장한 답변을 해온 사람들은 대부분 예술가와 시인이었다. 그들도 서로 답변을 비교해볼 수 있었다면 아마 섬뜩한 공포를 느꼈을 것이다. 현실적으로 원본 자료들이 남아 있지 않았기 때문에 나는 종조부가 보냈을 질의 내용들을 어림짐작할 수밖에 없었다. 또한 그분이 내심 기대했던 결과를 유도하는 방향으로 그 답변 내용들을 편집했으리라는 추측이 들었다. 종조부의 초기 자료를 어느 정도 파악하고 있었을 윌콕스가 종조부(학자로서 명성이 높았던 분임에도 불구하고)를 쉽사리 기만할 수 있었으리라는 의혹도 이런 이유에서 비롯된 것이다.

아무튼 예술가들이 보낸 답변 내용들은 다음과 같았으며, 한결 같이 괴이하기 짝이 없었다. 그들 대부분은 2월 28일부터 4월 2일까지 아주 기이한 꿈을 꾸었다. 특히 윌콕스가 착란 상태에 빠져든 기간 동안 그들의 꿈은 극도로 광포해지는 경향이 있었다. 그들 중 4분의 1 정도는 윌콕스가 묘사했던 것과 유사한 어떤 냄새와 음향을 경험했다고 한다. 그리고 그중에서 일부는 꿈이 끝나갈 즈음 나타나는 거대한 물체를 느끼고 절정의 공포를 맛보았다는 말이었다. 특히 노트에서 강조된 한 사연이 몹시 애통했다. 신지학과 오컬티즘에 조예가 깊었다는 어느 유명 건축가에 대한 이야기로, 그는 윌콕스가 발병한 그날 완전히 미쳐버렸고, 그 후 몇 달 동안 지옥에서 온 괴물로부터 구해달라며 쉬지 않고 비명을 지르다 결국 죽고 말았다. 종조부가 사건 기록을 일련번호가 아닌 이름으로 분류해 놓았더라면 내가 더 자세히 알아보고 개인적으로 조사를 펼칠 수도 있었을 터이다. 그러나 번호 외에 구체적인 신상 정보를 파악할 수 없어서, 내가 더 알아낼 수 있는 자료는 한정돼 있었다. 물론 내가 따로 찾은 자료가 없진 않았지만, 내가 가진 단편적인 자료들과 마찬가지로 종조부에게 질문을 받은 사람들도 당혹감을 느끼지 않았을까 하는 의구심이 들었다. 그들은 어떤 설명도 납득하지 못했을 것이다.

앞서의 신문 기사들은 같은 기간에 일어난 공포와 조울증, 기행을 다루고 있었다. 그 방대한 양으로 보아, 종조부가 스크랩 전문가를 고용하여 전 세계의 정보를 수집한 느낌마저 들었다. 런던에서 한 독신자가 한밤에 비명을 지르면서 창문에서 뛰어내려 자살한 기사도 있었다. 남아메리카의 한 신문사 편집국으로 날아든 두서없는 편지에는 무시무시한 미래의 모습을 보았다는 광인의 얘기도 실려 있었다. 한편 캘리포니아의 지역 속보를 보자니 아직 도래하지 않은 '영광스러운 예언의 성취'를 위해 흰색 예복을 입고 나타난 한떼의 신지론자 집단이 있었는가 하면, 인도에서는 3월 22일에서 23일 이틀간 특정 지역 주민들이 집단적으로 극도의 불안감을 보였다는 신중한 어조의 기사도 있었다. 아이티에서 부두교[49] 집회가 자주 열리고, 아프리카 변경에서 불길한 중얼거림이 들려온다는 보도도 눈에 띄었다. 필리핀 주재 미국 공관의 보고에 따르면, 일부 토착 부족들이 말썽을 피웠다. 뉴욕 경찰관들이 3월 22일에서 23일 사이 레반트[50] 폭도에 의해 습격을 당했다는 기사도 있었다. 아일랜드의 서부에서도 역시 흉흉한 소문들이 나돌았고, 아르도 보노라는 미친 화가가 1926년 파리의 신춘 미술 전람회에 「꿈의 광경」이라는 불경한 그림을 전시하기도 했다. 게다가 도처의 정신병원에서 희귀한 사례가 보고되었는데, 그것에 놀란 의학계의 당황한 논평들을 잠재우는 유일한 방법은 기적밖에 없어보였다. 한마디로 그 엄청난 양의 스크랩 기사들은 전부 기이한 사건들에 관한 것이었다. 지금에 와서도 난 그 기사들을 한쪽으로 치워버릴 만큼의 냉철한 이성을 갖고 있지 않다. 그러나 당시엔 종조부가 언급해온 오랜 문제들에 대해 윌콕스는 이미 알고 있었을 거라는 확신이 들었다.

II. 레그라스 경위의 이야기

윌콕스의 꿈을 잉태하고 부조상까지 만들게 한 예의 그 오랜 문제들은 종조부에게 매우 중대한 것이었다. 그분이 남긴 두툼한 원고의 절반 이상을 차지하는 중심 주제였으니까. 나의 종조부 에인절 교수는 예전에도 정체불명의 상형 문자에 고심한 적이 있고, '크툴루'라고만 알려진 불길한 음절을 접했으며, 어떤 오싹한 괴물의 존재를 알고 있었던 것 같다. 그 때문에 그는 윌콕스의 방문을 받고 강렬하고 섬뜩한 연관성을 느꼈고, 그에게 상세한 설명을 요구했던 것이다.

종조부가 맨 처음 경험한 그 사건은 당시로부터 17년 전, 그러니까 1908년의 일이었다. 당시 미국 고고학회는 세인트루이스에서 정기 세미나를 개최하고 있었다. 종조부는 당신의 위치와 학식에 걸맞게 전체 토론 중에서도 가장 핵심적인 주제 발표를 맡곤 했다. 그리고 비회원 자격으로 학회에 참가한 사람들이 전문적인 조언을 얻고자 할 때 가장 먼저 찾는 학자 중에 한 사람이 종조부였다. 그런데 그 해엔 비회원 중에서 특히 눈에 띄는 인물이 있었다. 비록 외모는 평범한 중년 남자였지만, 그는 곧 학회 전체에서 비상한 관심을 불러 모았다. 남자는 어디에서도 입수하기 어려운 독특한 정보를 갖고 뉴올리언스에서 그곳까지 찾아왔다고 했다. 이름은 존 레이먼드 레그라스, 직업은 경찰 경위였다. 그의 출현 못지않게 그가 가져온 물건도 대단히 이채로웠다. 기묘하기 짝이 없는 고대의 돌인형으로, 그 출처는 그 자신도 도저히 모르겠다고 했다. 레그라스 경위는 고고학에 약간의 조예도 없어 보였다. 그는 단순히 직업적인 문제 때문에 학회를 찾아온 것이었다. 석상, 혹은 우상이나 물신이라고 할까, 어쨌든 그 정체가 무엇이든, 그것은 수개월 전 경찰이 부두교로 추정되는 한 비밀 집회를 급습하는 과정에서 뉴올리언스 남부의 울창한 늪지대에서 발견한 물건이었다. 그때 집회에서 이루어진 의식 행위가 어찌나 끔찍하고 기괴했던지 경찰은 그들이 아프리카의 부두교보다 더 사악한, 그때까지 베일에 가려져 있던 음산한 사이비 종교 집단일 것으로 생각했다. 집회에 참가한 사람들을 연행해 심문해 보아도 엉뚱하고 터무니없는 얘기만 나왔을 뿐 그 집단과 관련된 어떤 단서도 얻지 못했다고 한다. 그래서 바짝 긴장한 경찰은 그 오싹한 의식의 정체를 밝혀내고 그 근원까지 추적하기 위해 케케묵은 민담을 뒤지다 학회에까지 이른 것이었다.

레그라스 경위는 자신이 불러올 엄청난 반향을 예상하지 못했을 것이다. 돌인형 자체만으로 과학자 집단은 강렬한 흥분에 휩싸였고, 너나없이 레그라스 주위로 몰려들었다. 그 극도로 불길하고 기이한 물체에서 암시되는 무한한 시간의 깊이와 미지의 풍경에 넋을 빼앗긴 것이다. 현실의 어떤 조각가도 무생물에 그런 끔찍한 생기를 불어넣을 수는 없었으리라. 신비한 돌인형의 칙칙한 녹색 표면에는 수백 년 혹은 수천 년의 세월이 담겨져 있는 듯 했다.

학자들은 급기야 한 명씩 돌인형을 돌려가며 자세히 살펴보기 시작했다. 18센티미터에서 21센티미터 정도의 높이에 극도로 탁월한 기교로 만들어진 것이었다. 사람을 닮은 듯한 괴물의 형체, 그러나 문어를 연상케 하는 얼굴에 무수한 촉수, 비늘이 달려 있는 고무질의 몸통, 두 다리에 나 있는 큼지막한 발톱, 등허리에 붙어있는 길고 좁은 날개, 그 형체에서는 형용할 수 없는 공포와 악의, 사악한 본능마저 느껴졌다. 다소 뚱뚱한 모습으로 직사각형 받침대 위에 교활하게 웅크린 자세였으며, 받침대에는 해독할 수 없는 문자들이 빼곡히 새겨져 있었다. 날개 끝은 중앙에 위치한 받침대 양쪽에 닿아 있었고, 길게 구부러진 발톱을 잔뜩 세운 뒷발은 받침대의 앞쪽 모서리를 움켜쥐고 밑쪽으로 4분의 1 가량 뻗어 있었다. 두족류[51]를 닮은 머리는 앞쪽으로 약간 기울어졌고, 얼굴에 난 촉수의 끝이 솟구친 무릎을 움켜쥐고 있는 큼지막한 앞발 발등까지 닿았다. 전체적인 모습에서 살아 움직이는 듯한 느낌이 전해졌고,

무엇보다 정체를 전혀 알 수 없다는 점이 더 서늘한 공포심을 자아냈다. 그저 그 형체가 까마득한 옛날에 실제로 존재했을 거라는 심증은 확실히 전해졌다고 했다. 그 돌인형은 도저히 문명 시대, 태고로 거슬러 올라가더라도 인류가 살던 어떤 시대에 만들어졌다고는 도저히 생각되지 않았다. 너무도 생소하고 이질적인 재질 역시 수수께끼였다. 황금빛인지 은빛인지 모를 영롱한 반점과 줄무늬가 있고 초록빛이 도는 반지르르한 흑석(黑石), 이 돌의 정체 역시 광물학과 지질학의 전문 지식을 동원해도 오리무중이었다. 게다가 받침대에 새겨진 문자도 해독할 수 없었다. 해독이 불가능한 것은 받침대에 새겨진 문자도 마찬가지였다. 해당 분야의 전 세계 전문가 중 절반 정도가 그 학회에 모여 있다고 해도 과언이 아니었지만, 누구도 시대를 초월한 그 언어의 계통에 대해 설명하지는 못했다. 형체나 재료와 마찬가지로, 그 신비한 언어 역시 인류의 숨결이 닿지 않는 머나먼 시간의 깊이만을 더하고 있었다. 인간의 지식과 개념으로는 불가해한 시간과 불경한 생명의 주기가 전해질 뿐이었다.

그렇게 과학자들은 저마다 고개를 갸웃거리며 레그라스의 문제를 도와줄 수 없다고 한숨지었으나 딱 한 사람, 그 괴이한 물체와 문자를 어디선가 본 듯하다며 자신 없게 말문을 연 사람이 있었다. 지금은 고인이 된 윌리엄 채닝 웹이라는 인물이었다. 프린스턴 대학의 고고학 교수였던 그는 결코 시시한 탐험가는 아니었다. 웹 교수는 48년 전에 고대 비문 발견에는 실패했지만 그린란드와 아이슬란드를 탐사한 일이 있다고 했다. 그때 그린란드 서부 해안의 고원 지대에서 쇠락한 에스키모 부족을 만났다. 그들의 종교는 악마를 숭배하는 기묘한 형태의 이교로서 무엇보다 극도로 잔인한 특성을 가지고 있어 웹 교수는 간담이 서늘해지고 말았다. 다른 에스키모 부족들은 그 종교에 대해 거의 몰랐고 설령 아는 이가 있다고 해도 몸서리를 치며 입에 올리기 꺼려했다. 가까스로 조사해낸 바에 따르면, 그 종교의 기원은 천지가 창조되기 이전의 아주 먼 영겁까지 거슬러 올라간다고 했다. 생경한 관습과 인간을 제물로 삼는 의식 외에도, '토나석'이라는 태고의 악마를 섬기는 기괴한 의식이 자손 대대로 내려오고 있었다. 당시 웹 교수는 자신에게 가장 익숙한 로마자를 이용해서 그 부족의 나이든 앤게콕(주술사)의 언어를 조심스럽게 필사했다. 그러나 학회의 관심을 모은 것은 그 집단이 소중히 간직해 왔다는 우상이었다. 그 에스키모 부족은 오로라가 빙벽 위로 높이 솟아오를 때마다 우상 주변을 돌며 춤을 추었다. 웹 교수의 설명대로라면 그 물신은 돌로 만든 조악한 형태의 부조상으로, 끔찍한 그림과 신비적인 글로 이루어져 있었다. 그는 신중한 태도로 그 부족의 우상과 레그라스가 학회에 가져온 돌인형이 유사하다고 말했다.

웹 교수의 말은 경악과 전율을 불러일으켰다. 특히 레그라스는 묘한 흥분으로 바싹 달아올라서는 곧바로 웹 교수에게 질문 공세를 펼쳤다. 그는 늪지에서 체포한 이교도들의 진술 자료를 웹 교수에게 전해 주며, 그 악마 같았다는 에스키모 부족의 언어를 자세히 기억해 보라고 채근했다. 두 사람은 서로 세세한 부분들을 철저히 비교해 나갔고, 얼마 지나지 않아 형사와 과학자는 경외감에 빠져 할 말을 잃었다. 그 먼 지리적인 차이에도 불구하고, 두 군데서 행해졌다는 의식 사이에서 분명한 공통점이 발견된 것이다. 무엇보다 에스키모족 주술사들과 루이지애나 습지의 숭배자들이 서로 비슷하게 생긴 우상을 향해 유사한 주문을 되풀이했다는 점이 결정적이었다. 같은 언어 계통에서 파생된 것으로 추측되며, 표기상 분절된 부분은 주문을 크게 외우는 과정에서 숨을 고르는 지점으로 보였다.

'픈글루위 미글와나프 크툴루 리예 와그나글 프타근.'

레그라스는 감옥에 수감 중인 이교도들을 심문하는 과정에서 여러 차례 주문을 들어 알고 있어서, 그 부분에서는 웹 교수를 한발 앞서 있었다. 그는 위의 말을 해석하면 대체로 다음과 같은 뜻이라고 했다.

"리예에 있는 집에서 죽은 크툴루가 꿈을 꾸며 기다리고 있다."

이쯤 되자, 레그라스는 더 이상 숨기지 않고 늪지의 이교도 집단을 심문하는 과정에서 밝혀낸 정보를 털어놓았다. 그 이야기는 종조부에게도 몹시 중대한 의미였다. 그것은 신화 작가와 신지론자들의 입에서 흘러나오는 광활한 꿈이었으며, 혼혈아와 부랑자 집단에서 나온 것이라고 하기엔 너무도 경이로운 우주적 상상이었다.

1907년 11월 1일, 뉴올리언스 경찰은 그 지역 남부의 늪지대와 연못 부근에서 광신도들이 집회를 연다는 제보를 입수했다. 인근의 불법 거주자들은 대부분 '라피트[52]와 그 부하들'의 후손으로서 소박하고 착한 사람들이었지만, 한밤이면 엄습하는 정체불명의 공포감에 휩싸여 있었다. 언뜻 부두교 같지만 훨씬 끔찍한 형태의 의식이라고 짐작만 할 뿐 누구도 그 정체에 대해 아는 사람이 없었다. 게다가 사악한 기운이 느껴지는 북소리가 들려올 때면, 주민들 중에서 여자와 아이들이 감쪽같이 사라지기 시작했다고 한다. 둥둥둥……. 그 북소리는 유령이 출몰한다는 소문 때문에 주민들이 가까이 가지 않는 숲속에서 들려왔는데, 일단 시작되면 끝없이 이어지곤 했다. 광인의 울부짖음과 가슴을 후벼 파는 비명 소리, 등골이 오싹해지는 찬송이 들려오고, 악마의 불꽃이 숲속 가득히 넘실거렸다. 제보자는 겁에 질린 표정으로 마을 사람들도 이제 한계라는 말을 전했다.

20명의 경찰대가 두 대의 마차와 한 대의 자동차에 나눠 타고, 겁에 질린 제보자를 길잡이 삼아 그 지역으로 출동한 것은 늦은 오후 무렵이었다. 차도가 끝나는 지점에서 경찰들은 햇볕이 전혀 들지 않아 어둠침침한 사이프러스 숲가를 수 킬로미터 걸어갔다. 을씨년스러운 적막감에 휩싸여 경찰들은 숨을 죽인 채 길을 재촉했지만, 이끼와 덩굴들이 침입에 대항하듯 위협적으로 그들에게 달려들었다. 이따금씩 발길을 가로막는 축축한 암석들과 성벽의 잔해에서 병적인 은둔자들의 냄새가 풍겨 나왔다. 기형적으로 생긴 나무와 집단으로 서식하는 균류 무리도 괴괴한 분위기를 자아냈다. 인간의 흔적이라고는 아무렇게나 흩어져 있는 오두막이 전부였다. 이내 히스테리 증상을 보이는 주민들이 몰려나와 손전등을 비추며 경찰들을 에워쌌다. 멀리 마을 앞쪽에서 나지막한 북소리와 거친 비명 소리가 바람에 실려 간헐적으로 들려오고 있었다. 어둠의 장막 너머에서 희미한 숲속을 채우고 있는 붉은 빛은 제보자의 말 그대로였다. 움츠러든 주민들 중 불길한 의식의 현장으로 경찰을 안내하겠다고 나서는 이는 한 명도 없었다. 결국 레그라스와 19명의 경찰은 안내인을 포기하고, 누구도 들어간 일이 없다는 음침한 공포의 성지를 향해 다가서기 시작했다.

경찰대가 들어간 지역은 악마가 살고 있다는 소문이 대대로 전해진 곳으로서 특히 백인들은 누구도 그 주변을 얼씬거린 적이 없었다. 어디엔가 인간의 눈에 보이지 않는 비밀의 호수가 있고, 형체 없는 백색의 거대한 폴립[53]이 눈을 번뜩이고 있다는 소문도 나돌았다. 주민들은 박쥐 모양의 날개를 한 악마들이 밤이면 그 지역 내부의 동굴에서 빠져나와 의식을 치른다고 속삭이곤 했다. 그들의 말에 따르면, 이베르빌[54]과 라 살[55] 전부터, 인디언이나 숲속의 야생 동물이 서식하기 훨씬 전부터 악마들이 존재해 왔다는 것이다. 평범한 인간은 악몽 그 자체인 그들의 모습을 보는 순간 죽고 만다면서 그들은 겁에 질려 입을 다물었다. 악마들이 사람들의 꿈에 나타나서 그곳에 접근하지 말라고 경고한다는 말도 있었다. 그래서인지 주민들은 소름끼치는 소리나 마을에서 벌어지는 두려운 사건들보다도 오히려 의식이 벌어진다는 그 장소 자체에 공포를 갖고 있었다.

레그라스와 경찰들이 음침한 늪지대를 지나 붉은 빛과 나지막한 북소리를 향해 다가설 즈음 기묘한 소리들이 들려 왔다. 시인이나 광인만이 당시 경찰들이 들었다는 소리에 대해 고개를 끄덕여줄지 모른다. 인간의 음성 같기도 하고 짐승의 신음 소리 같기도 했지만, 이 소리다 싶으면 저 소리 같아서 섬뜩했다. 분노에 찬 동물의 울부짖음과 주신제의 흥청거림이 뒤섞여 그 자체로 악마적인 분위기가 물씬 풍겼다. 게다가 꺽꺽거리는 울부짖음과 와자지껄한 소음까지 스며들어 숲속은 지옥에서 불어오는 돌풍에 휘감긴 듯 했다. 이따금씩 정체모를 울부짖음이 그칠 때마다, 어디선가 거칠지만 잘 훈련된 합창으로 소름끼치는 노래 소리가 솟구치곤 했다.

"푼글루위 미글와나프 크툴루 리예 와그나글 프타근!"

이윽고 나무들이 듬성듬성해 지는 지점에 경찰대가 도착했을 때, 충격적인 광경이 그들 눈앞에 펼쳐졌다. 앞서가던 경찰 중 네 명이 비틀거리더니, 한 사람은 기절해 버리고 두 사람이 미친 사람처럼 비명을 지르기 시작했다. 레그라스는 기절한 경찰의 얼굴에 늪지의 물을 끼얹었다. 모두가 공포에 얼이 빠진 채 벌벌 떨면서 서 있었다.

천연의 습지대에 3000제곱미터가 조금 넘는 크기로 수풀이 무성한 섬 하나가 있었다. 나무가 없고 건조한 곳이었다. 그런데 거기에 사임[56]

이나 앵가롤라[57]의 그림보다 더 기괴한 사람의 무리가 서로 뒤엉켜 이리 뛰고 저리 뛰고 있었던 것이다. 실오라기 하나 걸치지 않은 혼혈 집단이 불을 중심으로 기이한 원형을 이룬 채 고함치고 울부짖고 몸부림치는 모습은 그야말로 광란의 도가니였다. 한복판에는 불꽃의 장막에 가렸다가 나타나는 2.5미터 크기의 거대한 돌기둥이, 그 꼭대기엔 전혀 어울리지 않을 정도로 작은 돌인형 조각상이 하나 얹혀 있었다. 단두대 열 개가 일정한 간격으로 넓은 원을 그리며 세워져 있었고, 사이마다 횃불이 타오르는 돌기둥이 놓여 있었다. 그리고 실종된 주민들로 보이는 사람들이 끔찍하게 난도질당한 채 단두대에 묶여 있었다. 바로 그 중앙에서 숭배자들이 둥그렇게 모여들어 광란의 축제를 벌였다. 떠들썩한 혼란 속에서 광신도들은 시체와 횃불 사이를 오가며 왼쪽에서 오른쪽으로 움직이고 있었다.

그것은 환영이었을지도 모른다. 다혈질의 스페인계 경찰관 한 명은 그 기막힌 의식에 화답하는 초자연적 목소리를 들었다고 했는데, 그것도 역시 메아리에 불과했는지 모른다. 그래서 나는 나중에 그 스페인 경찰관 조셉 D. 갈베즈를 직접 만나 면담했다. 예상대로 그는 뒤숭숭한 상상력의 소유자였다. 그는 심지어 거대한 날개의 희미한 퍼덕임과 반짝이는 눈동자가 스쳐갔고, 아주 멀리 떨어진 나무 뒤에 산더미만 한 흰색 물체가 있었다고 암시하기도 했다. 그러나 나는 그가 토속적인 미신을 너무 많이 접했다고 생각한다.

경찰들이 공포에 질려 멍하니 서 있던 시간은 그리 길지 않았다. 임무가 우선이었다. 광신도들의 수가 거의 백 명에 육박했지만, 경찰은 무기를 의지해 그 역겨운 의식의 현장으로 뛰어들었다. 이후 5분 여 동안 불어 닥친 소음과 혼란은 도저히 설명할 길이 없다. 난투극이 벌어지는 가운데 쉬지 않고 총성이 울렸고, 도망자들이 속출했다. 결국 레그라스는 47명의 광신도를 체포한 후, 급히 옷을 입혀 두 줄로 세웠다. 체포 과정에서 광신도 중 다섯 명이 사망했고, 두 명의 중상자는 임시로 만든 들것에 실려 후송됐다. 돌기둥 위에 올려져 있던 작은 조각상도 조심스럽게 떼어져 레그라스에 의해 운반되었다.

극도의 긴장감 속에서 엄청난 소모전을 치렀지만, 경찰의 조사는 계속되었다. 체포된 사람들은 대부분 비천한 혼혈인으로 정신적인 문제까지 가지고 있었다. 대부분이 흑백 혼혈의 선원이었던 그들은 주로 서인도 제도 출신이었고, 여자의 경우는 카보베르데[58] 출신의 포르투갈인이 많았다. 그들의 의식이라는 것도 부두교를 기본으로 이질적인 요소가 합쳐진 듯한 인상이 짙었다. 그러나 아주 전문적으로 들어가지 않아도 아프리카의 물신 숭배보다 더 오래고 뿌리 깊은 뭔가가 관련돼 있다는 것만은 분명해 보였다. 사회적으로는 미천한 신분임에도 그들은 모두 자신들의 신앙에 대해서만큼은 놀라울 정도로 일관된 태도를 보여주었다.

그들이 숭배한다는 '위대한 올드원'[59]은 인류의 출현에 앞서 태초의 하늘에서 태어났다는 존재라 했다. 위대한 올드원은 지금 땅속과 바다속으로 사라진 상태지만, 최초의 인류가 그들의 시신을 통해 비밀을 전수 받고 지구상에서 결코 사라지지 않을 숭배 의식을 치르기 시작했다. 위대한 사제 크툴루가 올 때까지 그 의식은 전 세계 도처 가장 어둡고 외진 곳으로 숨어들어 언제나 그래왔듯이 앞으로도 존재할 것이라는 이야기였다. 크툴루는 바다 속에서 리예라는 강력한 권능의 도시에 은둔하고 있다가 반드시 다시 일어나 세계를 통치하게 될 존재였다. 그는 별들이 일정한 순서로 늘어서는 순간을 기다려 도래하며, 숭배자들은 비밀 의식을 통해서 크툴루의 부활을 기다려 오고 있다.

이 이상의 정보는 없었다. 고문까지 동원했지만 밝혀낼 수 없는 비밀이 있었다. 소수의 추종자를 방문하기 위하여 어둠에서 나온 형체들이 있으니, 인간은 지구상에서 의식을 지닌 유일한 종족이 아니었다. 그러나 어둠에서 탄생했다고 해서 전부 위대한 올드원은 아니었다. 사실 단한 명의 인간도 그들을 직접 보진 못했다. 조각상은 위대한 크툴루를 상징하고 있으나, 위대한 올드원 또한 그와 비슷한 모습인지는 아무도 장담할 수 없었다. 그 누구도 조각상에 새겨진 태고의 문자를 해독할 수 없으며, 의식과 관련된 내용은 그저 구전될 뿐이다. 숭배자들이 의식을 올리면서 부르는 합창의 일부는 그저 '리예의 집에서 죽은 크툴루가 꿈을 꾸며 기다린다.'는 의미에 불과했다.

연행된 숭배자 중 제정신이었던 단 두 사람은 교수형에 처해졌고, 나머지는 전부 여러 사회 기관에 위탁되었다. 그러나 그들은 한결같이 제물을 바치기 위해 살인했다는 혐의를 부인하면서 검은 날개들이 주민들을 죽였다고 했다. 그 검은 날개들은 숲속 깊숙한 비밀의 장소에 있다가 숭배자들을 찾아온다는 것이다. 그러나 이 불가사의한 집단으로부터 명쾌한 설명을 듣기란 애초에 불가능했다. 경찰이 주로 의지한 인물은 카스트로라는 나이 지긋한 혼혈인이었다. 그는 항해를 하다 기이한 항구들에 들른 적이 있으며, 특히 중국의 어느 산에서 똑같은 의식을 집행하는 영생의 지도자들과 이야기를 나누었다고 했다.

카스트로 노인은 신지론자들이 말문이 막힐 만큼, 그리고 인간과 세계의 역사가 일천하며 일시적이라고 여길 만큼 끔찍한 전설들을 기억하고 있었다. 그에 따르면, 태고의 존재들이 영겁의 세월 동안 이 지구를 지배했고 위대한 도시를 세웠다. 영생을 누린다는 중국인들의 일설에 따르면, 세상을 지배해 온 생물체 중 일부의 흔적이 태평양 섬들에 있는 거석에서 발견된다는 것이다. 그들은 모두 인간이 존재하기 훨씬 전에 소멸했지만, 별들이 만물의 주기에 맞춰 다시 한 번 적절한 순서로 모여들 때 부활한다고 한다. 그들은 실제로 별에서 태어났으며, 그들의 모습을 닮은 성상들을 가져왔다.

계속 카스트로 노인의 말을 옮겨 보겠다. 위대한 올드원은 피와 살로 이루어져 있지 않았다. 별에서 태어났다는 석상은 일정한 형태를 취하고 있지만, 딱히 다른 물질로 이루어진 것도 아니었다. 별들이 일정한 형태로 늘어서면, 그들은 창공을 뚫고 전 세계를 휘젓고 다니겠지만, 별들의 위치가 잘못된다면 살아남지 못한다. 물론 그 살아남지 못한다는 말이 실제로 소멸한다는 뜻은 아니다. 그들은 모두 리예라는 거대한 도시의 돌집에 누워 별과 지구가 다시 한 번 그들의 영광스러운 부활을 준비할 때까지 크툴루의 신비한 주문을 통해서 생명을 보존한다. 그러나 준비의 순간이 다가오더라도, 어떤 외부의 힘이 작용해 그들의 육체를 해방시켜야 한다. 왜냐하면 크툴루의 주문은 그들을 보존시켜 주는 대신 움직일 수 없게 만들어 억만의 시간 동안 그저 꼼짝없이 깨어 있을 뿐이기 때문이다. 그들은 이 세계에서 벌어지는 일들을 모두 소상히 알고 있는데, 그들의 언어가 사유를 통해 전달되기 때문이다. 심지어 그들은 지금도 무덤 속에서 서로 대화를 하고 있다. 기나긴 혼돈이 있은 후 최초의 인간들이 나타나자, 위대한 올드원은 인간 중에서 가장 영민한 자에게 뜻을 전했다. 오직 그런 방식으로만 그들의 언어는 피와 살로 이루어진 생명체에게 전해질 수 있었다.

카스트로 노인의 속삭이는 듯한 이야기는 계속됐다. 최초의 인간들은 위대한 올드원이 보여준 커다란 우상을 돌며 숭배 의식을 치렀다.

여러 곳의 검은 별에서 가져온 우상들은 으슥한 장소에 놓여졌다. 그 의식은 별들이 다시 일정한 형태를 갖추기 전까지 계속될 것이며 비밀의 주술사들이 크툴루를 그의 무덤에서 꺼내 이 세상을 통치하도록 할 것이다. 그때가 언제인가는 쉽게 알 수 있다. 인간이 바로 위대한 올드원을 닮는 시점이기 때문이다. 선과 악을 초월하여 자유롭고 광활한 존재, 법과 도덕을 집어던진 채 모두가 환희 속에서 울부짖으며 서로를 살육하는 존재 말이다. 그때 가서 올드원은 인간에게 고함치고 죽이며, 흥청망청 즐길 수 있는 새로운 방법을 가르쳐 줄 것이다. 그러면 모든 인류는 황홀하고 자유로운 대학살의 화염에 휩싸일 것이다. 결국 적절한 의식을 통해 과거의 방식을 보존하며, 예언이 성사되는 날을 은밀히 기다려야 한다.

예전에는 선택된 인간들이 꿈을 통해 무덤에 있는 올드원과 대화를 했는데, 그때 어떤 일이 벌어지고 말았다. 돌기둥과 무덤이 있는 거석의 도시, 리예가 바다 속 심연으로 가라앉은 것이다. 그때부터 리예는 사유를 통해서도 교감할 수 없는 비밀의 미궁으로 빠져들었고, 선택된 인간들과의 영적인 대화도 중단되었다. 그러나 기억만은 소멸되지 않아서, 최고 사제들은 별들이 제 위치에 모여들면 리예가 다시 거대한 모습으로 일어서리라 예견해 왔다. 그때 땅속의 악령들도 함께 지상으로 솟구치며, 망각의 해저 동굴에 은폐된 막연한 소문들이 일거에 수면 위로 떠오를 것이다. 그러나 카스트로 노인도 그 소문들에 대해서는 더 이상 말하려 들지 않았다. 그는 서둘러 입을 다물고, 온갖 설득이나 회유에도 그 부분에 대해서만은 침묵을 고집했다. 그는 기둥의 도시라 일컬어질 뿐 인간이 한 번도 범접하지 못한 아이렘이 있다는 아라비아 사막의 한복판 어딘가가 그 의식의 중심지인 것 같다고 말했다. 그 의식은 유럽의 마녀 숭배와는 하등의 관련성이 없으며, 철저히 집단 내부에만 알려져 있다는 것이다. 사실 지구상에서 그 의식과 관련된 단서를 언급하고 있는 책도 전무한 형편이었고, 영생하는 중국인들의 입을 통해 아랍의 광인(狂人) 압둘 알하즈레드의 『네크로노미콘』[60]에서 모호하게나마 그 의미를 찾을 수 있을 거라는 말만 전해지고 있다. 중국인들은 선택된 입문자들이 읽어야 하는 『네크로노미콘』에서 특히 다음과 같은 2행의 대구 부분을 자주 언급했다.

'그것은 영원히 누워 있을 죽음이 아니며,
기이한 영겁 속에서 죽음은 죽음마저 소멸시킨다.'

레그라스는 깊은 인상을 받았고 적잖이 당황했다. 그 의식의 역사적 기원에 대해 파고들었지만 헛수고였다. 그 기원이 완전히 베일에 가려져 있다고 한 카스트로의 말은 사실인 듯 보였다. 투레인 대학의 권위자들조차 그 의식이나 조각상에 대한 해명을 전혀 하지 못했기에, 레그라스는 전국에서 가장 뛰어난 학자들이 모인다는 그곳 학회에까지 찾아온 것이다. 그리고 학회에서도 웹 교수의 그린란드 이야기 외에는 별다른 실마리를 찾을 수 없었다.

어쨌든 레그라스의 이야기와 조각상은 학회에서 비상한 관심을 불러 일으켰다. 당시 학자들의 입에서 입을 통해 그 이야기가 전해졌지만, 공식적인 학회지에는 몇 마디 짧은 언급만 있었을 뿐이다. 하긴 짐짓 대단한 척 하는 허풍선이들을 많이 접해본 사람들이라면 신중할 수밖에 없는 게 사실이긴 했다. 레그라스는 그 조각상을 한동안 웹 교수에게 맡겼지만, 교수가 죽은 후엔 도로 찾아와 지금까지 보관하고 있다. 나는 얼마 전에야 그 조각상을 직접 확인해 보았는데, 정말이지 끔찍하다는 표현 외에는 달리 할 말이 없었다. 윌콕스가 꿈에서 만들었다는 그 조각상과 똑같은 것이라는데 의심의 여지가 없었다.

당연히 종조부 역시 조각가의 이야기에 대단한 흥미를 느꼈다. 이미 학회에서 레그라스의 이야기를 듣고 난 후였고, 윌콕스는 꿈에서 조각상의 형체를 보았다고 했을 뿐 아니라 늪지대에서 발견된 조각상의 비밀 문자와 그린란드의 아마 표식까지 정확하게 새겨 놓았기 때문이다. 거기에 더해 윌콕스는 에스키모 악마주의자들과 루이지애나 혼혈인 집단이 말했다는 문구 중에서 적어도 세 구절 이상을 알고 있었으니, 종조부의 심정이 어땠을까? 그래서 종조부는 곧바로 철저한 탐문에 들어간 것이다. 그러나 나는 개인적으로 윌콕스가 과거 의식에 대한 정보를 간접적으로 얻어듣고, 꿈의 내용을 꾸며냄으로써 종조부의 관심을 빌미로 정체불명의 이야기를 떠벌였다는 의구심을 떨치지 못했다. 물론 종조부가 수집한 꿈 관련 설문들과 신문 기사들을 전혀 근거가 없는 것으로 치부할 수는 없었다. 그러나 이성을 굳게 신봉하는 사람으로서 나는 그 허무맹랑한 이야기들을 꼼꼼히 따져보고 가장 분별력 있는 결론에 도달할 필요성을 느꼈다. 그래서 종조부의 연구 및 레그라스의 설명과 관련된 신지학, 고고학 자료들을 철저히 검토하기 시작했다. 그리고 그 애송이 조각가를 찾아가 고명한 학자였던 종조부를 상대로 협잡을 건 일을 엄중히 질책할 생각으로 프로비던스를 찾게 되었다.

윌콕스는 여전히 토머스 가의 플뢰르 드 리스 건물에 혼자 생활하고 있었다. 그 건물은 17세기 브리타뉴 건축을 빅토리아 식으로 모방한 흉흉한 외관이었다. 마치 유서 깊은 학자풍의 우아한 저택과 정교한 조지안 첨탑의 그늘에 웅크린 채 현대까지 건재함을 과시하는 것 같았다.

윌콕스는 집에서 작업 중이었다. 그런데 그를 보는 순간, 나는 그에게 깊숙이 자리 잡고 있는 천재성과 진실성을 단번에 인정해야만 했다. 내 예상대로 그가 과거에 이교도적 의식에 대한 지식을 갖추고 있었다는 것은 분명했다. 점토를 통해서 그 의식을 구현했을 뿐 아니라, 언젠가는 그 악몽과 더불어 아서 매컨[61]이 산문에서 일깨우고 클라크 애슈턴 스미스[62]가 시와 그림으로 보여준 환영들을 대리석으로 빚어낼 생각까지 하고 있었다.

윌콕스는 음울하고 초췌하고 여윈 모습이었다. 그는 나른한 표정으로 나를 맞았고, 단도직입적으로 찾아온 용건을 물어왔다. 내가 누구인지 말하자 그의 얼굴에 호기심이 떠올랐다. 종조부는 그의 꿈에 관심을 가졌지만, 정작 자신이 왜 그런 연구를 하는지는 알려주지 않았던 것이다. 그렇다면 윌콕스가 의외로 아는 것이 없을 듯하여 약간 실망했지만, 알 듯 말 듯한 묘한 구석이 느껴졌다. 그러나 얼마 후, 나는 그가 솔직하다는 사실을 받아들였다. 그가 꿈 이야기를 하는 동안, 조금도 꾸며내거나 거짓을 말한다는 생각이 들지 않아서였다. 꿈과 잠재의식이 그의 작품에 심대한 영향을 미쳤다는 것도 분명해 보였다. 그는 무시무시한 조각상 하나를 내게 보여주었는데, 그것이 암시하는 사악한 가능성만으로도 온몸에 소름이 끼쳤다. 그는 꿈에서 본 부조상 외에는 그 조각상의 근원을 자신도 모르겠다고 했다. 누군가에 이끌리듯 자신의 손으로 직접 그 윤곽을 빚어냈다고 말이다. 그가 환각 상태에서 횡설수설 표현한 대상은 틀림없이 거대한 형체였다. 그러나 밀교적 의식에 대해서는 전혀 아는 바가 없었고, 나의 종조부가 다그치듯 해댄 질문이 그나마 그에게는 의식과 관련된 지식의 전부였다. 나는 또 다시 그가 어떤 방식으로 그 기이한 암시를 받았을지 생각에 골몰했다.

그는 이상하리만큼 시적(詩的)인 방법으로 꿈을 이야기했다. 그의 얘기를 듣고 있자니, 끈적끈적한 녹색의 돌로 이루어진 거석의 도시가 섬뜩하리만큼 눈앞에 선했다. 그는 도시의 기하학적인 구조가 전부 어긋나 있었다는 묘한 이야기를 했고, 겁에 질린 기대감 속에서 지하로부터 끝없이 흘러나오는 영적인 소리 같은 것을 들었다고도 했다. '크툴루 프타근, 크툴루 프타근.' 이 말은 죽은 크툴루가 리예의 돌무덤에서 꿈을 꾸며 깨어 있다는, 오싹한 숭배 의식의 일부였다. 나는 합리주의자였음에도 그의 말에 깊이 공감했다. 다만 윌콕스가 우연히 그 숭배 의식에 대한 이야기를 들었다가 잊어버렸고, 나중에 읽은 기이한 책의 내용과 자신의 상상을 숭배 의식과 혼동한 것이라는 확신이 들었다. 그리고 시간이 흘러 그 깊은 인상은 잠재의식이 되어 꿈과 부조상, 무시무시한 조각상을 빌어서 표현됐다. 그렇다면 그는 고의적으로 아는 내용을 전혀 모르는 척하며 종조부에게 접근한 것이 아니었다. 솔직히 말해 윌콕스는 내가 아는 젊은이 중 가장 변덕스럽고 무례한 편이었지만, 그 천재성과 진실성을 의심할 만한 부분은 찾지 못했다. 나는 상냥하게 작별 인사를 건넸고, 당신의 천재적인 잠재력이 하루빨리 인정받기를 바란다고 말했다.

윌콕스를 방문한 후에도 그 비밀 의식은 줄곧 나를 사로잡았다. 이따금 그 기원과 연결 고리를 연구함으로써 개인적으로 누릴 명성을 꿈꾼 적도 있다. 나는 뉴올리언스를 찾아가 레그라스를 비롯해 당시 늪지대에 출동했던 경찰대원 몇 명과 이야기를 나누었다. 물론 그 끔찍한 조각상도 직접 확인했고, 수감 중인 혼혈인 중에서 그때까지 생존해 있는 사람들도 만나 보았다. 그러나 카스트로 노인은 이미 몇 해 전에 세상을 떠난 후였다. 내가 그곳에서 처음으로 분명하게 전해들은 얘기는 종조부가 써놓은 내용을 재차 확인하는 수준에 불과했지만, 새삼 가슴이 뛰었다. 나를 위대한 고고학자의 반열로 이끌어 줄 진짜 고대 종교를 추적하고 있다는 확신 때문이었다. 여전히 철저한 유물론자이며 앞으로도 그러하기를 바랐기에 나는 꿈과 관련된 기록과 종조부가 수집한 기괴한 기사들에서 발견되는 우연성을 이상하리만큼 완고하게 무시해 버렸다.

곧 종조부의 죽음이 자연사가 아니라는 의혹이 일었다. 지금은 그 답을 알기에 두렵다. 종조부는 외지 혼혈인들이 들끓는 항구에서 시작되는 가파른 언덕길에서 한 흑인 선원의 부주의한 실수로 떠밀려 목숨을 잃었다. 나는 루이지애나 밀교 사건의 관련자들이 혼혈인이며 선원이라는 사실을 잊지 않았다. 밀교 집단 속에 독침처럼 냉혹하고 은밀한 살해 수법이 전해 온다는 사실도 내겐 놀랄 일이 아니었다. 물론 레그라스와 부하 경관들은 무사히 살아 있었다. 그러나 노르웨이의 어느 선원은 밀교 현장을 목격하고 죽음을 당했다고 한다. 윌콕스를 만난 이후로 시작된 종조부의 본격적인 탐문 활동이 사악한 자들의 귀에 들어간 것은 아닐까? 결국 종조부는 너무 많이 알아서, 혹은 그렇게 될까봐 살해당한 셈이다. 이미 많은 것을 알아버린 나 또한 종조부와 같은 운명을 맞게 될지는 두고 볼 일이다.

III. 바다에서 온 광기

하늘이 내게 은총을 베풀어 주길 바라는 일이 있다. 어느 날 홀연히 눈앞에 나타난 신문 기사를 내가 우연히 눈여겨 보았던 일, 그리고 그로

인한 결과를 전부 잊는 일이다. 내가 일상에서 자연스럽고도 우연히 접하게 된 신문은 대단한 것이 아니라, 1925년 4월 18일자의 철지난《시드니 블루틴》이었다. 그 기사가 나왔던 당시 종조부를 위해 자료를 수집했던 스크랩 전문가마저 그 신문만큼은 발견하지 못했다.

나는 종조부 에인절 교수가 '크툴루 의식'이라고 칭한 의식의 정체에 골몰하던 중에 뉴저지의 패터슨에 살고 있는 친구를 찾아갔다. 그 친구는 그 지역 박물관의 큐레이터이자 저명한 광물학자였다. 하루는 박물관 뒤쪽의 보관소에서 표본들을 대충 살펴보다가, 표본석 밑에 펼쳐진 낡은 신문들 중에서 이상한 사진에 눈길이 갔다. 그것이 바로 앞서 말한《시드니 블루틴》이었고, 외국 각지와 폭넓은 교류를 해온 친구이기에 그런 신문이 있었던 것이다. 사진은 반쯤 잘려진 조각상을 찍은 것인데, 레그라스가 늪지에서 발견한 것과 거의 흡사했다.

서둘러 사진과 관련된 기사의 먼지를 털어내고 자세히 들여다보았다. 실망스럽게도 길지 않은 단신이었다. 그러나 그것이 암시하는 것만으로도 시들해지던 조사 과정에 중대한 의미를 주었다. 나는 재빨리 그 기사를 찢었다. 기사 내용은 다음과 같았다.

해상에서 정체불명의 난파선 발견

비절런트 호, 인양한 뉴질랜드의 무장 난파선과 함께 회항. 난파선에서 생존자 한 명과 시신 한 구 발견. 해상에서 벌어진 처절한 싸움과 죽음에 관한 이야기. 구조된 선원은 사건에 대한 언급 회피. 선원의 품에서 이상한 조각상 발견. 곧 조사 착수.

발파라이소를 출발했던 모리슨 사의 화물선 비절런트 호가 오늘 아침 앨러트 호를 인양해 달링 항에 입항했다. 중무장선으로 과거 수상 교전 중 난파되었던 앨러트 호는 뉴질랜드의 더니든 항에 선적을 둔 쾌속 증기선이었으며, 지난 4월 12일 남위 34도 21분, 서경 152도 17분 지점에서 생존자 한 명과 시신 한 구와 함께 있는 것이 발견되었다.

비절런트 호는 3월 25일 발파라이소를 출발해 4월 2일 이례적인 강한 태풍과 파고에 떠밀려 항로를 이탈, 남쪽으로 표류했다. 난파선을 발견한 것은 4월 12일. 폐선(廢船)으로 보였던 선박에서 탈진 상태의 생존자 한 명과 사망한 지 일주일이 넘는 것으로 추정되는 시신이 발견됐다. 생존자는 출처를 알 수 없는 높이 30센티미터 가량의 흉측한 조각상을 끌어안은 상태였다. 시드니 대학을 비롯, 영국 학술원과 호주 박물관 측에서도 조각상의 정체에 대해 당혹해하고 있다. 생존자는 선실에 있는 보통 모양의 성골함에서 조각상을 발견했다고 말하고 있다.

의식을 회복한 이 남자는 '해적'과 '살육'이라는 극도로 기이한 이야기를 했다. 남자의 이름은 구스타프 요한센, 상당히 지적인 노르웨이 인으로 오크랜드 선적의 쌍돛대 스쿠너인 엠마 호의 2등 항해사로 밝혀졌다. 그는 승무원 10명과 함께 2월 20일 칼라오를 향해 출항했다. 그의 말에 따르면 엠마 호는 3월 1일 강한 태풍에 쫓겨 항로를 이탈해 남쪽으로 떠밀려가다가 3월 22일 남위 49도 51분, 서경 128도 34분 지점에서 앨러트 호를 만났다. 앨러트 호에는 섬뜩한 모습의 카나키인과 인도 혼혈인들이 승선해 있었다. 앨러트 호에서 무조건 뱃머리를 돌리라는 경고가 흘러나왔고, 엠마 호의 선장 콜린스는 그 요청을 거부했다. 그때부터 이상한 선원들은 경고 없이 황동 포신의 독특한 대포를 앞세워 엠마 호를 무차별 공격했다. 생존자의 말에 따르면, 엠마 호의 선원들도 곧바로 반격에 나섰고, 엠마 호는 피격으로 인해 홀수선 밑으로 침몰하는 상황에서 가까스로 적함에 다가갔다. 선원들은 적함의 갑판으로 올라가 야만스러운 적들과 일대 격전을 벌였다. 엠마 호의 선원들이 수적으로 약간 우세했지만, 상대가 서툰 전투 방법에도 불구하고 워낙 악랄하고 필사적으로 달려드는 바람에 그들을 전부 죽일 수밖에 없었다.

엠마 호의 승무원 중에서 콜린스 선장과 일등 항해사를 포함해 세 명이 사망했다. 나머지 여덟 명은 2등 항해사 요한센의 지휘 하에 나포한 앨러트 호를 타고 원래의 목적지로 항로를 잡는 한편, 앨러트 호 선원들이 돌아가라고 요구한 이유에 대해 조사하기 시작했다. 다음 날 그들은 작은 섬에 닿았지만, 지도상에는 그런 섬이 존재하지 않는 것으로 나타났다. 알 수 없는 이유로 승무원 중에서 여섯 명이 해안에서 사망했지만, 요한센은 기이할 정도로 그 이유에 대해서는 침묵하고 있다. 그저 바위 틈으로 추락했다는 말만 남겼다고 한다. 승무원들의 돌연한 죽음 이후, 요한센과 나머지 동료 한 명은 급히 승선해 가까스로 항로를 잡았지만 4월 2일 다시 태풍의 일격을 받았다. 요한센은 그 순간부터 12일 구조될 때까지의 일을 거의 기억하지 못하고 있다. 그와 함께 유일한 생존자였던 윌리엄 브라이든이 언제 사망했는지조차 기억을 못하는 상태다. 브라이든의 시신에서 외상은 발견되지 않았고, 지나친 쇼크나 일사병이 사인으로 추정된다. 더니든의 소식통에 의하면 앨러트 호는 본래부터 그 지역에 악명이 자자했다고 한다. 인도계 혼혈 집단이 선박 소유주로, 그들은 밤마다 숲가에서 자주 집회를 가져왔다고 한다. 그들이 급히 항해에 나선 것은 태풍 소식과 함께 지진이 발생했던 3월 1일이었다. 본지의 오클랜드 통신원은 엠마 호와 승무원은 대외적인 평판이 좋았고 요한센은 성실하고 훌륭한 사람이라고 알려 왔다. 해군은 당장 사건에 대해 철저한 조사를 계획하고 있으며, 요한센의 보다 솔직한 증언을 이끌어내는데 초점이 모아질 전망이다.

지금까지가 섬뜩한 조각상 사진과 관련된 기사의 전부다. 내 머릿속에서 얼마나 무수한 생각들이 꼬리를 물었겠는가! 그것은 크툴루 의식에 대해 알려주는 자료의 새로운 원천이자, 육지뿐 아니라 해상에도 깊은 영향력이 있음을 입증하고 있었다. 무시무시한 조각상을 싣고 주변을 항해하면서 엠마 호의 진입을 방해하려던 혼혈 집단의 의도는 무엇이었을까? 엠마 호의 승무원 중 여섯 명이 목숨을 잃은 그 섬은 어디에 있으며, 요한센이 그토록 함구하려는 비밀은 무엇인가? 해군의 조사 과정에서 밝혀진 것은 무엇이며, 더니든에서 악명이 자자했다는 그 의식의 정체는 무엇인가? 자료의 자연스러운 관련성을 넘어서는 심오한 무엇인가가 종조부에 의해 그토록 신중하게 기록된 사건의 여러 국면에 악의적이면서도 부인할 수 없는 단서를 제공하고 있으니, 이것이 무엇보다 놀랍지 않은가?

3월 1일 — 국제 날짜 변경선에 따라 미국은 2월 28일 — 에 지진과 태풍이 발생했다. 더니든에서 앨러트 호와 그 악당 선원들이 절체절명의 부름에 임하듯 맹렬히 출항에 나서던 바로 그 시각, 지구 반대편에서는 일단의 시인들과 예술가들이 생경하고 축축한 거석의 도시를 꿈에서 보았다. 젊은 조각가 윌콕스는 꿈속에서 무시무시한 크툴루의 조각상을 만들었다. 3월 23일, 엠마 호의 승무원들이 미지의 섬에 도착했고, 그중에서 여섯 명이 목숨을 잃었다. 같은 날, 감수성이 예민한 사람들의 꿈은 악의에 찬 거대 괴물의 공포로 더욱 음산하고 생생해졌으며, 건축가 한 명이 미쳐 버리는가 하면, 윌콕스는 난데없이 착란 상태에 빠졌다! 그렇다면 4월 2일, 축축한 도시의 꿈이 모두 중단되고, 윌콕스가 아무렇지 않은 모습으로 기이한 열병에서 회복된 그날 발생했다는 태풍의 의미는 무엇인가? 별에서 태어나 지금은 침몰했다는 올드원과 곧 도래할 그들의 통치, 그들을 위한 충실한 의식과 그들이 지배하는 꿈 등등 카스트로 노인이 암시한 말의 의미는 무엇인가? 나는 인간의 능력으로는 감당할 수 없는 우주적 공포의 가장자리를 위태롭게 걷고 있는 것인가? 그렇다면 인류의 영혼을 공격했던 거대한 위협의 실체가 무엇이든, 4월 2일을 기해 일시에 중단되었다는 사실은 그게 정신적인 측면에만 한정된 공포임을 말해 주는 게 틀림없었다.

그날 저녁 나는 급히 짐을 꾸리고 친구에게 작별 인사를 건넨 후 샌프란시스코 행 열차에 몸을 실었다. 내가 더니든에 머문 것은 한 달 남짓이었다. 그러나 그곳의 허름한 선창가 술집을 어슬렁거린다는 밀교의 숭배자들에 대해서는 거의 알아내지 못했다. 선창가의 부랑자들에게서도 흔해빠진 말 외의 특별한 정보를 얻지 못했다. 다만 그들 중에서 몇 명은 자신들이 가봤다는 오지에 대해 애매한 말을 했는데, 먼 산간에서 희미한 북소리와 불꽃이 솟았다고 했다. 한편 오클랜드에서 온 소식은 요한센이 형식적이고 요령 없는 재판을 끝낸 후 머리가 하얗게 센 상태로 돌아왔지만, 곧 웨스트 가의 자택을 팔고 아내와 함께 오슬로의 고향으로 떠났다고 했다. 그는 절친한 친구들에게도 해군 재판정에서 한 이상의 말을 하지 않았기에, 나는 그의 고향이라는 오슬로의 주소 하나만 달랑 얻을 수 있었다.

그 이후 시드니에 들러 선원들과 해군 재판소 관계자들을 만나 소득 없는 대화를 주고받았다. 앨러트 호는 이미 다른 사람에게 팔려서 시드니만의 서큘러 선창에서 상업용으로 쓰이고 있었다. 그 평범한 선체에서는 아무것도 건질 게 없었다. 문어 머리에 용의 몸통, 비늘 달린 날개, 그림 문자가 새겨진 받침대로 이루어진 그 웅크린 조각상은 하이드 파크 소재 박물관에 보관돼 있었다. 나는 그 조각상을 오랫동안 자세히 들여다보았다. 불길하리만큼 뛰어난 장인의 손길, 극히 불가사의하고 섬뜩한 태고의 시간, 지상에는 존재하지 않는 재질로 만들어졌다는 점에서 그보다 작은 레그라스의 조각상과 다를 것이 없었다. 큐레이터의 설명에 따르면, 지질학자들도 그 조각상을 당혹스러워 하면서 그러한 광물은 지구상에 존재하지 않는다고만 장담했다고 한다. 문득 카스트로 노인이 레그라스에게 해준 위대한 올드원에 대한 얘기가 떠올라서 전율이 느껴졌다. '그들은 별에서 태어나, 그들의 모습을 닮은 성상을 가져왔다.'

나는 전에 없이 큰 정신적 변화를 느끼면서 항해사 요한센을 찾아 오슬로 행을 결심했다. 배편으로 영국에 도착하자마자 노르웨이 행 선박에 몸을 실었다. 가을 어느 날, 에게베르그[63]의 그림자에 묻혀있는 산뜻한 항구에 도착했다. 요한센의 거주지는 해롤드 하드라다 왕이 건설한 유서 깊은 도시에 있었다. 그 대도시는 오슬로라고 칭해지기 이전에 숱한 세월 동안 '크리스티아나'라는 이름으로 불려왔다. 택시를 타고 얼마 지나지 않아서 정갈하고 고풍스러운 건물의 현관문을 두드릴 때는 가슴이 두근거렸다. 검은 옷차림에 슬픈 얼굴을 한 여자가 나타나, 더듬거리는 영어로 구스타프 요한센은 이 세상에 없다고 말했다. 나는 쓰디쓴 낭패감을 느꼈다.

그녀, 즉 요한센 부인의 말을 들었다. 남편은 1925년 바다에서 겪은 일로 건강을 해쳐서 귀향한 후에 오래 버티지 못했다고 했다. 그는 공개적으로 밝힌 것 외엔 그녀에게도 아무 얘기를 하지 않았지만, 영어로 쓴 장문의—그의 표현을 빌리자면 '기술적 문제'에 관한—원고를 남겼다. 요한센은 아내에게 닥칠지 모르는 위험을 막고자 원고를 남긴 것이 분명했다. 그는 예테보리[64] 부두를 따라 비좁은 길을 걸어가다가, 건물 창가에서 떨어진 종이 뭉치를 맞고 쓰러졌다. 곧 두 명의 인도 선원들이 그를 부축해 일으켜 세웠지만, 응급차가 도착하기 전에 그는 숨을 거두었다. 정확한 사인을 찾지 못한 의사들은 심장 이상과 쇠약해진 건강 때문으로 일단락 지었다.

나는 지금 생명을 조금씩 갉아 먹히는 기분이다. 나 또한 죽기 전까지 그 검은 공포로부터 벗어나지 못할 것이다. 나의 죽음은 '우연히' 찾아오거나 아니면 정반대일 것이다. 나는 남편의 '기술적 문제'와 깊은 관련이 있는 사람이니 그 원고를 넘겨달라고 미망인을 설득했다. 나는 런던 행 선박에서 원고를 읽었다. 단순하면서도 두서가 없는—무식한 선원이 쓴 일기처럼 보이려고 애쓴—글로써, 오싹한 최후의 항해를 하루하루 기억해 내려고 애쓰고 있었다. 나는 여기서 그 모호하고 장황한 이야기들을 짤막하게 정리할 자신이 없다. 다만 뱃전에 부딪히는 물결 소리가 왜 그토록 견딜 수 없어서 솜으로 귀를 틀어막았는지 그 요지만은 전달할 수 있을 것이다.

다행히도 요한센은 그 도시와 괴물을 직접 목격했으면서도 모든 것을 알지는 못했다. 그러나 시공의 삶 이면에 변함없이 잠복해 있는 공포와, 오래된 별에서 나서 바다 밑에서 꿈을 꾸는 불경한 존재들과, 그들을 알아보고 숭배함으로써 또 다른 지진이 그 거석의 도시를 바다 위로 끌어올리는 날이 오면 언제든지 그들을 세상에 내보내고자 열망하는 밀교 집단을 생각하는 한, 나는 편히 잠들지 못할 것이다.

요한센의 항해는 해군 재판소에서 말한 상황과 시작이 일치했다. 견고하고 믿음직한 엠마 호는 2월 20일 오클랜드 항을 출발한 후 지진으로 생긴 강력한 폭풍을 만났다. 사람들의 꿈에 나타나던 괴물을 해저에서 끌어올린 것이 그 폭풍임에 틀림없다. 가까스로 항로를 잡고 꽤 멀리 항해를 한 3월 22일, 엠마 호가 앨러트 호의 습격을 받는다. 피격과 침몰에 대해 기술하는 대목에서 요한센의 비통한 심정이 느껴졌다. 특히 앨러트 호에 타고 있던 악마 같은 선원들이 커다란 공포를 준 듯 했다. 그들은 자멸하는 것이 의무인 양 지독한 면을 보였다. 그래서 요한센은 재판 과정에서 상대방이 정말로 적의를 느낄만한 폭력적 행동을 했냐는 추궁에 어리둥절해 했다. 나포한 앨러트 호에 옮겨 탄 승무원들은 요한센의 지휘 아래 항로를 잡아가던 중 바다에서 솟구친 거대한 돌기둥을 목격했다. 남위 47도 9분, 서경 123도 43분 지점, 진흙과 습지, 잡초가 무성한 거석과 함께 해안선이 조금씩 그들의 시야에 들어오기 시작했다. 그것은 지구상에서 실제로 마주칠 수 있는 가장 강렬한 공포였을 것이다. 그곳이 바로 끔찍한 시체들의 도시, 별에서 온 오싹하고 거대한 존재들이 역사를 초월한 영겁의 세월 이전에 만들었다는 리예였다. 거기의 끈적끈적한 녹색 납골당에 숨어있는 크툴루와 그의 후예들이 마침내 영겁의 주기를 끝내고 예민한 사람들의 꿈에 공포를 퍼뜨림으로써 자유와 부활의 순례에 속히 나서라고 부르고 있었다. 요한센은 그런 사실을 꿈에도 몰랐으나, 신만은 그가 곧 무엇을 보게 될지 알고 계셨다!

나는 실제로 바다에서 떠오른 산봉우리는 하나에 불과했고, 섬뜩한 암석으로 지붕을 댄 성 안에 위대한 크툴루가 묻혀 있다고 추측했다. 해저에 잠겨 있을 나머지 부분들을 떠올리면 차라리 죽고 싶은 심정이다. 물이 뚝뚝 떨어지는, 태곳적 악마의 바빌론을 마주한 요한센 일행은 그것의 광대한 크기에 압도당하고 말았다. 누가 알려주지 않아도, 지구 혹은 정상적인 행성 어디에도 존재하지 않는 것이었다. 질려버릴 정도로 어마어마한 크기의 녹색 석조물, 현기증을 일으키는 거대한 돌 지붕, 게다가 앨러트 호의 성골함에서 발견한 기묘한 성상과 똑같은 우상 및 거대한 조각상을 알아본 요한센의 공포가 행간에 생생하게 나타나 있었다.

요한센은 미래파라는 예술 사조를 몰랐으나, 그 도시를 묘사하는 그의 글 자체가 미래파와 아주 흡사한 것이었다. 그의 묘사는 건축물의 분명한 구조가 아니라, 거대한 모서리와 돌의 표면에 대한 광범위한 인상에만 집중되어 있기 때문이다. 지구상의 것으로 보기에는 돌의 표면이 너무도 거대했고, 섬뜩한 이미지와 상형문자들은 너무도 불경한 것이었다. 모서리 부분에 대한 요한센의 묘사를 여기에 언급하는 이유는, 윌콕스의 악몽에 나타난 뭔가를 암시하기 때문이다. 윌콕스는 꿈속의 건축물이 전통적 유클리드 기하학에서 벗어난 비정상적인 형태여서, 우리 세계와는 다른 영역과 차원을 떠올리게 하는 섬뜩한 느낌이었다고 말했다. 그런데 학식이 깊지 않은 선원도 끔찍한 현실을 눈앞에 두고 똑같은 감정을 토로하고 있지 않은가.

요한센 일행이 가파른 진흙 둑을 올라갔을 때, 엄청난 규모의 광장이 나타났다. 곧이어 그들은 인간이 만들었다고는 볼 수 없을 정도로 거대하고 미끈거리는 석조물 계단을 올라갔다. 바다색에 물들고 왜곡된 극성의 안개를 뚫고 비치는 햇빛이 그들의 눈에 일그러져 보였다. 그리고 처음 봤을 때는 볼록했다가 다시 보면 오목해지는, 종잡을 수 없이 교묘한 돌의 모서리마다 비틀린 위협감과 긴장이 숨어 있었다.

암석과 진흙과 잡초 외에 분명한 형태를 띤 것들은 무엇이든 그들에게 공포를 주었다. 서로의 비난을 두려워하지 않았더라면 그들은 도망쳤을 것이다. 내키지 않아 하면서도 가져갈 것이라도 있는지 찾아보았지만 헛수고였다. 돌 지붕의 밑단까지 올라갔을 때 로드리게즈라는 포르투갈 인이 뭔가를 발견하고 소리를 질렀다. 나머지 일행이 올라가 보니, 이제는 익숙해진 문어와 용의 부조상이 새겨진 거대한 문이 있었다. 요한센은 아주 커다란 헛간 문 같았다고 기술하고 있다. 그들이 그것을 문이라고 생각한 이유는 장식처럼 붙어있는 상인방과 문지방 때문이었지만, 우습게도 그것이 뚜껑문처럼 평평한 것인지, 아니면 지하실의 외문처럼 비스듬한 것인지 도저히 분간할 수 없었다. 윌콕스의 말대로 그곳의 기하학적인 부분은 완전히 어긋나 있었다. 심지어 바다와 땅이 수직으로 놓여 있는지조차 알 수 없을 정도여서 그 밖의 위치와 각도는 변화무쌍한 환영처럼 보였다.

브라이든이 몇 군데에 나 있는 비슷한 돌문들을 몇 차례 밀쳐 보았지만 끄떡도 하지 않았다. 그때 도노반은 문의 가장자리를 주의 깊게 더듬으면서 곳곳을 밀쳐보고 있었다. 그는 끝없이 이어진 기괴한 돌문을 따라 올라갔다. 다시 말해서 문이 수평으로 난 것이 아니라면 올라갔다고 표현할 수 있을 테지만, 그들로서는 세상에 그토록 거대한 문이 있다는 사실이 믿어지지 않았다. 그때였다. 그 어마어마한 돌문의 상인방이 슬며시 안쪽으로 움직이는 것이었다. 도노반이 미끄러졌는지, 아니면 뛰어내렸는지는 알 수 없지만, 어쨌든 그는 어느새 일행 곁으로 돌아와 있었다. 그들 앞에 입구 부분이 움푹 들어간 기이한 장소가 나타났다. 입구 부분은 빛의 굴절이 만들어낸 환영처럼 비스듬하게 이동하기 시작했다. 만물의 법칙과 원근법이 뒤죽박죽이 된 것 같았다.

열려진 틈은 어둠으로 검게 물들어 있었는데, 그 어둠이 물질로 이루어져 있다는 생각이 들었다. 실제로 어둠에는 분명한 특징이 있었다. 그것이 당연히 드러나야 하는 내부의 벽면들을 가리고 있었기 때문이다. 영겁의 감금에서 풀려난 연기처럼 어둠은 엷은 막처럼 생긴 날개를 퍼덕이면서 움츠러들고 굽은 하늘을 향해 날아올랐다. 그때 태양이 어둠에 가려지는 것이 실제로 보였다. 열려진 안쪽에서 참기 힘든 악취가 풍겨 나왔다. 귀가 유난히 밝은 호킨스가 저 아래서 기분 나쁘게 절벅거리는 발소리를 들었다. 모두가 그 소리를 들었다. 그것이 둔중하게 발을 끌면서 시야에 나타날 때까지 그들은 여전히 그 소리를 듣고 있었다. 젤라틴으로 이루어진 녹색의 거대한 괴물이 어두운 입구를 비집고 더듬거리며, 도시의 광기에 물든 바깥세상으로 나오고 있었다.

이 대목에서 가여운 요한센의 필체는 거의 멈출 듯이 이어지고 있었다. 그는 앨러트 호로 돌아오지 못한 여섯 명의 승무원 중에서 두 명은 그 저주받은 순간의 공포로 인해 죽었다고 믿었다. 그 괴물을 묘사하기란 불가능하다. 그 어떤 언어로도 그 비명과 광기의 혼돈을, 모든 물질과 에너지와 우주 질서의 섬뜩한 모순을 표현하지 못한다. 산 자체가 걸어 다니고 비틀거렸다. 아, 신이여! 대체 어떤 정신적 감응이 있었기에 그 순간 지구 반대편에서 위대한 건축가가 미쳐 버리고, 가여운 윌콕스는 열병으로 헛소리를 질러댔다는 말입니까? 끈적끈적한 녹색 별의 자손이자 조각상의 장본인이 직접 자신을 알리기 위해 깨어난 것이었다. 별들이 또 다시 제자리에 모였고, 유구한 숭배 집단이 주도면밀하게 준비했으나 실패한 일을 순진한 선원들이 우연히 해낸 것이다. 위대한 크툴루가 영겁의 잠에서 또 다시 깨어나 광희를 찾아 날뛰고 있었다.

문 앞에서 돌아서기도 전에, 일행 중에서 세 명은 흐느적거리는 발에 휩쓸려 죽었다. 도노반, 게레라 그리고 앵스톰이었다. 나머지 세 명이 끝없이 이어진 녹색의 단단한 바위를 넘어 미친 듯이 배를 향해 가는 와중에 파커가 미끄러지고 말았다. 조금 전까지만 해도 없었던, 갑자기 나타난 석조물의 모서리가 파커를 삼켜버렸다고 요한센은 분명하게 말하고 있다. 모서리의 각은 아주 예리했으나, 움직일 때는 둔각처럼 보였다. 그렇게 보트에 도착한 요한센과 브라이든 두 명은 필사적으로 앨러트 호를 향해 보트를 저어갔다. 그동안 산 만한 괴물은 미끄러운 암석을 따라 어슬렁어슬렁 내려오더니, 해안에서 잠시 멈칫하고 있었다.

선원들이 전부 뭍으로 올라가 있었음에도, 배의 동력은 완전히 정지해 있지는 않았다. 두 사람이 키와 엔진 사이를 미친 듯이 오르내리기를 몇 분, 드디어 앨러트 호가 움직이기 시작했다. 무시무시한 풍경과 일그러진 공포 한복판에서 앨러트 호는 죽음의 물살을 헤치고 나아갔다. 한편 이 세상의 것이 아닌 해변의 납골당 석조물에서는 별에서 온 거대한 괴물이 도주하는 오디세우스의 배를 향해 고함치는 폴리페모스처럼 괴상한 소리를 퍼붓고 있었다. 그러나 위대한 크툴루는 전설 속의 키클롭스보다 더 대담하게 바다 속으로 서서히 미끄러져 들어왔고, 거대한 힘으로 엄청난 포말을 일으키며 배를 추적하기 시작했다. 브라이든은 그 광경을 보고는 미쳐버렸다. 그는 선실에서 시체로 발견될 때까지 미친 듯이 웃어댔고, 요한센은 착란 상태를 넘나들었다.

그러나 요한센은 포기하지 않았다. 동력이 완전히 가동되기 전에 괴물에게 붙잡힐 것이 분명한 상황, 그는 극단적인 방법을 선택했다. 엔진의 속력을 최대한으로 높이고, 전광석화처럼 갑판으로 달려가서 반대방향으로 키를 돌렸다. 악취 나는 수면에서 거대한 역류와 포말이 일었다. 속도가 점점 높아지는 가운데, 용감한 노르웨이 인은 쫓아오는 젤리 괴물을 향해 정면으로 배를 몰았다. 괴물은 악마의 갤리온 선처럼 더러운 포말을 일으키며 높이 솟구쳐 있었다. 촉수를 요동치면서 흉측한 문어 머리가 견고한 앨러트 호의 앞쪽 돛대 가까이 솟구쳤지만, 요한센은 거침없이 배를 몰았다. 팽팽해진 부레가 터지는 소리가 들려오더니, 개복치를 갈라놓은 것처럼 진흙질의 더러운 물질과 천 개의 무덤이 열려진 듯한 악취, 어떤 연대기 작가도 기록하지 못할 굉음이 이어졌다. 배는 삽시간에 시큼한 악취로 더럽혀졌고, 녹색 덩어리로 뒤덮였다. 이윽고 선미 쪽에서 맹렬하게 부글거리는 소용돌이만 남게 되었다. 그러나 맙소사! 바로 그곳에서 찢겨져 흩어졌던 별의 자손이 증오스러운 원래의 모습으로 다시 결합되고 있었다. 그러는 동안, 앨러트 호는 전속력으로 괴물과의 거리를 시시각각 넓혀갔다.

그것이 전부였다. 그 후로 요한센은 선실에서 조각상을 멍하니 바라보았고, 최소한의 음식으로 생명을 부지했다. 그리고 그의 곁에 미쳐서 웃어대는 광인이 있었다. 처음에는 용감히 도망쳤지만, 그 후로는 키를 잡지 않았다. 그의 영혼에서 뭔가가 빠져나가 있었다. 4월 2일, 또 한 번의 태풍과 함께 그의 의식은 가물가물해지기 시작했다. 유령 같은 소용돌이가 끝없는 액체의 골짜기를 지나왔고, 혜성의 꼬리에 매달려 흔들리는 우주를 뚫고 아찔하게 질주하면서, 심연에서 달로 달에서 다시 심연으로 뛰어드는 느낌이 들었다. 뒤틀리고 환희에 찬 태고의 신들과 초록빛 박쥐 날개를 한 타르타로스의 요정들이 한꺼번에 웃어대는 소리로 주위는 온통 들끓고 있었다.

요한센이 꿈에서 깨어보니 구조의 손길이 와 있었다. 비절런트 호, 해군 재판정, 더니든의 거리, 에게베르그 산 근처의 고향집으로 향한 기나긴 항해. 그는 말할 수 없었다. 사람들은 그를 미쳤다고 할 것이었다. 그는 죽기 전에 자신이 알고 있는 것을 글로 남겼지만, 그의 아내만큼은 그런 사실을 모르게 해야 했다. 그 기억을 지워줄 수만 있다면, 죽음이 곧 축복이었다.

이상이 내가 읽은 요한센의 원고였고, 지금은 그것을 양철 상자에 넣어서 에인절 교수의 서류와 부조상 옆에 놓아두었다. 그것도 내가 쓴 이 글과 함께 사라져야 한다. 내가 온전한 정신인가를 시험하고자 쓴 이 글이 누군가의 손에 의해 다시 취합되어 읽히지 않기를 소망한다. 나는 이 세계에 간직된 모든 공포를 생각해왔다. 봄날의 하늘과 여름날의 꽃들마저 앞으로 내게 독이 될 뿐이다. 내 생은 그리 오래가지 않을 것이다. 종조부와 가엾은 요한센처럼, 나도 곧 죽을 것이다. 나는 너무도 많이 알고 있으며, 그 숭배 의식은 여전히 살아 있다.

크툴루도 여전히 살아서, 태고부터 그를 보호해준 암석 틈에 다시 누워 있을 것이다. 비절런트 호가 4월의 태풍 직후에 도시가 솟구쳤던 지점을 지나왔다고 하니, 크툴루의 저주받은 도시도 다시 침몰한 것 같다. 그러나 지상의 외진 곳마다 크툴루의 추종자들이 우상이 올려진 돌기둥을 돌면서 소리치고 날뛰고 살육을 벌일 것이다. 크툴루는 어두운 심연 속에 갇혀 있음이 틀림없다. 그렇지 않다면 지금 이 세상은 공포와 광기의 비명으로 가득할 테니까. 그 끝을 누가 알겠는가? 떠오른 것은 가라앉고, 가라앉은 것은 떠오른다. 소름끼치는 존재들이 깊은 심연에서 꿈을 꾸며 기다리고, 비틀거리는 인간의 도시는 점점 타락하고 있다. 그날이 올 것이다. 그러나 나는 그날에 대해 생각할 수도, 생각해서도 안 된다! 간절히 기도하건대, 만약 내가 이 글을 없애기 전에 세상을 떠난다면, 유언 집행인은 경거망동을 삼가고 이 글이 다른 사람의 눈에 띄지 않도록 신중을 기해 주기 바란다.

43) 엘저넌 블랙우드(Algernon Blackwood, 1861~1951): 영국의 작가로 초자연적인 주제로 많은 작품을 썼으며, 인용문의 출처는 『켄타로우스Centaur』(1911)이다.

44) 크툴루(Cthulhu): '위대한 올드원'의 대사제 혹은 지도자. 문어와 용, 인간의 몸을 합성한 듯한 모습을 하고 있다. 영어권에서도 러브크래프트의 창조물들은 독자들의 흥미와 함께 발음 문제로 한 번씩 홍역을 치르는 것 같다. 그중에서도 크툴루는 러브크래프트의 친절한(?) 설명에도 불구하고 발음에 대한 다양한 의견이 끊이지 않는다. 러브크래프트는 서신에서 크툴루를 철저한 외계의 단어이자 인간의 발성 기관에서 나오는 소리가 아니라고 밝힌 후 실제 발음을 예시했지만, 아이러니컬하게도 독자들을 더 궁지에 몰아넣는 결과를 가져왔다. 러브크래프트의 설명을 바탕으로 대략(인간이 겨우 흉내 낸다면) '크툴루', '크루루', '크투훌루', '투루', '크술루' 등이 거론된다. 크툴루는 위대한 올드원과 별개로 추종자 내지 부하 집단을 거느리는데, 일명 '크툴루의 후예'들은 크툴루를 위해 리예라는 도시를 건설한다. 크툴루의 후예들은 「광기의 산맥」 중에 '올드원' 이후 멀리 우주 공간에서 지구를 찾아온 외계 생물체로 다시 등장한다.

45) 레무리아(Lemuria): 인도양에 침몰했다고 추정되는 선사 시대의 전설적인 대륙.

46) 로드아일랜드 디자인 학교(Rhode Island School of Design): 미국 로드아일랜드 주 프로비던스에 소재한 사립남녀 고등교육기관으로, 1877년에 설립되어 1932년 고등교육 기관으로 승격되었다. 미국 내에서 최고의 미술대학으로 손꼽힌다.

47) 티루스(Tyre): 성경에서 자주 언급되는 고대 페니키아의 항구도시.

48) 리예(R'lyeh): 혹은 르리예. 태평양 밑에 침몰했다는 '위대한 올드원'의 도시. 아틀란티스나 레무리아에 상응하는 러브크래트의 허구적 도시로, 크툴루와 함께 많은 작품에 등장한다.

49) 부두교(Voodoo): 아프리카에서 서인도 제도의 아이티로 팔려 온 노예 흑인들 사이에서 믿던 종교로, 악마 숭배, 주술 등의 관습을 말하기도 한다.

50) 레반트(Levant): 그리스와 이집트 사이에 있는 동 지중해 연안 지역을 통틀어 이르는 말이지만 여기서는 뉴욕의 유태인들을 지칭.

51) 두족류: 오징어, 문어, 뼈오징어 등을 포함하는 연체동물.

52) 라피트(Laffitte): 뉴올리언스 남부 해안을 무대로 활동한 해적 라피트와 그 부하 집단.

53) 폴립(Polyp): 원통형의 강장동물을 총칭하는 말.

54) 이베르빌(Iberville, 1661~1706): 프랑스계 캐나다의 해군 영웅이자 탐험가로, 탐험 뿐 아니라 허드슨만과 루이지애나에서 프랑스를 위해 싸운 것으로 유명하다. 허드슨만을

둘러싼 영국과 프랑스의 싸움이 일시 종결된 후, 미시시피 강 어귀를 요새화 하도록 위임받았다. 1700년에 지금의 뉴올리언스 바로 아래에 2번째 요새인 라 보울래이 요새를 세우는 등, 루이 14세가 루이지애나를 식민지로 만드는 교두보를 마련했다.

55) 라 살(La Salle, 1643~1687): 프랑스의 북아메리카 탐험가. 일리노이 강과 미시시피 강 줄기를 따라 탐험을 하고, 미시시피 강과 그 지류의 물을 사용하는 모든 지방을 프랑스의 왕 루이 14세 소유라고 주장하고, 그 지방의 이름을 '루이지애나'라고 지었다. 몇 년 뒤 미시시피 강의 어귀를 찾는 탐험 도중에 자기 부하들에게 살해당했다.

56) 시드니 허버트 사임(Sidney Herbert Sime, 1867~1945): 영국의 화가이자 삽화가. 러브크래프트가 좋아한 작가 로드 던새니(Lord Dunsany)와 아서 매컨(Arthur Machen) 등의 작품에 삽화를 그렸다.

57) 앤서니 앵가롤라(Anthony Angarola, 1893~1929): 삽화가. 캔자스시티 예술 학교에서 교편을 잡았고, 1928년 구겐하임 연구비(Guggenheim Fellowship)를 받는 등 뛰어난 재능을 인정받았으나 갑자기 세상을 떠났다. 러브크래프트의 작품 「아웃사이더」의 삽화를 그리고 싶어했지만, 실현되지는 않았다.

58) 카보베르데(Cape Verde): 북대서양의 카보베르데 제도로 구성된 나라.

59) 위대한 올드원(Great Old Ones): 러브크래프트 소설 전반에서 등장하는 고대의 우주적 존재로 모든 면에서 인간보다 월등한 능력을 지니고 있다. 러브크래트의 창조물 중에는 비슷한 수식어로 이루어진 것들이 많은데, 체계성이나 일관성을 따르기 보다는 작품마다 영감이나 분위기를 중시했다는 점에서 약간의 혼란을 일으키기도 한다. 그 중에서도 위대한 올드원은 「광기의 산맥At the Mountains of Madness」에 등장하는 '올드원(Old Ones)'이나 다른 작품에서 곧잘 등장하는 '엘더원'(Elder Ones)과 동일어로 간주되지만 약간의 차이가 있다. 나아가 위대한 올드원이 신(Elder Gods)인지 종족인지(Elder Races)인지도 불분명할 때가 있다. 신의 개념에서 본다면, 위대한 올드원은 '외계의 신'에 가까우며, 아스가르드(Asgard)의 아사신(Aesir)과 바니르(Vanir) 등의 북유럽 신화에 등장하는 고대의 신과 비슷한 위상이다. 아무튼, 위대한 올드원은 정체에 대해 논란을 일으키는 동시에 크툴루 신화 개념에서 핵심적인 위치를 차지한다.

60) 네크로노미콘(Necronomicon): 러브크래프트의 가장 잘 알려진 가공의 책. 「사냥개 The Hound」(1922)에 처음으로 등장한다. 「네크로노미콘의 역사」(1927)에도 소개되어 있지만, 작품마다 단편적으로 등장하며 그중 「더니치 호러」에 가장 많이 언급되어 있다. 반면, 압둘 알하즈레드라는 이름은 「이름없는 도시The Nameless City」(1921)에 처음으로 언급됐다. 러브크래프트는 네크로노미콘을 가공의 책이라고 밝혔지만, 실제로

존재한다고 믿는 사람들이 적지 않다. 아랍의 광인 압둘 아하즈레드 역시 어렸을 때 읽은 『아라비안나이트』에서 착안한 허구의 인물이다. 네크로노미콘은 크툴루와 함께 지금도 가장 많이 재생산되는 창조물 중의 하나이다.

61) 아서 매컨(Arthur Machen, 1863~1947)은 웨일스 출신의 공포 작가이자 저널리스트 였다. 「위대한 목신The Great God Pan」(1890)으로 명성을 얻었으며, 러브크래프트는 1923년 매컨의 작품을 읽고 '살아 있는 최고의 작가'라고 극찬을 아끼지 않았다.

62) 클라크 애슈턴 스미스(Clark Ashton Smith, 1893~1961): 시인이자 화가, 조각가. 캘리 포니아의 롱 밸리(Long Valley)에서 태어나, 일생의 대부분을 오번(Auburn)이라는 작은 마을에서 보냈다. 러브크래프트, 로버트 E. 하워드 등과 더불어 《위어드 테일즈》에 기고한 대표적인 작가로, 러브크래프트와 많은 서신을 주고받으며 서로의 작품 활동 에 교감을 나누었다. 두 사람은 서신 왕래 외에 평생 한 번도 만난 적이 없다. 러브크 래프트의 작품을 전문으로 출간한 아컴 출판사에서 스미스의 시집 『잃어버린 세계Lost Worlds』(1944)등을 출판했지만, 오늘날엔 안타깝게도 러브크래프트만큼 읽히지 않는 다. 서신만으로 평생 진한 동료애를 보여주었고, 러브크래프트의 죽음을 애도하는 수 편의 애절한 추모시를 남겼다.

63) 에게베르그(Egeberg): 오슬로를 굽어보는 산.

64) 예테보리(Goteborg 또는 Gothenburg): 스웨덴의 예타 강어귀에 위치한 스웨덴 제1의 항구이자 두 번째로 큰 도시.

PICKMAN'S MODEL

픽맨의 모델

작품 노트 | 픽맨의 모델 Pickman's Model

1926년에 쓰여져, 1927년 《위어드 테일즈》에 실렸다. 러브크래프트는 이 작품에 대해 '아주 온화하게' 썼다고 밝혔다. 그래서일까, 많은 독자들이 러브크래프트다운 색깔이 덜한 작품으로 꼽으며, 같은 해에 쓰여진 「크툴루의 부름」과 많은 차이가 있다. 결말이 직설적이라는 점이 아쉽지만, 색다른 맛을 느낄 수 있는 작품이다. 충격적인 영상에 익숙한 현대의 독자들에게 러브크래프트의 공포가 얼마나 자극을 줄지는 모르지만, 20세기 초부터 지금까지 러브크래프트의 작품은 자극보다는 공포의 근원을 일깨워 왔다. 이런 점에서 이 작품은 스토리가 산만하지 않고, 단일 구성과 효과를 염두해 둔 것이라 읽는 재미를 선사한다.

화자인 서베르가 이야기를 끌고 가는 방식이라든지, 화가 픽맨의 그림을 통해 실제로 그림을 그리듯 표현한 묘사 등은 다른 작품과 차이를 보이면서도 고전적인 느낌을 준다. 러브크래프트를 처음으로 접하는 독자들에겐 좋은 출발점이 되는 작품이다.

이 작품은 1970년 NBC 방송의 텔레비전 시리즈 『나이트 갤러리Night Gallery』를 통해 방영됐으며, 『칠리언 고딕Chilean Gothic』(2000)이라는 칠레 영화로 만들어졌다.

당신은 제가 미쳤다고 생각할 필요가 없습니다. 저보다 더 기이한 편견을 지니고 있는 사람들은 셀 수 없이 많으니까요. 예를 들어 자동차는 죽어도 안 타겠다는 올리버의 조부는 얼마나 우스꽝스러운가요? 그러니 제가 그 빌어먹을 지하철을 좋아하지 않는다고 해서 누가 참견할 일은 아닙니다. 게다가 이곳에서는 택시를 타는 편이 빠르니까요. 자동차가 싫다면 파크 가에서 언덕까지 걸어가면 될 일입니다.

물론 작년에 저를 본 사람이 있다면, 아마 제가 그때보다 무척 예민해 있다고 느낄 테지만, 괜찮은 병원을 소개해 줄 필요는 없습니다. 신만이 아는 이유들이 얼마든지 많고, 제 정신에 이상이 있다면 오히려 다행으로 여겨야겠지요. 3도 화상은 어찌된 일이냐고, 혹시 고문을 당하지 않았느냐고 너무 꼬치꼬치 묻지 마시기를.

물론 당신이 꼭 그 이야기를 듣고 싶다면, 못할 이유도 없겠지요. 어쨌든 제가 아트 클럽을 탈퇴하고 픽맨을 피하게 된 경위를 설명하는 동안, 아마 당신은 비통한 부모의 심정이 되겠지요. 제가 일전에 클럽 주변을 어슬렁댄 적이 있는데, 픽맨은 이미 종적을 감춘 후였습니다. 저는 그들이 누구였든 상관하지 않는답니다.

저는 픽맨에게 무슨 일이 일어났는지 모르며, 그런 생각을 떠올리는 일이 유쾌하지 않습니다. 사람들은 제가 그를 방문한 후 뭔가 비밀을 알게 됐고, 그래서 그가 어디로 사라졌는지 알고 싶어하지 않는 것이리라 여길지 모릅니다. 경찰이 나름대로 뭔가 발견해 내겠지만, 솔직히 픽맨이 피터라는 이름으로 임대했던 낡은 노스앤드에 대해서조차 아직 모르고 있는 것으로 보아 그리 많은 것을 알아내지는 못할 것 같군요.

제가 그것을 다시 찾아낼 수 있을지는 자신할 수 없습니다. 아니, 환한 대낮이라도 다시는 그런 시도조차 하고 싶지 않을 뿐입니다.

물론 저는 그가 왜 그것을 계속 지니고 있는지 알고 있으며, 그래서 두려웠답니다. 하지만 저는 조금씩 안정을 찾아가고 있습니다. 제가 왜 경찰에 사실대로 말하지 않았는지 당신만은 곧 이해해 주리라 믿습니다. 제가 솔직히 말했다면, 경찰이 길을 안내해 달라고 요청했을 것이고, 저는 도저히 그럴 용기가 없기 때문이지요. 그곳에는 뭔가 있으며, 저는 지금 지하철을 타지 않고(아마 당신은 이런 나를 비웃을 테지만), 지하는 어떤 곳이든 들어가지 않습니다.

픽맨을 찾지 않는 그 우스꽝스러운 이유 때문에 역시 레이드 박사나 조 미노트, 로스워스 같이 요란스러운 노인들을 방문하지 않는다는 점도 밝혀둘 필요가 있겠군요. 병적인 예술 자체는 제게 충격이 아니며, 픽맨처럼 진실로 천재적인 예술가라면 그 지향하는 바가 무엇이든 기꺼이 존경을 바칠 준비도 되어 있습니다. 보스턴에 리처드 업튼 픽맨과 같은 위대한 화가는 지금까지 없었지요. 픽맨이 「구울[65]의 섭식(攝食)」이라는 그림을 보여주었을 때, 저는 거짓말 하나 보태지 않고 그의 위대함에 대해 직접 찬사를 바치기도 했습니다. 아마 미노트가 클럽에서 그를 제명했던 시점이었을 것입니다.

누구라도 픽맨의 작품들이 심오한 예술이자 자연에 대한 깊은 통찰력을 담고 있다는 사실을 부인하지 못할 것입니다. 예술 잡지에 가끔씩 얼굴을 들이미는 저급한 전문가들이야 픽맨의 그림을 악몽이나 마녀의 안식 혹은 악마의 자화상 정도로 아무렇게나 지칭하겠지만, 위대한 예술가만이 그처럼 진정한 공포와 감동을 줄 수 있으니까요. 왜냐하면, 진정한 예술가만이 공포의 생리학과 소름끼치는 해부학에 정통하며, 선과 비례를 통해 잠재된 본능이나 우리 깊숙이 유전되어온 공포의 기억을 표현하고, 적절한 색채의 대비와 빛의 효과를 통해 기이한 감정을 이끌어낼 수 있기 때문입니다.

저명한 푸셀리[66]가 보통 사람이라면 웃어넘길 만한 싸구려 유령 이야기책의 표지 그림을 보고 왜 그토록 전율했는가는 굳이 말할 필요가 없겠지요. 삶을 초월해 소수의 사람들만이 포착해 낼 수 있는 무엇인가가 존재하며, 우리는 그들의 능력을 통해 잠시 동안 그 경험을 공유할 뿐입니다. 도레가 그러했으며, 시드니 사임도 마찬가지였습니다. 시카고의 앵거롤라도 빼놓을 수 없겠지요. 그리고 지금까지 어떤 인간도 하지 못한 일을 해낸 이가 바로 픽맨이었습니다. 소망하건대, 다시는 그런 일이 없기를…….

대체 무엇을 보았느냐고 다그치지 않았으면 좋겠습니다. 일반적인 예술 형태라면 있는 그대로의 자연이건 고용한 모델, 황량한 스튜디오에서 법석대며 만들어지는 상업적인 인공물이건 간에 그린 대상마다 각양각색의 차이가 있기 마련입니다. 진정 기이한 예술가라면 모델을 선택하고, 소름끼치는 현실 세계를 가능한 생생하게 표현할 만한 방법을 알고 있어야 합니다. 진정한 화가의 그림이 통신 교육을 받은 만화가가 이것저것 갖다 붙인 만화와는 다르듯이, 진정한 예술가의 꿈은 값 싼 향료를 뒤섞어놓은 듯한 사이비 예술가의 꿈과는 본질적으로 달라야 합니다. 제가 픽맨이 본 것을 그대로 볼 수 있었다면, 아니! 그것은 불가능한 일입니다. 이제 슬슬 본론으로 들어가기 전에 목부터 축여야겠군요. 오, 신이시여! 만약 그 사람 — 그가 사람이라면 — 이 본 것을 나도 보았다면, 아마 나는 살아남지 못했을 것입니다!

당신도 잘 아시다시피, 픽맨은 특히 초상화에서 발군이었습니다. 고야 이후 그토록 무시무시한 속성과 일그러진 표정을 살려낸 화가는 픽맨이 처음이었을 겁니다. 고야[67] 이전에서 찾는다면, 아마 노트르담 성당과 성 미첼 성당에 가고일[68]과 키마이라[69]를 그려 넣은 중세 시대의 화가까지 거슬러 올라가야겠지요. 그들 화가는 모든 것을 믿었으며, 직접 목격했습니다. 당신도 언젠가 중세야말로 정말 흥미로운 시대이지 않느냐고 픽맨에게 직접 물었던 것을 기억하시겠죠? 아마 당신이 떠나기 1년 전이었을 겁니다. 픽맨은 광활한 상상력과 통찰력을 천둥 속에서 얻곤 했지요. 그의 얼굴에 떠올랐던 쓴웃음을 기억하실 겁니다. 레이드가 그를 제명한 것도 그 웃음 때문이었을 겁니다.

아시겠지만, 레이드는 당시 비교 병리학에 막 관심을 가지기 시작했는데, 생물학과 진화와 관련해 중요한 정신적 혹은 육체적 증상들의 비밀을 알아내겠다고 거드름을 피우곤 했지요. 그는 픽맨을 점점 탐탁지 않게 여겼으며, 나중에는 두려움까지 느꼈습니다. 특히 픽맨의 작품이 점점 자신의 취향과 어긋나는 쪽으로, 그러니까 너무도 비인간적인 방향으로 발전하는 게 불만이었지요. 음식에 대해 많은 이야기를 했고, 결국에는 픽맨이 비정상적이고 기괴한 인물이라고 단정했습니다. 당신은 아마 레이드와 연락을 주고받는 가운데 픽맨의 그림에 대해서 너무 신경 쓰지 말라고 말했을 겁니다. 저도 그때 레이드에게 그런 얘기를 했으니까요.

그러나 그런 이유로 제가 픽맨의 제명에 찬성한 일은 한 번도 없다는 점 알아주시기 바랍니다. 오히려 픽맨을 향한 제 존경심은 날로 커져갔으니까요. 무엇보다도, 「구울의 섭식」은 위대한 작품이었습니다. 아시다시피 클럽은 그 그림의 전시를 거부했고, 예술 박물관 역시 기증하겠다는 뜻을 받아들이지 않았지요. 누구도 그 그림을 사지 않을 것이므로, 픽맨은 종적을 감출 때까지 그림을 자신의 집에 보관했습니다. 지금은 그의 부친이 세일럼[70]으로 가져갔다는데, 당신도 픽맨이 세일럼 혈통이며, 그의 조상 중 1692년에 처형된 마녀가 있다는 점을 알고 있을 겁니다.

저는 신비 예술에 대한 논문을 쓰기 시작하면서 전보다 자주 픽맨을 찾아가곤 했습니다. 어쨌든 픽맨의 작품에서 영감을 얻은 게 사실이었고, 논문을 준비할 즈음 제게 필요한 모든 자료와 조언이 픽맨에게 있다는 걸 알았습니다. 그는 그림과 스케치를 전부 보여주었는데, 그중에는 클럽 회원들이 봤다가는 곧바로 내쫓길 만한 펜화들도 포함돼 있었지요. 저는 얼마 후 논문 주제에 완전히 매료되었고, 픽맨이 토해내는, 댄버스의 정신병원이 부럽지 않을 만큼 거칠고 강렬한 예술 이론과 철학을 넋 놓고 듣곤 했습니다.

사람들이 점점 픽맨을 피하고, 그와 단둘이 교감을 나누는 시간이 늘어가면서 그는 저의 영웅으로 자리잡았습니다. 어느 날 밤이었습니다. 그는 내가 비밀을 지키고 소란을 떨어대지 않겠다고 약속한다면, 아주 특별한 것을 보여주겠다고 말했습니다. 그 집에 있는 어떤 것보다도 강렬한 것을. 그는 말했습니다.

"뉴버리 가에서 가지고 있다가는 큰일나는 물건들이 있네. 이곳과는 맞지도 않을 뿐더러, 이곳에서 만들 수도 없는 것들이지. 나는 영혼의 의미를 탐구해 왔는데, 기성세대가 축적해온 이 예술의 거리에서는 그런 것을 발견해 낼 수 없네. 백 베이는 보스턴이 아니며, 아직은 아무것도 아니지만, 기억이 되살아나 사람들의 관심을 이끌어낼 날이 올 걸세. 이곳엔 염전과 얕은 계곡에 길들여진 유령 외에는 진정한 혼령이 존재하지 않아. 나는 인간의 혼을 원하네. 지옥을 있는 그대로 볼 수 있으며, 본 것의 의미를 깨달을 수 있는 진화된 존재의 영혼 말일세.

예술가가 살아야 할 곳은 노스엔드[71]야. 진실한 유미주의자라면 이 쓰레기 같은 전통을 버리고 기꺼이 그 빈민굴을 선택할 걸세. 아! 만들어진 것이 아니라 그 자체가 성장해 가는 그런 장소를 자네는 한 번도 보지 못했겠지. 수많은 세월동안 그곳에서 살고 느끼며 죽어간 사람들이 있지만, 얼마 안 있어 그곳에서의 삶과 느낌, 죽음에서 두려움은 사라져 버릴 걸세. 1632년 당시 코프스 언덕에 방앗간 하나가 있었으며, 지금처럼 도로가 정비된 것이 1650년이라는 사실은 자네도 알 걸세. 250년도 넘게 지탱해 온 저택들을 자네에게 보여줄 수도 있어. 현대식 저택들이 먼지가루로 사라져 가는 모습을 묵묵히 지켜봐 왔던 집들 말일세. 현대인이 과연 진정한 삶의 모습과 그 이면에 존재하는 힘의 실체를 알기나 할까?

자네는 세일럼을 그저 망상과 요술 정도로 치부하겠지만, 내 고조할머니의 이름을 걸고 자네에게 진실을 말할 수 있네. 코튼 매더[72]가 짐짓 신성한 얼굴로 지켜보는 가운데, 사람들은 할머니를 갤로스 언덕에서 처형했지. 더러운 매더 녀석, 필시 그 세뇌의 통치 아래에서 누군가 자유를 구하며 항거할 것이 두려웠겠지. 누군가 그놈에게 마법을 걸어 밤이면 피를 모조리 빨아대기를!

그 매더 녀석이 살았던 집과 놈이 용감한 척 하면서도 얼씬도 하지 못했던 또 하나의 집을 자네에게 보여줄 수도 있네. 그놈도 유치하기 짝이 없는『보이지 않는 세계의 경이』와『매그놀리아』에서 감히 말할 수 없는 진실을 알고 있었어.[73] 이보게, 예전에는 노스엔드 전체에 터널이 있어서 땅밑과 바다, 그 어떤 곳으로도 사람들이 서로 왕래했다는 사실을 알고 있나? 땅 위에서 온갖 박해와 탄압이 이루어졌지만, 그 존재들은 사람들의 손길이 닿지 않는 곳에서 매일매일 생존해 왔다는 사실 말일세.

이보게, 1700년 이전에 건축되어 특별히 손대지 않은 열 집 가운데 여덟 집은 지하실에 기묘한 뭔가를 가지고 있다네. 그걸 자네한테 보여주겠네. 골목골목과 우물이 실로 오래된 과거의 장소들로 연결돼 있는데, 인부들이 인위적으로 만든 것이 아니라는 것쯤은 금방 알 수 있지. 헨치맨 가 주변에서도 작년에 새로 발견된 길이 있으니 확인해 볼 수 있을 걸세.

그곳엔 마녀와 그들이 불러낸 존재들이 있었다네. 바다에서 해적질로 건져 올린 것들이 있었는가 하면, 밀수선과 사략선들도 있었어. 그때는 사람들이 어떻게 살아야 하는지, 어떻게 삶의 한계를 확장해야 하는지 아는 시대였지. 그 오래 전에 말일세! 용맹하고 현명한 사람들만이 그런 세상을 안다고? 흥! 웃기는 소리야. 요즘 세상이 어떤가 한번 보게. 창백한 낯짝을 하고서 지성인이랍시고 앉아서 베이컨 가에서 차나 홀짝이지 않나. 자기들 구미에 맞는 그림이 아니면, 무조건 치를 떨고 혐오감을 나타내지. 소위 예술가 집단이라는 작자들도 다르지 않아.

그나마 요즘 세상에 남아 있는 기품이 있다면, 아마 너무 멍청해서 지난 시절에 대해 제대로 알지 못한다는 것이지. 지도와 기록과 안내 책자에 노스엔드가 나와 있던가? 홍! 놈들이 자신이 누구인지나 알까? 이봐 서베르, 그 고대의 영토는 지금 찬란한 꿈을 꾸고 있으며, 경이와 공포로 충만하고, 공화국에서 탈주한 사람들로 넘쳐나고 있다네. 그러나 그곳의 진정한 의미를 이해하고, 혜택을 제대로 누릴만한 사람은 한 명도 없어. 아니, 한 명 정도는 있다고 해야겠지. 그동안의 발굴 작업이 아주 헛된 것만은 아니었으니까!

보라고. 자네도 흥미가 생기지? 그곳에 내 작업실이 또 하나 있는데, 여기 뉴버리 가에서는 상상조차 할 수 없는 고대의 공포와 그림의 소재를 쉽게 구할 수 있네. 내 말을 들으니 기분이 어떤가? 물론 클럽의 노인들한테는 비밀로 해야 해. 특히 그 망할 놈의 레이드 녀석, 내가 뭐 거꾸로 달리는 개썰매에 올라탄 괴물이라도 되는 것처럼 수군거리고 다닌다지. 그래, 서베르. 나는 아주 오래 전부터 삶의 아름다움 뿐 아니라 공포를 담아내는 화가가 한 명쯤은 있어야 한다고 생각해 왔네. 그래서 생생한 공포를 체득할 수 있는 장소들을 물색해 온 거야.

그중에 나 말고 아는 백인이 많아야 세 명 정도인 장소가 한 곳 있지. 저기 고가철도에서 그리 멀지 않지만, 몇 백 년 동안 사람이 산 적이 없는 곳이야. 내가 그 장소를 택한 건 지하실의 기이한 옛 우물 때문이야. 일전에 내가 말한 그런 곳이지. 건물은 거의 무너지기 직전이라 아무도 살 수 없고, 얼마나 헐값에 그곳을 사들였는지 솔직히 말하기 쑥스러울 정도야. 창문은 다 막혀 있는데, 그래서 더욱 마음에 든다네. 불빛이 새어나가 내가 안에서 무슨 작업을 하는지 알려지는 게 싫으니까 말일세. 주로 지하실에서 그림을 그리는데, 기막힌 영감들이 떠오르곤 하지. 지층에 있는 방 몇 개는 가구를 들여놓고 피터라는 주인 이름으로 어떤 시칠리아 인에게 세를 주었네.

　자, 자네가 생각이 있다면, 오늘밤이라도 당장 그곳에 데려가겠네. 거기에 있는 그림들이 마음에 들 걸세. 그곳에서는 내가 그리고 싶은 것을 그리니까 말일세. 그렇게 오래 걸리지도 않아. 택시를 타고 그런 곳에 가면 쓸데없는 말이 나돌까봐 걸어서 가는 일이 많지. 아니면 사우스 역에서 배터리 가로 가는 버스를 타도 괜찮은데, 배터리 가에서 금방이야."

　엘리엇, 솔직히 픽맨의 그런 열변을 듣고 나니 그곳에 가지 않겠다고 할 도리가 없었습니다. 그러나 걸어가다가 빈 택시가 나타나면 그걸 타기로 했지요. 사우스 역에서 다시 택시를 갈아타고, 배터리 가에 도착한 시간이 아마 12시쯤이었을 겁니다. 우리는 국영 부두를 지나 낡은 선창가를 따라 쭉 걸어갔습니다. 교차로가 많아 길을 제대로 살피지 못했기 때문에 정확히 그곳이 어디쯤인지 자신하기 어렵군요. 다만, 그리노 길은 아니라는 생각이 듭니다.

　어딘가에서 방향을 튼 후, 황량한 오솔길을 한참이나 올라갔습니다. 살면서 그렇게 지저분하고 오래된 길은 처음 봤습니다. 으스러진 박공과 부서진 작은 창틀, 낡디 낡은 굴뚝같은 형체들이 반쯤 파헤쳐진 상태로 달빛 아래 나타났습니다. 세 채의 가옥이 눈에 들어왔는데, 코튼 매더가 통치한 시대 이후 그런 집을 볼 수 있으리라 예상치 못했지요. 언뜻 스치기는 했지만, 분명 두 채의 가옥에는 내물림한 발코니가 보였고, 다른 한 채의 가옥은 2단 맞배지붕[74]의 뾰족한 흔적이 남아 있었습니다. 고고학자들이 보스턴에는 그런 형태의 집이 남아 있지 않다고 말해온 것을 떠올리면 참으로 기이한 일이었지요.

　그나마 달빛이 희미하게 비추던 그 오솔길에서 벗어나자, 훨씬 좁은 외딴길이 칠흑 같은 어둠 속으로 이어져 있었습니다. 몇 분이 지났을까, 길은 오른쪽으로 서서히 구부러지더군요. 그쯤에서 픽맨이 손전등을 켜 벌레가 먹은 듯한 아주 오래된 문 하나를 비추었습니다. 그는 문을 열더니 을씨년스러운 복도 쪽으로 나를 안내했는데, 한때는 멋들어진 참나무 장식이 벽을 대신하고 있었다는 생각이 들더군요. 바보 같은 생각이었지만 어딘지 안드로스와 핍스, 마법의 시대가 연상되어 전율이 느껴졌습니다. 그는 곧이어 왼쪽에 난 문으로 나를 이끌었고, 기름 램프에 불을 켜면서 마음 편히 가지라고 말하더군요.

엘리엇, 사람들은 지금 저를 '비정한 인간'이라고 손가락질하고 있습니다. 그러나 그 방의 벽면에서 본 것이 제게 좋지 않은 변화를 가져왔다고 고백해야겠습니다. 짐작하시겠지만, 그곳에서 본 것은 픽맨의 그림들이었는데, 뉴버리에서는 한 번도 보여준 적이 없는 것들이었습니다. 그곳에서 '자유롭게 자신을 발산한다'는 그의 말은 거짓이 아니었습니다. 아, 목이 말라 한 잔 더 해야겠습니다.

그 그림들을 설명해 봤자, 소용없는 일입니다. 그 끔찍하고 불온한 공포와 형용할 수 없는 혐오감 게다가 도덕적 부패는 제가 가진 언어의 힘을 뛰어넘는 것이기 때문입니다. 시드니 사임의 그림에서 볼 수 있는 이국적 기법도 없으며, 클라크 애슈턴 스미스가 사용해 간담을 서늘하게 만든 토성의 풍경과 달의 균류 같은 요소도 보이지 않았습니다. 그림의 배경은 대부분 낡은 교회 마당과 울창한 수풀, 바닷가 절벽, 벽돌 터널, 고풍스러운 방, 지하 납골당 같은 것이었습니다. 특히 그곳에서 멀지 않은 코프스 언덕의 묘지는 그림에 자주 등장하는 배경이었습니다.

전경에 나타난 형체들에는 하나같이 광기와 기형이 담겨 있었는데, 사실 픽맨의 병적인 예술에서 악마적 인물 묘사야말로 압권이라고 할 수 있으니까요. 그 형체들은 완전한 인간이라고 할 수 없으나, 여러 가지 점에서 인간과 유사해 보였습니다. 대부분 두 발 동물처럼 생겼고, 약간 구부정해 있어서 언뜻 개와 비슷했습니다. 피부가 대부분 불쾌할 정도로 거칠기 짝이 없었습니다. 욱! 지금도 그 모습들이 눈에 생생합니다. 여태 제 시야를 온통 채우고 있으니까요. 부디 그 모습을 자세히 설명해 보라는 말씀일랑 하지 마십시오. 그들은 대체로 뭔가를 먹고 있었는데, 정확히 그것이 무엇인지는 모르겠습니다. 공동묘지나 지하 통로에 무리를 지어 나타나기도 하고, 먹을 것이나 포획물을 놓고 싸움을 하는 광경도 있었습니다. 그들이 포획한 것은 시체처럼 움직임이 없거나 얼굴이 드러나 있지 않았고, 종종 픽맨은 끔찍한 방법을 통해 그 포획물을 표현하고 있었습니다. 한밤중에 그 기이한 존재들이 열려진 창문을 통해 뛰어내리는 광경도 있으며, 잠든 이의 가슴에 올라타 목을 공격하는 모습도 보였습니다. 어떤 그림에서는 그들이 갤로스 언덕에서 처형된 마녀의 주변에 모여 있었고, 마녀의 얼굴이 그들과 많이 닮아 있었습니다.

그러나 그것이 전부라고 속단하기는 이릅니다. 저는 세 살배기 어린애가 아니니, 그 정도의 끔찍한 광경은 전에도 많이 봤으니까요. 그런데 엘리엇, 곁눈질을 하며 군침을 흘리던 그 역겨운 얼굴들이 마치 살아 있는 것처럼 캔버스 밖으로 나오더란 말입니다! 오, 친구여, 맹세컨대 그들은 분명 살아 있었습니다! 그 소름끼치는 마법사가 물감 속의 지옥을 깨우고, 캔버스를 스치는 그의 붓놀림은 악몽을 잉태하는 마법의 지팡이였던 것입니다!

그리고 「수업」이라는 제목의 그림, 아, 정말이지 눈뜨고 볼 수 없는 광경이었습니다. 개처럼 생긴 정체불명의 괴물들이 교회 마당에 빙 둘러앉아 어린아이들에게 어떻게 서로를 잡아먹는지 가르친다고 상상해 보십시오. 사악한 요정들이 인간의 아이를 훔치고 요람 속에 못생긴 아이를 대신 놓고 온다는 전설을 기억하십니까? 그림 속의 아이들은 바로 그 훔쳐간 인간의 아이들이었지 뭡니까? 픽맨은 실종된 인간의 아이들에게 어떤 일이 벌어졌는지, 아이들이 어떻게 성장했는지 보여주고 있었습니다. 곧 저는 인간과 인간이 아닌 것들의 얼굴에서 끔찍한 관련성을 눈치채기 시작했지요. 픽맨은 인간과 비인간 사이에서 변형된 병적인 감수성을 통해 진화의 과정을 냉소적으로 재구성한 겁니다. 개의 형상을 한 괴물이 인간에게서 진화한 것이라니!

개를 닮은 기형적 존재들이 교환이라는 방식으로 자신의 종족과 인간의 종족을 함께 키운다는 발상에서 픽맨이 의도한 바가 무엇인지 의아심이 드는 순간, 바로 그 해답을 말해 주듯 내 시선을 잡아끄는 그림이 있었습니다. 그림의 배경은 아주 오래 전의 청교도 가정이었습니다. 격자무늬 창문을 통해 들어오는 강렬한 햇빛, 등이 높은 긴 나무 의자, 투박한 17세기 풍의 가구, 한 가족이 옹기종기 모여 있는 가운데 아버지가 성경을 읽고 있는 그림이었죠. 그런데 유독 고귀하고 기품이 느껴지는 한 아이의 얼굴은 지옥을 경멸하는 듯한 표정을 담고 있었습니다. 깊은 신앙심으로 성경을 읽고 있던 사내의 아들이 분명해 보였지만, 어딘지 불결한 존재의 특성이 느껴졌습니다. 교환된 아이였던 겁니다. 픽맨은 극도로 냉소적인 방식을 통해 자신의 생각을 표현해 낸 것입니다.

그때 픽맨은 바로 옆방에 불을 켠 후, 자신의 '현대적 작품'을 보고 싶은지 묻더군요. 솔직히 저는 공포와 전율 때문에 아무 말도 할 수 없었지만, 픽맨은 충분히 내 감정을 헤아리고 몹시 흡족한 표정이었습니다. 엘리엇, 다시 한 번 말하지만, 저는 비정상적인 어떤 것과 마주친다고 해서 쉽사리 비명이나 지르는 나약한 사내는 아닙니다. 저는 중년의 나이에 맞게 나름대로 품위를 지킬 줄 아는 사람이라고 생각합니다. 당신도 프랑스에서 저를 보았으니, 아무 일에나 야단법석을 떨어대는 사람이 아니라는 것쯤은 아실 겁니다. 또 하나, 제가 건강하게 생활했으며, 식민지 시대의 뉴잉글랜드를 지옥의 영토처럼 묘사한 끔찍한 그림들에도 익숙해 있었다는 점을 기억해 주십시오. 그럼에도 저는 옆방에서 비명을 지르며 쓰러지지 않기 위해 문고리를 꽉 붙들어야 했습니다. 그 방에서 제가 마주친 것은 구울과 마녀들이 우리 선조들의 시대를 마음껏 유린하는 광경이었습니다. 그러나 그것은 곧바로 우리의 일상을 파고드는 공포이기도 했습니다!

세상에, 어떻게 그런 그림을 그릴 수 있었을까! 「지하철역 사건」이라는 그림은 공동묘지에서 빠져나온 역겨운 무리들이 보일턴 역의 바닥 틈새를 뚫고 올라와 승강장에 있던 승객들을 공격하는 광경을 담고 있었습니다. 또 오늘날을 배경으로 코프스 언덕의 묘지 사이에서 벌어지는 무도회 장면을 그린 그림도 있었습니다. 상당수의 그림들은 지하실을 배경으로 하는데, 괴물들이 구멍 사이로 기어다니고 석벽을 뚫는가 하면, 통이나 벽난로에 웅크리고 앉아 히죽거리면서 계단을 내려오는 첫 번째 희생자를 기다리는 모습이었죠.

또 어떤 그림에선 베이컨 언덕의 광대한 정경을 배경으로, 흉측한 괴물들이 개미떼처럼 새카맣게 대오를 갖추고 지하 곳곳에 만들어 놓은 은신처로 들어가는 모습이 보였습니다. 현대식 공동묘지에서 춤추는 광경이 거침없이 그려져 있는가 하면, 묵직한 충격을 던져주는 광경도 있었습니다. 지하실 같은 곳에서 한 무리의 괴물들이 모여 있는 가운데, 어떤 사람이 잘 알려진 보스턴 안내 책자를 큰 소리로 읽고 있더군요. 모두들 통로 하나를 바라보며 발작적으로 웃음을 터뜨리는 모습, 실제로 제 귓가에 그 무시무시한 웃음소리가 메아리치는 것 같았습니다. 그 그림의 제목은 「홈즈, 로웰 그리고 롱펠로우가 붉은 산에 묻혀 잠들다」였습니다.

두 번째 방의 사악하고 병적인 분위기에 어느 정도 익숙해지면서, 저는 마음 한편에서 치솟는 역겨운 혐오감이 어디에서 연유하는지 따져볼 여유가 생겼습니다. 우선, 픽맨의 그림에서 보여지는 극도의 비인간성과 무감각한 잔혹성이 반감을 일으킨다고 생각했습니다. 그림 속에 등장하는 그 괴물들은 필시 인간의 세상을 파멸시키고, 육체와 정신을 짓이기는 것에서 환희를 맛보는 인류의 잔혹한 적임에 틀림없습니다. 그리고 그림에서 감지되는 예술적 위대함이야말로 제게 반감과 공포를 일으키는 두 번째 이유였습니다. 그림을 보는 순간 악마의 모습에 직면하고 무한한 공포를 느끼게 만드는 그런 예술 작품이었지요. 그런데 픽맨이 그림 속에서 그의 평소 특기를 활용하지 않았다는 사실이 이상했습니다. 화가의 의도를 나타내기 위해 의도적으로 흐릿하게 처리하거나 양식화한 어떤 것도 없었지요. 모든 윤곽이 살아 있는 것처럼 선명했고, 디테일은 견딜 수 없을 만큼 명료했습니다. 특히 그 얼굴들 말입니다!

그것은 예술가의 해석 차원이 아니라, 완전한 객관적 시점 속에 구현된 지옥 자체였습니다. 이런, 바로 그겁니다! 픽맨은 환상주의자도 낭만주의자도 아니었습니다. 그는 찬연하지만 허망한 꿈의 색채를 보여주려고 시도한 적이 없으며, 우리가 매일매일 거침없이 바라보는 이 세계 속에 자리잡은 견고하고 체계적이며 습관화된 공포를 냉혹하게 드러낸 것입니다. 우리 세계의 참모습이 어떠한지, 어슬렁거리다 뛰어오르고 기어다니는 그 불온한 존재들을 픽맨이 과연 어디서 보았는지는 신만이 알 겁니다. 그러나 그가 어디서 그런 참담한 형상들을 이끌어냈건 간에 한 가지는 분명합니다. 구상과 화법을 비롯한 모든 측면에서 픽맨은 과학적인 사실주의자처럼 완전함을 추구하고 심혈을 기울였다는 사실 말이지요.

픽맨은 이제 작업실이라고 할 만한 지하실 쪽으로 저를 이끌었습니다. 간혹 완성되지 않은 캔버스들이 스칠 때마다 저는 그 끔찍한 의도를 떠올리며 숨을 참아야 했습니다. 축축한 계단을 내려서자, 픽맨은 제게 보여주듯 널찍한 공간을 향해 손전등을 비추었습니다. 흙바닥에 원형으로 둘러싸인 벽돌이 나타났는데, 아마 예전에는 커다란 우물이었던 것 같았습니다. 그쪽으로 가까이 다가섰는데, 우물의 직경이 2미터는 족히 됨직 했고, 지상에서 20센티미터 가량 올라온 가장 자리 부분은 아직도 튼튼해 보였습니다. 17세기쯤에 지어진 것으로 보이지만, 정확히 자신할 수는 없습니다. 픽맨은 그것이 바로 전에 말했던, 언덕 밑의 터널들로 향하는 출입구라고 했습니다. 대충 훑어보아도, 우물이라고 하기엔 쌓여진 벽돌의 높이가 낮았고, 육중한 목재 원판이 뚜껑처럼 그 입구를 막고 있었습니다. 만약 픽맨이 넌지시 암시한 말이 사실이라면, 그래서 그곳이 실제로 그 기이한 존재들이 사용하던 지하 터널이라면……! 저는 약간 전율을 느꼈습니다. 그가 이내 저를 이끌고 작은 문 쪽으로 들어서자, 화실처럼 꾸며진 아담한 나무 바닥의 방 하나가 나타났습니다. 아세틸렌 가스가 그림을 그리는데 적당한 불빛을 만들어주고 있더군요.

이젤 위나 벽면에 세워진 캔버스에 아직 완성되지 않은 그림들이 있었습니다. 하지만 다들 위층의 완성품과 다름없이 소름끼치는 분위기와 함께 한 예술가의 장인 정신이 깃들어 있었지요. 장면 장면이 아주 신중하게 스케치돼 있었으며, 연필로 그어진 윤곽선은 적절한 원근법과 비례를 위해 픽맨이 얼마나 정확성을 기하는지 여실히 말해 주었습니다. 지금도 저는 그가 위대한 예술가라는 사실을 부인할 수 없습니다. 특히 탁자 위에 놓여 있던 커다란 카메라가 제 눈길을 사로잡았습니다. 픽맨은 배경 자료를 위해 그 카메라를 사용하며, 경관을 찾아 이리저리 헤매는 대신 찍어둔 사진을 보고 그림을 그린다고 하더군요. 그는 사진이 실제 장면이나 모델에 못지않게 훌륭한 역할을 한다고, 카메라를 정기적으로 활용하고 있다고 덧붙였습니다.

그런데 방 안 어디에나 널려있는 미완의 기이한 그림들과 혐오스러운 스케치에서 매우 불안한 느낌이 전해졌습니다. 그리고 픽맨이 갑자기 구석에 있던 커다란 캔버스를 불빛 쪽으로 가져오는 순간, 저는 비명을 지르며 뒤로 물러서고 말았습니다. 그날 밤 제가 두 번째 비명을 지른 순간이었습니다. 제 비명 소리는 그 희미한 지하실에서 끝없이 메아리쳤고, 저는 곧이어 발작적으로 터져 나오려는 웃음을 참기 위해 입을 틀어막았습니다. 엘리엇, 그래도 우리의 창조자는 자비롭다고 해야겠습니다. 어디까지가 현실이고, 강렬한 환상인지 저는 제대로 분간조차 하지 못했으니까 말입니다. 그저 이 세상에서 가능한 꿈은 아닐 거라는 생각이 들었을 뿐…….

거대한 괴물이 핏발선 눈을 이글거리며 인간으로 보이는 형체 하나를 발톱으로 움켜쥐고 있는 그림이었습니다. 어린아이가 사탕을 깨물어 먹듯, 괴물은 인간의 머리를 씹어 먹고 있었지요. 더 먹음직한 먹잇감이 나타나면 언제든지 손에 든 것을 버릴 듯이 잔뜩 웅크린 자세였습니다. 그처럼 끝없는 근원적 공포를 자아낸 것이 그 극악무도한 괴물의

모습 때문이었을까요? 둔기로 얻어맞은 듯 머리가 완전히 공포로 마비
되었으니 말입니다. 쫑긋한 귀에 개를 닮은 얼굴, 핏발선 눈동자, 납작
한 코, 질질 침이 흐르는 입가, 아니 단지 그 때문만은 아니었습니다. 비
늘이 벗겨진 발톱도, 균류로 뒤덮인 몸뚱이도, 부풀어 오른 발도 아니
었습니다. 그중 하나만으로도 흥분하기 쉬운 사람을 단번에 미치광이
로 만들기에 충분했지만, 제게는 어떤 것도 그 압도적인 공포의 근원은
아니었습니다.

엘리엇, 문제는 사악하고 불온하며 극도로 부도덕한 화법이었습니
다! 내 생애 캔버스에 그토록 생생한 숨결을 불어넣은 그림은 본적이
없었으니까요. 두 눈을 이글거리며 인간의 머리를 잘근잘근 씹어 먹는
괴물, 자연의 섭리가 파괴되지 않고서야 어찌 사실적인 모델도 없이,
인간을 농락하는 악마의 지하 세계를 직접 목격하지도 않고 그런 그림
을 그릴 수 있겠습니까?

캔버스의 빈자리에 말려 올라간 인화지 하나가 압정으로 고정돼 있
었는데, 아마 픽맨이 그 끔찍한 악몽을 표현하는데 배경으로 사용한다
는 사진이라고 생각했습니다. 제가 사진을 똑바로 펴서 들여다보는 순
간, 픽맨의 얼굴에 돌연 공포의 그림자가 떠오르는 것이었습니다. 내가
고래고래 비명을 지른 이후, 그는 줄곧 그 어둠침침한 지하실과 그 너
머 공동묘지 쪽에 귀를 기울이고 있었지요. 그런데 저만큼은 아니어도
그 또한 겁에 질려 있는 것 같았습니다. 게다가 그의 공포는 심리적인
것이 아니라 실재적인 것 같았습니다. 그는 재빨리 연발 권총을 꺼내들
며 제게 조용하라는 시늉을 해 보인 후, 우물이 있던 그 공간으로 들어
가 문을 닫아버렸습니다.

나는 한동안 온몸이 굳어버려 그 자리에 못 박혀 있었습니다. 픽맨이

그랬던 것처럼 주위에 귀를 기울이자, 어디선가 긁어대는 소리와 뭔가를 때리고 비명을 지르는 소리가 희미하게 들려오는 것 같았습니다. 저는 엄청난 숫자의 쥐떼를 떠올리고는 진저리쳤습니다. 곧이어 떠들썩한 소리가 잦아지더니, 손으로 뭔가를 은밀하게 더듬는 듯한 오싹한 소리가 들려오는 것이었습니다. 저는 그 소리가 과연 무엇일지 생각조차 할 수 없었습니다. 그리고 육중한 나무가 돌이나 벽돌 위로 떨어지는 듯한 소리가 들려왔습니다. 아, 제가 무엇을 상상할 수 있었겠습니까?

어느새 다시 들려오기 시작한 소리는 전보다 훨씬 강해져 있었습니다. 조금 전보다 더 큰 나무가 쓰러지는 소리와 함께 묵직한 메아리가 울려 퍼졌습니다. 곧이어 삐거덕거리는 날카로운 소음과 함께 픽맨이 뭐라고 외치는 고함 소리가 들려오는 순간, 고막을 찢어져라 여섯 발의 총성이 연거푸 터져 나오는 것이었습니다. 사자를 길들이는 사람이 겁을 주기 위해 공포탄을 쏘는 것처럼 말입니다. 그리고 꺼억꺼억 하는 울음소리인지 비명소리인지 묘한 소음이 억눌리듯 흘러나오면서 쿵하는 소리가 들려왔습니다. 다시 나무와 벽돌이 부딪히는 소리, 그리고 정적……. 닫혀졌던 문이 열렸습니다. 저는 그 순간 혼비백산하고 말았습니다. 그런데 권총을 들고 다시 나타난 픽맨은 망할 놈의 쥐떼들이 벽을 긁는다며 욕을 하는 것이었습니다.

"서베르, 저 망할 것들이 먹을거리를 찾아냈나 보네. 저 지하 통로들은 공동묘지와 마녀굴, 해안까지 뻗어있으니까 말일세. 그러나 뭘 찾든 배불리 먹지는 못할 거야. 워낙 굶주려 있으니까. 아마 자네의 비명 소리가 놈들을 자극한 모양이야. 이런 곳에서는 좀 더 신중할 필요가 있네. 저 녀석들이 이곳에서는 유일한 골칫거리 기는 하지만, 그래도 적당한 분위기와 색채를 주는 데는 쓸모가 있거든."

엘리엇, 그렇게 그날 밤의 모험도 끝났습니다. 픽맨은 약속대로 그곳을 제게 보여주었고, 그가 무슨 일을 했는지는 하늘만이 제대로 평가할 것이지요. 그는 저를 이끌고 올 때와는 다른 방향으로 복잡한 오솔길을 빠져 나왔습니다. 어느새 우리는 조금은 익숙한 주거지역과 낡은 저택들이 들어서 있는 거리의 가로등 불빛 아래 서 있었습니다. 나중에 그곳이 차터 가라는 사실을 알았지만, 저는 너무도 경황이 없던 탓에 어떻게 그곳으로 들어섰는지 지금도 기억이 나지 않습니다. 시가 전차를 이용하기에는 너무 늦어서 우리는 하노버 가를 따라 도심 쪽으로 발길을 되돌렸지요. 그때부터 우리가 스쳐간 담벽들은 모두 기억납니다. 트레몬트에서 베이컨 가로 접어들어, 픽맨과 저는 조이 가에서 헤어졌습니다. 저는 그에게 단 한마디의 말도 하지 않았지요.

그런데 왜 픽맨과 그 후 연락을 끊어버렸냐고요? 궁금하시겠지만, 제게 시간을 좀 주세요. 커피 한잔 마실 동안 말입니다. 그 정도로만 해도 충분히 많은 것을 보고 경험했다고 생각하지만, 한 가지 더 말해 둘 것이 남아 있습니다. 그곳에서 본 그림에 대한 얘기는 아닙니다. 물론 보스턴의 일반 가정과 예술 단체에서 곧바로 쫓겨날 것이 분명한 그림들이지만요. 아마 지금쯤이면 당신도 제가 왜 지하철이나 지하 공간을 그리도 싫어하는지 이해하실 겁니다. 그러니까, 제가 마지막으로 얘기하고 싶은 부분은 다음 날 아침 제 호주머니에서 발견된 물건에 대한 것입니다. 지하실의 그 끔찍한 캔버스에 붙어있었다는 그 사진 기억하시죠? 괴물의 배경 그림으로 사용했을 거라 여겼던 그 사진 말입니다. 둘둘 말려있던 그 사진을 펴서 들여다보는 순간, 픽맨이 깜짝 놀라 권총을 꺼내들었기 때문에 아마 부지불식간에 그 사진을 제 호주머니에 집어넣었던 것 같습니다. 그러나 엘리엇, 당신도 커피를 한잔 마시는 편이 현명할 것입니다. 그것도 블랙으로 말이지요.

그래요, 제가 픽맨과 절교를 한 이유는 바로 그 사진 때문이었습니다. 리처드 업튼 픽맨, 제가 알고 있는 가장 위대한 예술가이자 인간의 한계를 초월해 신화와 광기 속으로 뛰어든 가장 불온한 존재. 엘리엇, 레이드의 말이 옳았습니다. 엄밀히 말하자면, 픽맨은 인간이라고 할 수 없으니까요. 아주 은밀한 태생의 비밀을 간직하고 있거나, 아니면 금기의 성문을 여는 방법을 발견했을지 모릅니다. 그러나 그가 사라진 지금, 뭐라고 하든 결론이 달라지지는 않을 것입니다. 어쨌든 그는 그가 그토록 추구했던 전설의 암흑 속으로 돌아갔겠죠. 잠깐, 불빛을 조금 밝게 해야겠습니다.

제가 무엇을 불태웠는지는 묻지 마십시오. 그리고 픽맨이 괜히 역정을 내며 쥐떼라고 얼버무렸던, 그 두더지처럼 뭔가를 파헤치던 소리의 실체가 무엇인지도 말입니다. 당신도 아시다시피, 그 옛날부터 세일럼에 전해 내려오는 비밀과 코튼 매더가 했다는 한층 기이한 말들이 있습니다. 픽맨이 어떻게 그토록 생생한 그림들을 그릴 수 있었는지, 또 그가 어디서 그런 괴물의 형체를 찾아냈는지, 아마 우리 모두는 의아해할 것입니다.

제 주머니 속에 들어있던 것은 생각과는 달리 배경 사진이 아니었습니다. 캔버스 속에 그려져 있던 그 괴물이 담겨 있었습니다. 그림의 실제 모델 말입니다. 그리고 사진의 배경은 그 지하실의 벽면이었습니다. 오, 하나님, 그것은 살아 있는 대상을 찍은 실제 사진이었습니다!

65) 리처드 업튼 픽맨은 나중에 실제로 구울로 변한다. 구울이 된 픽맨은 드림랜드를 다룬 「미지의 카다스를 향한 몽환의 추적」(1926)에서 등장하여, 랜돌프 카터의 여정을 도와준다.

66) 푸셀리(Henry Fuseli, 1741~1825): 스위스 출신의 화가.

67) 고야(Francisco Goya, 1746~1828): 에스파냐 출신의 화가로 니힐리즘과 환상성이 짙다.

68) 가고일(gargoyles): 건축물에서 빗물받이 끝에 붙이는 괴수 머리 모양 장식.

69) 키마이라(chimaera): 그리스 신화에 나오는 괴물.

70) 세일럼(Salem): 현재 매사추세츠의 댄버스Danvers 지역, 마녀 재판으로 유명한 곳.

71) 노스 엔드(North End): 보스턴의 가장 오랜된 지역이자 현재 관광 명소이다. 노스앤드는 「찰스 덱스터 워드의 사례」(1928)에서 시체 도굴의 의혹이 일어나는 곳으로 묘사된다.

72) 코튼 매더(Cotton Mather, 1663~1728): 미국의 회중파(會衆派) 교회 목사로서 방대한 양의 저술을 남겼다. 뉴잉글랜드의 청교도 사회를 지배한 가문의 후손으로, 신권정치에 힘을 쏟았다.

73) 『보이지 않는 세계의 경이Wonders of the Invisible World』(1693)는 세일럼 마녀 재판에 관한 저작이며, 『매그놀리아Magnalia』(1702)는 『미국에서의 그리스도의 위업 Magnalia Christ Americana』를 말하는 것으로 초기 뉴잉글랜드의 교회 역사를 담고 있다. 둘 다 코튼 매더의 저작이다.

74) 맞배지붕: 박공 지붕이라고도 하는 17세기 후반에서 18세기초 뉴잉글랜드의 건축 양식, V자를 거꾸로 한 형태로 양쪽 지붕의 각도가 완만하게 경사를 이룬다.

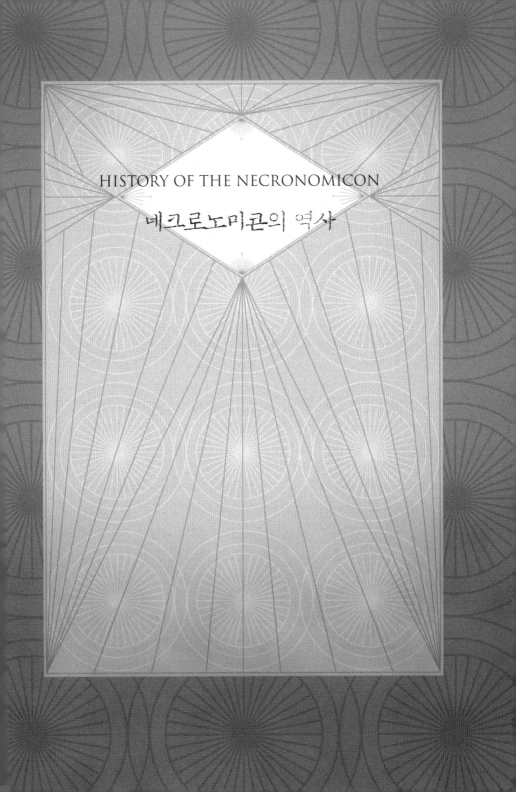

HISTORY OF THE NECRONOMICON

네크로노미콘의 역사

작품 노트 | 네크로노미콘의 역사 History of the Necronomicon

1927년에 쓰여져, 1938년에 책자 형태로 출간되었다. 러브크래프트가 어디서 네크로노미콘을 착안했는지는 정확하지 않다. 물론, 유년 시절부터 18세기 고전과 『그리스 로마 신화』, 『아라비안 나이트』에서 과학 에세이까지 광범위한 독서를 즐기고 지적 탐구욕이 왕성했던 점을 고려하면 작가의 관심 분야와 독서에서 그 원천을 찾을 수 있을 것이다. 여기에는 호손(특히 일기 형식의 「노트북Notebook」)과 포의 자취도 포함된다. 러브크래프트가 처음으로 네크로노미콘을 언급한 작품은 「사냥개The Hound」(1922)인 반면, 이 책의 저자 압둘 알하즈레드(Abdul Al Hazred)는 「이름 없는 도시The Nameless City」(1921)에서 언급됐다. 이후 러브크래프트의 작품에 단편적이기는 하지만 자주 등장하고, 《위어드 테일즈》의 동료 작가들에게 지속적으로 차용됨으로써 『네크로노미콘』은 또 하나의 전설이자 상상력의 근원으로 자리 잡는다. 크툴루 신화와 마찬가지로 러브크래프트는 네크로노미콘이 가져올 엄청난 파급력을 예상치 못했다. 그래서 그 출발은 거창하지 않았다. 자신의 작품에서 자주 등장하는 네크로노미콘의 전거 내지 기준을 마련해둘 필요성 때문에 러브크래프트는 1927년 「네크로노미콘의 역사」라는 원고지 10장 안팎의 소품에 가까운 글을 집필한다. 이론과 창작을 결합하고, 네크로노미콘으로 대변되는 금서 전략의 효과와 완성도를 원하는 작가의 입장에서 당면한 필요였다. 파급력에 비해서는 불충분해 보이는 이 글을 둘러싸고 오히려 『네크로노미콘』의 진위 여부의 논쟁이 계속되었다. 러브크래프트가 허구의 책임을 밝혔음에도 『네크로노미콘』이라는 표제를 단 위작들이 심심찮게 출간될 정도로 이 금서의 영향력은 지금도 대단하다.

원저의 제목은 『알 아지프』[75)]이다. '아지프'는 악마의 울부짖음을 암시하는 한밤의 소리(곤충들이 내는)라는 뜻의 아라비아어다.

이 책은 서기 700년 경, 옴미아드 칼리프의 통치 시기 예멘의 사나에서 전성기를 누렸다는 미친 시인 압둘 알하즈레드가 집필한 것이다. 바빌론의 폐허와 멤피스의 비밀 동굴을 방문했다는 그는 아라비아 남부의 대 사막 — '룹알할리' 혹은 고대의 '텅 빈 공간'[76)]이라는 사막을 비롯해 악령의 수호자와 죽음의 괴물들이 살았다고 해서 현대의 아랍인들이 '다나' 혹은 '진홍의 사막'[77)]이라고 부르는 곳 — 에서 10년간을 홀로 보냈다. 이 사막을 지나갔다고 주장하는 사람들은 거기서 숱하게 벌어진 기이하고 믿을 수 없는 기적들에 대해 말하고 있다. 알하즈레드는 《네크로노미콘(알 아지프)》을 집필한 다마스쿠스에서 말년을 보냈는데, 그의 죽음 혹은 실종(서기738년)을 둘러싼 섬뜩하고 모순된 소문들이 돌고 있다. 이븐 칼리칸[78)](12세기의 전기 작가)에 따르면, 알하즈레드는 백주대낮에 겁에 질린 군중들이 보는 가운데 눈에 보이지 않는 괴물에 의해 끔찍하게 잡아먹혔다고 한다. 그의 광기에 대해서 전해지는 일화도 많다. 그가 전설적인 기둥의 도시 아이렘[79]을 보았고, 이름 없는 폐허의 도시 지하에서 인류보다 더 오래된 충격적인 사료(史料)와 고대 종족의 비밀을 찾아냈다는 등의 이야기다. 또한 그는 '요그-소토스[80]'와 '크툴루'라고 칭하는 미지의 존재들을 숭배하는, 냉담한 성격의 이슬람교도였다.

950년, 당대 철학자들 사이에서 비밀리에 유포되면서 상당한 영향력을 얻은 『알 아지프』는 콘스탄티노플의 테오도루스 필레타스에 의해 은밀히 번역되어 그리스에 전해졌다. 이 책으로 인해 백 년 동안 상당수의 실험자들이 모종의 끔찍한 시도를 하게 되자, 미카엘 대주교는 이 책을 금서로 정하고 불태웠다. 그 사건 이후 『네크로노미콘』은 은밀한 소문으로만 나돌다가, 1228년 중세 시대에 올라우스 워미우스[81]가 라틴어 번역본을 만들었다. 이 라틴어 판본은 두 번에 걸쳐 — 한 번은 15세기에 장식문자[82]로(장소는 독일로 추정), 또 한 번은 17세기에 스페인 판(추정)으로 — 인쇄되었다. 두 개의 판본이 서로 동일하다는 표식은 없으며, 내부의 인쇄 상태로서 시간과 장소를 추정할 뿐이다. 라틴어 번역본이 출간되어 주목을 끈 직후에 교황 그레고리우스 9세는 라틴어 판과 그리스어 판을 둘 다 금서로 지정한다. 아라비아어 원본은 워미우스가 서문에서 밝혔듯이, 그가 생존한 당시에 이미 소실되었다. 1500년과 1550년 사이에 이탈리아에서 출간된 그리스어 판본은 1692년에 세일럼의 한 도서관이 불탄 후로는 행방이 묘연하다고 알려져 있다. 존 디 박사가 번역한 영문 번역본은 한 번도 출간된 적이 없으며, 번역 원본에서 나온 낱장으로만 존재한다. 현존하는 라틴어 판본(15세기 인쇄본) 중에서 한 권은 영국 박물관에 봉인된 상태로 보관되어 있고, 다른 판본(17세기 인쇄본)은 파리 국립도서관에 있다고 알려져 있다. 17세기 판본은 하버드 대학교의 와이드너 도서관과 아컴의 미스캐토닉 대학 도서관이 소장하고 있다. 부에노스아이레스의 대학도서관에도 있다는 말이 있다. 수많은 복사본도 비밀리에 존재하는 가운데, 15세기 판본 한 권은 유명한 미국인 백만장자의 개인 장서에 포함되어 있다는 소문 이 끊이지 않는다. 한편, 세일럼의 픽맨 가문이 16세기 그리스어 판본 을 소장하고 있다는 더욱 모호한 소문도 있기는 하다. 그러나 그것이 사실이라고 해도, 1926년 초에 실종된 화가 R. U. 픽맨과 함께 그 책도 증발했을 것이다. 이 책은 대부분의 국가와 교회조직에 의해 엄중하게 금서화되어 있다. 이 책을 읽는 것은 끔찍한 결과로 이어진다. 일반인 에게는 거의 알려지지 않은 사실이지만, 로버트 체임버스[83]가 이 책을 읽고 『킹 인 옐로』라는 본인의 초기 소설을 구상했다는 소문도 있다.

연대기

서기 730년, 다마스쿠스에서 압둘 알하즈레드가 『알 아지프』 집필.

서기 950년, 테오도루스 필레타스가 그리스어 『네크로노미콘』으로 표제를 바꿈.

서기 1050년, 미카엘 대주교에 의해 그리스 번역본이 전화됨. 현재 아 라비아 원본은 소실.

서기 1228년, 올라우스가 라틴어 판으로 번역.

서기 1232년, 교황 그레고리우스 9세에 의해 라틴어 판과 그리스어 판 금서로 지정.

15세기, 라틴어 장식문자체로 독일판 출간.

16세기, 그리스어 판이 이탈리아에서 출간.

17세기, 라틴어 판이 스페인에서 재출간.

75) 알 아지프(Al Azif): 이 말은 윌리엄 벡포드(William Beckford)의 소설『바텍Vathek』에 대한 헨리(Henley)의 주석에 나온다. 이것을 러브크래프트가 차용했다고 편지에서 밝히고 있다.

76) '룹알할리(Rub' al-Khali)' 혹은 '텅 빈 공간'은 아라비아 반도의 남부에 위치한 거대한 사막이다. 연속적인 사막으로서는 세계 최대 규모로, 사우디아라비아의 1/4이 넘는 지역을 차지한다.

77) 다나(ad-Dahna)는 사우디아라비아 중부의 사막으로 활모양의 불그스름한 색이라고 해서 '진홍의 사막'으로도 불린다. 룹알할리의 경계까지 뻗어있다.

78) 이라크의 북부 이르빌(Irbil) 출생의 실존 인물.

79) 아이렘(Irem): 러브크래프트가 창조한 가상의 공간이며 '기둥의 도시'로도 불린다. 아이렘이 처음으로 언급된 소설은「이름 없는 도시」(1921)이며, 아이렘의 폐허에서『네크로노미콘』의 저자 압둘 알하즈레드의 램프가 발견되기도 한다.「실버 키의 관문을 지나Through the Gates of the Silver Key」(1932)의 묘사에 따르면, 무시무시한 천재 샤다드(Shaddad)가 건설하여 아라비아의 사막에 숨겨 놓은 이후로 그 경계선을 넘은 사람은 없으며, 수천 개의 기둥과 무수한 광탑, 웅장한 건물이 들어서 있다.

80) 요그-소토스는「더니치 호러」, 크툴루는「크툴루의 부름」주석 참고.

81) 실존인물이지만 네크로노미콘을 번역했다는 부분은 허구이다. 러브크래프트는 실존인물과 허구를 결합하는 과정에서 워미우스의 생물 시기를 착각했는데, 이것은 나중에 네크로노미콘이 실제냐 가상의 책이냐 하는 논란에서 자주 언급된다.

82) 장식문자(혹은 흑자체黑子體, Black Letter): 'Gothic script', 'Old English script'라고도 하는 알파벳 서체. 로마체와 함께 중세 인쇄술의 2대 서체였다가, 나중에 로마체로 대치되었다. 예외적으로 독일에서 아돌프 히틀러가 이 서체의 사용을 권장했으며, 20세기 들어서는 크리스마스카드와 전례용 글씨 등에만 자취가 남아 있다.

83) 로버트 체임버스(Robert William Chambers, 1865~1933)의『킹 인 옐로King In Yellow』는 한때 센세이션을 불러올 만큼 독특하고 매력적인 작품집이다. 여기에 등장하는 '옐로 사인Yellow Sign'은 러브크래프트의 작품에 차용되는 등 러브크래프트 작품과 깊은 관련을 맺는 작가이자 작품이다. 체임버스와 작품이 언급됐다는 이유로 네크로노미콘이 러브크래프트의 창조물이 아니라 체임버스의 것이라고 생각하는 견해가 있다. 하지만 러브크래프트가『킹 인 옐로』를 처음으로 읽은 것이 1927년이고, 네크로노미콘이 최초로 언급된「사냥개」는 1922년에 발표됐다.

THE DUNWICH HORROR

더니치 호러

작품 노트 | 더니치 호러 The Dunwich Horror

1928년 쓰여져 1929년 《위어드 테일즈》에 실렸다. 이 작품은 아마 「크툴루의 부름 The Call of Cthulhu」 다음으로 많이 알려진 소설일 것이다. 주인공 윌버 웨이틀리가 손에 넣으려다가 결국 죽음을 맞게 되는 『네크로노미콘』은 러브크래프트의 창조물 중에서도 특히 유명한 허구의 책이다. 작품마다 단편적으로만 언급됐던 『네크로노미콘』의 내용이 가장 많이 나온다는 사실만으로도 이 작품은 독자의 관심을 끈다.

윌버가 인간의 어머니와 '요그-소토스'라는 외계의 신을 아버지로 태어났다는 설정은 아서 매컨의 『위대한 목신The Great God Pan』과 유사하다. 러브크래프트는 이 작품을 쓰게 된 직접적인 동기를 월브러햄(Wibraham)이라는 곳을 여행한 것이 계기였다고 밝히고 있다.

러브크래프트 자신은 영화와 미디어에 부정적이었지만, 1949년 처음으로 CBS 라디오 드라마로 만들어진 작품이며, 1970년 원작과 같은 「더니치 호러」란 이름으로 영화화됐다.

고르곤,[84] 히드라, 키마이라[85]를 비롯해 켈라이논[86]과 하르피아이[87]의 섬뜩한 이야기들은 미신을 믿는 사람들에 의해 끊임없이 재생산되었으나, 그것들은 예전부터 원래의 자리에 있어 왔다. 우리에게 전사(轉寫)된 그것들은 핵심적인 원형으로 영원히 존재한다. 그렇지 않다면, 우리가 현실 속에서 허구라고 여기는 그런 이야기에 영향을 받고 있음을 어찌 설명하겠는가? 그런 대상들이 우리에게 물리적인 해를 끼칠 수 있다고 믿기에 자연스럽게 공포를 느끼는 것이 아닐까? 아니, 전혀 그렇지 않다! 그런 공포의 기원은 훨씬 더 오래된 것이다. 형태를 초월해, 혹은 아무런 형태도 없이 언제나 존재해 온……. 여기서 다루는 공포들은 순전히 정신적이기에 ─ 지상에 없는 것이어서 더욱 강렬하고, 우리의 천진한 유년기에서 더욱 두드러지는 ─ 어려운 문제다. 이 문제를 해결함으로써 천지창조 이전의 상태를 통찰하고, 앞서 존재한 무의식의 경지를 일견할 수 있을 터이다.

─ 찰스 램,《악녀와 또 다른 밤의 공포》중에서

북쪽으로 매사추세츠의 중심부를 향해 여행을 할 때면 딘스 코너스를 지나자마자 에일즈버리[88] 교차로에서 자칫 길을 잘못 들어, 적막하고 기이한 마을에 빠져들지 모른다. 점점 가팔라지는 길을 따라 오르다 보면, 먼지 흩날리는 굽이길 가까이 들장미 무성한 돌벽들이 늘어서 있다. 자주 눈에 띄는 울창한 숲가의 나무들은 언뜻 보기에도 굉장한 거목이고, 뒤엉켜 있는 온갖 잡초와 가시나무 덤불과 무성한 수풀은 사람 사는 마을에서는 좀처럼 볼 수 없는 광경이다. 한편 농경지라고 할 만한 땅은 거의 눈에 띄지 않아 황폐한 불모지처럼 보인다. 게다가 드문드문 흩어져 있는 농가들은 하나같이 낡고 지저분하며 금방이라도 허물어질 듯하다. 무너진 집 앞 돌계단이나 오르막길, 혹은 바위투성이의 목초지에서 이따금씩 힐끔거리는 사람이 나타나지만, 그 옹이진 얼굴과 쓸쓸한 모습에 왠지 길을 묻기도 망설여진다. 그들의 행동거지가 뭔가 엄청난 금기를 지니고 있는 것처럼 너무도 조용하고 은밀해 보여서 말을 나누지 않는 편이 낫겠다 싶은 생각이 절로 드는 것이다. 오르막길을 내처 다 오르면 울창한 숲 너머 산들이 웅크리고 있는데, 그 광경을 지켜보다가 마음이 기이할 정도로 불편해짐을 느끼게 된다. 산봉우리가 이상할 정도로 둥그스름하게 균형이 잡혀 있어서 오히려 인위적인 느낌이 들뿐 자연을 대하는 편안함을 느낄 수 없다. 게다가 산 정상에 원을 그리듯 세워져 있는 커다란 돌기둥이 시야를 막아설 때 느끼는 기이함이란 말로 표현하기 힘들 정도다.

깎아지른 듯한 협곡이 길을 막아서고 그 위로 둔탁한 목재 다리가 놓여 있지만, 건너도 좋을지 의심스러울 정도로 불안해 보인다. 다리 너머 길이 다시 시작되는데, 여러 갈래로 뻗어있는 소택지들은 어딘지 사람의 본능을 자극해 껄끄러운 분위기를 자아낸다. 게다가 땅거미가 질 때 들려오는 쏙독새와 황소개구리의 오싹한 울음소리와 그 기이한 리듬에 맞춰 춤을 추는 반딧불이의 모습을 지켜본다면 누구라도 소름이 끼칠 것이다. 미스캐토닉으로 향하는 가느다란 능선은 빛을 받아 뱀의 형상처럼 굽이쳐 그 사이의 둥그스름한 산자락까지 이어진다.

산이 가까워질수록, 석상이 늘어서 있는 정상뿐 아니라 산비탈에 빽빽하게 들어찬 수풀도 시선을 잡아끌 것이다. 비탈이 너무도 으슥한 데다 절벽처럼 버티고 있어서 멀리 돌아가고 싶지만, 다른 길은 보이지 않는다. 이윽고 나무가 터널처럼 뒤덮인 다리 하나가 나타나는가 싶더니, 그 너머 개천과 라운드 마운틴의 깎아지를 듯한 비탈에 에워싸인 작은 마을이 모습을 드러낸다. 집집마다 맞배지붕이 썩어가는 모습에서 인근 지역보다 훨씬 오래 전에 지어진 마을임을 짐작케 한다. 대부분의 집들이 버려진 채 그대로 폐허가 되고 있으며, 첨탑이 부서진 교회 하나만이 은둔지의 초라하지만 유일한 상점 역할을 하는 모양이었다. 이상은 더 가까이서 살피지 않아도 능히 알만한 사실이었다. 터널처럼 음침한 다리를 건너기가 영 꺼림칙하지만, 발길을 돌리지 않는 한 달리 방법이 없다. 일단 다리를 건너고 나면 마을의 거리에서 스멀거리는 악취를 피하기란 불가능한데, 수백 년 동안 진행된 부패와 곰팡이 냄새처럼 느껴진다. 그래서 그곳을 빠져나가 언덕 밑으로 감기는 비좁은 길을 따라갈 때 짙은 안도감까지 맛보고, 이후 평지가 펼쳐지다가 드디어 에일즈버리 도로와 만난다. 그렇게 사람들은 자신이 더니치[89]라는 마을을 지나왔다고 나중에야 깨닫게 된다.

외지인들이 더니치를 찾는 경우는 극히 드물었다. 더욱이 무시무시한 공포가 그 마을을 휩쓸고 간 이후엔 그곳으로 향하는 표지판도 죄다 없어져 버렸다. 경치만큼은 통상의 미학 개념을 다 적용해도 표현이 부족할 정도로 아름답기 그지없지만, 그곳을 찾는 예술가나 여름 관광객은 없다. 마녀나 악마 숭배, 숲의 유령 따위가 우스갯소리가 아니던 200년 전, 마을을 찾는 발길이 뚝 끊기게 한 장본인은 다름 아닌 주민들이었다. 미신을 믿지 않는 오늘날에도—더니치에서 어느 누구보다 단란하고 행복한 삶을 영위했던 사람들이 1928년의 더니치 공포 이후 침묵에 빠져들면서—사람들은 정확한 내막도 모른 채 그저 더니치를 피해 왔다. 한 가지 이유가 있다면—전혀 사정을 모르는 외지인에게는 이 역시 뜬금없는 소리에 불과하겠지만—현재 더니치 주민들의 외모에 혐오스러운 변화가 생겼으며, 그 정도가 뉴잉글랜드의 숱한 벽지에서 진행되는 일반적인 퇴행보다 더 심각하다는 점이다. 그들은 마을 내부에서 동족 번식을 통해 종족을 보존하게 되었으며, 정신적 육체적인 면에서 뚜렷한 퇴행과 근친의 흔적을 나타내고 있다. 평균 지능이 놀라울 정도로 낮고, 노골적인 악의와 잠재된 살의, 근친상간뿐 아니라 말로 표현하기 힘든 폭력과 괴벽의 징후가 마을 내력에 그대로 묻어 있다. 특히 1692년 세일럼에서 이주해 온 대표적인 명문가 두 세 곳은 마을의 일반적인 수준보다 퇴행의 정도가 심했다. 물론 그 집안의 구성원들도 이미 병적인 주민들 사이에 섞인 지 오래된 터라, 그들이 수치스러워하는 가문의 흔적은 이름에만 남아 있을 뿐 겉으로는 구별하기 어려워졌다. 웨이틀리 가문과 비숍 가문 중 일부는 여전히 하버드와 미스캐토닉 대학에 장손들을 진학시키지만, 마을을 떠난 이후 선조가 태어난 마을의 썩은 맞배지붕 밑으로 돌아오는 자식들은 없었다.

최근의 공포에 직접 관련된 사람들을 포함해, 누구도 더니치의 문제를 입밖에 내는 사람 역시 없었다. 다만 오래 전부터 구전되는 이야기에 따르면, 마을에서 인디언의 불경스러운 의식과 비밀 집회를 열고, 거대한 둥근 언덕에서 비밀의 형체를 불러들여 땅이 무너져라 와자지껄 먹고 마시며 난잡한 주신제를 지냈다는 것이다. 1747년, 에이비자 호들리 목사가 더니치의 조합 교회에 새로 부임해서 사탄과 그 추종자 무리가 곧 도래한다며 인상적인 설교를 했는데, 그 내용은 이렇다.

"불경한 지옥의 사탄들이 나타남은 이제 부정할 수 없는 사실입니다. 믿을만한 증인들의 말이 아니라도, 지금 땅 속에서는 아자젤과 버즈렐, 바알세불과 벨리알[90]의 저주가 들려옵니다. 여기 있는 목사 역시 2주전에 집 뒤쪽의 언덕에서 악마의 말을 똑똑히 전해 들었습니다. 천지가 흔들리고 요동치는 굉음과 함께 신음 소리, 비명 소리, 욕설 등등 이 세상의 것이 아닌 소음들이 들려왔으니, 그것은 분명 흑마술만이 찾아내고 사탄만이 열어놓을 수 있는 동굴에서 흘러나왔음이 틀림없습니다."

호들리 목사는 설교 직후에 종적을 감추었지만, 설교문은《스프링필드》지에 실려 지금까지 남아 있다. 그 이후에도 언덕에서 소리가 들린다는 말들이 해마다 나도는 바람에 지질학자와 심리학자들을 곤혹스럽게 하고 있다.

또 다른 구전에 따르면, 언덕 마루에 둥그렇게 세워져 있는 석상 주변에서 끔찍한 악취가 나고, 골짜기 사이 특정 지점에서 일정한 시간 동안 격렬하게 움직이는 공기의 움직임이 있다는 것이다. 뿐만 아니라 나무와 수풀 하나 자라지 못하는 황량한 언덕 중턱에 있다는 '악마의 무도장'에 대해 설명하는 구전도 있다. 또 어떤 이야기는, 마을 주민들이 포근한 밤마다 숱한 쏙독새 무리가 시끄럽게 울어대는 통에 극도의 두려움에 사로잡히곤 했다는 일설을 전하기도 한다. 쏙독새 무리는 죽은 자의 영혼을 기다리는 전조로서, 죽음을 앞둔 사람의 마지막 숨결과 장단을 맞추듯 더욱 기이하게 울어댔다는 것이다. 육체를 떠난 영혼을 제때에 붙잡을 경우 새들은 곧바로 악마처럼 괴이하게 울어대며 날아가 버리지만, 그렇지 못하면 조금씩 울음소리가 잦아들어 체념 섞인 침묵에 빠졌다고 한다.

물론 아주 오래 전부터 구전되는 이런 이야기들은 터무니없으며 일고의 가치도 없는 것들이다. 솔직히 더니치 자체가 터무니없을 정도로 오래된 마을이긴 한데, 아마 반경 50킬로미터 내에서 이보다 오래된 마을은 찾아볼 수 없을 것이다. 마을 남쪽에 1700년 이전에 지어졌다는 비숍 가의 저택 중에서 지하실 벽과 굴뚝의 흔적이 아직 남아 있다. 1806년에 지어져 지금은 폐허로 남아 있는 폭포 근방의 방앗간이 그나마 가장 현대적인 건축 양식의 흔적을 보여줄 뿐이다. 마을에서 산업이 흥한 적은 없으며, 19세기 산업 혁명의 기세도 이곳에서는 오래가지 못했다. 제대로 남아 있는 가장 오래된 유물이 있다면 아무렇게나 깎아 언덕에 세워놓은 돌기둥일지 모르지만, 그 역시 마을의 정착민이 아니라 인디언이 만든 것이다. 센티널 언덕에 원형으로 둘러선 돌기둥 내부와 탁자만한 암석 주변에서 해골이 보관돼 있어서 그곳이 한때 포쿰턱스 인디언 부족의 묘지라는 설이 널리 퍼졌지만, 인종학자들은 터무니없는 억측이라면서 그것은 코카서스[91]인의 유해라고 추정하고 있다.

II

1913년 2월 2일 일요일 오전 5시, 윌버 웨이틀리가 태어난 곳은 더니치의 한 언덕 중턱에 자리잡은 커다란 농가였다. 그 언덕은 마을에서 6.5킬로미터, 인근 거주지에서 2.5킬로미터 가량 떨어진 곳에 있었다. 그날은 마침 더니치 사람들이 다르게 지칭하는 캔들마스[92]인데다가 그 전날 밤 언덕에서 들려오는 시끄러운 소리에 마을의 개들이 한꺼번에 짖어대는 바람에 사람들의 기억에 생생한 편이다. 썩 중요한 사실은 아니지만, 아이의 어머니는 몰락한 웨이틀리 집안의 사람으로 백피증[93]에 걸린 추한 외모에다 나이는 서른다섯, 반미치광이의 늙은 아버지와 함께 살고 있었다. 그녀의 아버지는 젊은 시절 마을에 떠돌았던 가장 무시무시한 마술과 관련되었던 것으로 알려져 있다. 아이 아버지가 누구인지 정확히 알려지지는 않았지만, 라비니아 웨이틀리는 마을의 관습에 따라 아이의 존재를 애써 부인하지는 않았다. 물론 마을 사람들이 아무렇게나 추측을 할지 모른다는 — 실제로도 그랬다 — 걱정이 없는 것은 아니었다. 어쨌든, 그녀는 백피증에 걸린 병적인 자신의 외모와는 달리 피부색이 까무잡잡하고 염소처럼 생긴 아이에 대해 유난히 자랑이 대단했으며, 아이의 비범한 능력과 미래의 엄청난 성공에 대해 기묘한 예언을 들었노라 주변에 알렸다.

얼마 안 있어 라비니아 자신이 그런 예언을 중얼거리고 다니면서 폭풍우 몰아치는 언덕을 홀로 배회하기도 하고, 200년 동안 웨이틀리 가문에 대대로 전수됐다는 아버지의 곰팡내 나는 책들을 읽으려고 애썼다. 책들은 오래되고 벌레까지 먹어 다 해진 상태였다. 그녀는 학교는 문턱에도 가본 일이 없지만, 웨이틀리 가문에 전해지는 오랜 민담과 구전들을 단편적이나마 많이 알고 있었다. 마을 사람들은 그녀의 아버지가 흑마술로 악명이 높았다는 이유 때문에 그 언덕의 외딴 농가를 기피했으며, 라비니아가 열두 살 때 어머니가 의문의 죽음을 맞은 것도 세인의 관심에서 멀어진 요인이었다. 기묘한 힘에 둘러싸여 외롭게 자란 라비니아는 거칠고 과장된 몽상을 즐겼으며, 집안일에 딱히 신경을 쓰지도 않았으므로, 그녀의 농가에서 여느 가정의 질서와 정갈함이 사라진지도 오래였다.

월버가 태어난 날 밤, 일상적인 언덕의 소음과는 또 다른 끔찍한 비명 소리 때문에 온 마을의 개들이 짖었다지만 새 생명의 탄생을 위해 달려온 의사나 이웃 아낙이 있었다는 말은 어디에도 없다. 일주일 후, 웨이틀리 영감이 눈 속을 헤치며 마을로 썰매를 몰고와 오스번 가게에서 횡설수설 소식을 전했을 때에야 사람들도 월버의 탄생을 알았을 정도였다. 당시 노인에게 묘한 변화가 엿보였는데 ― 그때까지 공포의 대상이었던 그가 이제는 무엇인가를 두려워하고 있는 듯한 느낌이랄까 ― 집안에 무슨 일이 벌어져도 동요를 느낄 만한 위인이 아니었으므로 당시의 모습이 더욱 이상하게 보였다. 무엇보다 나중에 자신의 딸 라비니아에게서도 드러나게 될 자부심 같은 것이 엿보였다. 당시에 노인이 아이의 아버지에 대해 한말은 그후로도 오랫동안 사람들의 뇌리에 남았다.

"나는 사람들이 뭐라던 신경 안 써. 라비니아의 아들이 아버지를 닮았겠지 누굴 닮았겠나. 이 주변 사람이라고 생각할 필요도 없어. 라비니아는 대단한 걸 읽었고, 사람들이 입으로만 떠들어대는 걸 직접 봤거든. 내가 장담하건대, 그 아이의 아비 되는 사람은 에일즈버리에서도 가장 훌륭한 남편감일걸. 사람들이 언덕에 대해 제대로만 안다면, 결혼이니 뭐니 할 때 교회를 찾아가지는 않을 거야. 내가 중요한 말을 하나 해 주지. 모두들 얼마 안 있어 우리 손자가 센티널 언덕에서 아버지의 이름을 찾는 소리를 듣게 될 거라고!"

생후 한 달 동안 윌버를 직접 본 사람은 웨이틀리 가문 중에서 아직 퇴행을 겪지 않은 제커라이어 웨이틀리와 얼 소여의 형식상 아내인 메이미 비숍이었다. 메이미의 방문은 다분히 호기심에 이끌린 것이었고, 이후에 그녀의 입에서 전해진 말은 사람들의 관심을 끌기에 충분했다. 반면에 제커라이어는 예전에 자신의 아들에게 웨이틀리 노인이 선물을 준 보답으로 암소 두 마리를 끌고 웨이틀리의 농가를 찾았다. 제커라이어의 방문을 계기로 단출한 웨이틀리 식구는 1928년까지 계속해서 소를 사들였고, 이는 더니치의 공포가 시작됐다가 끝난 시기와 일치한다. 아무튼, 당시 웨이틀리 농가의 허름한 축사는 곧바로 가축으로 들어찼다. 그래서 사람들은 한동안 낡은 농가 위편의 가파른 비탈을 흘깃거리며 가축을 세어보곤 했다. 그때마다 열 마리 혹은 열두 마리 정도의 핏기 없는 가축들이 비실대고 있었다. 마름병 같은 질병에 걸린 것 같았다. 해로운 목초지나 독성 균류 아니면 불결한 축사가 웨이틀리의 가축에 치명적인 영향을 미치는 듯했다. 게다가 날카로운 물체에 잘린 듯한 묘한 상처와 벗겨진 피부 역시 말 못하는 짐승들에게 고통을 주는 것 같았다. 그런데 처음 몇 달 동안 몇몇 사람들은 텁수룩한 웨이틀리 노인이나 백피증에 걸리고 꼬질꼬질한 곱슬머리를 한 라비니아의 목에서도 가축과 똑같은 상처를 보았다고 전했다.

윌버가 태어나고 봄이 찾아왔을 무렵, 라비니아가 예전처럼 다시 언덕을 어슬렁대기 시작했는데, 이번에는 앙상한 팔로 까무잡잡한 사내 아이를 안고 있는 모습이었다. 대부분의 마을 사람들이 그 아이를 한 번씩 본 이후부터 웨이틀리 집안에 한동안 쏠렸던 관심도 사그라졌고, 신생아가 하루가 다르게 놀라울 정도로 성장하는 현상에 대해서도 애써 왈가왈부하고 싶지 않아 했다. 윌버는 그야말로 무서운 기세로 성장했는데, 3개월도 안 된 갓난아이가 돌 지난 아이에게도 드문 체격과 근력을 보였다. 게다가 돌도 안 된 아이라고 하기엔 믿어지지 않을 만큼 행동이나 옹알이에서 자제력과 의도가 읽히는 것이었다. 그래서 일곱 달 된 윌버가 혼자 아장아장 걸음마를 시작하고, 한 달 뒤에는 제대로 걸어 다녔을 때에도 사람들은 그리 놀라지 않았다.

고대 봉분 한가운데 탁자 모양의 돌이 놓여 있는 센티널 언덕에서 거대한 섬광이 번뜩인 것은 할로윈[94]이 지난 직후 어느 날 자정 무렵이었다. 그날 밤 섬광이 일기 한 시간 전에 윌버가 어머니를 앞세우고 성큼성큼 언덕을 올랐다는 사이러스 비숍—유전적 변이가 생기지 않은 비숍 가문의 한 사람—의 말이 나온 이후 온갖 소문이 나돌기 시작했다. 당시 어린 암소를 부리고 있었던 사이러스는 소는 아랑곳없이 희미한 손전등에 의지해 두 사람의 모습을 살피느라 여념이 없었다. 그들 모자는 소리 없이 덤불 속으로 들어갔으며, 사이러스는 그들이 실오라기 하나 걸치지 않은 것 같다는 느낌에 깜짝 놀라고 말았다. 그리고 뒤이어 술달린 허리띠와 양복바지 같은 것을 입고 나타난 사내가 윌버인지 구분이 안 됐다고 했다. 그날 이후, 윌버는 단추 하나까지 완전히 채운 정장 차림이 아니면 모습을 나타내지 않았고, 조금이라도 흐트러지거나 그럴 여지만 있어도 굉장한 분노와 경계심을 느끼는 듯 했다. 어쨌든 누추한 어머니와 할아버지와는 딴판으로 윌버는 1928년 공포의 가장 그럴듯한 원인이 밝혀질 때까지 특별한 인물로 통했다.

다음해 1월, 마을에 떠돌던 담담한 풍문에 의하면 '라비니아의 까무잡잡한 개구쟁이'가 생후 11개월 만에 말을 시작했다는 사실을 알 수 있다. 월버가 구사하는 말은 서너 살 가량의 어린아이 수준이었으나, 이 지방 억양과는 전혀 달랐다는 것이 무엇보다 독특했다. 과묵했던 월버가 일단 말을 하게 되면, 더니치와 그 주민에게는 완전히 생소한 표현들을 사용하곤 했다. 말의 내용이나 관용적인 표현 때문이 아니라, 딱히 꼬집어 말할 수는 없어도 억양과 발성 부분이 그런 느낌을 주는 것 같았다. 용모 또한 놀라울 정도로 성숙했으며, 어머니와 할아버지처럼 턱이 들어간 점을 제외하고는 오똑한 콧날과 라틴 민족이 연상되는 검은색의 커다란 눈이 잘 어우러져 성년의 분위기뿐 아니라 신비한 지성까지 자아냈다. 그러나 총명함에도 불구하고 외모 자체는 매우 볼썽사나운 편이었다. 염소 같은 짐승을 떠올리게 하는 두툼한 입술, 커다란 털구멍, 노르스름한 피부, 곱슬곱슬한 거친 머릿결, 축 늘어진 귀 때문이었다. 그래서 사람들은 언제부턴가 라비니아와 웨이틀리 노인보다 더 월버를 피하기 시작했고, 웨이틀리 노인의 과거 마술사 행적까지 곁들여져 월버가 한번은 언덕의 돌기둥 내부에서 커다란 책을 펼쳐들고 요그-소토스[95)]라는 끔찍한 말을 울부짖자 언덕 전체가 뒤흔들리더라는 말 따위가 나돌았다. 개들도 이 소년을 몹시 싫어해서 물어뜯을 기세로 짖는 바람에 월버는 항상 여러 가지 방어책을 준비하고 다녀야 했다.

III

한편, 웨이틀리 노인은 계속해서 소를 사들였지만 가축의 수는 좀처럼 늘지 않았다. 그는 손수 나무를 잘라 그동안 버려졌던 집을 손보기 시작했다. 뾰족 지붕[96]의 널찍한 웨이틀리 농가는 그 후면이 돌투성이의 언덕 비탈에 완전히 함몰된 상태였지만, 그나마 온전한 2층 방 세 개만으로도 두 부녀에겐 넉넉한 공간이었다. 어쨌든 집 안을 손보는 일이 여간 중노동이 아닌데도 웨이틀리 노인은 팔팔한 젊은이처럼 일사불란하게 움직였고, 이따금씩 미친 사람처럼 횡설수설하기는 해도 목수일만은 흠잡을 데 없었다. 노인이 목수 일을 시작한 것은 윌버가 태어난 직후였다. 언제부터인가 공구실의 연장들도 질서정연하게 자리를 잡았고, 공구실 건물은 튼튼한 새 자물쇠로 잠겼다.

이제 2층 방을 손볼 차례, 타고난 목수란 바로 웨이틀리 노인을 두고 하는 말이었다. 웨이틀리 노인의 정신 착란 증세가 나타난 부분이라고는 새로 손본 방의 창문마다 널빤지로 꽉 막아놨다는 정도인데, 사람들은 굳이 집을 뜯어고치는 일 자체가 미친 짓이라고들 수군거렸다. 그러나 아래층 방 하나를 손보는 것은 새로 태어난 손자를 위해서라는 납득할 만한 명분이 있었고, 몇몇 방문자들도 그 방을 구경하기는 했지만, 누구도 판자로 막아 놓은 2층 방에는 얼씬도 하지 못했다. 웨이틀리 노인은 2층 방에다 크고 단단한 책장을 줄줄이 들여 놓았고, 그동안 아래층 방마다 구석에 뒤죽박죽 쌓아 놓은 낡은 고서와 떨어져 나간 책들을 하나하나 긁어모아 아주 꼼꼼하게 2층 책장에 정리하기도 했다.

"책이 쓸모가 있더라고."

그는 찢어진 고대 인쇄본을 손볼 요량으로 부엌의 낡은 난로 위에 죽을 쑤면서 그렇게 말하곤 했다.

"허나, 손자 녀석에겐 더 필요할 거야. 능력이 되는대로 책을 읽어서 학식을 쌓을 테니까."

윌버가 1년 7개월이 됐을 무렵 — 1914년 9월 — 엔 그의 체격과 재주가 거의 소름이 끼칠 정도에 달해 있었다. 네 살 먹은 아이와 맞먹는 체격에다, 하는 말마다 청산유수였다. 혼자서 신나게 들판과 언덕을 뛰어다니는가 하면, 어머니의 산책 시간이 되면 함께 거니는 모습이 자주 눈에 띄었다. 집에서는 할아버지의 책에 있는 기묘한 그림과 도표를 자세히 들여다보았고, 웨이틀리 노인은 쥐죽은 듯 고요한 긴긴 오후를 손자에게 교리문답을 가르치는데 할애했다.

집을 다 고쳤을 때, 사람들은 2층 방 창문 중 하나를 아예 단단한 문짝으로 교체한 이유를 궁금해 했다. 그 창문은 동쪽 박공의 끄트머리에 가까웠고, 언덕과 바로 닿아 있었다. 게다가 지상에서 그 창문 바로 밑까지 널빤지를 올렸다 내렸다 할 수 있게 만든 이유 역시 보는 이에겐 의문이 아닐 수 없었다. 그리고 일이 다 끝난 것과 동시에 윌버가 태어난 이후 줄곧 창문을 막고 단단히 자물쇠까지 채워 두었던 공구실이 다시 예전처럼 버려졌다. 공구실 문이 아무렇게나 열렸다 닫혔다 했는데, 어느 날인가 얼 소여가 소를 팔기 위해 웨이틀리 농가에 들렀다가 우연히 그 공구실 안에 들어가 본 일이 있다. 그는 곧바로 코끝에 달려드는 악취에 치를 떨었다. 그가 나중에 사람들에게 단언한 말에 따르면, 인디언 구역이었던 언덕 말고는 그런 악취를 처음 맡았고, 도저히 이 세상이나 정상적인 것에서 풍기는 냄새가 아니었다. 그러나 당시만 해도 더니치에서 집이나 창고 어디서든 좋은 냄새가 나는 곳은 없었다.

다음 몇 달간은 특별한 사건이 없이 흘러갔다. 다만 언덕에서 들리는 기묘한 소음이 조금씩 일정하게 커졌다는 사실만큼은 주민들 모두 인정하는 바였다. 1915년 오월제[97]에 에일즈버리 주민까지 느낄만한 엄청난 진동이 있었고, 그해 할로윈에는 센티널 언덕의 섬광과 함께 지하에서 기괴한 소리마저 들려 왔다. 사람들은 악마 웨이틀리 집안에서 또

수작을 부린다고 생각했다.

윌버는 여전히 엄청난 속도로 성장을 계속해서, 네 살 무렵에는 보통 아이 열 살에 가까운 체격이 되었다. 책을 혼자서 걸신들린 듯 탐독했고, 형식적인 말 외에는 거의 입을 열지 않았다. 점점 얼굴에 침묵의 그림자가 짙게 드리워질 즈음, 사람들은 윌버의 염소 같은 얼굴에 악마의 모습이 떠돈다고 수군대기 시작했다. 이따금씩 뜻 모를 말들을 중얼거리기도 했는데, 생경한 리듬으로 노래를 부를 때면 듣는 사람마다 까닭 모를 공포에 사로잡히곤 했다. 그를 대하는 개들의 행동도 몹시 난폭해져서 윌버는 마을을 지날 때 권총을 소지해야 할 정도였다. 실제로 권총을 사용한 적도 있는 터라, 개를 키우는 사람들은 당연히 윌버에게 곱지 않은 시선을 보냈다.

극소수의 방문객들은 라비니아가 혼자 1층에 앉아 있는 동안 판자로 막아놓은 2층에서 종종 기묘한 울부짖음과 발소리가 들려온다고 말했다. 라비니아는 2층에서 할아버지와 손자가 무슨 일을 하는지 묵묵부답이었지만, 한번은 장난을 잘하는 생선 장수가 2층 계단으로 향하는 문을 열려고 하자 기겁을 하며 안색마저 창백해졌다고 한다. 생선 장수는 더니치의 한 상점에 모여든 사람들에게 2층에서 말발굽 소리를 들은 것 같다고 전했다. 그 말을 듣고 사람들은 웨이틀리 농가의 땅에서 2층까지 만들어놓은 발판을 떠올렸고, 그때쯤 언덕에서 소들이 눈 깜짝할 사이에 없어지곤 한다는 말들을 주고받았다. 게다가 웨이틀리 노인의 소싯적 이야기가 다시 입에 오르내렸고, 이교도 신에게 소를 제물로 바친다는 출처가 불분명한 끔찍한 말까지 오가게 되면서 사람들은 몸서리를 쳤다. 마침 하필이면 마을의 개들도 윌버뿐 아니라 웨이틀리 농가에 대해서도 예의 그 맹렬한 증오와 공포를 드러내고 있는 실정이었다.

1917년 미국이 독일에 대한 선전포고와 함께 참전을 결정했을 때, 스콰이어 소여 웨이틀리는 마을 징집 위원장을 맡아 더니치의 젊은이들에게 징집을 종용하느라 바쁜 나날을 보내야 했다. 당시 당국은 더니치 전반에 스며든 퇴행의 흔적에 당혹감을 느끼고 황급히 행정 요원과 의사들로 구성된 조사단을 파견하기에 이른다. 그때 이루어진 조사 활동은 뉴잉글랜드 신문에 보도됐으므로, 많은 사람들이 그 기사를 기억하고 있을 것이다. 조사가 진행되면서 더니치에 모여든 신문사 취재진들은 특히 웨이틀리 가문의 내력에 지대한 관심을 보였다. 그 같은 분위기를 반영하듯,《보스턴 글로브》와《아컴 애드버타이저》는 윌버의 빠른 성장과 웨이틀리 노인의 흑마술, 낡은 농가에 가득한 기서(奇書), 폐쇄된 2층 방, 농가 인근을 감도는 괴괴한 분위기와 언덕의 소음 따위를 일요판 특집 기사로 요란하게 보도했었다. 윌버는 당시 네 살하고 6개월이 지났지만 체격은 열다섯 살 청소년에 맞먹었다. 입술과 얼굴은 까무잡잡하고 거칠었으며, 갈라진 목소리를 내기 시작했다.

얼 소여는 일단의 취재진과 사진 기자를 이끌고 웨이틀리 농가를 찾았고, 그 무렵에 폐쇄된 2층에서 흘러나오는 악취에 대해서도 설명했다. 집을 다 고치고 난 직후에도 버려진 공구실 같은 냄새가 났고, 산꼭대기에 있는 돌기둥 주변에서도 그런 냄새를 맡았다고 그는 취재진에게 덧붙였다. 그러나 그와 관련된 기사가 나오자, 더니치 주민들은 사실과 다른 내용에 실소를 금하지 못했다. 게다가 기자들이 유독 웨이틀리 노인이 소를 사들이느라 처분했던 집안의 값비싼 유물과 금장신구 등에만 관심을 보였던 것도 주민들로서는 선뜻 이해가 되지 않았다. 웨이틀리 사람들은 몰려드는 취재진들에게 딱히 불쾌감을 드러내지는 않았지만, 어떤 질문에 대해서도 입을 열지 않았다.

IV

이후 10여 년 동안, 웨이틀리 농가는 병적이고 기괴한 생활을 해왔다. 오월제 전야와 만성절 기간에 요란한 주신제를 치르는 것도 여전해서 사람들이 오히려 익숙하게 생각할 정도였다. 일 년에 두 번, 센티널 언덕 마루에서 횃불이 타올랐다. 그때마다 산 전체가 뒤흔들렸고, 해가 갈수록 그 강도가 거세졌다. 한편, 웨이틀리 일가는 일 년 내내 외딴 농가에 틀어박혀 기묘하고 불온한 일들을 하고 있었다. 가족 모두 아래층에 있는 동안에도 위층에서 소음이 끊이질 않고, 암소나 수소가 눈 깜짝할 사이에 없어져서 왜 그렇게 자주 도살을 하는지 모르겠다는 의혹이 정기적으로 농가를 찾는 사람들의 입에서 전해지기도 했다. 누가 동물학대 방지 협회에 제보를 한 일도 있었다지만, 결과는 조금도 달라지지 않았다. 더니치 주민 누구도 마을에 외지인들의 관심이 쏠리는 것을 원치 않았기 때문이다.

1923년께 윌버가 열 살이 되어 지적 능력이나 목소리나 체격, 텁수룩한 얼굴에서 영락없는 성인의 모습이 드러났을 무렵, 낡은 농가는 또 한 차례 대대적인 보수 공사에 들어갔다. 이번에는 모든 작업이 폐쇄된 2층에 집중됐는데, 마을의 목수들은 할아버지와 손자가 다락방까지 허물어 뾰족 지붕과의 공간을 없애서 아예 2층을 하나의 커다란 공간으로 터버릴 작정인 것 같다고 추측을 내놓았다. 웨이틀리 노인과 윌버는 농가 한가운데 있던 커다란 굴뚝까지 없애버리고, 그 자리에 녹슨 난로 연통을 줄줄이 이어놓았다.

두 번째 공사가 끝나고 봄이 찾아오자 웨이틀리 노인은 콜드 스프링 글렌에서 날아온 무수한 쪽독새 무리가 밤이면 창가에 앉아 울부짖는 광경을 접했다. 노인은 쏙독새 무리를 중대한 계시로 받아들였는지, 오스번 상점에 나타나 앞으로 죽을 날이 멀지 않은 것 같다는 말을 전했다.

"쏙독새들이 내 숨소리에 맞춰서 울어댄다니까, 그래. 내 영혼을 거둬갈 때가 온 게지. 새들도 내 영혼을 제대로 가져가려고 채비를 단단히 한 모양이야. 나중에 내가 죽은 다음에 자네들도 알 걸세. 쏙독새들이 내 영혼을 제대로 가져갔는지 아닌지 말이야. 제대로 했다면, 날이 저물 때까지 신나게 노래하며 춤을 출 것이고, 아니면 찍소리 않고 조용히 앉아들 있겠지. 녀석들은 때때로 아주 억센 영혼을 원하니까, 아마 이번에는 내 차례지 싶어."

1924년 라마스[98] 밤, 에일즈버리에 있는 호튼 박사가 윌버 웨이틀리의 다급한 전갈을 받고 부랴부랴 농가를 찾았다. 그날 밤에 윌버가 말을 타고 어둠 속을 달려 도착한 마을의 오스번 상점에서 전화를 한 것이다. 호튼 박사가 도착해 보니, 웨이틀리 노인은 위중한 상태였다. 심장박동으로 보나 혼수상태에서 가르랑거리며 뱉는 숨소리로 보나 임종이 머지않아 보였다. 백피증을 앓는 볼썽사나운 딸자식과 수염이 텁수룩한 손자가 말없이 병상 옆에 서 있었고, 위층 어딘가에서 이는 율동은 해변에 밀려드는 파도처럼 기묘하고 공허하여 불안감을 자아냈다. 무엇보다 호튼 박사의 심기를 어지럽힌 것은 밖에서 지저귀는 새떼였다. 셀 수 없을 만큼 많은 쏙독새 무리들이 죽어가는 노인의 숨결에 장단을 맞추듯 줄기차게 어떤 메시지를 전하려는 것 같았다. 호튼 박사는 쏙독새 무리의 지저귐뿐 아니라, 급한 전갈에 마지못해 달려온 그 농가의 주변 풍경 또한 너무도 무시무시하고 기괴하다고 생각했다. 새벽 1시가 가까워질 무렵 의식을 회복한 웨이틀리 노인이 가쁜 숨을 몰아쉬며 손자에게 몇 마디 말을 전했다.

"더 넓어야 해, 윌버. 더 넓은 공간이 있어야 한다. 너는 아주 빠르게 자라고 있으니까. 미리미리 준비를 하거라. 그 책 751쪽에 있는 긴 주문을 외어 요그-소토스로 향하는 문을 열거라. 그리고 그 감옥에 불을 지펴야 해. 땅에서 불을 질러봤자 아무 소용도 없으니까, 명심해라."

웨이틀리 노인은 제정신이 아닌 것 같았다. 잠시 노인이 말을 멈추는 사이 밖에서는 쏙독새 무리가 리듬을 바꿔 거세게 울부짖었고, 어렴풋이 언덕에서 기이한 소음이 들려오기 시작했다. 노인은 다시 힘겹게 입을 열었다.

"그 녀석에게도 규칙적으로 먹이를 줘야 한다, 윌버. 너무 많이 줘서도, 적게 줘서도 안 되니 항상 신경 쓰거라. 미처 더 넓은 공간을 마련하기 전에 녀석이 커 버리면 큰일이야. 요그-소토스로 가는 문을 열기 전에 녀석이 집밖으로 나가는 날엔 모든 것이 끝장이다. 그들만이 일을 해결할 수 있단다……. 오직 그들만이, 그 오랜 종족만이 다시 돌아와……."

노인은 미처 말을 다 끝맺지 못한 채 숨을 헐떡였고, 이번에는 쏙독새 무리의 울부짖음처럼 라비니아가 비명을 질렀다. 그 같은 상황이 한 시간 가량 이어지다가, 마침내 웨이틀리 노인의 목구멍에서 마지막 숨결이 그르렁거렸다. 호튼 박사는 노인의 이글거리는 회색 눈을 감겨 주었고, 쏙독새 무리의 울부짖음은 돌연 침묵에 빠져들었다. 라비니아는 구슬피 흐느꼈지만, 윌버는 멀리서 언덕의 울림이 계속되는 동안 싱글벙글 웃고 있었다.

"새들이 할아버지의 영혼을 가져가지 못했군."

윌버는 굵은 저음으로 중얼거렸다. 당시 윌버는 특정 분야에서 실로 해박한 지식을 섭렵하고 있었으며, 오래 전에 쓰여진 희귀서와 금서를 소장하고 있는 도서관이라면 거리를 막론하고 사서들과 많은 서신을 주고받고 있었다. 한편 시간이 흐를수록 그는 더니치에서 혐오와 기피의 대상이 되어갔는데, 마을 젊은이 몇 명이 실종된 사건이 월버의 소행이 아닐까 하는 의혹도 그런 분위기를 거들었다. 하지만 의혹과 관련해 월버가 따로 조사를 받은 일이 없었다. 일부는 마을 주민의 두려움 때문이었고, 일부는 웨이틀리 집안에 내려오는 금은보화의 위력 때문이었다. 그 보물들 덕에 월버는 노인이 죽은 후에도 여전히 더 많은 양의 소들을 사들일 수 있었다. 월버는 신장이나 용모에서 이제 보통 성인 남자를 뛰어넘을 정도로 변해 있었다. 1925년 그간 서신을 왕래하던 사람들 중에서 미스캐토닉 대학의 교수 한 명이 월버를 방문했다가 대번에 송장처럼 안색이 질려버렸다고 한다. 월버의 키가 2미터 5센티미터에 달했기 때문이다.

한편 월버는 백피증을 앓는 어머니에게 갖은 멸시와 구박을 일삼았고, 급기야 오월제 전야와 만성절에도 혼자만 언덕을 찾게 되었다. 1926년 이 불쌍한 여인은 메이미 비숍에게 아들이 무섭다며 넋두리를 풀어놓았다.

"그들이 나보다 더 아들을 잘 안다우. 게다가 요즘에는 사정이 더 해요. 맹세하는데, 아들아이가 대체 무슨 속셈인지, 무슨 짓을 하려는 건지 도통 모르겠다우."

그해 할로윈에는 언덕의 소음이 어느 때보다 요란했으며, 매년 그랬듯 센티널 언덕에서 봉화가 솟았다. 그러나 사람들은 불 꺼진 웨이틀리 농가 주변에 모여든 엄청난 수의 쏙독새 무리가 운율에 맞춰 울부짖는 소리에 더 관심을 가졌다. 자정이 넘어서자 쏙독새의 울음소리는 아비규환을 방불케 하는 악다구니로 바뀌어 마을 전체를 뒤흔들었고, 새벽이 되어서야 겨우 잠잠해졌다. 새벽 무렵, 쏙독새 무리는 남쪽으로 급히 날아가 버렸는데 예년에 비해 한 달이나 더 더니치에 머문 셈이었다. 하지만 마을 사람들은 쏙독새의 유별난 행동이 무엇을 의미하는지 나중에야 알 수 있었다. 당시에 마을에서 죽은 사람은 없었지만, 가엾은 라비니아 웨이틀리가 그날 이후 종적을 감추고 말았다.

1927년 여름, 윌버는 마당에 있는 헛간 두 곳을 손본 다음 책과 가재도구를 그쪽으로 옮겨놓기 시작했다. 얼마 후 얼 소여가 오스번 상점에 들러 말하기를, 웨이틀리 농가에서 또 다시 공사가 진행되고 있다고 했다. 윌버는 1층의 문과 창문을 죄다 걸어 잠그고 4년 전 할아버지와 함께 2층을 고친 것처럼 1층의 칸막이를 모두 제거하는 모양이었다. 잠은 헛간 중 한 곳에서 자는데, 얼 소여가 보기에는 어딘지 매우 불안하고 쫓기는 것 같았다. 사람들은 윌버가 어머니의 실종과 관련이 있을 거라고 수군거렸고, 농가를 찾던 몇 명도 발길을 끊은 상태였다. 윌버는 키가 2미터 10센티미터를 훌쩍 넘어섰지만, 여전히 성장이 멈출 기미는 보이지 않았다.

V

그해 겨울, 윌버가 처음으로 더니치를 벗어나 여행을 떠난 것만큼 비상한 소식은 없었다. 하버드의 와이드너 도서관, 프랑스 국립도서관, 대영 박물관, 부에노스아이레스 대학, 아컴의 미스캐토닉 대학 도서관 등등 그와 서신 왕래를 해온 도서관에서 그가 절실히 원하는 책을 빌려줄 수 없다고 알려왔다. 그래서 윌버는 결국 텁수룩한 모습에 누더기

232

행색을 하고 투박한 지방 사투리까지 동원하여 그나마 가장 가까이 있는 미스캐토닉 대학을 직접 찾아가 책 내용을 필사해 올 요량이었다. 그리하여, 키 2미터 40센티미터에 시커먼 염소처럼 흉악한 몰골의 윌버가 오스본 상점에서 구입한 싸구려 여행 가방을 들고 아컴에 나타나 대학 도서관 깊숙이 안치된 끔찍한 책 한 권을 찾아 나선 것이다. 그 무시무시한 책이란 아랍의 광인(狂人) 압둘 알하즈레드가 쓴 『네크로노미콘』을 올라우스 위미우스가 라틴어로 번역한 것인데, 17세기 스페인에서 출간된 것으로 알려져 있다. 물론 윌버가 아컴에 와 본 것은 난생 처음이었지만, 그는 그저 다급한 마음에 무작정 대학교 교정을 찾았다. 그래서 갑자기 커다란 경비견 한 마리가 갑자기 하얀 이빨을 드러내더니 평소와 달리 맹렬하게 적의를 나타내면서 굵은 쇠사슬을 흔들어댔다.

할아버지에게 물려받은 『네크로노미콘』은 디 박사의 영문판으로 그 역시 값진 유물이었지만 불완전한 것이 흠이었고, 라틴어판과 비교해 윌버 자신이 소장하고 있는 영문판 751쪽에 빠져있는 문구를 찾아내는 것이 절실했다. 그런 사정을 정중하게 사서에게 설명하기란 불가능한 일이었지만, 역시 해박하기로 이름난 헨리 아미티지(미스캐토닉에서 예술학, 프린스턴 대학에서 철학, 존스 홉킨스 대학에서 문학 박사 학위를 받은) 박사는 일전에 손수 윌버를 방문한 적도 있는데다, 대학까지 찾아온 그에게 친절하게 자초지종을 물어 주었다. 윌버는 요그-소토스라는 이름에 숨겨진 공식 혹은 주문을 찾고 있으며, 그 과정에서 내용의 모순과 중복, 모호함 때문에 큰 어려움을 겪고 있다고 순순히 털어놓았다. 윌버가 마침내 그 필요한 부분을 찾아 필사를 하는 동안, 아미티지 박사는 무심코 윌버의 어깨너머로 펼쳐진 책을 바라보게 되었다. 윌버가 왼손으로 펼쳐 놓은 라틴어판 책에는 이 세상의 평온과 건강을 위협하는 소름끼치는 내용이 담겨져 있었다. 아미티지는 마음속으로 눈에 들어오는 책의 내용을 해석하기 시작했다.

"인간만이 장구한 역사를 지니고, 지구의 마지막 영장이라거나 두 발로 걷는 생물체라는 생각은 그릇된 것이다. 올드원은 예전에도 그러했고, 지금도 그러하며, 앞으로도 그러할 것이다. 우리가 아는 공간이 아니라 그 중간 어딘가에서 그들은 고요하고 장구한 걸음으로 차원을 초월해 걷고 있으나, 우리 눈에 보이지 않는다. 요그-소토스는 그들의 세계로 들어서는 문을 알고 있다. 요그-소토스가 바로 그 관문이다. 요그-소토스는 그 문으로 들어가는 열쇠이자 문지기다. 과거, 현재, 미래, 그 모든 것이 요그-소토스 안에서 하나가 된다. 그는 올드원이 어디에서 나왔으며, 어디로 다시 나올지 알고 있다. 그는 올드원이 지구 어디에 있는 들녘을 걸었으며, 지금은 또 어디를 걷고 있는지, 왜 그들이 걷는 모습을 아무도 볼 수 없는지 알고 있다. 인간은 종종 그 냄새로 올드원이 가까이 있음을 알지만, 그 생김새를 알지 못하며, 올드원이 인간의 몸으로 낳게 한 종족만을 겨우 알아볼 뿐이다. 올드원은 보이지 않으며 실체가 없으나, 인간의 몸으로 그들을 가장 이상적인 형태로 구현한 후손들은 그 수가 많으며 각기 다른 모습을 하고 있다. 계시의 말씀이 있고, 때마다 의식이 떠들썩하게 거행되는 외진 도처마다 올드원의 후손이 인간의 눈에 들지 않게 걸어가며 냄새를 풍긴다. 바람이 그들의 목소리를 전하며, 땅이 그들의 의식을 말해준다. 그들은 숲을 정복하고 도시를 파괴하나, 누구도 그 파멸의 손을 보지 못한다. 차가운 황무지에 있는 카다스[99]는 그들을 알건만, 카다스를 아는 자 누구인가? 남극의 버려진 빙산과 해양의 해저 섬들에 그들의 봉인이 새겨진 석상이 있건만, 그 얼어붙은 동토의 도시 혹은 오랜 세월 해초와 굴 등으로 수놓아진 탑을 본 자 누구인가? 위대한 크툴루가 그들의 사촌이나, 그 역시 어렴풋한 그림자로만 그들을 볼 수 있다. 이야! 슈브-니구라스![100] 그들이 사악한 존재라는 사실만 알 수 있다. 그들의 손이 숨통을 틀어쥐는 순간에도 인간은 그들을 보지 못하며, 아무리 문간을 걸어 잠가도 그들의 출입을 막지 못한다. 요그-소토스는 모든 천체가 만나는 세계로 들어가는 관문이다. 인간이 지금 통치하는 곳, 과거 올드원이 통치했던 곳이다. 인간이 지금 통치하는 곳, 머잖아 올드원이 통치할 곳이다. 여름 다음에 겨울이 오고, 겨울 다음에 여름이 오듯이 그들은 지금도 묵묵히 그리고 힘차게 다시 통치할 날을 기다리고 있다."

아미티지 박사는 책의 내용과 더니치의 음울한 모습을 두고 떠도는 소문, 베일에 가려진 출생부터 최근 어머니를 살해했다는 의혹까지 받고 있는 윌버라는 기이한 인물을 서로 관련짓다가, 무덤의 냉랭한 음습함이 확 끼치듯 또렷한 공포의 물결에 휩싸이는 기분이었다. 지금 눈앞에 앉아 있는 염소를 닮은 구부정한 거인, 그는 일부만 사람일 뿐, 힘과 물질, 시간과 공간을 초월한 거대한 환영처럼 본질과 실체 면에서 암흑의 심연과도 같았다. 그때 윌버가 고개를 들더니 기이하게 울리는, 인간의 발성 기관에서 나는 소리라고 할 수 없는 목소리로 말했다.

"아미티지 박사님." 그가 말했다. "이 책을 집에 가져가야겠습니다. 여기서는 제대로 살펴볼 수 없는 내용이 있어서요. 이런저런 형식에 얽매어 망설이다 보면 큰 재앙이 올 겁니다. 빌려 주세요, 박사님. 아무도 모르게 하겠습니다. 물론 책도 잘 보관했다가 돌려드리지요. 제가 가지고 있는 이 영문판도 사실은 제가 이렇게 만든 게 아니라……"

그는 아미티지 박사의 굳은 얼굴에서 거절의 낌새를 눈치 챘다. 그의 염소 같은 얼굴에도 더욱 간악한 표정이 떠올랐다. 아미티지 박사는 필요한 부분은 얼마든지 필사해도 좋다는 말을 하려다가 문득 꺼림칙한 기분을 느끼고 입을 다물어 버렸다. 월버 같은 인물에게 불온한 외계로 가는 열쇠를 넘겨준다는 것은 나중에 큰 화를 부를지 모를 일이었다.

"아, 됐습니다. 정 그러시다면 할 수 없죠. 하버드 대학이라면 박사님처럼 까다롭지는 않겠죠."

월버는 그렇게 말하고는 벌떡 일어나 복도 쪽으로 성큼성큼 걸어가기 시작했다. 아미티지는 창가에 서서 커다란 경비견이 맹렬하게 짖어대는 소리를 들으며, 고릴라처럼 교정을 뛰어가는 월버의 모습을 바라보았다. 흉흉한 소문들과 함께 《애드버타이저》지의 일요판 기사, 일전에 더니치를 방문했을 때 수집한 민담들이 떠올랐다. 지상에는 없는 존재―적어도 삼차원 세계에는 없을 존재―가 고약하고 끔찍한 형상으로 뉴잉글랜드의 골짜기에 찾아와 산마루에 은밀한 둥지를 틀고 있는 셈이었다. 아미티지는 그런 확신이 들었다. 이제 그는 막연한 공포의 정체를 실감하고, 고대의 음산한 영토와 해롭지 않은 악몽에서만 존재해 온 끔찍한 그 무엇이 어렴풋이나마 실체로 다가옴을 느꼈다. 그는 몸서리를 치며 네크로노미콘을 치워 버렸지만, 실내에는 여전히 정체 모를 사악한 악취가 풍기고 있었다.

"그들이 사악한 존재라는 사실만 알 수 있다."

아미티지는 책의 한 구절을 되뇌었다. 생각해 보니, 3년 전쯤 웨이틀리 농가를 방문했을 때 그를 질겁하게 만든 냄새와 똑같았다. 그는 염소를 닮은 불길한 월버의 모습을 다시 떠올리다가 그의 아버지와 관련해 마을에 떠돌던 소문이 생각나 쓴웃음을 지었다.

"근친상간이라?" 아미티지는 혼자 중얼거렸다. "세상에 그런 터무니없는 소리가 있나! 마을 사람들이 아서 매컨의 『위대한 목신(牧神)』을 알았다면, 필시 그게 바로 더니치의 이야기라며 호들갑을 떨어 대겠지! 하지만 삼차원의 세계를 넘나들며 영향력을 행사한다는 그 저주받은 무형의 존재가 혹시 윌버의 아버지는 아닐까? 1912년, 기묘한 땅의 울림이 아컴까지 전해졌다는 메이 이브 이후 꼭 9개월 만인 캔들마스에 윌버가 태어났는데, 그 5월의 밤에 산 속을 걸어 다닌 존재는 무엇이었을까? 루드마스[101]에 반인(半人)의 육신으로 이 세상에 공포를 심어 놓은 존재는 과연 무엇인가?"

그로부터 몇 주 동안, 아미티지 박사는 윌버 웨이틀리와 더니치에 떠도는 유령에 대해 최대한 자료를 수집하기 시작했다. 웨이틀리 노인의 임종을 지켜본 에일즈버리의 호튼 박사와도 연락을 취해 노인이 남긴 유언을 자세히 물었다. 더니치를 방문했지만 새로운 사실은 없었다. 그러나 윌버가 네크로노미콘에서 절실하게 찾아내려고 애쓴 부분을 자세히 연구하는 동안, 이 행성에 막연한 위협감을 자아내는 악마의 본성과 방식과 욕망에 대해 새롭고도 끔찍한 단서가 하나 둘 드러나기 시작했다. 보스턴에서 고대 민담을 연구하는 전문가들과도 의견을 나누고, 그밖에 숱한 사람들과 서신을 주고받는 과정에서 아미티지 박사에게 찾아온 혼란과 놀라움은 다양한 경고처럼 조금씩 덧씌워져 섬뜩한 심리적 공황 상태까지 빠지게 했다. 여름이 다가오면서 그는 미스캐토닉 계곡 북부에 은폐된 공포와 윌버 웨이틀리라고 알려진 괴물에 대해 모종의 조치를 취해야 한다고 막연히 조바심을 느꼈다.

VI

더니치의 공포 자체는 1928년 라마스(8월 1일)와 추분(9월 23일경)
사이에 일어났으며, 아미티지 박사는 그 괴기스러운 서막을 직접 목격
한 사람 중 하나였다. 그 전부터 윌버가 케임브리지 대학까지 찾아갔
고, 하버드 대학의 와이드너 도서관에서도 『네크로노미콘』을 빌리기
위해 갖은 애를 썼다는 소문이 나돌았다. 그러나 아미티지 박사가 이미
그 금서를 소장하고 있을 만한 도서관에 심각한 경고를 해 둔 후여서
윌버의 노력은 모두 허사로 돌아갈 수밖에 없었다. 윌버는 특히 케임브
리지 대학에서 눈에 띄게 초조해 보였으며, 책을 대출하기 위해 안간힘
을 쓰면서도 한편으로는 그 결과를 두려워하는 눈치였다.

혹시나 했던 일들이 8월초에 벌어지기 시작했다. 마침내 8월 3일 밤,
아미티지 박사는 대학 교정을 지키는 맹견의 사나운 울부짖음에 깊은
잠에서 깨어났다. 미친 듯한 으르렁거림과 개 짖는 소리가 계속 높아지
다가 불현듯 정적에 휩싸였다. 그러고는 지금까지와 완전히 다른 목소
리가 비명을 질렀는데—아컴의 주민 반 정도가 잠에서 깨어나 그 후로
도 악몽에 쫓길만한—그 소리는 도저히 이 세상의 것이 아니었다.

아미티지는 황망히 옷가지를 걸치고 거리로 나가 대학 교정까지 달
렸고, 그보다 앞서 뛰어가는 사람들도 보였다. 그동안에도 도서관에 누
군가 침입했는지 계속 비명 소리가 흘러나왔다. 창문이 시커먼 눈동자
처럼 달빛에 살짝 열려 있었다. 누군가 건물 안으로 들어간 것이 분명
했으며, 개 짖는 소리와 울부짖음이 건물 안쪽에서 신음과 투덜거림에
섞여 조금씩 희미해지고 있었다. 아미티지는 본능적으로 위기감을 느
끼고, 건물 안에서 무슨 일이 벌어지든 보통 사람이 봐서는 안 된다고

238

생각했다. 그래서 출입문을 열 때 군중들에게 물러서라고 엄히 말했다. 그들 중에 마침 워렌 라이스와 프란시스 모건 교수가 눈에 띄었다. 아미티지는 그들에게 그간의 추측과 걱정을 밝힌 적도 있고 해서 함께 건물에 들어가 보자고 청했다. 이윽고 애처로운 경비견의 흐느낌 외에 건물 내부는 조용해졌다. 하지만 아미티지는 관목 숲에서 한 떼의 쏙독새 무리가 죽어가는 사람의 마지막 숨소리에 장단을 맞추듯 요란하게 우짖는 소리를 들었다.

건물 안에 가득한 악취는 아미티지 박사가 익히 잘 아는 냄새였다. 세 사람은 급히 복도를 지나서, 나직한 흐느낌이 들려오는 계보학 자료실로 뛰어들었다. 한동안 아무도 불을 켤 엄두를 내지 못하다가, 이윽고 아미티지 박사가 용기를 내서 전기 스위치를 켰다. 세 사람 중에서 누군가 뒤집혀진 책상과 의자 사이에 널브러져 있는 형체를 보고 비명을 질렀다. 나중에 라이스 박사는 넘어지거나 쓰러지지는 않았어도 잠시 정신을 차릴 수 없었다고 말했다.

푸르스름한 황색 점액질이 웅덩이처럼 고여 악취가 대단했고, 그 한복판에 반쯤 굽은 형체 하나가 옆으로 누워 있었다. 온 몸이 끈적끈적했으며, 신장이 언뜻 봐도 2미터 70센티미터에 가까웠는데, 경비견이 그 형체의 옷가지며 살갗을 찢어놓은 후였다. 아직 숨이 끊어지지는 않았지만, 말없이 간헐적으로 몸을 뒤틀 뿐 헐떡이는 숨소리와 바깥에서 잔뜩 기대에 차 미친 듯이 울어대는 쏙독새의 지저귐이 기이한 조화를 이루고 있었다. 찢겨진 구두 가죽과 옷가지가 여기저기 흩어져 있었으며, 창문가의 커튼도 함부로 뜯어진 상태였다. 한복판에 놓인 책상 주변에 권총 한 자루가 떨어져 있었지만, 장전된 상태에도 불구하고 총알이 발사되지 않은 이유는 나중에 밝혀질 터였다.

아무튼 그 괴물의 모습을 보는 것만으로도 온갖 상상이 다 떠오를 정도로 무시무시했다.진부한 이야기일 수도 있으나, 인간의 언어로는 도저히 그 모습을 표현할 수 없으리라. 익숙한 삼차원 공간에 사는 사람이라면 도저히 그 생김새를 상상하지도 못할 거라는 말 정도나 가능할 것이다. 인간과 흡사한 손과 두상, 들어간 턱과 염소상의 얼굴에서 분명 웨이틀리 가문의 흔적이 느껴졌기에 사람이 틀림없기는 했다. 그러나 상반신과 하체 부분은 처음 보는 기형적인 괴물이었으며, 헐렁한 옷에 감싸여 있을 때만 이 세상에서 별다른 의심이나 해코지를 받지 않고 다닐 수 있을 것 같았다.

허리 위쪽은 유인원과 흡사했다. 경비견이 여전히 두 발로 휘젓고 있는 가슴 부위는 악어가죽처럼 그물 모양의 질긴 살갗으로 이루어져 있었다. 등허리는 황색과 검은 색이 뒤섞여 있었고, 뱀가죽처럼 비늘이 달려 있는 느낌이었다. 그러나 허리 아랫부분은 더 끔찍해서 인간의 흔적은 온데간데없고 그저 상상만으로 그 묘사를 대신할 수 있었다. 피부는 검은색의 거친 가죽으로 두터웠으며, 복부에서부터 늘어진 길고 푸르스름한 회색의 촉수 10여 개는 그 끝에 붉은색 빨판이 달려 있었다. 촉수가 배열된 모습도 기이하기는 마찬가지여서, 지구 혹은 태양계에는 알려지지 않은 우주의 기하학적인 구조를 따르고 있는 듯이 보였다. 양쪽 엉덩이에 하나씩 분홍빛의 가는 털이 나 있는 눈구멍 같은 것이 움푹 들어가 있는데, 원시적인 형태의 눈알처럼 보였다. 한편, 꼬리가 있을 부분에 굵은 신경 혹은 더듬이로 보이는 관 모양의 조직이 있으며, 그 외피에는 자주색 점무늬가 찍혀 있는 것으로 봐서 진화하지 못한 입이나 목 부분으로 판단되었다. 검은색 살갗을 제외하면 사지는 언뜻 선사 시대의 거대한 도룡뇽의 다리를 닮았고, 그 말단에 혈관이 융

기된 판 조직이 달려 있었지만 발굽이나 집게발의 형태와는 달랐다.

그 괴물이 숨 쉴 때마다 꼬리 부분과 촉수의 색깔이 규칙적으로 변했다. 아마도 인간과는 다른 생물체에게 있는 순환계 운동의 일반적인 과정으로 보였다. 촉수에서 푸르스름한 색깔이 점점 짙어지는 반면, 꼬리부분은 누르스름한 빛이 확연해져서 외피의 점무늬 사이가 기분 나쁜 회청색으로 변했다. 딱히 혈액이라고 할 만한 것은 보이지 않았다. 다만 냄새가 역겹고 색깔이 푸르스름한 황색 빛깔의 점액질이 타르로 끈적끈적해진 바닥에 뚝뚝 떨어져서 빛깔이 엷어졌다.

세 사람이 괴물이 죽기 직전이라고 생각하는 순간, 그것은 머리를 움직이지 않은 상태에서 갑자기 중얼거리기 시작했다. 아미티지 박사는 그때의 중얼거림을 기록하진 않았지만 분명 영어는 아니었다고 확신했다. 지구상의 어떤 언어와도 달랐다. 다만, 마지막으로 갈수록 단편적이기는 하나 『네크로노미콘』, 요컨대 그 괴물이 사활을 걸고 찾아내려고 했던, 불온한 금서의 내용과 일치했다. 아미티지는 괴물의 입에서 흘러나온 말 중에서 "나가이,[102] 나가가아, 버그-쇼고그 야, 요그-소토스, 요그-소토스……."하는 부분을 나중에 기억해 냈다. 그 소리는 질질 끌리듯 울려 퍼졌고, 사악한 꿈에 젖어서 점점 세차게 울부짖는 쏙독새 무리의 지저귐처럼 음산했다.

이윽고 헐떡거림이 멈추자, 경비견이 머리를 들더니 길고 구슬피 울었다. 바닥에 고꾸라진 괴물의 염소 같은 노르께한 얼굴에도 변화가 생겼고, 큼지막한 검은색 눈동자가 소름끼칠 정도로 움푹 꺼지기 시작했다. 창문 밖에서는 쏙독새의 울부짖음이 돌연 멈추었고, 군중들의 웅성거림에 이어 곧바로 공포에 사로잡힌 날갯짓 소리가 요란해졌다. 그때까지 집요하게 먹이를 감시하며 광분했던 쏙독새 무리는 오히려 먹잇감에 겁을 집어먹고는 달빛을 등진 채 황급히 도망치고 있었다.

경비견도 갑자기 겁에 질려 마구 짖다가 쫓기듯 좀 전에 들어온 창문으로 꽁무니를 뺐다. 그때 구경꾼들 사이에서 비명 소리가 들려오자, 아미티지 박사는 창밖을 향해 경찰과 검시관이 오기 전까지 아무도 함부로 행동하지 말라고 소리쳤다. 그나마 창문이 사람들의 시야보다 약간 높은 곳에 있었고, 어둠이 짙은 장막처럼 커튼을 대신하고 있어서 다행이었다. 모건 박사가 두 명의 경찰관을 출입문까지 마중 나갔지만, 그들은 악취로 가득한 계보학 자료실로 선뜻 들어오려고 하지 않아서 검시관이 먼저 들어와 시체를 천으로 가려야 했다.

한편, 바닥에서도 끔찍한 변화가 생겼다. 괴물의 몸이 분해되듯 작아져 있었다. 아미티지 박사와 라이스 교수는 눈앞에서 벌어진 그 변화를 도저히 믿을 수 없었다. 얼굴과 손의 외적인 형태를 제외하고는 윌버 웨이틀리에게서 인간의 흔적은 거의 찾아볼 수 없게 되었다. 검시관이 들어왔을 때는 변색된 바닥에 희끄무레하고 끈적끈적한 덩어리만 남아 있었고, 역겨운 악취도 거의 사라진 후였다. 그것으로 판단하자면 윌버는 두개골이나 골격이 애초부터 없었던지, 아니면 없는 것과 비슷한 상태였던 것 같았다. 베일에 가려진 아버지를 닮았기 때문이리라.

VII

그러나 그 사건은 앞으로 벌어지게 될 본격적인 더니치 공포의 서막에 불과했다. 당혹감에 빠진 경찰이 공개적인 수사를 주저하는 바람에 사건의 기이한 내막은 언론과 일반인에게 철저히 은폐되었다. 비밀리에 정부 관계자 몇 명이 더니치와 에일즈버리에 급파돼 월버 웨이틀리의 유족이 있는지 조사에 착수했다. 그들은 더니치를 휩쓸고 있는 심각한 동요를 간파했다. 완만한 산마루에서 들려오는 소리가 점점 격렬해지고, 판자로 막아놓은 웨이틀리 농가의 주변에서도 소음과 지독한 악취가 있었기 때문이다. 월버가 없는 동안 말과 소를 관리해 주던 얼 소여는 가엾게도 심각한 신경 발작을 일으키고 말았다. 정부 요원들은 어떻게 해서든 농가에 들어가지 않으려고 구실만 찾았고, 결국에는 사망자의 주거 지역과 새로 고친 헛간을 딱 한 차례 방문하는 것으로 수사를 종결지었다. 그들은 에일즈버리 법원에 묵직한 보고서와 함께 미스캐토닉 북부 계곡에 사는 무수한 웨이틀리 가문의 후손들에겐 퇴행의 진행 여부와 관계없이 월버의 형질이 광범위하게 남아 있을 거라는 우려를 전달했다.

특히 정부 관계자들이 보고서에 동봉한 증거물이 참으로 이상했다. 이상한 필체로 기록된 커다란 가계부나 일기장 류였는데, 지나치게 양이 많을 뿐 아니라 글자나 문장 형식 또한 아주 낯설어서 처음 월버의 낡은 책상에서 그 문건을 발견한 사람들도 어리둥절해 했다. 월버의 원고는 일주일간 검토된 끝에 괴상한 책들과 함께 미스캐토닉 대학으로 보내져 해독 작업에 들어갔다. 그러나 최고의 언어학자들마저 쉽게 해독 가능한 것이 아니라며 난색을 표했다. 한편, 가축을 사들이는 등 살림살이에 썼다는 월버와 웨이틀리 노인의 오래된 금은보화들은 여전히 흔적조차 보이지 않았다.

공포의 그림자가 드리워지기 시작한 것은 9월 9일 밤이었다. 그날 저녁 내내 언덕에서 소음이 요란했고, 집집마다 개들이 맹렬하게 밤새 짖었다. 10일 새벽 눈을 뜬 부지런한 사람들은 공기 중에 독특한 악취가 스며들어 있음을 알아챘다. 아침 7시께, 콜드 스프링글렌과 마을 사이에 있는 조지 코리의 집에서 잡일을 하던 루더 브라운이라는 소년이 평소처럼 소떼를 몰고 텐에이커 초원으로 갔다가 질겁을 하며 돌아왔다. 루더는 정신 나간 사람처럼 고꾸라지듯 부엌으로 들어왔으며, 마당에 있는 소들도 잔뜩 겁에 질린 채 이리저리 뛰면서 어쩔 줄 몰라 했다. 그동안 루더는 숨을 몰아쉬며 코리 부인에게 자초지종을 횡설수설 털어놓았다.

"코리 부인, 저 골짜기 너머 위쪽에 무슨 일이 벌어졌나 봐요! 냄새가 지독하고, 숲과 작은 나무들이 말떼에 짓밟힌 것처럼 모조리 쓰러져 있다니까요. 하지만 그 정도는 일도 아니에요. 발자국이 있는데요, 코리 부인, 그러니까 아주 커다란 드럼통만 한, 둥그스름한 발자국이 코끼리가 지나간 것처럼 사방에 움푹 들어가 있어요. 지름이 못해도 1미터는 훨씬 넘는단 말이에요! 제일 큰 종려나무 잎사귀보다 서너 배는 더 크니까, 그 밑에 깔렸다가는 웬만한 사람들은 죄다 납작하게 짓눌려질 거예요. 게다가 냄새는 얼마나 지독하던지, 마법사 웨이틀리 농가에서 나는 냄새와 똑같아서……."

루더는 그쯤에서 공포가 되살아나는지 몸서리를 치다가 횡하니 집으로 줄행랑을 처버렸다. 코리 부인은 더 이상 자세한 사정을 들을 수 없었지만, 일단 이웃들에게 전화를 걸기 시작했다. 그렇게 거대한 공포의 전율이 마을 전체로 흘러들었다. 그녀가 웨이틀리 농가에서 가장 가까운 세스 비숍의 집에 전화를 했을 때, 이번에는 소식을 전하는 대신에 세스의 아내 샐리 소여로부터 다른 소식을 듣는 입장이 되었다. 샐리의 아들 션시가 밤새 뒤척이며 잠도 못 자고 웨이틀리 농가가 있는 언덕 쪽으로 갔다가 비숍 씨의 소를 풀어둔 목초지 근방에서 무엇인가를 발견하고는 곧바로 집으로 뛰어왔다고 했다.

　"정말이에요, 코리 부인." 수화기 너머 들려오는 샐리의 목소리는 몹시 떨리고 있었다. "션시는 깜짝 놀라 들어왔지만, 얼마나 겁을 먹었는지 자기가 본 것을 반도 설명 못하더군요! 웨이틀리 농가가 폭싹 무너져서, 폭탄이라도 터진 것 같더래요. 바닥은 겨우 남아 있다지만 그 역시 타르 같은 끈적끈적한 물질로 뒤덮여 악취가 이만저만이 아니고, 기둥이 무너진 곳으로 뚝뚝 떨어지고 있대요. 게다가 마당에 끔찍한 발자국이 찍혀 있다는데, 300리터짜리 통만 하고, 발자국이 패인 곳에도 무너진 농가처럼 끈적끈적한 액체가 가득하대요. 션시가 그러는데, 발자국이 이어진 곳마다 무너진 헛간보다 더 큼지막한 크기로 주위가 쓸려 넘어져 있고, 돌벽도 다 무너져 있더래요.

　아 참, 코리 부인, 세스의 소들이 어찌 됐는지는 말도 못할 정도예요. 션시가 소들을 발견한 곳이 목초지 위쪽 악마의 놀이터였는데, 그 모습이 참담했대요. 반은 사라지고, 남은 반 정도도 피를 빨려서 비쩍 말라붙어 있더랬죠. 라비니아의 까무잡잡한 개구쟁이가 태어난 이후 휘틀리 농가의 가축이 그랬던 것처럼 살갗에 구멍 같은 것이 뚫려 있었대요. 세스가 그 말을 듣고 직접 나갔지만, 그이는 마법사 웨이틀리 농가가 어찌됐는지는 관심조차 없을 걸요! 션시는 커다란 발자국이 목초지에서 어느 쪽으로 갔는지는 제대로 살피지 못했나 봐요. 아마 목초지 길을 따라 마을로 간 것 같다는 군요.

　있잖아요, 코리부인, 어딘가에서 뭔가가 나타난 것 같아요. 검둥이 윌버 웨이틀리가 그처럼 비참하게 죽은 건 마땅한 일이지만, 마지막에 새끼를 남긴 게 아닐까 생각이 든다니까요. 내가 늘 말했다시피 그 녀석은 사람이 아니에요. 그러니까, 그 녀석과 웨이틀리 노인이 꽉꽉 막아

놓은 농가에서 자기처럼 사람이 아닌 괴물을 키웠을지 모른다 이 말이죠. 비록 본 사람은 없다지만, 아마 사람과는 전혀 다른 생물일 거예요.

간밤에는 땅이 흔들렸고, 새벽 무렵에는 콜드 스프링글렌에서 쏙독새가 울어대는 통에 선시는 잠을 제대로 자지 못했대요. 그런데 마법사 웨이틀리 농가 너머에서 희미한 소리가 들리는 것 같더래요. 나무 같은 것을 부수고 쪼개는 소리 같기도 하고 커다란 궤짝이 활짝 열리는 소리 같기도 했대요. 어쨌든 선시는 해 뜰 무렵까지 뒤척이다가 곧바로 그곳에 가본 거지요. 그래서 가는 길에 웨이틀리 농가가 그 지경이 된 것을 알게 된 거고요. 거짓말을 할 아이는 아니랍니다, 콜리 부인! 뭔가 심상찮은 일이니까, 남자들이 힘을 합쳐 무슨 대책을 세워야 해요. 느낌이 너무 안 좋군요. 딱히 설명할 수는 없지만, 신만은 그 정체를 분명히 아시겠지요?

혹시 루더도 그 커다란 발자국이 어디로 향하는지 봤다고 하던가요? 못 봤대요? 흠, 코리 부인, 만약 발자국이 골짜기 쪽으로 나 있었다면, 아직은 부인 집까지 가지는 않았을 거예요. 내 생각에는 아마 골짜기 속으로 들어간 것 같아요. 맞아요, 그랬을 거예요. 내가 늘 말했다시피, 콜드 스프링글렌 주변에는 마가 끼어 있다니까요. 그곳에 있는 쏙독새와 반딧불이도 보통 놈들과는 아주 다르잖아요. 가까운 곳에서 제대로 들어보면, 새소리가 마치 하늘에서 돌이 굴러 떨어지는 소리 같다가도 해괴망측한 말소리처럼 들린다니까요, 글쎄."

그날 점심 무렵, 더니치의 성인 남자와 소년 열두 명이 길과 목초지를 따라서 무너진 웨이틀리 농가와 콜드 스프링글렌 사이를 뒤졌다. 그들은 괴상한 발자국과 죽은 비숍의 소뼈, 농가의 폐허에서 들려오는 묘한 소리, 들판과 길가에 짓밟힌 식물 따위를 살펴보았다. 정체가 무엇

246

이든, 세상으로 뛰쳐나온 그 괴물은 거대하고 불길한 골짜기 속으로 내려간 것이 분명했다. 비탈의 나무들도 모두 쓰러지고 짓밟혀 있었고, 덤불 속으로 움푹 들어간 숲길이 새로 만들어져 있었다. 마치 집 한 채가 산사태에 휩쓸려 깎아지른 듯한 절벽으로 미끄러져 내려간 흔적 같았다. 골짜기 밑에서 또렷하게 들려오는 소리는 없었지만, 정체모를 악취가 스멀거렸다. 물론 사람들은 거대한 괴물이 은신하고 있을 골짜기 속으로 애써 들어가려고 하지 않았다. 일행이 데리고 간 개 세 마리도 처음엔 사납게 짖다가 골짜기에 가까워질수록 슬그머니 꼬리를 내리고 사람들 눈치만 살폈다. 그중에서 누군가 《에일즈버리 트랜스크립트》지에 전화로 제보를 했지만, 더니치의 흉흉한 소문을 익히 들어온 편집장은 그저 우스갯소리를 날조해 기사를 실었을 뿐이다. 그 기사는 얼마 안 있어 AP 통신에 다시 실렸다.

그날 저녁 모두 집으로 돌아가 너나할 것 없이 집과 헛간에 튼튼한 방책을 세우기 시작했다. 주위가 훤히 펼쳐져 있는 목초지에 풀어놓은 소떼도 당연히 전부 데려왔다. 새벽 2시경, 지독한 악취와 함께 개들이 사납게 짖는 바람에 콜드 스프링글렌의 동쪽 가에 자리 잡은 엘머 프라이의 식솔들은 밤잠을 설쳤고, 바깥에서 획획 뭔가를 빨아먹는 소리를 분명히 들었다. 프라이 부인이 이웃에 전화를 걸어 그 같은 사실을 알리는 동안, 프라이 씨는 나무 쪼개지는 소리를 들었다. 축사 쪽이었다. 곧이어 끔찍한 울부짖음과 소떼 사이를 휘젓고 다니는 소리가 들려 왔다. 잔뜩 겁에 질려 가족이 나가 보니, 개들이 쪼르르 달려와 낑낑거리며 발치에 납작 엎드리는 것이었다. 프라이는 반사적으로 손전등을 켰지만, 컴컴한 마당을 서성거렸다가는 봉변을 당할 거란 사실쯤은 잊지 않았다. 아이들과 부녀자들은 훌쩍거리면서도 침묵해야 안전하다는 사실을 본능적으로 깨닫고 목구멍까지 넘어온 비명을 애써 억누르고 있었다. 마침내 소들의 울부짖음은 애처로운 신음 소리로 잦아들었지만, 휙휙 허공을 가르는 소리와 무엇인가 거세게 부서지는 소음은 여전했다. 거실에서 서로를 부둥켜안은 프라이 가족은 콜드 스프링글렌 방면으로 마지막 소음이 사라질 때까지 꼼짝도 하지 못했다. 축사에서는 비참한 신음 소리가 흘러나왔고, 골짜기에서 때늦은 쪽독새의 울음이 흉흉하게 울려퍼질 즈음, 프라이 부인은 다시 전화통을 붙잡고 두 번째 공포의 소식을 전하기 시작했다.

다음 날 마을 전체는 공포에 휩싸였다. 겁에 질려서 할 말을 잃은 사람들이 괴물이 나타난 지역을 묵묵히 살피고 돌아갔다. 거대한 파멸의 길이 골짜기에서 프라이 농가까지 두 갈래로 이어져 있었다. 기괴한 발자국이 땅바닥을 수놓았고, 길가에 있던 어느 버려진 축사는 완전히 주저 않은 상태였다. 축사에 남겨진 소 중에서 형체를 알아볼 수 있는 것은 전체의 4분의 1에 불과했다. 어떤 것은 몸통의 일부만 남아 있었고, 운 좋게 살아남은 소들도 곧바로 총으로 도살됐다. 얼 소여는 에일즈버리나 아컴에 도움을 청하는 편이 어떠냐고 말했지만, 다른 사람들은 소용없는 짓이라고 고개를 저었다. 웨이틀리 문중에서 퇴행과 정상의 중간 쯤에 있는 제뷰런 웨이틀리 노인이 언덕 꼭대기에서 모종의 의식을 치러야 한다며 꽤나 음침하고 엉뚱한 제안을 하기도 했다. 그는 특히 가문의 전통을 중시했고, 거대한 석상 주변에서 행해졌다는 주술에 대해 말할 때는 윌버와 그의 할아버지와는 무관한 부분들까지 기억해 냈다.

공포에 짓눌린 마을에 다시 어둠이 내려앉았고, 사람들은 너무도 수동적이어서 실제적인 대책을 세우지 못했다. 그나마 친분이 두터운 이웃끼리 한 집에 모여 함께 밤을 지새우는 게 고작이었다. 하지만 그럴 만한 처지도 아닌 대부분의 사람들은 전날처럼 방책을 세우고 하릴없이 총을 장전하거나 갈퀴 같은 농기구로 무장하는 것 외에 달리 취할 방도가 없었다. 그러나 언덕에서 들려오는 약간의 소음을 제외하고 그날 밤은 별일 없이 지나갔다. 날이 밝자 공포가 갑작스럽게 찾아왔듯이 사라짐도 그렇지 않겠냐는 낙천적인 얘기들도 적잖이 흘러나왔다. 심지어 힘을 모아 무력을 앞세워 골짜기까지 들어가 보자고 용기를 내는 사람까지 나왔지만, 대부분의 사람들이 주저하며 호응을 하지 않자 이내 잠잠해졌다.

다시 밤이 찾아오고 방책이 세워졌지만, 전날에 비해 이웃끼리 모여 밤을 새는 경우는 많지 않았다. 다음 날 아침이 밝자마자 프라이와 세스 비숍의 가족들은 서로 안부를 물으며 간밤에 개들이 몹시 흥분했다는 둥, 어렴풋한 소리와 악취가 느껴졌다는 둥의 얘기를 주고받았다. 그보다 일찍 일어난 사람들 중에서 센티널 언덕 쪽으로 나 있는, 괴상한 발자국을 발견한 이도 있었다. 며칠 전처럼 길 양쪽에 움푹 들어간 거대한 발자국이 눈에 띄었고, 콜드 스프링글렌에서 산 전체가 길을 따라 움직였다가 다시 돌아간 것처럼 두 갈래로 질질 끌린 흔적도 보였다. 9미터 정도의 폭으로 관목들이 짓밟히면서 만들어진 길 하나가 언덕 밑에서 가파른 위쪽으로 향해져 있었다. 목격자들은 까마득한 정상 부분까지 이어진 길의 흔적을 올려다보며 가슴을 쓸어 내렸다. 괴물의 정체가 무엇이든, 거의 수직으로 깎아지른 절벽까지 능히 기어오르는 것만은 분명했다. 몇몇 사람들이 안전한 길을 돌아 언덕 정상까지 올라가자, 길은 정상에서 끝나 다시 되돌아간 흔적이 남아 있었다.

그곳은 윌버와 그 가족들이 오월제 전야와 할로윈에 횃불을 지피며 탁자 모양의 돌 주변에서 소름끼치는 주술을 외우던 자리였다. 이제 거대한 괴물이 휩쓸고 간 자리 한복판에 돌 탁자가 놓여 있었고, 움푹 들어간 표면에는 무너진 웨이틀리 농가의 바닥에서 발견되었던 끈적끈적한 물질이 고여 악취를 풍기고 있었다. 사람들은 서로를 흘깃거리며 억눌린 말을 중얼거렸다. 언덕 아래를 내려다보니 겉으로 보기에는 괴물이 올라온 길이나 내려간 길의 흔적이 같았다. 아무리 고개를 갸웃거리며 생각을 곱씹어도 소용없는 일이었다. 인과 관계에 관한 이성과 논리 그리고 상식은 혼란에 빠졌다. 제뷰런 노인은 언덕에 함께 가지는 않았으나 상황을 제대로 파악하고, 적어도 그럴듯한 설명이라도 할 수 있는 인물이었다.

화요일 밤의 시작은 다른 날과 크게 다르지 않았으나, 그 끝은 좋지 않았다. 골짜기에서 쏙독새들이 집요할 정도로 울부짖는 바람에 많은 사람들이 잠을 설쳤고, 새벽 3시경에는 집집마다 전화통에 불이 났다. 전화기를 내려놓던 사람들은 "살려줘, 아, 제발……!" 하는 처절한 비명 소리를 들었다. 그리고 그 비명이 그치기 직전에 무엇인가 부서지는 듯한 굉음을 들었다는 사람들도 많았다. 그게 전부였다. 누구도 감히 밖에 나가 사정을 알아볼 엄두를 내지 못했으며, 그저 아침이 되어서야 그 외침이 어디서 비롯됐는지 확인할 수 있었다. 간밤에 비명 소리를 들은 사람들이 서로 부랴부랴 안부 전화를 주고받았을 때, 유독 프라이 가족에게 연락이 되지 않았다. 한 시간쯤 지나 그 이유가 밝혀졌다. 무장한 남자들이 다급히 무리를 지어 골짜기 초입에 있는 프라이의 집을 찾아간 것이다. 끔찍했지만 더 이상 놀랄 일도 아니었다. 휩쓸린 자국과 발자국이 전보다 더 많아졌고, 프라이의 집은 온데간데없었다. 계란 껍질처럼 부서져 나뒹구는 집의 잔해만 있을 뿐, 생존자나 사망자는 발견되지 않았다. 그저 악취와 끈끈한 점액질이 폐허를 채우고 있었다.

엘머 프라이 가족은 그렇게 더니치에서 종적을 감추었다.

VIII

책장이 늘어선 아컴의 한 밀폐된 공간, 이곳에 차분하지만 심리적으로 더 심각한 공포가 음침하게 자리 잡고 있었다. 미스캐토닉 대학으로 보내진 윌버의 기록 혹은 일기를 해독하기 위해 모인 고대어와 현대어 전문가들 사이에 불안과 당혹감이 팽배했다. 그 알파벳은 메소포타미아에서 사용한 아랍어와 매우 흡사했으나, 학계에는 전혀 알려지지 않은, 생소한 문자였다. 언어학자들은 최종적으로 그것이 암호처럼 임의로 만든 알파벳이라는 결론에 도달했다. 그러나 통상의 암호 해독 방법으로는 단서를 찾을 수 없는데다, 지구상의 언어 체계에서 파생될 수 있는 온갖 규칙을 적용해도 결과는 마찬가지였다. 웨이틀리 농가에서 가져온 고서들도 학자들의 관심을 모았다. 철학자와 과학자의 도움을 받는다면 적어도 몇 가지 무시무시한 내용을 해독할 수 있으리라 기대했지만 결국 그런 기대는 수포로 돌아갔다. 자물쇠가 달려 있는 두툼한 책 한 권은 학술서 같았고, 활자 또한 윌버의 문서와는 다른 종류로 보였다. 그런데 형태가 매우 독특해서 산스크리트어와 흡사했다. 윌버가 남긴 기록은 결국 아미티지 박사의 손에 넘겨졌다. 박사가 특히 개인적으로 윌버에 관심을 가지고 있을 뿐 아니라, 고대와 중세의 금서에 관해서 언어학적인 식견과 실력이 뛰어났기 때문이었다.

아미티지는 그 알파벳이 고대로부터 내려오는 금기 의식에 은밀히 사용되었고, 그 형식과 전통은 사라센의 주술사들로부터 많은 영향을 받은 것이라고 생각했다. 그러나 알파벳의 기원을 따지는 일은 그리 중요하지 않았다. 무엇보다 아미티지 자신도 윌버의 알파벳은 결국 암호처럼 사용된 현대어라고 생각했기 때문이다. 내용이 방대하다는 점을 고려할 때, 글을 쓴 자가 특별한 공식과 주술을 제외하고 구태여 모국어 이외의 언어를 사용했을 것 같지는 않았다. 따라서 아미티지 박사는 그 내용이 영어라는 분명한 가정 하에서 원고의 해독에 매달렸다.

아미티지 박사는 동료들의 반복되는 실패를 통해서 해독 과정이 대단히 복잡할 것이라고 각오한 상태였다. 그러므로 간단한 암호 해독 방법은 적용할 가치도 없었다. 8월말 무렵, 그는 고대 암호 체계에 대한 상당한 지식과 정보를 수집했고, 대학 도서관에서도 필요한 자료를 완벽하게 습득했다. 그는 매일 밤늦게까지 트리테미우스의 『폴리그라피아』와 잠바티스타 포르타의 『비밀기호학』, 비제네르의 『기호론』, 팰코너의 『암호 해독』, 다비와 시크네스의 18세기 논문을 비롯해 블레어, 본 마텐, 클르베르의 『암호학』 같은 권위 있는 현대 저작물까지 섭렵해 나갔다. 그는 탐독한 지식에서 필요한 부분을 취해 원고 해독에 적용했으며, 어느 순간 자신이 교묘하고 천재적인 암호문을 다루고 있다는 사실을 깨닫게 되었다. 사실 윌버의 기록은 무수한 편지를 복잡한 표로 분류하고, 그 내용을 윌버 자신만이 아는 임의의 주제어로 정리해 놓은 것과 같았다. 암호 해독에는 현대적인 것보다는 고대의 방식을 적용하는 것이 훨씬 도움이 되었다. 아미티지는 원고에 사용된 암호가 아주 오래된 것이며 밀교(密敎)의 전승자에 의해 은밀히 전해진 것이라고 결론지었다. 몇 번이나 해독 직전까지 갔지만, 뜻하지 않은 장애물을 만나 원점으로 돌아오기를 수 차례였다. 9월에 접어들면서 안개가 걷히기 시작했다. 편지 중 일부가 원고의 특정 부분에 사용된 암호와 마찬가지로 분명한 실체를 드러냈던 것이다. 그럴수록 내용이 실제로는 영어로 쓰여졌다는 확신이 굳어졌다.

9월 2일 저녁, 마지막 장벽이 사라지고, 아미티지 박사는 처음으로 윌버 웨이틀리의 생애를 활자를 통해 읽을 수 있었다. 모든 사람들이 예상한 대로 그 내용은 일기라고 해도 무방했다. 그리고 행간마다 복합적인 밀교의 지식과 글쓴이의 독특한 문학적 취향이 묻어 있었다. 아미티지가 해독한 첫 번째 장문은 1916년 11월 26일자 기록으로서, 지극히 놀랍고 불안한 내용이었다. 아미티지의 기억 속에 글을 쓴 당시의 윌버는 3년 6개월의 나이였지만 열한 살 내지 열세 살의 모습을 하고 있었다.

"오늘 제의식[103]에 필요한 아크로 어[104]를 배웠다. 하지만 언덕에서 들려오는 소리를 해독할 수는 있어도 하늘에서 들리는 소리에는 그 언어로 답할 수 없을 것 같다. 예상은 했지만 2층의 존재는 나보다 훨씬 앞서 있으며, 이 세상에서 불가능한 지능을 지니고 있다. 엘람 허친스의 개가 달려드는 바람에 총으로 쏴 죽였고, 엘람은 언제고 나를 죽이고 말겠다며 화를 냈다. 내 생각에는 그럴 수 없을 것이다. 할아버지는 지난밤 내게 계속해서 도 주문[105]을 가르쳤으며, 나는 북극과 남극에 있는 지하 도시를 본 느낌이 들었다. 지구가 멸망할 때 내가 도-나 주문[106]을 제때에 외우지 못한다면, 나는 극지방으로 피신할 수밖에 없을 것이다. 제식을 거행할 때 하늘에서 온 목소리가 말하기를, 얼마 후 내가 지구를 파멸케 할 것이라고 했는데, 내 생각에는 그때 할아버지가 죽을지 모르겠다. 그래서 더더욱 이르와 엔그르[107] 사이에 있는 주문을 속히 배워야 한다. 외계에서 온 자들이 도움이 될 수 있지만, 그들은 인간의 피가 없으면 육체를 지니지 못한다. 2층에 있는 자도 그런 경우다. 부어 표식[108]과 함께 이번 가즈[109]의 가루를 뿌려야 간신히 그를 볼 수 있을 뿐이다. 그는 메이 이브에 언덕에서 본 자들과 비슷하게 생겼다. 얼굴 한쪽은 약간 지워진 것 같다. 지구가 파멸하고 지구상에 생물이 모두 죽고 난 이후 내 모습이 어떻게 보일지 궁금하다. 아크로 제식 때 나타난 존재가 말하기를, 외계에 적합한 형체로 내 모습이 바뀔 거라고 했다.”

다음 날 아침까지 아미티지 박사는 식은땀을 흘리며 맹렬한 집중력을 보이고 있었다. 전등에 의지해 밤새 원고를 한장 한장 해독해 나갈수록 그의 두 손은 부들부들 떨렸다. 그는 전날 밤 집에 전화를 걸어 밤샘 작업이 있다고 일러 놓았고, 아침에 아내가 아침을 준비해 왔지만 한술도 뜰 수 없었다. 그는 온종일 해독 작업을 계속했고, 이따금 복잡한 주제어를 다시 적용하기 위해 어쩔 수 없이 작업을 중단할 때마다 분통을 터뜨렸다. 점심과 저녁 식사가 연구실까지 전달됐지만, 역시 드는 둥 마는 둥이었다. 다음 날 으슥한 새벽, 그는 의자에 앉은 채 깜박 잠들었다가, 자신이 밝혀낸 진실과 인류의 위기만큼이나 무시무시한 악몽에 쫓겨서 금세 깨어나고 말았다.

9월 4일 아침, 그를 만나러 잠시 들렀던 라이스 박사와 모건 박사는 송장처럼 질려 황급히 연구실을 떠났다. 그날 저녁, 그는 잠자리에 들었지만 중간에 깨어나기를 수 차례였다. 다음 날인 수요일, 다시 월버의 원고를 집어 들고 이미 해독한 부분과 진행 중인 부분에 방대한 주석을 달기 시작했다. 그날 밤도 역시 연구실 안락의자에서 잠시 눈을 붙였지만 새벽이 오기 전 다시 원고를 붙잡았다. 점심 무렵, 주치의인 하트웰 박사가 그를 만나러 와서 좀 쉬어야 한다며 충고했다. 그는 의

사의 충고를 거절했다. 일기를 해독하는 일이 그의 경력에 중대하기에 때가 되면 설명해 주겠다는 말을 덧붙였을 뿐이다.

그날 저녁 사위가 어둠에 물들 즈음, 그는 드디어 원고를 독파하고 탈진한 상태로 의자 깊숙이 몸을 파묻었다. 아내가 저녁 식사를 가져왔을 때, 그는 거의 인사불성이나 다름없었다. 그러나 아내가 주석을 적어놓은 노트를 살펴보려는 순간, 그는 날카로운 목소리로 제지했다. 그는 비틀거리며 자리에서 일어나 종이와 노트를 그러모아 커다란 봉투에 담은 다음, 코트 안주머니에 집어넣었다. 간신히 집에 돌아오기는 했지만, 하트웰 박사를 속히 불러야할 형편이었다. 의사가 그를 침대에 누이는 동안, 그는 계속해서 "그러나 신의 이름으로 우리가 무엇을 할 수 있단 말인가?"라는 말을 중얼거렸다.

아미티지 박사는 잠들었지만, 다음 날 약간의 착란 상태를 보였다. 그는 하트웰에게 아무 설명도 하지 않았다. 다만, 잠깐씩 제정신이 들 때마다 중대한 일 때문에 라이스와 모건과 장시간 협의를 해야 한다고 아내에게 말했다. 그러고는 곧이어 격리된 농가에 숨어 있는 것을 죽여야 한다느니, 다른 차원에서 온 잔악한 태고의 존재들이 지구상의 인간과 동식물을 모두 파멸시킬 거라느니 미친 듯이 횡설수설하는 정도가 무척 뜻밖이고 심각했다. 뿐만 아니라, 그는 고대의 존재[110]가 지구를 태양계와 우주의 질서에서 떼어내 영겁의 세월 전의, 그들이 한때 익숙했던 시절의 상태로 되돌려 놓으려 하기 때문에 극히 위험한 상황이라며 악을 썼다. 간간이 『네크로노미콘』과 레미기우스의 『악마 숭배』[111]를 언급하며, 위기에 대처할 만한 주문이 있을지 모른다며 골똘히 생각에 잠기기도 했다.

"막아! 그들을 막아!" 그는 소리쳤다. "웨이틀리 가족이 그들을 불러들였지만, 가장 끔찍한 일이 아직 남아 있어! 라이스와 모건에게 어서 손을 써야 한다고 말해. 승산은 없지만, 내가 그 가루 만드는 방법을 알고 있으니까 혹시……. 8월 2일부터 그것은 먹이를 전혀 먹지 못했어. 윌버가 이곳에서 죽은 이후로 말이야. 그러니까……."

하지만 아미티지 박사는 일흔 셋이라는 고령에도 불구하고 정정한 편이어서, 그날 밤은 별다른 병세를 보이지 않고 혼란한 잠에 빠져들었다. 그는 금요일 늦게까지 숙면을 취했고, 한결 가뿐해져서 통렬한 공포와 막중한 책임감을 냉철하게 저울질하기 시작했다. 토요일 오후, 그는 도서관에 들러 자료를 검토하고 라이스와 모건에게 협의할 일이 있다고 알렸다. 세 사람은 그날 저녁까지 장고를 거듭하며 가장 절박한 문제를 해결하기 위해 머리를 맞댔다. 생경하고 오싹한 금서들이 수시로 서고와 비밀 보관소에서 꺼내졌으며, 각종 도표와 주문, 공식들이 다급하고 당황한 손길을 따라 필사되었다. 누구도 의심하는 사람은 없었다. 바로 그 건물에서 쓰러진 윌버 웨이틀리의 시체를 목격한 이후 세 사람 중에서 윌버의 일기를 한낱 광인의 장광설 정도로 치부하는 사람은 없었다.

매사추세츠 주 경찰에 알리자는 의견도 나왔지만, 결국에는 그만 두었다. 그간의 수사 과정에서 나타났듯이, 직접 목격하지 않고는 믿을 수 있는 성질의 문제가 아니었다. 세 사람은 명확한 결론을 얻지 못한 채 그날 밤 늦게 각자의 집으로 돌아갔다. 일요일 내내 아미티지 박사는 공식을 검토했고, 대학 실험실에서 얻은 화학 물질을 혼합했다. 그 무시무시한 일기를 떠올릴수록, 윌버 웨이틀리가 농가에 남겨두고 온 괴물을 없앨 수 있는 물질이 과연 있기는 한 것인지 의구심을 떨칠 수 없었다. 당시 그에게 미지의 존재였던 그 괴물은 머잖아 밖으로 뛰쳐나와 쉽게 잊혀지지 않을 더니치 공포를 가져올 것이었다.

월요일, 아미티지 박사는 전날과 다름없이 끝없는 자료 검토와 실험에 몰두했다. 일기를 뒤적이고 고민할수록 계획도 매번 바뀌었으므로 결국 남는 건 불확실함뿐이라는 회의감마저 일었다. 화요일, 그는 드디어 분명한 행동 지침을 세우고, 일주일 내에 더니치를 찾기로 결심했다. 그런데 수요일에 뜻밖의 충격이 전해졌다.《아컴 애드버타이저》지와《AP 통신》의 지면 구석에 실린 익살맞은 기사, 요컨대 더니치의 밀주를 먹고 자란 전대미문의 괴물이 나타났다는 내용이었다. 당황한 아미티지가 할 수 있는 일이라고는 라이스와 모건에게 전화를 거는 것밖에 없었다. 그날 밤늦도록 그들은 논의를 거듭했고, 다음 날은 토의 내용을 바탕으로 준비를 서두르느라 경황이 없었다. 아미티지 박사는 앞으로 무시무시한 상대와 맞닥뜨리게 될 것을 알았으나, 자기보다 앞서서 다른 사람들이 저질러 놓은 더 심각하고 사악한 짓을 해결하기 위해서는 어쩔 수 없는 선택이었다.

IX

금요일 아침, 아미티지와 라이스, 모건 세 사람은 차편으로 더니치를 향해 출발해서 오후 1시께 마을에 도착했다. 날씨는 화창했지만, 눈부신 햇살 속에서도 둥그스름한 언덕 꼭대기와 비탄에 잠긴 마을의 으슥한 골짜기에 을씨년스럽고 불길한 그림자가 드리워져 있었다. 이따금씩 산마루에서 하늘을 등지고 줄지어선 돌기둥들이 나타나 오싹한 분위기를 자아냈다. 겁에 질려 쉬쉬하는 오스번 상점 사람들을 보고 그들은 마을에 끔찍한 일이 벌어졌음을 간파했고, 얼마 안 있어 엘머 프라이의 집과 가족이 모두 사라져 버렸다는 사실까지 알게 되었다. 오후 내내 더니치를 돌아다니며 마을에 일어난 일을 탐문하는 과정에서 타르처럼 끈적끈적한 물질, 황폐화된 프라이의 집과 농가 마당의 불경스러운 흔적, 세스 비숍의 상처 입은 가축, 마을 곳곳에 쓸려 넘어진 수목들을 목격하고 섬뜩한 공포를 느껴야 했다. 센티널 언덕을 오르내린 흔적을 보고 그것이 결정적인 단서라고 생각했다. 그는 특히 언덕 꼭대기의 제단처럼 생긴 돌 탁자를 한참 동안 바라보았다.

한편 그날 아침엔 에일즈버리에서 주(州) 경찰이 프라이 가족의 비보를 접하고 수사를 나와 있었다. 그 사실을 안 아미티지 일행은 경찰과 조사 내용을 서로 비교해 보기로 했다. 그러나 생각처럼 쉽지 않았다. 어디서도 수사관들의 모습을 찾을 수 없었던 것이다. 수사관 다섯 명이 왔다는 소식을 들었지만, 폐허가 된 프라이 농가 근처에 경찰차만 있을 뿐 사람의 그림자는 보이지 않았다. 수사관과 직접 말을 주고받았다는 마을 주민들도 아미티지 일행처럼 어리둥절해 하기는 마찬가지였다. 골똘히 생각에 잠겨 있다가 안색이 창백해진 샘 허친스 노인이 프레드 파르의 옆구리를 찌르더니 축축하고 으슥한 골짜기를 가리켰다.

"이 일을 어쩐다?" 그가 헐떡이면서 말했다. "골짜기에는 들어가지 말라고 신신당부를 했건만. 길이 저리도 흉하고, 냄새며 소쩍새 소리가 괴괴한데, 어떻게 감히 한낮에도 캄캄한 저 속으로 들어갈 생각을 했을꼬……."

샘 허친슨 노인의 말에 주민이나 아미티지 일행 모두 몸서리를 치며 무의식적으로 귀를 쫑긋 세우고 무슨 소리라도 들리는지 긴장했다. 그 끔찍한 공포에 깊숙이 관여하고 나름대로 할 일을 찾아온 아미티지 박사도 자신에게 지워진 책임을 떠올리며 심사가 괴로워졌다. 곧 밤이 찾아오면, 거대하고 불온한 형체가 또 다시 소름끼치는 행보를 시작할 것이었다. "네고티움 페람뷔안스 인 테네브리스……."[112] 아미티지 박사는 기억해 둔 주문을 연습해 보며, 아직 외우지 못한 또 다른 주문이 적혀있는 쪽지를 집어 들었다. 그는 손전등으로 종이를 비추며 앞으로의 계획에 골몰했다. 그동안 라이스는 가방에서 곤충 퇴치제를 찾았고, 모건은 무기는 아무 소용없다는 동료들의 만류를 뿌리치고 가져온 사냥용 엽총을 꺼내 들었다.

월버의 일기를 해독했던 아미티지는 다음 상황을 충분히 예견할 수 있었다. 그러나 더니치 주민들을 더 극심한 공포로 빠뜨릴까 염려하여 내색하지는 않았다. 그는 괴물이 세상에 정체를 드러내기 전에 일을 끝낼 수 있기를 간절히 바랐다. 서서히 사위가 어두워지면서, 마을 사람들은 하나둘 집으로 향했다. 모두들 또 하룻밤 목숨을 부지할만한 방편을 찾아 급급했지만, 내키는 대로 거목을 넘어뜨리고 집을 뭉개 버리는 괴물 앞에서 속수무책이라는 절망감을 어쩌지 못했다. 게다가 아미티지 일행이 골짜기에서 가까운 프라이 농가의 폐허에서 밤새 상황을 지켜보겠다는 계획을 밝히자 고개를 젓던 마을 사람들 중 그 세 사람을 다시 보게 되리라 생각하는 이는 아무도 없었다.

그날 밤은 언덕 아래서 굉음이 들려왔고, 쏙독새가 사납게 울었다. 간간이 돌풍이 콜드 스프링글렌을 휩쓸며 묵직한 밤의 대기 속으로 역겨운 악취를 밀어 넣었다. 언젠가 열다섯 살 먹은 인간의 모습으로 죽어간 괴물을 두 눈으로 똑똑히 목격한 아미티지 일행에게는 그 냄새가 매우 익숙한 것이었다. 그러나 숨죽이고 찾고 있는 공포의 그림자는 좀처럼 모습을 드러내지 않았다. 골짜기 속의 정체 모를 괴물은 시간을 벌려는 속셈 같았고, 아미티지 박사는 어둠 속에서 괴물을 공격하려는 계획이 무모한 것 같다며 동료들에게 말했다.

핏기 없는 아침이 왔고, 밤의 소음도 멈추었다. 우중충한 하늘에 찬 바람이 매서웠다. 간간이 흩날리는 빗방울, 언덕 너머 북서쪽으로 점점 더 짙은 먹구름이 몰려들었다. 아미티지 일행은 어찌해야 할지 결정을 내리지 못했다. 점점 굵어지는 빗방울에 쫓겨 프라이 농가의 폐허 한쪽에 모여 앉은 그들은 기다릴 것인지, 아니면 과감하게 골짜기 속의 이름 모를 괴물을 찾아 나설 것인지 의논을 거듭했다. 급기야 장대비가 두터운 장막처럼 쏟아지는 가운데 멀리 지평선에서 천둥소리가 들려왔다. 장막을 치듯 넓은 범위에 걸쳐서 번개가 나타났고, 마치 저주받은 골짜기에 내리꽂히듯 가까이서 두 갈래 섬광이 작렬했다. 하늘은 점점 어두워졌고, 아미티지 일행은 험악한 폭풍우가 짧고 강렬하게 끝나고 날이 개기를 기다렸다.

그렇게 한 시간 남짓 지났다. 하늘은 여전히 음침한 가운데, 길가에서 갑자기 왁자지껄한 소리가 들려 왔다. 잠시 후, 잔뜩 겁에 질린 10여 명의 사람들이 뭐라고 소리치면서 뛰어왔다. 그중에는 마구 울부짖는 사람도 있었다. 앞장선 사람들의 고함소리가 점점 또렷해지면서 아미티지 일행은 크게 놀라고 말았다.

"아, 세상에, 이런 세상에!" 숨넘어가는 목소리였다. "다시 시작됐어요. 한낮인 지금에 말이오! 지금 밖에, 골짜기에서 나와 돌아다니고 있어요. 우리 모두를 죽일지 몰라요!"

앞장선 사람이 숨을 몰아쉬며 말을 잇지 못하자, 다른 사람이 소리쳤다.

"한 시간 전쯤, 여기 있는 제브 웨이틀리가 콜드 스프링글렌과 마을 사이에 사는 조지의 아내에게 전화를 받았대요. 코리 부인 말이죠. 부인이 말하기를, 잡일을 하는 루더라는 아이가 천둥 번개 속에서 소를 몰고 오다가 골짜기 초입, 그러니까 여기 반대편에 나무들이 죄다 쓰러져 있는 걸 봤대요. 루더가 지난 월요일 아침에 커다란 발자국을 발견했을 때처럼 냄새가 지독했다는군요. 게다가 쉭쉭 하면서 뭔가를 핥는 소리가 들렸는데, 쓰러진 나무에서 나는 소리와는 전혀 딴판이었대요. 그러고는 느닷없이 길가의 나무들이 한쪽으로 쏠리면서 짓밟히는가 싶더니 흙덩어리가 사방으로 튀더래요. 하지만 루더는 아무 것도 보지 못했답니다. 그저 나무와 풀숲이 쓰러지는 것 밖에는.

그리고 저기 앞쪽, 비숍 개천에 다다르자 다리가 삐거덕거리는 소리가 들렸대요. 루더는 그게 나무 쪼개지는 소리라고 했다는군요. 하지만 여전히 괴물의 모습은 온데간데없고, 나무와 풀숲만 나자빠지더래요. 쉭쉭 소리가 마법사 웨이틀리의 농가와 센티널 언덕 쪽으로 멀어지는 것 같아, 루더는 소리를 처음 들은 곳까지 용기를 내서 돌아가 주위를 살펴봤다는 거예요. 사방은 온통 진흙과 물 천지였고, 하늘은 새카맣게 어두워져서 장대비가 퍼부었대요. 하지만 나무가 줄줄이 움직이던 골짜기 초입에는 그때까지도 월요일 날 루더가 본 드럼통만한 발자국이 남아 있었더랬죠."

이번에는 맨 처음 소리를 질렀던 사람이 끼어들었다.

"하지만 지금 그게 문제가 아니에요. 얘기는 이제 시작이라고요. 여기 있는 제브가 마을 사람들에게 전화를 하는 동안, 이번엔 세스 비숍의 집에서 다급한 전갈이 왔어요. 세스의 아내 샐리가 숨넘어가는 목소리로 떠들었다죠. 길가의 나무가 쓰러지고 코끼리가 콧김을 뿜으며 걸어가듯 걸걸한 소리가 집 쪽으로 다가온다고 말이에요. 그러더니 다짜

고짜 냄새가 난다고 말했고, 옆에 있던 아들 선시는 월요일 아침에 무너진 웨이틀리 농가에서 나던 냄새와 똑같다며 소리를 질렀대요. 게다가 집 안의 개들이 모두 짖으며 겁에 질려 낑낑거렸대요.

곧바로 헛간 하나가 태풍에 휩쓸리듯 무너져 버렸다고 샐리가 소리치더군요. 그런데 딱히 바람이 불지도 않았는데요. 전화기 너머에서 다급하게 숨을 헐떡이는 소리가 또렷하게 들려 왔어요. 샐리가 다시 비명을 지르고, 이번에는 앞마당의 나무 울타리가 무너졌다며, 그러나 누가 그랬는지 아무 것도 보이지 않더라고 말했어요. 그리고 곧바로 선시와 세스 비숍의 비명 소리도 들리더군요. 뭔가 육중한 것이 집을 덮쳤다며 샐리가 소리를 지르는데, 벼락을 맞은 건 또 아니래요. 아무튼 그 무거운 게 앞마당을 다시 휩쓰는지 아비규환의 비명 소리만 들렸어요. 그러나 아무리 창밖을 살펴도 보이는 것이 있어야 말이죠. 그 다음에는……. 그러고는…….”

마을 사람들의 얼굴에 오싹한 전율이 스쳤다. 아미티지 박사도 몸을 떨면서 어서 말해 보라고 간신히 재촉할 수 있었다.

“그러고는……. 샐리가 소리쳤어요. ‘도와줘요, 집이 무너져요…….’ 실제로 전화기 너머에서 건물이 주저앉는 끔찍한 소리가 들려왔는데 ……. 엘머 프라이의 집이 그랬던 것처럼……. 우리는 그저…….”

남자가 말꼬리를 흐리자, 이번에는 또 다른 사람이 대신했다.

“그게 다예요. 그때부터 아무 소리도 들리지 않았으니까요. 그냥 잠잠했어요. 그래서 우리는 자동차와 마차를 있는 대로 모아서 코리의 집에 집결했다가 이쪽으로 달려온 거죠. 어찌하면 좋을지 선생님들께 물어 보려고 말입니다. 신께서 우리의 죄를 벌하시는 것이라면 어찌 피할 수 있겠나 싶지만요.”

아미티지 박사는 이제 확실한 행동으로 옮길 때라고 생각하고, 겁에 질려있는 마을 사람들에게 단호한 목소리로 말했다.

"자, 여러분, 놈을 쫓아갑시다."

그는 가능한 자신감을 보여주려고 애썼다.

"일을 바로잡을 만한 기회가 반드시 찾아올 겁니다. 여러분도 알다시피 웨이틀리 일가는 마법사였소. 그리고 이번 사태는 마법에 가까운 일이니, 해결 방법도 마법입니다. 저는 윌버 웨이틀리의 일기와 이상한 책들을 살펴보았고, 괴물을 해치울 만한 주문도 나름대로 준비해 두었소. 물론 확신할 수는 없지만, 가만히 앉아만 있는 것보단 나을 겁니다. 괴물이 사람의 눈에 보이지 않으나, 여기 멀리까지 나가는 분무기로 특수한 가루를 뿌리면 잠시 동안은 놈을 볼 수 있을 거요. 내 말이 맞는지는 나중에 알게 될 것이오. 살려 두기엔 끔찍한 괴물이지만, 그나마 윌버의 손에 계속 맡겨지지 않은 것만 해도 다행입니다. 지금 우리는 이 세상에 뛰쳐나온 괴물의 정체가 무엇인지 알지 못하오. 다만 우리가 지금 맞서 싸워야 할 상대는 딱 한 놈입니다. 그리고 놈은 번식을 통해서 개체 수를 늘릴 수 없소. 하지만 크나큰 해를 끼칠 만큼 위험한 존재입니다. 그러니 이 마을에서 괴물을 없애는 일에 주저해서는 안 될 것이오. 놈을 추적해야 해요. 일단은 일을 당했다는 그 집으로 갑시다. 우리는 이곳 지리를 잘 모르니, 누가 앞장을 서 줘요. 아마 지름길이 있을 것 같은데, 어떻소?"

마을 사람들은 잠시 주저하는 낯빛이었다. 이윽고 얼 소여가 지저분한 손가락으로 가늘어지는 빗줄기 너머 어딘가를 가리켰다.

"저 밑으로 가로질러 가는 것이 세스 비숍의 집에 가장 빨리 가는 지름길입니다. 하류의 개울을 지나 캐리어 초원으로 올라가면 그 너머에

삼림지가 나와요. 그곳에서 오르막길을 조금만 가다 보면 맞은편에 세스의 집이 있지요."

아미티지 일행은 얼 소여가 알려준 방향으로 곧장 발걸음을 옮겼다. 마을 사람들 대부분이 그 뒤를 천천히 따라오기 시작했다. 하늘이 점점 개이고, 폭풍우도 완전히 물러난 것 같았다. 아미티지 박사가 잠시 한눈을 팔다 길을 잘못 들자, 조 오스번이 앞으로 나와 방향을 바로잡아 주었다. 용기와 자신감이 높아지고 있었다. 그러나 지름길이 끝날 때까지 가파르게 펼쳐져 있는 언덕의 울창한 그늘 속을 통과하고, 숲속의 몽환적인 고목들을 사다리 타듯 오르다보니 다잡은 마음도 꽤나 흔들리긴 했다.

마침내, 그들이 질척한 도로로 올라서자 태양이 얼굴을 내밀었다. 세스 비숍의 집이 얼마 남지 않았지만, 벌써부터 쓸려 넘어진 나무와 끔찍한 발자국이 여기저기 눈에 띄었다. 아미티지 일행은 잠시 쓰러진 나무들을 유심히 관찰했다. 프라이 일가의 비극이 그대로 재현된 꼴이었고, 주저앉은 비숍의 농가와 헛간 어디에서도 시체와 생존자를 막론하고 사람의 그림자는 보이지 않았다. 이제 폐허 속에서 진동하는 악취와 타르처럼 끈적끈적한 물질에 따로 신경을 쓰는 사람은 없었지만, 휘틀리 농가와 센티널 언덕으로 이어진 오싹한 발자국만큼은 사람들의 시선을 잡아끌었다.

윌버 웨이틀리의 집터를 지나칠 때, 사람들이 눈에 띄게 몸을 떨었고, 다시금 주저하는 것 같았다. 눈에 보이지는 않지만 집채만 한 거구의 괴물이 그 길을 따라 갔고, 그것이 악마처럼 사악하다는 말이 괜한 소리는 아니었다. 센티널 언덕 밑에 이르자 발자국은 길 왼쪽으로 나 있었고, 언덕 정상까지 예전에 생긴 흔적 외에 널찍하게 휩쓸린 흔적이 새로 생겨 있었다.

아미티지는 고성능 망원경으로 가파른 언덕가를 살폈다. 곧이어 시력이 뛰어난 모건에게 망원경을 건네주었다. 잠시 후 외마디 비명을 토한 모건은 비탈의 한 지점을 가리키며 얼 소여에게 망원경을 넘겨주었다. 소여가 난생 처음 구경하는 망원경을 서툴게 만지작거리자, 아미티지 박사가 초점을 조절해 주었다. 소여는 망원경으로 산비탈을 바라보다가 모건보다 더 격하게 비명을 질렀다.

"이럴 수가, 풀과 나무가 움직이고 있어요! 위쪽으로 느릿느릿 언덕 꼭대기로 올라가고 있다니까요! 세상에, 대체 저게 뭐람!"

사람들 사이에 공포의 기운이 전염병처럼 퍼지기 시작했다. 정체불명의 괴물을 쫓아오긴 했지만, 그것을 실제로 찾아내는 일은 별개의 문제였다. 주문이 효과가 있을지 미지수. 만약 효과가 없다면 어찌 될 것인가? 여기저기서 아미티지를 향해 괴물에 대해 아는 바를 말해 달라는 요청이 쏟아졌지만, 무슨 답변을 해도 그들을 만족시킬 것 같지는 않았다. 모두들 인간의 정상적인 경험 세계에서 완전히 벗어나 있고, 지금까지 철저히 금기시된 자연의 현상에 다가섰다고 느끼는 것 같았다.

X

결국 아컴에서 온 세 명의 학자 일행 ─ 반백의 연로한 아미티지 박사와 구릿빛 피부의 건장한 라이스 박사, 그리고 호리호리하고 앳된 모습의 모건 박사 ─ 만이 언덕을 오르기 시작했다. 망원경은 한참 동안 사용 방법을 알려준 뒤, 겁에 질려서 도로에 남아 있는 사람들에게 주고

왔다. 그래서 그들이 언덕을 오르는 동안 주민들은 밑에서 그 광경을 살필 수 있었다. 언덕이 험난해서 아미티지 박사는 몇 번씩 동료의 도움을 받아야 했다. 악전고투 중인 일행 위쪽에선 괴물이 일부러 뱀처럼 구불구불 움직였고, 거기에 맞춰 커다란 길이 갈라지면서 들썩거렸다. 어쨌든 추격자들이 거리를 좁혀가고 있는 게 분명했다.

커티스 웨이틀리─퇴행을 겪지 않은 웨이틀리 가문에 속하는─가 망원경을 붙잡고 있을 때, 아미티지 일행은 갑자기 길에서 벗어난 상태였다. 그는 사람들에게 박사 일행이 계속해서 쓰러지는 관목 숲의 방향을 예측하고 앞질러 옆쪽 봉우리로 올라가려는 것 같다고 설명했다. 그의 예측은 옳았다. 아미티지 일행은 투명한 괴물이 방금 지나간 길목바로 위쪽에 자리를 잡았다.

망원경을 건네받은 위슬리 코리는 라이스 박사가 분무기를 붙잡고, 아미티지 박사가 무엇인가 준비를 하는 것으로 봐서 무슨 일이 곧 벌어질 것 같다고 소리쳤다. 사람들은 갑자기 술렁거렸는데, 분무기를 사용하면 잠시 동안 괴물의 정체를 볼 수 있다는 말을 모두 기억하고 있어서였다. 두세 사람은 아예 눈을 질끈 감아버렸지만, 커티스 웨이틀리는 망원경을 낚아채고 위쪽으로 단단히 고정시켰다. 괴물의 바로 뒤쪽에 있던 아미티지 일행 중에서 라이스는 절호의 기회를 포착했는지 분무기를 발사했고, 기세 좋게 분말이 뿜어졌다.

망원경이 없는 사람들은 언덕 정상 부근에서 순간적으로 뿜어지는 집채 만한 회색의 분말 구름만 봤을 뿐이다. 한편, 망원경으로 보고 있던 커티스는 찢어질 듯 날카로운 비명을 지르며 발목 깊이의 진흙길에 망원경을 떨어뜨렸다. 그가 온몸을 부들부들 떨며 비틀거리자, 두세 사람이 달려들어 몸을 부축해 주어야 했다. 그는 기어드는 소리로 이렇게 중얼거렸다.

"오, 맙소사……. 저건……. 저건……."

기다렸다는 듯이 질문이 쏟아졌고, 헨리 휠러만이 진흙 구덩이에 떨어진 망원경을 집어들고 렌즈를 닦았다. 커티스는 거의 제정신이 아니어서 횡설수설하는 것도 힘겨워보였다.

"헛간보다 훨씬 커……. 온몸이 끈적끈적 꿈틀거려……. 몸체는 세상에서 가장 큰 달걀 모양이고, 드럼통처럼 커다란 다리가 열 개도 넘는데, 움직일 때 반 정도가 접히는 게……. 딱딱한 느낌이 전혀 없어. 그냥 젤리 같아, 뱀처럼 꿈틀대는 밧줄이 뒤엉켜서 한꺼번에 밀려다니고 있어……. 큼지막한 눈알이 온몸에 구석구석 달려 있고……. 입인지 더듬이인지 열 개 아니 스무 개나 되는 것이 옆에 줄줄이 달려 있는데, 난로 연통보다도 두껍고 홱홱 움직였다가 닫혔다가 열렸다가……. 모두 잿빛에다 푸르스름하고 끄트머리에 붉은 고리가 달려 있어서……. 이런 세상에, 몸통의 반이 얼굴이라니……!"

마지막으로 무슨 말을 하려고 했는지는 모르겠지만, 그 말을 떠올리는 것 자체가 가엾은 커티스에겐 재앙이나 다름없었다. 미처 말을 다 끝내기도 전에 그는 정신을 잃고 말았다. 프레드 파르와 윌 허친슨은 그를 데리고 길가의 축축한 풀 위에 눕혔다. 헨리 휠러는 부들부들 떨면서 닦아낸 망원경을 언덕 정상 쪽에 갖다 댔다. 렌즈를 통해 조그맣게 나타난 세 사람이 거의 달리는 기세로 언덕 정상을 향해 움직이는 모습이 나타났다. 그밖에 다른 것은 보이지 않았다. 그때, 산골짜기 뒤편과 센티널 언덕의 덤불 사이에서도 기이한 소리가 들리기 시작했다. 무수한 쏙독새의 울음소리였다. 고막을 찢을 듯 날카로운 지저귐 속에서 집요하고 사악한 기대감이 느껴졌다.

얼 소여가 망원경을 건네받고, 박사 일행이 거의 언덕 정상에 다다랐지만 돌 제단과 꽤 떨어진 거리에 있다고 상황을 설명했다. 그리고 일행 중 한 사람이 머리 위로 손을 올렸다 내렸다 한다고 말했다. 그가 상황을 알리는 동안 다른 사람들은 멀리서 어딘가에 장단을 맞추듯 들려오는 쏙독새의 지저귐을 듣고 있었다. 언덕 정상에 드리우는, 기묘한 실루엣이 참으로 그로테스크하고 인상적인 장관을 연출했으나, 누구도 미학적인 감상을 할 만한 처지는 아니었다.

"주문을 외우고 있나 봐."

망원경을 낚아챈 휠러가 나지막이 중얼거렸다. 쏙독새들이 내는 거센 울음소리는 언덕 정상에서 행해지는 의식과는 달리 유난히 불규칙하고 어지럽게 들려 왔다.

구름이 끼지도 않았는데 갑자기 햇빛이 어두워졌다. 그것은 좀처럼 보기 드문 현상이었고, 모든 사람들이 분명히 확인한 상황이었다. 언덕의 땅속에서 으르렁거림이 들려오는가 싶더니 하늘에서도 똑같은 소리가 들려와 하늘과 땅의 으르렁거림이 뒤섞였다. 창공에서 섬광이 번뜩였고, 어리둥절해진 사람들은 태풍이 오려나 하고 헛되이 추측이나 하는 정도였다. 이쯤 되면 아컴의 사나이들이 주문을 외우고 있음이 분명해졌다. 휠러는 망원경으로 세 사람이 규칙적인 주문을 외면서 팔을 들어 올리는 모습을 보았다. 멀리 떨어진 농가 몇 곳에서 개들이 미친 듯이 짖어대고 있었다.

햇빛의 변화가 더욱 심해지자, 사람들은 어리둥절한 표정으로 지평선을 바라보았다. 기이할 정도로 푸른 창공만큼이나 몽환적인 자줏빛 어스름이 서서히 으르렁대는 언덕 위로 내려앉았다. 전보다 훨씬 밝은 섬광이 또 다시 창공을 갈랐고, 사람들은 멀리 언덕 꼭대기의 돌 제단 주변에서 무엇인가 신비한 일이 벌어지고 있다고 막연히 생각했다. 하지만 그 순간엔 아무도 망원경을 사용하지 않았다. 쏙독새의 울음소리가 점점 더 어지러운 리듬을 따라 격해지는 데다, 공기마저 까닭 모를 위협을 가하듯 짓누르는 느낌이어서 더니치 사람들은 서로를 꽉 끌어안았다.

느닷없이 갈라지고 쉰 저음의 목소리가 들려 왔다. 그 소리를 들은 사람이라면 평생 잊지 못할 만큼 강렬한 것이었다. 인간의 발성 기관으로는 도저히 흉내 내지도 못할 만큼 기괴하게 뒤틀린 소리였다. 차라리 지옥의 소리라고 하는 편이 낫겠지만, 당시 소리의 진원지는 분명 언덕 정상의 돌 제단이었다. 소름끼치도록 낮은 음역대여서 청각보다는 사람들의 의식과 공포를 미묘하게 자극했으므로 그것을 '소리'라고 표현하는 것 자체가 잘못일지 모르겠다. 소리가 언덕 속의 으르렁거림과 하늘의 천둥소리와 어우러져 점점 더 세차게 메아리쳤지만, 소리 지르는 존재는 어디서도 눈에 띄지 않았다. 상상력만이 그 소리의 근원이 보이지 않는 세계임을 암시할 뿐, 한데 모여 옹송그린 사람들은 더욱더 서로에게 몸을 움츠리며 금방이라도 폭발이 일어날 듯 질겁하는 것이었다.

"이그나이……. 이그나이……. 트플트칸가……. 요그-소토스……."

오싹하게 쉰 목소리가 사방에서 울려 퍼졌다.

"야브트느크……. 헤이예―나그르크드라."

그때 목소리에 갑자기 동요가 일었는데, 마치 격렬한 영혼의 싸움이라도 벌어지고 있는 느낌이었다. 헨리 휠러는 망원경을 갖다 댄 두 눈에 바짝 힘을 주었지만, 언덕 정상에서 보이는 것이라고는 세 사람의 기괴한 그림자뿐이었다. 주문이 절정으로 치닫는 동안, 세 사람은 전부 이상한 동작으로 두 팔을 맹렬히 움직이고 있었다. 불분명하게 천둥처럼 울리는 그 쉰목소리는 아케론 강[113]의 공포 혹은 감정의 검은 우물에서 나온 것일까? 아니면 오랫동안 잠재적으로 유전된, 극단의 우주적 의식 혹은 망각의 까마득한 심연에서 나온 것일까? 목소리는 완전한 절대의 광기 속으로 빠져들수록 다시금 강하고 집요해졌다.

"에-야-야-야아아-야야야야아아아……. 느가아아아아……. 느가아아아아……. 헤여……. 헤여……. 살려줘! 도와줘!……. 아-아-아버지! 아버지! 요그-소토스!……."

그러나 그것이 전부였다. 창백한 얼굴로 길가에서 비틀거리던 사람들은 돌 제단 주변의 텅 빈 광기의 공간에서 굵직하게 울리는, 분명한 영어 음절에 비틀거렸다. 그러나 그 소리는 다시는 들려오지 않았다. 그 대신, 언덕이 찢기는 듯한 오싹한 소리를 듣고 모두 놀라 자리에서 펄쩍 뛰어올랐다. 귀청이 떨어져 나갈 듯 천지를 울리는 소리, 그러나 사람들은 그것의 진원지가 언덕의 땅속인지 하늘인지조차 분간할 수 없었다. 자줏빛 창공에서 돌 제단을 향해 섬광이 내려쳤고, 형체 없는 힘과 지독한 악취가 거대한 밀물처럼 언덕에서 내려와 마을 전체를 휩쓸었다. 나무와 수풀과 덤불이 모조리 휩쓸렸다. 언덕 아래서 겁에 질려 있던 사람들은 숨통을 옥죄는 치명적인 악취에 짓눌려 그만 자리에 주저앉았다. 멀리서 개 짖는 소리가 시끄러웠다. 푸른 수풀과 나무 잎사귀들은 노르스름한 잿빛으로 시들어 버렸고, 들녘과 숲마다 죽은 쏙독새의 시체가 즐비했다.

악취는 이내 사라졌지만 시든 식물들은 다시 살아나지 못했다. 그날까지 만해도 언덕 주변에는 기묘할 정도로 수풀이 울창했었다. 티끌 하나 없이 다시 밝아진 햇살을 받으며 아미티지 일행이 언덕을 내려오는 동안, 커티스 휘틀리도 다시 의식을 되찾기 시작했다. 세 사람은 모두

270

굳은 얼굴로 말이 없었으며, 마을 사람들을 공포의 도가니로 몰아넣은 것보다 더 끔찍한 기억과 그림자에 지칠 대로 지친 모습이었다. 사람들이 쭈뼛거리며 질문 공세를 폈지만, 아미티지 일행은 그저 고개를 저으며 한 가지 사실만 분명히 말해 주었다.

"괴물은 완전히 사라졌소." 아미티지가 말했다. "원래 있던 곳으로 돌아갔고, 다시 나타나지 못할 것이오. 보통의 세계에서는 일어날 수 없는 일이었소. 우리가 실제로 알고 있는 건 빙산의 일각에 불과하오. 그 괴물은 아버지와 닮았으며, 이제 아버지가 있는 이름 모를 왕국 혹은 우리의 우주와는 다른 차원으로 돌아갔소. 인간 세상에서 가장 불경한 집단들이 행하는 저주받은 의식을 통해 잠시 이 언덕에 불려왔던 것이오."

아미티지 박사의 말에 한동안 침묵이 흘렀다. 정신이 오락가락하던 커티스 웨이틀리가 그쯤에서 완전히 정신을 차린 것 같았다. 그는 이마를 짚으며 깊은 신음을 토했다. 하지만 물러났던 기억이 다시 꿈틀거리고, 괴물의 모습이 되살아나는지 또 발작 증세를 보였다.

"억, 억, 이런 세상에, 반이, 몸통의 반이 얼굴이라니…… 붉은 눈알, 색소가 없어 부서질 듯 허연 머리칼, 웨이틀리 일가처럼 움푹 들어간 턱……. 그것은 문어, 아니 지네, 아니 거미 같은 놈이야. 하지만 반은 사람의 얼굴을 하고 있어. 마법사 웨이틀리의 얼굴 말이야. 지름이 일 미터도 넘어, 일 미터도……."

그가 탈진하여 말을 멈추자, 사람들은 무서워하기보다는 당혹스러운 표정으로 그를 지켜보았다. 제뷰런 웨이틀리 노인만이 그때까지 속으로만 간직해 온 옛날의 일들을 큰 소리로 말했다.

"15년 전인가, 웨이틀리 노인이 장차 라비니아가 아들을 낳게 되면,

센티널 언덕 정상에 있는 제 아비와 똑같은 이름으로 불리게 될 거라고 말했지……."

그때 조 오스번이 제뷰런 웨이틀리의 말을 끊고 아미티지 일행에게 새로운 질문을 던졌다.

"그런데 그 괴물의 정체가 무엇이며, 꼬맹이 윌버가 어떻게 하늘에서 그 괴물을 불러왔다는 겁니까?"

아미티지는 조심스럽게 말을 가려서 했다.

"그 정체라, 흠, 우리가 사는 세계에는 없는 힘이라고 할까, 그 행동과 성장과 생김새가 우리의 자연 법칙과는 다른 법칙을 따르는 존재 말이오. 우리는 그런 존재를 외부에서 불러들이고 싶은 생각이 없지만, 일부 아주 사악한 사람들과 악령에 물든 숭배자들은 그런 짓을 감행하려고 합니다. 윌버 웨이틀리에게도 그 존재의 일부가 남아 있어서 그를 사악한 괴물의 모습으로 만들어 놓았소. 나는 윌버의 저주받은 일기를 불태울 생각이오. 여러분이 현명하다면, 저기 언덕의 돌 제단을 폭파해 버리고, 돌기둥을 전부 쓰러뜨려야 할 것이오. 그것만이 휘틀리 일가가 애지중지한 괴물의 자취를 말끔히 없애는 길이오. 인류를 멸망시키고, 지구를 이름 모를 곳으로 팽개치려고 했던 그 사악한 괴물들 말이오.

그러나, 우리가 방금 돌려보낸 괴물의 경우는 윌버가 자신의 음모에 이용하기 위해 은밀히 길러온 것이오. 웨이틀리와 그 괴물 둘 다 빠르고 거대하게 성장했지만, 결국에는 괴물이 윌버를 이겼소. 그것이 윌버보다 본성적으로 외계의 속성을 더 많이 타고났기 때문이오. 윌버가 어떻게 공기 속에서 그 괴물을 불렀는지 물어 볼 필요는 없소. 불러낸 적이 없으니까. 괴물은 윌버의 쌍둥이 형제였소. 다만, 괴물이 윌버보다 더 아버지를 많이 닮았다고 할까."

84) 고르곤(Gorgo): 그리스 신화에 나오는 괴물 세 자매. '힘'을 뜻하는 스테노(Sthenno) 와 '멀리 날다'라는 뜻의 에우리알레(Euryale), '여왕'이라는 뜻의 메두사(Medusa) 세 자매를 가리킨다.

85) 키마이라(Chimaera): 그리스 신화에 나오는 기이한 짐승으로 '키메라'라고도 한다. 머리는 사자, 몸통은 양, 꼬리는 뱀 또는 용의 모양을 하고 있으며 불을 내뿜는다고 한다.

86) 켈라이논(Celaeno): 그리스신화에 나오는 여성.

87) 하르피아이(Harpies): 죽음을 관장하며 여자의 머리와 독수리의 날개를 가진 괴물.

88) 딘스 코너스와 에일즈버리는 각각 더니치에서 가까운 가상의 공간이다. 다만, 에일즈 버리(Aylesbury)는 영국의 버킹엄셔 주에 있는 실제 지명과 같지만, 이 작품에서는 러브크래프트가 만든 허구의 공간이다.

89) 더니치(Dunwich): 가상공간인지 실제 지명에서 유래했는지 정확하지 않다. 더니치 는 아서 매컨의 소설에도 등장하지만, 러브크래프트 전문 연구가 S. T. 조시의 말 에 따르면, 가상공간일 경우 뉴잉글랜드 지방의 '그리니치(Greenwich)'와 '입스위치 (Ipswitch)'처럼 '-wich'를 붙여 만든 것으로 보이며 실제적인 분위기는 러브크래프트 의 또 다른 가상공간인 인스머스와 흡사하다. 실제 지명의 경우, 영국에 더니치라는 실제 지명이 있었다고 알려져 있다.

90) 아자젤은 구약 성서에 등장하는 악마, 버즈렐은 러브크래프트 자신의 창조물, 바알세 불과 벨리알은 신약 성서에 등장한다.

91) 코카서스(Caucasian): 카프카스(Kavkaz)의 영어 이름. 흑해와 카스피 해 사이에 있는 지역. 러시아, 그루지야, 아제르바이잔, 아르메니아 따위의 여러 나라가 접하여 있는 동서 교통의 요충지이며, 유전 지대이기도 하다.

92) 캔들마스(Candlemas): 마리아가 성령으로 잉태함을 기념하는 날, 2월 2일이다. 켈트족 의 네 가지 불꽃 축제(사빈, 벨타네, 임볼릭, 루나사) 중에서 여신과 봄의 임박을 기리는 임볼릭(Imbolic)에서 유래했다. 이 소설에 등장하는 고대 켈트족의 축제와 제식(祭式) 은 다른 작품에서와 마찬가지로 등장인물들이 행하는 밀교와 비밀의 탐구와 관련이 많다.

93) 백피증(白皮症, albino): 멜라닌 색소가 부족하여 피부나 머리털, 눈동자 따위가 제 빛을 지니지 못하고 흐린 증상. 알비노증이라고도 한다.

94) 할로윈(Halloween): 10월 31일. '모든 성인의 날' 전야로서 오월제 전야(May Eve)와 함께 켈트족의 가장 큰 축제로 알려져 있다. 한해의 끝과 시작이자 여름의 끝과 겨울 의 시작되는 날을 기념하는 켈트족의 축제, 사빈(Samhain)에서 유래했다.

95) 요그-소토스:「찰스 덱스터 워드의 사례」(1927)에 처음으로 언급된 우주 존재. 후기 소설에서 많이 등장하지만, 이 작품에서 특히 중요하게 다루고 있다. 러브크래프트는 나중에 서신을 통해서 요그-소토스에 대해 '촉수 비슷한 것이 달려 있지만 가장 단단한 벽도 뚫을 수 있으며, 요그-소토스의 손길이 닿으면 누구도 살아남지 못한다. 심지어 그 이름을 크게 입밖에 내는 것만으로도 치명적이지만, 우리가 무사한 것은 자비로운 망각에 의해 그 이름을 정확하게 발음하지 못하기 때문이다. 고체, 액체, 기체 등으로 모양을 자유자재로 바꾸므로 어떤 물리적 한계도 뛰어넘을 수 있다'고 설명했다. 요그-소토스는「실버 키의 관문을 지나」(1932)에서 실버 키의 관문을 지키는 초고대인(Anceint Ones)으로 랜돌프 카터 앞에 모습을 드러내기도 한다.

96) 뾰족 지붕: 17세기 중반 뉴잉글랜드의 건축 양식으로 맞배지붕 전 단계이며, 지붕의 기울기가 심하다.

97) 오월제 전야(May Eve): 4월 30일, 오월제(May Day) 전야. 고대 켈트 족의 축제로 벨타네(Beltaine)에서 유래했으며, '빛나는 불'을 의미한다고 한다. 독일에서는 발푸르기스의 밤(Walpurgis Night)이라고 한다.

98) 라마스(Lammas): 8월 1일. 수확제. 추수의 계절이 시작됨과 빛과 풍요의 신을 경배하는 고대 켈트족의 축제, 루나사(Lughnasadh)에서 유래했다.

99) 카다스(Kadath):「또 다른 신들The Other Gods」에서 처음으로 언급된 미지의 공간. 드림랜드의 중요한 공간으로 인가노크(Inguonok) 북부 차가운 황무지에 있다고 알려져 있으며, 지상의 신들인 그레이트원이 거주하는 곳이다.「미지의 카다스를 향한 몽환의 추적」(1926)에서 주인공 랜돌프 카터가 향하는 목적지이다.

100) 슈브-니구라스(Shub-Niggurath): 다산의 여신으로, 이 작품에서 처음으로 언급되었다. 슈브-니구라스는 천 마리의 새끼를 거느린 염소의 모습으로 그려지는데, 나중에는 '요그-소토스'의 아내로 그려지기도 한다. 밧줄처럼 생긴 촉수와 발굽이 있는 짧은 발을 지닌 거대하고 음산한 모습으로 등장한다.

101) 루드마스(Roodmas): 루드마스의 정확한 의미에 약간의 논란이 있을 수 있다. 십자가를 뜻하는 '루드(rood)'와 제식(祭式)을 의미하는 'mass'가 결합해 '십자가의 날(9월 14일)'로 보는 견해가 있다. 그러나 이 소설에서는 고대 켈트족의 축제와 관련해, 오월제, 할로윈 등과 같은 맥락으로 보는 편이 타당할 것 같다. 그래서 켈트족의 중요한 축제 중 하나로서 겨울의 끝과 여름의 시작, 신의 소생을 의미하는 벨타네(Beltane)에서 유래한 발푸르기스의 밤이나 오월제와 같은 의미로 볼 수 있다. 켈트족의 네 가지 불의 축제(사빈, 임볼릭, 벨타네, 루나사)가 모두 3일 동안 거행됐다는 점에서 루드

마스는 5월 1일에서 3일 사이가 된다.

102) 나가이(N'gai): 러브크래프트가 나가이에 대해 설명한 부분은 찾아보기 어렵다. 오거스트 덜레스(August Derleth)가 자신의 작품에서 '나가이의 숲은 니알라토텝을 숭배하는 장소'라고 언급했고, 린 카터(Lin Carter)는 '요그-소토스를 부르는 아홉 번째 구절', 즉 주문의 일종으로 설명했다. 「찰스 덱스터 워드의 사례」에서 표기는 다르지만, 비슷한 주문의 일부가 등장한다.

103) 여기서 제의식은 '사바오스(Sabaoth)'를 번역한 것이다. '만군의 주'라는 뜻이지만, 윌버의 특별한 제의(祭儀)를 나타내는 것으로 보인다. 「찰스 덱스터 워드의 사례」에도 시체에서 생명을 불러내는 주문의 일부로 사바오스(이 경우에는 '만군의 주'라는 뜻에 가깝다)가 등장한다. 사바오스와 '안식일'(반 유대주의의 산물로서 '악마의 집회')을 뜻하는 사바스/사바트(Sabbath)는 발음이 비슷하지만 완전히 다른 말이다. 러브크래프트는 이 소설에 사바오스와 사바스를 혼동했거나 혼용해서 사용한 것으로 보인다. 윌버의 제식 행위가 15세기에서 18세기에 등장한 마녀의 야간 집회와 유사하기 때문이다. 바로 뒤에 나오는 '아크로 사바오스Aklo Sabaoth'도 '아크로 어로 이루어진 의식'에 가깝다.

104) 아크로 어(Aklo): 아서 매컨이 자신의 작품에서 만들어낸 가공의 언어.

105) 도 주문(Dho formula): 극지방에 있는 지하 도시를 미리 볼 수 있는 주문이다. 지구가 멸망하면 신화 숭배자들은 극지방의 도시로 피신하게 된다. '도' 혹은 '도-나(Dho-hna)' 주문은 러브크래프트의 다른 작품에서 등장하지 않으며, 오거스트 덜레스와 린 카터(Lin Carter)등의 아류작에서 원래의 의미 그대로 나온다.

106) 도-나 주문(Dho-hna fomula): 위 110항 참고.

107) 이르(Yr)와 엔그르(Nhhngr): 엔그르에 대해 러브크래프트는 '아주 먼 곳'이라는 막연하게 설명했을 뿐이며, 엔그르는 지명인 동시에 엔그르와 이르 사이에 있는 주문으로 통한다고 했다. 엔그르는 주문과 지명으로 쓰이는 경우, 둘 다 악마를 부르는 의미가 있는 것으로 보인다. 이르 역시 지명과 주문의 의미로 쓰인다.

108) 부어 표식(Voorish sign): 부어 표식에 대해서는 다른 작품이나 러브크래프트 자신의 설명이 없다. 다만 이븐 가즈 가루를 뿌리면서 손으로 만드는 표식으로 보인다.

109) 이븐 가즈(Ibn Ghazi): 부어 표식과 함께 정확한 설명이나 다른 작품에서 언급이 없다. 'ibn'이 '아들'이라는 뜻이고, 'Ghazi'가 '전사'라는 사전적 의미를 가지므로, '전사의 후예'를 부르는 가루로 추측해 볼 수는 있다.

110) 고대의 존재(Elder Things): 러브크래프트의 창조물 중에서 외계의 '고대' 종족이나

신을 지칭하는 말이 다양하지만 동일물로 보이는 종족까지 표기를 달리하거나 같은
표기로도 의미에서 차이를 보이므로 독자에게 혼란을 줄 여지가 있다. 예를 들어, 오
래 전에 지구에 들어온 외계의 종족을 지칭하는 고유 명사만 해도, 그레이트 올드원
(Great Old Ones), 올드원(Old Ones), 엘더원(Elder Ones), 초고대인(Ancient One)
등으로 대문자와 소문자를 임의로 처리하고, 각각 비슷하면서도 다른 의미로 사용된
다. 반면, '고대의 존재 Elder Things' 역시 앞에서 언급한 종족이나 신과 유사한 의미
지만, 그 모두를 지칭하는 광의의 의미로 볼 수 있다. 창조물을 한꺼번에 종합하려고
하기보다는 작품마다 중심이 되는 창조물에 관심을 가지고 나중에 서로 비교하는 것
도 러브크래프트를 읽는 효과적인 방법이 되겠다.

111) 레미기우스의 니콜라스 레미(Nichols Remi, 1530~1612)로 종교 재판관이자 유명한
마녀 사냥꾼이었다. 900여명의 마녀 혐의자를 처형했다고 알려져 있으며, 여기서 언
급한 라틴어 판 「악마 숭배 Daemonolatreia」는 실존하는 책이다.

112) 괴괴한 것이 어둠 속을 배회하나니(Negotium perambuians in tenebris).

113) 아케론(Acheron): 그리스 지하 세계에 있다는 다섯 개의 강 중 하나.

276

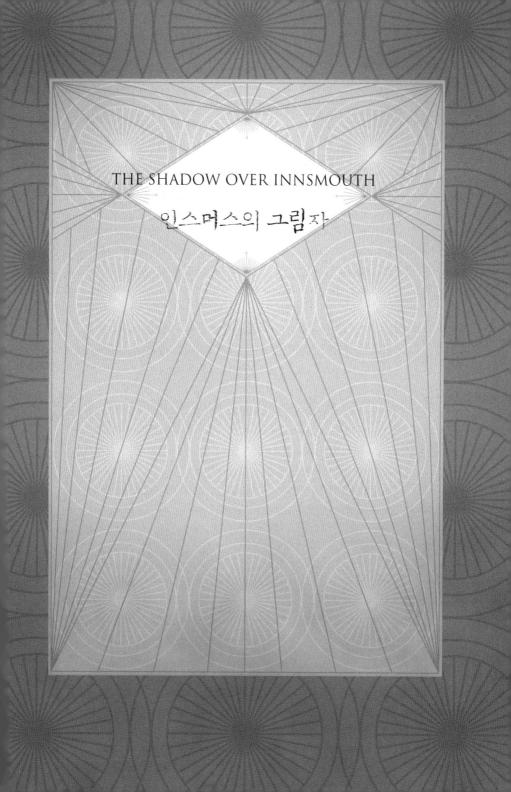

THE SHADOW OVER INNSMOUTH

인스머스의 그림자

작품 노트 | 인스머스의 그림자 The Shadow over Innsmouth

1933년 쓰여졌다. 같은 해 러브크래프트를 대신해 (그는 어떤 이유에서인지 이 작품을 발표하고 싶어 하지 않았다고 한다) 오거스트 덜레스가 《위어드 테일즈》에 보냈으나 거절당했다. 결과적으로 이 작품은 1936년 비저너리 출판사(Visionary Press)에 의해 출간됐으며, 러브크래프트 생전에 출간된 유일한 단행본이 되었다.

이 작품은 러브크래프트의 애독자뿐 아니라 일반 독자들도 가장 많이 읽고 좋아하는 소설로 알려져 있다. 러브크래프트 문학의 특징인 코스모시즘(이 말은 러브크래프트 자신이 붙인 이름이다)의 중심 요소는 첫째로 상상의 창조물(신 혹은 종족), 둘째로 『네크로노미콘』과 같은 금기의 책이나 지식, 그리고 셋째가 뉴잉글랜드의 허구적 공간이라고 정리할 수 있다. 러브크래프트의 대표작은 이런 요소를 훌륭하게 조화시킨 작품들이며, 「인스머스의 그림자」는 특히 '인스머스'라는 가상의 뉴잉글랜드 지역을 가장 완벽하게 구현한 작품으로 평가받는다. 러브크래프트가 스티븐 킹(Stephen King)을 비롯한 후대 작가에게 끼친 영향 중에는 뉴잉글랜드의 묘사를 통해서 공포를 전하는 부분도 크다.

사실 러브크래프트의 작품에 등장하는 지명 하나 하나에 관심을 갖는 독자들이 많지만, 이는 뉴잉글랜드를 마음의 고향으로 여긴다는 미국인들에게 국한된 얘기일 것이다. 그러나 작품을 대할 때 뉴잉글랜드라는 실제 지역에 러브크래프트만의 가상공간이 투영되면서 거두는 효과 정도는 생각하면서 읽으면 좋겠다.

2002년 부천 영화제에서 상영된 「데이곤Dagon」은 동명의 짧은 단편을 원작으로 했다고 알려져 있지만, 배경이나 스토리는 오히려 「인스머스의 그림자」에 가깝다.

I

1927년부터 이듬해 겨울 동안, 미 연방정부의 관리들은 매사추세츠의 인스머스[114]라는 옛 항구에 대해 기이하고도 은밀한 수사를 진행한 바 있다. 그 소식이 여론에 알려진 것은 1928년 2월, 그러니까 계획적인 방화와 폭발 사건에 이어 경찰의 대대적인 불심 검문과 연행이 속출하던 때였다. 일련의 방화와 폭파는 점잖은 사전 경고 뒤에 이루어졌는데, 버려진 항구를 따라 다 허물어져 케케묵은 폐가처럼 보이는 집들이 그 대상이었다. 호기심이 없는 사람들은 기습적인 밀주 단속 과정에서 생기곤 하는 충돌쯤으로 받아들였다.

그러나 예리한 신문기자들에게는 지나치게 많은 사람들이 연행되었고, 이례적으로 많은 경찰 병력이 투입되었으며, 연행된 사람들의 소식이 오리무중이라는 점이 의문이었다. 재판도 명확한 판결도 없었다. 게다가 연행된 사람들이 교도소에 수감된 모습을 본 사람도 없었다. 병동과 정치범 수용소에 있다는 말이 나오는가하면, 나중에는 여러 곳의 육

해군 형무소에 이감됐다는 모호한 풍문이 나돌았지만, 명확하게 드러난 사실은 아무것도 없었다. 인스머스는 지금 인적을 찾아보기 힘든 상태고, 더디게 재건될 조짐조차 보이지 않는다.

인권 단체의 항의와 비공개 토론이 계속되는 가운데, 그 대표자들이 수용소와 군 형무소를 방문하게 되었다. 그런데 뜻밖에도 그들은 방문 이후 갑자기 소극적인 태도와 침묵으로 일관했다. 끝까지 진실을 파혜치겠다고 결연한 의지를 보였던 언론들마저 결국에는 대부분 정부에 협조하는 국면으로 변했다. 줄곧 정부 정책을 비판해온 타블로이드판 신문 한 곳에서 해저 깊숙이 들어간 해군 잠수함이 '악마의 모래톱' 너머 심해에 어뢰를 발사했다는 보도만 있었다. 선원들을 탐문하는 과정에서 우연히 입수된 그 기사는 사실 낭설에 가까웠다. 어뢰가 발사된 지점이 인스머스 항에서 3킬로미터 정도 떨어진 해저 협곡이었기 때문이다.

인스머스 인근 지역 주민들 사이에서 은밀한 소문이 나돌았으나, 누구도 외지인에게는 입을 열려고 들지 않았다. 몰락의 과정에서 버려지다시피 한 인스머스가 인근 주민들의 입에 오르내린 지 백년이 가깝지만, 최근 몇 년 전에 소문과 구설로 오고간 이야기는 더없이 난폭하고 섬뜩한 것이었다. 그들은 여러 일을 겪으면서 과묵해졌지만, 그들에게 억지로 말을 시킬 필요는 없었다. 그들은 정작 아는 것이 없었다. 인적 없이 바닷물이 드나드는 광활한 늪지에 가로막혀서 인근 주민들도 인스머스 내부로 들어가지 못하기 때문이었다.

이제 나는 금지령을 깨고 그 사건의 진실을 말하고자 한다. 사건은 참으로 감쪽같이 마무리되었다. 그래서 겁에 질린 사람들이 인스머스에서 무엇을 발견했는지에 대해 내가 암시를 준다한들, 약간의 혐오와 충격 외에 사람들에게 해가 될 것은 없다. 게다가 그때의 발견을 놓고 여러 가지 해석이 가능할 것이다. 내가 얼마나 알고 있는지조차 모르겠고, 여러 가지 이유로 더 깊이 파고들고 싶지도 않다. 보통 사람 누구보다도 그 일에 밀접하게 관련된 입장에서, 지금도 그때의 충격에 짓눌려 있는 내가 앞으로 얼마나 극단적인 행동을 취할지 모르기에 밝히려는 것이다.

1927년 7월 16일 새벽, 인스머스를 미친 듯이 도망쳐 나와 겁에 질린 표정으로 정부에 수사를 요청하고 이후 세간을 뒤흔들었던 검문과 연행을 촉발한 인물, 그 장본인이 바로 나다. 그 사건이 잠잠해질 때까지 나는 충분히 침묵해 왔다. 그리고 그 일이 아주 먼 옛날 얘기처럼 사람들의 뇌리에서 사라진 지금, 나는 괴괴한 소문과 사악한 그림자로 휩싸였던 그 항구에서 벌어진 죽음과 불경한 광기의 끔찍했던 몇 시간에 대해 말하고픈 묘한 충동에 사로잡혔다. 그 일을 입 밖에 내놓아야만 내가 미치지 않았다고 확신할 수 있을 것 같다. 전염성이 있는 그 무서운 환각에 굴복한 것이 나 혼자만은 아님을 확인하고 싶다. 그리고 내게 곧 닥쳐올 무시무시한 일들에 제대로 준비하기 위해서라도 나는 말해야 한다.

나는 처음이자 마지막으로 인스머스를 목격한 그날까지 단 한 번도 그곳에 대해 들어본 적이 없다. 당시 나는 성년기에 접어들면서 여행과 골동품 수집을 즐겼는데, 뉴버리포트에서 곧장 아컴을 향해 출발할 계획이었다. 아컴은 어머니의 고향이었다. 자동차가 없어서, 기차와 시내 전차, 버스 등 가능한 저렴한 방법을 찾았다. 뉴버리포트에서 아컴으로 가는 기차가 있다는 말을 들었다. 그러나 나는 기차 매표소에서 터무니없이 비싼 운임을 놓고 한바탕 입씨름을 벌여야 했다. 인스머스에 대한 이야기를 들은 것은 바로 그때였다. 나와 옥신각신했던 역무원은 뚱뚱한 체구에 얼굴이 약삭빨라 보였고, 말투가 그 지방사람 같지 않았다. 그는 여행비를 아끼려는 내 마음을 이해한다면서 어느 누구도 알려주지 않은 정보를 넌지시 내비쳤다.

"정 그러시다면, 그 고물 버스를 타는 편이 좋을 것 같군요."

그는 픽 주저하면서 말했다.

"하지만 썩 좋은 방법은 아니에요. 들어보셨는지 모르지만, 인스머스라는 곳으로 가는 버스거든요. 사람들이 별로 좋아하지 않는 마을이죠. 조 서젠트라는 인스머스 사람이 버스를 운영하는데, 이곳이나 아컴에선 손님이 타는 일이 거의 없으니 제대로 운영이나 되는지 모르겠어요. 아무튼 요금은 무척 싸지만, 인스머스 사람 두세 명 외에는 버스는 텅텅 비어 있어요. 해먼드 약국 앞 광장에서 오전 10시, 저녁 7시에 출발한대요. 아마 최근에 운행 시간을 변경하지 않았다면 그대로일 거예요. 완전히 고철 덩어리나 다름없죠. 나도 지금까지 한 번도 타본 일이 없어요."

그것이 바로 내가 음산한 인스머스의 존재를 처음으로 알게 된 순간이었다. 시중에서 파는 지도나 최신 여행 안내서에도 언급조차 없다는 이유 때문에 오히려 나는 그 마을에 호기심이 동했다. 게다가 역무원의 은근한 태도도 그 마을에 대한 궁금증을 자아내기에 충분했다. 인근 사람들이 무척이나 싫어한다면, 최소한 평범한 마을은 아니니 더더욱 관광객의 관심을 끌만했다. 나는 그곳을 경유해서 아컴으로 갈 수 있다면 잠시 들를 생각으로 역무원에게 조언을 구했다. 역무원은 매우 신중하면서도 어딘지 약간 우쭐하는 기색으로 말했다.

"인스머스에 들르시겠다고요? 글쎄요, 마뉴셋 초입에 있는 이상한 마을이죠. 1812년 전쟁이 일어나기 전까지만 해도 어촌이었지만, 그 후로는 다 망가져 버렸어요. 지금은 보스턴-메인주 간 철도도, 고속도로도 없어요. 롤리에서 출발하는 간선철도도 끊긴지 몇 년 됐죠, 아마? 사람보다 빈집이 더 많을 거예요. 고기와 새우잡이 외에는 생계 수단도 없어요. 동네 사람들은 모두 이곳이나 아컴, 혹은 입스위치에서 고기를 내다 팔지요. 전에는 제분소도 몇 곳 있었지만, 지금은 이따금 돌아가는 금 제련소 외에는 남아 있는 게 하나도 없답니다.

그래도 그 제련소의 주인이라는 마시 노인만은 아마 크로이소스[115] 보다 부자일걸요. 하지만 집 안에만 틀어박혀 있는 괴짜 노인이랍니다. 피부병으로 고생하다 말년에는 몰골이 말이 아니어서 사람들 눈을 피한다나 봐요. 제련소를 세운 사람은 오벳 마시[116] 선장이고, 지금 주인은 그 손자죠. 어머니가 외국인이랍디다. 사람들이 그러는데, 남양 제도 출신의 여자래요. 오십 년 전 마시 노인이 입스위치 여자와 결혼했을 때는 마을 사람들이 야단법석을 떨었죠. 인스머스 사람들 얘기라면 늘 법석을 떨어대거든요. 여기 인근에 사는 사람들 중에 행여 인스머스 출신이 있다 해도 모두들 숨기려들지요. 그러나 마시의 손자와 증손자들은 어디 이상한 구석이 없이 모두 평범해 보였어요. 이곳에도 들르곤 했는데, 가만 있자, 그러고 보니 요즘에는 그 노인 댁 아이들이 눈에 보이지 않네요. 물론 그 노인이 죽었는지 살았는지도 모르죠.

그런데 왜들 그렇게 인스머스를 싫어하냐고요? 허허, 젊은 양반, 여기 사람들이 하는 얘기를 곧이곧대로 들어서는 안 돼요. 말수가 적은 사람들이지만, 일단 발동이 걸리면 그 수다를 말릴 방도가 없거든요. 쉬쉬하면서도 인스머스 얘기를 해 온 것이 아마 백년은 됐을 거예요. 인스머스처럼 비밀스러운 곳도 없으니 그중엔 웃기는 얘기들도 많아요. 마시 선장이 악마와 계약을 맺고 마귀 새끼를 인스머스로 불러들였다는 둥, 악마 숭배 의식을 열고, 1845년 당시 사람들이 죽어나가던 부두 근처에서 산 제물을 바친다는 둥 하는 얘기들 말이에요. 사실 나는 버몬트 주의 팬턴 출신으로, 그런 얘기들엔 영 취미가 없답니다.

하지만 늙은이들이 말하는 해안 밖의 검은 모래톱 얘기는 귀담아 들어야할 거요. 악마의 모래톱이라고도 하죠. 수면 위로 오랫동안 떠올라 있곤 하는데 수심이 깊지는 않고, 섬이라고 보기에는 힘들어요. 그 모래톱 위에 종종 악마가 나타난다는 소문이 이 지역에 파다해요. 어슬렁어슬렁 기어 다니기도 하고, 모래톱 위에 있는 동굴 같은 곳에서 뛰어나왔다가 다시 들어가곤 한다는 말도 있어요. 험하고 굴곡이 많지만 직경이 고작 1.5킬로미터나 될까, 그래도 항해에 나갔던 선원들은 그 모래톱을 피해 오느라 멀찍이 돌아오곤 해요.

그러니까, 그런 선원들은 인스머스 출신이 아니란 말이죠. 특히 마시 선장이 조수가 적당한 때를 기다려 이따금 야밤을 틈타 그 모래톱에 간다는 소문을 꺼림칙하게 여기죠. 하지만 내 생각은 달라요. 그 노인이 그곳에 가는 이유가 있다면 아마 특이한 암석 때문이 아니면, 해적질한 물건을 찾느라 그럴 거예요. 하지만 사람들 얘기는 노인이 그곳에서 악마와 만난다는 거예요. 솔직히 그 모래톱에 흉흉한 소문이 퍼진 이유는 전적으로 마시 선장 때문이라는 게 내 생각이죠.

1846년 지독한 전염병이 돌았고, 당시 인스머스 주민의 반 정도가 목숨을 잃었죠. 주민들은 전염병인지조차 몰랐는데, 아마 중국에서 들어온 병이거나 선원들이 항해 중에 어디선가 옮겨 왔기 때문일 거예요. 난리도 그런 난리가 없었죠. 전염병이 마을 전체를 통째로 삼켜버린 셈이니까. 그 때문에 마을이 지금처럼 끔찍한 모습이 됐다나요. 지금 사는 사람들을 전부 합해도 삼사백 명 정도랍니다.

　그러나 이곳 사람들이 인스머스에 대해 이러쿵저러쿵 하는 건 인종 차별에 지나지 않아요. 그렇다고 사람들을 나무랄 생각은 없어요. 이유는 달라도, 나 또한 인스머스를 싫어하니까. 그 마을에 가든 말든 솔직히 내 알바 아니오. 말투가 서부 출신 같은데, 뉴잉글랜드 선박이라는 게 아프리카와 아시아, 남양 제도 및 그 밖의 여러 곳을 항해하기 마련이고 종종 기이한 사람들을 실어온다는 건 알아두세요. 중국인 아내를 데리고 귀향하는 세일럼 사람 얘기 정도는 댁도 들어봤을 테니까. 게다가 지금도 케이프코드[117] 인근에는 피지 섬 출신자들이 모여 사는 곳이 많잖아요.

　그러니까, 인스머스 사람들이 외지에서 돌아올 때도 그와 비슷하다고 봐야겠죠. 인스머스는 늪지와 만 때문에 다른 지역과 고립되다시피 해서, 그곳을 오가는 사정 얘기야 우리로서는 정확히 안다고 볼 수는 없어요. 그러나 마시 선장이 한창 배를 세 척이나 부릴 무렵에 이상한 종족들을 이삼십 명 씩 배에 싣고 돌아왔다는 것은 틀림없어요. 그게 이후 인스머스에 지금과 같이 묘한 혈통이 뒤섞이게 된 이유일 테니까. 글쎄, 어떻게 설명해야 할지 난감하지만, 어쨌든 얘기를 들으면 오싹한 기분이 들 거요. 버스를 타고 서젠트라는 사람을 보게 되면 약간은 감이 잡힐지도⋯⋯. 개중에 길고 좁다란 두상에다 납작한 코와 불룩 튀어나온 눈을 한 사람들이 있어요. 눈동자가 이상할 정도로 빛나는데, 한 번이라도 눈을 껌벅이는 모습을 본적이 없다오. 게다가 피부가 말이 아니지. 까칠까칠한데다 지저분하기 짝이 없고, 목 주변에는 주름투성이예요. 그런 사람들은 젊은 아이들까지 벌써 머리가 다 벗겨져 있어요. 나이든 사람의 몰골은 더 가관인데, 그런 식으로 늙은 사람들은 내 평생 처음 봤어요. 짐승들도 그들을 피하죠. 자동차가 없었을 때는 말을 부리기 힘들어 아주 애를 먹었다는 말이 아마 맞을 거예요.

여기 주변이나 아컴, 혹은 입스위치에서도 인스머스 주민들을 상대해 주는 사람은 없어요. 그래서 그들도 이 근방에 오거나 다른 사람들이 자기들 구역에서 고기를 잡거나 할 때면 아주 쌀쌀맞아요. 특이한 건 인스머스 항구에서 잡은 고기가 이상할 정도로 살이 올라 있다는 거죠. 어디서도 그런 고기를 보긴 어려워요. 그렇다고 그 사람들 구역을 넘봤다가는 당장에 쫓겨납니다! 롤리 간선 철도가 끊기기 전에는 그 사람들도 주로 기차를 타고 이곳에 오곤 했어요. 근데 지금은 그 버스를 타죠.

예? 호텔이요? 물론 인스머스에도 있죠. 길먼 하우스라는……. 썩 좋다고 할 수는 없어요. 권하고 싶지 않으니까. 차라리 오늘은 여기서 묵고, 내일 아침 10시 버스를 타는 게 좋을 거요. 그러면 그곳에 들렀다가 저녁 8시에 아컴행 버스를 탈 수 있을 테니까. 일 년 전인가, 그 길먼 하우스에 공장 감시관 한 명이 묵은 일이 있다는데, 그곳에 대해 아주 안좋은 소리를 하더군요. 다른 방에서 들려오는 소리를 듣고 있으면, 별의별 족속들이 다 모여 있다는 생각이 든 데요. 그런데 이상한 것은 방은 거의 텅 비어 있었다는군요. 그 사람 말로는 외국인들 목소리 같았는데, 듣기에도 어딘지 고약한 음성이라고 했어요. 뭐라고 할까, 듣기만 해도 욕지기가 치솟는다고 하나, 아무튼 그 사람은 옷을 그대로 입은 채 겨우 잠을 청했나 봐요. 그리고 선잠에서 깨기가 무섭게 새벽 무렵 그냥 그곳을 뛰쳐나왔대요. 그 중얼대는 얘기 소리는 밤새 계속된 모양이에요.

그 사람 이름은 케이시라고 하는데, 인스머스 사람들이 자신을 감시하는 눈빛에 질렸다고 하더군요. 마시의 제련소라는 곳도 이상했나 봐요. 제련소가 마뉴셋 아래쪽의 옛 제분소 안에 있었대요. 그 사람 말을 들으니, 떠도는 소문과 딱 맞아떨어지지 뭐겠어요. 너덜너덜한 책들이 몇 권 있을 뿐, 제련소에서 딱히 일을 한 흔적은 없었대요. 그래서 마시가 정제한 금을 대체 어디서 가져오는지 의혹이 쌓일 수밖에 없었죠. 분명 제련소 쪽은 아닌 것 같은데, 몇 년 전만 해도 엄청난 양의 금괴를 선적한 일이 있거든요.

선원과 제련소 직원이 몰래 금을 판다는 소문이나, 마시 가의 여자들은 기이한 보석을 몸에 걸치고 다닌다는 얘기는 여기서 모르는 사람들이 없을 정도예요. 그래서 사람들은 마시가 유리와 자질구레한 장신구를 주문한 이후부터 분명 이교도의 항구에서 보석 거래를 하고 있다고 수군대고 있죠. 또 어떤 사람들은 마시가 악마의 모래톱에 숨겨진 해적들의 금은보화를 발견했다고 믿고요. 하지만 한 가지 재미있는 사실이 있어요. 뭔고 하니, 마시 선장은 근 60년 동안이나 죽은 사람처럼 두문불출했고, 남북 전쟁 후에는 인스머스 항구에 그럴 듯한 배 한 척 없었다는 사실이죠. 그런데도 마시 가문은 예나 지금이나 원주민을 상대로 유리와 요란하게 생긴 고무 제품들을 거래한다는 말이 나돌고 있으니 원. 인스머스 사람들이 치장하기를 좋아한다고 하면 할 말이 없지만 말이죠. 어쨌든, 그 사람들이 남양 제도의 식인종과 기니아의 야만족처럼 무시무시한 족속들인지는 신만이 알 일이죠.

1846년 돌았던 역병 때문에 인스머스에서 좋은 혈통이 모두 사라진 게 틀림없어요. 지금 거기 사람들은 대부분 수상적은 모습을 하고 있는데다, 마시를 비롯해 부유한 사람들도 다를 게 없는 것 같아요. 아무튼 거리와 집들은 꽤 많은데 사는 사람이 기껏해야 사백 명 남짓이라니까요. 그래서 사람들은 무법 천지에 교활하고 은밀한 그곳을 남부의 '백인 쓰레기[118]'라고 부르는지도 모르죠. 하지만 인스머스는 어류와 가재가 풍부해서 트럭으로 외지에 수출하죠. 왜 그곳에만 고기떼가 우글대는지 알다가도 모를 일이에요.

누구도 인스머스 사람들의 생활을 추적하지 못하죠. 주 교육 공무원과 인구 조사원들도 호되게 당했으니까요. 이리저리 기웃거리는 외지인들은 절대 인스머스에서 환영받을 수 없어요. 사업가와 공무원 한 두명이 그곳에서 실종됐다는 말도 있고, 또 어떤 사람은 그곳에 갔다가 미쳐서 지금은 댄버스[119]에 있대요. 그쪽 사람들한테 뭔가 끔찍한 일을 당한 거겠죠.

그래서 나라면 한밤에 그곳에 가지 않겠다는 말이에요. 한 번도 그곳에 간 적도, 가고 싶은 마음도 없지만, 꼭 가야 한다면 낮이 좋을 겁니다. 여기 사람들은 낮에도 그곳엔 가지 말라고 말리겠죠. 그러나 관광이 목적이고 옛날 물건을 수집하고 싶다면, 인스머스는 아주 특별한 곳일 테니까요."

나는 역무원과 헤어진 후, 뉴버리포트의 공공 도서관에서 인스머스에 대한 자료를 뒤적이면서 저녁 시간을 보냈다. 나는 마을 사람들에게 인스머스에 대해 물어 보았다. 가게와 식당, 생필품점, 소방서 어디에서나 사람들은 역무원이 말한 것 이상으로 말수를 아꼈고 주저했다. 게다가 역무원의 말대로 '일단 발동을 걸어' 보기에도 그들의 본능적인 경계심을 누그러뜨릴 만한 시간적 여유가 없었다. 마을 사람들은 어떤 미신을 강하게 믿는 듯했다. 인스머스에 관심을 보이는 사람들에게 무슨 악령이라도 씐 것처럼 취급하는데……. 내가 묵었던 YMCA의 사무관도 그런 퇴폐적인 곳에 가지 말라는 충고만 해줄 뿐이었다. 도서관에서 만난 사람들도 다르지 않았다. 고등 교육을 받은 사람들이 보기에 인스머스는 타락한 마을의 일그러진 형상 정도로 밖에는 비춰지지 않는 모양이었다.

도서관에서 찾아낸 에식스 카운티 역사책에도 별다른 내용이 없었다. 인스머스는 1643년에 세워져 독립전쟁 전까지 조선업으로 유명했고, 19세기 초에는 항구 도시로 성장하다가 마뉴셋을 발판으로 소규모 공업 단지가 조성되었다. 1846년의 전염병과 폭동에 대해서는 마치 그런 일은 에식스 지역의 망신거리라는 듯이 거의 언급을 하지 않았다.

마을의 몰락을 설명해 줄만한 내용은 더 없었지만, 최근 기록에서 몇 가지 중요한 단서가 발견됐다. 남북 전쟁 이후 인스머스의 모든 산업 활동은 마시 가의 제련소로 한정되었고, 대물림한 어업 외에는 금과 생산만이 유일한 상업이었다. 대규모 기업들이 경쟁에 뛰어들면서 생선 값이 점점 하락했지만, 인스머스의 최대 강점은 줄어들지 않는 어획량 이었다. 외지인들이 그곳에 정착하여 성공한 예는 거의 없었다. 신중하게 은폐되어 있는 모종의 증거에 따르면, 그곳에 정착을 시도했던 수많은 폴란드인과 포르투갈 인이 아주 이상한 방법으로 쫓겨났다고 한다.

무엇보다 흥미로운 점은 인스머스와 관련돼 있다고 추정되는 기이한 보석에 대한 기록이었다. 그리고 그 기록의 진원지가 아컴의 미스캐토닉 대학 박물관 관계자와 뉴버리포트 역사 학회인 점으로 보아, 그 보물들이 상당히 인상적이었던 것 같다. 정작 보석에 관한 단편적인 설명들은 단조롭고 무미건조했지만 집요한 기이함이라고 할까, 그런 묘한 감정이 느껴졌다. 그 기이하고 도발적이기까지 한 인상을 감히 표현할 수도 없어서, 나는 늦은 시간임에도 불구하고 견본품을 직접 보기로 결심했다. 제대로 보관되어 있을지는 모르겠지만, 설명에 따르면 고대 페르시아의 왕관을 연상시키는 기묘한 대칭 구조로 이루어진 커다란 물체라고 했다.

도서관 사서는 안나 틸턴이라는 역사학회의 학예연구사에게 소개장을 써주었다. 그녀는 근처에 살고 있었다. 간단한 담소가 오간 뒤, 그 나이 지긋하고 친절한 노부인은 아직 늦지 않았으니 괜찮다면서 문이 닫혀 있는 건물로 나를 안내했다. 학회의 소장품은 그야말로 굉장한 것이었다. 그러나 당시에는 구석진 진열장에서 전등불에 반짝이는 그 기괴한 물체만이 내 눈을 사로잡았다.

자줏빛 벨벳 쿠션 위에 휘도는 그 이국적이고 풍부한 환상미, 그 기이하고 초자연적인 광휘에서 느껴지는 아름다움에 나는 그만 숨이 막혔다. 감수성이 썩 예민한 사람이 아니더라도 능히 느낄만한 아름다움말이다. 기록대로 고대 페르시아 왕관을 연상시키는 물체였으나, 지금이 순간에도 내가 본 것을 제대로 표현할 수가 없다. 앞부분이 길고, 그 둘레가 아주 크고 이상할 정도로 불규칙했는데, 마치 기형에 가까운 타원형 머리에 맞춰서 만든 것 같았다. 대체로 금이 재료인 것으로 보이나, 금보다 더 밝고 기묘한 빛은 미지의 아름다운 금속이 혼합되어 있음을 암시하고 있었다. 보존 상태는 거의 완벽에 가까웠다. 몇 시간이고 살펴봐도 지루하지 않을 그 강렬하면서도 당혹스러우리만큼 비전통적인 ― 일부는 단순한 기하학적인 무늬이고 또 다른 일부는 바다를 소박하게 표현한 ― 문양들은 장인의 놀라운 기술과 세련된 표현력을 빌어서 돋을새김(高浮彫) 하거나 틀에 넣어 만든 것이었다.

보면 볼수록 마음을 사로잡는 물체였다. 그러나 그 매혹에 취해 있으면서도 딱히 형용할 수 없는 괴괴한 요소 때문에 마음 한편이 찜찜했다. 처음에는 그 작품에서 묻어나는 초자연적인 분위기 때문일 거라고 생각했다. 내가 그때까지 보아온 예술 작품들은 대체로 특정 인종과 민족이 창조한 것이거나 주류(主流)에 대한 현대적 저항을 의식적으로 표현하는 것들이었다. 그러나 그 물체는 어느 쪽도 아니었다. 완벽한 기술력에 의해 창조된 것은 분명했으나, 동서양과 근현대를 통틀어서 내가 보고 들어왔던 그 어떤 시대와 공간도 그런 기술력을 보유하고 있지 못했다. 마치 다른 행성에서 만들어진 작품처럼.

　그러나 이내 내가 불편해 하는 데는 부수적이면서도 분명한 원인이 있음을 깨달았다. 즉, 기이한 문양들의 그림과 수학적 기호가 암시하는 것 때문이었다. 그것들은 시공간의 아주 오랜 비밀과 상상하기 어려운 심연을 암시했으며, 단조롭게 조각된 해양 생물은 거의 불길한 느낌으로 다가왔다. 그런 돋을새김에는 몸서리쳐질 정도로 그로테스크하고 사악한 — 반은 물고기 반은 양서류인 — 괴물들이 있었다. 그 괴물들은 어디선가 본 듯한 불편함과 집요한 느낌을 떨칠 수 없게 했다. 마치 지극히 원시적이고 오싹하리만큼 오래된 세포와 조직에서 모종의 이미지를 떠올리게 하듯이 말이다. 물고기와 개구리가 혼합된 그 불경한 존재들이야말로 우리가 모르는 비인간적인 악의 절대적인 본질일지 모른다고 나는 가끔씩 생각한다.

　생김새와는 달리, 틸턴 양이 들려준 왕관의 내력은 간략하고 평범한 것이었다. 그 물체는 1873년 스테이트 가의 한 전당포에 헐값에 저당 잡힌 것이었다. 소유주는 술 취한 인스머스 사람으로, 그는 얼마 후 싸움을 하다 목숨을 잃었다. 뉴버리포트 역사 학회는 전당포 업자로부터 직접 그 물건을 입수한 뒤, 그 가치를 인정해 곧바로 전시했다. 원산지가 불분명했음에도, 동인도 혹은 인도네시아로 추정된다는 라벨이 붙어 있었다.

틸턴 양은 그 물체의 기원과 뉴잉글랜드에서 발견된 내력에 대해 여러 가지 가설을 제기하면서도 마시 선장이 해외에서 노략해 왔을 가능성에 무게를 두는 눈치였다. 마시 가에서 그 물건의 존재를 알고는 고액에 구입하겠다는 의사를 집요하게 보내왔다는 것이다. 팔지 않겠다는 학회의 단호한 입장에 불구하고 최근까지 그런 제의가 계속되고 있는 상황이지만, 틸턴 양은 자신의 견해가 옳다고 생각했다.

마음씨 좋은 틸턴 양이 건물 밖까지 나를 배웅하면서, 그 지역 식자층에서는 오벳 마시 선장이 노략질로 재력을 쌓았다는 말이 공공연한 비밀이라고 말했다. 겉으로 내색하지는 않았으나, 그녀는 음산한 인스머스에 대해 아주 미개한 마을이라고 혐오하고 있었다. 그녀는 비교(秘敎)가 그곳에서 득세하고 정토 교회를 전부 잠식한 것을 보면 악마 숭배에 관한 소문도 일리가 있다고 말했다.

그녀의 말에 따르면, '데이곤 밀교'라고 불리는 그 종교는 인스머스의 어획량이 고갈되기 시작한 백 년 전에 동양에서 유입한 타락하고 이교적인 의식이라고 했다. 갑자기 돌아온 고기떼가 나중에도 줄어들지 않는 것을 본 어촌의 순박한 사람들 사이에서 그 의식이 득세한 것은 당연한 일이었다. 그 의식은 곧 인스머스에서 가장 큰 영향력을 행사했고, 뉴 처치 그린에 있는 옛 프리메이슨[120] 회당을 점령함으로써 프리메이슨까지 전부 몰아낼 정도였다.

그런 이유로 신앙심이 돈독한 틸턴 양은 무엇보다 그 황량하고 부패한 마을을 피하게 되었다. 그러나 내게는 새로운 자극에 불과했다. 나로서는 건축과 역사에 대한 기대 뿐 아니라 인류학적인 열망까지 더해져서, YMCA의 조붓한 방에서 보낸 그날 밤은 거의 잠을 이루지 못했다.

오전 10시가 채 되기 전, 나는 이미 단출한 여행 가방을 들고 시장 광장에 있는 해먼드 약국 앞에서 인스머스 행 버스를 기다리고 있었다. 버스가 도착할 시간이 다가올 즈음, 나는 거리의 인파들이 대부분 멀리 다른 곳으로 가거나 광장 맞은편의 '아이딜 식당'으로 들어가는 것을 간파했다. 그곳 사람들이 인스머스와 그 주민들에 대단한 혐오감을 품고 있다는 역무원의 말은 과장이 아니었다. 몇 분 후, 너덜거리는 차체에 지저분한 회색 칠을 한 소형 버스 한대가 모퉁이를 돌아 내게 다가왔다. 인스머스 행 버스라는 직감이 들었다. 차창에 거의 알아볼 수 없는 글씨로 쓴 아컴-인스머스-뉴버리포트라는 표지를 보니 확실했다.

흑인 한 명과 음침한 낯빛을 한 거지 차림의 사내, 젊은 부랑아, 그렇게 승객은 세 명뿐이었다. 버스가 서자, 그들은 어딘지 어색한 몸짓으로 비척비척 차에서 내리더니 도망자처럼 묵묵히 스테이트 가를 걸어갔다. 운전사도 버스에서 내렸다. 나는 약국으로 향하는 그의 뒷모습을 말없이 바라보았다. 역무원이 말한 조 서젠트라는 사람 같았다. 그때 나도 모르게 혐오감이 엄습해 왔다. 억누를 수도 없고, 그렇다고 왜인지 이유를 설명할 수도 없는 혐오감. 갑자기 이런 생각이 들었다. 그곳 주민들이 서젠트라는 사람의 버스에 타려 하지 않거나, 가능하면 그런 사람들이 사는 마을에 가지 않으려는 것이 아주 당연하다고.

운전사가 약국에서 나오자 나는 좀 더 자세히 그를 살펴보면서 그 사악한 인상의 근원이 무엇인지 가늠해 보았다. 깡마른 체구에 어깨를 잔뜩 웅크린 모습, 키는 1미터 80센티미터 남짓, 추레한 파란색 평상복 차림에 닳아빠진 골프 모자를 쓰고 있었다. 나이는 대략 서른 다섯 안팎,

그것은 그의 무료하고 무표정한 얼굴만 봤을 때의 인상이고, 목 주변에 패인 기이한 주름에 시선이 갔을 땐 훨씬 더 나이가 들어 보였다. 두상은 좁았고, 툭 튀어나온 파란색의 축축한 눈은 전혀 깜박거리는 것 같지 않았다. 코는 납작했고, 이마와 턱은 움푹 들어가 있는데다 귀는 생기다 만 것처럼 이상했다. 길고 두툼한 입술과 모공이 거친 얼굴, 듬성듬성 아무렇게나 헝클어져 있는 누런 수염이라도 없었더라면, 얼굴에 터럭 한 올 나지 않은 것처럼 보였을 터이다. 게다가 피부병 때문에 얼굴 곳곳이 우툴두툴했다. 손은 컸고, 불거져 나온 힘줄은 청회색의 묘한 빛깔을 띠고 있었다. 반면 손가락은 다른 신체 기관에 비해 확연하게 짧아서 커다란 손바닥 안쪽으로 말려 들어가 있었다. 그가 버스 쪽으로 걸어오는 동안, 그의 느릿느릿한 걸음걸이까지 관찰하고 있던 나는 그 엄청나게 큰 발을 보고 깜짝 놀랐다. 대체 그 발에 맞는 신발을 어디에서 구할지, 나는 좀처럼 그 사람의 발에서 시선을 떼지 못했다.

그 사내에게서 풍겨오는 메스꺼운 분위기도 반감을 부추기는데 한 몫 했다. 그가 가까이 다가오는 순간 확 끼치는 비린내로 보아 그도 역시 부두에서 일하거나 어슬렁거리는 것이 분명했다. 그러나 외지 혈통인 것만은 의심의 여지가 없는데, 어느 나라인지는 감이 잡히지 않았다. 아시아나 폴리네시아, 레바탄 혹은 흑인종도 그가 지닌 독특함을 설명해 주지는 못했지만, 사람들이 왜 그를 외계인이라고 부르는지는 알만했다. 다만 내 생각에는 외계인이라기보다 생물학적 퇴행과 관련이 있는 듯 했다.

시간이 지나도 다른 승객이 눈에 띄지 않자 나는 적잖이 실망했다. 그 운전사와 단둘이 인스머스까지 간다는 것은 꺼림칙했기 때문이다. 그러나 출발 시간이 임박해서, 나는 불안한 마음을 억누르고 뒤따라 버스에 올라타는 운전사에게 1달러 지폐를 내밀며 "인스머스"라는 한마디 말을 웅얼거렸다. 운전사는 묵묵히 40센트를 거슬러주며 뚫어져라 나를 바라보았다. 나는 운전석과 멀찍이 떨어진 곳에 자리를 잡았다. 그러나 가는 길에 해변을 보고 싶어서 방향만은 운전석과 같은 쪽을 택했다.

이윽고 고물 버스가 덜커덕 움직이기 시작하더니, 배기가스를 뿜어대며 스테이트 가의 낡은 벽돌 건물 사이를 요란스레 지나갔다. 행인들이 전부 버스를 외면하는 것 같았다. 적어도 똑바로 쳐다보지 않으려는 기색이 역력했다. 버스가 왼쪽으로 방향을 틀어 큰길로 들어서고부터 차체의 흔들림이 덜해졌다. 공화국 초기에 지은 낡은 저택과 여전히 건재를 과시하는 식민지 풍의 농가들이 창가를 스쳐갔고, 로워 그린과 파커 강도 시나브로 멀어졌다. 마침내 버스 앞에 해변을 끼고 펼쳐진 길고 단조로운 도로가 나타났다.

포근하고 화창한 날씨, 그러나 모래와 사초, 성장이 멈춘 듯한 관목 숲을 지나칠수록 황폐한 기운이 감돌았다. 창문 너머 푸른 바다와 플럼 아일랜드의 모래선이 펼쳐졌다. 고속도로를 벗어나 롤리와 입스위치로 가는 좁은 도로로 들어서면서 한층 해변과 가까워졌다. 눈에 띄는 인가는 없었고, 도로 상황으로 봐서 교통 체증을 걱정할 필요가 없었다. 세월의 풍파에 찌든 전신주에 두 가닥의 전선만 남아 있었다. 버스는 때때로 투박한 나무다리를 건너갔다. 다리 밑으로 조수가 밀려드는 작은 만(灣)이 멀리 내륙으로 구불구불 이어짐으로써 그 지역을 더욱 고립시키고 있었다. 이따금 흩날리는 모래 너머로 버려진 건물의 밑동과 허물어진 벽들이 보일 때마다 뉴버리포트 도서관에서 읽었던 역사책의 한 대목이 떠올랐다. 그 지역이 한때는 비옥한 땅이었고, 많은 인구가 정착해 살았다는 내용이었다. 그 지역에 변화가 일어난 것은 1846년 인스머스에 전염병이 돌고 난 후부터였다. 그 때문인지 순박한 주민들은 악마의 숨겨진 힘이 저주를 내린 것이라고 생각해 왔다. 실제로는 최상의 방어물이었던 해변 인근의 삼림 지대를 무분별하게 파헤친 것이 토사의 유실을 불러왔고, 그것이 곧 바람에 밀려온 모래에 고스란히 휩쓸리는 결과를 낳았던 것이지만.

플럼 아일랜드도 시야에서 사라지고, 왼쪽으로 광활한 대서양의 한 자락이 펼쳐졌다. 좁은 길목은 가팔라지기 시작했고, 도로와 하늘이 만나는 쓸쓸한 산의 정상 쪽을 바라보고 있으려니 까닭 모를 불안감이 엄습했다. 버스가 정상인의 땅에서 점점 멀어져 끝없이 위쪽으로, 정체불명의 대기와 비밀의 하늘이 한데 어우러진 미지의 세계로 집요하게 올라가는 느낌이었다. 바다 냄새에도 불길함이 짙게 배어 있는데다, 말없이 운전만 하고 있는 운전사와 그의 냉랭한 등, 기다란 머리가 반감을 더하게 만들었다. 그의 뒤통수에도 머리카락이 거의 없었다. 그저 누런 털 몇 가닥이 우툴두툴한 잿빛 피부에 삐져나와 있었다.

이윽고 버스는 산의 정상에 다다랐다. 그 너머로 계곡이 펼쳐져 있었다. 줄달음치는 절벽의 그림자는 킹스포트 헤드[121]에서 절정에 달했다가 케이프 앤[122]으로 분기하는데, 그 길게 이어진 절벽의 바로 북쪽 해안과 계곡 너머의 마뉴셋이 만나고 있었다. 멀리 안개 자욱한 수평선에 가물거리는 킹스포트 헤드의 희미한 윤곽 위로, 숱한 전설에 등장하는 기이한 고대 저택이 보였다. 그러나 금세 내 시선을 송두리째 잡아끈 것은 바로 내 발치 아래 펼쳐져 있는 풍경이었다. 말로만 듣던 그 흉흉한 인스머스가 눈앞에 다가와 있었다.

마을의 풍경과 빼곡한 건물들이 한눈에 내려다 보였지만, 유독 사람의 그림자는 보이지 않아서 을씨년스러웠다. 촘촘하게 이어진 가옥의 굴뚝에서 연기가 피어오르는 곳은 거의 없었다. 높이 솟아 있는 세 개의 첨탑이 바다를 배경으로 무채색의 쇳덩어리를 내보이며 황량함을 더하고 있었다. 첨탑 중 하나는 위쪽이 완전히 부서졌고, 다른 첨탑과 마찬가지로 시계가 있던 자리는 휑하니 검은 구멍을 드러냈다. 뒤죽박죽 한데 어우러진 맞배지붕[123]과 뾰족한 박공들은 벌레 먹고 썩어문드러져 불쾌한 감정을 자아냈다. 내리막길을 따라 마을로 들어서자, 지붕 중에서 상당수가 주저앉아 있었다. 모임지붕[124]으로 된 으리으리한 정방형의 조지아 풍 저택들은 둥근 지붕의 꼭대기 탑과 선원의 아내가 남편을 기다린다는 '망대'를 갖추고 있었다. 물가에서 멀리 떨어져 있는 이들 저택 중에서 한두 채는 보존 상태가 좋았다. 저택 사이에서 내륙 방향으로 풀이 무성한 녹슨 철로가 이어졌고, 전선 하나 없이 기울어진 전신주가 철로변을 줄달음치고 있었다. 롤리와 입스위치로 가는 마찻길도 거의 버려진 것처럼 보였다.

부두에 가까워질수록 부패의 정도는 심해졌으나, 작은 공장처럼 보이는 벽돌 건물이 꽤나 잘 보존돼 있어서 내부의 흰색 종루까지 눈에 들어왔다. 멀리까지 모래가 들어찬 부두는 방파제로 에워싸여 있었다. 그 방파제 위에서 처음으로 사람 같은 형체가 앉아 있는 것이 보였다. 그 끝에는 등대였을 것으로 추정되는 건물의 잔해가 있었다. 방파제 안쪽을 차지하고 있는 것은 모래 갑, 그 위에는 허물어질 듯한 오두막과 정박한 어선, 새우잡이 통발이 흩어져 있었다. 깊은 수심 어딘가에서 흘러나온 듯한 강물이 종루가 있는 건물을 지나서 남쪽으로 흘러가더니 방파제 끝에서 바다와 만났다.

해변의 끝에 이르기까지 여기저기 튀어나온 부두의 잔해들은 불분명한 부패의 흔적을 알리고 있었다. 그중에서 멀리 남쪽 지역이 가장 부패한 것으로 보였다. 멀리 바다 위에는 높은 파고에도 불구하고 수면 위로 길게 떠오른 검은 선이 언뜻 스쳐갔다. 묘한 악의가 숨어 있는 곳, 바로 악마의 모래톱일 것이었다. 그곳을 보고 있자니, 혐오스러운 반감과 더불어 뜻 모를 묘한 유혹이 느껴졌다. 정말 이상하게도, 그 유혹의 느낌에 점점 더 심란해지는 것이었다.

행인 하나 없는 가운데, 버스는 폐허의 또 다른 변주처럼 버려진 농가들을 지나치기 시작했다. 몇몇 집의 깨진 창가에 넝마가 덧대 있는 것이나, 온갖 쓰레기로 지저분한 마당에 조가비와 죽은 고기들이 널려 있는 것으로 봐서, 사람이 사는 것 같기도 했다. 불안한 표정으로 밭일을 하거나 갯벌에서 대합을 캐는 사람들의 모습이 한두 차례 스치는가 싶더니, 원숭이처럼 생긴 아이들이 잡초 무성한 문가에서 무리지어 노는 모습이 보였다. 아무튼 음산한 건물들보다 사람들의 모습이 훨씬 불안해 보였다. 거의 모든 사람들의 얼굴과 움직임에서 딱히 뭐라고 표현할 수 없고 이해할 수도 없는, 그러나 본능적으로 혐오스러운 뭔가가 있었다. 그 독특한 육체의 특징들을 어디선가, 공포나 음울한 분위기에 젖은 채 읽었던 책 따위에서 본 것 같았다. 그러나 그런 잠재적인 기억이라고 할까, 인상은 금세 사라져 버렸다.

버스가 저지대로 들어서자, 거북스러운 정적을 뚫고 어디선가 끊임없이 폭포수 소리가 들려오기 시작했다. 한쪽으로 기울어지고 칠이 벗겨진 가옥들이 점점 군락을 형성해 갔는데, 그 모습은 인스머스로 오면서 지나친 여느 마을보다 도회적인 분위기를 자아냈다. 앞쪽으로 거리가 나타났지만, 자갈이나 벽돌이 깔린 보도가 한때 있었음직한 흔적만 보여주었다. 가옥들은 전부 버려진 것 같았다. 일정한 간격을 두고 나타나는 무너진 굴뚝과 지하실 벽은 거기에 붕괴된 건물이 있었음을 암시하고 있었다. 어디를 가도 접하게 되는 것은 역겹기 짝이 없는 생선의 비린내였다. 버스가 흔적만 남아 있는 몇 군데의 도로를 지나치자 갈림길이 나타났다. 왼쪽의 울퉁불퉁하고 지저분한 비포장도로는 곧장 바다로 이어져 있을 터였다. 한편 오른쪽으로는 스러져가는 옛날의 장엄한 광경이 다가섰다. 주거의 흔적이 조금씩 드러나기 시작했다. 여기저기 창가에 커튼이 보였고, 연석 위에 망가진 자동차들도 눈에 띄기 시작했다. 포장도로와 보도가 점점 제 모습을 찾아갔고, 대부분의 저택들이 ― 19세기 초반에 벽돌과 목재로 지어진 ― 낡은 건물이었지만, 사람이 사는데 어려움은 없어 보였다. 풋내기 골동품 수집가로서 과거의 모습대로 운치 있게 보존되어 있는 저택들 사이에 있자니 역겨운 악취와 불안과 반감까지 잊어 버렸다.

그러나 목적지에 도착하기까지 나는 몹시도 불쾌한 인상을 경험해야했다. 버스가 마을 회관 같은 장소에 도착했을 때였다. 양편에 교회가 자리 잡았고, 그 중앙에는 원형 잔디밭이 지저분한 흔적으로 놓여 있는 공간이었다. 나는 오른편 전방에 큼지막한 기둥이 서 있는 회당을 바라보았다. 원래는 흰색 건물이었지만 지금은 회색으로 변색된 데다 군데군데 칠이 벗겨져 있었다. 박공벽에 붙어 있는 짙은 황금색 표지에서 가까스로 '데이곤 밀교'라는 글씨를 읽을 수 있었다. 지난 시절엔 프리메이슨 회당이었으나 지금은 타락한 의식에 자리를 내준 곳이었다. 내가 그 표지를 더 자세히 들여다보려는데, 도로 맞은편에서 깨진 종소리처럼 고약한 소리가 들려 왔다. 나는 재빨리 고개를 들려서 반대편 창가를 바라보았다.

소리의 진원지는 땅바닥에 웅크린 듯한 석조 교회였다. 그 교회는 주변의 저택들에 비해 최근에 지어진 것으로 보였다. 고딕 풍 양식에 창문은 모두 닫혀 있었고, 야트막한 건물 자체의 구조에 비해 지대가 지나치게 높게 만들어져 있었다. 언뜻 벽면에 스치는 시계에는 바늘이 없었지만, 그 기괴한 소리가 알리는 시간은 11시였다. 그 순간, 예리하고 불가사의한 공포가 쇄도하는 느낌이 들었다. 순식간에 내 모든 사유 체계가 그대로 정지해 버려서 그 정체를 짐작조차 할 수 없었다. 시계 소리가 끝나는 순간, 교회의 문이 열리더니 정방형의 어두운 내부가 드러났다. 내가 그 안쪽을 바라보자, 뭔가가 어둠 속을 지나갔거나 그런 것 같다는 생각이 들었다. 일순 머릿속에 푹 박히는 오싹함은 훨씬 더 격한 것이었다. 아무리 분석해 본들 그 광경 자체로는 단 하나의 오싹한 특징도 끄집어낼 수 없을 것이기 때문이었다.

나는 마을의 밀집 지역에 들어온 이후 운전사를 제외하고 처음으로 생물을 본 것이었다. 내가 침착했더라면 그 어두운 내부에서 어떤 공포도 발견하지 못했을 것이다. 나중에 깨달았지만, 그 형체는 목사였다. 그가 입고 있는 독특한 제의(祭衣)는 데이곤 밀교가 교회를 대신하여 종교적 의식을 수정하는 과정에서 채택된 것이 분명했다. 스쳐 가는 내 시선을 사로잡아 섬뜩한 공포감을 자아냈던 것은 그 목사가 쓰고 있던 관이었다. 전날 밤 틸턴 양이 보여주었던 그 페르시아 왕관과 거의 일치했다. 관이 내 상상력을 자극함으로써 불분명한 목사의 얼굴과 옷, 그리고 비틀거리는 움직임에서 까닭 모를 불길함을 보게 한 것이었다. 나는 곧 공포를 느낄 이유가 없다고 마음을 다잡았다. 그 지역의 비밀 의식이라는 것이 이상하기는 하나, 출처 미상의 발굴물도 곧잘 이용하는 사례가 있으니, 자기 집단에 친숙해진 머리 장식 따위를 제식 과정에 차용할 수도 있지 않은가?

혐오스러운 외모의 젊은이들이 혼자 혹은 두세 명씩 거리에 모습을 드러내기 시작했다. 저택 중에는 1층에 지저분한 표지판을 단 상점이 있는 곳도 있었고, 길가에 세워진 트럭들도 눈에 띄었다. 폭포 소리가 점점 더 또렷하게 들려오더니, 이윽고 매우 깊은 계곡이 앞에 나타났다. 계곡에 철제 난간이 있는 크고 넓은 다리가 놓여 있었고, 그 너머에 너른 광장이 보였다. 버스가 덜커덕거리며 다리 위를 건너는 동안, 나는 양쪽 창가를 통해서 풀이 무성한 절벽 가장자리에 세워진 공장 건물과 계곡 하류 쪽을 내려다보았다. 아득하게 내려다보이는 강물이 꽤 깊어 보였고, 다리 오른쪽으로 두 개의 사나운 폭포 줄기가 보였다. 왼쪽에도 폭포가 적어도 하나 이상은 있는 것 같았다. 그때부터 폭포 소리에 귀가 멍멍해질 정도였다. 드디어 다리를 건너 타원형의 광장에 들어선 버스가 오른쪽으로 방향을 틀자, 천장이 둥근 고층 건물이 나타났다. 건물에는 노란색 페인트 자국이 남아 있었고, 반쯤 지워진 표지판에는 길먼 하우스라고 적혀 있었다.

나는 버스에서 내리게 되어 무엇보다 기뻤고, 호텔의 지저분한 로비에 여행 가방을 맡겼다. 주위에 딱 한 사람 — 예의 '인스머스의 표정'과는 거리가 먼 노인 — 이 있었으나, 나는 괜히 성가신 일이 생길까봐 노인에게 아무것도 물어보지 않았다. 그 호텔에서 벌어졌다는 기이한 일들이 떠올랐던 것이다. 광장으로 나가 보니 버스는 이미 사라진 후였다. 나는 감정사처럼 풍경 하나 하나를 세심하게 관찰했다.

자갈 깔린 광장의 한쪽으로 강물이 흘렀고, 다른 쪽에는 1800년대에 세워진 것으로 보이는 경사진 지붕의 건물이 반원형으로 들어서 있었다. 그 건물에서 남동쪽, 남쪽, 남서쪽을 향해 방사형으로 도로가 나 있었다. 가로등은 울적할 정도로 수가 적고 작은데다, 그나마 희미한 백열등이 고작이었다. 달빛이 어둡지는 않겠지만, 어두워지기 전에 그곳을 떠나기로 한 계획을 떠올리면서 내심 기뻐했다. 외관이 괜찮아 보이는 건물에서 10여 개의 상점이 영업을 하고 있는 것 같았다. 퍼스트 내셔널 체인점이라는 식료품점과 음침한 분위기의 식당, 약국, 어류 도매점 등이 눈에 띄었다. 강에 인접한 광장의 동쪽 끝에는 어업을 제외하고는 그 마을에서 유일한 산업이라는 마시 제련소의 사무실이 보였다. 거기에 열 명 남짓한 사람들과 너덧 대의 자동차, 트럭 따위가 여기저기 흩어져 있었다. 인스머스의 중심가라고 해도 무방한 지역이었다. 동쪽 방향에서 부두의 푸른빛이 어슴푸레 보였고, 바다를 배경으로 한때는 아름다웠을 조지아 풍의 첨탑 세 개가 무너진 잔해로 서 있었다. 강둑의 맞은편 해안 쪽으로 내가 마시 제련소라고 생각했던 그 흰색 종루 건물을 볼 수 있었다.

이런저런 이유에서 나는 첫 번째 방문지로 식료품 체인점을 택했다. 그곳 점원은 인스머스의 토박이처럼 보이지 않았다. 혼자 가게를 보고 있던 그 열일곱 살 가량의 청년은 언뜻 보기에도 쾌활하고 붙임성이 있어 보여서, 여러 가지 유용한 정보를 알려줄 것 같았다. 그는 얘기를 하고 싶어 안달이 난 눈치였고, 마을과 생선 비린내, 마을 사람들을 탐탁지 않아 하는 속내를 드러냈다. 외지인과 한마디 나누는 것이 그에게는 위안거리였다. 그는 아컴 출신으로, 입스위치의 한 가정집에서 하숙을 하는 중이고 짬이 날 때마다 고향에 갔다 온다고 말했다. 가족들도 그가 인스머스에서 일하는 것을 달가워하지 않지만, 본점에서 그쪽으로 발령을 낸 것이고, 일을 그만두고 싶지는 않다고 했다.

그의 말에 따르면, 인스머스에는 공공 도서관이나 상공 회의소는 없지만, 내가 길을 잃고 헤매거나 하지는 않을 거라고 했다. 버스로 쭉 따라 내려온 거리의 명칭은 페더럴이었다. 그 서쪽으로 괜찮은 거주지인 브로드, 워싱턴, 라파예트, 애덤스 가(街)가 있고, 그 동쪽으로는 해안의 빈민촌이었다. 중심가를 따라 형성된 그 빈민촌에서 조지아 풍의 교회 몇 개를 발견할 수 있을 터, 그러나 그 교회들은 버려진 지 오래였다. 그 주변에는 얼씬거리지 않는 것이 상책인데, 특히 강 북부 지역의 사람들은 음침하고 적개심이 많았다. 그 지역에서 외지인 몇 명이 실종되기까지 했다.

점원은 자기도 값비싼 대가를 치르고 나서야 접근이 금지된 지역이 있음을 알았다고 했다. 예를 들어, 마시 제련소와 아직 사용 중인 교회, 뉴처치 그린에 기둥이 줄지어 서있는 데이곤 밀교라는 회당 주위를 어슬렁대서는 안 된다고 했다. 그 교회들은 너무도 이상한 곳인데, 다른 지역의 모든 종파들이 극구 부인하는 대상이었다. 게다가 극도로 기이한 의식과 제의를 사용했다. 그 교리 또한 이교적이고 비의적이어서, 모종의 놀라운 변형을 통한 육신의 불멸까지 주장한다고 했다. 점원이 다니던 교구의 목사 ─ 아컴의 오스버리 감리교 감독 교회 목사인 윌레스 박사 ─ 는 인스머스의 어떤 교회에도 참석하지 말라고 당부를 한 모양이다.

그러나 인스머스 사람들에 대해서는 그 젊은이도 딱히 어떻게 설명해야 할지 난감해했다. 남의 눈에 띄는 것을 극도로 싫어하여 동굴에 은신하는 짐승들 같아서, 부정기적인 고기잡이 외에 대체 그들이 어떻게 시간을 보내는지 상상이 가지 않는다는 것이다. 그들이 먹는 밀주를 생각하면, 낮 시간 동안엔 항상 술에 취해 보내는지도 몰랐다. 현실보다 더 좋은 이계를 접해 본 사람들처럼 현세를 경멸하는 그들은 저들만의 동료애와 이해관계로 결속되어 있는 듯 했다. 그들의 외모, 특히 단한 차례도 깜박거리지 않고 뚫어지듯 바라보는 눈이 충격적이었다. 게다가 그들의 목소리를 듣노라면 욕지기가 났다. 그들이 한밤중에 교회에서 부르는 찬가 소리는 소름이 끼치는데, 특히 일 년에 두 번 4월 30일과 8월 31일에 치르는 그들의 대축제 기간에는 더욱 심했다.

그들은 또 물을 무척 좋아해서, 강과 부두에서 수영을 즐겼다. 악마의 모래톱까지 가는 수영 시합이 자주 열렸고, 모두들 그 힘든 스포츠에 능한 것 같았다. 그러나 그나마 눈에 띄는 사람들은 대부분 젊은이고, 나이든 사람들은 썩어문드러진 얼굴을 감추고 있었다. 호텔의 프론트 직원 노인처럼 별다른 이상 없이 평범한 얼굴을 하고 있는 예외적인 경우도 있기는 했다. 인스머스의 노인층은 과연 어떤 모습을 하고 있을지, 속칭 '인스머스의 얼굴'이라는 것이 나이가 들수록 발병률이 높은 잠행성의 희귀병은 아닐까 궁금해질 법도 했다.

성장이 끝난 개체에서 심각하고 급속한 해부학적 변화 ── 두상처럼 기본 골격 자체가 바뀌는 ── 가 일어나는 사례는 아주 드물지만, 이마저도 인스머스에서는 일반적인 질병처럼 흔했고 별스럽지 않은 모양이었다. 점원의 말마따나 그 문제와 관련해서 분명한 결론을 내리기란 쉽지 않았다. 인스머스에 아무리 오래 거주한 외지인이라도 토박이 주민을 개인적으로 제대로 알고 있는 사람은 없었기 때문이다.

점원은 또 집 안에 틀어박혀 있는 주민들보다 더 흉측한 사람들이 많을 것이라고 단정했다. 이따금씩 아주 해괴망측한 소리들이 들려온다는 것이다. 강 북쪽 부둣가에 위치한 오두막들은 제각각 숨겨진 터널로 연결되어 있는데, 그 터널을 지나면 기형인들이 은둔하는 소굴이 있다고 했다. 그들이 외국인의 혈통이라는 추측만 있을 뿐, 정체를 알 수가 없었다. 특히 정부나 여타 기관의 관리들이 마을을 찾을 때면, 그 흉측한 기형의 은둔자들은 아예 종적을 감추어 버렸다.

점원은 그 소굴에 대해 주민들에게 물어봐도 소용없다고 했다. 그런 얘기를 해 줄만한 사람이 딱 하나 있기는 했다. 외모도 정상이고, 마을의 북쪽 외곽에 있는 빈가에서 생활하면서, 고령의 나이에 이리저리 어슬렁대거나 소방서 주위를 맴도는 것으로 하루를 소일하는 위인이었다. 그 백발이 성성한 노인의 이름은 제이독 앨런, 향년 96세로 정신이 약간 오락가락하는데다 소문난 술꾼이었다. 언제나 주변을 흘깃거리는 것이 뭔가를 대단히 두려워하는 눈치고, 제정신일 때는 절대 외지인과 말을 하는 법이 없었다. 그러나 술이라면 사족을 못 쓰기 때문에, 일단 술이 들어가는 순간부터 이 세상에서 가장 기이한 추억담을 이야기한다는 것이다.

결국 그 노인에게서 제대로 된 말을 들을 리 없었다. 노인이 하는 이야기는 전부 미친 소리에 불과하고, 온갖 기행과 공포에 대한 암시적인 말뿐이라 그 자신의 난삽한 공상일 뿐인 듯했다. 누구도 그 노인의 말을 믿지 않지만, 인스머스 토박이들은 그가 술에 취해서 외지인과 얘기하는 것을 좋아하지 않는다고 했다. 그래서 주민들이 보고 있을 때는 노인에게 말을 걸지 않아야 안전했다. 인근에 떠도는 가장 흉흉한 소문과 망상은 그 노인의 입에서 비롯된 것인지도 모를 일이다.

몇몇 외지인들이 종종 괴물을 봤다고 하는데, 제이독 노인의 얘기와 기형적인 외모의 주민들을 떠올리면 그런 착각이 들만도 했다. 인스머스의 토박이들을 제외하고는 그 누구도 밤늦게 거리를 돌아다니지 않았고, 또 그러지 말아야한다는 것을 다들 알고 있었다. 게다가 인스머스의 거리는 소름끼치게 어두웠다.

마을의 생업을 보자면, 풍부한 어획량은 가히 상상을 초월할 정도이나 그로 인해 주민들이 얻는 혜택은 점점 줄어드는 실정이었다. 무엇보다 생선 값은 떨어지는데 반해 경쟁이 치열해지는 게 문제였다. 마을에서 이루어지는 실제적인 산업은 당연히 제련소였다. 제련소 사무실은 상점에서 동쪽으로 얼마 떨어지지 않은 광장에 있었다. 오벳 마시 노인을 직접 봤다는 사람은 없어도, 가끔씩 커튼으로 차창이 가려진 자동차를 타고 업무 차 사무실에 들른다고 했다.

마시의 변한 외모에 대해 별의별 소문이 돌았다. 한때는 대단한 멋쟁이였던 것 같다. 기형으로 변한 지금도 신경 써서 에드워드 시대 풍의 프록코트를 입는다는 소문이 있었다. 전에는 그의 아들들이 광장의 사무실을 운영했으나, 최근에는 모습을 감추었고 그 대신에 손자 세대가 실질적인 운영 주체였다. 마시의 아들과 딸들은 기묘한 모습을 하고 있는데, 나이가 많을수록 그 기형이 더 심했다. 게다가 모두 건강이 좋지 않다고 했다.

마시의 딸 중에 한 명은 파충류를 연상시키는 혐오스러운 얼굴로, 예의 그 기이한 왕관과 관련이 있는 이국풍의 보석을 주렁주렁 매달고 다녔다. 식료품점 점원은 그런 모습을 자주 보았고, 그 보물들이 해적선이나 악마에게서 나왔다는 소문도 들었다. 인스머스의 목사 —아니면 요즘의 말로 주술사 —도 마시의 딸과 같은 머리 장신구를 하고 있었다. 그런 모습을 실제로 목격하기란 쉬운 일이 아니었다. 그 밖에 다른 물건들이 인스머스 근방에 많다는 소문이 있지만, 점원은 그것까지 보지는 못했다고 했다.

마시 가를 비롯해 인스머스에서 명문가로 통하는 웨이트, 길먼, 엘리엇 가(家)는 하나같이 사람들의 눈을 극도로 피하고 있었다. 워싱턴 가의 으리으리한 저택에 살고 있는 그들 가계 중에서 유난히 기형적인 외모를 지닌 몇몇은 모처에서 친척들과 생활하는데, 그들은 이미 사망자로 기록되어 있다고 했다.

식료품 점원은 인스머스 거리의 표지판 상당수가 없어졌다면서, 대략적이면서도 특징을 한눈에 볼 수 있게끔 정성스럽게 약도를 그려주었다. 약도를 잠시 살펴보니 큰 도움이 될 것 같았다. 나는 점원에게 진심으로 감사의 말을 전하고, 약도를 주머니에 집어넣었다. 그리고 광장에 있는 우중충한 식당이 꺼림칙해서, 나중에 먹을 점심거리로 식료품점에서 치즈 크래커와 생강 과자를 사두었다. 나는 거리를 산책하면서 외지인들을 만나면 몇 마디 말을 나누다가, 8시발 버스를 타고 아컴으로 출발할 계획이었다. 마을의 풍경은 공동체 사회의 몰락을 보여주는 전형적인 예였다. 그러나 사회학자가 아닌 나로서는 건축 분야만 눈여겨 볼 생각이었다.

그래서 인스머스의 좁고 음침한 길에 약간 당황하면서도 계획대로 움직이기 시작했다. 나는 다리를 건너서 폭포수 소리가 요란한 쪽으로 발길을 옮겼다. 인근의 마시 제련소는 이상할 정도로 소음 하나 없이 조용했다. 제련소 건물은 다리 근처의 가파른 강가 절벽에 있었고, 가까이에 여러 도로가 합류하는 지점이 있었다. 원래는 그곳이 마을의 중심지였지만, 독립전쟁 후에 현재의 마을 광장이 그 역할을 대신하게 된 모양이었다.

중심가의 계곡 다리를 다시 건너갔을 때, 나는 으스스할 정도로 황폐한 지역을 목격했다. 허물어져 가는 박공지붕들이 들쭉날쭉 기괴한 지평선을 그렸고, 그 위로 버려진 교회의 첨탑이 을씨년스럽게 솟아 있었다. 중심가를 따라 들어선 저택들 중에서 일부는 사람이 살았으나, 그

외 대부분은 판자로 막혀 있었다. 비포장 보도를 따라 내려갔다. 지대가 주저앉아 아슬아슬하게 기울어진 오두막집마다 창문이 시커먼 틈처럼 벌어져 있었다. 창문들이 유령처럼 지켜보는 것 같아서 동쪽 부두로 방향을 돌리기까지 꽤 용기가 필요했다. 집들이 한데 어우러져서 철저한 폐허의 도시를 형성해 감으로써, 한 채의 폐가가 주는 공포는 산술적이 아니라 기하급수적으로 증폭되었다. 생선의 휑한 눈알과 죽음이 연상되는 거리들이 끝없이 펼쳐진 광경에서, 거미줄과 추억과 온갖 벌레에 자리를 내준 채 음울하게 누운 저택에서, 아무리 견고한 철학으로도 물리칠 수 없는 태고의 공포와 혐오가 일었다.

피시 가도 황폐하기는 중심가와 매한가지, 그러나 아직은 훌륭한 벽돌 창고가 꽤 많다는 것이 차이라면 차이였다. 워터 가 또한 옛날 선창이었던 자리 곳곳이 바다 쪽으로 금이 가 있다는 점만 제외하면, 피시 가를 그대로 옮겨놓은 모습이었다. 멀리 방파제 위에 흩어져 있는 어부들 외에는 거리에 인적이 없었다. 그리고 부두에 밀려오는 파도 소리와 마뉴셋의 폭포 소리 외에는 조용했다. 그래서인지 마을의 풍경이 점점 내 신경을 거스르기 시작했고, 워터 가 다리 쪽으로 다시 방향을 돌리면서도 나는 뒤쪽을 흘깃거리곤 했다. 점원이 그려준 약도에 따르면 피시 가의 다리는 무너져 있었다.

워터 가에서 가동 중인 통조림 공장, 연기 나는 굴뚝과 여기저기 수선한 지붕, 어딘지 모를 곳에서 간헐적으로 들려오는 소리, 그리고 잊을 만하면 음산한 거리와 포장되지 않은 좁은 길에서 비틀거리는 형체들, 그렇게 강의 북쪽에는 궁색하나마 삶의 흔적이 보였다. 그럼에도 그곳의 풍경은 황폐한 남쪽보다 훨씬 더 마음을 짓눌렀다. 무엇보다, 사람들의 모습이 마을 중심가보다 훨씬 끔찍하고 기형적이어서, 내 마음 속에는 종잡을 수 없이 기괴한 뭔가가 떠오르곤 했다. 인스머스 주민에게 영향을 끼치는 이질적인 혈통이 내륙보다는 그 지역에서 유독 강한 것이 분명했다. '인스머스의 얼굴'이 질병보다 혈통에 관련된 문제라면, 그 지역은 더 심각한 변형의 가능성을 내포하고 있을지 몰랐다.

한 가지 구체적인 것이 내 신경을 긁었다. 그것은 산발적이고도 어렴풋한 소리였다. 사람이 사는 것으로 보이는 저택에서 들려와야 정상일 텐데, 실제로는 이따금씩 판자로 막힌 건물에서 나는 소리가 가장 컸다. 삐거덕거림, 종종거리는 발소리, 귀에 거슬리는 정체불명의 소음. 식료품점 점원이 말한 비밀의 터널이 떠올라서 꺼림칙했다. 그곳 주민들의 목소리는 과연 어떤 것일까 궁금했다. 그 지역에서는 여태 한마디 말소리도 듣지 못했고, 왠지 앞으로도 듣고 싶지 않았다.

중심가와 처치 가에서 훌륭한 건축이었지만 지금은 폐허가 된 옛 교회 두 채를 살펴보느라 잠시 멈추었을 뿐, 나는 그 고약한 부두 인근의 빈민촌을 서둘러 벗어났다. 다음 목표지는 뉴 처치 그린, 그러나 그쪽 교회의 지하에서 기묘하게 왕관을 쓴 사제 혹은 교구목사를 보고 대경실색한 터라 그곳을 다시 지나갈 용기가 나지 않았다. 게다가 외지인은 데이곤 밀교 회당 뿐 아니라 그 교회 근처에 얼씬 말라던 식료품점 점원의 말이 떠올랐다.

결국에 나는 중심가를 따라 계속 북쪽으로 걸어서 마틴 가에 도착했다. 그곳에서 내륙 쪽으로 방향을 돌린 뒤, 페더럴 가를 가로질러 처치 그린의 북쪽에 무사히 닿았다. 그렇게 브로드 북부와 워싱턴, 라파예트, 애덤스 가의 몰락한 명문가 동네로 들어섰다. 커다란 옛 가로수 길은 지면이 울퉁불퉁하고 지저분했지만, 느릅나무 그늘 아래서 옛날의 위엄이 완전히 사라진 것은 아니었다. 눈길을 잡아끌며 줄지어선 저택들, 그 대부분은 노후해지고 판자로 막힌 채 방치되어 있었다. 그러나 거리마다 한두 채의 저택에 사람이 사는 흔적이 보였다. 워싱턴 가에는 솜씨 좋게 새 단장을 한 네댓 채의 저택이 운치 있는 잔디밭과 정원을 갖추고 일렬로 늘어서 있었다. 그중에서도 뒤쪽의 라파예트 가 방면으로 널찍한 계단식 단을 만들어 정원에 여러 형태의 화단을 배치한 저택 한 채가 가장 호화로웠다. 고민거리가 많다는 제련소의 소유주, 마시 노인의 집인 것 같았다.

그 거리 어디에서도 생명체는 보이지 않았다. 인스머스에 개나 고양이 따위가 한 마리도 없는 게 의아했다. 게다가 가장 잘 보존되어 있는 저택들조차 3층과 다락방 창문이 밀폐되어 있는 것도 영문 모를 일이었다. 죽음의 그림자로 숨죽인 그곳에서 은둔과 비밀은 일상화되어 있는 듯 했다. 단 한 번도 감기지 않는 집요한 눈동자가 주변에 숨어서 나를 지켜보고 있다는 느낌이 좀처럼 가시지 않았다.

왼쪽의 종루에서 들려온 세 번의 종소리에 그만 몸서리가 쳐졌다. 당연히 처치 그린의 낮게 웅크린 교회에서 들려왔던 종소리를 떠올렸다. 워싱턴 가를 따라 강 쪽으로 가는 과정에서 옛날의 공단 지역이 나타났다. 폐허가 된 공장 한 동과 기차역의 흔적 따위가 남아 있었고, 차폐물이 있는 철로 교각이 오른쪽의 계곡까지 이어져 있었다.

경고 표지판과 함께 이름 모를 다리 하나가 나타났다. 위험을 무릅쓰고 남쪽 강둑을 향해 다리를 건너고 보니 삶의 자취가 다시 나타났다. 은밀하게 비틀거리는 사람들이 음흉한 시선으로 나를 쳐다보았고, 보다 정상적인 얼굴을 한 사람들의 시선은 싸늘하면서도 호기심이 어려 있었다. 갑자기 인스머스가 있을 곳이 못 된다는 생각에 사로잡힌 나는 페인 가를 따라 광장 쪽으로 발걸음을 돌렸다. 아직 많은 시간을 기다려야하는 그 불길한 버스 대신에 다른 차량이라도 얻어 타고 아컴으로 갈 수 있기를 바라면서.

왼쪽에서 다 쓰러져 가는 소방서를 본 것은 그때였다. 그리고 불콰한 얼굴에 수염이 텁수룩하고 눈이 게슴츠레한 노인 한 명이 보였다. 남루한 누더기 행색으로 소방서 앞 벤치에서 역시 추레하지만 정상적인 외모의 소방대원 두 명과 얘기를 나누고 있었다. 술에 절은 반미치광이 같은 늙은이, 그가 바로 섬뜩하고 터무니없는 인스머스의 과거와 망령을 말한다는, 아흔 넘은 제이독 앨런이 틀림없었다.

III

내가 그때 마음을 바꾼 것은 심술궂은 운명의 장난이거나, 음침하게 은폐된 어떤 근원적 존재의 희롱 때문이었을 것이다. 앞서 말했듯이, 나는 그때까지 건물만 눈여겨 보았고, 그 부패와 죽음이 도사린 마을을 한시라도 빨리 벗어나고자 광장으로 발길을 재촉하고 있었다. 그러나 제이독 앨런 노인을 보는 순간, 마음이 바뀌어서 나도 모르게 발걸음이 느려졌다.

그 노인이 제멋대로 지리멸렬하고 터무니없는 전설이나 주워섬길 거라는 것쯤은 이미 알고 있었다. 그 노인과 얘기하는 모습을 토착민들에게 들키면 위험하다는 경고도 알고 있었다. 그럼에도 그 노인이 어업과 공업이 발달했던 인스머스의 초창기부터 몰락까지를 지켜본 증인이라는 생각이 들었고, 그것은 어떤 이유로도 거부할 수 없는 유혹이었다. 결국, 신화가 던져주는 극도의 기이함과 광기는 때로 진실에 근거한 상징이나 우화인 법이다. 제이독 노인은 틀림없이 지난 90년 간 인스머스에서 벌어진 모든 일을 알고 있을 터였다. 분별력과 경계심은 호기심에 굴복했고, 나는 젊은이다운 자만심으로 독한 위스키의 힘을 빌린다면 술주정뱅이의 입에서 튀어나오는 장광설에서 진실한 역사의 핵심을 가려낼 수 있다고 생각했다.

소방대원들이 눈치를 채고 방해할 것이기에 당장은 노인에게 말을 걸지 말아야했다. 그 대신 밀주를 쉽게 구할 수 있다고 식료품점 청년이 알려준 곳에 가서 술부터 준비할 생각이었다. 그러고는 자연스럽게 소방서 근처를 산책하는 시늉을 하다가, 평소대로 제이독 노인이 어슬렁대기 시작한 후에 우연히 마주칠 요량이었다. 식료품점 청년의 말대로라면, 그 노인은 좀처럼 가만있지를 못해서, 소방서 주변에 한두 시간 이상은 앉아 있지 못할 것이었다.

비록 싸진 않았지만 엘리엇 가의 광장 인근에 있는 잡화점 뒷문을 통해 위스키 한 병을 어렵잖게 구했다. 지저분한 행색의 잡화점 주인에게서 어딘지 '인스머스의 얼굴'처럼 빤히 보는 시선이 느껴졌으나, 행동은 아주 사근사근했다. 아마도 간혹 마을을 찾아오는 트럭 운전사나 황금 구매자 등의 외지인에 익숙한 모양이었다.

다시 광장으로 들어서면서, 나는 행운이 따라준다고 생각했다. 길먼 하우스의 모퉁이 부근, 페인 가를 따라 발을 질질 끌고 오는 누더기 차림의 흰칠하고 깡마른 사람이 다름 아닌 제이독 앨런 노인이었기 때문이다. 나는 계획에 따라 새로 산 위스키 병으로 은근히 미끼를 던져 보았다. 그러자 그 노인은 이내 내 뒤를 따라왔고, 나는 나름대로 가장 외진 곳이라고 생각해둔 웨이트 가로 방향을 잡아갔다.

나는 식료품점 점원이 준 지도에 의지해서 전에 본 적이 있는 부두 남쪽의 철저히 외진 곳으로 향해갔다. 보이는 사람이라곤 멀리 방파제의 어부들뿐이었다. 나는 버려진 부두에서 두 사람이 앉을만한 자리와 아무에게도 들키지 않고 제이독 노인에게 마음껏 질문을 할 수 있는 데를 찾아서 좀 더 남쪽으로 갔다. 메인 가에 도착하기 전, 뒤쪽에서 "어이, 선생!"하는 숨찬 목소리가 들려 왔다. 그래서 나는 노인을 기다렸다가 위스키를 양껏 들이키게 했다.

나는 워터 가를 따라 걷다가 보이는 것이라고는 폐허와 아찔하게 기울어진 건물의 잔해뿐인 남쪽으로 방향을 틀면서 슬쩍 운을 떼 보았다. 노인의 입은 생각만큼 쉽게 열리지 않았다. 마침내 해안가의 허물어진 벽돌담 사이에서 잡초가 무성한 빈터를 찾아냈다. 잡초는 뒤쪽의 흙과 돌로 만들어진 부두 높이만큼 자라 있었다. 이끼로 뒤덮여 있는 바위를 의자 삼아 앉기에 나쁘지 않았고, 잡초와 더불어 북쪽의 허물어진 창고가 벽처럼 막아선 덕분에 어디에서도 우리를 발견하기란 쉽지 않았다. 오랜 시간 비밀 얘기를 하기에 안성맞춤인 장소를 드디어 찾아낸 셈이다. 나는 노인을 부축해서 이끼 낀 바위 틈 사이에 자리를 하나 마련해주었다. 죽음과 폐허의 공기가 소름이 끼쳤고, 생선 비린내는 거의 견딜 수 없을 정도였다. 그래도 나는 노인의 얘기를 반드시 들을 생각이었다.

만약 아컴 행 8시 버스를 탈 경우, 노인과 얘기할 수 있는 시간은 네 시간 정도였다. 나는 곧 그 늙은 술고래에게 위스키를 권하는 한편, 식료품점에서 준비해둔 간소한 점심 식사를 시작했다. 물론 제이독 노인이 너무 빨리 취해 인사불성이 되지 않도록 신중하게 술을 권하는 것도 잊지 않았다. 한 시간이 지나자, 노인은 주저하는 기색을 거두고 입을 열기 시작했으나, 여전히 인스머스와 그 음침한 내력을 묻는 내 질문을 얼렁뚱땅 넘기는 바람에 적잖이 실망이었다. 그는 이런저런 근황을 지껄이면서 학자연하는 시골뜨기처럼 신문을 많이 읽을 뿐 아니라 철학에도 조예가 깊다고 과시했다.

두 시간이 다되어갈 즈음, 나는 위스키 한 병으로는 제이독 노인의 입을 열기에 부족할 것 같아서 마음을 졸였는데, 여차하면 노인을 남겨두고 술을 더 사와야 하는지 난감했다. 그런데 그때까지 아무리 질문을 해도 반응이 없던 노인이 갑자기 입을 연 것은 우연한 계기 덕분이었다. 씨근대는 노인의 말투에 변화가 생기자, 나는 바투 다가앉아 귀를 기울였다. 나는 비린내 풍기는 바다를 등진 상태였고, 제이독 노인은 마주보고 있었다. 어떤 이유에서인지, 노인의 종잡을 수 없던 시선이 멀리 악마의 모래톱에서 멈췄다. 그때 악마의 모래톱은 파도 위로 또렷하면서도 매혹적인 모습을 드러내고 있었다. 그러나 그것이 노인에게는 불쾌감을 주었는지 괜한 욕설에 이어 혼잣말을 하면서 눈을 흘겼다. 그러고는 내 쪽으로 몸을 수그리더니 내 코트의 옷깃을 붙잡고 분명하게 말하는 것이었다.

"모든 게 저기서 시작됐어. 수심이 깊어지는 저기, 저 흉악스런 저주의 땅 말이야. 측연선도 닿지 않는 까마득한 저 아래 지옥의 문이 있어. 오벳 선장은 거기까지 갔지. 남양 제도에서보다 저기에 더 좋은 게 있다는 걸 알았거든.

그때는 모두들 힘든 시절이었지. 고기잡이는 안 되고, 심지어 새로 생긴 공장까지 일거리가 없었으니까. 1812년 전쟁 때는 마을에서 가장 잘난 남자들이 해적질을 하거나 쌍돛대 범선 엘리지 호와 작은 범선 레인저 호를 타다가 행방불명이 되었어. 둘 다 길먼 가 소유의 배였지. 오벳 마시는 쌍돛 범선인 콜롬비, 돛단배 헤티, 돛대 세 개짜리 수마트리 퀸을 바다에 띄웠지. 그 사람만이 유일하게 동인도와 태평양을 오가며 무역을 계속할 수 있었어. 나중에, 그러니까 1828년에 에스드라스 마틴의 말레이 프라이드 호가 뒤를 잇기는 했지만 말일세.

오벳 선장 같은 사람은 어디에도 없지. 악마의 늙은 앞잡이니까! 쳇, 쳇! 그 사람이 외국 이야기를 하면서, 교회에 다니며 고분고분 견디는 사람들은 얼간이라고 했던 말이 기억나는군. 우리도 동인도 사람들이 믿는 신을 섬겨야한다고 말이야. 그 신에게 제물을 바친다면, 고기를 많이 보내주고, 사람들의 기도를 들어준다고.

오벳 선장의 일등 항해사였던 매트 엘리엇도 그런 얘기를 많이 했어. 그 사람만은 이교도적인 행동에 반대했지. 타히티의 동쪽에 있다는 섬 얘기도 했어. 그곳에는 포네이프 섬과 캐롤라인 섬처럼 정체모를 석조 유물이 많았다네. 이스터 섬[125]의 커다란 석상을 연상시키는 얼굴상이 있었다는군. 그런데 주변의 또 다른 작은 화산섬에도 다른 형태의 석상 잔해들이 널려 있었대. 하나같이 오랫동안 해저에 가라앉았다가 떠오른 생김새에다 끔찍한 괴물의 모습이었다지, 아마.

선생, 매트의 말로는, 그 섬사람들은 온갖 물고기를 잡아 올렸다는군. 그리고 그들이 차고 다니는 금으로 만든 듯 화려한 팔찌와 장식물과 머리 장신구들에는 석상의 잔해들과 마찬가지로 그 끔찍한 괴물들의 모습이 새겨져 있었다는 거야. 글쎄 반은 물고기, 반은 개구리 같은 양서류라고 할까, 아니면 개구리를 닮은 어류라고 해야 할지, 아무튼 그것들이 사람인양 온갖 자세를 취한 채 새겨져 있대. 그러나 그런 물건을 어디서 입수했는지는 아무도 몰랐고, 가까운 섬 주민들조차 왜 그 섬에서만 유독 많은 고기가 잡히는지 의아해했다는군. 매트도 궁금해졌고, 오벳 선장도 마찬가지였지. 오벳 선장은 그곳에선 잘생긴 젊은 이들을 볼 수 없다는 걸 눈치 챘어. 또 나이든 사람들도 많지 않았지. 또 하나, 오벳 선장이 보기에 섬사람들 중에서 상당수가 지독히도 이상한 몰골을 하고 있었던 거야. 그들이 카나키 족이라는 것을 감안하더라도 말이지.

오벳 선장은 그 원주민들이 섬기는 비교(秘敎)의 진실을 알아냈다네. 그 사람이 무슨 수를 썼는지는 모르겠지만, 원주민들의 금 장신구 같은 물건들을 상대로 교역을 시작했어. 선장은 원주민들에게 그 장신구들이 어디서 났는지, 더 가져올 수 있는지 물었지. 결국에는 왈라키라는 늙은 추장으로부터 그 해답을 얻어냈어. 오벳 선장 말고는 아무도 원주민들이 말하는 그 악마에 대해 믿으려 들지 않았어. 그러나 오벳 선장만은 책을 보듯 원주민들의 속내를 읽을 수 있었지. 허허! 그러나 젊은 친구, 이젠 아무도 내 말을 믿지 않는다네. 그런데 자네 눈을 보고 있자니, 오벳 선장의 그 날카로운 눈매가 떠오르는군."

노인의 속삭임은 점점 작아졌다. 나는 그 어투에서 전해지는 냉기와 불길함에 전율하고 있었다. 물론 술주정뱅이 노인의 망상에 불과할 뿐임을 알고는 있었지만.

"그러니까, 선생, 오벳 선장은 이 세상에서 그 누구도 들어보지 못했고, 믿지 못할 얘기들을 접했지. 그 카나키 인들은 바다 속에 산다는 신과 같은 존재에게 부족의 청년과 처녀들을 제물로 바치고 그 대가로 큰 보상을 받아온 모양이야. 그들은 기이한 폐허가 나뒹구는 그 작은 섬에서 그 해저의 존재들을 만났다고 하는데, 아마도 개구리를 닮은 물고기 형태의 그림들이 바로 그 존재라고 말하는 것 같았지. 인어와 온갖 해괴한 얘기들을 뒤섞어 만들어낸 가공의 생물처럼 말이야. 그 존재들은 해저에 도시를 세웠고, 그것이 떠올라 작은 화산섬이 되었다는 거지. 그들은 섬이 갑자기 수면 위로 떠오르는 순간에도 석조 건축물 속에서 살아 있었던 모양이야. 그래서 카나키 족 역시 바다 속에 해저의 존재들이 있다고 눈치를 챈 거지. 손짓발짓을 해가며 대화가 오갔고, 얼마 후 모종의 계약을 맺게 됐다는군.

해저의 존재들은 인간 제물을 꽤나 좋아했지. 오래 전에도 인간을 제물로 삼았지만, 그 후로는 뭍으로 나오는 길을 잃어버렸대. 그들이 제물을 어떻게 했는지는 따로 듣지 못했네. 오벳 선장도 그 부분에 대해서는 캐묻고 싶지 않았을 거야. 하지만 카나키 부족에게는 만사형통이었지. 당시에는 어려운 시절이어서 뭐든 절박할 때였거든. 그래서 부족들은 매년 두 번에 걸쳐 수많은 젊은이들을 그 해저 생물에게 바쳐온 거야. 오월제 전야와 만성절에 말이지. 젊은이들 뿐 아니라 부족이 손수 만든 장신구들도 함께 바쳤지. 약속대로 엄청난 고기떼를 보답으로 받았고 이따금 금과 비슷한 광물도 얻을 수 있었다는군.

가만있자, 카나키 족이 해저의 존재들을 만난 곳이 그 작은 화산섬이었다고 이미 말했나? 바로 그 섬으로 카누에 희생양을 싣고 갔다가, 돌아올 때는 금빛 보물들을 가져오곤 한 거야. 처음엔 해저의 존재들이 카나키 족이 사는 큰 섬으로 오려고 하지 않다가 나중에 마음을 바꿨지. 사람과 더불어 살고 싶다는 바람이 강해졌고, 오월제 전야나 만성절 같은 축제 때 의식도 치르고 싶었던 거야. 자네도 짐작했겠지만, 그들은 양서류처럼 물 속이나 물 밖을 오가며 살 수 있었던 모양이야. 카나키 족은 다른 부족들이 혹시 눈치를 채고 공격을 해 오면 어떡하느냐고 해저의 존재들에게 물었다지. 그러나 그들에겐 별 문제가 아니었던 모양이야. 만약 인간들이 성가시게 군다면, 단번에 제압할 수 있다고 자신만만했다니까. 멸종된 '올드원'이 옛날에 한 번 사용한 적이 있는 그 표식만 없다면 인간은 문제도 아니라고 말이야.[126] 아무튼, 해저의 존재들은 자신들을 성가시게만 하지 않으면 누구든 그 섬을 찾는 인간들을 추종자로 맞아 주겠다고 했다는군.

카나키 족도 그 두꺼비 같은 물고기 괴물들과 혼인 관계를 맺자니 난감했으나, 나중에는 여러 모로 좋은 점을 깨닫게 된 거지. 인간들이 그 해저의 괴물과 깊은 관련이 있고, 인간을 비롯해 모든 생명체가 한때는 물에서 살았으니 약간의 변화만 거친다면 예전으로 돌아갈 수 있다, 뭐 그런 것이었어. 해저의 존재들이 카나키 족에게 이르기를, 인간과의 교배에서 태어난 첫 세대는 인간의 모습을 그대로 닮지만, 세대를 거칠수록 조금씩 혈통에 변화가 생겨 그들을 닮아가다 마침내는 해저 생활도 가능해진다고 했다는군. 이 부분이 특히 중요한데, 젊은 친구, 물고기처럼 변해서 해저 생활을 하게 되면 영원히 죽지 않는다는 얘기일세. 폭력에 의해 살해되지 않는 한 영생을 누린다는 거야.

그쯤에서 오벳 선장은 그 부족들의 혈관 깊숙이 이미 해저 생물의 피가 섞여 있음을 간파했지. 그래서 일정한 나이에 이르게 되면, 사람들의 눈을 피해 은둔하며 해저 생활이 가능한 때를 기다리고 있었던 걸세. 그러나 해저 생활에 상대적으로 쉽게 적응하는 사람이 있는가 하면, 그 정도로 변형이 일어나지 않는 사람들도 있었지. 그러나 전반적으로는 그 존재들이 말한 대로 일정한 변화가 진행되고 있었던 모양일세. 태어날 때부터 우세한 혈통을 타고나는 인간들이 있는 반면, 70년 이상을 기다리며 해저 생활의 시련과 가능성을 시험하는 사람들도 있었어. 대부분의 주민들은 해저를 방문했다가 다시 돌아왔는데, 그중에는 이삼백 년 전에 섬을 떠났다는 5대조 할아버지와 얘기를 나누고 돌아온 사람도 있었다는군.

다른 종족과 전쟁을 하거나 인간 제물로 바쳐지는 경우, 혹은 독사에게 물리거나 지독한 전염병에 걸리는 경우를 제외하면, 카나키 족은 누구든 불멸의 삶을 보장받았다네. 그리고 잠깐 동안의 끔찍한 변화를 참아내면 해저로 내려갈 수 있었지. 그들은 포기한 것보다 얻은 것이 많다고 믿었어. 아마 오벳 선장도 같은 생각을 했던 모양이야. 왈라키의 얘기를 혼자 곱씹으면서 말이지. 그러나 사실 왈라키는 다른 섬의 왕족과 결혼한 왕가의 혈통이었고, 물고기의 피가 흐르지 않는 극소수의 인간 중에 하나였어.

왈라키 추장은 오벳에게 해저 존재와 관련이 있는 부활 의식과 변형된 사람들의 모습도 보여주었지. 그러나 어떤 이유에서인지, 해저 존재의 적자라고 할 만한 순수 혈통만은 끝까지 숨기려 들었다는 거야. 무엇보다 흥미로운 것은 왈라키 추장이 오벳에게 주었다는 묘한 물건이지. 납과 비슷한 성분으로 만들어진 물건인데, 아무리 멀리 떨어진 고기떼라도 능히 불러 모으는 도구라는 거야. 왈라키는 그 물건을 세계 도처에 분산시켜 놓을 생각인데, 누구든 그 물건 주위에 있는 카나키 족이 원하기만 하면 고기떼를 불러 모을 수 있다고 말했다네.

한편 매트는 그런 얘기들을 내키지 않아 했어. 그저 오벳이 어서 그 섬을 떠나 주기만을 바랐지. 그러나 오벳 선장에겐 잇속을 챙기는 일이 무엇보다 중요했던 거야. 그는 금 장신구들을 아주 싼 가격에 구입할 수 있다는 사실을 알고는 아예 그 일을 전문적으로 해 볼 생각이었지. 그렇게 몇 년이 흘렀고, 오벳 선장은 웨이트 가의 낡은 공장을 개조해 제련소를 차릴 만큼 충분한 금을 비축할 수 있었어. 원래 모양 그대로 팔았다가는 의심을 살 테니까 말이야. 그러나 당시 똑같은 장신구들을 입수했던 선원들 중에서 일부가 함부로 팔아서는 안 된다는 약속을 어기고 이따금 몰래 처분하는 일이 벌어지기도 했어. 시간이 지나면서 오벳 선장도 가족들에게 가장 무난해 보이는 장신구를 골라 걸치고 다녀도 좋다고 허락했지.

그러니까 오벳이 서른여덟, 내가 일곱 살이던 해였던가, 한번은 오벳이 섬에 들렀을 때 사람이 전부 사라지고 없더래. 인근의 다른 섬 부족들은 무슨 일이 벌어졌는지 아는데다, 그 문제를 자기들 식대로 생각하는 눈치였대. 분명히 그 해저의 생물들이 유일하게 무서워한다던 태고의 마법 표식과 관련이 있는 듯 했지. 바다 밑에서 까마득한 태고의 폐허와 함께 섬들이 솟아올랐고, 카나키 부족들이 어찌되었는지는 모를 일이지. 가엾게도, 큰 섬과 화산섬 모두 거대한 석조상의 일부를 제외하고는 남아 있는 것이 하나도 없었어. 몇 군데 작은 돌멩이들이 장식물처럼 흩뿌려져 있었다는데, 그 모양이 만(卍)자와 같았다는군. '올드 원'을 나타나는 일종의 표식이었던 같아. 어쨌든 카나키 족과 금 장신구 따위는 온데간데없고, 인근 부족들은 아예 입을 다물어 버렸다는 걸세. 처음부터 그 섬에는 카나키 족 같은 부족이 없었다는 말까지 하면서 말이지.

궤도에 올라서던 사업이 큰 타격을 입게 되자, 오벳 선장의 충격이 클 수밖에 없었지. 인스머스 전체에도 타격이었지. 그 당시 어업이 전부였던 인스머스 같은 곳에서는 선박의 소유주가 이익을 내야 그 밑에 딸린 선원들도 먹고사는 법이니까. 인스머스 주민들은 이미 여러 가지 어려움을 겪고 있었어. 특히 어획량이 계속 떨어지는 데다 공장들도 하나 둘 쓰러지기 시작하면서 극도로 곤궁해졌지.

오벳이 주민들을 몰아세우기 시작한 것도 그쯤이었지. 아무짝에도 쓸모없는 교회에나 나가는 미련한 인간들이라고 말이야. 그는 진정한 보답을 주는 신에 대해 알고 있다며 주민들이 자기의 말을 따른다면 엄청난 고기떼와 금을 가져올 수 있다고 선동했어. 물론, 오벳의 선원으로서 수마트리 퀸 호를 타고 그 섬에 갔다 온 사람들은 그 뜻을 알았지. 그런 사람들은 카나키 족에게 들은 해저 생물 따위를 가까이서 본다고 해도 별 거부감이 없었어. 하지만 오벳 선장의 진짜 속셈은 정확히 몰랐지. 그렇게 사람들은 그저 믿음의 대가에만 정신이 팔렸던 걸세."

그런데 거기까지 얘기를 끝낸 노인이 갑자기 머뭇거리더니, 근심스러운 얼굴로 입을 다물었다. 어깨 너머를 흘깃거리기도 하고, 고개를 돌려 홀린 듯이 멀리 모래톱을 바라보기도 했다. 내가 말을 걸어도 노인은 좀처럼 대꾸하지 않았다. 나는 할 수 없이 노인이 술병을 남김없이 비우도록 하는 수밖에 없었다.

나는 솔직히 노인의 얘기에 점점 빠져들고 있었다. 서툴고 조악하기는 하나 인스머스의 기이한 분위기를 설명해줄지 모르는 우화인 동시에, 상상력이 만들어낸 매혹적인 이국의 전설을 듣고 있는 느낌이었다. 물론, 단 한순간도 노인의 얘기가 사실일 거라는 생각은 하지 않았다. 다만 내가 뉴버리포트에서 보았던 불길한 왕관과 아주 밀접해 보이는 장신구와 보석 얘기 속에서 묘한 공포감을 맛보았을 뿐이다. 실제로 그 장신구들은 머나먼 이국에서 건너온 것인지도 몰랐다. 그 터무니없는 얘기들은 술주정뱅이 노인이 아니라 오벳 선장에게서 직접 나온 것으로 보였다.

내가 술병을 건네자, 노인은 마지막 한 방울까지 말끔히 마셔버렸다. 솔직히 그렇게 많은 위스키를 마시고도 멀쩡한데다 씨근거리는 목소리에도 변화가 없어서 신기했다. 노인은 술병을 핥다가 마지못해 호주머니 속에 찔러 넣었다. 그러고는 고개를 끄덕이며 혼잣말을 중얼거렸다. 나는 노인이 무슨 말을 하나 싶어서 바짝 다가앉았다. 불현듯 그 지저분하고 텁수룩한 수염 속에서 씁쓸한 미소가 스치는 것 같았다. 그는 뭔가를 말하고 있었어. 나는 그것을 분명하게 들었다.

"가엾게도 매트는 선장의 말에 반대했어. 사람들을 설득하려 동분서주하면서 성직자들을 만나 장시간 의논을 했지만 부질없는 짓이었지. 사람들은 조합 교회의 교구목사를 내쫓았어. 감리교 목사도 마찬가지였고, 침례교의 뱁콕 목사는 그 후로 종적을 감추어 버렸지. 여호와의 노여움을 살 짓이었어. 난 아주 형편없는 인간이긴 했지만 눈하고 귀는 멀쩡했거든. 본 것을 안 봤다고 하지는 않아. 데이곤과 아스타로트, 사탄과 마왕, 금송아지와 가나안의 우상들과 필리스틴 사람들, 바빌로니아의 저주와 메네, 메네, 테겔, 우바르신[127]······."

노인은 다시 말을 멈추었다. 나는 노인의 게슴츠레한 푸른 눈동자를 바라보며, 인사불성이 된 것은 아닌지 불안했다. 그러나 내가 그의 어깨를 슬며시 흔들자, 그는 전혀 다른 얼굴로 나를 쳐다보며 전보다 더 모호한 말들을 토해내기 시작했다.

"이봐, 내 말을 못 믿는 거지? 히 히 히, 젊은 친구, 이번에는 자네가 말해보게. 칠흑 같은 밤이면 오벳 선장과 스무 명의 주민들이 저 악마의 모래톱으로 몰려가서, 온 동네가 떠나가도록 주술을 외운 이유가 무엇인지, 어디 자네가 한번 말해 보라니까. 왜 적당한 방향의 바람을 기다렸다가 저 곳에 몰려갔는지 말이야. 그리고 무엇 때문에 절벽처럼 생긴 모래톱의 반대편, 깊은 물속에 육중한 물건들을 빠뜨리곤 했는지, 어디 한번 말해 보게나. 왈라키한테서 받은 그 기묘한 납으로 대체 무슨 짓을 했나 말일세. 어이, 젊은 친구, 말해 보라니까. 그렇다면 오월제 전야와 만성절에는 무슨 짓거리들을 했을까? 오벳의 선원이었다가 새 교회의 목사가 된 그 친구들이 왜 그렇게 기이한 옷과 금빛 장신구들을 치렁치렁 매달고 다니는지, 말해 보라니까."

노인의 게슴츠레한 파란 눈동자가 거의 광포하고 위협적으로 번뜩였고, 지저분한 수염은 감전된 것처럼 곤두서 있었다. 내가 겁에 질려 움찔하는 것을 봤는지, 그는 사나운 기세로 목청을 높였다.

"히 히 히 히! 이제 좀 감이 잡히나, 엉? 그때 내가 응석이나 부리는 철부지였다고 생각하지? 그때 난 우리 집 지붕에서 바다를 지켜봤다 이거야. 애들은 귀가 밝은 법이니까. 오벳 선장과 그 무리들이 모래톱에서 무슨 짓을 했는지 내가 그 소문을 못 들었을 줄 알아! 히 히 히! 내가 지붕에서 아버지의 망원경으로 무엇을 본 것 같은가, 모래톱 아래로 순식간에 떨어지던 그 묵직한 물체가 뭐라고 생각하느냔 말이야! 오벳과 선원들은 평저선을 타고 있었지만, 그 묵직한 물체는 바다 깊숙이 떨어진 후 다신 나타나지 않았어……. 지붕 위에서 꼬맹이 혼자서 그 끔찍한 광경을……. 인간이 아닌 그것을 보고 있으면 기분이 어떨 것 같나……. 엉……? 히 히 히 히……."

노인은 점점 히스테리 증상을 보였고, 나는 까닭모를 위기감에 소름이 끼쳤다. 노인의 옹이진 손가락들이 내 어깨를 건드렸는데, 그 격한 떨림은 흥겨움 때문이 아니었다.

"한밤중에 모래톱 너머 오벳 선장의 평저선에서 육중한 물체가 바다 속으로 떨어지는 광경을 떠올려 봐. 그리고 다음 날 마을에서 젊은이 몇 명이 사라졌다는 소식이 들려오는 거지. 이봐? 하이렘 길먼의 모습을 다시 본 사람이 있을까? 있냐고? 닉 피어스와 루리 웨이트, 아도니렘 사우스윅, 헨리 게리슨은 지금 어디 있지? 히 히 히 히……. 손짓으로 말하는 그 모습이라니⋯⋯. 진짜 손이 있더라고⋯⋯.

그러니까 선생, 오벳의 사업이 다시 번창하기 시작한 것도 그때부터였어. 세 딸들이 모두 듣지도 보지도 못한 금빛 장신구를 하고 다니는가 싶더니, 제련소 굴뚝에서 다시 힘찬 연기가 솟아올랐어. 마을 사람들도 살맛이 났지. 갑자기 몰려드는 엄청난 고기떼에 신명났고, 뉴버리포트와 아컴, 보스턴까지 실어 나른 고기가 얼마나 되는지 아마 신만이 알 걸. 오벳은 마을에 철도까지 끌어왔지. 고기떼가 몰려든다는 소문을 듣고 킹스포트에서 어부들이 범선을 끌고 오기도 했지만, 그들은 모두 사라져 버렸어. 누구도 그들을 다시 보지 못했지. 그 당시 마을 사람들은 데이곤 밀교라는 교단을 만들고, 프리메이슨의 지부를 사들여서는⋯⋯. 히 히 히! 프리메이슨 단원이었던 매트 엘리엇이 그걸 반대하다가 실종된 것도 그때야.

그러나 명심하게, 젊은 친구, 오벳이 가져온 변화는 카나키 부족의 섬과는 달랐으니까. 물론 그 사람도 처음부터 그 괴물과 혼혈을 하거나, 젊은이들을 바다 속에 빠뜨려 영생하는 물고기로 만들 생각은 없었을 거야. 오벳은 괴물들에게 금을 원했고, 그만한 대가를 지불했지. 그 괴물들도 한동안은 만족해했는데⋯⋯. 그런데 1846년이 되자 마을에 뭔가 변화가 생겼어. 너무 많은 사람들이 실종됐고, 일요일 회합에서는 더욱 광적인 설교가 오갔으며, 모래톱에 대한 의심이 거세게 일었네. 나도 더 이상 가만히 있을 수 없었지. 행정관 모리에게 내가 지붕에서 목격한 일들을 알려준 것도, 그리 하면 문제를 해결할 수 있을까 싶어서였어. 어느 날 밤, 기관에서 나온 사람들이 모래톱으로 향하는 오벳의 무리를 뒤쫓아 갔지. 얼마 후 평저선 사이에서 총성이 들려왔어. 다음 날, 오벳과 서른 두 명의 선원들이 체포됐어. 마을 사람들은 대체 무슨 일이 벌어지고 있는지, 왜 오벳이 감옥에 갔는지 알지 못했네. 만약, 누군가 사태를 제대로 파악했더라면……. 이삼주일 뒤에, 오랫동안 제물을 받지 못한 그것들이 과연 어떻게 나올지……."

제이독의 얼굴에 공포와 피로의 기색이 역력했다. 나는 잠시 동안 그가 휴식을 취하도록 묵묵히 앉아서 초조히 손목시계를 힐끔거렸다. 조수가 바뀌어 밀물이 들어오는 시간이었는데, 파도 소리에 제이독 노인이 정신을 차린 것 같았다. 나는 수위가 높으면 비린내가 그리 심하지 않을 것 같아서 오히려 밀물이 반가웠다. 다시 노인의 중얼거림이 시작됐고, 나는 귀를 쫑긋 세웠다.

"정말 소름끼치는 밤이었지……. 그들을 본 나는 지붕에 올라가 있었는데……. 그 무리들이…… 득시글대면서 ……. 모래톱을 새카맣게 뒤덮고 부두와 마뉴셋 쪽으로 헤엄쳐 왔어 ……. 맙소사, 그날 밤 인스머스 거리에서 벌어진 일이라니……. 그들이 우리 집 문을 마구 흔들었지. 하지만 아버님은 문을 열지 않았고, 사태를 의논하기 위해 총을 들고 행정관 모리를 찾아 가셨어……. 죽은 사람과 죽어가는 사람이 산더미처럼 쌓이고……. 총성과 비명 소리……. 옛 마을 광장과 지금의 마을 광장과 뉴처치 그린, 사방에서 고함소리가……. 감옥 문이 열리고……. 선전포고라느니, 음모라느니……. 마을 사람의 반이 사라졌는데, 그게 전염병 때문이라고 속이는가 하면……. 오벳의 편에 가담한 사람과 그 괴물들, 잠자코 숨죽이고 있던 사람들 외에는 다 사라져 버렸어……. 내 아버님까지……."

노인은 숨을 몰아쉬면서, 땀을 뻘뻘 흘렸다. 내 어깨를 잡고 있던 노인의 손에 잔뜩 힘이 들어갔다.

"다음 날 아침은 무슨 일이 벌어졌냐는 듯 모든 것이 말끔하게 치워져 있었지. 그러나 흔적만은 남았다네……. 오벳은 기꺼이 책임을 떠맡고 앞으로 많은 변화가 생길 거라고 말했지……. 다른 존재들이 우리와 함께 모여서 숭배 의식을 치를 것이고, 몇몇 집에서 그 손님들을 대접해야 한다고……. 카나키 주민과 했던 것처럼 그 존재들이 사람과 섞여 살고자 한다고……. 그들을 막을 생각은 말라고 했어. 오벳이 너무 지나쳤어……. 그 문제에 대해선 완전히 미친 사람이나 다름없었으니까. 그들에게 고기와 금은보화를 받는 대신 그들이 원하는 걸 주자고…….

겉으로 보기엔 생활에 큰 변화는 없는 것 같았지. 우리는 그저 사람들의 시선을 피하기 시작했을 뿐이야. 우리 자신을 위해서. 우린 모두 데이곤의 서약을 받아들여야 했지. 나중에는 2차, 3차 서약이 뒤따랐어. 서약에 따라 금빛 보물과 같은 특별한 보상이 주어졌지. 저항해도 소용없는 일이었어. 이미 그들은 바닷속에 우글우글 했으니까. 그들은 바다 밖으로 나와서 인간을 말살하려는 것 같지는 않았어. 그들이 원했다면, 그러고도 남았을 테니까. 남향 제도의 원주민처럼 그 괴물들을 물리칠 수 있는 태고의 부적이 우리에겐 없었어. 그 카나키 부족도 끝까지 그 비밀을 알려주지 않았으니까.

그 괴물들이 원하는 대로 제물을 바치는 한, 기묘한 보석과 고기떼가 몰려들었지. 사람들은 그 상태에 만족했어. 외부에서 소문을 듣고 찾아오는 외지인들만 없다면 아무 문제가 없었으니까. 데이곤 밀교 아래 모두가 하나가 되었고, 아이들은 영생을 보장받았네. 언젠가는 어머니 히드라와 아버지 데이곤에게 돌아갈 운명이었지만 말이야.

이야! 이야! 크툴루 프타근! 픈글루위 미글와나프 크툴루 리예 와그나글 프타근……."

제이독 노인은 갑자기 헛소리를 시작했고, 나는 숨을 죽이고 있었다.

노인이 가여웠다. 알코올에 찌든 환각 속에서 몰락하고 병든 마을에 대한 증오심까지 더해져 그런 쓸모없는 망상에 빠지다니! 이제 노인은 슬퍼하기 시작했다. 얼굴의 깊은 주름을 따라 덥수룩한 턱수염 쪽으로 눈물이 흘렀다.

"오, 신이시여, 열다섯 살 이후 제가 보아왔던 그 광경들을 — 메네, 메네, 테겔, 우바르신! — 실종된 사람들, 자살한 사람들을 어찌합니까! 그런 말을 아컴과 입스위치 어디서고 해본들, 자네가 지금 나를 보듯 미치광이 취급이나 당하지. 허나 신이시여, 제가 진실을 봤다는 이유로, 데이곤의 두 번째 서약까지만 했다는 이유로 이미 오래 전에 저는 죽은 것이나 다름없습니다. 허나 세 번째 서약만은 할 수 없습니다. 차라리 죽음을 택하는 한이 있더라도…….

남북 전쟁이 한창일 무렵이었지. 1846년 이후 태어난 아이들이 조금씩 성인으로 자라기 시작할 무렵이었어. 나는 그 끔찍했던 날 이후 다시는 지붕에 올라가지 않았네. 그러나 그 이후 태어난 아이들 중에서 순수한 혈통을 지닌 아이는 하나도 없었지. 나는 전쟁터로 갔네. 무슨 일이 있어도 다시는 돌아오지 않을 생각이었어. 그런데 마을 사람들이 내게 편지를 써서 사정이 그리 나쁘지 않다고 하더군. 1863년 이후 마을에 정부 관리가 들어와 있어서였을 거야. 전쟁 후 마을은 다시 몰락의 길을 걷기 시작했어. 인구가 점점 줄어들고, 문을 닫는 공장과 상점들이 늘어갔지. 고기떼는 얼씬도 하지 않아서 고기잡이도 중단됐고 철로도 끊겨 버렸네. 그러나 그 괴물들은 언제나 저주받은 악마의 모래톱과 강가에서 헤엄을 쳐댔어. 두꺼운 판자로 다락방 창문을 판자로 막아 버리는 집들이 늘어갔고, 아무도 없는 집 곳곳에서 해괴한 소음들이 더 많아졌지.

인근 사람들은 자기들 마음대로 인스머스 이야기를 꾸며댔고, 아마 자네도 그런 얘기를 들었을 테지만, 그건 사실이 아니야. 그들은 어쩌다 한 번씩 여길 지나치다가 목격한 일이나 이곳에서 반출되는 보석류 따위를 보고 상상했을 뿐이지. 아마 실상을 안다고 해도 아무도 믿으려 들지 않을 걸세. 다른 마을 사람들은 금빛 장신구들이 노략질한 보물이라고 여기고, 인스머스 혈통에 외지의 씨가 섞였다거나 병이 들었다고들 말하지. 게다가 이곳을 찾는 사람들에게 가능한 몸조심하고, 밤 시간에 돌아다니지 말라고 당부를 하고 있을 걸세. 짐승들도 이곳 사람들을 보면 하나같이 날뛰기 때문에 말이나 당나귀도 탈 수 없었지만, 자동차가 생기면서 사정이 나아졌지.

1846년 오벳 선장은 타지 출신의 여자를 후처로 들였지. 사람들은 오벳이 후처를 들인 것이 본인의 뜻이 아니라 그 괴물들의 명령 때문이라고 말했지. 오벳과 후처 사이에 자식이 셋이었다고 하지만, 그 중 두 아이는 어렸을 때 실종돼 버렸네. 사람들도 그 두 아이에 대해서는 전혀 알지 못했고, 나머지 계집애만은 여느 아이들처럼 평범한 모습으로 유럽에서 교육을 받았다고들 알고 있어. 오벳은 농간을 부려서 그 딸아이와 아컴 출신 총각을 결혼시켰지. 그러나 지금은 인스머스 사람들과 직접적으로 관련된 외지인들은 하나도 없네. 지금 제련소를 운영하고 있는 바너버스 마시는 오벳의 손자일세. 그러니까 오벳의 전처소생인 장남, 원사이포러스의 아들이지. 그러나 바너버스의 어머니는 한 번도 외부에 얼굴을 드러낸 일이 없다네.

바너버스에게 지금 변화가 나타나고 있어. 더는 눈을 감았다 떴다 할 수 없는데다, 몸 전체에서 변화가 생기고 있는 거야. 아직은 옷을 입는다는 소문이 있지만, 곧 바다 속으로 들어가겠지. 어쩌면 이미 몇 차례 시험까지 끝냈을 걸세. 제대로 수중 생활을 하기에 앞서 잠시 동안 적응 기간이 있으니까. 지난 십 년 동안 사람들 앞에 공개적으로 모습을 드러낸 일이 없으니 확실해. 그 가엾은 아내의 심정이 어떨지 누가 알겠나? 입스위치 출신의 여자인데, 바너버스가 그녀에게 구혼을 했을 당시 거의 죽기 직전까지 매를 맞았다고 하지. 오벳은 1878년에 죽었고, 현재는 그 후손들이 살고 있지. 전처의 자식들은 죽었고, 나머지는 ……. 그걸 누가 알겠나……."

밀물 소리가 아주 또렷하게 들려 왔다. 그 소리 때문인지, 노인의 분위기는 구슬픈 신파조에서 경계심 가득한 두려움으로 바뀌었다. 그는 잠깐씩 말을 멈추고 초조하게 주위를 살피거나 모래톱 쪽을 응시했다. 나는 노인의 이야기가 엉뚱하고 기묘하다는 것을 인정하면서도 그가 느끼는 두려움이 남의 일처럼 느껴지지 않았다. 노인은 온몸을 부들부들 떨면서도 짐짓 큰소리로 두려움을 쫓아내려는 것 같았다.

"어이, 뭐라고 말 좀 해 봐? 이런 마을에 살면 어떤 기분이 들지. 보이는 것은 전부 썩어 문드러져 죽어가고, 어디를 가나 지하실과 다락방에서 끔찍한 괴물의 그림자가 절뚝거리며 울부짖고 있는 마을 말일세. 할로윈 밤마다 교회와 데이곤 회당에서 들려오는 소리들이 어떨 것 같은가? 오월제 전야와 만성절에 저 모래톱에서 들려오는 소리는 또 어떨까? 이봐, 뭐, 이런 미친 늙은이가 다 있어, 지금 이렇게 생각하고 있지? 이봐, 내가 가장 끔찍한 걸 말해 주지."

제이독 노인은 아예 악을 쓰고 있었다. 노인의 광기어린 목소리는 우려했던 것보다 훨씬 더 내게 불안감을 주었다.

"빌어먹을, 그렇게 빤히 쳐다보지 말란 말이야! 오벳 마시는 미쳐서 저기에 가야했다고! 히히……. 미쳤다고 했잖아! 날 어쩌지는 못할걸!

난 아무 짓도 안 했고, 입도 뻥긋 안 했으니까.

아, 젊은 친구, 내 말 듣고 있나? 여태 누구한테도 말을 안 했지만, 이 제는 해야겠어! 내 말 잘 듣게. 내가 누구한테도 털어놓지 않은 사실……. 그날 밤 후로는 지붕에서 엿보지 않았다고 내가 말했지. 그러나 그 괴물은 언제나 나타났어!

자네, 진정한 두려움이 뭔지 아나? 그 물고기 악마들이 과거에 저지른 일이 아니라, 앞으로 저지를 일, 그게 두려운 거야! 놈들은 지금 부두 주변에 생물체들을 보내 마을로 진입시키고 있지. 몇 년 전부터 이미 시작된 일이지만 요즘 좀 뜸했었어. 지금 워터 가와 메인 가 사이의 강 북쪽 마을은 그, 그 악귀로 득시글대고 있네. 놈들이 준비를 끝내면……. 자네 혹시 쇼고스[128]라고 들어봤나?…….

이봐, 내 말 듣고 있는 건가? 그 생물체가 무엇인지 말하고 있잖나. 그러니까 그놈들을 본 것이 언제였더라, 그래 어느 날 밤인가……. 그러니까 언제냐면 에, 아아아, 아! 야아아아…….”

노인의 날카로운 비명은 너무도 끔찍하고 비인간적인 공포로 가득해서 나는 하마터면 정신을 잃을 뻔했다. 나를 스쳐간 노인의 시선이악취로 진동하는 바다를 노려보았는데, 금방이라도 눈알이 뛰어나올 것 같았다. 게다가 그의 얼굴은 그리스 비극에 나오는 공포의 가면 그 자체였다. 노인의 앙상한 손가락이 내 어깨를 무섭게 파고 들었다. 그의 시선을 따라 내가 고개를 돌리는 동안, 그는 꼼짝도 하지 않았다.

그러나 아무것도 보이지 않았다. 긴 포말이 아니라 일정한 형태의 잔 물결로 이루어진 밀물만 보였다. 그런데 제이독 노인이 나를 흔들기에 돌아보니, 그의 표정은 공포에서 혼란으로 바뀌어 눈꺼풀과 입술이 파르르 떨리고 있었다. 곧 그가 낮게 떨리는 목소리로 말했다.

"어서 도망치게! 어서! 놈들이 우리를 봤어. 자네를 노리고 있어! 꾸물대지 말고, 어서, 이 마을에서 나가!"

또 한 차례의 육중한 파도가 부두의 잔해를 향해 밀려들었고, 노인의 속삭임은 인간의 소리라고 할 수 없는, 오싹한 비명 소리로 바뀌었다.

"에-야아아아아!……. 야아아아아아!……."

내가 정신을 차리기도 전에, 노인은 내 어깨에서 손을 떼고 미친 듯이 거리를 향해 달려갔다. 비틀거리며 북쪽의 버려진 창고 건물을 지나 마을의 안쪽으로.

나는 다시 바다를 돌아보았지만, 역시 아무것도 보이지 않았다. 워터 가까지 간 다음에 북쪽 방향을 한참 바라보았다. 제이독 노인의 그림자는 보이지 않았다.

IV

나는 그 비참한 이야기 ― 미친 듯하면서도 비통하고, 기괴하면서도 오싹한 이야기 ― 를 듣고 난 뒤의 심정을 달리 표현할 길이 없다. 식료품점 점원의 말을 듣고 미리 마음의 준비를 했음에도, 실상은 여전히 곤혹스럽고 심란한 것이었다. 아이처럼 서툴렀으나, 제이독의 광기 어린 솔직함과 두려움은, 내가 처음에 마을에서 느꼈던 반감과 실체 없는 그림자와 뒤섞여 불안감을 고조시켰다.

언젠가 그 얘기를 가다듬어 역사적 우화로서 객관적인 사실을 정리할 수도 있을 것이다. 그러나 현재로서는 내 머리 속에서 끄집어 낼 수만 있어도 좋겠다. 어느새 손목시계는 7시 15분을 가리키고 있었다. 아컴 행 버스는 마을 광장에서 8시에 출발할 예정이었다. 나는 황량한 거리의 깨진 지붕과 기울어진 저택 사이를 바삐 걸어가면서도 가능한 객관적이고 현실적으로 생각을 정리하려고 애썼다. 어서 호텔에 도착해서 여행 가방을 찾아 버스에 오르고 싶었다.

늦은 오후의 황금빛 햇살이 케케묵은 지붕과 노후한 굴뚝마다 평화롭고 신비한 분위기를 던져주고 있었다. 그럼에도 나는 걸으면서도 줄곧 어깨 너머를 힐끔거려야했다. 악취와 섬뜩한 그림자로 채워진 인스머스를 속히 벗어나고 싶었고, 그 끔찍한 모습의 서젠트가 운전하는 8시발 버스 외에 다른 차량이 있기를 바랐다. 그러나 급히 서두르지는 않았다. 거리 모퉁이마다 눈여겨볼 만한 건축물이 나타난 데다, 30분이면 충분히 광장에 도착할 수 있다는 계산이 섰기 때문이다.

나는 지도를 펼쳐놓고 지금까지 가보지 않은 길을 더듬어 찾았다. 스테이트 가 대신에 마시 가를 따라 광장으로 가기로 마음먹었다. 그런데 폴 가 모퉁이 부근에서 뭔가 은밀히 수군거리는 일단의 사람들이 나타났다. 광장에 도착해 보니, 뜻밖에도 길먼 하우스 앞에 수많은 사람들이 모여 있었다. 내가 호텔 프런트에서 가방을 찾으러 왔다고 말하는 동안, 툭 불거져 나오고 깜박임이 없는 게슴츠레한 눈알들이 내 온몸을 훑고 지났다. 나는 속으로 그 혐오스러운 인간들이 나와 함께 버스를 타지 않기를 빌었다.

8시가 채 되기 전, 세 명의 승객을 실은 마을버스가 도착하자, 보도에 있던 흉측한 몰골의 남자가 운전사를 향해 뭐라고 거의 알아들을 수 없는 말을 하기 시작했다. 서젠트는 우편물이 든 자루와 신문 뭉치를 버스 밖으로 집어던지고는 길먼 하우스로 들어갔다. 한편, 내가 뉴버리포트에서 그날 아침에 보았던 세 명의 승객들이 버스에서 내려서 어느 부랑자 같은 사람과 뭔가 얘기를 주고받았는데, 언뜻 듣기에도 영어는 아니었다. 버스에 오른 나는 전에 앉았던 좌석을 골랐으나, 서젠트가 나타날 때까지 안절부절못한 채 엉거주춤 서 있었다. 그런데 모습을 드러낸 서젠트가 지독히도 쉰 목소리로 중얼거리기 시작했다.

내게는 무척 불길한 징조였다. 뉴버리포트에서 아무런 문제없이 거기까지 왔음에도, 갑자기 엔진에 고장이 생겨서 아컴까지 갈 수 없다는 얘기였다. 게다가 그날 밤 안으로 수리하기는 어려운데다, 인스머스에서 아컴이든 다른 곳으로 갈 수 있는 차편은 이제 없다고 했다. 서젠트는 미안하지만 길먼에서 하룻밤 묵는 게 어떠냐고, 사정을 얘기하면 숙박료를 그리 비싸게 받지는 않을 거라고 덧붙였다. 달리 방도가 없었다. 나는 예기치 못한 상황에 어리둥절했다. 음침히 부패해 가는 마을에 죽음과도 같은 어둠이 빠르게 찾아들었고, 나는 서둘러 버스에서 내려 호텔 로비로 들어가야 했다. 음울하고 이상한 표정의 직원이 제일 위층의 428호가 비어 있다고, 물은 나오지 않지만 아주 큰 방으로, 숙박료는 1달러라고 말했다.

뉴버리포트에서 그 호텔에 대해 전해들은 얘기가 있었으나, 나는 숙박계를 쓰고 1달러를 지불한 후, 가방을 들고 앞장서는 호텔 직원을 뒤따라가는 수밖에 도리가 없었다. 그 호텔에서 하나뿐인 직원을 따라 삐거덕거리는 계단 세 개를 지났고, 생명의 기운이 완전히 거세된 듯한 먼지 낀 복도에 들어섰다. 내가 묵을 객실은 음산하고 후미진 방으로, 창문 두개와 싸구려 가구 몇 개가 있었다. 창문 밖으로 어둠침침한 마당과 벽돌 잔해가 내려다 보였다. 멀리 보이는 광경이라고는 을씨년스럽게 서쪽으로 뻗어 있는 지붕과 늪지가 전부였다. 복도 끝에 있는 화장실에는 고대 유물이나 다름없는 낡은 대리석 세면대와 양철 욕조, 희미한 전등이 고작이었고, 수도관 주변의 나무 판벽에 곰팡이가 펴 있었다.

아직 마지막 햇살이 완전히 사라지기 전이라, 나는 급히 광장으로 나가 저녁 식사를 할 만한 곳이 있나 두리번거렸다. 그때도 주변의 흉측한 부랑자들 사이에서 불쾌한 시선을 느껴야했다. 식료품점도 이미 문을 닫은 상태여서 나는 전부터 달갑지 않았던 식당을 향해 발걸음을 옮겼다. 머리통이 길고 좁은 남자가 구부정한 자세로 깜박임이 없는 빤한 눈길을 던지며 주문을 받았다. 그 사람의 납작코는 믿기지 않을 만큼 두툼했고, 행동거지는 서툴기 짝이 없었다. 공개된 주방에서 음식을 내놓는 카운터 서비스 형태였고, 음식이 대부분 통조림과 포장 용기에 담겨져 있어서 그나마 다행이었다. 크래커와 야채수프로 요기는 충분했으므로 나는 곧장 길먼으로 돌아와 호텔 직원에게서 석간신문과 얼룩진 잡지를 얻어들고 쓸쓸한 내 방을 찾아들었다.

어둠이 짙어지자, 나는 싸구려 철제 침대 위쪽에 붙어 있는 희미한 전등불을 켰다. 가능한 신문과 잡지를 읽는데 몰두할 생각이었다. 여전히 그 병적인 마을에 갇혀 있는 상황에서 그 기형적인 모습들을 떨쳐버리기 위해 독서만큼 좋은 것도 드물 터였다. 제이독 노인의 얘기 때문에라도 기분 좋게 잠을 청할 형편은 아니었고, 어떻게든 노인의 게슴츠레하고 광기 어린 눈동자를 뇌리에서 지우고 싶었다.

공장 감시관이 뉴버리포트 역무원에게 했다는 말, 그러니까 한밤에 길먼 하우스에서 들려 왔다는 목소리도, 교회의 어두운 내부를 스쳐간 왕관 쓴 얼굴도 잊어야 했다. 아마 내 방에서 그토록 지독한 곰팡이 냄새만 나지 않았어도, 불쾌한 생각들에서 벗어나고자 했던 노력이 어느 정도 효과를 봤을 것이다. 그 쾨쾨한 냄새는 마을에서 실려 오는 예의 그 생선 비린내와 뒤섞여 끊임없이 죽음과 부패에 대한 생각을 불러냈다.

신경이 거슬리는 또 한 가지는 내 방 자물쇠의 걸쇠 부분이 없다는 것이었다. 자국만 남아 있을 뿐, 떼어낸 모양이었다. 그 노후한 건물에서 성한 것이 없었으니 자물쇠도 제대로일 리 없었다. 초조한 기색으로 방 안을 두리번거리다 눈길이 멈춘 곳은 옷장에 붙어 있는 걸쇠였다. 그 크기와 형태로 미루어볼 때, 원래 방문에 달려있었던 걸쇠가 틀림없어 보였다.

나는 긴장감에서 벗어나고픈 생각에서 옷장의 걸쇠를 방문으로 옮겨 다는 일에 몰두했다. 마침 열쇠고리에 달려있는 간이 스크루드라이버가 있어서 한결 수월했다. 걸쇠가 딱 들어맞았고, 문을 잠그면 웬만큼 안정감을 찾을 수 있을 것 같았다. 딱히 자물쇠가 필요했던 것이 아니라, 그처럼 기이한 분위기에서는 안전하다는 상징성이 큰 위로가 되는 법이다. 방과 방을 연결하는 사잇문에는 잠금 장치가 그대로 있었다. 나는 문마다 모두 걸쇠를 걸어 잠그기 시작했다.

나는 잠이 올 때까지 신문과 잡지를 읽을 생각으로 외투와 목걸이, 구두만 벗고서 침대에 누웠다. 가방에서 손전등을 꺼내 바지 주머니에 넣고, 으슥한 밤중에 깨더라도 시계를 볼 수 있게 대비했다. 그러나 쉽게 잠이 오지 않았다. 문득, 내가 막연히 뭔가를 두려워하면서 무의식적으로 귀를 기울이고 있다는 생각이 들었다. 감시관의 얘기가 예상보다 더 나의 상상력을 부채질하고 있었나 보다. 나는 다시 잡지를 집어들었으나, 읽지는 못했다.

일정한 간격을 두고 계단이 삐거덕거리면서 발소리 같은 것이 스쳤다. 다른 객실에도 손님이 하나둘 찾아드는 모양이었다. 그러나 사람의 목소리는 들려오지 않았고, 삐거덕거림과 신경을 거슬리는 묘한 서성임만이 전해져 왔다. 기분이 좋지 않았고, 무조건 잠을 청하려고 애쓰는 것만이 능사는 아닌 것 같았다. 아주 이상한 사람들이 사는 마을, 그리고 이곳에서 실종됐다는 외지인들. 혹시 이 호텔은 여행객의 돈을 노리는 교묘한 강도와 살인 행각이 벌어진다는 그런 곳일까? 어느 모로 보나 내가 부자로 보이지는 않을 터였다. 아니면, 소문대로 마을 사람들은 낯선 방문객에게 말 못할 적의를 품고 있는 것은 아닐까? 지도를 뒤적거리며 마을을 관광하는 모습이 주민들에게 그토록 불쾌감을 주었을까? 자꾸 그런 생각이 드는 걸 보니, 삐거덕하는 소리에 신경이 꽤 곤두섰나 보다. 무기라도 챙겨오지 못한 것이 후회막급이었다.

마침내 졸음과는 무관한 피로감이 밀려들자, 나는 고쳐놓은 객실 문을 걸어 잠그고, 외투와 목걸이 따위가 헝클어져 있는, 딱딱한 침대에 몸을 뉘었다. 그러나 밤의 희미한 소음들이 어둠 속에서 확대되더니 불쾌한 생각들을 불러일으켰다. 서둘러 불을 끈 것이 후회스러웠다. 너무도 피곤해서 자리에서 일어나 다시 불을 켤 수도 없었다. 그렇게 으스스한 시간이 한참 지났을 때, 다시 계단과 복도가 삐거덕거리기 시작했다. 이번에는 그동안의 불편한 심기가 괜한 걱정이 아니라는 것을 입증하듯 소리가 또렷하게 들려왔다. 누군가 조심스러우면서도 교활하게, 잠가놓은 내 방 문을 열려고 하고 있었다.

여태 막연한 공포에 사로잡혀 있던 터라, 그 열쇠 소리에서 느낀 실제적인 위협이 그리 뜻밖은 아니었다. 나는 상황을 따져볼 것도 없이 본능적으로 방어 자세를 취하고 그 새롭고 실제적인 위기에 대비하기 시작했다. 그럼에도, 위협의 그림자가 막연한 예감에서 코앞의 현실로 다가온 것이 놀라웠고, 강한 일격을 받은 느낌이 들었다. 문을 따고 들어오려는 소리가 단순히 객실을 잘못 찾아서라는 생각은 들지 않았다. 나쁜 목적일 거라고만 생각하고, 숨을 죽인 채 침입자의 다음 행동을 기다렸다.

그런데 한동안 계속되던 덜거덕 소리가 멈추는가 싶더니, 이번에는 북쪽 사잇문 쪽에서 소리가 들려오기 시작했다. 이미 잠가놓은 그 문에다 좀 전처럼 열쇠를 집어넣는 음흉한 소리였다. 자물쇠가 쉽게 열리지 않자, 삐거덕거리며 방을 나서는 모양이었다. 그러나 잠시 후, 또 다시 은밀한 소리가 들려왔는데, 이번에는 남쪽 사잇문이었다. 상황이 달라지진 않았다. 이번에도 몇 차례 방문을 열려고 시도하다가, 다시 사라지는 소리가 들려 왔다. 나는 복도와 계단을 내려가는 소리에서 녀석이 내 방의 잠금 상태를 확인하고 당장은 포기한 것이라고 생각했다. 물론 또 기회를 볼 테지만 말이다.

내가 순식간에 반격 태세를 취한 것으로 봐서, 몇 시간동안 두려움에 사로잡혀 무의식적으로 도망갈 궁리를 하고 있었나 보다. 나는 처음부터 정체불명의 이 침입자를 직접 확인하거나 대항하기보다는 가능한 속히 도망쳐야 한다고 생각했다. 살아서 그 호텔을 빠져나가려면 계단이나 로비가 아닌 다른 통로를 이용해야할 것 같았다.

나는 조심스럽게 손전등을 켜고 침대 맡의 전등 스위치를 더듬거렸다. 속히 그곳을 빠져나가려면 가방을 들고 갈 수 없어서, 꼭 필요한 물건만 챙길 요량이었다. 이윽고 스위치를 찾았지만 불은 들어오지 않았다. 전원이 끊겨져 있었다. 정확히 설명할 수는 없지만, 뭔가 은밀하고 사악한 움직임이 조직적으로 이루어지고 있는 것 같았다.

허전한 손길로 고장난 스위치를 매만지는 동안, 아래층에서 지그시 억눌린 음성이 들려 왔다. 대화를 하는 것 같은데 무슨 내용인지 전혀 알아들을 수 없었다. 잠시 후에는 그 굵은 저음을 사람의 목소리라고 확신하기 어려워졌다. 거칠게 짖어대는 것 같고, 불분명하게 꽥꽥거리는 것 같아서 사람의 목소리와는 너무 달랐기 때문이다. 공장 감시관이 그 괴상망측한 건물에서 한밤에 들었다던 소리가 더욱 오싹하게 뇌리에 되살아났다.

나는 손전등에 의지해서 모자를 찾아 쓰고 창문 밖을 살피며 빠져나갈 기회를 엿보았다. 주 정부에서 시행하는 안전 규정과는 달리, 그 건물에는 비상계단이 없었다. 내가 서 있는 창가와 자갈 도로 사이에 지상 3층의 벽이 버티고 있었다. 그러나 건물 오른쪽과 왼쪽을 찬찬히 살펴보니 벽돌로 지워진 옛 사무실 건물들이 인접해 있었다. 잘 하면 그 건물의 경사진 지붕 위로 건너 뛸 수 있을 것 같았다. 그 건물 가까이 접근하기 위해서는 남쪽 방향이든 북쪽 방향이든 객실 두 개 정도는 더 이동해야 했다. 머릿속에서는 이미 객실을 어떻게 옮겨 갈지 계획을 세우고 있었다.

복도로 나가서 다른 객실로 들어가는 것은 무모한 짓이었다. 발소리가 날 것이고, 노출된 상태로는 원하는 객실까지 가는 것 자체가 불가능할 것이었다. 차라리 객실을 연결하는 사잇문을 통과하는 편이 훨씬 그럴듯해 보였다. 사잇문마다 잠금 장치가 있을 테지만, 어깨를 적당히 사용하면 효과가 있을 듯 했다. 웬만한 힘만 가해도 부서질 듯 노후한 건물과 설비를 생각하면, 시도해 볼 만 했다. 하지만 어쩔 수 없이 소리는 날 것이었다. 최대한 속도를 내기로 결심했다. 못된 놈들이 보조 열쇠를 가져와서 객실 문을 열기 전에 창문 밖으로 빠져나가야했다. 나는 제일 먼저 소리가 나지 않도록 조심조심 객실용 책상을 끌어다 문 앞을 막아놓았다.

그러나 성공 가능성이 희박하고 자칫 큰일을 당할지 모른다는 걱정이 들었다. 인근 건물의 지붕 위로 무사히 건너간다고 해도, 역시 그 건물에서 바다까지 내려가 마을 자체를 벗어나는 문제가 여전히 난제로 남을 테니까. 그나마 다행인 것은 다 쓰러져 가는 인접 건물이 멀리까지 줄지어 있다는 점과 그 지붕의 채광창마다 밑으로 이동할 수 있을만한 틈새가 벌어져 있다는 것이었다.

식료품점 청년이 그려준 지도를 살펴보니, 마을을 빠져나가려면 남쪽을 선택하는 것이 최상의 방법이었다. 나는 남쪽 사잇문을 슬며시 바라보았다. 그 문은 내 방 쪽으로 열리게 돼 있었는데, 걸쇠 외에도 다른 잠금 장치가 있어서 힘으로 열기에는 어려워 보였다. 결국 그쪽 방향을 포기하는 대신에 철제 침대를 그 사잇문 앞에 끌어다 놓고, 객실문에서와 같은 습격에 대비했다. 이제 남은 것은 북쪽 사잇문뿐이었다. 그 문은 맞은편 객실 쪽으로 열리게 돼 있었고, 잠금장치 역시 그쪽에서 걸려 있었다. 만약 페인 가의 건물 위로 건너뛸 수 있다면, 바다까지 내려가 건물 마당과 인근의 건물을 통과해 워싱턴 가나 베이트 가로 나갈 수 있을 것이었다. 아니면 페인 가를 빠져나가 남쪽으로 우회해도 워싱턴 가에 도착할 수 있었다. 어쨌든, 무슨 수를 써서라도 워싱턴 가 인근까지 간 다음에 가능한 빨리 마을 광장 지역을 벗어나야 했다. 가급적 페인 가에서 멀어지려는 이유 중 하나는 소방서가 밤새 문을 열어놓고 있어서였다.

이런 생각을 하고 있는 동안, 눈 아래로 황량한 지붕들이 희미한 달빛을 받아 한층 괴괴한 모습을 띠고 있었다. 오른쪽으로 줄지어 가던 지붕의 물결도 음침한 계곡에 이르러 양쪽으로 갈라졌다. 계곡 양쪽에는 버려진 공장들과 갑각 동물의 등짝처럼 굳어버린 기차역이 있을 터였다. 그 너머로 녹슨 철도와 롤리 간선 철로가 단조로운—마른 갈대 무성한, 작은 섬들이 점점이 박혀 있는—늪지대를 관통할 것이었다.

내가 서 있는 왼쪽으로 실처럼 이어진 어촌의 풍경이 훨씬 가까이 보였고, 입스위치로 가는 좁은 도로가 달빛에 하얗게 반짝거렸다. 그러나 현 위치에서 목적지인 아컴 방향으로 가는 남쪽 도로는 보이지 않았다.

나는 언제 또 어떻게 소음을 최대한 줄이면서 북쪽 사잇문을 공략할 것인지 궁리하면서도 영 자신이 없었다. 발치에 스치는, 불분명한 소음마저도 계단을 따라 묵직하게 삐꺼덕거리는 것을 이미 알고 있었다. 흔들리는 불빛이 방문 틈으로 새어 들어온 데 이어, 복도 바닥이 둔중하게 삐걱거렸다. 억눌린 목소리 같은 것이 가까워지더니, 이윽고 내 객실 문에서 노크 소리가 들려 왔다.

나는 숨을 죽이고 잠시 기다려 보았다. 영원처럼 긴 시간이 흐르는 것 같았고, 예의 그 역겨운 생선 비린내가 몰칵 풍겨왔다. 그리고 또 노크 소리, 이번에는 멈추지 않고 집요하게 되풀이되었다. 이제 행동을 취할 시점이었다. 나는 곧바로 북쪽 사잇문으로 다가가 문을 부술 생각으로 온몸을 잔뜩 웅크렸다. 노크 소리는 점점 더 커져갔고, 그 소리가 문이 부서지는 소음을 덮어주기를 바랄 뿐이었다. 나는 마침내 충격이나 통증 따위는 아랑곳없이 왼쪽 어깨로 사잇문을 들이받기 시작했다. 문은 생각보다 견고했으나, 포기할 수도 없었다. 그러는 동안, 객실 문의 노크 소리가 점점 커졌다.

가까스로 문을 열었으나, 밖에서도 들을 수 있을 만큼 부서지는 소리가 요란했다. 객실 문에서 들려오던 노크 소리는 문을 부숴 버릴 태세로 변했고, 동시에 양쪽 객실 문에 열쇠를 집어넣는 소리가 들려 왔다. 나는 뛰어 들어간 북쪽 객실 문이 누군가에게 열리기 전에 걸쇠를 거는 데 성공했다. 하지만 이번에는 옆 객실에서 열쇠 소리가 들려오기 시작했다. 내가 지붕으로 건너뛰기 위해서는 또 한 번 사잇문을 통과해 들어가야 하는 객실이었다.

내가 들어선 방에는 창문조차 없어서, 그 방에 갇히고 말았다는 낭패감이 들었다. 얼마 전에 그 방에서 사잇문을 열려고 했던 침입자의 발자국이 손전등 불빛에 뿌옇게 드러났고, 더없이 기묘한 공포의 물결이 나를 유린해 왔다. 하지만 극도의 절망 속에서도 나는 반사적으로 마지막 사잇문을 향해 다가섰다. 운이 좋았다. 그 사잇문의 잠금 장치는 뜻밖에도 아주 허술한 상태여서, 옆 객실 문이 열리기 전에 사잇문을 부수고 들어갈 수 있을 것 같았다.

그런데 사잇문의 잠금 장치는 허술한 정도가 아니라 아예 조금 열려 있었다. 잠시나마 위험을 모면할 수 있는 행운이었다. 그러나 다음 순간, 객실 문이 열리는 것 같아서 나는 오른쪽 다리에 힘을 주고 어깨로 문을 막았다. 내가 밀치는 바람에 들어서려던 사람이 약간 뒤로 퉁겨나갔다. 때마침 내가 앞서 객실에 직접 설치한 것과 같은 단단한 걸쇠가 그 쪽 객실의 문고리 위에 있는 것이 보였다. 나는 재빨리 그 걸쇠를 잠가 버렸다. 잠시 시간을 벌었지만, 여전히 양쪽 객실 문을 부수려는 소리가 요란했다. 내가 침대로 막아놓은 사잇문 쪽에서도 어리둥절해 하는 소리가 들려 왔다. 공격자 무리가 남쪽 객실까지 침입해서 사잇문을 부수고 있는 것이 분명했다. 북쪽 객실문에서 들려오는 열쇠 꾸러미 소리 때문에 다급해졌다.

나는 지체 없이 목표 지점인 북쪽 객실로 들어갔다. 우선 사잇문을 잠근 후 침대로 막아놓고, 서둘러 객실 문 앞에도 책상을 밀어다 놓았다. 페인 가 방향의 건물 지붕 위로 무사히 건너가는 동안, 그 임시 바리게이트가 제 역할을 해 주길 바랄 뿐이었다. 그러나 그 심각한 순간에도 가장 큰 공포는 당장의 위급한 처지와는 무관한, 다른 이유 때문이었다. 요컨대 나를 떨게 했던 것은 추적자들의 오싹한 헐떡임과 투덜거림 그리고 간헐적으로 낮게 짖는 소리 외에도, 그중에서 유독 명확한, 아니 지적인 어떤 목소리였다.

내가 가구를 옮기고 창문으로 돌진하는 순간, 복도에서는 오싹한 발소리들이 한데 뒤엉키고 있었다. 남쪽 사잇문에서 들려오던 소음은 잠잠해진 후였다. 침입자들은 내가 있는 객실 문을 집중적으로 공략하기로 결심한 모양이었다. 창가 아래 건물 마룻대에 달빛이 비추고 있었다. 내가 뛰어내릴 곳을 가늠해보니, 그 표면 경사가 매우 가팔랐다. 자칫 목숨을 잃을 수 있는 아찔한 상황이었다.

나는 상황을 살피다가, 두 개의 창문 중에서 남쪽에 있는 것을 택하기로 결심했다. 그 지점이라면 경사진 지붕 안쪽으로 뛰어내릴 수 있었고, 지붕의 채광창하고도 가까운 거리였다. 침입자들이 이내 그 건물로 몰려들 것이지만, 어둠이 짙게 깔린 건물 마당을 잘 피해 가면 워싱턴가에 도착한 뒤에 남쪽으로 마을을 벗어날 수 있을 터였다.

남쪽의 사잇문에서 엄청난 굉음이 들려왔고, 부실한 판벽은 박살이 나기 직전이었다. 침입자들이 문을 부수는 데 어마어마한 도구를 사용하는 것 같았다. 아직 책상이 버티고 있지만, 탈출할 시간은 많지 않았다. 창문을 열자, 놋쇠 고리로 연결된 장대와 거기에 묵직한(실크나 면직물을 벨벳처럼 만든) 벨루어 천이 매달려 있었다. 그리고 바깥쪽 덧문에 커다란 손잡이가 붙어 있었다. 지붕 위로 뛰어내릴 때 위험을 줄이기 위해 이리저리 가늠해 보면서, 벨루어 천을 잡아당겨 창문 안쪽에 쌓아 두었다. 그리고 재빨리 놋쇠 고리 두 개와 덧문의 손잡이를 연결한 뒤, 벨루어 천을 창문 밖으로 집어던졌다. 뭉쳐 있던 묵직한 천 덩어리가 맞은편 지붕까지 펼쳐졌고, 놋쇠 고리와 덧문 손잡이가 내 몸무게를 지탱할 수 있을 것 같았다. 그래서 창틀 위로 올라섰고, 천으로 급조한 줄사닥 다리를 타고 내려갔다. 그렇게 공포로 물든, 병적인 길먼 하우스를 영원히 떠나게 된 것이다.

가파른 지붕에 무사히 도달해서 곧바로 채광창으로 다가갔다. 얼핏 올려다본 길먼 하우스의 창가는 여전히 어둠에 잠겨 있었지만 부서진 굴뚝들 너머 저 멀리 북쪽, 데이곤 밀교와 침례교회, 조합 교회 건물에서 흘러나오는 불길한 불빛에 간담이 서늘해졌다. 건물 마당을 내려다보니 인적이 보이지 않아서 사람들이 몰려오기 전에 속히 그 마당을 통과하고 싶었다. 손전등으로 채광창 안쪽을 비추었지만 계단은 보이지 않았다. 그러나 바닥까지의 거리가 그리 높지 않은 편이라 창가에서 곧바로 뛰어내렸다. 먼지가 잔뜩 쌓여 있는 바닥에 상자와 통들이 나뒹굴고 있었다.

유령이라도 뛰어나올 것 같은 분위기였음에도 나는 잡념을 쫓아버리면서 손전등으로 계단을 찾기 시작했다. 손목시계를 들여다보니 새벽 2시였다. 계단이 삐거덕거렸으나, 그렇게 시끄러운 소리는 나지 않았다. 나는 창고 같은 2층을 지나 1층을 향해 걸음을 재촉했다. 온통 폐허의 잔해 속에서 내 발소리만이 유일한 메아리로 돌아오고 있었다. 마침내 1층에 도착하자, 페인 가로 향하는 현관문이 희미한 달빛을 받고 있었다. 다른 문을 찾다가 열려 있는 뒷문을 발견했다. 나는 그쪽으로 달려가 돌계단을 훌쩍 뛰어서 수풀과 자갈로 뒤덮인 건물 마당으로 내려섰다.

달빛이 건물에 막혀 어두웠지만, 손전등에 의지하지 않고도 길을 찾아갈 수 있었다. 길먼 하우스의 창문 몇 군데서 희미한 불빛이 새어나왔고, 그 안쪽에서 왁자지껄한 소리가 들려오는 것 같았다. 나는 발소리를 죽이고 워싱턴 가 방향으로 걷다가, 문이 열려진 몇 채의 저택을 발견하고 그중에서 워싱턴 가와 가장 가까운 곳으로 들어갔다. 어둠침침한 복도의 끝에 도착해 보니 도로 쪽으로 나 있는 문이 굳게 잠겨 있었다. 다시 다른 건물을 통과하기로 결심하고 마당 쪽으로 발길을 돌려야 했다.

그러나 나는 마당이 보이는 지점에서 걸음을 멈추어야 했다. 길먼 하우스에서 기이하게 생긴 일단의 무리가 밖으로 쏟아져 나오기 시작했다. 손전등 불빛이 어둠을 휘저었고, 영어가 아닌 낮은 외침과 오싹한 꽥꽥거림이 교차했다. 그들이 우왕좌왕하길래 내가 어디로 갔는지 모르고 있다는 생각이 들어서 안심이 되었다. 그럼에도 그들이 던지는 공포의 전율은 나의 온몸을 훑고 지나갔다. 형체를 분간할 수 없었으나, 잔뜩 웅크리고 느릿느릿 걸어가는 그들의 걸음걸이는 여전히 소름이 끼쳤다. 가장 끔찍했던 것은 그들 중에서 유독 이상한 옷을 걸치고 머리에 왕관을 쓰고 있는 한 형체가 너무도 눈에 익었기 때문이었다. 무리들이 마당까지 왔다 갔다 하는 바람에 나는 더욱 큰 공포를 느꼈다. 그곳에서 외부로 나가는 출구를 발견하지 못한다면 어찌 될 것인가? 구역질이 나는 생선 비린내 때문에 숨을 참아야만 했다. 나는 주위를 두리번거리다가, 도로로 나가기 위해 복도에 있는 문을 열어 보았다. 빈 방이 나타났고, 창문들은 굳게 닫혀 있었으나 창틀은 설치되어 있지 않았다. 손전등을 비춰본 결과, 창문을 열 수 있을 것 같았다. 나는 재빨리 창문 밖으로 나간 뒤, 원래대로 창문을 닫아놓았다.

마침내 워싱턴 가. 달빛을 제외하곤 불빛도 인적도 보이지 않았다. 그러나 여전히 멀리 여기저기서 거친 음성과 발소리, 뭔가 스치는 소리들이 연신 들려 왔다. 꾸물댈 시간이 없었다. 어디로 가야할지는 정해져 있었고, 거리에 가로등이 전부 꺼져 있어서 다행이었다. 종종 그렇듯 벽촌을 비추는 달빛이 더 환한 법이니까. 어떤 소리는 남쪽에서도 들려왔지만, 나는 그 쪽을 도주로로 택한 결정을 바꾸지는 않았다. 남쪽으로 가야만 마을 사람이나 추적자들과 맞닥뜨려도 몸을 숨길 만한 골목이 많았다.

　나는 걸음을 재촉하며 폐가들 쪽으로 다가섰다. 경황없이 도망쳐 오느라, 모자도 잃어버리고 머리가 헝클어져 있었긴 해도 특별히 남들에게 의심을 받진 않을 것이었다. 오히려 그런 모습이 인스머스의 사람과 마주쳤을 때 더 평범하고 안전했다. 베이트 가에서 어슬렁거리는 두 형체가 눈에 띄자, 나는 근방에 열려 있는 건물 입구로 급히 몸을 숨겼다. 그러나 이내 길을 재촉해, 엘리엇 가와 워싱턴 가가 대각선으로 지나가는 남쪽 교차로의 공터를 향해 갔다. 처음보는 그 공터는 식료품 점원이 준 지도를 떠올려 볼 때 상당히 위험한 지역 같았다. 게다가 공터에는 달빛을 가려 줄 것이 없어서 훤히 비출 터였다. 그렇다고 피해 갈 수도 없는 노릇이었다. 다른 길은 모두 목표 지점과 어긋나 있었고, 자칫하면 많은 시간을 지체하게 될지 몰랐다. 방법은 딱 하나, 그 공터를 과감하게 가로질러 가는 것뿐이었다. 최대한 인스머스 주민인 척 가장하고, 그곳에 아무도, 적어도 나를 쫓아오는 무리는 없을 거라고 믿어야 했다.

　추적이 어떻게 진행되고 있는지, 무엇보다 그 이유가 무엇인지 도저히 짐작이 가지 않았다. 마을에서 이상한 조짐들이 느껴졌지만, 길면 하우스에서 내가 탈출했다는 소문이 아직 마을 전체에 퍼지지는 않은 것 같았다. 어쨌든 길면에서 나온 무리들이 나를 뒤쫓아올 것은 자명한 사실, 속히 워싱턴 가에서 남쪽 거리로 이동해야할 처지였다. 게다가 그 건물에서 도로를 찾느라 오갔던 내 발자국이 곧 들통이 날 것이었다.

공터는 예상대로 달빛이 강했다. 과거에 공원이었던지, 한복판에 철제 난간으로 둘러싸인 녹지가 보였다. 마을 광장 쪽에서는 소음과 고성이 점점 높아졌지만, 다행히 공터에는 인적이 없었다. 아주 널찍한 남쪽 도로는 부두 쪽으로 곧장 향하다가 저 멀리에서 바다를 앞두고 있었다. 달빛 아래서 내가 그곳을 지날 때까지 아무에게도 들키지 않기를 바랐다.

발길을 막아서는 어떤 그림자도, 누군가 엿보고 있다는 인기척도 없었다. 주위를 찬찬히 살피면서 속도를 약간 줄였다. 거리 끝에서 달빛을 받아 이글거리는 거대한 바다의 풍경을 보기 위해서였다. 방파제 너머 아득히 악마의 모래톱이 희미하게 검은 선처럼 모습을 드러냈고, 지난 서른네 시간동안 전해들은 끔찍한 전설들이 머릿속에서 한꺼번에 꿈틀거렸다. 그 울퉁불퉁한 바위섬이야말로 깊디깊은 공포와 상상을 초월하는 비정상의 왕국으로 가는 진짜 관문이라고 하지 않았던가.

그런데 돌연 그 아득한 모래톱에서 간헐적으로 불빛이 번뜩이기 시작했다. 불빛이 틀림없었다. 그것은 내 이성을 완전히 압도하고 맹목적인 공포를 일으켰다. 무의식적인 경계심으로 반쯤 홀린 상태에서 온몸의 근육들이 또 한 번의 절박한 도주를 위해 팽팽해졌다. 설상가상으로 그때 길먼 하우스의 지붕에서 떠오른 횃불들이 북동 방향, 그러니까 내 뒤쪽까지 너울거렸다. 악마의 모래톱과 길먼 하우스, 각기 다른 곳에서 번뜩이는 불빛이건만, 서로 모종의 신호를 보내고 있음이 틀림없었다.

몸을 풀면서 내가 얼마나 눈에 띄기 쉬운 장소에 있는지 새삼 마음을 다지고, 비틀거리는 걸음걸이를 흉내 내어 걷기 시작했다. 그러면서도 멀리 펼쳐진 바다와 그 끔찍하고 불길한 악마의 모래톱을 예의주시하면서 발걸음을 옮겼다. 악마의 모래톱과 관련된 기이한 의식이 진행 중이거나, 그곳으로 한 떼의 무리가 건너간 것이라는 추측 외에는 대체 무슨 일이 벌어지는지 알 길이 없었다. 나는 버려진 녹지를 왼쪽으로 돌아갔다. 바다는 유령같은 여름밤 달빛 아래서 반짝였고, 정체모를 횃불은 불가사의한 빛을 던지고 있었다.

불현듯 세상에서 가장 무시무시한 모습이 나타난 것은 바로 그때였다. 나는 그 모습 때문에 마지막 자제력마저 잃어버린 채, 휑하니 열려진 주택의 현관들과 생선의 눈알 같은 창문들을 지나쳐 미친 듯이 남쪽으로 달리기 시작했다. 바다가 조금씩 가까워질수록, 모래톱과 해안 사이에 고요한 달빛을 머금은 바닷물 말고도 또 다른 물체가 있음이 분명해졌다.

새카맣게 떼 지어 마을 쪽으로 헤엄쳐 오는 무리들, 그들이 뒤엉킨 수면은 살아 있는 것처럼 일렁이고 있었다. 바다와의 거리가 아직 멀어서 내가 착각한 것이라고 해도 나는 분명히 말할 수 있다. 수면 위로 흔들리는 그들의 머리와 물결을 가르는 그 팔들은 형언할 수도, 의식적으로 형상화할 수도 없는 아주 기형적이고 생경한 것이었다고.

한 블럭을 채 지나기도 전에 광란의 질주는 중단되었다. 왼쪽에서 추적자들의 외침 같은 것이 들렸기 때문이다. 발소리와 부산한 움직임이 뒤엉키고, 페더럴 가 남쪽에서 덜커덕거리는 모터 소리가 들려오기 시작했다. 이미 남쪽 도로가 차단됐다면, 계획을 바꾸어 다른 탈출로를 찾아야 했다. 열려 있는 건물 현관으로 몸을 숨겼는데, 달빛 아래서 방금 그 공터를 지나쳐 온 것이 얼마나 다행이었나를 깨달았다. 추적자들이 바로 그 공터 쪽으로 몰려들고 있었다.

그러나 다시 생각해 보니 사정이 썩 좋지 않았다. 추적자들이 다른 거리로 접어들었는데, 그것은 내 뒤를 곧바로 뒤쫓고 있다는 의미가 아니었다. 속단은 금물이지만, 내가 택할 수 있는 도주로를 모조리 봉쇄하려는 움직임 같았다. 그것은 인스머스에서 외부로 나가는 통로를 모두 감시하겠다는 의미이기도 했다. 내가 어떤 도주로를 택할는지 그들은 알 수 없기 때문이었다. 내 예상이 옳다면, 탈주로를 나 스스로 개척해 나갈 수밖에 없었다. 그러나 늪지와 작은 만으로 겹겹이 에워싸인 그 지역에서 무슨 수로 도주로를 찾아낸단 말인가? 머리가 빙빙 돌았다. 완전한 절망과 순식간에 퍼지는 비린내로 정신을 차릴 수 없었다.

나는 버려진 롤리 간선 철로를 간신히 떠올렸다. 자갈과 잡초로 무성한 그 철로는 계곡 끝에 있는 붕괴된 기차역에서 북서 방향으로 펼쳐져 있었다. 추적자들도 내가 그 철로를 택하리라고는 예상치 못할 것이었다. 왜냐하면 가시나무 덤불이 뚫고 탈출하기가 거의 불가능할 정도로 빽빽해서, 도망자가 선뜻 택할 수 있는 길이 아니었기 때문이다. 나는 호텔 창가에서 그 철로를 유심히 봐 두었기 때문에 방향을 잘 알고 있었다. 철로가 시작되는 지역은 롤리 도로 혹은 마을의 높은 건물에서는 눈에 띄었다. 그러나 덤불 속으로 기어간다면 들키지 않을 것이었다. 어쨌든 당시로서는 생각해낼 수 있는 유일한 탈출로였으며, 다른 방법은 불가능해 보였다.

나는 건물 안쪽으로 좀 더 들어가 조심스럽게 손전등을 비추며 지도를 확인해 보았다. 가장 시급한 문제는 그 철로까지 어떻게 도달하는가였다. 지도에서 확인한 결과 가장 안전한 길은 뱁슨 가로 간 다음, 그곳에서 서쪽 라파예트 가로 이동하는 것이었다. 라파예트 가는 주변 지세가 험하기도 해도, 좀 전에 지나쳤던 공터처럼 위험한 공간은 없었다.

라파예트 가에서 북서쪽으로 지그재그 형태로 이동하면 베이트 가와 아담 가를 지나서 계곡에 인접한 뱅크 가로 들어갈 수 있었다. 무엇보다 뱁슨 가를 택해야만 공터 같은 위험한 공간이나 남부 도로 같은 넓은 거리를 피해갈 수 있었다.

나는 가능한 눈에 띄지 않으려고 오른쪽 방향으로 거리를 건너갔다. 페더럴 가에서는 여전히 소음이 들려 왔다. 뒤를 돌아보니 방금 빠져나온 건물 가까이에서도 불빛이 흔들리기 시작했다. 초조하게 워싱턴 가를 벗어나 숨죽이고 종종걸음을 치면서도 혹시 눈에 띄면 끝장이라는 절박감에 몸서리가 쳐졌다. 뱁슨 가의 모퉁이에서는 사람이 살고 있는 듯한 집 한 채 때문에 잔뜩 긴장했다. 창문에 커튼이 쳐져 있었으나, 불빛은 없었다. 나는 마른침을 삼키며 그 집 앞을 지나갔다.

뱁슨 가는 페더럴 가 맞은편에 위치해 있었으므로, 자칫 추적자들에게 발각될 위험이 큰 지역이었다. 나는 되도록 기울고 울퉁불퉁한 건물에 바싹 붙어서 이동했다. 그동안 뒤쪽에서 순간적으로 높아지는 고함소리 때문에 두 번인가 발걸음을 멈추어야 했다. 앞쪽에 널찍한 공터가 달빛을 받아 황량한 모습을 드러내고 있었지만, 계획대로 공터는 피해갈 생각이었다. 두 번째 발걸음을 멈추었을 때는 어딘가 다르게 느껴지는 모호한 소리들이 들려오기 시작했다. 잠시 후, 자동차 한 대가 공터를 지나 뱁슨 가와 라파예트 가가 교차하는 엘리엇 가를 향해 달려갔다.

그렇게 주위를 살펴보는 동안, 누그러졌던 생선 비린내가 다시 강해졌고, 자동차가 지나간 방향을 따라 몸을 웅크린 으스스한 형체들이 느릿느릿한 동작으로 달려가고 있었다. 그쪽 방향은 엘리엇 가의 도로가 고속도로와 만나는 지점으로, 그들은 틀림없이 입스위치로 가는 통로를 막으려고 이동 중이었다. 그 무리 중에서 두 형체가 큼지막한 옷을 걸치고 있었는데, 그중 하나는 달빛에 하얗게 반짝이는 왕관을 쓰고 있었다. 특히 왕관 쓴 자의 걸음걸이가 너무도 기이해서 소름이 돋았다.

무리가 완전히 시야에서 사라지기를 기다렸다가 다시 이동하기 시작했다. 모퉁이를 돌아서 곧장 라파예트 가로 접어들었다. 추적자들의 후발대가 여전히 앞에 가는 모습을 훔쳐보면서, 나는 이를 악물고 엘리엇 가를 건너갔다. 마을 광장 쪽에서 꾸르륵 꾸르륵 하는 소리와 달그락거림이 들려왔지만, 무사히 거리를 건널 수 있었다. 가장 끔찍했던 시간은 달빛이 비추는 먼 바다를 바라보면서 너른 남쪽 도로를 건넜을 때였다. 그때 나는 이미 다가올 시련을 충분히 각오하고 있었다. 앞서 말했듯이, 엘리엇 가도 위험하기는 마찬가지여서 조금만 실수를 해도 추적자들의 눈에 쉽게 띄는 지역이었다. 그래서 종종걸음을 멈추고, 예전처럼 인스머스 주민의 걸음걸이를 흉내 내어 발을 질질 끌면서 걷기 시작했다.

이번에는 오른쪽 방향에서 바다가 보이기 시작했다. 나는 아예 그쪽으로는 눈길도 주지 않으려고 했으나, 마음대로 되지 않았다. 앞쪽의 안전한 그늘을 향해 인스머스의 걸음걸이로 조심스럽게 걸어가면서 슬며시 오른쪽으로 곁눈질을 해보았다. 혹시나 선박이 있을지 모른다고 생각했지만 예상은 빗나갔다. 그 대신에 내 눈길을 제일 먼저 사로잡은 것은 버려진 부두를 향해 다가오는 한 척의 소형보트였다. 보트 안에는 큼지막한 물체가 방수포에 싸여져 있었다. 노 젓는 무리들은 거리 때문에 흐릿하게 보였지만, 그럼에도 그들의 모습에서 강한 혐오감이 일었다. 게다가 바다에서 아직도 혜엄을 치고 있는 몇몇의 모습이 보였다.

멀리 모래톱에는 전에 보았던 횃불의 깜박임을 대신해서 희미한 불빛이 계속 빛을 발하고 있었다. 그 기묘한 불빛의 색깔만은 도저히 표현해낼 수 없다. 오른쪽 비스듬한 지붕들 너머로 길먼 하우스의 둥근 지붕이 나타났으나, 완전히 어둠에 잠겨 있었다. 산들바람이 일자, 여기저기 흩어졌던 생선 비린내가 다시 걷잡을 수 없을 정도로 강해지기 시작했다. 아직 완전히 엘리엇 가를 벗어나지 못한 상태인데, 워싱턴 가를 따라 이동하는 무리들의 웅얼거림이 들려 왔다. 그들은 내가 처음에 지나쳐왔던 공터 주변으로 몰려들었다. 거리상으로 한 블록 정도 밖에 떨어지지 않아서 그들의 모습이 뚜렷하게 보였다. 그들의 얼굴에 드러난 흉포한 기형성과 개처럼 잔뜩 웅크린 걸음걸이에서 다시 발작적인 공포가 전해졌다. 땅에 닿을 듯한 긴 두 팔을 휘두르며 유인원처럼 걸어가는 이도 눈에 띄었다. 그리고 성복 차림에 왕관을 쓴 또 다른 형체는 역시 팔딱팔딱 뛰듯이 걷고 있었다. 조금 전에 마주쳤던 무리였는데, 그때까지 내 뒤를 가장 가까이 따라붙은 추적자들이었을 것이다. 그들 중 몇몇이 내가 있는 방향을 보는 순간, 나는 가슴이 철렁 내려앉았으나 인스머스의 걸음걸이로 태연하게 걸어갈 수밖에 없었다. 지금 생각해도, 당시에 그들이 나를 보았는지는 정확히 모르겠다. 만약 그들이 내 모습을 발견했더라면, 나의 걸음걸이가 보기 좋게 그들을 속인 셈이다. 그들은 방향을 바꾸지 않고 그대로 공터를 지나갔기 때문이다. 그러나 순간적으로 높아졌던 그들의 걸걸하고 역겨운 웅얼거림이 무엇을 뜻했는지는 오리무중이다.

다시 어두운 지역으로 들어선 뒤 어둠을 우두커니 지켜보고 있는, 낡고 기우뚱한 집들을 종종걸음으로 바꾸어 지나갔다. 서쪽 인도를 따라 걷다가 베이트 가가 시작되는 모퉁이를 돌았고, 이때부터 남쪽 방면의 건물들에 바짝 붙어서 이동했다. 두 채의 집에서 누군가 살고 있는 흔적이 보였고, 그중 한곳의 2층 창가에서 희미한 불빛이 새어나왔으나, 별 문제는 없었다. 애덤스 가로 들어서면서 어느 정도 안도감을 느낄 수 있었다. 그러나 그때였다. 바로 앞에 있는 건물 현관에서 한 사내가 불쑥 튀어나왔다. 나는 일순 충격에 사로잡혔으나, 그 사내는 만취한 상태여서 내게 큰 위협은 되지 못했다. 마침내 나는 뱅크 가의 창고 건물까지 무사히 도착할 수 있었다.

계곡에 인접한 그 거리는 텅 비어 있었고, 으르렁대는 폭포수만이 내 발소리를 삼키고 있었다. 그곳에서 기차역까지 인스머스 식 걸음걸이로 가기에는 꽤 먼 거리였다. 거대한 벽돌 창고 건물은 일반 저택에 비해 훨씬 오싹한 분위기를 자아냈다. 이윽고 낡은 아케이드 형태의 가차역이 나타났고, 나는 역의 맞은편에서 시작되는 철로 쪽으로 다가갔다.

철로는 녹이 슬었을 뿐이지 보존 상태는 괜찮은 편이었고, 연결 부위의 반 이상은 파손되지 않은 상태였다. 그렇더라도 그런 철로를 따라 걷거나 뛰는 것은 녹록치 않았다. 그러나 나는 최선을 다했고, 이동 속도도 대체로 빠른 편이었다. 철로는 처음 일정한 거리까지 계곡의 가장자리를 따라 이어졌고, 그 길을 따라 도착한 곳은 계곡에 놓인 기다란 다리였다. 다리 아래 아찔한 어둠이 도사리고 있었다. 나는 다리의 상태를 살펴 보고 다음 행동을 결정할 생각이었다. 그 다리를 건너든지, 아니면 다시 거리를 헤매다 가장 가까운 고속도로 다리를 선택하든지 둘 중의 하나였다.

기차처럼 길게 늘어선 낡은 다리는 달빛에 드러난 유령 같았다. 나는 다리 위를 몇 걸음 걸어 본 후 안전하다고 판단했다. 손전등을 켜고 다리에 들어서자, 놀란 박쥐떼가 사납게 날개를 퍼덕이며 내 곁을 스쳐갔다. 다리 중간쯤 심하게 파손된 흔적과 함께 커다란 구멍이 보여서 잠시 주저할 수밖에 없었다. 그러나 돌아가는 것보다는 위험을 감수하는 편이 낫다고 생각하고, 있는 힘껏 그 구멍을 건너뛰었다.

그 오싹한 다리에서 벗어났을 때 달빛이 그지없이 고맙게 느껴졌다. 리버 가를 횡단한 낡은 철로는 점점 외곽 지역으로 접어들었고, 역겨운 생선 비린내도 희미해져 갔다. 그때부터 앞을 가로막는 무성한 잡초와 가시나무들이 내 옷을 사정없이 찢어놓기 시작했다. 그러나 위험한 순간에 훌륭한 엄폐물이 되어줄 것이라고 생각하니 그다지 고통스럽지만은 않았다. 어차피 그 지점부터는 롤리 도로 방향으로 상당 부분 노출된 상태에서 이동할 수밖에 없었다.

어느새 늪지대가 시작됐는데, 철로는 낮게 웅크린 둑 위로 나 있었고, 전에 비해 잡초는 그리 무성하지 않았다. 그 길을 따라 얼마쯤 가자, 섬처럼 높게 솟구쳐 있는 고지대가 나타났다. 철로는 그 지점부터 잡목과 가시나무 덤불을 솎아낸 좁은 개간지를 따라 이어지기 시작했다. 길먼 하우스의 창가에서 확인한 대로라면 이제 롤리 도로가 잡힐 듯 가까이 펼쳐져 있을 터였다. 게다가 덤불에 숨은 채 움직일 수 있어서 다행이었다. 개간지가 끝나는 지점에서 철로는 샛길처럼 안전한 지역으로 구부러질 테지만 긴장을 늦출 수는 없었다. 다만 철로 주변에 아직 추적자들의 발길이 닿지 않았다는 것이 적이 안도감을 주었다.

개간지로 들어서기 직전에 뒤를 살폈지만 추적자의 모습은 보이지 않았다. 신비로운 황색 달빛 아래서 인스머스의 쓰러져 가는 첨탑과 지붕들이 아름답고 영묘하게 반짝이고 있었다. 암울한 그림자가 드리우기 전, 이 마을의 모습은 어떠했을까 생각해 보았다. 그렇게 마을에서 내륙 쪽으로 원을 그리듯 시선을 옮기다가, 그만 눈길을 사로잡는 불편한 광경과 맞닥뜨렸다.

환영이었을지 모르겠으나, 그때 내가 본 것은 남쪽을 향해 이어지는 대대적인 움직임이었다. 마을에서 쏟아져 나온 엄청난 인파가 입스위치 도로를 따라 이동하고 있다는 판단이 섰다. 그러나 거리가 워낙 멀었기 때문에 그 정확한 내막은 알 수 없었다. 다만 그 길게 늘어선 행렬이 불길한 것은 틀림없었다. 서쪽으로 기운 달빛 아래 엄청난 수의 무리들이 훤히 드러나 있었다. 바람은 반대편에서 불고 있었으나, 이상한 소리가 전보다 훨씬 거칠게 느껴졌다. 짐승들이 서로 포악하게 할퀴고 울부짖는 듯한 소리, 아무튼 전에 들었던 그 웅얼거리는 소리보다 훨씬 소름이 끼쳤다.

별의별 망상이 뇌리를 스쳤다. 나는 그때까지 가장 기형적인 모습의 인스머스 주민들은 부두 근처의 굴속에 은둔해 있다고 들었고, 그럴 것이라고 생각해 왔다. 그리고 바다에서 헤엄을 치던 그 정체불명의 형체들도 그런 은둔자들의 무리라고 생각했었다. 그런데 그 행렬을 이룬 무리들과 이미 거리마다 진을 치고 있을 주민들을 떠올리면, 인구가 거의 없다던 인스머스에서 나를 뒤쫓기 위해 그렇게 많은 사람들이 동원될 수 있는지가 석연찮았다. 그들은 대체 어디서 나온 것일까? 일그러진 모습으로 베일에 가려진 토굴 속에서 망각의 삶을 살다가 일거에 빠져나왔다는 말인가? 아니면 그 모래톱에 은둔하던 정체불명의 이방인들이 몰래 배를 타고 해안에 상륙한 것일까? 그들은 대체 누구고, 왜 그곳에 왔는가? 저토록 많은 인원이 입스위치 도로를 수색할 정도라면, 다른 도로도 이미 물샐틈없이 점령된 상태가 아닐까?

개간지로 들어선 직후, 공기 중에 가득해진 비린내 때문에 걷는 속도를 최대한 줄여야했다. 바람의 방향이 갑자기 동쪽으로 바뀌어 바다와 마을 쪽에서 불어온 게 이유였을까? 나는 그렇다고 확신했다. 그때까지 조용하던 방향에서 갑자기 걸걸한 중얼거림이 들려왔기 때문이다. 중얼거림뿐이 아니었다. 거대한 날개를 퍼덕이는 듯한, 또는 후드득하고 분주하게 움직이는 듯한 소리는 아주 끔찍한 모습을 떠올리게 만들었다. 그 때문에 멀리 입스위치 도로를 따라 일렁이는 기분 나쁜 행렬에 대해 억측이 일었다.

악취와 소음이 점점 강해져서 나는 부들부들 떨며 개간지의 덤불 속으로 몸을 숨기기에 급급했다. 그곳은 철로가 서쪽으로 구부러지기 전, 그러니까 롤리 도로와 가장 인접해 있는 지점이었다. 도로를 따라 뭔가 가까이 다가왔다. 나는 몸을 납작 엎드린 채 그것이 멀리 사라질 때까지 기다렸다. 그들이 사냥개를 이용해 나를 추적하지 않은 것이 다행이었으나, 그토록 생선 비린내가 진동하는 곳에선 개들의 후각도 그리 유용하지 못할 것이었다. 추적자들이 100미터 남짓한 거리에서 도로를 건너고 있는 상황, 그래도 모래 둔덕 같은 그 덤불 속에 웅크리고 있으니 안전하다는 확신이 생겼다. 나는 그들의 동태를 살필 수 있는 반면, 그들은 아주 사악한 기적의 도움을 받지 않는 한 나를 찾아내기 어려웠다.

그들을 보는 순간 간담이 서늘해지기 시작했다. 그들이 몰려가고 난 자리가 달빛에 보였는데, 그곳에 치명적인 오염이 일어났다는 이상한 생각이 들었다. 그들은 아마도 인스머스를 통틀어 가장 끔찍한, 다시는 기억하고 싶지 않은 부류 같았다.

생선 비린내가 점점 참을 수 없을 정도로 심해지는 가운데, 도저히 사람의 언어라고 할 수 없는 예의 그 짖어대듯 꽥꽥거리는 소리가 주위에 가득해졌다. 그것이 과연 추적자들이 내는 소리인지 분간이 가지 않았다. 아니면 정말 개들을 데리고 온 것인지도 몰랐다. 그러나 그때까지 나는 인스머스에서 개나 고양이 같은 짐승을 보지 못했다. 게다가 날개를 퍼덕이거나 분주한 움직임처럼 후드득 거리는 소리는 그 어떤 괴물의 모습을 떠올린대도 쉽게 설명이 되지 않았다. 그 기괴한 소리가 서쪽으로 사라질 때까지 나는 두 눈을 감아 버렸다. 그들의 거칠게 으르렁대는 소리와 묘한 발걸음에 따라 뒤흔들리는 땅바닥을 보면, 그들이 얼마나 가까운 곳까지 추적해 왔는지 알 수 있었다. 나는 시체처럼 숨을 죽이고, 두 눈을 뜨지 않으려고 이를 앙다물었다.

그 추적자들이 실제로 끔찍한 모습이었는지, 단지 끔찍한 환영에 불과했는지 나는 지금도 자신할 수 없다. 겁에 질린 내 호소를 듣고 정부에서 나중에 취한 조치를 보면, 그들이 끔찍한 모습을 하고 있다는 생각이 맞을 것이다. 그러나 경찰 병력들 역시 그 괴괴하고 음침한 고대의 마을에 진입해 환영에 사로잡혔던 것은 아닐까? 그런 장소들은 이상한 속성을 지니고 있기 마련이고, 지독한 악취와 썩은 지붕들, 붕괴된 첨탑이 들어찬 인스머스 같은 마을에서 광기의 전설까지 가세한다면, 인간 정신에 상상 이상의 어떤 영향을 미칠 수 있을 것이다. 실제로 전염성이 강한 광증의 원인균들이 인스머스 구석구석에 잠복해 있었던 것은 아닐까? 제이독 앨런 노인의 얘기를 듣고서 과연 그 진위를 정확히 밝혀낼 수 있는 사람이 있을까? 경찰은 가엾은 제이독 노인을 발견하지 못했을 뿐 아니라, 그런 사람이 있었다는 단서조차 확보하지 못했다. 그 광인은 어디로 사라진 것이며, 어디까지가 현실일까? 내가 지금껏 시달리고 있는 공포마저도 단지 망상에 불과한 것인가?

그러나 그날 밤의 변덕스러운 달빛 아래, 버려진 철로의 가시나무 덤불 속에 웅크린 채로 내가 똑똑히 본 것에 대해, 팔딱거리며 롤리 도로를 따라 쇄도하던 것들에 대해 말하고자 한다. 두 눈을 뜨지 않으려고

기를 썼지만 부질없었다. 정체불명의 무리가 시끄러운 발소리와 함께 쉰 목소리로 짖어대며 백 미터 남짓한 거리를 지나가는 상황에서 눈 한 번 뜨지 않고 무조건 웅크린 채 숨어 있을 수만도 없지 않은가?

나는 최악의 상황을 각오하고 있었다. 이미 본 것이 있으니 각오하고 있어야 했다. 추적자들은 소름끼치게 비정상적인 모습이었다. 그렇다면 더 심각한 비정상, 다시 말해 정상의 흔적이라고는 없는 모습까지 마주할 수 있어야 하지 않은가? 나는 앞쪽에서 왁자지껄한 소음이 들려 올 때까지 눈을 뜨지 않았다. 평평해진 길이 기찻길을 가로지르는 지점에서 그들을 이제는 똑똑히 볼 수 있을 터였다. 심술궂은 황색 달빛 아래 드러날 공포의 실체가 무엇이건, 더는 외면할 수 없었다.

이 지구상에서 내 삶에 남아 있는 것이 무엇이든, 마음의 평화뿐 아니라 인류와 자연이 조화될 수 있다는 믿음까지 송두리째 사라지고 말았다. 그때 내가 본 것은 상상을 초월하는 것이었다. 설령 제이독 노인의 미친 소리를 곧이곧대로 믿고 그것에서 뭔가를 상상해낸다 해도, 내가 목격한 사악하고 불경한 현실과는 비교가 되지 않았다. 그 실체를 가감 없이 써내려감으로써 감당해야할 공포를 조금은 훗날로 미루고 싶어서 나는 그저 암시에 그치고 있다. 이 지구상에서 과연 그런 생물이 탄생할 수 있는 것일까? 지금껏 광적인 공상과 빈약한 전설로만 알려져 왔던 그 외계의 존재를 과연 인간이 눈으로 직접 본 적이 있을까?

그러나 나는 보았다. 끊임없이 밀려드는 행렬을, 쿵쿵 껑충껑충 뛰면서 꽥꽥 우짖고 떠드는 그들을 보았다. 몽마(夢魔)의 오싹하고 불길한 사라반드[129]에 장단을 맞추듯 으스스한 달빛을 가르며 밀려드는 비인간의 무리들. 그중 몇몇은 정체불명의 백금류로 만든, 길다란 왕관을 썼고, 또 몇몇은 기이한 제의를 입었고…… 그중에서 이상하게 생긴 머리통에 펠트 모자를 걸치듯 올려 놓고, 불룩한 검은 옷과 줄무늬 바지를 입은 자가 무리를 이끌었다.

복부 쪽은 흰색이었으나 그들의 겉모습에서 두드러진 색깔은 연한 초록빛이었다. 몸에서 광택이 나고 미끈거리는 반면 등 가장자리에는 비늘이 보였다. 형태상으로는 유인원을 연상시켰지만. 물고기를 닮은 머리에 툭 튀어나온 두 눈이 깜박임 없이 내내 열려 있었다. 그리고 목 양쪽에서 고동치는 아가미가 보였고, 기다란 발끝에는 물갈퀴가 달려 있었다. 그들은 절룩거리며 두 발로, 때론 네 발로 아무렇게나 걸었다. 다리가 몇 개 더 붙어있지 않은 것만 해도 큰 안도감을 주었다. 꽥꽥 울부짖는 소리는 의사소통을 위한 수단이 분명했고, 빤히 노려보는 얼굴에 아무 표정이 없는 반면, 목소리에는 음산함이 가득했다.

그들의 기괴한 생김새에도 불구하고, 어딘지 그들의 모습이 낯설지만은 않았다. 뉴버리포트에서 본 그 불길한 왕관 때문에 내가 이미 그들의 정체를 알고 있다고 느낀 것일까? 그들은 물고기와 개구리를 섞어 놓은 정체불명의 불경하고 섬뜩한 생물체였다. 나는 어두운 교회 지하실에서 스쳐갔던, 왕관 쓴 곱사등이 목사와 그들이 닮았다고 생각하면서 오싹해졌다. 그 수가 얼마나 되는지 알 수 없었다. 어디선가 끊임없이 쏟아져 나오는 것 같았고, 내가 보고 있는 무리들은 고작 그 일부에 불과했을 것이다. 나는 곧 난생처음 정신을 잃었고, 다행히 눈앞의 모든 것을 잊을 수 있었다.

V

철로변 가시덤불 숲에서 나를 깨운 것은 한낮의 빗방울이었다. 비틀거리며 도로에 나가 보니, 누군가 지나간 흔적은 빗물에 씻겨 남아 있지 않았다. 생선 비린내도 사라졌고, 인스머스의 부서진 지붕들과 첨탑들이 남동쪽으로 잿빛의 그림자를 드리우고 있었다. 조심스럽게 주위를 살펴본 결과, 바닷물이 들고나는 그 황량한 늪지대 주변에는 아무도 없었다. 다행히 손목시계는 고장이 나지 않아서 12시가 넘었음을 알 수 있었다.

간밤의 일들이 안개 속에 희미하게 가려진 느낌이었으나, 그 배경으로 여전히 뭔가 끔찍한 것이 떠올랐다. 악령에 물든 인스머스를 속히 빠져나가야 했기에 피곤하고 뻣뻣한 다리를 움직여 보았다. 허기와 공포와 절망 속에서 한참이 지났을 때, 몸을 추스르고 걸을 수 있을 것 같았다. 그렇게 진창길을 따라 롤리 방면으로 천천히 걷기 시작했다. 석양이 지기 전, 나는 롤리에 도착해 식사를 하고 옷을 사 입었다. 그리고 아컴 행 9시 열차에 몸을 실었고, 이튿날 경찰서에 찾아가 길고도 솔직한 얘기를 전했다. 그 과정은 보스턴에서도 똑같이 되풀이됐다. 그 결과가 어떠했는지는 다들 알고 있을 것이다. 이제 더 보탤 말이 없다. 나를 사로잡았을지 모르는 그 엄청난 광기와 공포, 놀라움은 여전히 그 힘을 더하고 있을 뿐이다.

당연한 결과겠지만 나는 경치와 건축, 골동품 등 내게 무척이나 소중한 목적을 위해 계획했던 여행의 남은 일정을 포기했다. 미스캐토닉 대학 박물관에 보관되어 있다는 그 기이한 보석들도 직접 볼 만한 용기가 나지 않았다. 그 대신에 나는 아컴에 계속 머물면서 평생 소원이었던 계보학 자료들을 수집하게 되었다. 대략적이고 꼼꼼하지 못한 자료들이나, 후에 이것들을 분석하고 확정할 만한 시간적 여유가 있다면 유용하게 활용될 것이다. 역사박물관의 관장인 B. 레이펌 피버디 씨는 아주 정중히 내게 편의를 제공해 주었고, 내가 아컴 출신의 엘리자 오른의 외손이라고 하자 상당한 관심을 보여주었다. 외할머니는 1867년에 태어나 열일곱 살 때 오하이오 출신의 제임스 윌리엄슨과 결혼했다.

오래 전에 큰 외숙부가 나처럼 뭔가를 찾아서 그 박물관에 다녀간 적이 있었던 모양이다. 그리고 외할머니의 가족이 인근에서 화제가 되었다고 했다. 피버디 씨에 따르면, 나의 외증조부 벤자민 오른이 남북 전쟁 직후에 결혼한 일과 관련해 많은 얘기들이 있었다는 것이다. 신부 측 조상이 묘한 수수께끼를 가진 인물이었기 때문인데, 당시 신부는 뉴햄프셔의 마시 가 ─ 에식스 카운티에 사는 마시 가의 친척뻘 되는 ─ 출신으로 고아라고만 알려져 있었다. 그러나 그녀 자신은 프랑스에서 교육을 받았고, 자신의 가계에 대해서는 거의 아는 바가 없었다. 한 후견인이 보스턴 은행에서 기금을 마련해 그녀와 그녀의 프랑스인 가정교사의 생활을 보살펴 주었다. 그러나 아컴 주민 중에 그 후견인의 이름을 아는 이는 없었고, 나중에 수소문했지만 이미 그는 종적을 감춘 후였다. 오래 전 고인이 된 그 프랑스 여성은 워낙 말수가 적어서 오히려 그녀가 하지도 않은 말들을 옮기기 좋아하는 사람들이 꽤 있었던 모양이다.

그러나 누구도 뉴햄프셔에서 그녀의 양친 ─ 에녹 마시와 리디아(미저브) 마시 ─ 에 대한 기록을 찾지 못했으니 무엇보다 이상한 일이었다. 다만 마시 가 사람들 중에서 아주 특출한 인물의 딸일 거라는 추측만이 나돌았는데, 확실히 그녀의 두 눈은 마시 가의 특징을 그대로 담고 있었다. 그리고 그녀의 때 이른 죽음은 항간의 수수께끼를 증폭시키는 계기가 되었다. 그분은 외할머니를 출산하는 과정에서 숨을 거두었고, 외할머니가 유일한 자식이었다. 솔직히 나는 내 조상이 마시라는 이름과 관련이 있다는 찜찜한 기분 때문에 그런 얘기가 달갑지 않았다. 게다가 내 눈이 마시 가를 쏙 꼭 닮았다는 피버디 씨의 말은 더더욱 유쾌할 수 없었다. 그러나 나는 연구할 가치가 분명한 자료를 제공해 준 데 대해 감사의 말을 전하고, 오른 가계를 잘 정리해 놓은 방대한 자료와 참고 목록을 받아들었다.

나는 보스턴에서 곧장 토레도의 집으로 향했고, 후에는 마우미에서 한 달 정도 요양하면서 쇠약해진 건강을 회복할 수 있었다. 9월에는 오벌린 대학에서 이듬해 6월까지 연구와 각종 활동으로 분주한 나날을 보냈다. 당시 진행 중이었던 일련의 재판에서 증언 문제로 정부 관계자들이 이따금 나를 방문할 때마다 지나간 공포가 되살아나곤 했다. 인스머스 사건이 벌어진 지 꼭 1년이 되던 7월 중순, 나는 외가인 클리블랜드의 윌리엄슨 가(家)에서 시간을 보냈다. 그곳에 남겨진 가보와 전통, 여러 자료 따위를 수집하면서 계보학 자료를 추가하기도 했다. 그러자 내가 재구성해 내려는 가계의 연결 고리가 조금씩 모습을 드러내기 시작했다.

그 연구 작업이 늘 즐거운 것만은 아니었다. 윌리엄슨 가의 분위기가 언제나 내 마음 한편을 무겁게 짓눌렀기 때문이다. 묘한 병증의 그림자가 윌리엄슨 가를 서성였는데, 생각해 보니 내가 어렸을 때 어머니는 한 번도 외갓집에 데려간 일이 없었다. 물론 어머니도 외할아버지가 직접 토레도의 우리 집을 찾을 때는 무척 반기는 기색이었지만 말이다. 아컴 출신의 외할머니는 늘 기묘한 분위기를 풍겨서 내게는 늘 두려운 대상이었다. 그래서 그분이 실종됐을 때에도 그리 슬퍼하지 않았다. 그때 나는 여덟 살이었고, 외할머니는 장남이었던 더글러스 외숙부가 자살한 직후에 충격으로 길거리를 헤매다 행방이 묘연해졌다는 말만 들었다. 더글러스 외숙부는 뉴잉글랜드를 여행하고 돌아온 직후에 권총으로 자살했다. 아컴 역사박물관에 자취를 남게 한 바로 그 여행이었을 것이다.

큰 외숙부는 외할머니를 꼭 빼닮아서 나는 두 사람을 다 싫어했다. 두 사람 모두 눈을 깜박이지 않고 뚫어지게 상대를 바라보았고, 그 표정은 언제나 까닭 모를 불편한 감정을 불러일으켰다. 반면 어머니와 월터 작은 외숙부에게는 그런 표정이 없었다. 두 분은 외할아버지를 닮았기 때문이다. 그러나 가엾은 사촌 로렌스 — 월터 외숙부의 아들 — 는 불행하게도 외할머니를 닮았기 때문에 캔턴의 요양소에서 평생을 외롭게 지내야했다. 나는 당시 4년 정도 로렌스를 보지 못했는데, 월터 외숙부의 표현에 따르면 정신적, 육체적으로 몹시 안 좋은 상태에 있었던 것이 분명했다. 2년 전 외숙모가 운명하신 것도 사실 아들에 대한 걱정 때문이었다.

외할아버지와 홀아비가 된 월터 외숙부는 클리블랜드에 새 둥지를 틀었지만, 지난날의 기억에서 쉽게 벗어나지 못했다. 나는 여전히 그곳이 싫었고, 그래서 가능한 빨리 자료를 수집해서 떠날 생각이었다. 윌리엄슨 가의 기록과 전통은 외할아버지 덕분에 상당량이 보존될 수 있었다. 물론 오른 가의 자료만큼은 월터 외숙부가 남겨놓은 연구 성과에 의존했다. 외숙부는 자신이 애써 수집한 자료와 편지, 스크랩 기사, 가보, 사진, 그림 등을 모두 알아서 하라고 내게 맡겼다.

내가 조상의 내력에서 공포를 느끼기 시작한 것은 각종 서간과 그림들을 검토하는 과정에서였다. 이미 언급했듯이, 나는 늘 외할머니와 더 글러스 외숙부를 멀리했었다. 그런데 그들이 모두 죽고 난 몇 년 후에, 나는 혐오와 기이한 감정에 휩싸여 사진 속의 두 얼굴을 바라보게 된 것이다. 처음엔 변화를 눈치 채지 못했지만, 어딘지 끔찍한 유사함 같 은 것이 줄기차게 무의식을 파고들었다. 조금의 의혹이라도 거부하려 고 애쓰던 내가 마침내 무의식에 굴복한 결과였다. 그때 사진 속에 있 던 두 사람의 얼굴 표정은 분명 그 전에는 눈치 채지 못한 것이었고, 조 금만 마음을 놓아버려도 발작적인 공포에 휩싸일 만한 그 무엇이었다.

그러나 극도의 충격이 몰려든 것은 월터 외숙부가 마을 대여 금고에 보관해 왔다는 오른 가의 보석을 보여 주었을 때였다. 보석 중에서 일 부는 매우 섬세하고 예술적 기교가 뛰어났지만, 외증조모부터 내려왔 다는 기묘한 보석함은 사정이 달랐다. 외숙부도 그 보석함에 대해서는 왠지 얘기를 꺼리는 기색이었다. 자초지종을 들어보니, 보석함에 든 보 석들은 매우 기괴하고 혐오스러운 형태이며, 외숙부조차 그걸 공개적 으로 착용한 경우를 보지 못했다고 했다. 하지만 외할머니만은 그 보석 들을 보면서 즐거워했다는 것이다. 보석마다 불행을 암시하는 모호한 전설을 간직하고 있어서 외할머니의 프랑스인 가정교사도 유럽이라면 큰 문제 없겠지만 뉴잉글랜드에서만큼은 절대 그 보석들로 치장하지 말라고 당부했다.

작은 외숙부는 끔찍한 형태에 놀라지 말라며 거듭 내게 주의를 주면 서, 내키지 않는 손놀림으로 보석함을 열기 시작했다. 보석들을 본 예 술가와 고고학자 어느 누구도 그 정확한 재질이나 특정한 예술 양식에 대해서는 모르는 것 같았으나, 진기하고도 절묘한 최고의 세공품이라 는 데는 이견이 없었다. 보석들은 두 개의 팔찌와 한 개의 삼중관 그리고 한 개의 가슴 장식이었다. 특히 가슴 장식에는 높은 돋을새김으로 황당무계한 형상들이 새겨져 있었다.

작은 외숙부가 보석들을 하나하나 설명하는 동안, 나는 감정의 동요를 애써 억누르고 있었지만 얼굴에 공포의 그림자를 감출 수 없었다. 외숙부는 걱정스러운 눈빛으로 나를 바라보다가 이내 보석들을 다시 보석함에 집어넣기 시작했다. 나는 괜찮다는 시늉을 해 보였으나 외숙부는 다시 꺼림칙한 표정이었다. 그는 아마도 왕관을 보여주면서 직접 써 보려고도 했던 것 같지만, 진실로 어떤 일이 벌어질지는 예상치 못했으리라. 나는 이미 그 보석이 무엇을 의미하는지 충분한 경고를 받은 후였다. 1년 전에 가시나무 무성한 철로변 덤불 속에서처럼 아무 말 없이 그 자리를 빠져나왔을 뿐이다.

그날 후로 진실이 얼마나 끔찍한 것인지 또 광기가 얼마나 깊은 것인지는 모른 채 나의 일상은 음울한 생각과 불안의 악몽에 빠져들었다. 나의 외증조모는 뿌리가 불분명한 마시 가의 일원이었으며, 아컴 출신의 외증조부와 결혼했다. 제이독 노인이 말하지 않았던가? 괴물 어머니와 오벳 마시 사이에서 태어난 딸이 농간에 의해 아컴 남자와 결혼했다고. 그 술주정뱅이 노인이 내 눈과 오벳 선장의 눈이 닮았다고 중얼댄 것은 무슨 의미였을까? 아컴에서도 피버디 씨는 똑같은 말을 했었다. 오벳 마시가 나의 외고조부란 말인가? 그렇다면 외고조모는 누구인가? 전부 미친 얘기에 불과하다. 외증조부의 지시를 받은 인스머스의 선원이 그 백금의 장신구들을 손쉽게 옮겼을 거라는 얘기.

외할머니와 자살한 더글러스 외숙부의 뚫어지게 응시하는 눈길은 내 뇌리에서 완전한 형상을 끄집어냈다. 지독히도 암울한 색채로 내 상상력을 점령해온 그 인스머스의 그림자에 의해 더욱 분명해진 그 형상

말이다. 그런데 뉴잉글랜드에서 가계의 뿌리를 추적하던 더글러스 외숙부가 스스로 목숨을 끊어야 했던 이유는 무엇일까?

2년이 넘도록 나는 그 질문의 해답을 찾는데 몰두해 왔고, 어느 정도 실마리는 찾아낸 상태였다. 아버지의 끈질긴 요구에 따라 내가 당시 보험회사에서 틀에 박힌 직장 생활에 전념하고 있을 무렵이었다. 그러나 1930년에서 31년 겨울 동안, 그 꿈이 다시 살아나기 시작했다. 처음엔 단편적이고 모호했으나 시간이 갈수록 그 횟수와 생생함이 더해갔다.

거대한 수면이 내 앞에 펼쳐졌다. 물속 깊숙이 가라앉은 거대한 주랑과 잡초 무성한 돌벽의 미로들을 따라 기괴한 물고기들과 함께 헤엄치고 있는 것은 바로 나 자신이었다. 그리고 이내 다른 형체가 나타났는데, 나는 극도의 공포와 함께 잠에서 깨어나곤 했다. 그러나 꿈을 꾸고 있는 동안은 조금도 두렵지 않았다. 아니, 나는 그들과 함께 있었다. 인간의 것이라고 할 수 없는 장신구로 치장하고, 물속을 자유롭게 이동하면서, 사악한 해저의 사원에서 그들과 함께 광란의 기도를 하고 있었다.

기억할 수 있는 것들이 훨씬 많았지만, 늘 아침마다 반복해서 느끼는 감정이라곤 내가 만약 그 꿈을 글로 쓴다면 광인 아니면 천재라는 낙인이 찍히리라는 것이었다. 게다가 그 꿈은 내 정신에 강렬한 영향을 끼쳐, 내가 일상의 세계에서 빠져나와 암흑의 낯선 심연으로 점점 빨려들도록 획책하고 있었다. 그리고 그 과정은 생각보다 훨씬 빠르고 심각하게 진행됐다. 나의 건강과 외모는 나날이 나빠졌고, 결국엔 직장을 그만두고 병자의 정적이고 고립된 생활을 택했다. 기이한 신경발작이 엄습했고, 이따금씩 내가 눈을 제대로 깜박이지 못한다는 것을 깨닫기도 했다.

경계심은 점점 극에 달해서, 어느 순간부터 거울을 꼼꼼히 들여다보고 있었다. 천천히 내 육신을 유린하는 병마의 그림자를 지켜보는 것은 결코 유쾌한 일이 아니었으나, 내 경우에는 뭔가 미묘하고 불가해한 요소가 감지됐다. 아버지도 역시 그것을 넌지시 비춘 일이 있는데, 내 모습을 호기심과 경악스러운 눈길로 바라보기 시작할 무렵이었다. 대체 내 안에서 무슨 일이 벌어지고 있는 것일까? 외할머니와 더글러스 외숙부를 닮아가고 있는 것일까?

어느 날 밤, 나는 바다 밑에서 외할머니를 만나는 악몽을 꾸었다. 외할머니는 무수한 테라스가 있는 건물에 살고 있었다. 건물에서 푸른빛이 비쳤고, 비늘 모양의 산호가 십자형으로 자라 있는 정원도 눈에 띄었다. 그러나 따뜻하게 나를 맞아주는 외할머니의 모습에는 어딘지 쌀쌀한 분위기가 느껴졌다. 외할머니는 조류의 변화에 따라 모습을 바꾸면서 내게 말하기를, 자신은 결코 죽지 않았다고 했다. 그 대신 자신의 죽은 아들이자 나의 외숙부가 진실을 깨달았다는 현장으로 찾아가 아들과 본인을 위해 예정된 (그러나 아들은 권총으로 거부해버린) 경이의 왕국으로 뛰어들었노라 말했다. 그곳은 곧 나의 왕국이기도 했다. 나는 왕국에서 도망칠 수 없을 것이다. 나는 영원히 죽지 않을 것이고, 인류가 출현하기 전부터 이 땅에 있어 온 존재들과 함께 살아갈 것이라고 했다.

나는 외고조모도 만날 수 있었다. 그분은 남편인 오벳 마시가 죽은 후에도 돌아오지 않았다. 그분이 살고 있다는 얀스레이는 사람들이 바다에 폭탄을 퍼부었을 때에도 건재했다는 것이다. 파손된 부분이 있지만, 심각한 정도는 아니라고 했다. 설령 잊혀진 '올드원'의 비술에 공격을 당하는 경우에도 '디프원[130]'은 쉽게 사라지지 않는다는 것이다. 지금 그들은 일정한 휴식기에 들어갔지만, 언젠가 기억을 회복하는 날에는 다시 일어나 거대한 크툴루 부족의 열망을 실현시킬 것이다. 다음번에는 인스머스보다 훨씬 큰 도시가 형성될 것이다. 그때가 되면 세계 도처로 퍼져나가, 추종자들을 끌어 모을 테지만, 지금은 한 번 더 기다려야 할 시간이다. 많은 인간들이 죽음에 이른 것은 유감스러운 일이지만 큰 영향을 미치지는 않을 것이다. 내가 처음으로 쇼고스라는 존재를 본 것은 그 꿈에서였고, 나는 그 모습에 비명을 지르며 깨어났다. 그날 아침, 거울 속의 나는 완전한 인스머스의 얼굴을 하고 있었다.

나는 아직까지는 더글러스 외숙부처럼 내 머리에 총을 겨누지 않고 있다. 때가 되면 자연스럽게 그리 될 것이지만 꿈들이 나의 죽음을 방해하고 있다. 공포의 강도도 조금씩 누그러지고, 나는 이상할 정도로 두려움을 잊고 그 미지의 해저 속으로 빨려들곤 한다. 꿈속에서 기이한 일들을 저지르고, 언제부터인가는 공포보다는 환희로 깨어나 아침을 맞는다. 나는 완벽한 변화가 일어날 때까지 기다릴 필요는 없다고 생각한다. 그렇게 되는 날이면, 아마도 아버지는 가엾은 사촌이 감금된 요양소로 나를 격리시킬 테니까. 저 아래서 나를 기다리고 있는 전대미문의 거대한 광휘, 나는 속히 그것을 찾아 나서야 한다. 이야-리예 크툴루 프타근! 이야! 이야! 아니, 내 머리에 총구를 겨눌 수는 없다. 그럴 수 없는 존재로 태어났으니까!

나는 캔턴 정신병원에서 사촌을 구해내 그와 함께 인스머스를 찾아 갈 생각이다. 그리고 바다를 헤엄쳐 그 모래톱에 당도한 후, 거석과 무수한 원기둥으로 이루어진 얀스레이의 검은 심연 속으로 뛰어들 것이다. 아, '디프원'이 잠들어 있는 곳, 그곳에서 경이와 영원불멸의 영광이 우리를 기다리고 있으니.

114) 인스머스(Innsmouth): 잘 알려진 러브크래프트의 가상공간 중 하나로, 「셀레파이스Celephais」(1920)에 처음으로 등장했다.

115) 크로이소스(Kroisos): 리디아의 부유한 왕.

116) 이 소설에 등장하는 오벳 마시(Obed Marsh)와 제이독(Zadok) 노인은 성서에서 차용한 이름이다.

117) 케이프코드(Cape Cod): 미국 매사추세츠 주의 남동부 반스터블 군에 있는 갈고리 모양의 반도.

118) 백인 쓰레기(white trash): 미국 남부의 가난한 백인을 경멸적으로 지칭하는 말.

119) 댄버스(Danvers): 매사추세츠 주 보스턴의 북부에 있는 작은 도시로, 주립 정신병원이 있었다.

120) 프리메이슨(Freemason): 중세의 석공(Mason) 길드에서 유래된 세계 최대의 박애주의 비밀결사체.

121) 킹스포트(Kingsport): 「축제The Festival」에 처음 등장하는 가상의 도시. 매사추세츠 주의 마블헤드(Marblehead)와 유사하다고 알려져 있다. 킹스포트 헤드는 「광기의 산맥」에 등장한다.

122) 케이프 앤(Cape Ann): 매사추세츠 북동부에 있는 해안으로, 보스턴에서 북동쪽으로 50킬로미터 정도 떨어져 있다. 글로스터(Gloucester), 에식스(Essex), 록포트(Rockport) 등의 마을로 이루어져 있다.

123) 맞배지붕(Gambrel roof): 박공지붕과 비슷한 형태로, 지붕 마루의 한쪽이 2개의 지붕면으로 구성되어 이중에서 낮은 지붕면이 높은 면보다 경사가 더 급하다.

124) 모임지붕(Hipped roof): 건물의 네 측면부터 경사를 이루어 올라오는 지붕이다. 고정 경사면이 4개 이상이고, 지붕면 모두가 같은 처마높이에서 지붕마루까지 연결된다.

125) 이스터섬(Easter Island): 칠레령의 섬으로 남태평양 폴리네시아 동쪽에 자리잡고 있다. 네덜란드 탐험가 J. 로게벤이 1722년 부활절(Easter day)에 상륙했다고 해서 이스터섬으로 불리게 되었다. 얼굴이 큰 거인상으로 이루어진 거석문화(巨石文化)의 유적이 유명하다.

126) 올드원이 돌 주변에 남겨놓는 표식을 '엘더 사인(Elder Sign)'이라고 하며, 이 작품에서 만자(卍) 모양으로 묘사된다. 그러나 오거스트 덜레스에 의해 별의 형태 속에 눈동자가 들어 있는 표식으로 더 많이 알려지게 되었다.

127) 메네, 테켈, 우바르신: 성경 다니엘서에 나오는 이야기로, 바빌론의 왕에 오른 벨사살이 큰 잔치를 열어 하나님을 조롱하자 사람은 없이 손만 나타나서 벽에 '메네, 테켈,

우바르신'이라고 글을 썼다. 여기서 메네(Mene)는 '하나님이 이미 왕의 나라의 시대를 세어서 그것을 끝나게 하셨다.', 테켈(Tekel)은 '왕을 저울에 달아보니 부족함이 보였다.', 우바르신(Upharsin)은 '나뉜다'는 뜻으로 하나님이 벨사살의 나라를 나누어 메대와 바사 사람에 주겠다는 메시지였다.

128) 쇼고스(Shoggoth): 시와 소설에서 거의 같은 시기에 언급됐는데, 소설의 경우 「고분 The Mound」에 제일 먼저 등장한다. '올드원'과 함께 「광기의 산맥」에서 자세히 언급되는데, 생김새는 무형의 끈적끈적한 덩어리로 이루어져 있으며, 모습을 바꾸고 복원하는 능력이 뛰어나다. 이들은 최면 암시를 통해서 올드원의 지시를 받아 노동을 대신하는 생물체지만, 나중에 일정 수준의 지능을 갖추면서 올드원에게 반기를 든다.

129) 사라반드(Sarabande): 스페인 무곡.

130) 디프원(Deep Ones): 양서류로서 해저에 사는 존재. 「데이곤」과 이 작품에만 등장한다. 전반적으로 푸르스름한 회색빛을 띠지만, 배 부분은 희다. 윤기 나고 미끈거리는 피부와 등에는 비늘이 돋아 있다. 머리가 크고 눈을 깜박이지 않지만, 얼굴 생김새는 사람과 유사하다. 이들은 영원불멸의 존재로, 폭력에 의해서만 죽는다. 그러나 올드원의 표식(엘더 사인)이 있는 곳에는 절대 근접하지 않는다. 이들은 데이곤을 아버지로, 히드라를 어머니로 섬기며 간혹 위대한 크툴루까지 숭배한다.

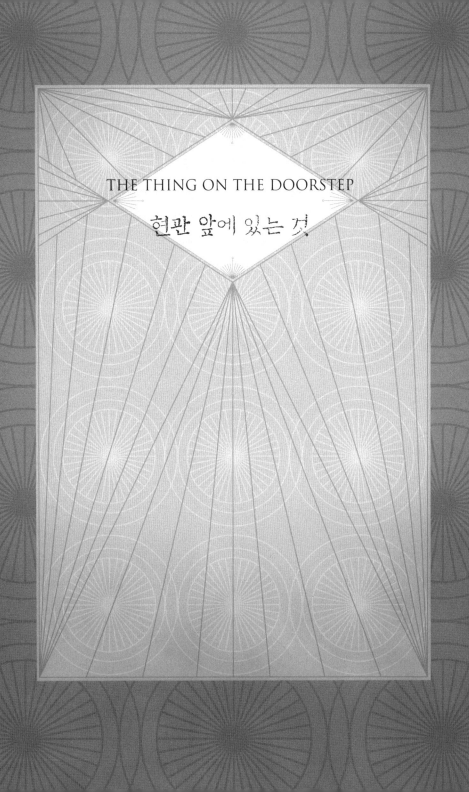

THE THING ON THE DOORSTEP

현관 앞에 있는 것

작품 노트 | 현관 앞에 있는 것 The Thing on the Doorstep

1933년 쓰여져, 1937년《위어드 테일즈》에 실렸다.

이 작품은 평단과 독자 사이의 평가가 가장 많이 엇갈리는 작품 중 하나이다. 상당수의 전문 비평가들이 「현관 앞에 있는 것」에 대해 후기 작품 중에서 가장 떨어진다고 평하고 있다. S. T. 조시는 신파조의 구성과 등장인물인 에드워드 더비의 독백이 상투적이라는 이유를 든다.

한편, 독자들은 다른 관점에서 흥미를 느끼는 경우가 많았다. 예를 들어 러브크래프트의 소설 중에서 거의 유일할 정도로 여성 캐릭터가 부각되어 있다는 점이다. 다른 작품에서는 등장인물 중에서 여성이 등장하는 경우조차 흔치 않다는 점에서 악녀로 그려진 '아세나스'는 분명 이 작품에 독특함을 준다. 물론 아세나스의 실체가 아버지 '에프라임'이므로 결국 여성으로 볼 수 없다는 해석도 가능하지만, 등장인물 때문에 소설의 결점이 상쇄된다는 의견이 적지 않다. 또한 아세나스를 러브크래프트의 전처(前妻) 소니아와 비교해 악녀로 추측하기도 하는데, 근거 없는 억측인 것 같다.

I

　내가 가장 절친한 친구의 머리에 총알 여섯 방을 먹인 것은 사실이
나, 이 글을 통해 내가 살인자가 아님을 알리고 싶다. 아컴 정신병원에
서 내 총에 죽은 그 친구보다 내가 더 미쳐 있었는지 모른다. 나중에 독
자들이 이 글을 꼼꼼히 따져보고, 알려진 사실과의 연관성을 살핀 후
이렇게 자문해 주기를 바란다. 자기 집 현관에서 그런 공포와 직면한다
면, 독자 여러분은 과연 나와 다른 행동을 할 수 있었을까, 하고 말이다.

　당시에는 내가 저질렀다는 그 흉포한 행동을 전해 듣고 스스로도 미
쳤다고 밖에는 생각하지 못했다. 지금도 내가 광기에 이끌렸는지, 아니
면 온전한 정신이었는지 반문하곤 한다. 여전히 확실한 대답을 할 수는
없지만, 에드워드와 아세나스 더비의 기이한 일들을 알고 있는 사람은
얼마든지 있다. 게다가 무신경한 경찰마저도 그 끔찍했던 마지막 방문
을 딱히 설명할 방법이 없어 곤혹스러워 하는 눈치다. 그들은 소름끼치
는 농담이나 경고 따위로 얼버무리려고 하지만, 그들 역시 진실은 훨씬

무시무시하고 엄청나다는 사실을 잘 알고 있다.

그래서 나는 에드워드 더비를 죽이지 않았다고 말하겠다. 오히려 그를 응징함으로써, 인류 전체에 가해질 무시무시한 위협과 공포의 근원을 미리 제거한 셈이다. 우리가 살아가는 매일 매일의 일상에는 음침한 암흑 지대가 있기 마련이며, 이따금씩 사악한 영혼들이 그곳을 빠져나오곤 한다. 그런 일이 벌어진다면, 진실을 깨달은 누군가가 참담한 결과가 일어나기 앞서 어떤 조치를 취해야 할 것이다.

나는 에드워드 픽맨 더비의 생애를 알고 있다. 나보다 여덟 살이 아래였지만, 함께 많은 부분을 공유할 정도로 내게는 소중한 사람이었다. 우리의 인연은 내가 열여섯, 그가 여덟 살 때부터 시작됐다. 그토록 대단한 꼬마 학자도 드물어서, 이미 일곱 살 때 음울하고 기이한 시를 쓸 정도였다. 무엇보다 그 시에서 묻어나는 병적인 분위기는 그의 가정교사들을 경악시키기에 충분했다.

학교가 아닌 가정에서 이루어지는 교육과 고립된 환경이 더비의 조숙한 성격에 영향을 미쳤을지 모른다. 특히 그의 양친은 도에 지나칠 정도로 아들을 사랑하고 건강을 염려하여 언제나 당신들 곁에 가까이 두고자 했다. 그러다 보니 보모가 없이는 절대 혼자서 밖에 나갈 수 없었고, 또래 아이들과 마음껏 뛰노는 일도 극히 드물었다. 결국 이런 환경이 이 소년으로 하여금 자신만의 자유 공간에서 상상력과 더불어 기이하고 은밀하며 내향적인 삶을 살도록 조장했음이 분명하다.

어쨌든 소년이라고 하기에는 놀랍고 기괴할 정도로 학식을 겸비한 인물이었다. 게다가 그 유려한 글 솜씨는 연장자인 내 마음을 송두리째 사로잡아 버렸다. 그 무렵 나는 그로테스크한 예술에 이끌리고 있었는데, 그 어린아이에게서 내 취향에 딱 어울리는 분위기를 찾아낸 것이다. 우리는 둘 다 유령과 경이로운 일들에 빠져들었다. 우리 마을이 자아내는 오랜 몰락의 흔적과 기묘한 공포감도 한 몫 거들었다. 악녀의 저주를 받았다는 전설 속의 아컴, 건물마다 아무렇게나 쌓아올린 박공 지붕과 다 쓰러져가는 조지아 풍의 난간에 수백 년에 걸친 미스캐토닉의 괴괴한 속삭임이 담겨 있었다.

시간이 흘러, 나는 건축 분야로 진로를 결정하고 에드워드의 악마적인 시집에 삽화를 그려주는 일도 그만두었다. 그렇다고 우리의 우정에 문제가 생기지는 않았다. 더비의 천재성은 날로 빛을 발했고, 열여덟 살 때는 『아자토스[131]와 또 다른 공포』라는 제목으로 시집을 냄으로써 큰 반향을 일으켰다. 그 결과 당시 악명 높았던 보들레르 직계 시인이자 「돌기둥의 사람들」이라는 시를 쓴 저스틴 제프리에 버금간다는 평가를 받았다. 저스틴 제프리는 1926년 헝가리의 불길하고 병든 마을을 방문한 직후 정신병원에서 숨진바 있다.

자부심과 부단한 노력에도 불구하고, 더비는 버릇없이 자란 환경 때문에 성격 장애가 심각한 편이었다. 건강은 좋아진 반면, 유아적인 의존성은 부모의 과잉보호로 더 굳어져서 혼자 어디를 간다는 것은 꿈도 꾸지 못했고, 독립적인 결정이나 책임감도 찾아볼 수 없었다. 이미 어렸을 때부터 충분히 예견된 대로 사업이나 직장 생활과는 거리가 멀었지만, 풍족한 집안 형편 때문에 전혀 곤란을 겪지는 않았다. 더비는 나이가 들어서도 놀라울 정도로 소년의 모습을 간직하고 있었다. 금발에 파란 눈, 피부는 아이처럼 맑고 깨끗했다. 수염을 기르려고 노력했지만, 그에겐 그처럼 어려운 일도 드물었다. 목소리는 부드럽고 낭랑했으며, 궂은일을 해 본 적이 없어서인지 나중에 중년이 되어서도 배불뚝이라기보다 아이처럼 포동포동하다는 느낌이었다. 훤칠한 키에 수려한 용모 때문에 대단한 바람둥이라는 인상을 풍기지만, 숫기가 없는데다 은둔해 책에 파묻혀 지내다 보니 그런 일은 벌어지지 않았다.

더비의 부모는 매년 여름마다 그를 데리고 해외여행을 떠났고, 그는 유럽식 사고방식과 표현에 쉽게 매료되었다. 에드거 앨런 포를 떠올리게 하는 재능은 더욱더 퇴폐주의로 흘러갔고, 다른 종류의 예술적 감성과 열정은 쉽게 발현되지 못했다. 그 당시 우리는 거창한 토론을 즐겼다. 나는 하버드를 졸업하고 보스턴의 한 건축 사무실에서 일하다 결혼도 했다. 그러던 중 고향 아컴으로 돌아와 사업을 하기로 작정하고, 샐튼스톨 가에 있는 고향집에 사무실을 차렸다. 마침 아버지가 건강 문제로 플로리다로 이주한 후여서 집이 비어 있는 상태였기 때문에 에드워드는 거의 매일 저녁 우리 집을 찾아왔고, 나중에는 한 가족처럼 느껴졌다. 그는 아주 독특한 방식으로 초인종을 누르거나 노크를 했는데, 점점 더 다양한 암호를 개발해 내는데 재미를 붙인 모양이었다. 저녁식사를 끝낸 후, 나는 어딘지 멈칫멈칫하는 정적 후에 어김없이 들려오는 세 번의 빠른 노크 소리에 익숙해 있었다. 내가 더비의 집을 찾는 일은 드문 편이었지만, 나날이 장서가 쌓이는 그의 서재에 상당한 부러움을 느끼곤 했다.

더비는 자식을 한시라도 집밖에 내놓지 못하는 양친 덕분에 아컴에 있는 미스캐토닉 대학에 입학했다. 열여섯에 대학생이 된 후, 3년 만에 영문학과 프랑스 문학에서 학위를 땄다. 수학과 과학 과목을 제외하고는 전 과목에서 탁월한 성적을 기록했다. 하지만 역시 다른 학생들과는 거의 어울리지 못했고, 호방하고 대담한 사람들을 멀리서 부러운 눈길로 바라볼 뿐이었다. 재치 있는 언변으로 외양을 포장한 채 무심하고 모순된 태도로 일관하면서도 속으로는 동료들과 어울리고자 하는 욕망도 강했다.

그러나 그는 지하 세계의 금기된 지식을 탐닉해 들어가는 쪽을 선택했다. 원래 미스캐토닉 대학 도서관은 그 분야와 관련된 책이 많기로 유명했다. 원래부터 실체 없고 기이한 것에 몰두한 그였지만, 대학 시절에는 단순한 과거의 전설이나 엉뚱한 이야기가 아니라 고대 문자와 미궁의 문제들을 연구하기 시작했다. 그는 『에이본의 서(書)』, 본 준츠의 『비밀 의식』, 아랍의 광인 압둘 알하즈레드의 금서 『네크로노미콘』 같은 책을 읽었다. 물론 그런 얘기를 부모님에게 일절 말하지는 않았다. 그가 스무 살 때 내 아들이 태어났다. 그의 이름을 따서 아들에게 에드워드 더비 업튼이라고 이름을 지어주자, 그 역시 매우 기뻐하는 눈치였다.

에드워드 더비는 스물다섯 살 때 이미 출중한 학식을 갖춘 환상주의 시인으로 화려한 명성을 누렸다. 사회성과 책임 의식이 그처럼 결핍되지 않았다면, 아마 그의 작품은 작위적이고 학자연하는 단점에서 벗어나 더 큰 성취에 도달할 수 있었을지 모른다. 내가 그의 유일한 친구였을 것이다. 생기발랄한 이론적 주제들이 언제나 마르지 않는 샘물처럼 솟아났던 그인지라 나 역시 그를 아꼈다. 더비는 부모님에게조차 말 못할 고민을 내게는 털어놓곤 했다. 그가 그때까지 독신이었던 이유는 딱히 그쪽을 선호해서가 아니라 숫기 없고 내성적인 성격과 양친의 변함 없는 과잉보호 때문이었다. 게다가 불필요한 사회 활동은 철저히 피했으므로 이성과 교제할 만한 기회는 거의 없었다. 세계 대전이 발발했을 당시에도 그는 건강 문제와 뿌리 깊은 소심함 때문에 줄곧 집에 처박혀 있었다. 한편 나는 장교 임관을 받아 플래츠버그로 향했지만 해외까지 파병되지는 않았다.

그렇게 몇 년이 흘러갔다. 에드워드가 서른네 살 때 모친이 세상을 떠나고 말았다. 몇 개월 동안 그는 우울증에 사로잡혀 무기력한 모습이었다. 그러나 부친의 손에 이끌려 유럽 여행에 나서면서 가까스로 고통에서 벗어나는 듯 보였다. 그 이후 에드워드는 이상하리만큼 들떠 있었다. 완전히는 아니겠지만, 그동안 그의 생애를 구속해 온 투명한 끈을 잘라 낸 느낌이 들었다. 그는 늦은 나이에도 불구하고 대학의 한 '진보적'인 동아리에 가입했고, 그 일을 아버지에게 비밀로 하기 위해 종종 극도로 무모한 일(대부분 내 의견을 참고해서)까지 서슴지 않았다. 들리는 소문에 의하면, 미스캐토닉의 그 동아리는 대단히 독특한 모임 같았다. 상상하기조차 힘든 마법과 사건들이 벌어진다는 말도 들려 왔다.

II

에드워드가 아세나스 웨이트를 만난 것은 그가 서른여덟 살 때였다. 그녀는 당시 스물세 살 가량의 나이였고, 미스캐토닉 대학에서 중세 철학에 관한 특강을 듣고 있었다. 나는 킹스포트의 홀 학교에서 아세나스와 함께 공부한 친구의 딸아이로부터 기이한 평판 때문에 그녀를 피해 왔다는 이야기를 들은 적이 있었다. 아세나스는 안색이 어둡고 체구는 아담했는데, 지나치게 튀어나온 두 눈만 아니라면 꽤나 매력적인 편이었다. 그러나 그녀의 묘한 표정 때문인지 특히 예민한 사람들은 그녀를 피하려고만 들었다. 물론 사람들이 아세나스를 피했던 중요한 이유 중 하나는 그녀의 출생을 둘러싸고 떠도는 소문 때문이었다. 그녀는 인스머스의 웨이트 가문 출신이었다. 지금은 폐허가 되다시피 한 인스머스와 그곳 주민들을 두고 오랜 동안 음산한 풍문들이 나돌았다. 1850년에 있었다는 무시무시한 계약이라든가, 그 몰락한 어촌 가문에 '인간이라고 할 수 없는' 기이한 특질들이 깊숙이 스며들어 있다는 말들이 오갔다. 그 옛날 북부 사람들만이 생각해 내고 되뇔 만한 흉흉한 내용 일색이었다.

아세나스의 경우에는 에프라임 웨이트의 딸이라는 사실 때문에 더 치명적이었다. 에프라임의 아내는 한 번도 사람들 앞에 모습을 나타낸 일이 없으며, 그 사이에 태어난 아이가 아세나스였다. 에프라임은 인스머스의 워싱턴 가에서 다 쓰러져가는 저택에 살고 있었다. 그 저택을 본 사람들은(아컴 주민들은 되도록 인스머스 근처에는 얼씬도 하지 않았다) 다락방 창문이 언제나 판자로 막혀 있었다고 말했다. 그리고 황혼이 질 무렵마다 저택 안에서 기이한 소리들이 흘러나오곤 했다는 것이다.

에프라임 노인은 한창 때 신비한 마법을 배웠고, 생각만으로 바다에서 태풍을 부르기도 하고 잠재울 수도 있다는 소문이 기정사실로 통했다. 나도 오래 전에 그를 한두 번 본 일이 있었다. 그가 금서를 보기 위해 아컴의 대학 도서관을 찾아 왔을 때였다. 솔직히 빳빳한 잿빛 수염에 음울하고 잔인한 인상이 탐탁지 않았었다. 그는 묘한 상황에서 광증에 사로잡혀 세상을 떠났는데, 아세나스가 홀 학교에 들어가기 직전이었다. 에프라임이 어떤 수단을 썼는지는 모르지만, 명목상 아세나스의 후원자가 그 학교 교장이었다. 그리고 아세나스는 이미 아버지의 병적인 집착과 사악한 분위기까지 그대로 물려받은 상태였다.

에드워드와 아세나스가 만난다는 소문이 퍼지자, 딸아이가 아세나스와 동창이라는 친구는 묘한 얘기들을 자주 입에 올렸다. 아세나스는 학교에서 마법사처럼 행동했다는 것이다. 그리고 실제로도 아주 놀라운 일들을 해낸 모양이었다. 강풍과 뇌우를 부를 수 있다고 알려졌지만, 남들에 비해 뛰어난 예지력이 잘 맞아떨어진 이유가 더 컸다. 그리고 짐승들이 유독 그녀를 싫어해서, 그녀가 오른손으로 어떤 동작을 해 보이면 개들이 미친 듯이 짖어댄다고 했다. 소녀라고 하기엔 지식과 언어 능력이 매우 비범하고 놀라웠다. 반면 불가사의한 곁눈질과 눈짓 따위로 급우들에게 겁을 주었고, 아마도 이 때문에 어린 학생이었음에도 불구하고 음탕하고 욕정이 강하다는 신랄한 평을 얻게 된 것으로 보인다.

그러나 그녀가 사람들에게 몰고 온 파장은 소문 중에서도 가장 특별한 부분을 차지했다. 그녀는 천부적인 최면술사였다. 상대방을 바라보는 것만으로 최면을 걸었고, 상대방의 성격이 완전히 바뀐 느낌을 줄 정도로 그 효과가 대단했다. 상대방은 일시적으로 그녀의 육체에 들어가게 되고, 각각 고립된 방에서 아세나스의 번뜩이는 눈과 묘한 표정을 마주할 수 있다는 것이었다. 아세나스는 종종 정신의 본질을 말하며 육체와는 별개라는 주장을 내세우기도 했다. 또 그녀는 자신이 남자가 아니라는 사실에 무척이나 분개했다고 한다. 남성의 두뇌에 특별한 능력이 있으며, 우주적인 힘에 훨씬 근접해 있다는 그녀의 믿음 때문이었다. 그녀는 자기가 남자의 두뇌를 타고 났더라면, 아버지와 대등하거나 능가하는 미지의 힘을 얻을 수 있을 거라고 단언했다.

에드워드는 동아리방에서 열리는 '지식인들의 모임'에서 아세나스를 만났다. 그러나 다음 날 나를 만나러 왔을 때만 해도 그녀에 대해 아는 게 적은 상태였다. 그가 그녀에게 가장 끌린 부분은 다양한 관심 영역과 해박함이었다. 그녀의 외모 역시 매우 인상적이었던 것 같다. 나는 그때까지 아세나스에 관한 근거 없는 소문만 어렴풋이 기억할 뿐 직접 만난 적은 없으나, 그녀가 누구인지는 알고 있었다. 당시에 난 더비가 그녀에게 지나치게 빠져드는 것이 아닌가 은근히 걱정이 됐지만, 그가 상처 입을까 봐 내색은 하지 않았다. 안 된다고 할수록 더 맹목적으로 집착할 가능성도 컸기 때문이다. 그는 아버지에게 그녀에 대한 얘기를 꺼낸 일이 없다고 말했다.

그 후로 몇 주 동안 더비는 아세나스에 대한 이야기를 거의 하지 않았다. 사람들은 어느새 에드워드에게서 중년의 중후함이 느껴진다고 말했다. 그럼에도 실제 나이에 비해 너무 어려 보일 뿐 아니라, 독특하고 신비한 여인의 보호자로서도 그리 듬직해 보이지는 않는다고 수군거렸다. 나태하고 방종한 생활에도 그는 아랫배가 거의 나오지 않았으며 얼굴에는 주름 하나 없었다. 반면 아세나스의 새처럼 가녀린 몸매는 부단한 운동의 결과였다.

그러던 어느 날 에드워드가 그녀를 데리고 나를 방문했다. 내가 단번에 알아챘듯이, 에드워드 혼자만 호감을 갖고 있는 건 아니었다. 에드워드에게서 한시도 떠나지 않던 그녀의 눈빛은 거의 집요할 정도였다. 나는 그들의 관계가 생각보다 훨씬 깊다는 인상을 받았다. 그런데 얼마 후 내가 늘 존경해마지 않던 더비의 부친이 찾아왔다. 더비한테 여자 친구 얘기를 들었기 때문이었다. 게다가 그는 그 여리디 여린 '아이'를 구슬려 훨씬 많은 얘기들을 알아낸 모양이었다. 에드워드는 아버지에게 아세나스와 결혼할 계획이라는 것까지 말했고, 이미 교외에서 살 집을 찾고 있었다. 그래서 더비 씨는 아들에 대해 내 영향력이 크다는 사실을 알고 아들의 잘못된 행동을 바로 잡아 달라고 부탁을 하러 온 것이었다. 그러나 애석하게도 나는 그럴 자신이 없노라고 말해야 했다. 문제는 에드워드의 허약한 의지가 아니라, 아세나스의 강한 의지였다.

만년 소년과 같은 에드워드의 의존성은 이제 부모를 떠나 더 강하고 새로운 존재로 옮겨 가고 있었다. 그걸 막을 만한 수단은 없었다.

그들은 한 달이 지나서 결혼식을 올렸고, 신부의 요청에 따라 치안판사가 주례를 맡았다. 더비 씨는 내 조언을 받아들여 결혼을 반대하지 않았고, 그와 함께 나와 아내, 아들도 조촐한 결혼식에 참석했다. 그 밖에 하객의 대부분은 대학에서 온 떠들썩한 학생들이었다. 아세나스는 하이 가 끝에 있는 크라운실드[132] 저택을 매입했고, 인스머스로 신혼여행을 다녀온 후 그곳에서 신혼살림을 꾸릴 생각이었다. 인스머스에서 세 명의 하인과 책, 살림살이들이 하이 가의 저택으로 옮겨졌다. 아세나스의 고향으로 가는 대신 아컴에 남기로 결정은 됐지만, 대학과 도서관, 지성인들 가까이 머물고 싶었던 에드워드와 아버지의 바람과는 거리가 멀었다.

신혼여행을 마치고 에드워드가 찾아왔을 때, 나는 그가 약간 변했다고 생각했다. 아세나스의 뜻에 따라 제대로 자라지도 않는 수염을 아예 깎아 버렸지만, 그 이상의 변화가 느껴졌다. 어딘가 훨씬 음울하고 사색적인 느낌이 들었고, 고집스레 토라지던 습관을 대신해서 짙은 슬픔의 그림자가 배어 있었다. 솔직히 나는 그런 그의 변화를 어떻게 받아들여야 할지 난감했다. 보다 어른스러워졌다는 것은 분명했다. 지나친 의존성이 중립적인 과정을 거치고 궁극적으로는 성인다운 독립성에 이른다면, 결혼이 바람직한 결과를 가져올 수 있을 것도 같았다. 그때 아세나스는 바쁜 일이 많아 에드워드와 함께 오지 못했다. 그녀는 인스머스에서 상당히 많은 책과 가구 따위를 사들이고(이때 인스머스라는 말을 하면서 더비는 몸서리를 쳤다), 크라운실드 저택과 땅을 손보느라 꽤나 분주한 시간을 보내는 것 같았다.

그들이 둥지를 튼 신혼집은 그리 유쾌한 곳은 아니었지만, 그곳에 있는 몇몇 물건들 때문에 에드워드는 놀라운 사실을 깨달았다고 한다. 특히 그는 아세나스의 도움을 받아 비밀의 지식을 빠르게 습득할 수 있었다. 그런데 그녀가 제안했던 몇 가지 실험들은 매우 무모하고 급진적이었다. 그는 자세한 말을 꺼렸지만, 아내의 능력과 의도를 의심하지 않는 눈치였다. 그리고 새로 온 하인 세 명도 아주 독특했다. 특히 에프라임과 함께 생활했다는 고령의 노부부는 아세나스의 죽은 아버지와 어머니에 관해서 종종 이상한 말을 했다. 그리고 까무잡잡한 피부의 젊은 하녀는 기이한 용모와 더불어 언제나 지독한 생선 냄새를 풍기고 다닌다고 했다.

III

　　그때부터 2년 동안은 더비를 만나는 횟수가 점점 줄어들었다. 세 번, 그리고 두 번을 두드리던 그 익숙한 노크 소리가 2주 넘게 들리지 않는 경우도 빈번해졌다. 설령 그가 날 찾아와도 (아니면 방문이 뜸한 더비를 내가 만나러 갈 때조차) 그는 생기발랄한 화제에는 거의 관심을 보이지 않았다. 평소 같으면 열변을 토했을 신비학 얘기도 입에 올리지 않았다. 특히 아내 얘기는 피하려는 기색이 역력했다. 아세나스는 결혼한 후 눈에 띄게 늙어서 이제는 더비보다도 더 나이가 많아 보였다. 그녀의 얼굴에는 전에 없이 고집스러운 표정이 자리 잡았고, 까닭모를 분노가 온몸 구석구석에 스민 느낌이었다. 내 아내와 아들도 아세나스의 변화를 쉽게 눈치 챘기 때문에, 그럴수록 그들의 집을 방문하는 일이 줄어들 수밖에 없었다. 게다가 에드워드의 유아적인 무례함은 종종 내 아내의 심기를 불편하게 했는데, 아내는 오히려 그들과의 접촉을 피할 수 있는 구실이라고 반겼다. 더비 부부는 종종 오랫동안 여행을 다녀왔다. 대부분 유럽 쪽이었다. 그러나 에드워드는 자기가 가끔 어딘가 특별한 곳을 찾아간다며 여운을 남겼다.

사람들이 에드워드 더비가 변했다고 수군대기 시작한 것은 결혼 후 1년이 지났을 무렵부터였다. 변화라는 것이 상당 부분 정신적인 면에서 일어났기 때문에 사람들의 입에서 특별한 말들이 들려온 것은 아니었다. 다만 그중에는 아주 흥미로운 얘기도 있었다. 그의 얼굴에서 전에 없던 표정이 자주 눈에 띄는가 하면, 예전의 허약한 성격으로는 엄두도 못 낼 일들을 서슴지 않는다는 소문이었다. 예를 들자면, 운전대를 잡는 일조차 꺼려했던 그가 아세나스의 패커드[133]를 아주 능숙한 솜씨로 몰아 질주하고 혼잡한 도로를 누비고 다닌다고 했다. 과거 그의 성격으로는 상상이 가지 않는 얘기였다. 그가 운전을 하는 경우는 대부분 여행에서 돌아오거나 출발하는 경우였지만, 누구도 어디에 무슨 일로 가는지는 알지 못했다. 그가 인스머스 도로를 자주 달리곤 한다는 것 외에는……

변화가 모두 즐거운 것만은 아니었다. 사람들은 에드워드가 아내를 너무 닮아가고, 종종 그를 보고 있노라면 에프라임 웨이트가 떠오른다고들 했다. 그 같은 변화는 사람들에게 너무 낯선 것이라 눈에 띌 수밖에 없었다. 차를 몰고 사라진지 몇 시간 후 그가 맥없이 뒷좌석에 널브러진 모습으로 나타날 때가 있는데, 그럴 때면 따로 고용한 듯한 운전사나 기계공이 운전을 하고 있었다. 나를 포함해 타인과의 접촉을 줄이는 대신, 거리를 질주하는 취미에 빠져든 것을 사람들은 무책임한 유아적 성향이 전보다 더 강해진 것으로 보았다. 아세나스가 하루가 다르게 늙어가는 반면 에드워드는 ─ 예외적인 부분은 제외하고라도 ─ 오히려 더 미성숙한 상태로 해이해져 있었다. 물론 그의 얼굴에 짙게 스며든 슬픔의 그림자라든가, 이해심 많은 눈빛 등을 제외한다면 말이다. 에드워드와 그 주변에서 일고 있던 변화는 정말이지 수수께끼 같은 일이었다. 더비 부부는 그 좋아하던 대학교 동아리에도 발길을 끊다시피 했다. 소문에 따르면, 더비 부부가 최근에 진행 중인 연구 자체가 동아리의 내로라하는 퇴폐주의들마저 질겁하게 만들었기 때문이다.다.

에드워드가 두려움과 불만을 내게 솔직히 털어놓기 시작한 것은 결혼 3년째 되는 해였다. 그는 '너무도 지나친' 일들에 대해 언급하는가 하면, 우울한 목소리로 '자신의 정체성을 찾아야'한다는 절박감을 전하기도 했다. 처음에는 그런 말에 별 관심을 갖지 않았지만, 언젠가 친구의 딸아이가 학창시절 아세나스가 보여 주었다는 최면술을 알고 있다며 에드워드에게 질문을 한 일이 있었다. 최면에 걸린 학생들은 모두 아세나스의 몸을 빌어 방 건너편에 있는 자신들의 모습을 바라보았다고 했다. 그 질문에 에드워드는 경계심을 보이면서도 내심 고마워하는 눈치였다. 그러나 나중에 얘기해 주겠다고 주저하듯 말했을 뿐이다.

그쯤 해서 에드워드의 부친 더비 씨가 세상을 떠났다. 나는 그가 일찍 세상을 떠난 것이 그나마 다행이라고 생각하고 있다. 에드워드는 어머니의 임종 때처럼 외적인 변화를 보이진 않았지만, 몹시 상심했다. 하지만 그는 결혼 후 놀랄 정도로 아버지에게 소홀해졌다. 아세나스가 가족의 인연을 끊고 자신에게만 몰두하도록 조장했기 때문이었다. 의기양양하게 차를 타고 다니는 모습이 자주 눈에 띄면서 사람들은 아버지를 멀리하는 그를 욕하기도 했다. 에드워드는 아버지가 세상을 떠난 후 다시 예전의 집으로 돌아가고 싶어 했다. 그러나 아세나스는 이미 익숙해진 크라운실드 저택을 떠날 생각이 없었다.

그리고 얼마 되지 않아, 아내는 한 친구로부터 기이한 얘기를 듣게 되었다. 그 친구는 그때까지 더비 부부와 왕래하던 소수의 사람들 중에 하나였다. 그녀가 더비 부부의 전갈을 받고 하이 가를 찾았을 때, 질주하는 차량의 굉음 소리를 들었다고 한다. 자동차를 바라보니 이상할 정도로 자신만만하고 냉소적인 얼굴로 에드워드가 운전을 하고 있었다. 아무튼 저택에 도착해 초인종을 누르자, 그 지독한 몰골의 하녀가 나타나 아세나스 역시 외출 중이라고 말했다는 것이다. 그런데 그녀가 발길을 돌리면서 저택을 바라보았을 때였다. 에드워드의 서재 창가에서 서둘러 사라지는 얼굴이 있었다. 고통과 좌절감, 형용할 수 없는 무력감이 짙게 배어 있는 얼굴. 언뜻 스쳐갔지만 그 익숙한 분위기로 보아 아세나스의 얼굴이 분명했다. 그러나 그 친구는 순식간에 사라졌던 그 슬프고 혼란스러운 눈빛만은 틀림없이 가엾은 에드워드의 그것이었다고 단언했다.

에드워드가 우리 집을 방문하는 일은 조금씩 횟수를 더해 갔고 그가 머뭇거리며 암시하는 내용도 좀 더 구체적인 모습을 띠기 시작했다. 그의 입에서 흘러나온 말들은 수 세기 동안 음침한 전설을 간직해 온 아컴에서도 쉽게 납득하기 어려운 내용이었다. 그는 예전의 그 신비학 토론 대신 진정으로 두려워하는 것들을 솔직하게 털어놓았다. 그는 메인주 숲속 어느 거대한 폐허에서 모종의 무시무시한 모임이 있었다는 말을 했다. 폐허 아래쪽으로 커다란 계단이 어두운 심연을 향해 끝없이 이어져 있었고, 복잡미묘한 각도를 따라 보이지 않는 벽이 존재하는 것 같았으며, 그 벽을 통해 또 다른 시공으로 연결되는 느낌이었다고 했다. 게다가 멀리 떨어진 금단의 공간, 혹은 서로 다른 세계와 4차원 공간에서 서로의 육신을 바꾸는 오싹한 일들이 벌어졌다는 것이다.

그는 종종 내 입장을 몹시 난처하게 만드는 물건들을 보여줌으로써 자신의 말을 입증해 보이려고 했다. 그 물건들 중에는 지구상에 존재하지 않는 영묘한 색채와 형용하기 힘든 질감, 기이한 곡선과 표면을 지닌 것들이 있었다. 어떤 것도 만들어진 의도를 가늠하기 어려웠으며, 현실적인 기하학의 구조와는 동떨어져 있었다. 그는 그 물건들이 '외부'에서 온 것이라고 말했다. 그리고 아세나스가 어디서 어떻게 그 물건들을 가져오는지 알고 있다는 것이다. 어쩌다가 그는 겁에 질린 모호한 속삭임으로 에프라임 웨이트에 대한 얘기를 할 때도 있었다. 그도 에프라임 웨이트를 직접 본 것은 오래 전 대학 도서관에서 몇 차례가 전부였다. 딱히 무슨 의도로 그런 말을 하는지 감이 잘 잡히지 않았지만, 무시무시한 어떤 의혹 때문에 그가 고뇌한다는 것만은 분명해 보였다. 늙은 마법사가 실제로—육체뿐 아니라 영혼까지—죽었는가 하는 의혹 때문이었다.

그런데 더비는 말을 잘 하다가도 돌연 입을 다물어버리곤 했다. 나는 아세나스가 멀리서도 더비의 말을 알아차리고 텔레파시를 통한 최면술 따위로 말을 중단시키는 것은 아닐까 의구심이 들 정도였다. 학창 시절에 보여주었다는 그녀의 능력을 떠올리면 엉뚱한 생각이라고 그냥 넘길 수 없었다. 더비가 내게 무슨 말을 하는지 그녀가 눈치 챈 것은 분명했다. 왜냐하면 몇 주가 지나면서 그녀는 더비에게 묘한 말과 눈빛을 던지며 나를 만나지 말도록 했기 때문이다. 결국 다른 곳에 가는 척하며 집을 나와도, 더비가 나를 만나러 오는 일 자체가 거의 불가능해졌다. 늘 보이지 않는 힘이 더비의 행동을 방해했고, 심지어 그는 자신이 어디를 가려고 했는지조차 잊기도 했다. 그는 아세나스가 '그녀 자신의 몸속에 들어가 있을 때'에만 나를 찾아올 수 있었다. 그는 아세나스가 다른 곳에 있다는 말을 그처럼 이상하게 표현했다. 그러나 그녀는 결국에는 더비가 어디에 있었는지 속속들이 알게 되었다. 하인들이 더비의 일거수일투족을 감시했기 때문이다. 그렇지만 더비에게 극단적인 방법까지 동원하진 않으려고 애쓰는 모양이었다.

IV

내가 메인 주에서 날아든 전보 한 통을 받았을 때, 더비의 결혼 생활은 3년을 넘어서고 있었다. 당시 나는 두 달 동안 그를 보지 못했고, '사업차' 외부에 나가 있다는 말만 전해 들었다. 아세나스가 그와 동행하고 있는 것으로 알려졌지만, 그 저택 2층 창가의 이중 커튼 뒤로 누군가 서 있다는 소문이 끊이지 않았다. 그 집 하인들이 이상한 물건들을 만든다는 말도 나돌았다.

내 손에 쥐어진 전보는 체선쿡[134]의 보안관이 보낸 것이었다. 숲에서 뛰쳐나온 거지꼴의 미친 사내가 착란 증세를 보이며 나를 불러달라고 절규하고 있다는 내용이었다. 그 사내는 에드워드였다. 그는 자신의 이름과 주소만을 겨우 기억하고 있었다.

체선쿡은 메인 주의 산림 지대에서도 사람들의 발길이 거의 닿지 않은 오지에 속했다. 기기묘묘한 풍경을 지나 그 지역에 도착하려니 차편으로 꼬박 하루가 걸렸다. 나는 그 지역 마을 농가의 지하실에서 광란과 혼돈 사이를 오가는 더비를 만났다. 그는 나를 즉시 알아보고는 횡설수설 고통스러운 말들을 쏟아내기 시작했다.

"댄, 하느님 맙소사! 쇼고스의 구덩이! 6천 계단 아래……. 정말 역겨워……. 그 여자가 날 정복하게 놔두지 않겠어요. 그런데 거기서 나 자신을 발견했다고요. 이야! 슈브-니구라스! 제단에서 그 기괴한 형체가 솟구치자 오백 명이 한꺼번에 울부짖기 시작했어요. 두건을 쓴 자가 '카모그! 카모그!'라며 중얼댔죠. 카모그는 악마의 집회에서 사용하는 에프라임의 비밀 이름이거든요. 나도 그곳에 있었다니까요. 그녀가 나를 더 이상 정복하지 않겠다고 약속해서 그곳에 간 거예요. 도서관에 갇히기 1분 전, 나는 어느새 그곳에 가 있었어요. 그녀가 내 육신을 가져갔으니까요. 정말 끔찍하고 역겨운 지옥의 광경이었어요. 악마의 왕국이 도래하고, 감시자들이 문 앞을 지키죠. 그때 쇼고스를 봤어요. 모습을 마구 바꾸더군요. 정말 끔찍했어요. 또 다시 그곳으로 날 데려간다면, 그녀를 죽이고 말겠어요. 그 괴물, 그녀와 놈을 둘 다 죽여 버릴 거야. 놈을 내 손으로 죽여 버리겠단 말이야!"

한 시간이 지나서야 나는 간신히 그를 진정시킬 수 있었다. 다음 날, 나는 마을에서 그에게 입힐 옷을 산 후 아컴을 향해 출발했다. 격렬한 발작 후 기운이 소진됐는지 그는 줄곧 침묵에 잠겨 있었다. 그러나 오거스타를 지나갈 무렵 그가 뜻 모를 혼잣말을 중얼거렸다. 그 도시의 풍경이 불쾌한 기억을 되살리는 모양이었다. 그는 집에 가고 싶어 하지 않았다. 내 생각에도 아내에 대한 망상이 심각한 편이라 집에 가지 않는 편이 나을 것 같았다. 그러나 그 망상은 분명 그가 사로잡혀 있는 최면 상태에서 비롯된 것이었다. 그래서 나는 아세나스가 뭐라고 하든, 당분간 그를 데리고 있기로 결심했다. 그리고 나중에 적절한 시기를 보아 둘이 이혼하도록 종용할 생각이었다. 이렇게 정신적 손상이 심각하다면 더 이상의 결혼 생활은 자살 행위였다. 이윽고 시원스럽게 펼쳐진 시골길로 접어들자 더비의 중얼거림도 차츰 잦아들었다. 그는 그때부터 줄곧 잠에 빠져들었다.

노을 진 포틀랜드 도로를 지나칠 무렵, 더비의 중얼거림이 다시 시작됐다. 그러나 어투는 전보다 훨씬 명확해서 아세나스에 대한 황당무계한 말들을 어느 정도 알아들을 수 있었다. 그가 아세나스에 대해 품은 망상으로 판단할 때, 아세나스가 그의 신경을 얼마나 망쳐 놓았는지 분명해졌다. 그의 말마따나 그 괴로움은 앞으로 겪어야 할 고통의 일부분에 불과하리라. 그녀는 점점 더 그를 옭아맬 것이고, 결국에는 그녀의 손아귀에서 빠져나오지 못할 거라고 했다. 지금 잠시 그를 놓아준 것도 그럴 수밖에 없어서, 즉 그녀가 한 번에 그를 제압할 수 있는 시간이 제한돼 있기 때문이었다. 그녀는 끊임없이 그의 육체를 강탈해 비밀 의식이 열리는 정체불명의 도시로 데려갔고, 그동안 그는 그녀의 육체에 들어가 2층 방에 갇혀 있곤 했다. 그런데 그녀가 그의 육체를 점령한 상태에서 오래 있지 못하는 경우가 종종 있었다. 그때마다 그는 불현듯 자신의 육체를 되찾았고, 아득히 멀고 오싹한 미지의 장소에 와 있는 자신을 발견하곤 했다. 그녀가 다시 그의 몸을 차지할 때도 있고, 그럴 수 없을 때도 있었다. 내가 그를 발견했을 때처럼 종종 낯선 곳을 헤매다가 간신히 멀고 먼 집으로 돌아오곤 했다. 자신의 차를 찾아내서 운전을 남에게 부탁한 채.

그러나 가장 심각한 문제는 다른 데 있었다. 즉 그녀가 1회간 그의 몸을 취할 수 있는 시간이 갈수록 길어진다는 점이었다. 그녀는 남자이자 완벽한 인간이 되고자 했다. 그것이 그의 육체를 점령하는 이유였다. 그녀는 그에게서 명석한 두뇌와 허약한 의지라는 더할 나위 없는 조건을 발견한 것이다. 언젠가 그의 육체에서 그를 완전히 몰아내고, 그녀가 대신 그 육체를 가져가 아버지처럼 위대한 마법사가 될 계획이었다. 차마 인간이라고 할 수 없는 그녀의 껍데기 속에 그를 대신 가두어둔 채로. 물론 더비도 그때쯤 인스머스 혈통의 비밀을 간파한 상태였다. 줄곧 바다 건너에서 물건들을 가져오는 상인들과 그 끔찍한 에프라임의 흔적들……. 에프라임은 만년에 영생을 위해 끔찍한 짓을 저질렀다. 아세나스는 성공할 것 같았다. 이미 그럴 수 있는 가능성 하나를 증명해 보였다.

더비가 중얼거리는 동안, 나는 그를 자세히 살폈다. 분명 좀 전과는 많이 달라져 있었다. 역설적이게도 그는 여느 때보다도 좋아 보였다. 나태한 습관에서 비롯되었던 병적인 나약함 대신에 훨씬 더 건전하고 정상적인 모습을 보여 주었다. 온실 속의 화초나 다름없던 삶에서 난생 처음으로 적절한 운동을 하고, 활력을 되찾은 듯한 모습이라고 할까. 결국 나는 아세나스의 영향력 때문에 더비가 어쩔 수 없이 행동하고 변화하는, 익숙하지 않은 길로 들어선 것이라고 생각했다. 그러나 정신적인 면에서 더비는 몹시 비참한 상태였다. 여전히 아내에 대해 횡설수설하고, 밑도 끝도 없이 마법과 에프라임 노인을 들먹이고 있었다. 하지만 그 황당무계한 얘기들 중 일부는 설득력이 있었다. 그는 언젠가 내가 금서에서 본 적 있는 이름들을 되뇌었고, 두서없는 말 중에서 일관적으로 반복되는 신화 이야기는 나도 모르게 소름이 끼쳤다. 그는 마지막이자 가장 끔찍한 폭로를 위해 몇 번이나 말을 멈추고 용기를 내기 위해 애쓰는 것 같았다.

"댄, 댄, 그 사람 기억하죠? 그 거친 눈동자와 텁수룩한 수염을 한 사람. 한번은 그 사람이 날 노려보았는데, 그 눈빛을 잊을 수가 없어요. 그리고 이제는 그녀가 나를 그렇게 바라보잖아요. 이제 그 이유를 알겠어요!『네크로노미콘』에서 그 법칙을 발견해 낸 거예요. 설명하기 어려운 일이지만, 형도 나중에 읽어보면 이해할 수 있을 거예요. 그때가 되면 나를 삼켜버린 그 존재도 알게 되겠죠. 계속해서, 계속해서 육체에서 육체로 옮겨 다니며 절대 죽지 않아요. 그 사람은 생명의 법칙을 어떻게 깨뜨리는지 방법을 알아낸 거예요. 육체가 죽었을 때조차도 그 생명은 살아 번뜩이죠. 잘 들어요, 형. 집사람이 왜 왼손잡이처럼 글을 쓰려고 기를 쓰는지 알아요? 형은 에프라임이 남긴 원고를 본 적이 없죠? 아세나스가 흘겨 쓴 노트를 보고 내가 얼마나 소름이 끼쳤는지 모르죠?

아세나스……. 과연 그녀라는 사람이 진짜로 존재하기는 할까요? 왜 사람들은 에프라임 노인이 병들었다고 생각했을까요? 길먼 씨 가족들이 목격했다는 얘기처럼, 왜 그 노인은 미쳤을 때 겁에 질린 아이처럼 비명을 질렀으며, 아세나스는 왜 그런 아버지를 꽉 막힌 다락방에 감금했을까요? 그때 갇힌 게 과연 에프라임의 영혼이었을까요? 누가 누구 속에 갇혔다는 거죠? 왜 그는 지능이 뛰어난 반면 의지가 약한 사람을 찾아 몇 달 동안이나 헤매었을까요? 왜 아세나스가 아들이 아니라 딸이라는 사실에 그토록 저주를 퍼붓곤 했을까요? 형은 모르죠? 형, 말해 봐요. 그 무시무시한 괴물이 인간의 피가 반만 섞인 심약한 아이를 그 집에다 숨겨 놓고 대체 무엇을 뒤바꾸려고 했는지 말이에요. 아세나스가 내 육신을 담보로 얻으려고 안달하는 그 영원한 삶, 에프라임은 이미 그 영생을 얻은 게 아닐까요? 아세나스가 방심한 상태에서 아무렇게나 써 놓은 그 글, 아마 형은 감히 그 각본이 어떤 건지 상상도 하지……."

그 순간, 그 일이 벌어지고 말았다. 갑자기 날카로운 고음으로 치닫던 더비의 목소리가 찰칵하는 기계음과 함께 갑자기 멈춘 것이었다. 전에도 집에서 더비와 얘기를 할 때 그 비슷한 일을 경험했었다. 그가 돌연 말을 멈추고 그를 방해하는 아세나스의 정신력에 저항하다 굴복하던 순간 말이다. 그러나 이번만은 완전히 달랐다. 훨씬 더 끔찍한 느낌이 들었다. 더비의 얼굴은 도저히 알아보기 힘들 정도로 일그러지기 시작했고, 온몸에서 격렬한 발작이 일어났다. 마치 신체의 모든 뼈와 기관, 근육과 신경, 생식기까지 급속한 변화를 거쳐 다른 육체로 탈바꿈하는 것 같았다.

나는 극도의 공포에 맞닥뜨렸던 그 순간을 도저히 글로 표현할 자신이 없다. 구토와 혐오의 소용돌이가 내 정신을 송두리째 휩쓸어 버리는—숨이 막힐 정도로 너무도 생경하고 기이한—느낌, 운전대를 잡고 있는 손에서 힘이 빠졌다. 내 옆에 앉아 있는 사람은 평생을 함께 해온 친구가 아니라, 외부 세계에서 온 무시무시한 침입자였다. 정체모를 우주의 사악한 힘들이 응집된, 가증스럽고도 극히 저주스러운 존재 말이다.

나는 잠시 비틀거렸지만, 순식간에 더비는 운전대를 움켜잡더니 강제로 나와 자리를 바꾸어 버렸다. 어둠이 짙게 내려앉았고, 포틀랜드의 불빛도 아득하게 멀어져 나는 이글거리는 눈빛 외에는 그의 얼굴을 제대로 볼 수 없었다. 어느새 그는 아주 생기 넘치는 모습—많은 사람들이 목격했다는, 평소의 그와는 다른 모습—으로 변해 있었다. 무기력하기만 하던—자기주장을 한 적도, 운전을 배운 적 없는—에드워드 더비가 나를 밀어붙인 채 내 차를 운전하고 있다니 기이하고 믿어지지 않았다. 그러나 실제로 일어난 일 그대로였다. 그는 한동안 말이 없었고, 나는 가공할 만한 공포감에 사로잡혀서 침묵이 오히려 반가웠다.

비드포드와 사코를 지나칠 즈음, 불빛 아래 더비의 꼭 다문 입술이 스쳐갔다. 나는 이글거리는 그의 눈동자에 그만 몸서리쳤다. 더비가 그런 분위기에 빠지면 아세나스와 에프라임의 모습을 꼭 빼닮았다는 사람들의 말은 사실이었다. 그런 분위기가 좋은 것일 리 없었다. 부자연스러운 이질감이 전해졌기 때문이다. 게다가 지금까지 더비가 횡설수설한 얘기 때문에 나는 더욱더 불길한 기분을 느꼈다. 평생의 친구 에드워드 더비는 지금 낯선 사람이었다. 검은 심연에서 온 침입자처럼.

더비는 도로가 완전한 어둠에 잠겨서야 비로소 입을 열었다. 그러나 그 목소리는 내가 알고 있는 더비의 것이 아니었다. 그것은 훨씬 더 웅숭깊고 단호하고 명확했다. 완전히 변해 버린 그의 억양과 발음을 듣고 있자니, 막연하면서도 머나먼 미지의 지역이 떠오르는 것 같아서 혼란스러웠다. 매우 심오하고 철저히 냉소적인 — 평소 거만한 애송이 철학자처럼 무의미하고 치기어린 냉소를 곁들여 쏟아내던 장광설과는 다른 — 말투가 섬뜩하고 사악하게 다가온 한편으로 설득력이 느껴졌다. 놀랍게도 어느새 나는 공포에 짓눌린 그의 중얼거림에 귀 기울이고 있었다.

"업튼, 아까 무례하게 굴어서 미안해요. 내가 지금 어떤 상태인지 알잖아요. 그러니까 내 행동에 신경 쓰지 마세요. 데려다 줘서 정말 고마워요. 아내에 대해 횡설수설했던 말도 못 들은 걸로 해 주시고요. 연구하느라 너무 무리를 했나 봐요. 내가 연구하는 철학이 워낙 기이한 개념으로 가득하다 보니, 피로해질 때면 머릿속에서 온갖 상상들이 떠오르거든요. 얼마간 쉬어야겠어요. 한동안 저를 못 보더라도 아세나스를 너무 책망하지는 말아 주세요.

이번 여행은 좀 기이했지만, 사정은 아주 간단해요. 북쪽 숲가에 거석 같은 인디언 유물이 있거든요. 민담 자료도 풍부한 편이고요. 아세나스와 나는 민담을 조사하고 싶었던 거예요. 그런데 그 과정이 예상보다 너무 힘겨워 그만 정신을 못 차릴 만큼 몸에 무리가 온 거죠. 집에 돌아가면 내 차를 가져오라고 사람을 보내야겠어요. 뭐, 한 달 정도 푹 쉬면 괜찮아지겠죠."

내가 더비의 말에 뭐라고 대꾸했는지는 기억할 수 없다. 그저 옆 좌석에서 느껴지는 이질감에 당혹스러웠을 뿐이다. 시나브로 교묘한 우주적 공포감이 더해졌고, 어서 목적지에 도착하기만을 바라다가 섬망[135] 상태에 빠졌다. 더비는 속도를 줄이지 않았고, 나는 포츠머스와 뉴버리포트를 섬광처럼 지나치는 차의 빠른 속도를 고마워했다.

고속도로가 내륙과 인스머스 방면으로 갈라지는 교차로에 다다랐을 때, 나는 더비가 인스머스로 가는 황량한 해안 도로를 택할까봐 가슴 졸였다. 다행히 더비는 예정대로 롤리와 입스위치 방향으로 질주해 나갔다. 우리가 아컴에 도착한 시간은 자정 무렵, 크라운실드 저택에는 아직 불이 켜져 있었다. 더비는 연신 고맙다는 말을 하고는 허겁지겁 차에서 내렸고, 나는 묘한 안도감 속에서 홀로 차를 몰아 집으로 돌아왔다. 끔찍한 여행이었다. 무엇보다 그 이유를 모르기에 더더욱 끔찍했다. 그래서 한동안 만나기 어려우리라는 더비의 말에도 섭섭하지 않았다.

V

이후 두 달간 온갖 소문이 나돌았다. 전혀 딴 사람처럼 활기에 넘친 더비의 모습이 마을 사람들의 눈에 자주 띄는 반면 아세나스는 집 안에서 두문불출한다는 것이었다. 이 기간 동안 더비는 딱 한 번 나를 찾아 왔을 뿐이다. 마침 어디를 다녀오는 길이라며 아세나스의 차를 몰고 왔는데, 그 이유라는 것도 내게 빌려준 책을 도로 가져가기 위함이었다. 소문이 맞았다. 더비는 딴 사람처럼 느껴졌고, 애써 말을 아끼는 기색이었다. 게다가 그는 우리 집에 들를 때의 세 번, 두 번 벨을 누르던 습관마저 잊고 있었다. 나는 얼마 전 그와의 여행에서 느꼈던 그 설명할 길 없는 공포가 되살아나, 그가 책만 받아 서둘러 떠나는 것을 굳이 말리지 않았다.

9월 중순 더비가 일주일 동안 집을 비운 일이 있었다. 퇴폐적인 더비의 친구들이 일부러 그 여행에 대해 소문을 퍼뜨리고 다녔다. 더비가 유명한 밀교 지도자를 만나러 갔다는 말이었다. 그 지도자라는 사람은 영국에서 최근 추방되어 뉴욕에 새로운 본부를 설립하려고 구상 중이라고 했다. 그러나 당시 나로서는 별달리 기이한 점을 떠올리지 못했다. 여전히 일전에 목격했던 더비의 모습 때문에 충격이 가시지 않은 상황이었고, 당시 더비의 몸을 점령했던 존재가 과연 무엇이었을까 생각하는데 신경이 곤두서 있었다. 나아가 그 존재가 내 정신 깊숙이 심어 놓은 그 무시무시한 공포의 근원에 대해서도.

또한 크라운실드 저택에서 흐느낌 소리가 들려온다는 소문이 특히 이상했다. 여자의 흐느낌이라는 말이 나도는 가운데, 젊은 사람들 사이에선 그게 아세나스라는 확신이 퍼져 있는 모양이었다. 흐느낌이 간간이 집밖으로 새어나오지만, 어느 순간 누군가에 의해 거칠게 제지당하는 것 같다고 했다. 경찰에 신고라도 해야 한다는 의견도 나왔지만, 그 직후 두문불출하던 아세나스가 거리에 나타나 유쾌하게 사람들과 안부 인사를 주고받는 모습이 목격되면서 웬만한 의혹들은 자취를 감추어 버렸다. 아세나스는 지인들에게 그간 소식이 뜸했던 것을 사과하면서 보스턴에서 온 손님 하나가 갑자기 히스테리 증상을 보였다는 말을 덧붙였다. 마을 사람들 중에 그 손님을 본 사람은 없지만, 아세나스가 모습을 드러낸 마당에 별다른 말이 나올 여지가 없어졌다. 그러나 흐느낌이 이따금 남자의 울음소리로 들렸다는 말이 나오면서 소문은 좀 더 복잡한 양상을 띠기 시작했다.

10월 중순 어느 날 저녁, 나는 세 번에 이어 두 번 울리는 익숙한 벨 소리를 들었다. 서둘러 현관문을 열어 보니, 에드워드가 계단에 서 있었다. 그리고 그는 예전의 모습으로 변해 있었다. 즉 체선쿡에서 광란의 질주를 했던 날 이후, 내가 처음으로 마주하는 더비 본연의 모습이었다. 그의 얼굴은 두려움과 승리감이 묘하게 뒤엉켜 약간 일그러져 보였다. 그런데 내가 문 안으로 손을 잡아끌자, 서둘러 뒤를 힐끔거리는 것이었다.

어색하게 나를 따라 서재에 들어온 그는 마음을 진정시키게 위스키를 좀 달라고 했다. 나는 질문을 삼간 채, 그가 먼저 아무 말이나 할 때까지 기다렸다. 이윽고 그는 목 메인 음성으로 간신히 입을 열었다.

"댄, 아세나스가 떠났어요. 하인들을 보낸 후, 지난밤 늦도록 아내와 많은 얘기를 했거든요. 그리고 더 이상 나를 괴롭히지 않겠다는 약속을 받아냈죠. 게다가 처음 하는 얘기지만, 나한테는 신비한 호신술이 있어서 말이죠. 아내는 불같이 역정을 내긴 했지만 결국은 내 요구를 들어줄 수밖에 없었어요. 그녀는 곧바로 짐을 챙겨 뉴욕으로 떠났는데, 아마 보스턴으로 갈 듯해요. 사람들이 수군거리겠지만 어쩔 수 없죠. 혹시 사람들이 뭐라고 물어 오면, 그저 아세나스가 학술 조사차 긴 여행을 떠났다고만 말해 주세요.

아세나스는 아마 그 끔찍한 추종자들과 함께 있을 거예요. 그녀가 서부로 갔으면 좋겠지만, 이혼만 해 준다면 더 바랄 것이 없어요. 어쨌든 내 곁을 떠나 다시는 나를 괴롭히지 않겠다고 약속을 했으니까요. 댄, 정말이지 끔찍한 시간이었어요. 그녀는 내 몸을 훔치고 내 정신까지 몰아내 버렸죠. 옴짝달싹할 수 없게 묶어뒀어요. 나는 그녀가 하는 대로 순종하는 척 하면서도, 늘 경계심을 늦추지 않았답니다. 그녀도 내 마음속까지는 꿰뚫어볼 수 없기 때문에 신중하기만 하면 나름대로 계획을 세울 수 있었거든요. 결국 그녀는 내가 마음속에 반발심을 품고 있구나 하는 정도만 아는 수준이었죠. 나를 무기력한 인간으로 믿는 바람에 오히려 내 쪽에서 그녀를 이용할 거라고는 미처 깨닫지 못한 거예요…….물론 계획대로 하기 위해서 한두 가지 일을 벌여야 했지만 말이에요."

더비는 어깨 너머를 흘깃거리면서 위스키를 몇 모금 더 마셨다.

"오늘 아침 집에 온 하인들을 다시 돌려보내며 돈을 좀 쥐어 줬어요. 아주 응큼한 사람들인데, 이것저것 묻더군요. 하지만 결국에는 그냥 돌아갔어요. 그 사람들은 모두 인스머스 출신이니 아내와는 다들 친척이나 마찬가지죠. 그들이 나를 그냥 내버려 두었으면 좋겠어요. 그러나 그들이 떠나면서 야릇하게 웃은 것이 꺼림칙하네요. 가능한 빨리 아버지 밑에서 일했던 하인들을 불러들일 생각이에요. 물론 집도 옮기고.

댄 형, 아마 내가 미쳤다고 생각하겠죠? 그러나 아컴의 역사를 생각하면 내 말을 정신 나간 소리로 치부할 수 없을 거예요. 직접 두 눈으로 봤잖아요? 그날 메인 주에서 돌아오는 차 속에서 아세나스에 대해 말한 직후 내게 일어난 변화 말이에요. 그녀가 내 몸을 빼앗아 자기 마음대로 조종하는 순간이었죠. 솔직히 나는 그녀가 악마라는 사실을 어떻게든 알리고자 노력했다는 기억밖에 남아 있지 않아요. 그러다 어느 순간 그녀가 내 몸을 낚아챘고, 정신을 차려 보니 집에 와 있더군요. 그러고는 곧바로 망할 놈의 하인들 손에 잡혀 서재에 갇혀 버렸지요. 그리고 저주받은 그 악마의 몸뚱이…… 도저히 사람이라고도 하지 못할 그속에 갇혀서……. 형도 알거예요, 형과 함께 집으로 돌아온 것이 그 여자라는 걸……. 내 몸 안에 들어온 그 굶주린 늑대…… 형이 모를 리 없잖아요!"

더비가 말을 멈추자, 나는 온몸에 소름이 돋았다. 물론 나도 더비의 변화를 알고 있었다. 그렇다 해도, 정신 나간 더비의 설명을 내가 곧이곧대로 받아들일 수 있었겠는가? 그러나 혼란에 빠진 방문자는 점점 더 거칠어졌다.

"댄, 나 자신을 구하고 싶었어요! 만성절[136]을 기해 그녀는 내 몸을 영원히 자기 것으로 만들 계획이었지요. 그날 체선쿡에서 악마 숭배 의식이 열릴 예정인데, 결정적인 의식을 치를 희생양이 필요했던 거죠. 그녀가 내 몸을 영원히 차지하고……. 그녀가 나로, 내가 그녀로 바뀌어서……. 영원히 말이에요. 너무 늦었어요……. 내 몸은 벌써 그녀가 가져가 버렸어요……. 그녀가 그토록 원했던 남자로, 진정한 인간으로 태어나는 날이 되겠지요……. 그녀는 자신의 원래 육체를 없앰으로써 그 안에 갇힌 저까지 죽일 생각이에요. 전에 한 짓처럼 말이죠. 그녀가, 아니 그자가, 아니 그것이 전에 한 짓처럼……."

이쯤에서 에드워드의 얼굴은 극도로 일그러져 있었다. 그는 일그러진 얼굴을 내게 거북할 정도로 가까이 갖다 대더니 목소리를 낮추었다.

"체선쿡에서 돌아오던 날 내가 차 안에서 했던 말을 잊지 마세요. 그녀는 아세나스가 아니라 에프라임 노인이라는 암시 말이에요. 저는 1년 6개월 전쯤부터 그 점을 의심해 왔는데, 지금은 확신이 들어요. 특히 그녀의 필적을 보면 분명해요. 이따금 집을 비우기 전 메모를 남겨 놓는데, 그 필체가 예전에 봤던 장인의 것과 똑같거든요. 게다가 장인이 아니면 할 수 없는 언행을 내비칠 때가 한두 번이 아니었어요. 장인은 임종의 순간이 가까워 오자 딸과 육체를 바꾼 겁니다. 그녀야말로 명석한 두뇌에 의지는 허약했으니 적격의 인물이었겠죠. 그래서 그녀의 몸을 영원히 차지했고, 이어 내 몸을 빼앗으려고 했던 거예요. 그녀의 눈에서 장인의 그 광기 어린 눈빛이 번뜩이는 광경을 본 적 없어요? 아니면 그녀가 내 몸을 유린한 순간 내 눈에서 말이에요?"

더비는 숨이 가쁜지 잠시 말을 멈추었다. 나는 아무 말도 할 수 없었다. 그가 다시 입을 열었을 때는 한결 목소리가 가라앉아 있었다. 나는 이미 마음속으로 그를 정신병원에 보내야겠다고 생각했지만, 내 손으로 직접 그럴 자신은 없었다. 한편으로는 아세나스에게서 벗어나 있으면 병원 치료가 필요 없을지 모른다는 생각도 들었다. 더비도 앞으로는 더 이상 병적인 미신에 빠지지 않을 수도 있으니.

"자세한 얘기는 나중에 할게요. 지금은 푹 쉬고 싶을 뿐이에요. 나중에 그녀가 보여준 금기의 공포를 말해 줄게요. 지금 이 순간에도 외딴 곳에서 극악무도한 극소수의 사제들이 살려내고 있는 태고의 공포 말이에요. 인간에게 금지된 비밀을 알고, 누구도 할 수 없는 일을 해내는 사람들이 있습니다. 저도 그 일에 휘말려 들었지만, 이제는 아니에요. 내가 만약 미스캐토닉 대학의 도서관 사서라면, 지금 당장 네크로노미콘과 그 비슷한 책들을 모두 불살라 버리겠어요.

어쨌든 그녀는 이제 내 몸을 빼앗아 갈 수 없어요. 하루라도 빨리 그 저주받은 집에서 빠져 나와 새로운 보금자리에 정착해야지요. 댄, 날 도와줄 거죠? 사람들이나 그 역겨운 하인들이 아세나스에 대해 꼬치꼬치 캐물을지 몰라요. 내가 직접 그들에게 아세나스가 어디 있는지 말해 줄 수는 없어요……. 그렇게 되면 몇몇 이교도 집단을 비롯해 여러 사람이 아세나스와 저와의 결별을 오해하고 직접 그녀를 찾아 나서겠죠. 아주 기괴한 수단을 동원하는 자들도 있을 거예요. 형, 무슨 일이 벌어져도, 내 편이 되 줄 거라고 믿어요. 앞으로 내가 아무리 충격적인 이야기를 하더라도……."

그날 밤, 나는 객실에 잠자리를 마련하고 에드워드를 재웠다. 아침이 되자 그는 한결 침착해져 있었다. 우리는 일단 더비가 자신의 생가로 거처를 옮기는 문제에 대해 의논했다. 나는 그 문제부터 지체 없이 해결해야 한다고 생각했다. 더비는 그날 저녁 돌아가고서 연락이 없었지만, 이후 몇 주 동안 나는 그를 자주 만날 수 있었다. 우리는 그의 생가인 더비 주택을 새로 단장하는 문제 외에 기이하고 불쾌한 주제는 되도록 입에 올리지 않았다. 나는 돌아오는 여름에 나와 아들과 더비 셋이 함께 여행을 떠나기로 한 계획을 자주 언급하며 더비의 마음을 헤아리려고 노력했다.

아세나스에 대한 어떤 이야기도 꺼내지 않았다. 더비가 특히 그 얘기에 괴로워하는 것 같았기 때문이다. 물론 소문까지 잠잠할 리는 없었다. 그러나 크라운실드 주택과 관련해 특별히 새로울 것이 없는 내용이어서 그나마 다행이라면 다행이었다. 그래도 더비의 회계사가 미스캐토닉의 클럽에서 거나하게 취한 상태로 떠벌린 말은 유감이었다. 에드워드가 인스머스에 사는 모제스와 아비게일 서젠트, 유니스 뱁슨 세 사람에게 정기적으로 돈을 송금하고 있다는 얘기였다. 그 볼썽사나운 하인들이 더비에게서 돈을 뜯어내고 있는 것이 분명했지만, 더비 자신은 내게 그런 내색을 전혀 하지 않았던 것이다.

나는 그해 여름 하버드에 다니는 아들이 방학을 맞아 집에 돌아오면 더비와 함께 유럽 여행을 떠날 생각으로 기대가 컸다. 그러나 그 기대는 여지없이 허물어지고 말았다. 예상과 달리 더비가 쉽게 건강을 회복하지 못했던 것이다. 들뜨고 유쾌해 보이는 더비의 정신 속에 히스테리의 그림자가 쉽게 사라지지 않았으며, 공포와 우울 증세는 오히려 빈번해졌다. 그해 12월쯤, 더비 주택의 보수 공사가 끝났지만 더비는 계속해서 이사 날짜를 연기했다. 크라운실드 저택을 싫어하고 두려워하면서도, 동시에 쉽게 끊을 수 없는 단단한 끈이 더비를 그곳에 묶어두고 있는 것 같았다. 그는 좀처럼 집밖으로 이삿짐을 내보내지 않은 채 별의별 핑계를 대며 이사를 차일피일 미루고 있었다. 더는 안 되겠다 싶어 내가 따끔하게 한마디 하자 그는 이상할 정도로 겁에 질린 표정이되었다. 당시 크라운실드에는 오랫동안 더비 가문에서 일했던 집사와다른 하인들이 같이 머물고 있었다. 어느 날 집사가 내게 말하기를 집주변을 배회하거나 특히 지하실로 내려갈 때의 더비는 전혀 다른 사람같다고 했다. 나는 혹시 아세나스가 더비의 신경을 자극할 만한 편지라도 계속해서 보내고 있지는 않은지 의심스러웠다. 그러나 집사는 아세나스에게서 온 편지는 한 통도 없었다고 말했다.

VI

더비가 완전한 병증에 빠져든 것은 크리스마스 전후였다. 어느 날 저녁 마침 우리 집에서 더비와 얘기를 나누고 있을 때였다. 나는 다음 여름에는 꼭 여행을 떠나자는 말을 하고 있었던 것으로 기억한다. 더비가 갑자기 충격에 휩싸인 표정으로 비명을 지르며 의자에서 벌떡 일어났다. 보통 사람이라면 악몽의 지하 심연에서나 마주칠 만한 우주적 공포와 혐오를 지금의 현실에서 느끼는 것 같았다.

"내 머리! 내 머리! 오, 댄, 누가 내 머리를 잡아당기고 있어요. 머리를 짓누르고 발톱으로 할퀴고 있단 말이에요. 그 악녀, 아니 에프라임이…… 카모그! 카모그! 쇼고스의 소굴 ─ 이에! 슈브-니구라스! 천 마리의 새끼를 밴 염소!…… 저 불꽃, 저 불꽃 ……. 육신의 저편, 삶의 저편에 있는……. 지상에서……. 오, 맙소사!"

나는 다급히 그를 의자에 끌어 앉히고, 포도주를 그의 입속에 억지로 집어넣었다. 술기운에 신경이 둔해지기를 바라서였다. 더비는 딱히 저항하지는 않았지만, 계속해서 뭔가 얘기하듯 입술을 달싹거렸다. 나는 그것이 내게 하는 말이라는 사실을 깨닫고, 그의 입가에 귀를 갖다 댔다. 들릴락 말락 희미한 음성이었다.

"……또, 또다시……. 그녀가 마수를 뻗치고 있어요……. 그럴 줄 알았어……. 누구도 그녀를 막을 수 없어요. 아무리 멀리 달아난다 해도, 강력한 마법을 동원한다고 해도, 아니 죽음으로도 막지 못해……. 계속해서 다가오고 있어요. 특히 밤이면 도저히 벗어날 수 없어……. 무서워요……. 오, 맙소사, 댄, 내가 얼마나 끔찍한 일을 저질렀는지 형이 알면……."

말을 미처 끝내기도 전에 그는 의식을 잃고 말았다. 나는 베개를 받쳐주고 그가 잠들기를 바랐다. 의사를 부르지는 않았다. 의사가 더비의 정신 상태에 대해 무슨 말을 할지는 뻔했으니까. 차라리 시간이 지나기를 기다리는 편이 나을 듯싶었다. 더비가 자정에 정신을 차렸을 때, 나는 그를 2층 침실로 데려갔다. 그러나 아침에 일어나 보니 그는 사라지고 없었다. 아무도 모르게 집을 빠져나간 것이다. 집사에게 전화를 해보니 더비는 서재에 있다는 대답이 돌아왔다.

그날 이후 더비는 급격하게 무너졌다. 그는 다시 나를 찾지 않았으므로 내가 매일 그를 찾아갔다. 그는 대부분 서재에 앉아 공허한 시선으로 내 얘기를 귀담아듣는 표정이었다. 제정신으로 말할 때도 있지만, 대체로 사소한 문제에 대해서만 그랬다. 그가 겪고 있는 고통이나 앞으로의 계획, 아세나스에 대한 말만 비춰도 그는 광증에 빠져들었다. 집사는 더비가 밤마다 무언가에 홀린 상태여서 자해라도 할까 봐 걱정이라는 말을 전했다.

나는 더비의 주치의와 회계사, 변호사와 상의를 거듭한 끝에 전문의 두 명에게 왕진을 청하기로 결정했다. 전문의가 던지는 첫 질문부터 더비는 격렬하고 비참한 발작 증세를 보였고, 그날 저녁 응급차에 실려 아컴 정신병원으로 옮겨지고 말았다. 나는 그의 보호자 신분으로 일주일에 두 차례씩 그를 면회했다. 그의 거친 비명과 무서운 속삭임, 나른 하면서도 섬뜩하게 반복되는 말들을 들으며 나는 울음이 북받쳤다.

"그럴 수밖에 없었어. 그럴 수밖에 없었어……. 내 몸을 빼앗을 테니까……. 나를 빼앗으려고……. 저 아래서, 어둠 속 저 아래서……. 어머니, 어머니! 댄! 나를 구해줘요……. 나를 구해줘……."

더비가 회복할 가능성이 있는지 아무도 장담할 수 없었다. 그러나 나는 낙관적으로 생각하려고 애썼다. 우선 더비가 퇴원 후 편히 쉴 만한 집이 필요하다는 생각에 크라운실드의 하인들을 더비 주택으로 이주시켰다. 그러나 크라운실드 주택의 처분 문제나 그곳의 복잡한 가재도구와 기이한 물건들에 대해선 어떻게 해야 할지 딱히 결정을 내리지 못했다. 그래서 당분간은 짐들을 크라운실드에 그대로 놔두기로 하고, 더비의 하인에게 일주일에 한 번씩 들러 청소를 하고 난방을 해 두라고 일러 놓았다.

마지막 악몽은 캔들마스[137] 전에 찾아왔다. 잔인한 냉소 속에서 거짓된 희망의 빛이 전해졌다. 1월말 어느 아침, 더비가 갑자기 제정신을 회복했다는 전화가 정신병원에서 걸려온 것이다. 기억력에 심각한 손상을 입기는 했지만, 정신 상태는 분명 정상이라는 설명이었다. 병원 측은 일정 기간 신중한 관찰이 필요하겠지만 퇴원에는 전혀 문제가 없으므로 일주일 후에 퇴원 수속을 밟으라고 전해왔다.

나는 그 소식을 전해 듣고 너무도 기뻐서 곧장 병원으로 발길을 재촉했다. 그러나 간호사의 안내로 들어선 더비의 입원실에서 나는 멈칫해야만 했다. 그는 내게 반갑게 인사하며 부드러운 미소와 함께 악수를 청했지만, 그 순간 더비라고 여겨지지 않는 묘한 활력이 느껴졌기 때문이다. 내가 어렴풋한 공포 속에서 기억하는, 더비 스스로 아세나스가 침입했을 때라고 말했던 바로 그 존재가 앞에 떡하니 앉아 있었다. 그의 눈에서 발산되는 이글거리는 광채와 꼭 다문 입술은 아세나스와 에프라임을 떠올리게 만들었다. 게다가 말투에서 음산한 설득력, 잠재된 악을 암시하는 깊은 냉소가 느껴졌다. 그는 다섯 달 전에 내 차를 운전했던 장본인이었다. 그리고 세 번, 이후 두 번이라는 오랜 습관을 잊은 채 우리 집 현관의 벨을 누르고는 서둘러 책을 가져가면서 내게 막연한 공포를 준 후로 종적을 감추었던 그자였다. 지금은 내게 신성모독의 이질감과 형언할 수 없는 우주적 공포를 주고 있는 존재.

그는 사근사근한 말투로 퇴원하게 됐다는 말을 했고, 나는 묵묵히 고개를 끄덕일 수밖에 없었다. 그러나 여전히 뭔가 잘못됐으며 정상이 아니라는 생각을 떨칠 수 없었다. 그 존재에서 느껴지는 공포감은 내 이

해력으로는 도저히 범접할 수 없는 성질의 것이었다. 그는 분명 정상인이었지만, 그가 과연 내가 알고 있는 더비와 같은 존재인가? 그에게 자유를 주어야 할까, 감금해야 할까? ……아니면 지구상에서 영원히 없애버려야 하나? 그의 음성에는 가늠할 수도 없는 깊은 냉소와 조롱이 묻어 있었다. 특히 감금 생활에서 벗어나 누리게 될 자유를 말하는 부분에서 아세나스의 눈빛이 번뜩였으며, 당혹스러우리만큼 비웃는 기운이 역력했다. 몹시 어색해진 나는 병실에서 빠져나올 때에야 마음이 놓였다.

병원에서 돌아온 후, 이틀 내내 나는 그 문제를 생각하느라 머리가 터질 지경이었다. 대체 무슨 일이 벌어진 것일까? 얼굴은 분명 더비인데, 그 낯선 눈동자로 나를 바라보던 그 존재의 정체는 무엇인가? 일상을 포기하면서까지 그 문제에 달려들었지만 얻을 수 있는 해답은 거의 없었다. 이튿날 아침, 환자가 회복된 상태 그대로라는 병원의 전화를 받고 신경 발작을 일으킬 뻔한 사람은 나 자신이었다. 사람들은 그때부터 지금까지 내가 착란 상태에 빠진 것이라고 말할지 모르지만 말이다. 그러나 내가 미쳤다는 얘기만으로 모든 것을 설명하지는 못할 것이다. 그것 말고는 할 말이 없다.

VII

그 이튿날 저녁 시간이 지나고 한밤이 찾아오면서 나는 극도의 공포에 사로잡혔다. 내 정신을 유린하던 사악하고 집요한 고통이 영원히 사라질 것 같지 않았다. 그렇게 자정이 가까워졌고, 전화벨이 울렸다. 나는 서재에서 비몽사몽간에 수화기를 집어 들었다. 그러나 상대방이 아무 말도 하지 않았기 때문에 나는 잘못 걸린 전화라고 생각하고 전화를 끊고 침실에 들려 했다. 한데 내가 수화기를 내려놓으려는 순간 아주 희미한 소리가 들려 왔다. 누군가 아주 어렵게 말을 토해내는 느낌이었다. 하지만 가래나 액체가 부글부글 끓듯 "그륵……. 그륵……. 그륵." 하는 기이한 목소리를 알아들을 수 없었다. 나는 "여보세요, 누구시죠?" 하고 물었다. 돌아온 대답은 이번에도 "그륵, 그륵, 그륵, 그륵" 하는 소리뿐이었다. 전화기 고장이 아니었을까? 상대방에서 송화기 부분이 고장난 전화를 사용하고 있다는 생각이 들었다.

"무슨 소리인지 알아들을 수 없군요. 전화를 끊고 전화국에 한번 연락해 보세요."

내가 이렇게 말하자, 상대방은 기다렸다는 듯이 수화기를 내려놓았다.

조금 전에 말했듯이, 전화가 온 시각은 자정 무렵이었다. 나는 나중에 발신지를 추적해 보았는데, 기이하게도 크라운실드에서 걸려온 것으로 밝혀졌다. 게다가 관리를 위해 일주일에 한 번씩 들르던 하인은 이미 3일 전에 다녀간 후였다. 그 집에서 경찰이 발견한 것들을 잠시 언급해야겠다. 지하실은 난장판이나 다름없었다. 발자국이 어지럽게 흩어져 있었고, 옷장은 아무렇게나 뒤진 흔적이 뚜렷했다. 전화기와 편지지를 서툴게 사용한 흔적도 그대로 남아 있었다. 무엇보다 곳곳에서 역겨운 악취가 진동했다. 지금이나 그때나 우둔하고 가엾기 짝이 없는 경찰들은 거드름과 함께 시답잖은 추론이나 나불거리며 여태 인스머스의 하인들을 추적하고 있다. 하인들은 떠들썩한 사건의 한복판에서 유유히 자취를 감추었다. 그들은 사라지기 전 모종의 복수가 이루어질 것이며, 그 대상에 더비와 가장 절친한 친구이자 조언자인 나도 포함되어 있다는 소문을 흘렸다.

백치들 같으니! 경찰은 편지의 알아보기 힘든 필체를 시골뜨기 하인들이 위조한 걸로 생각하고 있다. 게다가 이후 벌어진 사건까지 하인들의 소행이라고 추정하고 있다. 그들이 더비의 육체를 바꾸어 버렸다는 추리가 말이나 되는가! 솔직히 이 시점에서 나는 에드워드 더비가 내게 한 말을 전부 믿고 있다. 우리가 생각할 수 없는 삶의 이면에 공포가 도사리고 있으며, 이따금 사악한 인간이 나타나 그런 공포를 우리 앞에 불러내곤 하는 것이다. 에프라임과 아세나스가 바로 그런 사악한 인간들이다. 그들은 에드워드를 희생양으로 삼았고, 지금은 나까지 겨냥하고 있다.

내가 안전하다고 확신할 수 있을까? 그들의 힘은 육체적인 형태를 초월해 생존하고 있다. 다음 날 오후 나는 신경 쇠약 속에서도 이를 악문 채 위태로운 발걸음으로 정신병원을 찾았다. 그리고 이 세계의 평온을 위해 에드워드의 머리에 겨누고 총을 발사했다. 내가 안심할 수 있을지는 미지수다. 에드워드의 시체가 아직 화장되지 않았기 때문이다. 경찰은 부검이라는 쓸데없는 짓을 하느라 아직 시체를 보관하고 있다. 다시 말하지만, 시체를 화장해야 한다. 내가 방아쇠를 당겼을 당시 에드워드 더비를 가장한 그 존재, 그 시체를 어서 화장해야 하는 것이다. 그렇지 않으면, 나는 아마 미쳐버릴 것이다. 다음 희생자가 바로 나니까. 그러나 내 의지는 그렇게 약한 편이 아니며, 공포에 쉽게 굴복할 마음도 없다. 나는 이미 그 불길한 순환을 알고 있다. 에프라임에서 아세나스, 그리고 에드워드. 다음 차례는 누구일까? 나는 순순히 육체를 내주지 않을 것이다……. 정신병원에서 총알이 박힌 시체와 정신을 맞바꿀 생각이 추호도 없단 말이다!

하지만 마지막 공포에 대해서는 꼭 설명하고 넘어가야겠다. 나는 경찰이 줄곧 놓치고 있는 사실을 지금까지 비밀로 해왔다. 다시 말해 내가 그날 새벽 2시경에 하이 가(街)에서 괴물과 맞닥뜨린 얘기 말이다. 그것은 작은 몸집에 괴기스러운 모습이었고, 온몸에서 악취를 풍겼다. 그리고 그때 거리에는 최소 3명 정도의 행인이 있었으며, 주변에는 독특한 발자국도 남아 있었다. 그 시각 내가 잠을 깬 것은 두 번의 벨소리와 노크 소리 때문이었다. 벨을 누르고 다시 문을 두드리기를 여러 차례, 그만큼 절박한 분위기가 느껴졌다. 게다가 세 번, 두 번이라는 에드워드의 벨소리를 흉내내는 느낌마저 들었다.

한밤중의 소란에 눈을 뜬 나는 곧바로 정신이 아찔해지고 말았다. 예전의 벨소리를 기억하며 문 앞에 서 있는 그 존재는 바로 더비일 것이다! 그 전에 마주쳤던, 또 다른 더비는 그 벨소리를 기억하지 못했다. 그렇다면 에드워드가 갑자기 제정신으로 돌아왔다는 말인가? 그렇다면 그 얼굴에 드러나 있는 고뇌와 증오는 무슨 의미란 말인가? 내 총에 쓰러지기 전에 다행히 영혼을 되찾아 탈출에 성공한 것일까? 나는 그럴 수도 있다고 생각하며, 다급히 옷을 걸치고 계단을 내려갔다. 본연의 모습으로 돌아온 그가 절박하게 자유를 갈망하며 나를 쫓아온 것이다. 무슨 일이 벌어졌든, 그가 에드워드로 돌아왔다면 나는 그를 도와줄 수 있으리라!

내가 문을 열었을 때, 느닷없이 돌풍과 악취가 몰려들어서 몸이 휘청거렸다. 숨 막히리만큼 역겨운 냄새가 풍겼지만, 나는 한동안 현관 계단에 서 있던 그 작은 곱사등이를 알아보지 못했다. 분명 에드워드의 벨소리였는데, 이 냄새 지독한 난쟁이는 또 누구란 말인가? 그새 에드워드가 어디론가 사라진 것일까? 하지만 똑같은 벨소리가 내가 문을 열기 직전에도 들려왔잖은가!

　찬찬히 살펴보니, 그 곱사등이는 에드워드의 외투를 걸치고 있었다. 외투 자락이 바닥에 닿아 있었고, 소매 부분은 접혀 올라간 상태였다. 모자를 깊숙이 눌러쓴 데다 검은색 비단 머플러로 얼굴을 가려 누구인지 분간이 되지 않았다. 내가 어리둥절한 표정으로 다가가자, 그자는 전화에서 들려왔던 그르렁대는 소리를 내기 시작했다. "그륵······. 그륵······." 그는 종이 한 장을 불쑥 내 앞에 들이밀었다. 다급하게 휘갈겨 썼는지 여기저기 구겨지고 찢어져 있었다. 나는 알 수 없는 힘에 이끌리듯 냉큼 그 종이를 받아들고 현관 전등 빛에 의지해 읽기 시작했다.

　틀림없이 에드워드의 필체였다. 그러나 직접 찾아왔으면서 굳이 편지를 쓴 것이나, 글씨체가 몹시 불안정한 것이 이상했다. 나는 희미한 전등빛 아래서 제대로 읽을 수 없어서 편지를 들고 거실로 들어섰다. 곱사등이도 쿵쿵거리며 나를 따라 계단을 오르다가 현관 문간에서 멈추어 섰다. 아무튼 그 심부름꾼에게서 풍기는 냄새는 정말이지 지독해서 내심 아내가 잠에서 깨지 않기만을 바랐다. 다행히 아내는 깨지 않았고, 그자와 대면하지도 않았으니 천만다행이다.

　그러나 편지를 읽는 동안, 두 다리는 후들거렸고 눈앞은 까매졌다. 결국 나는 부들부들 떨리는 손으로 그 저주받은 편지를 움켜쥔 채 거실 바닥에 주저앉고 말았다.

　댄, 정신병원으로 가서 그놈을 죽이세요. 그리고 불에 태우세요. 더 이상 그놈은 에드워드 더비가 아닙니다. 결국 아세나스가 제 몸을 빼앗아 버렸어요. 그녀는 석 달 반 전에 죽었답니다. 그녀가 떠났다는 말은 거짓이었어요. 내가 그녀를 죽였습니다. 그럴 수밖에 없었어요. 뜻밖의 일이었지만, 우리가 결별하고 내 육체를 되찾을 수 있는 유일한 방법이었으니까요. 촛대가 보이더군요. 그걸로 그녀의 머리를 후려쳤지요. 그렇지 않았다면 제성첨례 때 내 몸을 영원히 앗아갔을 테니까요.

시체는 지하실에 묻었습니다. 낡은 나무 상자가 쌓여 있는 곳 말이죠. 흔적은 말끔히 치웠고요. 다음 날 아침 돌아온 하인들이 의심했지만, 그들도 경찰에 신고하기에는 비밀이 많은 족속들이었지요. 하인들은 비록 돌려보냈다고 해도 또 다른 이교도 무리가 어떤 짓을 할지 알 수 없는 상황이에요.

내가 옳은 일을 했다고 생각했어요. 그러나 그것도 잠시 동안이었죠. 얼마 후 누가 머리를 잡아당기는 듯한 통증이 느껴졌으니까요. 그 순간 무슨 일이 벌어졌는지 분명해졌어요. 아세나스나 에프라임 같은 이의 영혼은 육체를 죽인다고 끝이 아니라는 사실 말이죠. 그들의 영혼은 어떤 형태로든 육체가 존재하는 한 살아 있을 수 있으니까요. 그래서 아세나스는 내 육체를 빼앗고, 제 영혼을 지하실에 묻혀 있는 자신의 시체 속에 집어넣으려고 한 겁니다.

그 다음에 무슨 일이 벌어졌는지는 잘 알고 있어요. 정신병원으로 실려 갔으니까요. 그러나 내 영혼은 점점 지하실에서 썩어가는 아세나스의 시체 속에 갇히기 시작했죠. 그때야 깨달았지요. 아세나스가 정신병원에 입원한 내 육체를 영원히 점령해 버렸다는 사실 말입니다. 이미 제성첨례가 지난 시점이었고, 그녀가 현장에 없더라도 희생 의식이 효력을 발휘할 게 분명하니까요. 온전한 정신을 가장해 자유롭게 세상을 위협하는 순간이 곧 올 겁니다. 이 상황에서 벗어나기 위해 발버둥치고 있지만, 이젠 아무 소용이 없군요.

이젠 말을 할 수도 없는 상태입니다. 전화도 할 수 없지만, 아직까지 글을 쓸 수는 있군요. 무슨 수를 써서라도 사태를 수습해야 하기에 이렇게 마지막 유언과 경고를 형에게 보냅니다. 댄, 이 세상의 평화와 안녕을 위한다면, 그 악마를 죽여 버리세요. 반드시 화장해야 합니다. 그렇지 않을 경우, 그놈은 육체를 빌어 영원히 살아남을 겁니다. 그 결과가 얼마나 끔찍할지 저도 알 수 없어요. 댄, 악마의 요술을 물리치세요. 사악한 일이 벌어지고 있습니다. 그럼, 안녕히……. 형은 내게 정말 좋은 친구였습니다. 경찰에겐 그럴듯하게 꾸며대세요. 이런 일을 형에게 떠넘기다니 정말 죄송합니다. 저는 곧 평온을 되찾을 수 있을 겁니다. 이 시체에 그리 오랫동안 갇혀 있지 않아도 될테니까요. 제발 이 편지가 형에게 무사히 도착하기를, 그래서 형이 그 악마를 죽여 없애기를.

영원한 친구, 에드워드

세 번째 문단을 읽다가 정신을 잃었기에, 전체 내용의 반 정도를 읽은 셈이다. 그리고 현관 문간에서 따뜻한 공기와 함께 악취가 풍기는 순간, 나는 또 정신을 잃고 말았다. 그 곱사등이는 꼼짝도 하지 않고 그대로 서 있었다. 아니면 이미 그도 의식을 완전히 잃어버린 후였는지 모르겠다.

더비의 집사는 나보다 성격이 강인한 편이어서 그날 아침 우리 집 거실에서 마주친 광경에 정신을 잃진 않았다. 그는 침착하게 경찰에 전화를 걸었다. 경찰이 도착할 즈음, 나는 2층 침실로 옮겨졌지만, 그 곱사등이는 현관 문간에 그대로 놓여 있었다. 집 안에 들어선 경찰들은 손수건으로 코를 틀어막았다.

기묘하게 놓여 있는 에드워드의 외투 속에서 경찰이 발견한 것은 거의 액화된 상태의 공포 그 자체였다. 뼈 조각과 으스러진 두개골도 나왔다. 몇 개의 치아를 확인한 결과, 그 해골의 신원은 아세나스로 밝혀졌다.

....

131) 아자토스(Azathoth): 외계의 신이자 우주의 중심. 끝없이 사악한 존재로서 감히 그 이름을 입에 올리지 못한다. 시간을 초월한 숨막히는 광기의 북소리와 저주받은 피리 소리에 묻혀있다. 니알라토텝도 아자토스의 명령을 받들어 혼돈의 임무를 수행한다. 아자토스는 「광기의 산맥」과 「미지의 카다스를 향한 몽환의 추적」에 등장한다. 동명의 「아자토스」(1922)라는 미완성 단편이 있다.

132) 크라운실드(Crownshield): 세일럼(Salem)의 다른 이름.

133) 패커드(Packard): 1900년대 초부터 제1차 세계대전 이후까지 미국에서 주종을 이루었던 자동차 제조업체와 그 차종. 러브크래프트는 개인적으로 운전을 하지 못했으나, 지인들의 차로 뉴잉글랜드를 여행할 때가 많았다고 한다.

134) 체선쿡(Chesuncook): 메인(Maine) 주의 실제 도시.

135) 섬망(譫妄): 의식 장애 상태의 한 가지로, 외부에 대한 의식이 엷어지고, 망상이나 착각이 일어나는 증세.

136) 만성절: 11월 1일, 모든 성인의 날로 그 전야인 10월 30일은 할로윈(Halloween)이다. 켈트족의 축제에 관해서는 「더니치 호러」에 자세히 언급된다.

137) 캔들마스(Candlemas): 마리아가 성령으로 잉태함을 기념하는 날, 2월 2일.

THE HAUNTER OF THE DARK

누가 블레이크를 죽였는가

(로버트 블록[138])에게 바침)

작품 노트 | 누가 블레이크를 죽였는가 The Haunter of the Dark

1935년에 쓰여져 1936년 《위어드 테일즈》에 실렸다. 이 작품은 『사이코Psycho』의 저자인 로버트 블록(Robert Bloch)을 위해 썼다는 사실만으로도 화제를 모았다. 당시 로버트 블록은 어린 나이에 《위어드 테일즈》에서 활동하며 러브크래프트에게 많은 영향을 받은 작가 중에 한 명이었다. 원제와 다른 제목으로 번역한 것도 작품의 집필 배경과 작중인물인 블레이크의 일기를 바탕으로 그 죽음을 파헤친다는 내용을 감안한 것이다. 러브크래프트가 대장암으로 죽기 한 달 전에 쓰여진 작품으로 병마에 시달리는 상황에서도 원숙미를 보여준다.

이 소설은 프로비던스(Providence)라는 실제 공간과 지형을 매우 생생하게 그린 것으로 알려져 있다. 로버트 블록을 위해 썼지만, 주인공 '블레이크'는 당연히 러브크래프트가 창조한 인물이다. 흥미로운 점은 러브크래프트에 비판적인 독자들이 지적하는 문제가 이 작품에서 결말을 차지한다는 것이다. 즉, 주인공이 죽는 순간까지 글을 쓰고 있었다는 상황에 작중인물의 수동성과 함께 사실성에 의문을 제기하는 독자들이 있다. 비슷한 상황(괴물에게 끌려가는 상황에서도 주인공이 타자를 친다는)이 「데이곤」, 윌리엄 럼리와 공동집필한 「알론조 타이퍼의 일기The Diary of Alonzo Typer」(1935)에도 등장한다. 그래서 독자들은 이렇게 질문할지 모른다. "러브크래프트의 주인공들은 왜 도망가지 않는가?"

작가 생존 당시에도 이런 의문을 표시하는 독자들이 있었는지, 러브크래프트는 어느 독자의 편지에 대해 자세하게 답장을 쓰기도 했다. 그중에서 주인공이 지나치게 수동적이지 않느냐는 독자의 비판에 1937년에 쓴 편지 중에서 "블레이크의 무기력을 햄릿의 성격과 동일시하기는 어렵습니다. 블레이크의 무력감은 외부의 특별한 최면이 원인이기 때문입니다. 블레이크의 성격을 우유부단하고 수동적으로 보기는 어렵습니다."라고 설명했다.

검은 우주의 벌어진 입을 보았네
목적 없이 검은 행성들이 굴러가는 곳
공포에 무심한 행성들이 굴러가는 곳
거기엔 지식, 욕망, 이름이 없어라
—— 네메시스[139]

　신중한 수사관들이라면, 로버트 블레이크가 낙뢰나 전기 방전으로
인한 신경성 쇼크로 사망했다는 일반인들의 믿음을 뒤엎고 싶지 않을
것이다. 그가 죽기 직전까지 지켜보았다는 창문에 깨진 흔적이나 별다
른 파손이 없었지만, 대자연이 괴이한 연극을 펼쳐 보였을 가능성은 농
후하다. 얼굴 표정만 봐서는 그가 목격한 것이 사인(死因)과 어떤 관련
이 있다고 보기 어렵지만, 그의 일기에는 그 지역의 미신과 그가 발견
한 오랜 비밀에서 비롯된 광적인 상상력이 담겨 있다. 특히 블레이크의
창가에서 올려다 보이는 페더럴 언덕과 그곳의 버려진 교회가 자아내
는 파격적인 풍경이 주목할 만하다. 한 정신과 전문의는 의식적이든 무

의식적이든 교회의 풍경이 과장된 이야기를 만들었으며, 여기에 블레이크가 은밀히 관련돼 있을 거라고 암시했다.

어쨌든, 블레이크는 작가이자 화가로서 일생을 신화와 꿈, 공포와 미신에 몰두했으며, 기이하고 소름끼치는 장면과 효과에 탐닉했던 인물이다. 그는 예전에 자기만큼이나 불가해하고 금기된 지식을 탐했던 이상한 노인을 방문하기 위해 이 도시에 들른 적이 있었다. 그러나 그는 죽음과 화염 속에서 도시를 떠났으며, 당시의 경험이 밀워키에서 그를 돌아오게 만든 병적인 본능으로 작용한 것 같았다. 그의 언행과 일기는 상반돼 있지만, 그는 모종의 비밀을 알아냈거나 아니면 문학적 명성을 노리고 엄청난 사기극을 계획했다가 실행에 옮기기 전에 죽은 것인지도 모른다.

그러나 이 모든 증거를 조사하고 관련성을 따져 본 사람들 중에서 일부는 여전히 덜 합리적이고 덜 상식적인 가설에 집착하고 있다. 그들은 블레이크의 일기를 있는 그대로 받아들이며 그 내용의 진실성에도 이견이 없다고 생각하는 것 같다. 버려진 교회의 역사를 기술한 부분이라든지, 1877년 이전 이단적인 스태리 위즈덤 종파가 존재했다는 명백한 사실, 1893년 에드윈 M. 릴리브리지라는 신문 기자의 실종 사건 등등 일기 내용이 사실에 근거하고 있기 때문이다. 무엇보다 그 젊은 기자가 죽었으리라는 가정 하에서 마지막 순간에 그 얼굴에 나타난 기괴하고 변형적인 공포의 표정을 묘사한 부분은 충분한 개연성이 있다. 이처럼 블레이크의 죽음을 의심하는 사람들 중에 교회 첨탑에서 발견했다는 기묘한 돌과 역시 기이한 장식의 금속 상자 —블레이크의 일기에 따르면, 그 돌과 상자는 원래 첨탑이 아니라 종루에 놓여 있었다—를 바다에 버릴 정도로 극단적인 사람도 있었다. 그는 꽤 알려진 의사로서, 블레이크의 죽음과 관련해 공식적, 비공식적으로 광범위한 경찰의 조사를 받았지만 지구상에서 아주 위험한 물건을 없애버렸을 뿐이라는 자신의 주장을 굽히지 않았다.

현재 팽팽하게 대립하는 두 가지 상반된 의견에서 어느 쪽이 진실인지는 독자 여러분이 판단해야 할 몫이다. 지역 신문들은 회의적인 논조를 통해 몇 가지 세부적인 사실을 보도했다. 그중에서 로버트 블레이크가 봤다는 그림을 몇몇 사람도 목격했다는 내용의 기사도 있다. 물론 블레이크가 그 그림을 실제로 봤는지, 그럴 것이라고 추측하는지, 혹은 그가 본 척 가장했을지 모르는 상황까지 고려됐다. 지금부터 그의 일기를 냉정하고 면밀히 검토하는 과정이 필요할 것이다. 일기장을 들추기 전, 휴식 삼아 베일에 가려진 이 사건의 시간적 추이를 블레이크의 시각에서 짚어 보자.

블레이크는 1934년에서 이듬해 겨울 어느 시점에 그 도시로 돌아왔다. 그가 거처를 정한 곳은 브라운 대학 캠퍼스와 가까우며, 존 헤이 도서관 뒤편에 자리한 거대한 동쪽 언덕의 정상이었다. 컬리지 가를 벗어나 녹음이 우거진 언덕 마당에 세워진 건물 2층이 바로 그가 택한 새 보금자리였다. 아늑하고 정감 있는 분위기의 정원에는 마을 대대로 내려오는 유물처럼 작은 우물이 있었다. 그 우물가를 그늘 삼아 큼지막한 고양이들이 재롱을 피우며 일광욕을 즐겼다. 네모반듯한 조지아 풍의 저택 지붕에 환기창이 설치돼 있었고, 환풍기가 달려 있는 출입구는 고풍스러운 분위기를 자아냈다. 작은 창유리와 19세기 초의 귀표가 인상적이었다. 건물 내부에는 판벽널로 장식된 여섯 개의 문과 넓은 거실이 있었다. 구부러진 식민지 풍의 계단과 아담 양식의 흰색 벽난로 선반도 눈에 띄었고, 각 방마다 후미가 세 계단 정도 낮은 것도 특징이었다.

블레이크의 서재는 남서향의 널찍한 공간이었으며, 정면으로 정원이 내려다보였다. 블레이크는 언덕 가장자리 쪽으로 책상을 놓았으므로 쭉 펼쳐진 마을의 멋진 풍경과 그 너머 신비한 일출을 감상할 수 있었다. 멀리 지평선으로 툭 트인 산비탈도 수려한 풍경을 거들었다. 비탈을 마주보고 3킬로미터 정도 떨어진 지점에 페더럴 언덕의 유령 같은 등성이가 옹그린 지붕과 첨탑을 벗삼아 버티고 서 있다. 마을에서 모락모락 피어오른 연기가 소용돌이치며 페더럴 언덕을 휘감을 때면 몽환적인 풍경을 자아냈다. 블레이크는 미지의 영묘한 세계를 마주하고 있다는, 묘한 기분을 느꼈다. 설령 그곳을 찾아내는 데 성공하여 직접 발을 들여 놓는다고 해도 꿈결처럼 사라져 버릴 것만 같은 세계, 그런 느낌이었다.

블레이크는 밀워키의 집에서 대부분의 책을 가져오는 한편, 새로운 집안 분위기에 어울리는 고풍스러운 가구를 구입했다. 그는 글과 그림에 몰두하며 간단한 집안일을 손수 하면서 독신 생활을 했다. 북쪽 다락방에 마련한 화실에는 지붕의 환기창을 통해 볕이 잘 들었다. 이주한 그 해 겨울, 블레이크는 유명한 다섯 편의 단편을 창작한다. 「지하의 토굴」, 「지하실의 계단」, 「샤가이」,[140] 「프나스의 골짜기」,[141] 「행성에서 온 방문객」이 그 당시 완성한 대표작이었다. 그림의 경우, 미지의 초인적인 괴물과 극도로 생경하고 이질적인 풍경을 담은 일곱 점의 작품을 완성했다.

황혼녘, 블레이크는 종종 책상 앞에 앉아 꿈에 취한 듯 쭉 펼쳐진 서쪽 풍경을 응시하곤 했다. 바로 아래쪽에 메모리얼 홀의 검은색 첨탑과 조지아 풍 재판소의 종루, 높게 솟구친 도심의 첨탑을 지나 멀리 시선을 가져가면, 아득하게 소용돌이치는 언덕의 낯선 거리와 미로처럼 얽혀 있는 박공에 마음을 온통 빼앗겨 버렸다. 그는 몇몇 지인을 통해 멀리 언덕 기슭이 이탈리아인 거주지이며, 그곳의 저택 대부분은 오랜 옛날 미국인과 아일랜드 인들이 지은 것이라는 사실을 알게 되었다. 블레이크는 소용돌이치는 연기 너머 유령의 세계 같은 그곳을 쌍안경으로 살펴보는 시간이 많아졌다. 지붕과 굴뚝, 첨탑을 하나씩 살펴보면서, 과연 그곳에 사람들이 살고 있을지 묘한 호기심에 빠져들었다. 쌍안경으로 바라보아도 페더럴 언덕은 여전히 낯선 세계였으며, 현실을 초월해 반쯤 꾸며낸 듯한 경이로운 풍경으로 블레이크의 글과 그림에 등장하기 시작했다. 그런 신비감과 경이로움은 언덕이 전등불과 자줏빛 황혼 속으로 희미해지고, 재판소의 투광 조명과 투자 신탁 회사의 붉은색 간판이 빛을 발하며 그로테스크한 야경을 이룬 후에도 오랫동안 이어졌다.

멀리 보이는 페더럴 언덕의 풍경 중에서도 블레이크의 마음을 송두리째 빼앗은 것은 거대하고 음침한 교회 건물이었다. 특히 교회 건물은 낮 동안 몇 시간은 아주 뚜렷한 모습을 드러내다가, 일몰 후에는 거대한 종루와 첨탑이 붉게 물든 하늘을 배경으로 음산하게 나타났다. 교회는 유독 고지대에 세워진 모양이었다. 그을린 외관과 북쪽의 비스듬한 지붕, 큼지막한 창문들이 주변의 마룻대와 굴뚝 위로 당당하게 솟아 있었기 때문이다. 백 년도 넘게 연기와 폭풍에 찌든 그 석조 건물에서 엄숙한 분위기가 도드라졌다. 망원경을 통해서 보이는 모습에 국한하자면, 건물 양식은 업존[142]의 웅장함에 앞서 고딕 풍을 실험적으로 부활시킨 것 같았고, 조지아 풍의 윤곽과 비례도 가미돼 있었다. 1810년이나 1815년경에 세워진 건물로 보였다.

몇 달이 흘렀지만, 그 교회 건물을 향한 블레이크의 흥분은 좀처럼 사그라지지 않았다. 게다가 큼지막한 창가에 불빛이 새어나온 적이 없으므로 필시 비어 있는 건물이 틀림없었다. 건물을 바라보는 시간이 길어질수록 그의 상상력도 풍부해졌으며, 마침내 기묘한 일을 떠올리기 시작했다. 그는 그 건물 너머 희미하고 독특하며 황량한 빛이 떠도는 것 같다는 생각을 하게 되었다. 그래서 비둘기와 제비들도 그 그을린 처마를 피해 달아나는지 모를 일이었다. 분명 주변의 첨탑과 종루에는 새들이 무리지어 있었지만, 그 건물에는 한 마리도 날아들지 않았다. 아무튼 그는 그런 생각을 일기에 기록해 놓았다. 그는 몇몇 사람들에게 그 건물에 대해 물었지만, 그중에 페더럴 언덕에 가보았거나 교회의 정체에 대해 호기심을 품어본 이는 아무도 없었다.

봄이 완연해질수록 블레이크는 까닭 모를 깊은 불안감에 사로잡혔다. 그는 메인 주에 잔존해 있는 악마 숭배 의식을 소재로 장편을 쓰기 시작했지만, 좀처럼 진전을 보지 못했다. 서쪽 창가에 앉아 멀리 언덕과 새들마저 피해 가는 음울한 첨탑을 응시하는 시간이 점점 많아졌다. 정원에는 파릇한 새싹이 얼굴을 내밀고 세상은 새로운 아름다움으로 채워졌지만, 블레이크의 불안감은 잦아들기는커녕 점점 깊어졌다. 그가 도시를 가로질러 언덕을 올라 그 몽환적인 세계를 직접 확인하고자 마음먹은 것도 아마 그때쯤이었을 것이다.

4월말의 발푸르기스 밤[143], 블레이크는 미지의 세계로 첫 여정을 시작했다. 터벅터벅 끝없이 이어진 도심의 거리를 지나 그 뒤편의 황량한 광장을 가로지른 후, 마침내 그는 숱한 세월의 무게가 덧씌워진 계단을 올랐다. 내려앉은 도리스 식 현관을 지나 색 바랜 둥근 천장 밑을 지나칠 때는 이제 곧 안개에 휩싸인 미지의 세계로 들어서리라 확신이 들었다. 청백색의 그을린 거리 표지판이 눈에 띄었지만, 그에겐 별 도움이 되지 않았다. 얼마쯤 갔을까, 그의 눈앞에 불현듯 이상한 흑인 무리가 나타났고, 허물어질 듯한 갈색 건물에는 묘한 상점 간판들이 늘어서 있었다. 그러나 어디에서도 그때까지 멀리서 지켜보았던 건물을 찾을 수 없었다. 그래서 페더럴 언덕은 살아 있는 인간이 도저히 닿을 수 없는 꿈의 세계일지 모른다는 생각이 들었다.

이따금 부서진 교회 외관이나 첨탑이 시야에 어른거렸지만, 그가 찾는 그을린 건물은 눈에 띄지 않았다. 그가 상점에 들러 거대한 석조 교회에 대해 묻자, 상점 주인은 미소와 함께 고개를 흔들었다. 그는 영어를 능숙하게 구사했으므로, 블레이크의 말을 이해하지 못한 것은 아니었다. 블레이크가 좀 더 고지대를 따라 올라갈수록, 풍경은 점점 더 낯설게 변했다. 음침한 갈색 오솔길이 미로처럼 끝없이 남쪽으로 굽이치고 있었다. 두세 개의 거리를 지나자, 그는 문득 눈에 익은 첨탑 하나를 발견한 느낌이 들었다. 다시 상인을 불러 세워 거대한 석조 건물 얘기를 꺼냈지만, 이번에도 상인은 고개를 갸우뚱하는 것이었다. 그러나 이번만은 블레이크도 지금까지 만난 두 사람이 모두 거짓말을 했다는 사실을 간파할 수 있었다. 흑인의 얼굴에는 뭔가 숨기려는 표정이 역력했고, 블레이크는 그가 오른쪽 손으로 묘하게 성호를 긋는 것을 눈치 챘다.

그때였다. 구름 낀 하늘에서 검은색 첨탑이 돌연 솟구치듯 모습을 드러냈다. 첨탑은 일렬로 늘어선 갈색 지붕들과 남향으로 얽히고설킨 오솔길 위로 버티고 선 형상이었다. 블레이크는 단번에 그 첨탑을 알아보았고, 길가에서 오르막길로 시작되는 황폐한 골목길을 따라 첨탑을 향해 발걸음을 서둘렀다. 그는 두 번 정도 길을 잃었지만, 다시는 누구에게도 길을 묻지 않을 생각이었다. 그래서 행인이나 집 앞 문간에 걸터앉은 아낙들, 어둔 골목길 진흙 구덩이에서 떠들썩하게 놀고 있는 아이들을 애써 외면했다.

　이윽고 그의 시야로 남서쪽을 마주보고 있던 종루와 골목길 끝에 음침하게 버티고선 거대한 석조 건물이 들어왔다. 그는 바람이 휘도는 널찍한 광장에서 멈추어 섰다. 바닥에 자갈이 깔려있어 예스러운 분위기가 느껴졌고, 광장 맞은편 끝에는 높다란 둑처럼 벽이 가로막고 있었다. 철제 울타리 너머 잡초 무성한 고지대가 벽의 호위를 받고 있는 곳, 마침내 그는 목적지에 도착했다. 주변 거리에서 2미터 정도 솟아 있는 그곳은 또 하나의 작은 세계나 마찬가지였다. 비록 멀리서 볼 때와는 다르다고 해도 엄숙하고 거대한 그 건물이 무엇인지 그가 모를 리 없었다.

　텅 빈 교회는 임종을 앞둔 노인의 모습이었다. 석조 부벽[144]의 일부는 붕괴의 조짐이 역력했고, 섬세한 첨탑 장식들도 갈색으로 방치된 잡초와 수풀에 가려 있었다. 그을린 고딕 풍 창문의 창살은 이미 부서져 없어진 상태였지만, 유리창은 대부분 깨지지 않고 그대로였다. 블레이크는 불투명하게 색칠된 창유리가 온전히 남아 있다는 사실이 의아했다. 그곳이라고 개구쟁이 마을 아이들의 짓궂은 습성이 다를 리 없을 텐데 그 기묘한 창유리들을 그대로 놔두었다니 말이다. 큼지막한 출입문들도 별다른 파손의 흔적이 없었지만, 하나같이 굳게 잠겨져 있었다. 버티고 선 벽면은 완벽하게 대지를 감싸안았고, 광장에서 올라선 계단 끝에 보이는 철제 대문에도 역시 자물쇠가 채워져 있었다. 대문에서 건물로 이르는 길은 완전히 잡초로 뒤덮여 있었다. 새들도 피해 가는 처마와 담쟁이덩굴도 외면한 음침한 벽면, 그렇게 건물 주변에는 황폐와 부패의 기운이 수의처럼 내려앉았다. 블레이크는 설명할 수 없는 불길한 손길이 다가오는 것을 느꼈다.

　광장에는 인적이 드물었지만, 언뜻 북쪽 끝에 경찰관 한 명이 눈에 띄었다. 블레이크는 경찰관에게 다가가 교회에 대해 물었다. 경찰관은 매우 건장한 아일랜드 인이었는데, 블레이크의 질문에 십자가를 그려 보이며 그곳 주민들은 그 교회 건물에 대해 일절 말을 삼간다는 답변으로 얼버무렸다. 블레이크가 다시 한 번 다그치듯 질문을 하자, 경찰관은 이탈리아 목사가 주민들에게 했다는 경고의 말을 전하며 초조한 기색이었다. 즉 그 교회에 악마가 거주한 일이 있으며 그 흔적이 아직 남아 있다는 것이었다. 그 자신도 부친으로부터 악마의 속삭임에 대해 전해 들었다고 했다. 그의 부친도 어렸을 때부터 묘한 소리와 풍문에 익숙했던 모양이었다.

오래 전, 그 마을에 이단적인 종파가 있었다. 그들은 정체 모를 밤의 심연 속에서 무시무시한 존재를 불러내는 무법자 무리였다. 주민들은 훌륭한 목사가 와서 그 요괴 집단을 쫓아주기를 바랐지만, 한편에서는 오직 빛만이 그 일을 해낼 수 있다는 수군거림이 끊이지 않았다. 오멜리 신부가 살아 있다면, 좀 더 자세한 내막을 알 수 있었을 것이다. 그러나 현재는 교회 건물만 남아 있을 뿐, 진실을 말해 줄 사람은 존재하지 않았다. 게다가 교회 건물 자체가 주민들에게 별다른 해를 끼치는 것도 아니고, 건물의 소유주들도 죽거나 먼 곳으로 이주했다. 그들은 77년 신변의 위협을 느끼고 쫓기듯 도주했다고 한다. 마을에서 하나 둘 실종자가 생긴다는 사실에 사람들이 의혹을 품기 시작할 때였다. 상속자가 나타나지 않는 관계로 언젠가는 교회 건물이 시청의 재산으로 귀속될 테지만, 교회 주변엔 얼씬하지 않는 것이 상책이라는 사람들의 믿음이 변할 것 같지는 않았다. 사람들은 건물이 저절로 완전히 붕괴될 때까지 그냥 내버려둘 생각이었다. 그렇게 된다면, 그 사악한 건물 안에 영원히 안식을 취하고 있을 악귀들을 굳이 건드리지 않아도 된다는 계산이었다.

경찰과 헤어진 후 블레이크는 음산한 건물을 뚫어지게 응시했다. 그 건물에서 불길한 전조를 느끼는 사람이 자기 혼자만이 아니라는 사실에서 묘한 흥분을 맛보았고, 경찰이 말해 준 그 옛날 이야기 속에 과연 어떤 진실이 숨어 있을지 자못 호기심이 동하는 것이었다. 아마 건물의 음산함 때문에 그런 얘기들이 나온 모양이었다. 그러나 그렇더라도 블레이크는 자신의 작품 속에서 그 얘기들이 새로운 생명력으로 꿈틀대는 것을 느꼈다.

흩어진 구름 사이로 오후의 햇살이 비추었지만, 고지대에 우뚝 선 낡은 교회의 칙칙한 벽면까지 밝혀 주지는 못했다. 생명력으로 충만한 계절이건만 유독 철제 울타리 너머엔 신록의 기운이 미치지 않는 것 같았다. 블레이크는 건물 주변을 거닐며 녹슨 철제 울타리와 담장 사이에 들어갈 구멍이라도 있는지 살펴보았다. 특히 불투명한 창유리가 스칠 때마다 그 내부를 보고 싶다는 강렬한 유혹을 억누를 길이 없었다. 계단 부근의 울타리에는 들어갈 만한 공간이 없었다. 쇠창살의 부서진 틈이 나타난 것은 북쪽 방향을 살펴볼 때였다. 그는 계단을 올라간 후, 비좁은 갓돌에 의지해 북쪽 틈까지 움직였다. 사람들이 그토록 꺼리는 곳이므로 굳이 그를 막아설 사람도 없을 것이었다.

그는 담장 위로 올라선 후, 사람들의 시선에 띄기 전에 울타리 안쪽으로 착 달라붙었다. 언뜻 아래쪽을 살펴보자, 몇몇 사람이 광장을 가로질러 종종걸음을 치고 있었다. 그런데 그들은 건물 밑을 지나면서 한결같이 전에 만난 상인들처럼 오른손으로 성호를 긋듯 어떤 표식을 하는 것이었다. 여기저기서 요란스럽게 창문 닫는 소리가 들렸고, 뚱뚱한 여자가 씩씩거리며 광장 가 길목으로 달려와 꼬마 아이들의 손목을 끌었다. 틈새는 밑에서 볼 때보다 훨씬 통과하기가 수월했다. 블레이크는 곧바로 무성한 잡초 속에 버려진 길을 성큼성큼 걸어가기 시작했다. 여기저기 비석이 흩어져 있는 것으로 보아 아주 오래 전 마당 어딘가에 묘지가 있었던 모양이다. 교회 건물에 다가갈수록 그 외관에 압도당하는 기분이었지만, 마음을 다잡고 건물 정면에 있는 세 개의 커다란 문을 꼼꼼히 살펴보았다. 그는 출입문이 단단히 잠겨 있음을 거듭 확인한 후, 거대한 건물 주변을 돌아다니며 구멍이나 작은 출입구를 찾았다. 그때까지만 해도 그토록 황폐하고 음울한, 그러나 여전히 신비한 마력이 넘실대는 건물 안으로 들어갈 수 있을지는 자신이 없었다.

블레이크가 지상으로 난 지하실 창문을 발견한 곳은 건물 뒤쪽이었다. 창문 하나가 아무렇게나 열려 있기에 그 안쪽을 들여다보았다. 스러져가는 오후 햇살에 거미줄과 먼지가 스쳐갔다. 곧이어 낡은 물통과 부서진 상자 같은 온갖 잡동사니들이 나타났다. 그러나 온통 먼지로 뒤덮여 있어서 물건들의 원래 모습까지 정확히 알아볼 수는 없었다. 부서진 아궁이의 잔해로 보아 빅토리아 시대 중반까지는 건물을 사용한 것 같았다. 블레이크는 창문으로 기어 들어가 먼지와 잡동사니가 뒹구는 콘크리트 바닥에 내려섰다. 지하실은 천장이 아치형이었고, 따로 공간을 나누지 않아서 아주 넓었다. 한쪽 구석에 위층으로 향하는 음침한 통로가 나 있었다. 문득 블레이크는 자신이 거대한 유령의 집에 들어와 있다고 생각하고서 마음 한구석이 서늘해짐을 느꼈다. 그는 두려움을 억누른 채 지하실을 조심스럽게 살펴보았다. 두터운 먼지 속에는 아직 쓸 만한 물통이 눈에 띄었는데, 건물을 빠져나갈 때 딛고 올라설 요량으로 그 물통을 창가 아래 갖다 놓았다.

그는 이제 심호흡을 한 다음, 거미줄을 헤치며 넓은 공간을 가로질러 통로 쪽으로 걸어갔다. 어디에나 있는 먼지 때문에 숨이 막혔고, 유령 같은 거미줄에 온몸이 휘감겼다. 이윽고 위쪽의 어둠을 향해 뻗어 있는 낡은 돌계단이 나타났다. 손전등이나 달리 의지할 만한 불빛이 없어서 손으로 더듬거리며 계단을 올랐다. 갑자기 모퉁이가 나타났고, 그곳을 돌아서자 문이 나타났다. 더듬거리는 손끝에 빗장이 잡혔다. 문은 안쪽으로 열렸으며, 그 너머 쭉 늘어선 복도와 부식된 벽면이 희미하게 드러났다.

복도로 들어서기 전 잠시 망설였던 것과는 달리 블레이크는 성큼성큼 걸어가기 시작했다. 방문은 모두 열려 있어서 이 방 저 방을 마음대로 돌아다닐 수 있었다. 교회의 본당이라고 할 수 있는 공간은 괴괴하기 짝이 없는 분위기였다. 신도석과 제단, 모래시계가 놓여 있는 설교단, 반향판 어디에나 먼지가 산더미처럼 쌓여 있었고, 회당 입구와 고딕 풍의 다발 기둥[145]에 이르기까지 엄청난 크기의 거미줄이 얽혀 있었다. 황혼녘의 햇살이 그 침묵의 폐허 위로 오싹한 납빛을 던져놓았다. 햇빛은 성가대 뒤에 원형으로 만들어진 후진[146]의 창문 틈으로 흘러들었다.

창문마다 그림이 그려져 있었지만, 그을음 때문에 무엇을 표현한 것인지 알아보기 힘들었다. 그러나 블레이크는 이해할 수 없는 그 그림들이 왠지 마음에 들지 않았다. 그림의 구도 자체는 대체로 전통적인 양식이었고, 상징주의에 대한 어렴풋한 지식을 떠올리다가 그럴듯한 몇 가지 고대 양식을 기억해 냈다. 그처럼 기괴한 그림을 그려 애써 비난을 살 화가가 있을 법하지 않았지만, 그중에서 블레이크의 시선을 잡아 끄는 독특한 그림이 하나 있었다. 나선형으로 흩어져 있는 기묘한 발광 물질과 함께 그저 암흑의 공간만이 담겨 있는 그림이었다. 창가에서 시선을 돌리자, 이번에는 제단 위로 펼쳐진 거미줄이 호기심을 자아냈다. 보통 거미줄이 아니라, 고대 이집트의 T자형 앙크 십자가[147]를 띤 형태였기 때문이다.

블레이크는 후진 옆에 자리잡은 부속실에서 썩어 가는 책상과 천장 높이의 책장, 여기저기 흩어져 있는 책들을 발견했다. 그가 처음으로 실재적인 공포에 전율한 것은 바로 그 순간이었다. 책들의 제목 때문이었다. 그 책들은 대부분의 보통 사람들이라면 한번도 들어보지 못했을 사악한 금기의 내용을 담고 있었다. 설령 아는 사람이 있다고 해도 겁에 질린 은밀한 속삭임으로밖에는 되뇌지 못할 내용이었다. 인간이 존재하기 전, 희미한 전설의 시대로부터 밀교와 비밀의 형태로서 끊어질 듯 명맥을 이어온 섬뜩한 지식이기도 했다. 그는 그 같은 금서들이 낯설지 않았다. 음산한 『네크로노미콘』의 라틴어 판본을 비롯해, 불길한 『에이본의 서(書)』, 데르레 백작의 『구울 의식』, 본 준츠의 『비밀 의식』, 루드빅 프린의 오싹한 『벌레의 신비』까지 이미 섭렵한 상태였다.[148] 예를 들어 『프나코틱 필사본』[149], 『드잔의 서(書)』[150]를 비롯해 도저히 알아볼 수 없는 글자로 이루어진 책 한 권은 곳곳에 그려진 상징과 도형만으로도 신비학 연구가들의 간담을 서늘케 할만 했다. 마을에 떠도는 소문들이 거짓만은 아닌 것 같았다. 그곳은 인류보다 더 오래되고, 지금까지 우리가 알고 있는 우주보다도 더 광대한 악의 소굴이었다.

부서진 책상에는 양장본의 작은 일지 같은 것이 놓여 있었고, 거기엔 암호와 같은 글씨들이 빼곡히 들어차 있었다. 그 필사본은 오늘날 연금술이나 점성술 혹은 애매한 예술 형태에서 볼 수 있는 상징들 — 해와 달, 행성, 성좌, 12궁좌 — 로 이루어져 있는데, 문단과 단락을 구분하면서 사용된 것으로 보아 알파벳과 유사한 문자 같았다.

블레이크는 나중에 자세히 살펴볼 생각으로 그 일지를 외투 주머니에 집어넣었다. 책장에 있는 묵직한 장서들도 그의 마음을 사로잡기에 충분했으므로 나중에 기회가 된다면 빌려가고 싶다는 생각이 들었다. 무엇보다 책들이 어떻게 그토록 오랫동안 그대로 보존될 수 있었는지 궁금해졌다. 어쩌면 블레이크는 근 60년 동안 인간의 접근을 거부해온 무시무시한 공포의 현장에 최초로 들어선 인간일지도 몰랐다.

그는 조심스럽게 발걸음을 옮겨 을씨년스러운 본당을 지나 현관 쪽으로 움직이기 시작했다. 그곳에 문이 하나 있었고, 오래 전부터 멀리서 지켜봐 왔던 종루와 첨탑으로 향하는 계단이 놓여 있었다. 계단에는 두터운 먼지 뿐 아니라 교회 어디보다도 거미줄이 험하게 얽혀 있어서 숨을 제대로 쉬기조차 힘들었다. 나선형 계단은 가파르고 비좁은 나무 발판으로 만들어져 있었다. 블레이크는 이따금 뿌연 유리창 너머로 스쳐 가는 희미한 마을의 정경을 힐끔거렸다. 밖에서는 종루에 밧줄 같은 것이 보이지 않았지만, 그래도 거기에 종이 있을 것 같았다. 그는 망원경을 통해 숱하게 살펴보곤 했던 미늘살창이 달린 종루의 예첨창을 떠올리고 있었다. 그러나 종루에 올라서고 곧 실망하고 말았다. 계단을 다 올라서고 보니, 종루의 종실은 텅 비어 있는데다 전혀 다른 목적으로 만들어진 것이 분명했기 때문이다.

종실은 가로 세로 4.5미터 가량의 정방형 공간이었고, 벽마다 나 있는 네 개의 예첨창을 통해 희미한 빛이 들어오고 있었다. 유리창은 썩어 가는 미늘살대 안에 맞춰진 상태로, 여느 창문에 비해 단단히 끼워져서 두터운 휘장으로 가려져 있었다. 그러나 휘장은 너덜너덜해지고 흔적만 남아 있었다. 그런데 방 한복판에는 높이 1미터, 직경 60센티미터 정도의 돌기둥이 세워져 있었고, 무엇보다 돌기둥의 각도가 기이하기 짝이 없었다. 기이한 것으로 따지자면 기둥 양쪽에 거칠게 새겨진 상형 문자들도 마찬가지인데, 대체 무엇을 표현한 것인지 짐작조차 할 수 없었다. 그리고 금속 상자 하나가 생뚱맞게도 기둥 위에 올려져 있었다. 경첩이 달린 상자 뚜껑이 뒤로 젖혀져 있어서 그 안쪽에 달걀처럼 생긴 지름 10센티미터 정도의 타원형 물체가 먼지에 덮힌 채로 드러나 있었다. 그리고 등받이가 높은 고딕 풍 의자 7개가 돌기둥을 중심으로 원을 그리듯 놓여 있었다. 의자들은 모두 망가진 흔적이 없었으며, 그 뒤쪽 벽면을 따라 이스터 섬의 거대한 석상을 연상시키는 신비한 이미지가 석회로 그려져 있었다. 그런데 거미줄이 무성한 한쪽 구석벽에 사다리 하나가 세워져 있었다. 그리고 사다리 끝에서 위쪽 첨탑으로 향하는 뚜껑 문이 나타났다.

조금씩 어둠침침한 빛에 익숙해진 블레이크의 시야로 황금빛 금속 상자에 새겨진 기이한 돋을새김이 들어왔다. 그는 상자 쪽으로 몸을 수그리고 손수건으로 먼지를 털어냈지만, 그 돋을새김한 형체는 아주 낯선 외계의 괴물 같았다. 살아 있는 어떤 것을 묘사한 것으로 보였지만, 지구상에서 진화한 어떤 생물체와도 관련이 없는 생김새였다. 더 자세히 살펴보자 달걀 모양의 물체는 검붉은 줄무늬가 나 있는 다면체였고, 그 표면이 매우 불규칙했다. 어쨌든 아주 독특한 결정체이거나 공예품 같기도 했고, 고도로 연마된 광물질 같기도 했다. 그 물체는 상자 바닥에 놓여 있는 것이 아니라, 상자 벽에서 위쪽으로 비스듬히 나 있는 7개의 기묘한 지지대와 금속 줄에 매달려 있었다.

블레이크는 그 광물체를 발견한 순간부터 심상찮은 흥분감에 빠져들었다. 그 물체에서 눈을 뗄 수 없었고, 반짝이는 표면을 바라보고 있자니 그것이 마치 투명한 물체 같았고, 그 안에 미완성의 경이로운 세계들이 담겨 있다는 착각이 들었다. 그의 머릿속으로 거대한 외계의 어느 행성과 생명의 흔적 없이 어마어마한 산맥뿐인 또 다른 행성들이 떠돌았다. 까마득히 머나먼 우주 공간의 희미한 어둠 속에서 일정한 모습 없이 그저 꿈틀거릴 뿐이지만, 분명 의지와 의식이 있는 존재……

그가 겨우 상자에서 시선을 들어 올리자, 사다리 근처의 구석에서 독특한 먼지 무더기가 눈에 띄었다. 딱히 뭐라고 설명하기는 힘들었지만, 그 먼지 더미는 그의 무의식 속으로 어떤 메시지를 전달하고 있었다. 거미줄을 떼어내며 그쪽으로 다가설수록 불길하고 분명한 실체가 느껴지기 시작했다. 손과 손수건으로 먼지를 닦아내는 순간, 그는 갑자기 밀려오는 복잡하고 당혹스러운 감정에 숨이 막혔다. 인간의 해골이었다. 아주 오랫동안 그곳에 그대로 남겨져 있었음이 분명했다. 입고 있는 옷이 그대로 수의가 돼 버렸지만, 단추 몇 개와 천 조각으로 미루어 남성용 회색 양복임을 추측할 수 있었다. 구두와 허리띠의 금속 버클, 큼지막한 커프스용 단추, 유행이 한참 지난 넥타이핀, 그 지역의 신문 기자였음을 알리는 기자 신분증, 그리고 다 헤진 가죽 수첩도 차례차례 모습을 드러냈다. 블레이크는 가죽 수첩을 뒤적였다. 구권 화폐 몇 장과 함께 셀룰로이드 형 1893년도 광고 달력, 그리고 쪽지 한 장이 나왔다.

블레이크는 희미한 서쪽 창가를 의지해 종이에 적힌 수수께끼 같은 글을 읽어갔다. 글씨를 전부 알아볼 수 없었지만, 대충 내용은 다음과 같았다 :

1844년 5월, 에녹 보웬 교수 이집트에서 귀국함. 7월 프리월 교회 구입. 신비학 관련 고고학 연구로 유명함

1844년 12월 29일, 4대 침례교 목사 드라우니 박사가 스태리 위즈덤

교파에 경고성 설교를 함.

1845년 말, 회중 97명

1846년, 3명 실종. 빛나는 트레피저헤드론[151]에 대한 최초의 언급이 있음

1848년, 7명 실종. '잔혹한 희생'이라는 풍문이 떠돌기 시작함.

1853년, 아무 성과 없이 경찰 조사 종결. 풍문은 계속됨. 오멜리가 거대한 이집트 유적지에서 발견했다는 상자와 악마 숭배에 대해 언급함. 그에 따르면 빛 속에서 존재할 수 없는 무엇인가를 불러내는 의식이었다고 함. 그것은 약한 빛 속에서는 재빨리 도망치지만, 강한 빛이 비추면 순식간에 사라져 버린다고 함. 이런 경우 다시 그것을 불러내야 함. 1849년 스태리 위즈덤으로 개종했던 프란시스 X. 피니의 임종 시 고해에서 비롯된 것으로 보임. 이 교파의 추종자들은 빛나는 트레피저헤드론이 그들에게 천상과 다른 세계를 보여주었다고 주장함. 그리고 어둠의 정령이 그들에게 상당한 비밀을 알려주었다고도 함.

1857년, 오린 B. 에디의 이야기. 추종자들이 결정체 모양의 광물을 응시하며 독특한 주문을 외움으로써 그것을 불러낸다고 말함.

1863년, 200명 이상의 신도 참석(회당 밖에 운집한 인원은 제외한 수치)

1869년, 패트릭 리건의 실종 사건 이후 아일랜드 소년들이 교회 습격

1872년, J지에 모호한 내용의 기사 게재, 그러나 사람들은 그 기사에 대해 언급을 회피함.

1876년, 6명 실종. 비밀 위원회가 소집되고 도일 시장과 대책 논의.

1877년 2월, 모종의 조치가 취해짐. 4월 교회 폐쇄. 5월 '페더럴 힐 소년단'이라는 갱 조직이 박사와 교구위원들 협박함.

1877년 말, 주민 181명 다른 곳으로 이주. 이주민 명단은 밝혀지지 않음.

1880년, 유령 소문이 떠돌기 시작. 1877년까지 교회 건물에 들어간 사람이 한 명도 없다는 신문 기사 내용을 뒷받침함.

레니건에게 1851년에 촬영한 교회 사진을 요구함.

블레이크는 종이쪽지를 수첩에 다시 끼워 넣은 다음, 수첩을 외투 주머니에 집어넣었다. 그는 먼지에 싸여 있는 해골을 내려다보았다. 쪽지 내용으로 추측해 보면, 그 남자는 42년 전 특종을 노리고 아무도 접근하지 않던 교회 건물에 잠입한 것이 분명했다. 그리고 그의 계획을 아무도 몰랐을 확률이 컸다. 물론 누군가 알고 있는 사람이 있을 수도 있지만. 결국 그 남자는 신문사로 다시 돌아가지 못했다. 가공할 만한 공포에 짓눌려 심장마비라도 일어난 것일까? 블레이크는 해골의 잔해에 몸을 수그리고 그 특이한 상태를 관찰했다. 뼈의 일부는 아무렇게나 흩어져 있었으며, 끝부분이 이상한 형태로 녹아 있는 것들도 보였다. 어떤 것은 타다 남은 듯 누런색을 띠고 있었다. 불탄 흔적은 옷감 조각에도 남아 있었다. 앞서 말한 해골의 아주 독특한 상태, 그러니까 누렇게 변색되고 끝 부분에 타들어 간 구멍이 있는 점으로 보아 아주 강한 산성 물질이 뼈를 관통한 것 같았다. 지난 40여 년 동안 과연 그 해골에 무슨 일이 벌어졌는지, 블레이크는 무덤 아닌 무덤의 침묵 속에서 딱히 떠오르는 것이 없었다.

블레이크는 무의식중에 그 돌기둥을 다시 바라보고 있었다. 불현듯 그의 마음속에 흐릿한 영상이 떠오르기 시작했다. 언뜻 인간의 모습과는 거리가 먼 무리들이 예복과 두건을 쓰고 행진하는 모습이었다. 그들은 하늘을 찌를 듯 끝없이 늘어서 있는 거석을 응시하고 있었다. 해저의 어두운 심연, 그곳에 세워진 건물과 벽, 그리고 싸늘하게 반짝이는 자줏빛 아지랑이를 밀치고 시커먼 안개가 떠오르며 소용돌이가 일었다. 모든 공간이 일시에 휘돌기 시작했다. 모든 경계를 넘어 끝없이 펼쳐지는 어둠의 심연, 그곳에서 감지되는 일정한 형체라고는 바람결 같은 일렁임뿐이었다. 그러나 그 어렴풋한 힘의 실체야말로 혼돈에 질서를 부여하고, 우리가 알고 있는 이 세계의 온갖 역설과 비밀을 푸는 열쇠를 쥐고 있는 것 같았다.

이 마법과도 같은 환상은 예리하고도 불분명한 공포에 의해 순식간에 사라져 버렸다. 그는 숨을 죽이고 광물체에서 돌아섰다. 정체불명의 낯선 존재가 다가와 섬뜩하리만큼 집요하게 그를 지켜보고 있는 것 같았기 때문이다. 그는 무엇인가와 뒤엉키는 느낌이 들었다. 광물체 속에 있는 것이 아니라 그것을 통해서 그를 바라보고 있는 무엇인가가 있었다. 그것은 감각적인 시선이 아니라 인지력의 힘으로 집요하게 그를 쳐다보는 것 같았다. 이제는 그곳이 점점 그의 신경을 거스르고 있었다. 뭔가 무시무시한 것을 발견하게 될 것 같았다. 게다가 땅거미가 지기 시작했고, 손전등 하나 없는 그로서는 한시라도 그곳을 빠져나가야 할 시간이었다.

그런데 창가에 노을이 물들 즈음, 블레이크는 광물체에서 희미한 빛을 느꼈다. 그는 애써 고개를 돌렸으나, 어떤 힘에 이끌리듯 다시 시선을 되돌리고 말았다. 혹시 돌기둥 주변에서 방사능 물질과 같은 빛이 떠도는 것은 아닐까? 죽은 남자가 종이에 적어둔 '빛나는 트레피저헤드론'이란 무엇을 의미하는 것일까? 대체 이곳에서 무슨 일이 벌어졌으며, 이제 새들도 피해 가는 어둠 한편에 여전히 그 무엇이 숨어 있는 것일까? 은밀하게 다가오는 손길이 느껴지건만, 그것이 어디서 오는지는 알 수 없었다. 그저 점점 가까이 다가온다는 것만 알 수 있을 뿐. 블레이크는 서둘러 금속 상자의 뚜껑을 닫아버렸다. 상자의 뚜껑은 예상보다 쉽게 닫혀서, 빛을 발하고 있던 광물체를 완전히 덮어버렸다.

상자의 뚜껑이 닫히면서 찰칵 하는 날카로운 소리가 났을 때, 뚜껑문 너머 첨탑의 영원한 어둠 속에서 뭔가 부드러운 움직임이 이는 것 같았다. 쥐떼가 틀림없었다. 블레이크가 이 저주받은 건물에 들어와서 그때까지 본 생물이라고는 쥐밖에 없었다. 그런데도 첨탑에서 이는 움직임은 그의 등골을 오싹하게 만들었다. 그래서 그는 미친 듯이 나선형 계단을 뛰어 내려갔고, 소름 끼치는 본당을 가로질러 지하실로 달려갔다. 이후 페더럴 언덕의 으스스한 골목길과 거리를 지나 정상인들이 살고 있는, 편안한 컬리지 가의 벽돌 보도까지 정신없이 뛰었다.

그날이 지나고 블레이크는 그날의 모험에 대해 누구에게도 말하지 않았다. 그 대신 몇 가지 책을 탐독하고 지역 신문의 기사들을 면밀히 조사하는 한편, 교회에서 가져온 양장본의 상형 문자를 해독하는데 매달렸다. 그러나 그는 곧 그 상형 문자가 결코 단순한 것이 아님을 깨달았다. 오랜 시간 씨름을 한 후에야 영어나 라틴어, 고대 그리스어, 프랑스어, 스페인어, 이탈리아어, 독일어 등 그 어떤 언어와도 관련이 없다는 사실을 확인할 수 있었다. 그가 의존했던 것은 그 자신의 깊고도 기이한 학식이었을 것이다.

매일 저녁마다 서쪽 창가를 바라보게 만든, 옛 충동이 되살아났다. 저 멀리 반쯤 꾸며낸 듯한 세계에서 주변 풍경을 굽어보며 버티고 서 있는 암흑의 첨탑을 바라보았다. 그러나 첨탑은 이제 공포라는 새로운 분위기를 자아냈다. 그곳에 숨겨진 사악한 비밀의 유산을 알게 된 지금, 그의 상상력은 더욱더 기이하고 새로운 방식으로 분출되었다. 한 무리의 새떼가 또 하나의 봄을 알리며 도시를 찾아왔고, 블레이크는 노을진 하늘을 수놓는 새들의 비행을 바라보았다. 새들은 그 적막하고 쓸쓸한 첨탑을 그 어느 때보다 저어하는 것 같았다. 첨탑에 가까이 다가가다가도 갑작스런 공포에 쫓기는지 순식간에 사방으로 흩어져 버리곤 했다. 거리가 멀어서 실제로 들리지는 않지만, 새들이 사납게 지저귀는 소리를 짐작할 수도 있었다.

블레이크의 일기장에 드디어 상형 문자를 해독했다는 말이 등장한 것은 6월이었다. 그 문자는 아주 오래 전에 악마를 숭배하던 특정 의식들에서 사용된 크로 어였다. 블레이크는 예전에 연구한 지식을 바탕으로 불완전하게나마 아크로 어를 알고 있었다. 그러나 이상하게도 일기장엔 블레이크가 해독한 내용이 무엇인지에 대한 언급이 없다. 다만 비밀에 접근할수록 증폭되는 그의 놀라움과 당혹감이 뚜렷하게 담겨져 있을 뿐이다. 일기에는 빛나는 트레피저헤드론을 바라봄으로써 어둠의 정령을 불러낸다고 언급하는 부분이 있다. 또한 블레이크는 그 존재가 머물고 있는 어둠의 심연에 대해 광기에 가까운 추측을 써놓고 있다. 즉, 그 존재는 만물의 지식을 알고 있으며, 끔찍한 희생을 요구한다는 것이다. 행간 곳곳에는 그 존재를 이 세상으로 불러내서는 안 된다는 두려움이 묻어 있다. 그러나 그는 거리의 가로등 불빛이 그 존재의 침입을 가로막는 성채 역할을 할 것이라는 말도 덧붙이고 있다.

블레이크는 빛나는 트레피저헤드론을 자주 언급하는 과정에서 그것이 시공을 초월하며, 올드원이 지구로 가져오기 전에 이미 암흑의 유고스[152]에서 만들어졌을 정도로 기원이 오래됐음을 밝히고 있다. 벨루시아의 사인족[153]이 남극 대륙을 정복했을 당시, 그곳에 거주하던 바다나

리류들은 빛나는 트레피저헤드론을 끝까지 지켜내어 기묘한 상자 속에 보물처럼 소중히 간직했다는 것이다. 그리고 영겁의 세월이 지난 후, 레무리아에서 최초의 인간이 그 상자를 발견하기에 이른다. 이후 빛나는 트레피저헤드론은 기이하고 낯선 대륙과 바다를 건너 떠돌다 아틀란티스와 함께 바다 속으로 가라앉는 운명을 맞게 되고, 나중에 고대 크레타 어부의 그물에 걸려든다. 그 어부는 트레피저헤드론을 암흑의 켐에서 온 흑인 상인에게 팔아넘겼다. 그리고 네프렌-카 황제[154]가 트레피저헤드론을 중심으로 그 주변에 신전과 밀폐된 지하실을 건축함으로써 네프렌-카의 이름이 모든 비문과 기록에 등장하게 된다. 그러나 악마의 신전은 새로운 황제와 사제들에 의해 파괴되고, 빛나는 트레피저헤드론은 그 폐허 속에 남아 무모한 호기심을 지닌 누군가가 나타나기를, 그래서 다시 인간 세계에 저주를 퍼붓기를 기다린다.

7월 초, 일기에는 그 내용을 뒷받침할 만한 묘한 신문 기사 하나가 등장한다. 그러나 블레이크의 일기가 세인에게서 일반적인 관심 밖에는 끌지 못했듯이, 그 기사도 별다른 주목을 받지 못했다. 일기에 언급된 기사에 따르면, 이방인이 금지된 교회에 침입한 이후 페더럴 언덕에 새로운 공포가 자리 잡고 있었다. 밀폐된 첨탑에서 뭔가 충돌하고 갉아대는 소리가 들려오고 평소와는 다른 움직임이 느껴진다는 말들이 이탈리아인들의 입에서 전해지기 시작했다. 그들은 급기야 목사들을 찾아다니며 꿈속에 출현하는 정체불명의 존재를 쫓아달라고 부탁하기에 이르렀다. 어떤 형체가 끊임없이 문가를 살피며 짙은 어둠과 함께 밖으로 나올 기회를 노리고 있다는 얘기였다. 결국 신문 기사는 오래된 마을의 미신을 소개만 했을 뿐 공포의 근원에 초점을 맞추지는 못했다. 하긴 요즘의 젊은 기자들이 골동품 전문가일 수는 없는 노릇이다. 이렇

438

게 적으며 블레이크는 미묘한 표현으로 후회의 감정을 피력하고 있는데, 특히 빛나는 트레피저헤드론을 묻어버려야 했다느니, 그 자신의 행동을 돌이켜야 한다는 등의 말을 토로하고 있다. 그러나 한편으로는 자신의 상상력을 극단까지 펼쳐 보이며 꿈속에까지 침투한 병적인 집착을 보이기도 했다. 그는 다시 한 번 그 저주받은 첨탑을 찾아가 빛나는 돌의 우주적 비밀을 들여다보고 싶다는 욕망을 떨쳐버리지 못하는 것 같았다.

7월 17일자 지역 조간신문에 블레이크를 공포의 도가니에 빠뜨려버린 기사가 실린다. 언뜻 보아 그 기사는 페더럴 언덕을 휩싸고 있는 불안감에서 비롯된 사사로운 몇 가지 사건들을 언급하고 있는 것 같다. 하지만 블레이크에게는 숨막히는 공포로 다가왔다. 한밤에 몰아친 천둥 번개 때문에 한 시간 동안 정전 사태가 벌어졌고, 그동안 이탈리아인들이 겁에 질려 광증에 가까운 반응을 보였다는 내용이 실렸기 때문이다. 교회 주변에 사는 사람들은 첨탑 속의 괴물이 가로등이 꺼진 시간을 이용해 교회 본당으로 내려왔다며 요란을 떨었다. 그 괴물이 퍼덕대다 이리저리 부딪치면서 교회 안에 점액질을 질질 흘리고 다녔다는 말도 떠돌았다. 전력이 복구될 즈음 그 괴물은 다시 위층으로 올라갔고, 그 직후 유리 깨지는 소리가 들려 왔다는 것이다. 어둠을 틈타 어디든지 갈 수 있으나, 빛이 다가오면 속히 줄행랑을 친다는 것이 그들의 한결 같은 주장이었다.

전기가 다시 들어오자, 교회의 종루에서 또 한 번 충격적인 소동이 벌어진 모양이다. 왜냐하면 음침한 미늘살창 틈으로 스며들어간 희미한 불빛마저 그 괴물에게는 치명적이었기 때문이다. 그러나 괴물은 이리저리 부딪치며 가까스로 첨탑으로 몸을 피신해 위기를 모면했다. 빛에 쫓긴 광기의 이방인이 다시 이전의 자리로 돌아간 셈이었다. 한편, 정전이 된 시간 동안, 신도들은 퍼붓는 빗줄기에도 불구하고 촛불과 등 잔불을 신문지나 우산으로 가리고 교회 주변으로 몰려들었다. 그들은 불빛을 통해 어둠 속을 활보하는 악몽의 실체를 내쫓고 마을을 지킬 수 있다고 믿었다. 교회 건물에 가까이 모여 있던 사람들은 출입구가 거칠 게 흔들렸다고 증언했다.

그러나 그때까지만 해도 최악의 상황은 아니었다. 그날 저녁, 블레이 크는 호외로 발행된 속보 기사를 읽고 있었다. 변덕스러운 신문들도 그 날 벌어진 공포의 가치를 충분히 깨달았는지, 기자 두 명이 광적인 이 탈리아인들의 저지를 뚫고 지하실 창문을 통해 교회 건물로 들어가는 데 성공했다. 그들은 먼지로 뒤덮인 복도를 지나 소름 끼치는 교회 본 당으로 들어섰다. 그들을 맞이한 것은 여기저기 흩어져 있는 부패한 소 파와 비단으로 등받이를 댄 신도석이었다. 악취가 진동했고, 노란색의 끈끈한 물질과 불에 타다 남은 듯한 헝겊 조각이 바닥에 뒹굴었다. 그들 이 종루로 향하는 문을 열자 나선형 계단이 나타났다. 그러나 그들은 멈 칫해야 했다. 위쪽에서 뭔가 긁어대는 소리가 들려왔기 때문이다. 비좁 은 나선형 계단은 누군가 대충 치워놓은 듯했다.

종루도 역시 반쯤 치워진 상태였다. 기자들은 7각형 모양의 돌기둥 과 뒤엎어져 있는 고딕 풍의 의자들, 정체를 알 수 없는 회반죽을 목격 했다고 기술했다. 그런데 기이하기로 따진다면 훨씬 더한 금속 상자와 해골에 대한 언급은 기사에 없었다. 블레이크가 기사에서 가장 큰 동요 를 느낀 부분은 — 점액질 물질과 타다 남은 흔적, 악취를 제외하 고 — 유리창이 깨져 있었다는 기사의 마지막 대목이었다. 종루의 예첨 창은 모두 깨져 있었으며, 그중 두 곳에는 비단 안감과 소파 헝겊으로

440

급히 막아놓은 흔적이 역력했다. 안감과 소파 헝겊이 바닥에 널려 있었는데, 누군가 종루를 철저히 밀폐하려고 시도한 흔적이었다.

첨탑의 뚜껑 문 밑으로 놓여 있던 사다리에서 노란색 물질과 타다 남은 헝겊이 발견됐다. 기자 중 한 사람이 사다리를 올라가 뚜껑 문을 여는 순간, 희미한 불빛이 어둠에 잠겨 있던 첨탑 내부로 파고들었다. 그는 열려진 문틈으로 어둠뿐인 첨탑과 여러 가지 잔해들이 널려져 있다는 정도만 확인할 수 있었다. 결국 기사의 내용은 그날의 공포가 근거없다는 결론으로 끝을 맺었다. 미신이 강한 페더럴 언덕 주민들을 상대로 누군가 장난을 쳤거나 주민들이 지레 겁을 먹고 환영을 봤을 거라는 얘기였다. 아니면 마을 사람 중 어느 정도 지적 수준이 높은 젊은이가 장난을 친 것이라는 추측도 있었다. 기사 내용을 확인하기 위해 경찰이 출동했을 때는 이미 유쾌한 분위기마저 감돌았다. 경찰 네 명 중 세 사람은 그런 분위기를 틈타 임무를 슬며시 회피했고, 나머지 한 사람이 곧바로 현장에서 돌아와 기사 내용을 그대로 인용하며 보고서를 작성했다.

이 시점부터 블레이크의 일기에서 불길한 공포와 초조감이 증폭되고 있다. 그는 아무 행동도 하지 않은 것을 자책했고, 또 한 번 정전 사태가 벌어진다면 어떤 결과가 생길지 전전긍긍했다. 일기를 통해 천둥과 번개가 내리치는 동안 세 가지 일이 벌어졌음을 확인할 수 있다. 당시 그는 다급하게 전력 회사에 전화를 걸어 정전이 일어나지 않도록 조심하라고 말했다. 그리고 일기 곳곳에서 기자들이 금속 상자와 광물질, 타다 남은 기이한 해골을 발견하지 못한 사실을 두고 아주 초조한 심경을 토로했다. 그가 할 수 있는 추측은 누군가, 혹은 무엇인가가 흔적을 모두 치워 버렸다는 것뿐이었다. 그러나 블레이크가 정작 가장 두려워했던 대상은 바로 자기 자신이었다. 불경스러운 교감을 통해 그는 그 자신의 이성과 멀리 첨탑에 은둔하는 괴물 사이에서 혼란을 겪고 있었다. 그는 자신의 무모한 행동이 어둠의 심연에서 괴물을 불러냈다고 여기는 듯했다. 그는 줄곧 이성과 의지를 되찾으려고 애썼다. 당시 그를 방문했던 사람들 중에는 그가 멍하니 책상 앞에 앉아 서쪽 창가의 소용돌이치는 연기 너머로 몽롱한 시선을 던지던 모습을 기억했다. 또 그의 일기에는 소름끼치는 악몽과 그 속에서 점점 강해지는 사악한 교감에 대한 내용이 일관적으로 드러났다. 그러던 어느 날 밤, 그가 외출복 차림으로 깨어나 몽유병 환자처럼 컬리지 가 언덕을 내려가 서쪽으로 걸어갔다는 내용도 있었다. 그리고 첨탑 속에 있는 괴물이 어디서든 자기를 찾아낼 수 있다는 말도 되풀이되었다.

7월 30일 이후 일주일간은 블레이크에게 부분적으로 정신 장애가 일어난 시기로 보인다. 그는 벌거숭이 상태로 지냈으며, 음식도 전화로 주문했다. 방문객들은 침대 주변에 묶여 있는 밧줄을 눈여겨보았다. 블레이크는 몽유병 때문에 밤마다 자신의 발목을 밧줄로 묶어 놓는데, 그래야만 돌아다니지 않게 되고 아니면 밧줄을 풀려고 뒤척이다가 잠에서 깬다고 했다.

그는 정신적 손상을 가져온 끔찍한 경험을 일기에 밝혀 놓았다. 7월 30일 밤, 잠자리에 들었다가 돌연 암흑의 공간에 빠져있는 자신을 발견했다는 것이다. 보이는 것이라고는 간헐적이고 희미한 푸른빛이었지만, 강렬한 냄새와 함께 위쪽에서 은밀하게 뒤적이는 듯한 소리가 들려왔다. 움직일 때마다 발부리에 무엇인가 걸렸고, 그것에 응답하듯 위쪽에서 소리가 났다. 나무 바닥을 조심스럽게 스치는 소리 속에는 꿈틀대는 듯한 소리도 섞여 있었다.

더듬거리는 그의 손끝에 돌기둥이 잡혔다. 그런데 그 위에 놓여 있던 금속 상자는 없었다. 잠시 후 그는 사다리를 움켜쥐고 있는 자신을 발견했다. 그가 위태롭게 사다리를 밟고 악취가 흘러나오는 첨탑으로 올라서는 동안, 타들어갈 듯 뜨거운 공기가 그를 밀쳐내듯 짓누르는 느낌이 들었다. 그 순간 눈앞에 온갖 환영들이 주마등처럼 떠올랐는데, 그 환영들은 어느 순간 일정한 영상으로 합쳐지는 것이었다. 여러 개의 태양이 빙빙 돌고 어둠뿐인 거대한 밤의 심연을 나타내는 한 폭의 그림 같은 영상이었다. 그는 '절대 혼돈'에 얽힌 고대 전설을 떠올렸다. 절대 혼돈의 한복판에서 만물의 제왕이자 맹목적인 백치의 신 아자토스가 기어 다닌다는, 무형의 어리석은 춤꾼들이 아자토스의 주위를 펄럭거리고 이름 모를 갈고리 발톱에 들린 악마의 피리에서 가늘고 단조로운 선율이 자장가처럼 들려온다는 전설.

불현듯 혼미한 그의 정신을 깨우듯 바깥에서 날카로운 소리가 들려왔다. 그러나 정신을 수습하는 순간, 까마득한 공포가 그를 덮쳐왔다. 그는 그 정체를 도저히 알 수 없었다. 어쩌면 마을 주민들이 수호신 혹은 이탈리아 고향 마을의 성인들을 찬양하기 위해 여름 동안 페더럴 언덕에서 터뜨리던 폭죽이 일시에 작렬하는 소리인지도 몰랐다. 그 정체가 무엇이든 간에, 그는 비명을 지르면서 사다리에서 굴러 떨어지듯 내려와 미친 듯이 어둠 속을 달려 나갔다.

그는 곧 자신이 어디에 있는지를 깨달았다. 단숨에 비좁은 나선형 계단을 내려갔고, 이리저리 부딪혀 몸에 상처가 나는 것도 아랑곳하지 않았다. 본당의 둥근 천장까지 집어삼킨 음산한 그림자, 바닥에 나뒹구는 형체 모를 잔해들을 헤치고 뛰어든 지하실, 창문을 빠져나와 맛본 간절한 한줌의 공기와 가로등 불빛……. 그래도 그의 발걸음은 쉼 없이 달려 박공이 괴이하게 늘어선 언덕을 미끄러지고, 검은색 건물이 장막처럼 버티고 선 도시의 침묵을 벗어나 가파른 동쪽 절벽에 올라 집을 지척에 두었을 때까지 악몽 같은 질주를 멈추지 않았다.

다음 날 아침, 블레이크는 외출복 차림으로 서재 바닥에 쓰러져 있는 자신을 발견했다. 옷에는 먼지와 거미줄이 뒤덮여 있었고, 온몸이 욱신욱신 쑤셨다. 불에 그을린 머리카락과 형편없는 몰골이 거울에 나타났고, 옷에서도 기이한 악마의 냄새가 묻어 있는 것 같았다. 블레이크의 정신에 문제가 생긴 것은 바로 그때였다. 이윽고 그는 헐렁한 잠옷 차림으로 서쪽 창가를 멍하니 응시하면서 천둥소리에 몸서리쳤고 미친 듯이 일기장에 펜을 놀렸다.

8월 8일 자정 직전, 거대한 폭풍이 일었다. 도시 전역에 계속해서 번개가 내리쳤고, 커다란 유성 두 개가 목격됐다는 소식도 전해졌다. 끝없이 내리치는 번개에 숱한 사람들이 잠을 설쳤지만, 쏟아지는 폭우로 도시의 불안감은 더해질 뿐이었다. 블레이크는 정전 사태를 염려한 나머지 완전히 광기에 빠져들어 새벽 1시경 전화통에 매달려 다급하게 전력 회사를 찾았다. 당시 전력 회사는 안전 문제 때문에 전력 공급을 간헐적으로 중단하고 있었다. 블레이크는 그 모든 상황을 일기에 기록해 놓았다. 어둠 속에서 휘갈겨 쓴 크고 굵은 필체는 간혹 해독이 불가능한 상형 문자로 바뀌었는데, 필체만 봐도 점점 맹렬해지는 광기와 절망이 전해졌다.

블레이크는 창밖을 보기 위해 집 안을 어둡게 해 놓았다. 그는 책상 앞에서 장대비 너머의 페더럴 언덕을 비추는 아득한 빛 무리와 그 아래 펼쳐진 도시의 정경을 초조히 바라보며 대부분의 시간을 보낸 것으로 보인다. 일기에는 '정전 사태를 막아야 한다.'라든가 '나를 부르고 있다.

그러나 이번만은 내게 위해를 가하려는 의도는 없는 것 같다.'라는 문구가 두 페이지에 걸쳐 곳곳에 등장하고 있다.

얼마 후, 도시 전역이 정전 사태에 빠졌다. 전력회사 기록에 따르면 정확히 새벽 2시 12분의 일이었다. 그러나 블레이크의 일기는 정전이 언제 일어났는지 언급하지 않고 있다. '정전이다. 신이시여 저를 굽어살피소서.'라는 말이 전부였다. 한편 페더럴 언덕에도 블레이크만큼 절박감에 사로잡힌 사람들이 모여 있었다. 그들은 비에 흠뻑 젖은 채 우산으로 가린 촛불과 손전등, 램프, 십자가를 들고 교회 주변의 광장과 골목을 행진했다. 그중에는 이탈리아 남부에서 많이 사용한다는 부적 같은 것들을 들고 있는 사람들도 있었다. 그들은 저마다 가져온 빛을 비추며 서로에게 신의 가호를 빌었고, 돌풍에 일순 빛이 위태롭게 흔들리는 순간, 누구나 할 것 없이 오른손으로 비밀의 표식을 그렸다. 돌풍이 거의 모든 촛불을 집어 삼켰으므로 사위의 어둠은 한층 짙은 공포감을 자아냈다. 스피리토 산토 교회의 메를조 신부를 부르기 위해 어떤 이가 급히 광장을 뛰어가며 구원의 말을 더듬거렸다. 불안감이 팽배한 가운데 어둠에 잠긴 종루에서 기이한 소리가 들려올 즈음, 사람들은 무슨 일이 벌어지고 있는지 분명히 알 수 있었다.

2시 35분에 벌어진 일에 대해서는 목사와 젊은 남자, 다른 믿을 만한 사람 등의 증언이 확보된 상태이다. 특히 윌리엄 J. 모나한이라는 경관은 그간의 업무 능력과 인격으로 보아 특히 신뢰할 만했다. 그는 당시 담당 구역에 모여 있는 군중을 조사했는데, 총 78명의 사람들이 교회 주변과 교회의 동쪽 현관이 보이는 광장에 모여 있었다고 했다. 물론 자연의 질서가 파괴되고 있다는 명백한 증거는 없었다. 단 악마가 깃든 그 건물에서 벌어지고 있는 모호한 화학적인 변이를 설명할 수 있는 사람 역시 아무도 없었다. 오랜 부패 과정에서 나온 가스 압력 때문에 악취의 수증기가 발생했다는 식으로 일부는 설명 가능할지 모른다. 물론 누군가의 의도적인 장난일 가능성도 결코 배제할 수 없었다. 괴물이라는 것이 그 자체로는 아주 단순한 데다 실제로 목격됐다고 볼 수 있는 시간이 3분 남짓이었기 때문이다. 정확한 사람으로 정평이 나 있는 메를조 신부가 여러 차례 시계를 봐서 확인한 결과였다.

사건의 발단은 첨탑 내부에서 희미한 소리가 점점 또렷하게 들려오면서부터였다. 그리고 몇 차례 기묘한 증기와 지독한 냄새가 흘러나왔는데, 그 속에는 단호하고 공격적인 느낌이 도사리고 있었다. 그리고 마지막 순간 동쪽 현관 어딘가에서 나무와 육중한 물건이 부서지는 소리가 들려 왔다. 촛불도 꺼진 상태라 첨탑의 내부를 제대로 볼 수 없었지만, 그 괴물이 점점 아래쪽으로 내려왔다는 점에는 이견이 없어 보였다. 사람들은 연기로 그을린 종루의 동쪽 창가에서 뭔가가 어른거리는 것을 보았다.

그 직후 보이지 않는 곳에서 역겨운 비린내가 내려앉아서 사람들은 숨 막히는 메스꺼움을 못 이긴 채 광장에 주저앉았다. 그와 동시에 거대한 날갯짓에서 생긴 파동처럼 공기가 흔들렸고, 전부터 몰아치던 돌풍의 기세는 더 격렬해졌다. 촛불도 없는 어둠 속에서 또렷하게 보이는 것은 없었다. 다만, 위쪽을 바라보던 사람들은 칠흑 같은 하늘보다 더 어두운 뭔가가 거대하게 펼쳐진 것을 봤다고 여겼다. 그리고 형체 없는 연기구름 같은 것이 유성처럼 빠르게 동쪽으로 날아갔다.

그것이 전부였다. 군중은 공포와 외경심으로 얼이 빠져 있었고, 어떡해야 할지 아니 뭐라도 하긴 해야 하는지조차 갈피를 잡지 못했다. 무슨 일이 벌어졌는지 알 수 없었기에 불침번을 그만두지도 못했다. 잠시 후에 빗물 가득한 창공을 가르며 번갯불이 번뜩이고 천둥소리가 귀청을 때리자, 사람들은 기도를 올리기 시작했다. 30분이 지나자 비가 멈추었고, 15분이 더 지나자 가로등이 다시 거리를 비추기 시작했다. 그제야 피로와 비에 흠뻑 젖은 사람들도 안심하고 집으로 돌아갔다.

다음 날, 신문들은 간밤의 폭풍 소식을 전하면서 페더럴 언덕에서 벌어진 사건을 간략히 언급하는데 그쳤다. 기사 내용에 따르면, 페더럴 사건 후에 이어진 거대한 섬광과 폭발음이 오히려 동쪽 멀리에서 더 강렬했고, 메스꺼운 냄새도 그쪽에서 더 심했다. 이런 현상은 컬리지 언덕 전역에서도 나타났고, 굉음에 놀란 주민들이 잠에서 깨어 어리둥절하게 주위를 두리번거렸다. 이 시간까지 깨어 있던 극소수의 사람들은 컬리지 언덕 정상 부근에서 이상하고도 강렬한 섬광을 목격했거나 위쪽으로 솟구치는 불가사의한 돌풍에 나뭇잎들이 떨어지고 채소들이 뿌리째 뽑히는 광경을 보았다. 언덕 정상에 갑자기 한 다발의 번개가 내리친 것이라는 목격담이 일치했으나, 나중에 그 흔적을 찾진 못했다. 타우 오메가라는 클럽하우스에 있던 한 청년은 섬광이 번뜩이는 순간 하늘에서 기괴하고 섬뜩한 연기 덩어리를 봤다고 했으나, 그 진위 여부는 입증되지 않았다. 그런데 소수의 목격자들은 서쪽에서 강한 돌풍이 일었고, 번개보다 앞서 지독한 악취가 진동했다고 입을 모았다. 반면, 번개가 친 후에 일시적으로 타는 냄새가 났다는 증언도 만만찮았다.

그러나 한편에서는 이러한 증언들이 로버트 블레이크의 죽음과 관련해 심도 있게 검토되었다. 프시 델타[155]라는 클럽하우스에 있던 대학생들은 8월 9일 아침 서쪽 창가에서 창백한 얼굴을 보았다고 말했다. 대학 동아리방의 뒤쪽 창문에서 훤히 보이는 블레이크의 서재를 말하는 것이었다. 그들은 창가에 비친 얼굴 표정이 하도 이상해서 무슨 일이 벌어졌을지 모른다고 생각했다. 그날 저녁에도 똑같은 얼굴이 똑같은 표정으로 창가에서 발견되자, 그들은 걱정을 하면서 블레이크의 집에 불이 켜지는지 살폈다. 나중에 그들은 그의 컴컴한 아파트를 찾아가 초인종을 눌렀으나 결국엔 경찰에 신고하여 문을 강제로 열어야 했다.

빳빳한 시체가 창가의 책상 앞에 똑바로 앉아 있는 자세를 취하고 있었다. 흐릿하게 부풀어 오른 동공, 일그러진 얼굴에 남아 있는 발작적인 공포의 표정, 사람들은 그 불쾌한 광경에서 눈을 돌려야 했다. 얼마 후 도착해 시신을 살펴본 검시의는 창문에 침입의 흔적이 없다며 감전 혹은 신경 발작을 사인으로 보고했다. 검시의는 시체의 섬뜩한 표정에 대해서도 극히 비정상적인 상상력과 정서불안을 지닌 사람들이 큰 충격에 빠졌을 때 충분히 나타날 수 있는 결과로 치부해 버렸다. 그는 집에서 발견된 책과 그림, 원고 그리고 휘갈겨 쓴 일기장을 근거로 내세웠다. 블레이크는 마지막 순간까지도 글을 썼고, 경련으로 오그라든 오른 손에서 심이 부러진 연필이 발견됐다.

정전이 된 이후에도 블레이크는 일기를 계속 적은 것 같지만, 단편적인 부분 외에는 필체를 알아보기 어려웠다. 이 때문에 수사관들 중에는 공식적인 수사 발표와 다른 견해를 피력하는 사람도 있었다. 그러나 그런 의견은 보수적인 경찰 내부에서 그리 주목을 받지 못했다. 미신적인 덱스터 박사의 행동도 이렇게 상상력이 풍부한 이론가들의 주장에 힘을 실어주진 못했다. 요컨대 덱스터 박사는 창문 없는 어두운 교회 첨탑에서 발견된 자체 발광 물질과 동일물로 보이는, 이상한 상자와 모난 돌을 내러갯섯 만(灣)의 가장 깊은 지점에 버렸다고 알려진 인물이었다. 블레이크의 경우, 과도한 상상력과 신경증은 스스로 발견한 고대 악마 의식의 놀라운 흔적 때문에 더욱 악화되었고, 이런 증세가 그 자신의 마지막 격정적인 일기를 해석하는 결정적인 단서로 작용되었다. 그의 마지막 일기는 다음과 같은 내용으로 추정된다.

'여전히 정전. 5분 정도 흘렀을 것이다. 모든 것은 번개에 달려있다. 야디스[156]가 번개를 허락하기를……! 어떤 힘이 고동치는 것 같다. 비와 천둥, 돌풍, 귀가 먹먹하다……. 그 존재가 내 정신을 점령하려 한다…….

기억력에 문제가 생긴 것 같다. 한 번도 본적이 없는 형체들을 지금 보고 있다. 다른 세계와 다른 은하……. 어둠……. 빛이 어둠 같고 어둠이 빛 같고…….

어둠 속에서 본 것은 실제 언덕과 교회가 아닐 것이다. 섬광 때문에 생긴 잔상일 것이다. 번개가 그치면, 하늘은 이탈리아인에게 촛불을 들고 나오라 허락하셨다!

나는 지금 두려워하고 있는가? 태고의 시간 동안 음산한 쳄에서 인간의 모습으로 은둔해 온 니알라토텝이 드디어 부활한 것이 아니던가? 나는 유고스와 그보다 더 멀리 있는 행성 샤가이, 그리고 검은 행성의 완전한 진공을 기억하고 있다…….

진공을 뚫고 날아온 기나긴 비행도 빛의 세계를 넘진 못 한다……. 빛나는 트레피저헤드론에 갇힌 상상력으로 재창조된 그 존재를 빛의 끔찍한 심연으로 보내니…….

내 이름은 블레이크, 로버트 해리슨 블레이크. 위스콘신 주 밀워키 이스트 나프 가 620번지[157]……. 나는 이 행성에 살고 있다…….

자비로운 아자토스여! 번개는 더 이상 끔찍한 섬광을 발하지 않는다. 시력이 아닌 기이한 감각으로 나는 모든 것을 볼 수 있다. 빛은 어둠이며 어둠은 빛이다……. 언덕에 있는 저 사람들……. 경찰관……. 촛불과 부적……. 그들의 목사들…….

거리 감각이 사라졌다. 저 멀리 있는 곳이 여기 있으며, 이곳이 저 멀리 있다. 빛이 없어도, 망원경이 없어도 저 종루와 창문을 볼 수 있으며, 미쳐 가는 로데릭 어셔[158]의 소리를 들을 수 있다. 종루 속에서 꿈틀대고 휘청거리는 저 존재를. 내가 그것이며 그것이 나다. 밖으로 나가고 싶다……. 밖으로 나가 힘을 응집해야 한다……. 그것은 내가 어디 있는지 알고 있다…….

내 이름은 로버트 블레이크, 그러나 나는 저 어둠의 종루를 보고 있다. 역겨운 냄새가 진동하는 곳……. 감각에 변화가 생겨……. 종루의 창문이 깨지고 길이 활짝 열린다……. 이야……. 엔가이……. 유고…….

나는 그걸 보고 있다. 이쪽으로 다가오는……. 지옥의 바람, 거대한 얼룩, 검은 날개……. 요그-소토스가 나를 구하려 한다. 잎사귀 모양의 눈동자 세 개를 이글거리며……."

---

138) 로버트 블록(Robert Bloch, 1917~1994): 17살 때부터 펄프 잡지에 공포, 환상, 미스터리 장르의 짧은 단편들을 발표하면서 러브크래프트에게 많은 영향을 받았다. 1959년에 출판한 세 번째 장편소설 『사이코Psycho』가 앨프리드 히치콕 감독에 의해 영화화(1960) 되면서 유명해졌다.

139) 네메시스(Nemesis): 그리스 신화의 여신이며, 위의 인용문은 러브크래프트가 동명으로 지은 시(詩)의 일부분이다.

140) 샤가이(Shaggai): 이 작품에만 언급되는 가상의 머나먼 행성. 러브크래프트 이후 캠벨(Campbell), 린 카터(Lin Carter) 등이 샤가이를 좀 더 구체화하여, 샨(Shan)이라는 곤충 종족이 사는 행성으로 각자의 작품에 등장시켰다.

141) 프나스(Pnath): 프나스 골짜기는 이 소설과 「카다스를 향한 몽환의 추적」에 등장한다. 러브크래프트는 편지에서 프나스 골짜기에 쇼고스가 세운 거석의 기둥이 있으며, 눈 없는 괴물이 살고 있다고 설명했다. 프노스(Pnoth) 골짜기와는 또 다른 공간이다.

142) 업존(Richard Upjohn, 1802~1878): 영국 출신의 건축가. 교회 건축에서 고딕 양식이 부활한 것은 영국의 경우는 19세기 초반, 미국은 1830년대였다. 업존은 미국에서 부활한 고딕 양식의 대표적인 건축가로서, 1846년에 완공된 뉴욕 시의 트리니티 처치(Trinity Church)를 설계했다.

143) 발푸르기스의 밤(Walpurgis Night): 4월30일 밤, 세상의 온갖 마녀들이 독일의 브로켄 산(山)에 모여 환락의 술잔치를 벌인다는 독일의 전설에서 유래한다.

144) 부벽(buttres): 건축물을 외부에서 지탱하여 주는 장치로 고딕 건축에서 많다.

145) 다발 기둥: 기주 주위에 붙임 기둥을 붙인다.

146) 후진(後陣): 교회당 내부에서 반원형으로 들어간 부분.

147) 앙크 십자가(ankh 혹은 crux ansata): 열쇠 모양의 십자가로, 고대 이집트에서 생명과 창조의 상징이었다.

148) 『에이본의 서(書)』, 데르레 백작의 『구울 의식』, 본 준츠의 『비밀 의식』, 루드빅 프린의 『벌레의 신비』는 차례대로 클라크 애슈턴 스미스, 오거스트 덜레스, 로버트 E. 하워드, 로버트 블록이 그들 작품에서 사용한 가상의 책이다.

149) 프나코틱 필사본(Pnakotic Manuscripts): 태초부터 전해지는 섬뜩한 금서로서 무서운 괴물과 장소들이 담겨 있다고 알려져 있다. 가공의 책 중에서 가장 먼저 「북극성 Polaris」(1918)이라는 단편에 등장했으며, 『네크로노미콘』과 쌍벽을 이루지만. 상대적으로 이 책에 대한 설명은 거의 없다. 「미지의 카다스를 향한 몽환의 추적」과 「광기의 산맥」에서 약간 구체적으로 언급된다.

150) 드잔의 서(Book of Dyzan): 러시아의 신비 사상가 블라바츠키(Helena Petrorna Blavatsky, 1831~1891)의 저서로 알려져 있다. 블라바츠키는 최고의 영매(靈媒)로 유럽과 미국 등에서 활약하다가 1875년 뉴욕에 신지협회를 설립했다. 「드잔의 서」는 실존 여부가 정확하지 않은데, 그녀가 쓴 「비밀의 교리Secret Doctrine」의 일부이거나 다른 책을 필사내지 번역했다는 설 등 여러 가지 의견이 있다.

151) 빛나는 트레퍼저헤드론(Shining Trapezohedron): 크툴루 신화와 관련된 고대 유물 중 하나로서 이 소설에 등장하는 '어둠의 정령'과 직접적인 관련이 있으며, 니알라토텝과도 연관이 있다. 어둠의 유고스(명왕성)에서 올드원이 만들었다고 전해진다. 종종 드림랜드에 등장하는 '움라트-타윌(Umr At-Tawil)'과 비교되기도 한다.

152) 유고스(Yuggoth): 태양계에서 아홉번째 행성으로 실제로는 명왕성을 말한다. 이름 모를 종족이 이 행성에 살았으며, 나중에 미고(Mi-Go)의 주요 거주지가 되었다. 「어둠 속에서 속삭이는 자」에서 자세히 언급된다.

153) 벨루시아의 사인족(蛇人族): 로버트 E. 하워드의 소설에 등장하는 뱀을 닮은 종족.

154) 네프렌카(Nephren-Ka): 러브크래프트가 지어낸 허구의 이집트 왕으로 「아웃사이더 The Outsider」와 「찰스 덱스터 워드의 사례」에 등장한다. 헤이도스(hadoth)라는 곳에 무덤이 있다고 묘사된다.

155) 컬리지(College) 가는 러브크래프트가 글을 쓰던 당시에도 지금처럼 클럽하우스가 많았다고 한다. 위에서 언급한 '타우 오메가Tau Omega', '프시 델타Psi Delta' 등은 러브크래프트가 실제로 컬리지 가에서 살았을 당시에 주변의 클럽하우스를 접하고 작품에 묘사한 것이다.

156) 야디스(Yaddith): 태양계에서 수백만 광년 떨어진 다른 은하의 행성. 슈브-니구라스가 이곳에서 왔다고 알려져 있다. 처음 등장한 작품은 E. 호프만 프라이스와 공동집필한 「실버 키의 관문을 지나」(1933)이다.

157) 이 주소는 당시 로버트 블록이 실제로 살던 곳이다. 러브크래프트가 작품에 실제 주소를 밝히는 데 대하여 로버트 블록 본인이 개의치 않았다고 한다.

158) 로데릭 어셔(Roderick Usher): 에드거 앨런 포의 「어셔 가의 몰락」에 나오는 주인공.

부록: 러브크래프트의 생애와 문학

정진영

하워드 필립스 러브크래프트(Howard Philips Lovecraft), 15세기 영국 이주민의 혈통으로 거슬러 올라가는 독특한 이름과는 달리, 그는 사랑의 연금술사는 아니었다. 거꾸로 그가 쓴 단편 「연금술사Alchemist」는 공포를 말하고 있다. 극소수의 동료와 후배 작가를 제외하곤 평단이나 독자의 주목을 받지 못한 채, 무명 속에서 생을 마감한 작가가 바로 러브크래프트이다.

 이름과는 달리, 어디서나 봄직한 흑백 사진 한 장은 그의 삶을 조금 더 깊숙이 투영해 보여 준다. 무표정하고 조금은 나른해 보이는 남자와 예민하고 성마른 표정의 여자, 그리고 두 사람 사이에 여자 옷을 입고 있는 세 살배기 사내 아이. 남자는 1898년 한 정신병원에서 숨졌으며, 여자는 그로부터 13년 후 남편이 숨진 똑같은 병원에서 생을 마감한다. 사내아이는 독특한 상상력과 문학 체계를 성취했지만, 47년의 길지 않은 삶 동안 무명과 빈곤의 그림자에서 끝내

453

벗어나지 못한다. 그는 무덤 속에서 불운했던 삶을 보상받는다. 그러나 작품 외적인 억측과 편견에서 벗어나 진정한 평가를 받기 위해, 사후에도 오랜 인내와 기다림을 요구받는다. 리예의 무덤 속에서 부활을 꿈꾸는 크툴루처럼.

하워드 필립스 러브크래프트는 1890년 8월 20일 로드아일랜드의 프로비던스에서 태어났다. 아버지 윈필드 스콧 러브크래프트(Winfield Scott Lovecraft)는 은세공품 회사의 외판원이었으며, 러브크래프트가 세 살 때 버틀러 정신 병원에 입원한다. 러브크래프트가 뉴잉글랜드 상류층의 유복한 유년 시절을 보낼 수 있었다면, 전적으로 외조부 휘플 반 뷰렌 필립스(Whipple Van Buren Philips)의 덕분이었다. "저는 아주 유별나고 예민했으며, 또래 아이들보다는 어른들의 세계를 더 좋아했지요. 책에서 손을 놓을 수가 없었답니다. 두 살 때 알파벳을 배우고, 네 살 무렵에는 글을 읽는데 어려움이 없었습니다……." 러브크래프트가 이후 방대한 서간집에서 이렇게 밝혔듯이, 그는 유년 시절부터 외할아버지의 고풍스러운 서재에서 자기만의 상상력을 구축한다. 3살 무렵부터 글을 읽고 7살 때부터 창작을 시작한 이 조숙한 소년의 서재에서 그림 형제와 줄 베른, 그리스 로마 신화, 아라비안나이트, 18세기 고전 문학(특히 시) 등을 발견할 수 있다.

그가 여덟 살 되는 해인 1898년, 러브크래프트의 부친은 병원에서 5년간의 투병 생활 끝에 세상을 떠난다. 당시에는 정신 질환으로 사망한 것으로 알려졌지만, 이후 매독이 직접적인 원인이었다는 사실이 밝혀졌다. 그러나 어머니 사라 수전 필립스 러브크래프트(Sarah Susan Philips Lovecraft)는 남편의 죽음에 심한 충격을 받고 불안 증세를 보이는데, 이는 이후 러브크래프트의 양육 과정에 일정한 영향을 미친다.

2년 전 외할머니의 죽음에 이어 아버지까지 잃은 어린 러브크래프트에게 죽음은 특별하고 생생한 기억으로 남는다. 그래서 에드거 앨런 포의 발견은 그에게 충격 자체였다. 죽음에 대한 그의 기억은 포의 문학을 통해 마음 깊숙이 각인된다. 나중에 밝혔듯이 죽음을 떠올리지 않고는 세상의 아름다움을 볼 수 없다는 믿음을 토로했을 정도이다. 이런 이유 때문에, 포의 「일러바치기 심장The Tell-Tale Heart」과 자주 비교되는 일련의 작품들 ——「현관 앞에 있는 것」과 같은—— 에서 화자 자신이 미쳤을지 모른다는 암시, 유전적 변이를 다루고 있다는 점에서 러브크래프트 본인이 가계에 유전되는 병적 징후에 민감했다는 추측이 설득력을 얻는다. 그러나 작품과 상관없이 정신 질환과 관련된 이야기로 작가의 생애를 매도하는 그릇된 시각은 여전히 일부에서 작가에 대한 흥미를 유발하는데 오용되기도 한다.

열 살 전후, 러브크래프트는 화학과 천문학 분야에 매료된다. 이 시기에 시작된 문학과 철학, 과학을 넘나드는 광범위한 지식욕은 평생 지속되며, 창작 전반에 자양분을 제공한다. 허약한 체질 때문에 휴학을 반복하는 상황에서 오히려 지식에 대한 욕구가 분출한 셈이다. 여전히 그 진위 여부를 둘러싸고 독자들의 관심을 자아내는 금서(禁書) 『네크로노미콘』의 저자 압둘 알하즈레드도 유년 시절에 읽은 아라비안나이트에서 떠올린 가공의 인물이며, 이후 작품의 중요한 주제이자 기법으로 사용되는 우주적 공포와 이미지 역시 이 시기에 싹튼 것이다.

1904년 러브크래프트에게 악몽이 찾아든다. 외조부의 죽음은 가족 전체에 경제적 몰락을 안겨 주고, 그는 언제든지 지식과 상상을 실험하던 편안한 세계를 잃고 만다. 외조부의 막대한 유산을 제대로 관리하지 못해 경제적 압박이 심해지자 빅토리아풍의 대저택에서 쫓겨나는 상황에 몰린다. 간헐적인 발작 증세와 만성적인 피로에 시달려 정규 교육을 제대로 받지 못하는 가운데서도 그는 친구들을 위해 과학 잡지에 글을 기고하고, 또래보다 월등한 지적 능력으로 주위에서 부러움을 받는 등 크게 낙담한 것 같지 않다. 그러나 외조부의 죽음은 생활 전반에 암울한 그림자를 드리운다. 심각한 신경 발작으로 결국 고등학교를 중퇴하고 대학 진학을 포기할 즈음에는 깊은 절망을 맛본다. 경제적 몰락과 함께 어머니와 이모 두 명을 책임진 지적이고 고상한 고등학교 중퇴자에겐 전혀 준비되지 않은 가장이라는 직함과 냉혹한 현실이 기다리고 있었다.

러브크래프트를 '괴팍한 은둔자'로 말하는 부분 역시 작가와 관련해 좀처럼 바뀌지 않는 오해 중의 하나일 것이다. 러브크래프트 전문 연구가인 S. T. 조시는 러브크래프트가 세상과 완전히 단절된 채 은둔의 생활을 한 적이 있다면, 아마 1908년에서 1913년에 이르는 5년의 시간뿐이라고 말한다. 이 시기에 대해서는 방대한 서한에도 잘 나타나 있지 않지만, 이때를 전후해 소설과 과학 에세이를 비롯해 그 동안 써 놓은 작품 대부분을 폐기한 것으로 보인다. 스무 살 이전에 쓴 작품 중에서 소년 시절의 습작 외에 「동굴 속의 짐승The Beast in the Cave」(1905)과 「연금술사Alchemist」(1908) 정도만 남아 있는 것으로 알려져 있다. 조시는 이 기간 동안에 러브크래프트가 화학 공부를 위해 통신 강좌를 들었지만 대단히 실망스러워했으며, 18세기 고전 문학에 대한 애정과는 상반되게 펄프 잡지에 탐닉했던 시기라고 말하고 있다. 1914년, 스물네 살 되던 해에 러브크래프트는 5년간의 '은둔'에서 세상 밖으로 나온다. 그 계기는 당시 아마추어 저널리즘의 양대 산맥 중 하나였던 UAPA(미국 아마추어 저널 연합Untied Amateur Press Association)이었다. "1914년, 아마추어리즘이 내게 처음으로 우호적인 손길을 뻗쳤을 때, 저는 시들어 빠진 식물보다도 더 지친 상태였습니다. (중략) UAPA의 등장과 함께 저는 다시 살아갈 수 있는 의욕을 얻었지요. 불필요한 부담을 덜어내고 새롭게 다시 태어난 느낌이라고 할까요. 무엇보다 제가 힘써 노력한 일들에서 가치를 찾을 수 있는 공간이 마련된 셈이었습니다. 난생 처음으로, 예술에 대한 저의 설익은 꿈이 들어줄 리 없는 공허하고 희미한 절규로 끝나지는 않으리라 생각하게 되었습니다."(서간집) 절망적인 현실과 불안한 미래 때문에 그 동안 겪어야 했던 마음고생이 읽혀지는 부분이며, 아마추어 저널과의 관계는 그의 작품이 발표될 최초의 출구가 확보됐다는 것을 의미했다. 실제로 그랬다. 그는 UAPA의 제의를 받아들여 회장 겸 비평 분야를 담당하며, 다른 잡지에도 주로 에세이와 시를 기고하는 등 왕성한 활동을 펼친다. 이때 많은 시가 발표되는데, 주로 포프와 존슨 등의 18세기 시풍이 중심을 차지하며, 포를 비롯해 당시 서신을 주고받았던 클라크 애슈턴 스미스와 도널드 윈드레이 등의 시작도 다양하게 수용한다.

무엇보다 이 시기부터 일군의 아마추어 작가들에게 추앙을 받으며 서서히 '러브크래프트 문학 계보(Lovecraft Circle)'를 형성함으로써 포와 톨킨을 능가한다는 컬트적 인기의 초석을 마련한다. 말 그대로 동호회 형태의 아마추어 작가들이 모여 활동하는 가운데 러브크래프트는 단연 발군의 재능을 발휘했기 때문이다. 이때 형성된 러브크래프트 계보에는 이후《위어드 테일즈》에서 함께 활동하게 될 클라크 애슈턴 스미스와 로버트 E. 하워드를 비롯하여 로버트 블록과 오거스트 덜레스,

도널드 원드레이 등이 포함된다.

1917년, 러브크래프트는 본격적인 소설 창작에 나선다. 초기 작품 중에서 유일하게 간직하고 있던 「동굴 속의 짐승」과 「연금술사」를 읽은 동료 아마추어 작가들이 다시 소설을 집필하도록 적극 권유했기 때문이다. 그 결과 나온 작품이 「무덤The Tomb」과 「데이곤」이다. 하지만 이때까지도 소설 창작은 시와 에세이에 대한 열정에는 미치지 못했는데, 그런 생각에 변화가 생긴 것은 1919년 로드 던새니의 작품을 대하면서부터였다. 아일랜드 출신의 거장으로 판타지 문학에 당대 광범위한 영향력을 행사하던 로드 던새니의 작품에서 러브크래프트는 '전기에 감전된 듯한' 깊은 인상을 받았으며, 이후 창작 활동에서 '대단한 동인'을 얻었다고 술회하고 있다. 즉, 소설 형식으로도 능히 예술적 기교를 성취할 수 있다는 확신을 던새니에게서 배운 것이다. 유년 시절의 문학적 스승이었던 포에 이어 두 번째로 만난 스승인 셈이다. 이후 수 년 동안 포 계열의 공포 소설과 함께 던새니의 영향으로 싹튼 일군의 환상 소설을 탄생시킨다.

러브크래프트는 로드 던새니의 강의를 듣기 위해 보스턴에 다녀왔을 정도로 포를 벗어나 새로운 문학적 돌파구를 모색하기 위해 애쓴다. 그 결과는 1919년에 7편, 1920년에 12편의 많은 작품으로 나타난다. 맑고 순수한 느낌의 환상 소설 「화이트 호(號)The White Ship」(1919)를 비롯하여 몽상가 랜돌프 카터를 등장시킴으로써 '랜돌프 카터 연작'의 출발점이 되는 「랜돌프 카터의 진술The Statement of Randolph Carter」, SF 작가 브루스 스털링(Bruce Sterling)이 최초의 가상현실을 담은 소설로 평가하는 「니알라토텝」등이 그 중에서 주목할 만한 작품이다.

1921년은 여러모로 러브크래프트에게 의미심장한 해였다. 우선 가

장 큰 사건은 어머니의 죽음이었다. 어머니 수전은 2년 전부터 투병 생활을 했지만, 러브크래프트는 병문안 가는 것도 꺼려했던 것으로 알려져 있다. 생전에 서한을 주고받고, 이후 아컴 출판사를 세워 러브크래프트의 작품을 전문적으로 출판한 오거스트 덜레스에 따르면, 러브크래프트의 어머니는 아버지의 병약함을 물려받았다며 러브크래프트를 곧잘 질타했으며, 얼굴이 추해서 밖에도 못 나간다고 주변에 말할 정도로 다소 어머니로서 비정상적인 언행을 일삼았던 것으로 알려져 있다. 그러나 한편으로 러브크래프트에게 집착하고 과잉보호하는 이중적인 면모를 보이는데, 감수성이 예민한 청소년기에 러브크래프트는 용모에 대한 콤플렉스와 함께 지나치게 감정적 소모를 겪는다. 수전은 외과 수술이 잘못돼 사망했지만, 숨을 거둔 곳은 13년 전 남편이 숨진 병원이었다. 어머니의 죽음은 러브크래프트에게 자살을 결심할 만큼의 충격과 함께 해방감이라는 역시 이중적인 회한으로 이어진다. 어머니의 죽음에서 느낀 감정적 상흔은 「현관 앞에 있는 것」에서 포와 러브크래프트 자신을 투영시킨 에드워드 더비의 모습에서도 잘 표현된다.

앞으로 그가 창조할 에드워드 더비처럼 러브크래프트는 모친의 죽음 이후 새로운 세계에 주목한다. 창작 면에서는 회원간 친목 형태의 아마추어를 벗어나 한 단계 전문적인 출판을 고려할 만한 여건이 만들어진다. 어머니의 죽음 이후, 「우주에서 온 색채」와 함께 최고의 작품이라고 자평한 「에리히 잔의 선율」(1921)을 집필하고, 《홈브류Home Brew》라는 잡지로부터 기이한 이야기를 주제로 여섯 편의 연작을 써 달라는 청탁까지 받는다. 스튜어트 고든의 영화 「좀비오」로 잘 알려진

「허버트 웨스트-리애니메이터」가 다음해까지 여섯 편의 연작 형태로 발표되는데, 그가 작품마다 받은 원고료는 5달러였다. 그러나 당시 통화 가치를 고려해도 헐값의 원고료가 말해 주듯, 아마추어 잡지에 글을 발표하는 것으로는 생계 수단이 되지 못했다. 근근한 수입원이 된 것은 그나마 다른 작가의 작품을 윤문하거나 대필해서 벌어들이는 돈이 고작이었다.

러브크래프트의 작품인지 그 진위를 둘러싸고 논란이 있는 몇 개의 작품도 이 시기에 대필한 작품들이다. 이 중에서 당대의 유명 마법사 해리 후디니의 이름으로 대필한 「파라오와 함께 갇혀서Imprisoned with the Pharaos」(1924)가 대표적이다. 이런 생활은 포를 비롯한 초기 18세기 작품의 고전성과 모더니즘의 예술 지상주의에 깊게 천착한 그에게 몹시 힘겨운 일이었다. 돈을 벌기 위해 싸구려 글을 쓸 수 없다는 생각과 정작 남이 쓴 싸구려 글과 씨름해야 하는 상황은 점점 궁핍해지는 생활에서 그가 선택할 수밖에 없는 현실이자 고통이었다. 기괴함과 공포에 관한 주제를 버리지 않는 한, 그에겐 일반 독자와 평단이 겉표지만 보고도 저어하는 펄프 잡지만이 작품 발표의 유일한 통로였다. 당대에 기괴함을 받아들이는 문단의 시각은 냉정하리만큼 혹독했기 때문이다.

1922년에도 7편의 소설을 창작하는데, 이중에서 '꿈의 신'을 주제로 한 「히프노스Hypnos」는 런던 거리에서 우연히 만난 사람과 함께 일련의 꿈을 뒤쫓다가 그 너머의 진실을 발견하는 무명의 화자를 다루고 있다. 1923년 러브크래프트는 아서 매컨을 처음으로 알게 되며(러브크래프트는 매컨을 가리켜 '살아 있는 가장 위대한 작가'라고 말하기도 했다), 글의 정교함이나 신화와 의식에서만 존재하는 태고의 사악한 정신 등의 주제 의식에서 많은 영향을 받는다. 매컨을 발견한 직후, 그는 정교한 고딕 소설의 하나로 평가받는 「벽 속의 쥐」를 쓴다.

어머니의 죽음 이후, 일상에서도 큰 변화가 일어난다. 사랑하는 여인과의 만남이다. 어머니의 장례를 치른 지 몇 주 후, 러브크래프트는 아마추어 작가 세미나에서 소니아(Sonia Greene)라는 연상의 여인을 만난다. 그들은 만난 지 3년 만인 1924년 결혼, 뉴욕에서 신혼 생활을 시작한다. 당시는 《위어드 테일즈》에서 함께 활동하는 지인들이 뉴욕에 적지 않았고, 러브크래프트 본인도 처음에는 뉴욕에 매우 만족한 것으로 알려져 있다. 그러나 뉴잉글랜드의 고향과는 사뭇 다른 거대 상업 도시에 얼마 가지 않아 환멸을 느낀다. 게다가 활달하고 수완 좋은 사업가(모자 상점을 운영)였던 소니아가 건강 악화로 요양소 신세를 지면서 경제적 궁핍이 더 극심해지고, 러브크래프트의 향수는 병처럼 깊어진다. 당시 집필한 「냉기」(1926)에는 당시의 주변 환경과 작가 자신의 건강 문제까지 작품에 깊숙이 투영된다. 「금단의 저택」(1924)은 귀신 들린 집과 SF 요소를 결합한 작품으로 통한다.

1926년 러브크래프트는 고향 프로비던스로 돌아온다. 향수에 사무쳤던 만큼 어느 때보다도 가열한 창작의 열정을 얻지만, 결혼 생활을 잃는다. 문제는 러브크래프트의 예상대로 두 이모 때문이었다. 반대를 염려해 결혼 사실까지 알리지 않은 것도 뉴잉글랜드 특유의 보수적인 이모들의 가치관 때문이었고, 자기주장이 강하고 외향적인 소니아가 가게를 차리고 사업을 한다는 사실은 몰락했을지언정 유서 깊은 가문에서 받아들이기 힘든 일이었다. 결국 두 사람은 이혼을 결정하고, 이후 편지를 주고받으며 친구로 남는다. 러브크래프트를 둘러싼 또 하나의 소문은 그가 동성애자라는 것인데, 나중에 회고록을 출간하기도 했던 소니아는 "결혼 생활은 행복했으며, 러브크래프트는 매우 훌륭한 남편이었다."고 술회했다. 고향에 돌아온 이후에도 러브크래프트는 지인들과 끊임없이 서신 왕래를 하며 틈틈이 방문객을 만난다. 어느 면에서 보면 그처럼 세상과의 의사소통에 적극적이었던 사람도 드물 것이다. 물론 방문객을 주로 데려가 만남의 장소로 이용한 곳이 묘지였다는 점이 좀 유별나긴 했지만.

아무튼 1926년의 창작열과 함께 작가 자신에게 프로비던스는 새로운 공간으로(침울하고 상처가 덧쌓인 공간이 아니라) 다가오며 독특한 작품 체계를 구성하는 배경 역할을 한다. 이때는 러브크래프트 문학의 전기를 마련한 해이다. 「크툴루의 부름」은 작가 개인의 창작 뿐 아니라 이후 공포와 판타지에 많은 영향을 미친다. 「크툴루의 부름」을 계기로 러브크래프트는 그 동안 구상해 온 자신만의 독특한 문학 세계를 구축하며, 대표적인 작품들을 양산해 낸다. 크툴루를 비롯한 무수한 창조물과 『네크로노미콘』이나 『프나코틱 필사본』 같은 가공의 책을 비롯해 아컴, 미스캐토닉, 인스머스 등의 가상공간으로 절묘하게 구현된 뉴잉글랜드 특유의 배경 묘사는 너새니얼 호손과 또 다른 특징을 형성하며, 이후 스티븐 킹을 비롯한 오늘날의 대가들에게도 깊은 영향을 미친다.

그 외에 「율사르의 고양이The Cats of Ulthar」(1920) 등의 작품으로

시작해서, 랜돌프 카터 연작으로 통하는 「이름 없는 도시The Nameless City」, 「실버 키The Silver Key」, 「실버 키의 관문을 지나Through the Gates of the Silver Key」와 「카다스를 향한 몽환의 추적The Dream-Quest of Unknown Kadath」까지 완숙한 환상 문학의 일가를 형성

한다.

소설 외에 러브크래프트가 1926년에 남긴 주목할 만한 작품으로 「문학에서의 초자연적인 공포」라는 문학론을 들 수 있다. 정통 평단의 거목으로 잘 알려진 에드먼드 윌슨(Edmund Wilson)은 특히 러브크래프트 소설에 대해서 부정적인 평가를 내린 것으로 유명하지만, 이 문학론만큼은 '대단히 잘된 작품'이라고 평가했다. 「문학에서의 초자연적인 공포」는 1970년대까지 초자연적인 소설에 대한 담론을 펼친 문학론 중에서 가장 뛰어나다는 평가를 받고 있다. 포처럼 자신의 문학론과 창작을 결합하려고 노력한 부분은 「기담에 대한 소고Note on the Weird Tales」라는 또 하나의 문학론에도 잘 나타난다.

1927년은 러브크래프트 스스로 최고의 소설로 평가한 「우주에서 온 색채」가 세상에 나온 해이다. 러브크래프트 특유의 분위기 묘사가 성공적으로 작품 전반에 긴장감을 조성한다. 이 작품은 공포와 SF의 결합이라는 러브크래프트 특유의 코스모시즘(Cosmocism)이 잘 표현되어 있다.

1928년은 「더니치 호러」라는 또 하나의 독특하고 흥미로운 소설이 집필된다. 이 소설은 러브크래프트 문학의 후퇴라는 부정적인 평가를 받기도 하지만, 네크로노미콘의 상세한 인용만으로 독자에게 큰 반향을 일으켰다.

1930년대로 들어서면서 거침없는 창작 활동이 약간 둔화되는 양상을 보이지만, 현재의 러브크래프트에게 명성을 안겨 준 완숙기의 작품들이 이 시기에 대거 포진해 있다. 우선 크툴루 작품군(群)에서도 핵심적인 작품으로 평가받는 「어둠 속에서 속삭이는 자」(1930), 작가 자신의 최대 야심작인 「광기의 산맥」(1931), 가상공간을 통해 뉴잉글랜드의 배경을 절묘하게 구축한 「인스머스의 그림자」(1931), 독특한 인물을 내세워 정체성의 문제를 다루고 있는 「현관 앞에 있는 것」(1933), 러브크래프트 특유의 유토피아가 그려진 「시간의 그림자」(1934~1935), 로버트 블록을 위해 썼다고 해서 화제가 되기도 한 「누가 블레이크를 죽였는가」(1935) 등의 작품들을 꼽을 수 있다.

30년대에는 작품 집필 외에 퀘벡에서 세인트오거스틴 등지를 답사하며 여행 수필을 쓰기도 했다. 이때는 이미 러브크래프트의 문학 계보가 완성된 시기였다. 많은 작가들이 러브크래프트를 창작의 원천이자 전범으로 삼았다. 그의 작품은 현대에도 끊임없이 확대 재생산되고 있다. 그는 마지막 순간까지 이모의 집에서 함께 살았지만 여전히 나아질 것 없는 어려운 형편 때문에 제대로 식사를 하지 못한다. 1934년부터 병세가 나타나지만, 본인은 그저 소화 불량 정도로 여기다 고통을 이기지 못하고 1937년 봄에 병원을 찾았을 때는 이미 암에 걸린 후였다. 병원에 입원한 지 5일만인 1937년 3월 19일 — 채 47살이 되기 전 — 대장암과 신장염으로 사망한다. 그는 스완 포인트 묘지에 있는 가족 묘지에 묻혔지만, 비석이 세워진 것은 40년이 흐른 뒤였다. 그를 아끼는 독자들의 노력 덕분이었다.

출발은 단순한 호기심이었다. 공포 영화에 스쳐가는 러브크래프트라는 이름이 궁금했다. 동성애자, 인종 차별주의자, 괴팍한 은둔자, 오컬티스트, 정신 이상자 등등 러브크래프트를 둘러싼 갖가지 추측들은 작품만큼이나 평범하지 않았던 삶에서 비롯된 것인지 모른다. 편견과 왜곡된 호기심에 의지해서라도 러브크래프트를 알리고 싶었던 일부 독자들의 충정까지 더해진 결과지만, 영화 「사이코」의 원작자로 잘 알려진 로버트 블록의 말처럼 이제 러브크래프트는 편견에 의지할 필요가 없을 정도로 그 작품과 영향력에서 적절한 평가를 받고 있다.

로버트 E. 하워드, 클라크 애슈턴 스미스, 로버트 블록, 닐 게이먼, 스티븐 킹……. 기라성 같은 작가들의 그 자체로도 가치 있는 서문과 헌사를 통해 공포 문학의 거장으로 추앙되어 온 러브크래프트는 이제 마니아층의 '그들만의 숭배'에서 벗어나 독자들을 향해 성큼 다가서 있다. 역자로서 러브크래프트에 빠져들게 한 매력은 그 치열함이었다. 대가들의 영향력을 수용하는 한편, 그 영향력에서 벗어나 자기만의 문학 세계를 구축하려는 치열함에서, 싸구려 대중 소설이라고 외면당했던 작품 속에서 문학의 진정성을 발견했기 때문이다. 개인적으로는 러브크래프트의 잠재력과 방대한 체계를 제대로 이해하려면 더 많은 시간이 필요하다는 사실 또한 깨달았다.

역자보다도 더 오래 전부터 러브크래프트에 관심을 가지고, 오랜 시간 역자의 성급함과 욕심을 다독이며 러브크래프트의 장점을 최대한 살리려고 노력한 황금가지 출판사에 감사한다.

2009년 여름, 정진영

옮긴이 | 정진영

홍익대 영문학과를 졸업했다. 현대 호러의 모태가 되는 고딕(Gothic) 소설과 장르 문학에 특히 관심이 많다. 국내에 잘 알려지지 않은 걸작들을 소개하려고 노력하고 있다. 주요 역서로는 『세계 호러 걸작선』 시리즈, 스티븐 킹의 『그것』, 『아울크리크 다리에서 생긴 일』 외에 필명(정탄)으로 『피의 책』, 『셰익스피어는 없다』 등이 있다.

러브크래프트 전집 1

1판 1쇄 펴냄 2009년 8월 17일
1판 32쇄 펴냄 2024년 5월 30일

지은이 | H. P. 러브크래프트
옮긴이 | 정진영
발행인 | 박근섭
편집인 | 김준혁
펴낸곳 | 황금가지

출판등록 | 2009. 10. 8 (제2009-000273호)
주소 | 06027 서울 강남구 도산대로 1길 62 강남출판문화센터 5층
전화 | 영업부 515-2000 **편집부** 3446-8774 **팩시밀리** 515-2007
홈페이지 | www.goldenbough.co.kr

도서 파본 등의 이유로 반송이 필요할 경우에는 구매처에서 교환하시고
출판사 교환이 필요할 경우에는 아래 주소로 반송 사유를 적어 도서와 함께 보내주세요.
06027 서울 강남구 도산대로 1길 62 강남출판문화센터 6층 민음인 마케팅부

ISBN 978-89-6017-206-7 04840
ISBN 978-89-6017-205-0 04840 (세트)

㈜민음인은 민음사 출판 그룹의 자회사입니다.
황금가지는 ㈜민음인의 픽션 전문 출간 브랜드입니다.